广爷川

孙兴和 著

敦煌文艺出版社

图书在版编目（C I P）数据

广爷川 / 孙兴和著. -- 兰州 : 敦煌文艺出版社,
2019.9（2022.1 重印）
ISBN 978-7-5468-1768-2

Ⅰ. ①广… Ⅱ. ①孙… Ⅲ. ①长篇小说—中国—当代
Ⅳ. ①I247.5

中国版本图书馆CIP数据核字(2019)第158128号

广爷川

孙兴和 著

责任编辑：杨继军
装帧设计：孟孜铭

敦煌文艺出版社出版、发行
地址：（730030）兰州市城关区读者大道568号
邮箱：dunhuangwenyi1958@163.com
0931-8773257（编辑部）
0931-8773112 0931-8773235（发行部）

三河市嵩川印刷有限公司印刷
开本 710毫米×1020毫米 1/16 印张 27 插页 2 字数 420千
2019年8月第1版 2022年1月第2次印刷
印数 10 001~12 000册

ISBN 978-7-5468-1768-2
定价：56.00元

1

南广爷川是磨子河冲刷成的一个大约三十里长的狭长地带，任性的磨子河忽左忽右弯弯曲曲，把一个好端端的南广爷川冲刷得豁豁牙牙，时断时续，川不像川，坪不像坪。河南岸散落着大大小小的村庄，北岸只有一个名叫松柏峪的村庄。村东头有个庄院特别显眼，不要说在松柏峪，就是整个南广爷川也不多见。

日头在磨子梁梢冒出花刺时，就有三三两两的人身穿还没来得及脱去的过年衣裳，胳膊上挎着走亲戚专用的馍笼，来到这个庄院的大门前，识字的看门道不识字的凑热闹，都要瞅一瞅新贴在门框上的那副大红对子：

蓬荜迎新琴瑟友

时序辞旧钟鼓乐

横批：天欢地喜

然后走上石头砌的庄院门台阶，跷过门槛，绕过迎面的一道照壁来到前院。前院东西两排厦房前摆着桌椅板凳，早有执事人等候在那里，拱手作揖：“过年好!”

来宾拱手还揖：“过年好!”

“一清早天寒地冻的，让你受累了!”执事笑容可掬地寒暄着。

“俞财东家近年来就这一个大喜事，咱得要赶在新娘子进门前到。”客人取下挎在胳膊上做工精细的竹篾馍笼递给执事。

“请稍稍歇息一下!”执事取出客人馍笼里的礼当，或四个油饼或两个碗口大的馒头，摆放在桌上的木盘里，又从大笸篮里取出两个小馒头装进馍笼，作为主家的回赠。为了不出现差错，还在一个小馒头上写着客人的姓名。

前后院的隔墙年前才用麦衣泥重新漫过，尚未经过雨打风吹，平平整整。墙头的何首乌、金银花，只见藤蔓不见枯叶，藤蔓的颜色渐渐由暗变亮，随时准备返青。

走进隔墙正中的圆门，迎面一座非常气派的上房，房顶上的瓦片周正，一列列瓦沟排成一条条竖线，刻有猫头图案的滴水瓦又在房檐头排成一条横线。山墙码头司口处镶嵌着麒麟送子砖雕，两个窗户的花格子提窗上都贴着一个大红喜字，雕刻在两扇房门上的两只梅花鹿回首相望，栩栩如生。

门框上也贴着对联：

旨酒醪茗斟奠列祖列宗

佳馔珍肴酬谢诸亲诸朋

横批：与人乐乐

上房正面墙上悬挂着俞家先人的老影，第一代是来松柏峪逃荒的俞魏丁和他的妻子，第二代是长房马娃夫妇、二房羊娃夫妇，供桌上供奉着马娃夫妇的牌位。没过正月十五，还在上正祀月，在前院交接过礼当的来宾先走进上房醮马。

俞世昌褐色绸棉袍外罩黑色提花短马褂，头戴黑色瓜皮缎帽，两绺胡须修剪得齐齐整整，嘴角挂着微笑，陪同客人跪拜过列祖列宗后，又对客人拱手作揖：“为娃的事让你们受累了！”

“哪里哪里，应该应该！”客人们拱手还揖。

东厦房紧挨上房的那间是新房，房门上也贴着对联：

虽无明媒亦正娶

道是无情却有情

横批：男欢女爱

在上房行过礼的亲朋又来到新房房檐下的书礼处，将自己带来的匾额、喜对、礼金交执事人登记。等候多时的俞氏家门亲房，将一个个来宾领去家中先吃坐饭打打底，然后等候管家统一安排入席。

有人认出俞宅三副对联都出自县城女子小学教员俞绍乐之手，俞绍乐是村里最后一位私塾先生大先生的儿子，得到父亲真传，写得一手颜体字，又是村上第一位师范学校毕业生，由他亲自撰写的结婚对子实在难得。

早年的俞世昌膝下无子只有两个千金，大女彩霞二女云霞，不料屋漏又遇连阴雨，彩霞出天花短命夭亡。俞世昌的心情更加郁闷，过日子失去了心力。一直到了而立之年，家里来了一位老道人，给妻子服用了他家祖传的秘方，才生下儿子炳武。

俞魏氏家族在马娃时代就是村上的首富，却为不能修一座起脊瓦兽的大门头而耿耿于怀，因为他家没有取得拔贡功名的读书人。甚至马娃三周年纪念幛也不能写，因为他们家没有一个取得秀才功名的读书人。马娃将获得功名光庭耀祖的期望寄托在长房俞世昌的身上，儿子的出生让俞世昌看到了希望。他打发云霞陪儿子来到国立故里小学读书，俞家从此有望结束有耕无读的历史，跻身耕读门第。民国虽然不再有秀才、拔贡功名，但新学的毕业生在世人的眼中相当于秀才，谁知就在毕业前夕，炳武为一个女同学打架被开除学籍，不但丢了毕业生功名，还落了个伤风败俗的名声。

女同学是广爷川镇李广烧坊老板的掌上明珠李晓梅，一气之下离开了学校，与炳武私订了终身。李掌柜的堂哥是国民政府最后一任县长，李家在全县算得上有头有脸的人，人家不怕被人说三道四，俞世昌还有啥顾忌的，也依了儿子。

人生三件喜，结亲生子娶儿媳。儿子完婚毕竟是件大事，需要应酬的人和事太多，东家不可能事无巨细面面俱到，具体事务得请总管。为总管的事，俞世昌琢磨了好几天。

这个人选先得从亲房考虑，亲房的成年男人只有俞世俊和俞世珍两个。俞世俊和他是一母同胞，却是个十足的守财奴，守着那么大的一份家业，白面不吃吃秋粮面，布鞋不穿穿草鞋，有时草鞋也舍不得穿，光脚片下地。他这个人抠抠掐掐惯了，想大方都大方不起来，根本不是总管的料。俞世珍和他是一祖之后，人是绝顶的聪敏，却和他不大和合。

要说清这事还得从老辈子说起。羊娃和马娃从俞魏丁手里分得一样的家产，光阴虽然赶不上马娃，也是个衣食无忧的殷实人家。偏偏儿子俞世珍却是个平处不卧的角色，嫌放租收租来钱慢，跟一帮子赌博客成天混在一起赌钱。先是推牛九后改摇骰子，把把不登空，越赌胆子越大，赌注下得越高。赌博客早把他看成一嘴肥肉，串通一气，让他尝了几个小小的甜头便输起来。他年轻气盛，求胜心切，没过多少时日，就把家产输光，还欠了一屁股债。

羊娃被他活活气死，后事都是俞世昌料理的。抬埋了羊娃后，马娃当着亲戚邻人的面数说自己的侄子："人是人，鳖是鳖，喇叭是铜锅是铁！天世下靠爪子刨着吃的命，就别谋算着吃飞食！"俞世珍表面上点头称是，心里还是不服输，去故里李铁嘴卦铺子占了一卦，李铁嘴说他命带天乙，有贵人相助。俞世珍觉得贵人就是俞世昌，又背着伯父向堂兄借赌注钱，俞世昌不忍看他债台高筑，没有答应，被俞世珍怀恨在心。

赌博客都是亡命之徒，放出狠话来，"还不上赌债就卸掉一条腿！"俞世珍从此过上了东躲西藏的日子，有家不能归。解放军挺进兰州时，人民政权派来松柏峪组织支前的人听说了他的遭遇后，告诉他赌债不受人民政权保护，吸收他参加支前。俞世珍结束了提心吊胆的日子，一门心思组织支前，带领松柏峪人驴驮马载肩扛，冒着大雨按时将粮草运送到定西，率先完成支前任务受到嘉奖。组建农会时，当了第一任农会主席。

俞世昌一大清早前后院转了个遍，迎客、书礼、鼓乐、木匾摆放、喜对悬挂、司厨、安席一一查过，都安排得有条有理，他对自己让俞世珍任总管的决定感到满意：有本事的人也是老天世定的，世珍走了十几年下坡路也是为了家业，为了把小钱换成大钱，情有可原，谁人没有年轻的几天，浪子回头金不换啊！

2

故里古城的李广烧坊也忙得不亦乐乎。晓梅早早就被喊起床，奶奶给她梳头净脸描眉后，又将一件件嫁妆摆在她的面前，除了应季换洗衣服，还有绸褥缎被，盥洗洁具，"娶亲的人快坐完席了，该换嫁衣了！"

"奶，我要穿这件黑绸提花长旗袍，不穿这身八瓣裙装嫁衣！"晓梅将一身崭新的镶着彩云花边的裙装推在一旁，取过那件平时最喜欢穿的黑绸提花旗袍。

"冰天雪地的，你咋穿旗袍？"

"八瓣裙也得套在紧身棉衣上。"

“当初依你没有缠脚，这次你得听话，松柏峪不比其他村庄，不要让人家笑话咱老李家没家教！旗袍和嫁妆放在一起，到了松柏峪你想咋穿就咋穿，没人拦挡你！”奶奶一边说一边抹着眼泪。

“哭啥哩嘛，奶，像办丧事一样！”李晓梅大大咧咧地说。

“呸！呸！呸！”奶奶一听急了，背过身子一连唾了三下，仍然觉得没有赶走晦气，“别说不吉利话！”

晓梅不想惹奶奶难过，系好镶着彩云花边的八瓣裙带，套上镶着彩云花边的缎袄，逗奶奶说，“你是有名的‘县长二娘’，还怕人笑话？”

奶奶乍一听这话皱紧了眉头，很快又扑哧一声破涕为笑了。她是国民政府最后一任县长李国栋的叔母，按当地的习俗称二娘。李国栋自小父母双亡，由她抓养成人。他当县长后发起妇女放脚运动，先从解除她的裹脚布开始，被她不由分说当众一顿闷棍，从此“县长二娘”的威名就传开了。

“我是气急了，丢人现眼了一回，不是奶奶本事大，是人家侄儿娃孝顺！”每当有人提起这事，县长二娘由不得都要自我谴责一番。

晓梅乘坐的花轿走沟过渠，三十里南广爷川走了半天才来到松柏峪。新人下轿被迎进新房后，专门负责伺候新娘的菊叶缓缓揭去红盖头，不揭时倒还罢了，不过是个富人家的姑娘，绫罗绸缎，穿金戴银，这些素与菊叶无缘，菊叶也从来不加理睬。一揭红盖头时，菊叶顿时傻了眼，那没有搽胭脂撣粉的脸面就像一朵含苞待放的白牡丹，两只大眼睛闪着半羞半娇的灵光。只听说美人如画，今儿算是让她开了眼。

晓梅和菊叶的目光相遇在一起，“要给姐姐添麻烦了！”

菊叶的眼神有些慌乱，举动有些失措，小心翼翼地拉起晓梅的八瓣裙，扶她上炕落座，“你这么水灵的人儿嫁到松柏峪，委屈你了！”

晓梅不以为然地笑了笑，“姐姐不也嫁到松柏峪了吗？”

“我哪能跟你比！我娘家是穷户人家，我爸重病在身十块银圆把我许配给牛家。牛家也是铁杆穷汉，掏不出这个钱，还是你公公掏的！”菊叶端过洗脸盆，让晓梅坐在炕上盥洗，新婚三天脚不挨地这是规程。

晓梅将就着盥洗一番，擦着手脸，“我公公这么大方?”

“他老人家是大方，但也另有原因。”

“啥原因?”

“炳武他爷、国璧他爷、咱这事的总管俞世珍他爸是一娘生的亲弟兄，国璧他爷是老二，过继给了牛家。”菊叶已经摆上炕桌，端来专为新人准备的饭菜。

“噢!”晓梅点点头，随意夹了几口，就放下了筷子，把头探向窗外，在人群中寻找那个熟悉的身影。

宴席已经开始。东家持杯把盏，走进设有席口的西厦房每个房间，恭而敬之地为来宾敬酒，第一轮由俞世昌、俞世俊老弟兄俩出场。走进房间时，上席先把老二从头看到脚底：“我呀呀，头上瓜皮缎帽身上细布棉袍脚上平绒暖鞋，日头从西边出来了，你能舍得脱下毡袄、草鞋?”

俞世俊听惯了这种玩笑话，并不觉得难堪，只是木讷地笑笑。

俞世昌替弟弟回答说：“那也得看是啥事！亲侄子娶媳妇，叔老子能不撑个体面?”

“给两位掌柜恭喜!”上席这才言归正传。

“同喜同喜!”老弟兄从上席开始，一左一右为来宾各敬一巡交换位置又敬一巡，去了另一个房间。第二轮敬酒的才是新郎俞炳武，由堂兄俞炳文作陪，学着长辈的样子，不敢有丝毫怠慢。第三轮是家门亲房，第四轮由女婿外甥扫尾。

看头一遍，那张时不时面对着新房稚气未脱的脸庞让她心仪，看第二遍，那个一身青缎长衫左右交叉两根挂红的身姿让她陶醉，看第三遍，新郎敬酒时亦步亦趋的样子让她忍俊不禁，第四遍就不那么新鲜了。她的目光移进新房内，除了桌椅炕柜就是衣裳铺盖。

牛嫂走了进来，小心翼翼地拨掉清油灯捻上结出的灯花，这是她最留神的一件事。晓梅知道，这盏灯叫长命灯，三天三夜不得熄灭，难为她这么操心，毕竟是一祖之后，打断骨头还连着筋呢，“牛嫂来松柏峪几年了?”

“三个月!”

“你也是这样结婚的?”晓梅情急之下没有表达清楚，她的本意是想说，你也是这样三天不下炕的？

“哪能像你这样排场体面！”

“那也好，用不着三天不下炕，活受罪！”

“哪呀，啥规程都没有，唯有这个规程没有省。我家男人说，女人一辈子就轻省这三天！”

“这叫啥轻省？简直是坐牢哩！”

掌灯以后炳武才来到新房，一进新房来不及解下披在身上的挂红，就被四个同龄人抓住手脚轻轻一抛，抛在炕上的晓梅怀里。晓梅摘下炳武头戴的棕色礼帽，在灯光下看着他还是那么白皙的脸颊，看着他嘴唇上变粗变黑的汗毛，如果不是众目睽睽之下，早就吻了一口。俞炳武一整天叩头作揖敬酒，这阵子腰都直不起来，在媳妇怀里丢了一个盹。

“看把你俩美的，天才黑就想着亲热哩！”牛国璧拽着炳武的领子，“要亲热就亲热美，当着大家的面亲嘴！”

“那咋成？”炳武扭捏着。

“亲一下，亲一下！”众人喊了起来。

“亲就亲，有啥了不起？”晓梅笑了笑，嘴对嘴亲了好几下。

“才到你的心事上了！你说，炳武是不是因为你被开除的？”说话的是俞打豹，也是俞炳武一把干葱不零卖的连手。

“可能是吧！”晓梅也扭捏起来。

“他偷鸡摸狗又是为谁？”打豹又问。

“不是狗是猪。”晓梅还没说完，自己先捂着嘴笑了起来。

众人一边笑一边嚷，“猪就猪，为谁摸的猪？”

晓梅笑得捂着肚子，“是他摸的你问他！”

炳武这下说得很干脆，“为她！”

“王宝钏相亲抛绣球，你相亲搞聚餐！”俞打豹说。

“他也不是薛平贵，我也不是王宝钏，松柏峪不是五典坡，李广烧坊难道是相府院？”晓梅连珠炮似的说了一长串。

“你是说我家是五典坡你家是相府院?”俞炳文不知啥时进来凑热闹。

“我说都不是!”晓梅对这个陪新郎看酒的堂哥倒是实话实说。

“你哪像个当哥的，陪新郎看酒是因为大龙还没长大,”大龙是俞世珍的儿子，才过四岁，“你这人给点颜色就染大红!陪了酒还要闹新房!”牛国璧说着，冷不防把俞炳文和李晓梅的头叩在一起，俞炳文红着脸连忙跑出新房。

“你俩私订终身时给他的是啥信物?”牛国璧问。

“嗯……”

“不如实招来，老笤帚伺候!”牛国璧这么一说，有人真的找来扫炕笤帚，塞进炳武的长衫领豁口一顿乱扫。

炳武被笤帚芒扎得一个劲儿缩着脖子，两只手抱住才剃没多长时间的光头左躲右闪，笑得流出泪水，“我说，我说!在我贴身的口袋里!”

早有好事的人解开长衫纽缨，从贴身衣袋里搜出一个叠得四方四正的丝手帕，打开看时只见用红丝线绣着八个大字。

大家你看看我，我看看你，谁也不知道是啥字。

“太文了，这叫啥闹新房!来武的!”牛国璧知道在场的只有炳武两口子识字，问了也是白问，一把揪住俞炳武的耳朵，“闹我的房时你点子最多，闹你的房时你却装鳖!”

俞炳武右手一个劲儿地抹着自己的脖子，“我这里给你‘杀鸡’了!看在晓梅的面上饶了这次，下次再也不敢了!”

“你嘴里胡说个啥?咒我呢!这事也有下次?”牛国璧眼珠瞪得圆圆的，吼了一声:“咹?”

炳武连忙笑着赔不是，“我一着急没说清，我是说打豹闹房时再也不敢了!”

俞打豹这下也不答应:“今日的事还没完就谋算着下一次，你这不是没事找事吗?”

炳武笑着又给打豹“杀鸡”，“打豹哥饶了我这次，我原本想说晓梅是城里人，不习惯乡间的习俗。”

“啥球城里人，进了松柏峪的门，就是松柏峪的人。新婚三天无大小!”牛国璧还没说完，围上来一群人，有的摸头发说她的头发像墨染过的，有的摸脸蛋说她的脸白，有的抹鼻子说她的鼻子棱，有的摸得缎袄嗞嗞响，结满老茧的粗手掌带起根根细丝，有的揭起八瓣裙，抽去晓梅的紧身棉裤带，要她站起身。晓梅不依，众人推搡起来，几个借机倒在晓梅身上的人又是乱摸又是狂吻，新娘子头发散披，豁胸露背，说也不能说，怪也不能怪，只得任这帮人胡闹。

俞世珍今天也刻意打扮了一番，头戴黑羊毛线织的筒帽，收缩在一起的帽顶上一个大大的毛线穗子，冷天护脸的帽檐绾了一圈，棉上衣外罩一件长布衫，提前来到新房主持换盅仪式。闹房人兴犹未尽，挤在窗户前和门口看热闹。俞世珍亲自把盏，新郎新娘喝了交杯酒，菊叶铺好被褥，将棋子豆、糖果、红枣一把一把地撒在铺好的被褥上，每撒一把，挤在窗户门前的人就嚷一句：

一把棋子一把米，养下儿子有出息！

一把棋子一把谷，儿子女子把书读！

一把棋子一把糖，养下儿子孝爹娘！

一把棋子一把茬，养下女子进京城！

棋子五谷都撒完，新郎新娘福寿全！

俞世珍和菊叶关好新房门离去后，几个好事的还蹲在窗口听窗：

只听晓梅说：“让你受委屈了！”

炳武答：“有你这样的媳妇，这辈子值！”

3

吃过晚饭，天色已经发麻。一对家雀在房檐下的墙缝里扑腾了一阵，也安分守己地歇息了。本该歇息的郭爱爱却异乎寻常地忙碌起来，三两下洗了锅碗，擦干净案板，把烧剩的柴火归拢到案仓里边，洒水扫地，上炕把被子叠了又叠，直到棱是棱，角是角。这才点着煤油灯，坐在炕上对着镜子梳头，先用那把桃木梳子梳了一会儿，又拿起有好几个断刺的篦子蘸上清水，把头发篦得光亮，再把梳好的长发盘在脑后，罩上发网，别上多年不用的银簪。脱去那件平常挂在身上的掉了色的齐屁股土布衫，换上转娘家时才穿的齐腿弯衣襟上镶了一圈黑云子图案的蓝色细布衫。戴上那对多年不曾戴的缀有银质花朵和花叶的耳环。她似乎还不遂意，找出那个多年不曾用过的胭脂盒，剥去表皮的一层硬痂，指尖沾上残存的一点胭脂抹在脸颊上，又从墙上剥下一片红纸抿了抿，对着镜子照照，嘴唇红润了，人一下子有了精神。

刚过门时，一连串的事让她不知该如何应对。她的男人俞绍文常年在外做生意，两口子在一起的时间不多，每逢天阴下雨，总有其他男人来家陪她拉闲。平常在路头路尾，总有男人没话找话地和她说话。夜深人静后，甚至有人跳进院墙敲她的房门，赌咒发誓地向她表白。

她把这些都说给娘，娘说广爷川就这么个习俗，千万不能骂人，骂人显得自己倒没家教。只要自己不起这个瞎心，天长日久安这种瞎心的男人也就死心了。绍文被抓壮丁后娘要她养个狗，说是有响动狗会叫，也是给那些有瞎心的人提个醒。可是爱爱一听狗叫就头疼，虽然没有养狗，却按娘说的守着妇道。那些摸黑跳院墙的男人个个碰了一鼻子灰，天长日久还传出话来，“郭爱爱的眼头高着呢，松柏峪的男人没有一个看上眼的！”

绍文病殁的消息传来后，娘不忍自己的女儿孤苦伶仃一辈子，问女儿是如何打算的。爱爱说，她生是松柏峪的人，死是松柏峪的鬼，哪里都不去。娘没有在意女儿的话，只当是女儿夫妻情深，为绍义守寡，也就没有多劝。她哪里知道这时的爱爱已经不是当初的爱爱！女儿已经有了中意的人，这个人就在松柏峪，而且还是个年龄比她大了好多有儿有女的人。

这个男人也是翻院墙来的，落地时的声音特别沉重，丝毫不加隐瞒的脚步声一直响到她的房门前，又是一个瓷实的声音：“爱爱，开门，我是世昌！”只这句话，就像磁铁一样把她吸下炕，蹑手蹑脚来到闩着的单扇门前。

世昌是谁？世昌是松柏峪的人梢，要长相有长相，要身份有身份，要人品有人品。论长相，打人前走过时女人们总要偷偷看两眼。论身份，是松柏峪的头号财东，村里唱大戏耍社火，都是坐在桌前的人。论人品，不说别的只世昌堡这一件事就没有人不说他的好话。他看到村里躲避土匪的官堡建在松柏坡顶离村子太远，自己出钱雇人在阳坡川畔打起一座新堡子让全村人用。别小看这座堡子，筑堡墙的黄土都是蒸过的熟土，靠人工一背篼一背篼背到四丈高的，这得多少人工，得花多少银子？人家连眼皮都没眨一下！

这个在松柏峪顶天立地的汉子，见了爱爱眼里总是火辣辣的，直看得她浑身发热，胸口怦怦直跳，手忙脚乱地埋下头，但又抗拒不了那双火辣辣的眼睛，忍不住偷眼观看，他还在直呆呆地望着自己。他能看上我这个苦命人？她不敢多想！就是这个想都不敢想的人居然屈尊站在门外，向她表白，她不顾一切地抽去闩门棍，打开房门。他一句话也不说，紧紧地把她抱在怀里。

他有些日子没来了。解放军的大队人马从吴家堡沿着西兰公路走了一天一夜开往兰州以后，村里就传起“天晴了，地红了，不许财东胡行了。天宽了，地大了，穷人起来说话了”的顺口溜，人们说共产党要把所有的财东扫地出门。上次在泰山庙院召开松柏峪农民协会成立大会，一位姓周的干部走下三级台阶，把坐在地上心神不宁的世昌搀扶到桌子后自己的凳子上，告诉大伙儿：“俞世昌是开明人士，曾经搭救过一个小红军。他家是我党地下工作者韩忠民同志经常歇脚的地方，韩忠民就是那个老道人!”

啊，亮晴人就是亮晴人，你看人家看事多远，老早就为共产党干事！周姓干部让世昌重新抬起了头，脸上重新露出了笑容，才操办完儿子的婚事又有心境想着她。白天她发现靠着院门墙立着蒿草，这是他俩约定的记号，这阵他该来了。

院门一阵响动，爱爱记得清楚院门是虚掩着的，但又怕记错，将他拒之门外。她走下炕跷出房门槛来到院门，原来是一股风吹过的响动。这下她可是看得真真切切，院门的确是虚掩的。

她返回房间，继续想着自己的心事。

世昌说，他对她动心思是从打山歌开始的。

那是麦子“赶羊”时节，山风吹过，满山遍野的麦子泛起一层层白色的波浪，家家都忙着开镰割麦，各人自扫门前雪，俞世昌领着西山麦客割自家的麦子。俞绍文的地里却冷冷清清，郭爱爱独自一人用手拔着麦禾。这是一块陡坡地，麦子长得稀稀拉拉，楞杆处地都苫不住。薄田禾黄得早，但又不像长势好的田禾整块地黄，这儿黄一坨那儿黄一坨，马毛似的麦秆又细又矮挂不住镰，爱爱拔着拔着打起了山歌：

哎，麦子黄，

麦家吆镰刀揽得宽。

偏偏世昌也爱吼两嗓子，在自家地里吼了起来：

哎，麦子黄，

麦家吆只割自家地。

广爷川有个风俗，每到麦收季节，男女以对唱的形式打山歌，不拘内容，唱的人唱得出口，听得人见怪不怪，唱的愿唱接的愿接就算对上了山歌。郭爱爱随口接了一句：

哎，真个虚，

你家吆缺人咋不言传？

世昌又唱了起来：

哎，我就虚，

言传了又能咋样呢？

爱爱没有多想，接了下去：

哎，不是虚，

是你吆心里没这个人！

爱爱觉得世昌说得也对，四山八洼都是打山歌的，要对上山歌，必须腔对调对心对！想着想着，她又小声哼起那首只给世昌听的山歌来：

大雁排成一排排，

妹妹盼着哥快来。

大雁排成一行行，

妹妹盼着哥上墙。

天上一朵黑云彩，

妹妹给哥把门开。

开门不如开窗子，

妹给哥哥教方子。

说好的日子错记了，

油馍馍放下丝气（长霉）了。

4

磨子梁的南麓是南广爷川，北麓是北广爷川，都因纪念飞将军李广而得名。磨子梁的末梢，南广爷川的磨子河和北广爷川的故里河相汇的地方，便是故里古城。之所以叫故里，不是因为李广出生在这里的缘故，而是因为伏羲诞生在这里。之所以叫古城，是因为故里城始建于李广父亲李尚任故里县令的西汉时。

与故里古城一河之隔的北山上有个叫朱家山的村庄，村上有个叫朱老三的人却在为女人熬煎。是地方穷还是祖坟没选好？显然都不是，一娘生的弟兄五个，偏偏中间的一个单身？说他是单身，似乎也不对，朱老三娶过两房女人。一天他从故里城李铁嘴的卦摊前走过，心想，人都说李铁嘴的卦灵验，何不求他算上一卦！手伸进口袋摸了半天也没找出个铜板，便不好意思地说："先生，你这卦钱能赊欠不？"

"能！分文不取都行！"李铁嘴的一双小眼睛似闭非闭地打量着他。

"那咋行？你凭这个吃饭，下次进城一定给你!"朱老三赌咒发誓似的说。

"你是求姻缘吧！"铁嘴看了看朱老三，又厚又硬的头发像猪鬃，高高的颧骨长着一圈毛发，不论是说话还是笑，上牙龈和牙齿一起裸露在嘴唇外面，"算卦不惜情，惜情卦不灵！你是要听好话还是实话？"

"当然是实话！"

"你是个'三眼井'面相，恐怕得死三个女人哩！"铁嘴说完闭上眼睛，以手捻须，不再吱声。

好话不出门，瞎话传千里，不要说闺女就是半路死了男人的寡妇也没人愿意嫁给他。朱老三也死了娶的心思，动起抢的念头。他打听到松柏峪的郭爱爱，男人被抓丁死在外头，婆家弟弟在县城教书常年不回家，公公大先生早已去世，亲房家门没有个当将人，自古寡妇门前是非多，谁拳头上劲大寡妇就是谁的，也省了好多事！

为了慎重起见，朱老三召集弟兄们一起商量，老五说了一句有情有义的话：“咱还是一个奶头上挂大的，不能看着老三连个搔锅底的人都没有，更不能眼睁睁地看着他断了后。莫说寡妇，老草驴都会涨价的，咱们能想到的别人也能想到，不如先下手为强，免得被二家子抢了去！”老五这么一说，老大老二老四不好说啥，只得依随。

朱家弟兄都练过拳脚，朱老五又是广爷川头拳，徒弟很多，弟兄五个带着老五的几个徒弟，天一黑就下了朱家山，过了故里河，从北门进了故里城，穿过街道，翻越城南的断壁残垣，顺着磨子梁末梢的陡坡路上了磨子梁。

磨子梁是磨子河和故里河的分水岭，南广爷川和北广爷川的分界线，梁脊背上一条蚰蜒路弯弯曲曲向西一直通向辘轳山。朱家弟兄抢亲心切，志在必得，没用多大工夫，就走了三十里蚰蜒路，来到磨子梁和松柏坡分界处的松柏坡顶，松柏峪的官堡已经看得清清楚楚。朱老五摆了摆手中的五尺鞭杆，众人会意，不再说话，跟着朱老三沿松柏坡上的之字路奔松柏峪而来。

郭爱爱家就在松柏坡山脚下村子西头的一个庄院。这些多多少少都会抡枪使棒的人，蹑手蹑脚来到郭爱爱的庄院外，村里竟然没有一只看门狗发觉。用不着老五亲自出马，早有徒弟翻上院墙。

“刷刷！”这是墙头土落在院子里的响声，还在哼着山歌等着心上人的郭爱爱脸上立即起了阴云：世昌知道院门没有上闩，是不会翻墙进来的。

那个跳进院子的徒弟三步并作两步打开虚掩的院门，朱家弟兄涌进院子推开房门。走在最前头的朱老三一看郭爱爱的模样好不喜欢，人说郭爱爱长得俊，没想到俊到这个程度！看到郭爱爱的这副打扮，老三又好生奇怪：“你能掐会算还是咋的，知道我们今晚来娶亲？”

“抢寡妇！”爱爱一愣，从头皮一直麻到脚后跟，等回过神后又羞又恼，恨不得一把摘下耳环撂上房顶，心里一着急，流出两股眼泪：“世昌啊世昌，看来我今晚非进狼窝不可，从今往后咱俩再也不能到一搭了！”

朱老三明白了爱爱并不是为自己梳妆打扮：“明人不做暗事，给你说了吧，我们是抢寡妇的！你若情愿走咱话好说，拜堂成亲后再认亲戚，你若不情愿就别怪我们不客气！”

“费那唾沫干啥？就算她情愿，一双小脚啥时走上松柏坡！”朱老五走进驴圈喊一声“呔求”，毛驴见进来个生人，原地站立不动，头一扬挺直脖子，鼻子里发出吭吭声。朱老五举起鞭杆在驴屁股上一顿猛砸，毛驴才极不情愿地走出圈门。房檐下的那对麻雀被这突如其来的声响惊得钻出椽眼，飞上房顶。全村的狗咬了起来。

爱爱好像听见了世昌沉重的脚步声，不顾一切地喊起来：“抢人了！救命！”朱老三早有防备，一把捂住她的嘴巴。朱老五在毛驴背上垫上汗提披上鞍架，脚蹬驴肚扎紧肚带，毛驴被他勒得直转磨磨。朱老三把反剪着双手的郭爱爱架在驴鞍架上。毛驴后腿又挨了几棍，被朱家弟兄踢踢打打走出院门，向松柏坡走去。

如约前来的俞世昌走到半路听见了爱爱的声音，情知出事，想都没来得及想就可着嗓子喊：“有人‘抢寡妇’了，有人‘抢寡妇’了！”

全村的男人一听这喊声，知道是郭爱爱出事了，有的拿着闩门担，有的拿着磨担，有的拿着铁锨，来到村西头，跟着俞世昌追上松柏坡的之字路。

牛国璧家住在村子东头，到村西还得走过村中的一条红土岔沟，他手握闩门担，来到郭爱爱的庄院时，院子里已经没人，叫喊声回荡在松柏坡的之字路上。他走出院门时，俞炳文抄着一把铁锨，喘着粗气慌慌张张跑来。

牛国璧拽了一下他的衣角，头朝西边摆了摆，俞炳文会意，紧跟在他的身后。两人沿着一条取水吃的蚰蜒路来到村西的一条红土沟。无情的山洪把红土沟表面松软的黄土层冲进磨子河还不肯罢休，又在坚硬如石头的红土层上生生刻出一条排洪渠，活像松柏坡的一条皴裂，从磨子河畔裂到松柏坡顶。早些年村里人把躲避土匪的官堡筑在松柏坡顶，除了地势高易守难攻还有个原因，就是土匪进村时人们从这条沟爬到官堡，既是捷径又不容易被发觉。这些年不再躲土匪了，牛国璧还记着这条捷径，带俞炳文踩着雨水冲刷出来的一个个天然脚窝，向官堡方向爬去。

朱家弟兄得手后，老大、老二、老四前头开路，老三牵着驴缰绳走在中间，几个徒弟左右护定驴鞍架上的郭爱爱，朱老五断后。没费多大的气力已经返回到官堡前，广爷川拳把式朱老五看了看沿之字路追上来的松柏峪人，还有一大截路程，长长出了一口气。让他头疼的路段已经走完，过了官堡便出了松柏峪地界，老五脸上露出一丝轻蔑的微笑："回去吧，等拜堂后再认亲戚，松柏峪还没有一只咬狼的狗！"

朱家弟兄胆敢在松柏峪抢寡妇，就是没把松柏峪人放在眼里，这阵又口出狂言，追上来的人一个个都豁出去要与这帮瞎怂拼命。俞世昌和爱爱相好的事虽然在松柏峪是公开的秘密，毕竟还隔着一层窗户纸，事到如今只说晒毡不说失尿，救人要紧哪顾得脸面？他跑得满头大汗还是落在人群后边，急得边跑边提醒前面的人："挡住牲口！挡住牲口！"

早先一步来到官堡前的牛国璧和俞炳文，悄悄来到刚撂完狠话的朱老五身后，俞炳文抄起铁锨使出吃奶的劲喊了一声："你这个瞎怂！"

朱老五闻声回头，一鞭杆打在俞炳文的胳膊上，俞炳文右半个身子发麻，右脚一软，栽倒在一棵沙棘刺下。趁着朱老五抽回鞭杆的空子，牛国璧举起闩门担劈头砸下，"咔嚓！"朱老五挨了重重一下，牛国璧手中的闩门担一折两截。朱老五倒在沙棘刺旁，先他倒地的俞炳文看得真切，左手抡起铁锨就铲，只听朱老五的牙齿咯嘣嘣响，太阳穴上喷出一注热血，疼得扭曲了的脸颊抽搐了几下，错位的牙齿来不及复位，便一动不动了。拳把式都是这样的下场，其他人谁敢恋战？朱家弟兄和几个徒弟顾不得毛驴背上的郭爱爱，四散逃命去了。

沿之字路追上来的人看见倒在地上被鲜血糊过脸面的朱老五，个个傻了眼。最后到来的俞世昌喘着粗气摸了摸朱老五冰凉的手脚，受到惊吓的两只眼睛一眨也不眨地盯着朱老五，两只手不住地拍着自己的膝盖："不知我前一世造了啥孽呀！"

组建不到一个月的县人民法院很快查清案件真相，作出判决：直接致死人命的俞炳文领刑七年，间接致死人命的牛国璧领刑三年，组织械斗的俞世昌、朱老三各领刑十年。

5

从世昌大院向西，走一截上坡路，爬一道长满降龙木的地埂，便是阳坡川畔的制高点，坐落着曾经让土匪闻风丧胆的世昌堡：四四方方，齐齐整整，中规中矩地仰望着对面的牡丹嘴，有棱有角，虎视眈眈，俯瞰着脚下流过的磨子河。然而在松柏峪，令人艳羡的还不是这个世昌堡，而是继续向西，走下那道长满降龙木的地埂，走不多路就到的恩贡老宅，老宅那个别致的大门头，大门头上那道陶件砌成的屋脊，屋脊两端的两个吻兽，还有那块斜倚在两个雕花梨木门簪上的匾额：

例授徵仕郎候选直隶州州判乙亥恩贡生俞谟

恩贡

大清光绪岁次丙子年五月穀旦

这是当年俞谟读书获得的荣耀，他的四世孙俞炳义成为老宅的主人时，老宅已经辉煌不再，屋脊连同两端的吻兽沾满污垢，匾额很难辨清曾经的蓝底金字本色，很少有人把它和读书联系在一起。它的新主人倒是有意无意间把它和后嗣的不够昌盛联系起来。

这也难怪！俞谟弟兄两人，哥哥读书，弟弟耕田，谟翁生有两男，弟弟膝下无子，由谟翁的次子承嗣。岂料就在恩贡大门头落成不久，谟翁的长子英年早逝，唯一的孙儿还在襁褓之中。谟翁白发人送黑发人，心系孙儿，无心出仕，在松柏峪办起私塾，教书谋生。二房的嗣子仍后继无人，两门人系一条根。谟翁的重孙也就是俞炳义的父亲俞汝培依然单传，直到俞炳义这辈才算男女昌盛，弟兄三人，遵从先人的遗训，老二俞炳礼承嗣二房。

俞炳义青年时在外干公事，不太留意传宗接代的事，回家务农不久，患水鼓病的妻子撒手人寰，他的心头不由掠过一丝疑云。重新组建家庭以后，出门见到的都是托儿带女的人，进门夫妻俩大眼瞪着小眼，这股疑云便越来越重。

“哇!”一声婴儿啼哭，驱散了俞炳义心头的疑云，也给这个古老的宅院增添了生气。接生的大嫂喜不自禁地告诉他“生了个值钱娃”，他的头一个反应是给孩子取名“致祥”。致祥来到世上七天，他走进月房，掀起孩子身上的毡片，这个乳臭未干的小家伙紧闭着两个泡泡眼皮，张开小嘴打了个哈欠，又叉开小腿，扑登两下，小鸡鸡一扬，挣得满脸通红，一泡童尿正好撒在他的手上，他并不急着擦去，白净的脸上出现了久违的笑容。

致祥能望着他咧开板板嘴笑了，他一伸手从妻子手里接过孩子，孩子胖嘟嘟的小脸蛋贴在他的胸前，一只小手摸着他的胸膛，另一只小手搭在他的肩膀上，口里说着谁也听不清的话语，涎水流在他的臂弯上，一股奶腥味透进他的鼻腔，又沁入他的心脾。啊！这就是我朝思暮想的儿子！这就是我生命的延续！这就是老俞家的骨血！找到了感觉的俞炳义从此一有空就抱起儿子，或者扶着儿子站在自己的手心里不停地抛高，听儿子发出咯咯的笑声；或者拉儿子绵软的小手摸自己的嘴巴，孩子被刮过不久的胡子茬扎得缩回小手，他反而乐得一脸笑容。

致祥的娘季玉梅除了照看孩子，还要打扫卫生，喂鸡喂猪，早晚两顿饭，也够她一个人忙活的。浆水缸里不见酸菜已经好几天了，飘着一层白花的浆水散发着扑鼻的酸霉味。玉梅嚷了好几天，炳义才把社里分来的两大筐萝卜在磨子河里洗干净担回家。玉梅切碎萝卜叶子，又将萝卜擦成丝，一起倒进那口炸菜专用的二尺锅添满水，点燃灶膛里的硬柴。

趴在院子里晒太阳的致祥哭闹起来，她来到院子为孩子喂奶，吃足奶水的致祥咿咿呀呀又说个不停，玉梅放下孩子走进厨房，双膝跪在地上，头伸在灶火门前探看。灶膛里的火势已经过去，燃过的硬柴上满是银白色的灰烬。她拉动风匣，冷不防一股火舌窜出灶火门，她那乌黑的头发和浓浓的眉毛上立即滚动起几个褐色的颗粒，散发着一股焦灼的气味。随着嗞嗞的响声，锅里又冒出热气。也就是这一阵的工夫，不见了孩子的喃喃声。玉梅顾不得烧开的锅，拖着三寸金莲噔噔噔跑出厨房，不见孩子，却传来那头产过多胎猪仔的老母猪的哼哼声。玉梅循声看去，天哪！致祥吊在老母猪的嘴里！老母猪见她走出院子，以为是主人喂食，也不躲避，摇摆着尾巴走来，孩子依然叼在嘴里！玉梅顺手抓起那个烧炕推耙不停地捣老母猪嘴角，老母猪方才觉出不对劲，仍然不肯放弃自己的猎物，叼着孩子朝猪窝跑去。一旦钻进窝，老母猪有空换口，后果不敢多想！玉梅抢先一步，堵在猪窝门前，手中的推耙雨点般捣向老母猪嘴巴，老母猪牙被捣掉几颗，丢下孩子钻进猪窝。玉梅被致祥衣服上的鲜血吓得心脏紧紧缩在一起，急急抱起孩子，看看头部没有受伤，挽起袖筒两只小手也完好无损，好险啊，是猪嘴里流出的血，原来老母猪叼在致祥的两个袖筒上！

“我的儿，我的命蛋蛋！娘拿眼泪换了个你，你要是有个三长两短娘可咋活呢！”玉梅紧紧地抱着儿子一屁股瘫倒在地上。

老宅里的阳光渐渐收起，阴凉像跑马一样从院子爬上上房山墙，一下子又爬上磨子梁顶。老宅外的洋槐树上，觅食归来的麻雀叽叽喳喳叫着，令人烦躁不安。收工回来的俞炳义听玉梅诉说完刚才的情景，头皮子一阵阵发麻，“以后你专心照看孩子，我收工回来再干家务”。

“那咋行，合作社按出工分粮食，你一个挣工分就够辛苦了，家务活咋能留给你呢！”玉梅将孩子递给自己的男人，心才算彻底装进腔子里，才想起炸了一半的酸菜！炸酸菜差点酿大祸，但是庄稼人不能没有酸菜，富汉靠它吃菜，穷汉靠它撑肚子。她从锅里捞出已经烂熟的萝卜菜，倒在榆树条编的大筐篮里，放上一个大石头，“这娃把人吓得一死一活的，怕是我这个当娘的命不好?”

俞炳义抱着孩子，双脚站在大石头上，“你爸解放前在南京做大官，解放后是民主人士，咋能说你的命不好?”

“好啥?说起来有个做官为宦的爸，没有见过面。嫁了个毕业生男人，又被人家休回家。幸亏李晓梅说合，我才来到你家。”季玉梅十分伤感地说。

“儿子娃都这么大了，这就叫先苦后甜呀！”俞炳义少说也有一百六七十斤，怀里还抱着个孩子，往石头上一站，黑褐色的菜水一下子从大筐篮的各个缝隙里朝外流。

玉梅把压榨去水分的熟菜放在手中，一疙瘩一疙瘩地捏去剩余水分投进菜缸，又将刚才的那块压菜石头移到菜缸里，漂着白花的浆水迅速将熟菜封得严严实实，“今日的事给咱提了个醒，致祥也是个多灾多难的娃，要让他利利祥祥长大就得拜个干娘！”

6

致祥周岁这天，恩贡老宅举行了隆重的拜干亲仪式。

李晓梅被安到炕桌后面的上席。她拾掇得格外利落，一头齐脖根短发，一件大翻领斜插口的咔叽布制服，一双大脚片。而和她年纪相仿的女人后脑勺都吊着一个大发髻，身上都穿着一件或黑或蓝或灰色的大襟子齐屁股上衣，一双三寸金莲。两相比较起来，李晓梅简直就是一个下乡的女干部。这要是在别的女人身上，不知被人指脊背多少回了，可是在她身上却鸦雀无声。她过门前就和城里大户人家的女子一样穿旗袍，嫁到松柏峪后偶尔也穿旗袍，大多数情况下都穿这身服装。不但没人说长道短，有人反而替她打圆场：人家是农民业余冬学的老师，推广郝建华速成识字法，年终考核松柏峪脱盲的人最多，县里都有名，和女干部有啥两样？

俞炳武沾妻子的光，当了致祥的干爸，也理所当然坐上席。他显得没有晓梅那样开心，倒不是因为土改全家搬出世昌大院住进世昌堡，他老早就把家业看作累赘，人常说银子钱儿催命鬼，就他爸判刑十年这一件事足以让他在村里抬不起头。这个事也只有李晓梅敢开他的玩笑，“你为女人被开除学籍，你爸为女人坐牢有啥？有其子必有其父嘛！”每次都被他一句顶回去，“能这么比吗？”漫长的六年过去了，他也默默接受了这个不可更改的事实，新的不快又来了：和自己一把干葱不零卖的牛国璧提前释放回家，人家互助他互助，人家缴粮他缴粮，人家进社他进社，人家入了党，他连团都入不上！

坐在左手第一个席位的是他们夫妻俩的老同学季玉刚。真是不打不成交，当年二人为一桌饭大打出手，俞炳武被开除了学籍，如今一个是孩子的亲舅，一个是孩子的干爸，又坐在一个饭桌上，但谁也不好意思先开口。

多亏晓梅开口打破了僵局，“玉梅因为不生养在王家受浅看，一到松柏峪就生了娃，还是个儿子娃!”

“还不是托你的福!”季玉刚十分感激地说。

用不着解释，在场的人都知道玉梅和炳义的结合是李晓梅做的媒。

“不是托我的福，而是他王维张没这个福气!”李晓梅看着忙出忙进的季玉梅。

“王维张还是我最要好的同学哩，我娘就是为了他这个毕业生，才把玉梅许给他的。”季玉刚说。

“要好的同学算个啥?”俞炳武瞪了季玉刚一眼，想说“咱俩也是要好的同学哩，全校就咱两个上老师灶吃饭，可是……”话到嘴边被晓梅截了回去。

“去年松柏峪生了三个娃，牛老二家的岁旺是我的女婿，致祥是我的干儿子，三个娃成一家人了!”

“才一岁的娃，咋成你的女婿?”季玉刚感到莫名其妙。

“我和牛老二家的指腹为婚，原本说说而已，谁知孩子出生后真的是一男一女，这事也就这么定了。”

“你和玉梅不也是一男一女吗?”季玉刚咂了咂嘴，好似在为自己的小外甥鸣不平。

“你有所不知，我们和炳义家是亲房，一个桌子上供奉老先人，不能成亲!”

季玉刚听得犯糊涂,“记得炳武说过他们是外来户,在松柏峪没有亲房家门。”

“你记得没错，炳武的太爷是外来户，本姓魏，为了能在松柏峪站住脚，归了恩贡老爷家的宗改姓俞。”

“噢!”季玉刚点了点头。

首先端上炕桌的是暖锅。暖锅的底层是洋芋、萝卜、泡菜、粉条、豆芽菜，顶层是糖汁炙过的猪肉片、排骨、丸子、鸡块，撒了些干辣丝、葱段。火筒里的木炭火势正旺，不一会儿，火筒外面的肉菜汤沸腾起来，发出诱人的香味。

四个大馒头摆在炕桌四角的碟子里，每个馒头和碟口一样大，一开四瓣，朝外裂开，馒头心用红颜色点着几个小红点。一眼看去，就像一朵刚刚绽放的白莲花。

坐在右手头一个位置的老大俞炳仁乐得合不拢嘴，长兄如父啊，他佝偻着身子刚给孩子干爸干娘夹了排骨，又示意孩子舅舅动筷子，生怕慢待了亲戚，“他舅，想给你夹菜哩，这受过伤的腰身有些不听话，你不用客气，自已来!”

“不客气，大哥!”季玉刚夹了一片猪肉，放在嘴里。

晓梅掰了一角莲花大馒头，看了又看，“玉梅，蒸大馒头可是锅上最难的手艺，你啥时学会的?”

玉梅红着脸说，“请孩子干娘这么大的事，没有大馒头咋行?想着试一试哩，没想到一试还试成了。”

季玉刚也夸起了妹妹，“玉梅在我家可是没做过这样一席饭的!”

“你们家衣来伸手饭来张口，用得着她做吗?”俞炳武看了一眼季玉刚，瓮声瓮气地说。

“和老季家成亲，这在旧社会真的不敢想!”老炳仁一边感叹一边摇着头。

季玉刚指着挂在正面墙上的一块木匾，说：“大哥说哪里话，咱两家成亲是缘分。我爷爷在你们家的私塾上过学，这幅匾就是这座上房落成时我爷爷送的，我们两家还是世交呢。”

俞炳武向正面墙上看去，阴刻的字迹和匾面都被熏成烟火色，看了好一阵才看出眉目来：居中四个大字“广厦春高”，抬头一行小字“俞老大人新居落成志喜”，落款处又是一行小字“受业季耀祖”。季耀祖何许人也?同盟会员，故里第一个后期师范毕业生，创办了全县第一个乡村小学——故里小学，儿子又在南京国民政府当过大官，想到这里，俞炳武说：“解放前不要说广爷川镇，就是全县，老季家踏一脚地都颤呢!”

“你俩还是老同学呢，在一起就不能说句亲热话?”李晓梅白了自己的男人一眼，拿出事先买来的黄铜锁，拴在黄线辫成的项圈上，挂在致祥胸前。玉梅按住致祥的头对着晓梅点几下，算是拜干娘。致祥不但不躲避，反而乐得咯咯笑出声来。晓梅疼爱地抱起孩子：“让干娘亲亲!”啷的一声，亲在孩子的脸蛋上，

“你看，这娃一点不诧人!”

“老天世定你是他的干娘。”玉梅笑了。

用过餐后，撤去炕桌，俞炳武把事先预备好的算盘、盘子秤、书本、打牛鞭、尺子、钉锤、大饼一一摆在炕上，让致祥自己挑选，用这种古老的办法预测孩子的前程。

致祥两只眼睛瞪得大大的，匍匐着身子，先抓起一支毛笔。

“这娃长大后是个大门头悬匾的!”老炳仁忍不住在小侄子的脑门上亲了亲。

致祥又攥住打牛鞭梢不松手，众人你看看我我看看你，谁也不说话，俞炳义夫妻二人的脸上出现了阴凉。

“这娃怕是个打牛后半截的!”俞炳义自己说出大家不愿说出的话。

“娃只是摸了摸，没有拿起!”季玉梅一旁轻声地改裁。

致祥的小手摸算盘。

“哎，娃将来是个管账的。”炳仁家的这下眉开眼笑了。

“拿算盘不一定管账!”孩子的二伯说。

致祥又拿起尺子。

“哎! 这娃是个管人的!”俞炳武说。

“此话怎讲?”季玉刚思量了好一阵，怎么也不能把尺子和管人联想在一起。

“尺规，尺规，尺子是定规矩的。”炳武说出自己的见解。

季玉刚并不以为然，“戒尺，戒尺，明明是个教书先生!”

“教书先生好，教书先生好!”俞炳义连声附和。

7

太白山下，渭水之滨的韩家寨是老道人韩忠民的家乡。说起来，韩家寨与松柏峪同属渭水流域，松柏峪在渭水的支流，韩家寨在渭水的中游。

韩家世代行医，流传下一个祖传秘方，能使没有身孕的女人怀孕，有身孕的女人生下男孩。靠着这个秘方，韩家积攒了不小的家业。可是韩掌柜的大儿子韩忠民偏偏不看重这些家业，参加了共产党，从事地下工作，解放前夕在兰州英勇就义。韩忠民只有一个儿子韩维周，由爷爷一手抓养成人。韩维周还在上中学时，爷爷就为他童养了媳妇宋淑珍。宋淑珍出身贫寒，比维周大三岁。人说女大三，抱金砖，爷爷看中的正是这女大三。淑珍手脚麻利，聪明贤惠，全家人都满意。维周却一直以姐姐相称，开学后一去不回，寒暑假除了礼节性的应酬几句不再搭理。爷爷暗想，不就是嫌她没文化嘛，便送淑珍去了学堂。不用几年，她就能看书，能写字。韩忠民就义不久，爷爷做主替还在中学读书的维周圆了房，维周仍旧一副不冷不热的样子，大学毕业后，去了甘肃教书。宋淑珍参加了土改工作队，不久担任了县妇联主任。清查反动会道门组织时，因为她解放前参加过“一贯道”，被开除公职开除党籍，遣送回韩家寨劳动改造。

韩掌柜从上锁的炕柜里取出包了一层又一层的木匣子，交给心情沉重的孙子媳妇，“回来就回来了，当农人一样活人哩，有这个秘方，你不会穷到哪里去!”

就在这时，韩维周大老远地从甘肃回家了，还和宋淑珍第一次成双成对地走出韩家大院，这让韩掌柜大吃一惊! 是这个瓜娃省事了，知道疼爱媳妇了？爷爷琢磨不透，两人走出大门时维周眉开眼笑淑珍低头不语的情形还是让他放心不下，便让小儿子躲在暗中，看这个瓜娃究竟要干啥。

他哪里知道，韩维周的心中早已有了别人。他在大学与一个叫俞云霞的女生相识，经过接触知道双方的父辈早有来往。韩维周的父亲韩忠民假扮老道人在松柏峪一带从事地下工作，常在俞云霞家歇脚。俞云霞的父亲俞世昌在老道人的影响下倾向革命，被划为开明地主。一个倾慕对方率直的性格，不俗的谈吐，迷人的容貌，一个艳羡对方烈士子弟的出身，热情奔放的性格。韩维周不认为自己已经和淑珍结婚，当然也不把她当妻子看待。他把这些情况毫无隐瞒地告诉了俞云霞。云霞通情达理，善解人意，耐心地等着他的好消息。大学毕业后，俞云霞来到自己的家乡，韩维周怀着一腔热血来到父亲战斗过的地方，双双分配在县撷秀中学任教。

虽然是解放前爷爷一手包办的童养媳，毫无感情可言，但是解除关系还得办理离婚手续。韩维周试探过几次，淑珍都是不愠不火，“韩维周，你不喜欢我，我没法子。你想离婚再娶，除非把我抬出韩家!”宋淑珍被开除公职后，韩维周闻讯回家，旧事重提，伤透了淑珍的心，这个负心贼这阵还说这话，肯定是有了相好！强扭的瓜儿不甜，一气之下也就答应了。

二人走出韩家寨，垂柳婆娑的河堤夹出一条十几米宽的小河，清澈见底，一条约莫一脚宽的木板桥将河堤连接起来。每两块木板相接处，都由楔入水中的八字桥腿支撑，为了防止桥腿被河水冲走，木板接头处又压着一块大石头。宋淑珍不敢走独木桥，打算蹚水过河。女人过冷水河会落下病根的，念起淑珍在韩家生活一场，风风雨雨，吃了不少苦头，已经走在木板桥上的韩维周退回河堤，绾起裤脚，背淑珍过了河。

第一次趴在韩维周热乎乎的背上，宋淑珍的心里一下子也感到热乎乎的。

二人来到乡政府，民政助理员一脸狐疑地看着宋淑珍：“宋主任，你们两个有事?”

宋淑珍不说话，只是看了看韩维周。

韩维周赔着笑脸，说：“助理员同志，我们是来办理离婚手续的。”

“离婚？好好的一对夫妻，离什么婚?”助理员眼睛瞪得圆圆的，“是因为宋主任回家的事?”

“不是，她是童养媳。我们俩是自小包办的婚姻，没有感情基础。”韩维周耐心地解释着自己与宋淑珍实际上的关系，希望得到助理员的理解。

“不是没有感情，是他瞎了心！他在撷秀中学还有个相好!”宋淑珍扑闪着的眼里流出两行忍无可忍的泪水，下嘴唇上留着两个深深的门牙印。

“没有!”韩维周刷地一下变了脸。

“没有，没有你打电话给甘肃撷秀中学，看我亏说没有?”宋淑珍泪流满面，抓起助理员眼前的电话机手柄，使劲摇了几下，接通甘肃撷秀中学，“喂！撷秀中学吗？我是韩维周的妻子宋淑珍!”

“啊？没听说韩维周结婚哪来的妻子?”对方十分诧异的口气。

“多年的童养媳妇圆了房，是不是他的妻子？”事已至此，宋淑珍不再忍气吞声。

“宋淑珍同志，不要激动，有话慢慢说。韩老师在我们学校表现不错，没有作风问题!”对方一个劲儿在替韩维周说好话。

韩维周只想着三下五除二办了离婚手续，没想到宋淑珍竟然把这事捅到撷秀中学，狐狸没打着惹了一沟子骚气，这让他如何给撷秀中学交待？事到如今撷秀中学还不知道自己已婚呢！这让他如何给俞云霞交待？俞云霞还在眼巴巴地等待着自己的好消息呢！他有点气急败坏，有点怒不可遏，一把拨开宋淑珍，道：“你这个女人怎是这么个货!”

“你是人民教师，连这个也听不出？宋主任这样说，明摆着是不愿离嘛！如今是新社会，结婚不兴包办，离婚也得两个人同意。一日夫妻百日恩，你俩多年的夫妻了，可不能有大男子主义!”劝合不劝离这是民政助理员首先要做的工作。

韩维周一声不响地走出乡政府。

宋淑珍的心情反倒好受了些。韩维周背自己过河说明他心中多多少少还有一丝夫妻情分，那个接电话的人尽说韩维周的好话，也说明是自己在疑神疑鬼。民政助理员的话正合她的心意，便跟着韩维周出了乡政府。

两人各走各的，谁也不理谁的茬，又来到垂柳婆娑的河堤上。宋淑珍迟疑了一下，她多么希望韩维周再次背自己过河！瞥了他一眼，人家扭着脖子独自上了独木桥，压根儿就没有背她过河的打算，暗骂一声“负心贼”，只好自己脱掉鞋袜蹚水过河。走在独木桥上的韩维周每个毛孔都冒着粗气，失去理智的他抱起一块镇桥石头，瞄准桥下低头过河的宋淑珍，用全身的力气砸去。

一直躲在暗中观察动静的叔叔从身后按住举起的石头，“维周，我把你这个愣货，要做甚哩?”

8

广爷峡怪石嶙峋，人迹罕至，传说汉将李广年少时常在这里习骑练射。多少年来广爷峡产生着各种各样的传说，一直罩在神秘的幕纱之中。县上“移山倒海，兴修水利”广播动员大会后，这里成了广爷川公社落实县上会议精神，“向荒山进军，向河滩要粮”的主战场。

离爆破连工棚不远处有一排低矮的窑洞，从南向北数第三孔是俞炳武的宿舍。工地的口粮供应出现了问题，没有轮上班的俞炳武静静地躺着，以减少体能的消耗。爆破连采用轮换上班的办法，轮上班的吃面食，没有轮上班的吃用粮食秸秆、衣子、树皮、野草掺和磨成的“代食品”炒面。他盛了半碗炒面，一股奇异的腥味直钻鼻腔，吞在嘴里会立即吸干唾液，舌头吃力地搅和半天还是如同一盘散沙。为了空着的肚子只得用力下咽，“代食品”触及腭垂，又痒得难受，不小心卡在食管里，上不能上下不能下，憋得两眼发直。一阵剧烈的咳嗽过后，喷出喉咙的炒面已经结块裹着一层带血的黏液。他不敢再次吞下，两眼直呆呆地瞅着窑洞，看着只有自己能读懂的“工艺”：从来没有住过窑洞的他觉得留在洞壁的镢头印痕不够平整，更谈不上光滑，用铁锨铲去镢头印，却留下了锨印。他的目光从拱形洞顶移到洞底，呈平面状的洞底上刻着几行小字：

执子之手，与子偕老　俞炳武1959.8

这是他铲完最后一锨后写下的，本来想写1959.8竣工，写着写着想起了晓梅，想起了晓梅送给他的信物，就写成了这段话。用不着怕羞怕尴，来这里的人看不懂，能看懂的人不来这里。

他的手习惯性地伸进左胸前的口袋里掏出那个让他终生热泪盈眶的丝手绢，看着用红丝线绣上去的八个字——执子之手，与子偕老。离家的这些日子，他差不多每天都要看看这块手绢，每当看见这块手绢，就好像看到晓梅。

他的心头升起一种沉甸甸的责任：我不是孤身一人，虽然父亲病故，我的身后还有心爱的晓梅，心爱的女儿，心爱的娘亲，吃不下“代食品”就想其他法子，千万不能倒下去。

他按照原样折好手绢装进口袋，掀开被窝，弓着身子出了窑洞，在石料场周围转悠。

山、川、沟、豁的界线不是十分明显，“人定胜天”“人有多大胆，地有多大产”“大干一百天，实现大坝合龙”，一幅幅标语却清晰地出现在眼前。他合上眼皮，让眼睛休息一会儿再睁开时，映入眼帘的还是标语，“鼓足干劲争上游，不超英美不罢休”“脚踏地球手扳天，一天等于二十年”“与火箭争速度，和日月比高低”，有的用白土水写在石岩上，有的铲在草皮上。

他仰面看着天空。

一只老鹰在头顶打着盘旋，发出呲拉拉的叫声。俞炳武知道老鹰出动必有肉食，寻找了一会儿，果然发现一条驴鞭。不知哪个生产队死了驴，驴肉一丝不剩，却把驴鞭扔在荒野地里。他捡起驴鞭，如获至宝，找些柴火，就地燎烤起来。老鹰不甘心自己的猎物被人夺走，一个俯冲，强有力的翅膀扇得他脸上火辣辣的，犀利的爪子在他的手背上留下几道血印。他不顾疼痛，赤手空拳和老鹰搏斗，老鹰接连几个俯冲都不能得逞，只好悻悻飞走。

“你，你叫什么名字？”工地总指挥郑书记不知啥时来到面前。

俞炳武既要添柴火，又要防止老鹰反扑，没发觉有人朝他走来，听见问话时抬了抬头，先看见衣襟上的两个大贴兜，知道是位干部，慌忙站起身子，当看清是工地总指挥正怒气冲冲地看着自己时，不由一阵紧张，一边用沾满柴灰的手抹着被烟火熏出的眼泪，一边结结巴巴地说：“我，我叫俞炳武。”

郑书记遇上这么个流里流气的人，脸上抹得五麻六道不算，还学自己的腔调说话，气就不打一处来，“为什么学我说话？”

“我不是故意的。”俞炳武也在纳闷：自己平日不结巴，今日说话咋打结，想解释又说不清，情急之下脸红得像辣椒。

“为什么偷懒？”

俞炳武听出总指挥生气的原因，“今天没有我的班！”

“你是哪个连的？”

“爆破连！”

郑书记知道爆破连用轮休解决口粮不足，绷紧的脸舒展开来，口气和缓了些，“火里烧的什么？”

“驴球！”

郑书记舒展开来的脸又绷紧，“妈的，你怎么骂人？”

“我没骂人，你看!”俞炳武蹲下身子拨开柴火，露出一条被烟熏火燎得黑不溜秋的东西。

郑致才知道当地人的习俗，意识到自己误会了这个民工，批评没法批评，道歉没法道歉，只得返回指挥部。

老汉学习老黄忠，
小伙子个个是罗成，
妇女都是穆桂英，
……

广播里传出一阵使人一听就烦的快板，这是马上爆破的先奏。

郑致才走进指挥部时，女广播员正在播送通知：“各连请自行疏散，马上就要爆破！各连请自行疏散，马上就要爆破!”

这是惯例，每次爆破前都要播送两遍。

女广播员的声音立刻传遍工地，随着哨声响起，各连民工进入各自的疏散地。

“轰隆!”“轰隆!”

采料场的石崖上传来两声巨响，被炸裂的碎石满天飞舞，呛人的火硝味迅速从采料场弥漫到整个工地。

“糟糕！一个哑炮!”郑书记的心头掠过一种不祥的预感，他没有吱声，只是不停地看着手表。秒针转了一圈又一圈，转过五圈后，郑书记不再抱有希望。他搓着双手，焦急地在地上走来走去，整个工地对哑炮反映如此强烈的人恐怕找不出第二个。

他是临危受命的。上任伊始，县委领导交待说，“大坝合龙是个政治任务，必须创纪录放卫星，如果按期完不成任务，提头来见!”“提头来见”虽然是领导干部常说的一句口头禅，但也不是随便说说而已，而是意味着严重的政治后果。近期召开的县委第三次代表大会为了强化各级干部的执行力，提出采取“插红旗，拔白旗，抓两头，树立对立面”的措施。如果大坝按期合龙，他就被插红旗，树立为样板；按期不能合龙，他就是被拔白旗的对立面。他的前任就是因为没有按期完成任务被拔了白旗的。

给县委的喜报已经几易其稿，用毛笔抄写在大红纸上，装在红纸粘成的专用信封里。仪仗队的人员已经挑选好，进行了多次演练。就等大坝合龙那天，由总指挥亲自带队，高举红旗，敲锣打鼓，去一百里以外的县城，当着县领导的面宣读后贴在县委院墙上。

哑炮就出现在这个节骨眼上！哑炮一日不排除，工地一日开不了工；工地一日不开工，大坝合龙的日期就得推迟一天；大坝合龙推迟一天，他就被拔白旗无疑！

“妈的，越是紧要关头越是掉链子！”他生气地骂了一句，摇通爆破连的电话，“一个哑炮是怎么回事？”

“现在情况还不明！”爆破连的工棚里，连长哭丧着脸，不停地抽喇叭筒旱烟，几个值班的民工你看看我我看看你，大眼瞪着小眼，谁也不说话。炮手来到工棚，立刻成了众矢之的：“你咋球弄的，点了个哑炮！”

炮手的额头青筋立暴，“你们这样问我我问谁？哑炮是装的还是点的？”

“一样样装了三炮，咋能装出个哑炮呢？”装炮的说。

“一样样点了三炮，咋就点出个哑炮呢？”炮手说。

电话铃又响了，连长颤抖的手拿起话筒，又是郑书记的声音：“限一个小时解决哑炮！”

连长心情沉重地把话筒放回话机，看了看炮手，炮手头一歪，“谁拉的屎谁揩屁股！”

连长又看了看装炮的，装炮的脖子翻拧向一边，“谁弄的麻达谁拾掇！”

都不是省油的灯，这哪里是争执谁是谁非，分明是暗示不要派我排哑炮！郑书记可是下了死命令的，忽然，连长想起了一个人，尽管有些过意不去，但是除了他派不动第二个！他走出工棚朝窑洞那边喊：“俞炳武！”

“有！”俞炳武刚刚返回自己的窑洞。

“排哑炮！”

“是!”

俞炳武来到掌子面。炮眼里固定雷管的红胶泥已经风干，像石块一样坚硬。他用细钢钎小心翼翼地剜着胶泥土，打算拆下雷管。

“轰隆!”

一声巨响，俞炳武被炸得血肉横飞。

“叮铃铃!”电话里又是郑书记的声音，“那个爆破员是谁?”

“俞炳武!”连长的声音有些哽咽。

“啊?他是哪个大队的?”

“松柏峪大队的。”

“我们要大力宣传俞炳武同志的英雄事迹，啊，在全工地掀起一股向俞炳武同志学习的热潮。我让工地报道组的人马上过来!”

“可是，可是，”

“可是什么，有什么可是的?”

“他的成分……”

“成分怎么啦?”

“我向你当面汇报!”

9

新任松柏峪大队支部书记牛国璧心事重重地朝世昌堡走来。

服刑期间，从没走出过故里地界的他不但见了世面，也长了见识。管教干部组织时政学习宣讲革命理论，他激动得热泪盈眶；搬砖坯装窑，他一个顶两人；学习文化，数他识字多，还能给其他犯人当先生，一有空闲就组织犯人看书读报，学扭秧歌。不知情的都以为他是管教干部。监狱方面一个电话打到第五区政府了解他的家世，不知哪个二杆子干事拿起电话道：“你问的可是松柏峪的那个牛国璧?”

“是的，是的!”

“女人娶上没几天，一棍把自己打进了班房，沟子里抹烟屎简直胡闹哩!”

“这些我们晓得，你说说解放前的情况。”

“精球打得光炕响呢，穷得叮当响!”

“你这人咋说话哩，对犯人也得讲文明。”

“要文明的，噢，给你念一副对联：黑叫驴麻叫驴黑麻叫驴；父光棍子光棍父子光棍。”

监狱方面的人又被逗笑了，“那横批呢?”

“五肾悬提。”

“你这人真有意思，有一对叫驴能说穷得叮当响吗?”

“财东家的，他们父子常年吆着这对叫驴给人家耕地。”

“你们把个好苗子送进了监狱!”管教干部不再多说。

就这样，牛国璧被提前释放。果然像管教干部说的那样，互助组、合作化他都不落人后，还当上了松柏峪农业生产合作社的社长，公社化后又是松柏峪大队的大队长。破除迷信砸神像，公社派人来要松柏峪开个头，大会小会动员了几次，没人反对也没人动手。公社干部把镢头交给支部书记俞世珍，望着威风凛凛的泰山爷泥塑像，俞世珍举着镢头的手瑟瑟发抖。

“俞世珍，你的革命意志哪儿去了?”公社干部说。

俞世珍下不了手。

“小心拔了你的白旗!”公社干部威胁说。

俞世珍还是下不了手。

明摆着的事，俞世珍砸了神像便罢，不砸神像必拔白旗，公社干部已经话说出口泼水难收。好汉不吃眼前亏，牛国璧来不及多想，接过俞世珍手中镢头砸了神像，让他没有想到的是接过镢头的同时也接过了支部书记的职务。

前一个时期报产量，各大队都生怕报得低，这阵按虚报的数字下达的公购粮任务完不成，广爷峡民工的口粮供应不上去。家家户户的饭锅砸烂完成了钢铁任务，全村人上公共食堂吃饭，可是公共食堂眼看着就要断炊！磨子峡以西的地方已经饿死了人，如果不想办法，松柏峪也得失人口。

牛国璧来到世昌堡前。两扇大门挂着铁锁，门洞左侧的堡墙上，两节竹棍担个破碗，这是李晓梅为炳武泼散饭食专用的。牛国璧背过身子不愿再看下去，眼里泪水打转，长出了一口气，“炳武兄弟积了个好媳妇!”

他又心情沉重地向阳坡川炳武的坟地走来。

炳武的后事是他一手料理的。按说这是亲房家门的事，可是最亲近的俞世俊头上有顶富农分子的帽子，在家门说不起话。挨门数窗下来，应该俞世珍拿事。俞世珍躲得远远的，别说料理后事，一提炳武进老坟就头摇得像拨浪鼓：“祖坟有‘四不进’：不过而立之年不能进，膝下无子不能进，血光之灾不能进，戏子不能进。炳武一人就占了三条……”

牛国璧听得上了火：“你咋是这么个人？郑书记在电话里说‘炳武是松柏峪人的骄傲，死得光荣，走得也要像样’，你们亲房当家的不管，松柏峪全庄人管!”他做主将坟地选在阳坡川，虽是衣冠冢，请风水堪坟，请木匠做棺材，请阴阳合时辰，一样都没少下。

李晓梅左手牵着惠萍，右手端碗浆凉水，孤儿寡母在俞炳武的坟头长跪不起。头七过了，二七过了，三七过了，她哭干了眼泪，哭哑了声音，仍按时按节跪在这里啜泣。

几处灰烬，几缕新烟徘徊在新坟上空，几处滴过浆凉水的痕迹上留着几朵熟苦苣菜。未亡人食不果腹，亡人也只能享用野菜。李晓梅披头散发，惠萍的两只羊角小辫扎着白羊毛线绳。小女孩挺懂事，这些天娘出现在哪里她就跟到哪里。空谷旷野，孤儿寡母，即使铁石心肠的人也会动容。

牛国璧没有劝晓梅停住哭泣，也没有劝晓梅回家，而是自顾自地焚香、叩头，口里念叨着：“炳武，你不该走啊！你走了，眼不见心不烦了。俞婶已老，惠萍还小，孤儿寡母，失去依靠，你叫她们怎么过，你叫她们怎么活?”

他的声音由大变小，口齿由清楚变模糊。

“我自小没了娘，俞婶把我和你一样牵挂，时常为我缭补衣裳，俞伯把我和你一样关心，时常接济我。我也有我的愁肠，白天混在人群里时间过得快，一回到家，我就……哎！我的愁肠只有你知道！刚回来那阵，我成天想和人骂仗，没人招我，成天想和人打架，没人惹我！想发泄一顿没有对手！你在世时，我的苦水可以倒给你，你走了，我的苦水倒给谁？我知道，你也有一肚子的委屈。在松柏峪我可以保护你，在广爷峡我就没有那个本事，你偏偏被分派到最危险的爆破连！炳武，既然走了，你就痛痛快快地走，像个男子汉一样地走，不要让老婆娃娃受这份罪！惠萍虽然是个女娃，但也是俞魏氏长房的骨血。当初俞伯为了生下你，田土家产都能舍得，如今你的娃没成人，你就这样一走了事，你的在天之灵能安吗？俞伯的在天之灵能安吗？"牛国璧趴在坟地上，两只手不停地击打着坟堆，鼻涕一把泪一把，成了泪人。

李晓梅抹了一把眼泪，忽地一下翻起身子，说："他国璧叔，你这话不是说给炳武是说给我的，我明白了该咋做，走，咱们回去！"

牛国璧背起惠萍，心里惦记着大队会计俞打豹交待的事，陪李晓梅走出坟地，又走出阳坡川，几次口张开又合上。已经来到世昌堡门前，他放下惠萍，仍然吞吞吐吐的样子。牛国璧好不为难啊！这叫人咋说嘛？不说嘛人命关天，说嘛对不住俞炳武也对不住李晓梅！

"里边坐坐，他国璧叔！"晓梅礼节性地说。

"天黑了，不啦！"

李晓梅拉着女儿的小手，跷进大门槛，寻找闩门担准备闩门。

"晓梅……"牛国璧喊了一声。

李晓梅回过头，看见心事重重的牛国璧还站在原地，就问："你像有啥话要说？"

牛国璧皱了皱眉，咬了咬牙，右手握成的拳头砸在左手心上，道："晓梅，这话我本不该说，但不说又没方子！"

"他国璧叔有话就直说。"李晓梅还是头一次见牛国璧这副作难的样子。

"公共食堂马上就要断顿了！"

"那可咋办？二百多口子人呢！"

"办法要在打碾公粮上想，得有人拖住驻队红尖兵杜国泰！"牛国璧没有细说下去。

10

李晓梅倒是明人不用细提，她明白了牛国璧的意思，也明白了牛国璧一路作难的原因：为了松柏峪二百多口子人得到一份救命粮，她要对杜国泰这个泼皮强颜欢笑。

往事历历。杜国泰是故里古城出名的泼皮。一天，他突然心血来潮，对几个同伙说：“这故里城的馆子就差李广烧坊没去过，今儿去一趟咋个项?”

“让李家姑娘陪酒，她可是故里头号美人!”一个泼皮当即赞同。

另一个泼皮说出自己的担心：“烧坊掌柜他娘可是县长二娘，你吃了豹子胆?”

一句话惹躁了杜国泰：“我倒要看看马王爷长着几只眼!”当下领着这几个泼皮来到李广烧坊，点了一大堆吃食，要了壶烧酒，指明要李晓梅陪酒。

晓梅懒得理这帮泼皮，在后厨帮奶奶把刚刚擀好的油饼投进滚烫的油锅，等飘浮起来的油饼成了金黄色再用竹篾笊捞出锅。突然，灶膛里不见火焰，一股浓烟冒出灶火门。沸腾的清油不再翻滚，飘浮在油面上的油饼没有着色就沉下锅底。奶奶停下手中的擀面杖，弯腰看灶火门，被倒烟熏得直流眼泪，打起了喷嚏。

杜国泰使了个眼色，几个泼皮嚷嚷起来：“想让烟囱冒烟，就让李晓梅出来陪酒!”

奶奶一听，才知是人捣鬼。她不慌不忙盖上锅盖，从发髻中拔出一枚纳鞋底的针扎在锅盖正中。灶火门不再倒烟，灶膛里重新飘起火焰，锅里的清油又开始沸腾。

刚才还神气活现的杜国泰口中不再念念有词，红脸突然变得蜡黄，滚着汗滴，肚子胀得像鼓。几个泼皮你看看我我看看你不知如何是好，杜国泰知道遇上了高手，忙叫同伙搀扶着来到后厨，跪在地上叩头如捣蒜:“李家奶，饶了我这次!”

“这娃咋啦?”奶奶佯装不解地问。

“实不相瞒，我刚才念闭火咒闭了你家的火门。”杜国泰肚子胀得鼓圆，上气不接下气地说。

奶奶揭去锅盖，“我的火旺着哩，你看，油在翻滚呢!”

“李家奶，我再也不敢了，饶了我吧!”杜国泰满地打起滚来。

“以后还念咒语害人不?”奶奶没有好气地看着这个泼皮。

杜国泰发了毒誓：“如果再念闭火咒，让我断子绝孙!”

奶奶拔出锅盖上的纳鞋底针插进发髻，杜国泰的肚子渐渐瘪了下去。

故里小学六年级有几个家道殷实的同学常来这里打牙祭，倒是少不了李晓梅。一次小聚时晓梅提议：“一直都是这几个人有些单调，这个周末来一次全班聚餐，你们说行不?”

“早该如此!”广爷镇赫赫有名的季家少爷季玉刚先表态。

“我双手赞成!”松柏峪财东俞世昌的宝贝儿子俞炳武一边说一边还举着双手。

两个富家子弟一个比一个慷慨，李晓梅乘机将了两人一军，“光卖嘴可不行，全校只有你俩上老师灶吃饭，得拿出实际行动!”

季玉刚满不在乎，“不就一顿饭嘛，有啥大不了的!”

李晓梅不肯罢手，“事情倒不大，你打算咋办?”

“给我家团丁说 ·声，保准让你满意!”

“谢谢!”李晓梅面带愠色，又看着俞炳武，“你是啥打算?”

“包在我身上好了!”俞炳武说。

“包在你身上?你姐像个尾巴一样跟着，你爸能由着你的性子胡闹?”

“放你一百个心，到时没有吃喝是我的事，人到不齐是你的事!”俞炳武说得反而更干脆。

月牙西斜，星河灿烂。

俞炳武领着几个同学翻过故里小学大门，出了故里城东门，蹚水过了磨子河，沿南山根的大路向松柏峪走来。他虽然给李晓梅夸下海口，可是置办一席全班聚餐的饭菜并非易事。季玉刚这样的大户公子都不敢向家中开口，他也没有十分的把握，要是父亲不同意，搅了周日聚餐，在晓梅那里就太没面子了。他决定先斩后奏，事后再告诉父亲。

他有个同学叫王维张，北广爷川下王家村人，是个十足的蔫捣蛋。老师讲台上读“子曰学而时习之，不亦乐乎”，他在座位上念“子曰学而时习之，一群雀儿弹糜子，弹了一堆糜皮子”。老师讲台上读“子谓子夏曰，女为君子儒，无为小人儒”，他在座位上小声念“子曰子，望着师傅何时死，你端盆儿我烧纸”。他成绩平平，鬼点子不少，是这次行动的“教习”。

他们摸黑走了三十里路，过了磨子河上的木板桥，走过世昌堡，走下降龙木地埂，再走一段下坡路，来到世昌庄院门前。俞世昌一家四口住后院，长工柳知秋一家住前院。牲口棚、鸡舍、猪圈都在庄院外，由一只大黑狗把守。月牙早已落山，眼前的一切看上去有点模糊。王维张和其他人躲在一棵大树后，俞炳武独自一人朝狗窝走来。大黑狗认得少东家，只摇尾巴不张声，俞炳武把蘸过酒水的肉块递到嘴边，黑狗不知是计，狼吞虎咽，一会儿就倒在地上不动了。躲在树后的人一个紧跟一个，随俞炳武来到鸡舍。

高高低低的鸡架上少说也有成百只鸡，有的单腿独立，闭目养神，有的把嘴伸进嗉子下的羽毛里睡觉。如果从架上直接抓鸡，受到惊吓的鸡扑腾叫唤起来，引起所有的鸡一齐发声，被长工柳知秋听见就会前功尽弃。王维张把拳头伸在胳肢窝中捂了一阵支在鸡嗉子下面。鸡喜欢热，轻轻地咕咕几声，就移步在拳头上。其他几个按王维张示范的做，果然得手，一个个拳头上架着只鸡蹑手蹑脚蹓出鸡舍。

他们又来到猪圈。大猪吃不完，小猪不够吃，选中一个半大猪，丢给一个酒水泡过的馍头，半大猪吃了几口也醉成一摊泥，被七手八脚抬出猪圈。

几个小孩抬着一头猪去故里，走村过户，被人发现会漏出破绽。俞炳武急中生智，找来一把折叠式躺椅，让醉猪睡在上面，裹上父亲的布衫，戴上父亲的礼帽，旁边放着父亲的文明棍。大家抬着战利品，大摇大摆地向故里小学走来。恰巧广爷川镇逢集，去赶集的人多，快进故里城时，有人好奇地问：“躺椅上抬的啥人?”

“先生病了!”俞炳武头也不回地说。

不用说，周日聚餐大获成功。可是季玉刚从此怀恨在心，几次找茬和俞炳武打架都没有占得便宜，竟然带着几个持枪的团丁闯进学校，声称找俞炳武算账。早有人告诉了俞炳武，帮他从南墙的水眼逃走。

当天，学校大门口贴出一张布告。

布告

故小字第五号

六年级学生俞炳武，男，系广爷川镇松柏峪村人，现年十三岁。经查，该生在校不思学业，品行不端，偷鸡摸狗，羞辱师长，有伤风化，有违校规。兹定开除学籍，以儆效尤。

此布

国立故里小学校长魏树德

民国三十八年五月十七日

11

听说晚上打碾粮食，杜国泰早早来到社场。

为了保证各大队上缴粮食的任务落到实处，广爷川公社派下去一批驻队干部，脱产干部人数不够又从各大队抽调了一批红尖兵，杜国泰就是驻松柏峪大队的红尖兵。

公社领导口口声声“完不成粮食征购任务提头来见”，却抽调精壮劳力炼钢铁，修水库，集中联战搞深翻，留下一些老弱病残白天还得搞深翻，晚上才能打碾粮食。深翻地的目的是啥?还不是为多打粮食。到手的粮食糟蹋了，深翻地又能增产多少?听人说省上领导是带兵打仗出身的，开口集中优势兵力，闭口大打一场战役，能像打仗一样种庄稼吗?杜国泰马上告诫自己，千万不能这么想更不能这么说！这年头，那些有一官半职的对上头的命令有怀疑，轻则丢官重则法办，自己一个吃几天轻省饭的红尖兵难道吃了豹子胆不成？搞战役就搞战役，深翻地用不着他上阵，打碾粮食却必须亲临现场，一边打碾一边入库，不得离开。

留守的劳力几乎到齐，围着麦垛站了一圈。杜国泰冲先他一步到来的牛国璧一笑，说："社员们打碾公粮的劲头真足！"

牛国璧也对着他笑，"为了打碾粮食，今天食堂吃多少供应多少以饱为止！"

"噢，我说呢！"杜国泰围着麦垛转了一圈，"这垛麦子少说有一万剪吧？"

麦子是牛国璧摞的，满村能摞大垛子的把式还就是他。拉长工那会儿，南广爷川几个富汉的麦子都是他爸牛发昌摞的，牛国璧能捉住活把时，这手艺就传了他。合作化以后，农业社的大麦垛仍然非他莫属。牛国璧暗暗吃惊，这家伙的眼里有水，每一剪麦子都经过我老牛的手，还真是一万剪！

"嗨！"牛国璧摇了摇头，"别人这样说我信是实话，你老杜这样说我不信！"

"那是为啥？"杜国泰大惑不解。

"你是行家！"

"我哪里是行家？"

"公社抽调负责征购粮入库能不是行家？"

"那你说是多少？"

"我眼睛里没有水，不过这是我亲自摞的还记着数，"牛国璧翘起右手的大小拇指，伸在杜国泰眼前，"这个数！"

"六千？"前几天为恩贡老宅地下藏粮的事，他和牛国璧打了赌的，结果掘地三尺颗粒未见，这下估计麦剪数，他没有上次那样自信了。

牛国璧点了点头，取过梯架搭在麦垛上，脚踩梯架爬过麦垛檐子已到梯架尽头。好在麦垛从檐子开始朝中心收缩出现一个坡度，他双手抓着麦剪根部爬上垛顶，掀过垛尖查看。一层层的麦剪被上一层的麦剪遮得严严实实，没有渗进雨水，脚踩在风干的麦穗上，刷啦啦的麦粒在脸上飞舞。他一阵手翻脚踢，摞了几天的麦垛就拆去一半。

俞打豹也来了。原本一字不识的他通过农民业余冬学的学习，居然能读书看报，加上他早年就能打算盘，眼下是大队会计兼食堂管理员。人说松柏峪三杰中俞打豹是点子，牛国璧是胆子，俞炳武是笔杆子，今晚的行动就是由他策划的。打豹和几个男社员把一堆堆的麦剪拉到社场正中，女社员们解开一个个麦剪的束腰，围着场心摊了一圈又一圈，麦禾在社场上摊出一个大圆。两对大犍牛嘴上戴着笼嘴，脖子上架着抬杠，抬杠连着驳枷，驳枷上的两个杏木芯插在碌碡的铁窝里，就是这个古老而又笨拙的办法，让大犍牛的走动变成碌碡的转动！随着咔嚓嚓的声响，麦粒从麦穗中溅出。

俞打豹他们也不闲着，面对面站成两排，没人说话，没人偷懒，手中的连枷一起一落，砸得麦禾噼啪噼啪作响。连枷把攥在手中时间长了容易打滑，不时有人趁连枷升空的一刹，啐的一声，朝手心唾些唾沫，就这么一下，无孔不入的尘土马上涌进嘴里，黏在牙龈上，糊在舌头上，堵在嗓门上，冲入食管里。

杜国泰用手绢折成三角形捂在鼻孔和嘴巴上，躬下身子，在粉身碎骨的麦秆下抓了一把麦粒，放在手心吹去麦衣，捏两粒麦子丢在嘴里嚼了嚼，两只小眼睛笑得眯成一条线。他把手中的麦子撒在地上，又看着操连枷的女社员，摇头晃脑地点人数。忽然，他的头不再晃动，他发现少了个劳力！要是白天，他马上就知道是谁，黑天半夜打场的人又戴个大草帽，一时半会确定不出是谁。不过从体态上看，似乎是他最熟悉的那个身影。他一声不响地走出社场，朝她家走来。

这人是李晓梅。他每天只点数女社员，就是看她在还是不在。他来到世昌堡，大门紧闭，他敲了敲门。

“谁呀?”李晓梅低沉的声音。

“我!”他答应一声，又觉得不妥，“杜国泰!”

李晓梅走出院子开了门。

“你咋没去打碾公粮?”杜国泰一眼不眨地看着她——容颜不减当年，微蹙的蛾眉，哀怨的眼神越发使人爱怜。

“娃她奶奶病重，请了假的。杜组长屋里坐会儿?”李晓梅看了他一眼，作出闩门的样子。

“别人爱咋叫让他叫去，你也这样叫就有些生分了，你难道不知我是半斤还是八两？就叫老杜吧！既然你婆婆有病就该探望探望，都是故里街上人，人不亲还地方亲哩！”杜国泰心里明白，晓梅口说屋里坐会儿虽然是句客套话，但话已出口是不会撵他出门的。

他随李晓梅来到厨房，一股香喷喷的羊肉味回荡在房间，他情不自禁地皱着眉头咂着嘴：“香！真香！”

“队里的两只羊被圈门坍塌打死了，我要了些给惠萍奶奶炖汤，这阵奶奶孙子都睡着了，你趁热吃些？”

李晓梅说的这些情况，食堂管理员俞打豹都告诉过他。这年月还有啥比羊肉的诱惑力大？杜国泰虽是驻队红尖兵，除了没有饿着，肚子里一样缺油水，嘴说“不啦，不啦”，双手已经不听使唤地接住一碟小炒羊肉。

“那我就不客气了，明日叫队上再给你些羊肉！”杜国泰加了几块，赞不绝口，“一样的饭十样的做，食堂做的哪有这个味？你可是得了李广烧坊的真传哪！”

李晓梅不由一阵恶心，下意识地打量了下这个当年的泼皮，几年不见，倒是人模人样的。

杜国泰觉察出李晓梅的目光中带着轻蔑，嘴角露出一丝狞笑，“这阵有酒该多好！”

“好像有一瓶，你不嫌时间长就喝了它！”李晓梅翻箱倒柜一阵，找出一瓶老白干。

“哎，这你就外行了，酒的时间越长越好！”杜国泰有些日子没喝酒了，何况他是个嗜酒如命的人，吃着羊肉，喝着本该十年前喝的酒，有些得意忘形，“晓梅，今晚咱俩同床共枕，你可给这个面子？”

李晓梅想啐一口在他脸上，可是想到乡亲们一张张面黄肌瘦的面孔……

社场这边，牛国璧再次爬上麦垛，把剩下的麦剪推在地上，打麦的人放下连枷，又摊起一场麦子。又有两对大犍牛被吆喝着走进社场，拉起了碌碡。

鸡叫头遍时，两场麦子一反一正都打了一遍，社员们还不肯罢手。牛国璧用袖管抹着脸上的汗水，“再不能碾了，今晚先腾大颗子，年前再碾麦秆，到那时咱再做细活。”

两对大犍牛踏着永远不变的节奏回了饲养室，一场来不及簸去麦衣的麦颗堆放在社场，另一场和着麦衣的麦颗装进一条条口袋，被俞打豹他们藏在一个神不知鬼不觉的地方。

12

玉梅娘儿俩来到公共食堂时，食堂快要关门了。食堂按定量供应，大人两个拳头大的谷面粑子，两勺看不见油花、闻不见荤味的烩菜，小孩减半。娘俩来得最迟，烩菜已剩锅底，汤多菜少。致祥三两下吃完自己的定量，又把空碗伸向食堂窗口檐，窗口早关上了。

又到给俞炳义捎干粮的时间，俞炳义在华亭集训，白天从事繁重的体力劳动，晚间交代问题。和他一起参加集训的俞绍乐步行回家取干粮，第二天就要返回华亭。如果说俞炳义参加集训是历史的缘故，俞绍乐则是口遭祸殃。他在故里小学时年轻气盛，因为开除俞炳武和校长意见不合，辞职去了县城关小学，鸣放时又因为给校长提意见被打成右派。

玉梅吃了自己的那份菜和一个粑子，另一个粑子揣在胳肢窝里，拉过趴在食堂窗口的致祥准备回家。每次捎干粮时，她都是这样，自己吃些“代食品”炒面填满肚子。她没见过父亲，有名无实的父亲剥夺了她的父爱，她不愿儿子也像自己一样失去父爱，哪怕自己口挪肚减，也要让孩子他爸少挨饿，早日回家，为自己和儿子遮风避雨。

致祥突然抱住娘的双腿，“给我半个馍，你答应我的，娘！就给半个！”

“我的命蛋娃，这是娘留着捎给你爸爸的。你忍一忍，不管咋说咱们还有两顿吊命饭，只要时间到了，没多也有少呢。你爸爸在集训队吃了上顿没下顿，这个馍明天让你绍乐叔带给你爸，明天娘的那份给你，我娃听话！”

致祥哪里听得进去，嚷得越厉害，“娘，你说好的！”下午出工时，他要跟娘下地，娘说冷不防来一只狼可咋办？要把他锁在房里。娘俩推搡了好一阵，娘答应晚上自己的一个馍给他，他才同意了的。

玉梅生气地推开儿子的手，“你咋是这么不懂事的娃娃呀!”

“季玉梅，你骗人！你骗人，季玉梅!”致祥又扑过去抱住娘的腿。

杜国泰突然出现在娘儿俩的面前。每当开饭时，他总要这里瞅瞅，那里转转，在他的眼里，来这儿吃饭的人十有九个是贼，今日终于抓住了一个，“怀里揣的啥?”

“粑子!”

“哪来的粑子?”

“我自己的定量，吃了一个留了一个捎给娃他爸!”

季玉梅的神情越是镇定杜国泰反而越是坚信自己的判断：“你说这话鬼才信哩！饿死人的年月，还有这样贤惠的女人?”

“真的是从我口里省下的。”

“自己的馍为啥夹在胳肢窝里？好事不瞒人，瞒人没好事!”杜国泰不由分说，收走那个带有体温的谷面粑子。

“还我的馍!”两眼发红的致祥扯住杜国泰的袖管。

杜国泰轻轻一推，致祥的细脖子撑不住大头，身子朝前挣扎了几下倒在地上。

玉梅上前拉起儿子，走出食堂，走过横穿村庄的那条红土沟，走过自己的家门，家门上挂着一把生锈的锁子。娘儿俩不能回到家中，恩贡老宅被杜国泰怀疑地下埋着陈粮，娘儿俩被赶出老宅，住进村东头俞世昌家的草料房中。

季玉梅打开临时住房的门锁时，被眼前的情景惊呆了：挂在房梁上的馍篮倒叩在土炕上，牛国鼎的儿子岁旺蹲在炕上啃着半个粑子，牛国璧的女儿亚男蹲在炕上撒尿，半个粑子泡在尿里。季玉梅气得想哭，浑身都在发抖，“这娃咋是个这！吃馍是饿的缘故，在馍上撒尿又是为啥?”

土改分化时，俞世俊的院子分给柳知秋，世昌大院分给牛发昌。牛发昌做主堵了前后院隔墙的圆门，后院新开一个门，自己随老大牛国璧住后院，前院归老二牛国鼎。牛亚男首先发现新邻居家馍篮里的秘密，约岁旺从窗口爬进去，搭肩肩（人梯）取下馍笼。岁旺知道闯了祸，红着脸，结结巴巴地说："不怪我，是她约的我。她吃一个给我半个，半个尿上尿，说是不让你吃！"

"真是有老子养无老子教训！"看着还在炕上蹲着的牛亚男，玉梅真想给她一个巴掌。

"想打？"牛亚男身子没动，只把扎着两个羊角小辫长满虮子的毛毛头伸在玉梅眼前，"你打！你打呀！"

牛发昌听见吵嚷声赶紧来到草料房，"亚男，谁欺负你了？"

亚男一手提着打满补丁的裤子一手指着季玉梅："是她，是她！"

玉梅只得将事情的原委说了一遍。

老发昌把亚男拉在自己的身后，转守为攻地数落季玉梅："家家吃定量，一个萝卜一个眼，哪有挂在房上的馍？"

"牛叔，我一个大人，咋能红口白牙编排个娃呢？"

"就是你编的，就是你编的！你是个大瞎怂！"亚男丢开老发昌的手，从他的身后走到身前，又跳又骂。

老发昌心中有愧，儿子服刑两年回家，突然冒出来个女儿，人前有牛国鼎背黑锅，人后呢，谁都知道是咋回事。季玉梅刚才那句"有老子养无老子教训"的话，说者无意听者有心，撞了他的秃疮疤疤，他怕季玉梅揭短羞辱他，拉起亚男就走。亚男仍不解气，走两步就回过头，啐啐唾着季玉梅。

季玉梅在气头上，哪能想到老发昌的心事，取过一根绳索，走了出去。

致祥吃完那块浸了尿的粑子，丢起了盹。墙上的老鼠窟窿里一阵响动过后没了动静，亚男刚才尿过的地方，忽然出现一对明油油的小圆点，一只大老鼠正在吃着留下的馍渣。致祥被惊醒，不停地哭喊着："娘——娘——"

哭声惊动了柳婶，她和老伴柳知秋来到草料房，黑灯瞎火的，只有致祥不见季玉梅，柳婶焦急地催撵老伴："这娃今晚的哭声有点不对劲，刚才玉梅好像和老发昌淘气了。哎！一个女人家拉个娃，生点闷气一时半会想不开会出事，你快去柳树林看看！"

柳知秋觉得老伴说得有道理，摸黑来到村外的柳树林。磨子河水的汩汩声，白天听上去没有什么特别之处，夜深人静后，却使人陡增几分恓惶。由于磨子河经常发大水，河畔地种不成庄稼，天长日久，长出柳树来，也夹杂一些榆树。饥荒年月，榆树皮被人剥去磨成面粉填进肚子，老干如螭，朝天兀立。几只被惊动的乌鸦，扑腾着翅膀，发出几声令人心慌的凄唳。

柳知秋循着乌鸦叫声，来到一棵光身子老榆树下，隐隐约约看见一个人正在往树枝上挂绳索。他急步上前，拔出刀子嚓嚓两下割断已经挂在树枝上的绳索，"他三婶，你这是干啥哩!"

"不要拦我!"披头散发的季玉梅还在争夺柳知秋手中的绳索。

"他三婶，你这是何苦哩?"柳知秋抓着绳索不松手。

两人像拉锯一样拉扯老半天，凝结在玉梅心中的怒火还在燃烧，"老柳哥，你说我前辈子造了啥孽?人说小时靠父，到这会儿我的父亲不知有我这个女儿!人说成家靠男人，我头一次成家，因为不生娃被赶出门，第二次成家生了娃，男人又去集训，饿死人的年馑，把娃留给我!人说老年靠儿，儿子才这么大一点就不听话，老了还能指望他?"

"他三婶啊，你生在故里头户人家，自小没受过风霜，来松柏峪这些年受委屈了!"柳知秋把割成几节的绳索放在一起绾着大疙瘩，说："你是个好媳妇，俞炳义有你这样的女人是他的福气!"

季玉梅的鼻腔发酸，失声痛哭起来，"死了就眼不见心不烦了!"

"可是你命不该绝!你有救手!你走出门后，你的娃一个劲儿地哭，惊动了我和你柳嫂!"柳知秋将绳疙瘩用力摔进磨子河，"依我看，你这娃是个有出息的。"

季玉梅一听老知秋说儿子，不像刚才那么激动了。

柳知秋刚才一门心思地想着救人，这会子也有些后怕：玉梅已经将绳索挂在树上，就差一伸脖子，我这不是在从阎王爷手里夺人嘛!人说上吊的人眼前一定有个领路的吊死鬼，要救人得先赶走吊死鬼。鬼最怕火，柳知秋装好一锅烟，掏出火镰和火石，噌噌几下打着火，"你家的老先人恩贡老爷念了那么多的书，啥不知道，为了延续俞家的血脉，不做县长教私塾，他的后辈儿孙难道能撇下自己的儿子娃寻短见?”

“老柳哥，你说我这不是在造孽吗?”季玉梅的情绪已经平静下来了。

柳知秋嘴里发出叭叭的声响，烟锅中的火星一闪一闪，“娃这阵恐怕还在哭呢！夜深了，咱们回家吧!”

想起还在啼哭的儿子，季玉梅又火烧眉毛的样子，“老柳哥，咱们走吧!”

13

白露过后，松柏坡的糜子、谷子已经成熟。远远看上去，一条条黄色紫色的飘带相间，缠在半山腰上。近前看时，黄色的是糜子，紫色的是谷子。

西北区兰州会议后，广爷峡兴修水利项目全部下马，解散了公共食堂，恢复了自由市场。每口人分得四分自留地，自由耕种，粮食归己。就这占全队良田面积不到一成的自留地已经让大人们高兴得几夜没有瞌睡，说起来没有这些自留地啥心都不用操，出工时下地收工时回家就行，有了这些自留地还得操心种什么怎么种怎么收，还得多出一份力气，可是没人不愿意操这个心。农民啊，祖祖辈辈就是个爱操心爱出力的命啊!

小孩子对自留地喜欢的程度与日俱减，他们最初的喜欢是因为受到大人的感染。但是，耕种自留地不得占用集体劳动时间，不得使用集体畜力，自从有了自留地，孩子们就得下地干活，有的甚至和大人一样肩膀上挎着一根绳子拉桄耕地。糜谷开始装糠以后，防止飞禽走兽耗踏的活儿又落在他们肩上。

太阳露出笑脸，露水悄悄退去，孩子们一个个呵欠连天地来到自家的自留地里，才发现另类生灵已经早早光顾。惠萍家的地里是谷子，松鼠终于看出了十字架撑起一件烂衣服还戴顶破草帽的草人的破绽，专吃草人跟前的谷穗。岁旺家的地里是糜子，地头挂着一串铃铛，风起时铃铛的响声惊飞了几只野鸡，风停时野鸡重新飞了回来。

一群麻雀在松柏坡上空盘旋了一阵，落在亚男家的糜子地里，立即响起一片嚓嚓嚓的声音。牛亚男哎哎地喊着，来不及使用撂鞭，抓起土疙瘩就向麻雀群投去。岁旺也赶来助阵，哎哎地喊着，在地埂上扳下一块块干土疙瘩投向麻雀群。麻雀群飞离糜子地落在地埂上的野草丛，在羽毛上那层保护色的作用下瞬间消失了。他俩休息时，麻雀群化整为零，三三两两又溜下地埂悄悄钻进糜子地里，一声不响地吃起来。亚男照准一个吃得正起劲的麻雀，撂鞭一扬，打出一个土疙瘩，唔的一声，土疙瘩落在离那个麻雀不远处，麻雀并不理会，仍然在那里起劲地吃着。

"你看这只雀儿多欺人，只差那么一点就是不飞！"岁旺气呼呼地说。

"它的屁股上有块骨头，有危险时这块骨头会疼，不飞是疼骨还没有疼！"亚男比这几个孩子大三两岁，知道的自然多些。她边说边向一只麻雀跑过去，麻雀一直注视着她，直到她跑到跟前才恋恋不舍地飞走。

柳知秋头戴一顶发黄的草帽，右手握着长杆，左手架着刚刚教练上手的青鹞，哎一声呐喊，青鹞腾空而起，在空中打着旋儿，两只圆溜溜的眼睛搜寻着躲在地里偷吃的麻雀，锁定目标后，嗖地一下，像离弦的利箭俯冲下来，那只麻雀霎时乱了方寸，羽毛倒竖，扑腾的翅膀拖不起一团麻似的身子，倒在青鹞的利爪下。

青鹞抓起麻雀，径直飞回柳知秋戴着皮套的左手上，等待着主人的赏赐。主人撕去麻雀头上的一撮绒毛，只让它吃几嘴麻雀脑髓，趁它不注意，将还在惨叫的麻雀装进挎在裤袋上的食袋。又一声呼喊，青鹞再次升空，捕捉新的目标。

青鹞给了麻雀群一个下马威，震慑作用大于捕捉。凭经验，鹞子客柳知秋这一走动，松柏坡能安宁大半天。鹞子客掏出旱烟锅，坐在地头，借抽烟的工夫舒展腿脚，歇缓嗓子。

"老柳伯！"一见柳知秋有了空，惠萍立即亲热地跑过来。柳知秋从口袋里掏出一个红胶泥捏的小鸡给了她，惠萍左看右看，乐得合不拢嘴。

柳知秋在鞋底上磕着烟灰，说："柳伯捏鸡捏狗的本事还是你爸小时候，逗他玩练出来的。"

“柳伯偏心，只知道给惠萍捏小鸡，给我捏个松鼠！青鹞不会抓雀时我掏的雀最多！”牛亚男也撵过来，嘴里嘟囔着。

“柳伯记着呢！小娃玩泥捏的，大娃玩真的，柳伯教你抓松鼠！”柳知秋说着又掏出一团马尾，每个小孩分得几根，教会他们打活结的法子，就忙着去牡丹嘴那边赶麻雀了。

几个小孩将打了活结的马尾都拴在松鼠经常光顾的地方，专等着松鼠上钩。惠萍家的谷地里，一只松鼠拖着长尾巴在谷穗上吃得正欢，一不留神，前爪伸进马尾活结，急于摆脱马尾，越挣扎爪子上的马尾勒得越紧。

“致祥，快来，我的马尾套住松鼠了！”惠萍边喊边跑了过去。

“等等我，松鼠会咬人的！”致祥一着急，踩折了一棵谷子，跑到套住松鼠的地方。

惠萍看着被马尾拴住的松鼠，松鼠的大尾巴连同背上的五道黑色斑纹好像也在喘着粗气，两只受到惊吓的眼睛滴溜溜乱转。

致祥按住松鼠的脖子，在它的爪子上拴上一段绳子，解开马尾结，把绳子交给惠萍。惠萍将绳子的另一头拴在自己的食指上，松鼠爬上她的肩膀，摇动着大尾巴，鼓动着腮帮，憨态可掬。

亚男也追了过来，“把松鼠还给我！”

“我下的套，咋能是你的呢？”惠萍把松鼠藏在身后。

“你下的套？柳伯说好大娃玩真的。”岁旺也走过来帮着堂姐说话。

惠萍没有理他，“那也得是自己下的套。”

“说的比唱的还好听！你给青鹞掏了几只雀儿？”亚男说。

“哪一只雀儿不是我掏的？”致祥上前一步，护着惠萍。

“你才这么大一点儿能够着雀儿窝？哪一次不是我搭的肩肩？”亚男揪住致祥的领子，想把他推到一旁。

“有本事你自己掏，搭啥肩肩？”俞致祥一甩身子，挣脱亚男的手。

亚男和岁旺一起喊起来：“俞炳义，李晓梅！李晓梅，俞炳义！”

小孩打嘴仗喊大人的名字，往往是出奇制胜的一招，致祥和惠萍也不示弱，

“牛国璧，牛国鼎！牛国鼎，牛国璧！”

“岁旺，媳妇还没过门就跟别人跑，世上还有你这么没出息的男娃吗？”亚男没占到嘴头上的便宜，又一个劲儿地激岁旺。

岁旺气呼呼地爬上地埂，从自己的草棚里取出一根一丈长四指粗的麻鞭，用尽全身力气在半空画出一个又一个的圆圈，忽然反向旋转，麻鞭在半空打了个撅，啪的一声，震得山谷回响，嘴里骂骂咧咧。

致祥也爬上地埂，把自己的麻鞭挥得啪啪响，嘴里也骂骂咧咧起来。

14

致祥、岁旺和另一个伙伴俞定量拉着大人的手，走过泰山庙，来到松柏峪小学的大门口。俞炳义犹豫了一下，从口袋里掏出一张红颜色的票子交给牛国鼎：“麻烦你帮致祥报下名，我就不进去了。”

致祥不愿意上学，是爸爸答应领他来才勉强同意的，谁知到了学校门口爸爸又变了卦。他不情愿地松开爸爸的手，目送着他走出泰山庙院后，跟岁旺他们走进校门，来到校长室。

王文贵校长和两个大人寒暄几句后，拿出注册簿，蘸笔伸进墨水瓶蘸着墨水，看着牛国鼎，“小孩叫什么名字？”

“牛岁旺！”牛国鼎回答。

岁旺没在意王校长的问话，却对办公桌上的一个小闹钟入了迷：那个小鸡嘴每叨一下，闹钟就锵的响一声，红色的指针走一格。王校长问了些啥，都是牛国鼎回答的。

“几岁了？”王校长笑眯眯地问。

牛国鼎推了下岁旺。

“七岁！”岁旺只回答了一个问题，就和牛国鼎退到一边。

王校长又看着俞打豹：“下一个！”

“俞定量！”俞打豹两手搭在儿子的肩膀上，推着儿子来到办公桌前，俞定量也被闹钟吸引住了。

王校长没有立即动笔。

俞打豹似乎看出了王校长的心思，“王老师，这娃随便叫了这么个名，我是个粗识字，起不了名的，请到不如遇到，王老师给他起个名吧！”

“好的！”王校长也不推辞，头枕在四出头椅子的搭脑上，眯缝着眼睛想了想，又睁开眼睛：“哪一年出生的？”

“猴年。这三个娃都是属猴的！”打豹说。

王校长直起身子，说：“松柏峪的三只猴！”

“哎，那年咱村上出生了四个娃呢！”站在一边两手搂在儿子脖子上的牛国鼎说。

俞打豹一下子想不起还有一个谁，“就是三个娃呀！”

“你忘啦，还有炳武的女儿呢！”牛国鼎提醒说。

“噢，对着呢，我咋把惠萍给忘得死死的了！”俞打豹拍拍有些过早谢顶的脑门说。

王校长的一双大眼睛突然一亮，“他们出生的这一年是个不平凡的年份，农业合作化掀起了高潮，松柏峪建起了农业生产合作社，就叫俞建社吧！”

“好，好！”打豹连连点头。

王校长在注册簿写上“俞建社”三个字，俞打豹的儿子从此就和这三个字有了不解之缘。

轮到俞致祥了。他站在俞建社刚才的位置，没有大人站在身后代替自己回答问题，有些沮丧有些羞涩有些紧张，顾不得看那个叨食吃的小鸡，静等王校长问话。

“什么名字？”王校长把蘸笔重新伸进墨水瓶中蘸着墨水。

“致祥。”他的脸颊潮红，声音低沉。他真羡慕岁旺和建社，人家都不用自己回答老师的话。

“以后应叫俞致祥。家长叫什么？”

“小娃娃叫大人的名字遭罪呢!”他知道爸爸的名字，但不愿意说出口。

“俞炳义。”牛国鼎笑着替他回答。

“什么成分?”

俞致祥双手搓着戴在胸前的那条黄金锁，伸长脖子看着老师，不知老师在问啥。

“下中农。”牛国鼎说完，掏出俞炳义给的那张揉搓的有些发毛的红票子，“这是学费和书费。”

校园的花圃里，一丛竹子虽然经过冬天的磨砺，但是绿得依然可爱。刺玫枝头探出新芽，牡丹枝头鼓起红嘴。花圃四周围着一圈砖头，每块砖头齐对角线一半埋在地下，一半露在外面。几个不知道名姓的孩子走来走去比赛走砖尖，没有一个走完整圈的。三个新生看得心里痒痒的，也不请自到地走起砖尖来。三个都是和麻雀、松鼠打过交道的，走砖尖还不是拿手好戏，走了一圈又一圈，个个脸上不无得意。那几个孩子把三人推下砖尖，自己趺趺撞撞走完一圈，都说自己最先走完。三个新生一脸委屈，那几个孩子沉浸在胜利的喜悦中，根本不理睬他们。

“叮铃铃!”池志超老师边走边摇着铜铃，正在玩耍的小孩一个个跑进自己的教室，三个新生站在花圃边上不知该去哪里。

“上课了，上课了，进教室!”池老师对着他们喊。

“……”

“你们是几年级学生?”

“……”

“啥时报名的?”

“刚才。”

“噢，一年级，随我来!”学校在暑假招收新生，他们是寒假过后入学的，怪不得池老师不认识。池老师让他们坐在一年级教室后面的几个空座位上，领读课文:

春风吹，

春风吹，
吹绿了柳树，
吹红了桃花，
吹得春天满山崖。

除了柳树桃花，俞致祥不知道老师都在念什么，念了几遍懒得再念，打量着教室：四面墙撑着房顶，墙比家里的高，房顶也大好多，粗檩条上架着细檩条，细檩条上才架着一排排整齐的椽子，椽子上没有摆栈棍而是铺着木板。窗框比家里的门框还要大，每个窗扇都糊上报纸，报纸上又贴着米字型纸条。

老师还在讲台上说着什么，同学们一个个手背在身后，坐得端端正正。俞致祥又开始猜想，大概天也和教室的顶子一样，是由一个个山头支撑的，那山头上咋看不见椽子檩条呢？腰里突然一阵钻心痛，为了当这个学生，那件逢年过节才穿的裤子被娘缝严开裆，原来挂在脖子上的背带换成系在腰里的裤带，一坐下来就勒得痛。

他忽然感到恓惶，教室虽然高门大窗，可是不想坐也得坐，不想念也得念；家里的房子门矮窗小，却想站就站想跳就跳想唱就唱想睡就睡，还是家里好！

他离开了座位。

池老师停下正在讲解的课文，吃惊地看着他，说：“怎么啦，俞致祥同学？”

“我不想坐了！”

“为什么？”

“学校没有家里好！”

“哗！”同学们一个个看着他笑，笑得他怪不好意思，脸又红了。

“俞致祥同学，你现在是学生，学生就得遵守纪律。”见他愣着脑袋，池老师又补充说，“以后发言要举手，出教室要请假!”

俞致祥只好坐回座位。好不容易熬到下课铃响，他像一只出笼的小鸟跑出教室，坐下有些显紧的裤带跑起来又有些显松，感觉一跑裤子就要掉的样子，他双手提着裤腰，跑出校门，趴在泰山庙院墙上，只见那个熟悉的房顶上，一股炊烟袅袅升向瓦蓝瓦蓝的天空。

他知道，家里的酸菜吃完已经有几天了，地里的野苦苣还没长出地皮，他来学校前娘从树上取下几串年前晒的干菜，忙活着炸酸菜。他想起了地上那几个剜过籽的洋芋芯，要是这阵趴在热炕上，吃着娘在灶火里或者炕洞里烧熟的洋芋芯，该有多好!

岁旺和建社也跑出校门，致祥喊一声：“回家!”

三个新生兔子一样跑出庙院，早有同学报告了池老师，当池老师追出校门时，三人已经跑下庙嘴，进了红土沟，当他们走出红土沟时，闻讯寻找他们的池老师恰好进了校门，三个“逃兵”各自回到自己家中。

15

一连几天，都是不辞而别。

又到出逃时间了，下课铃响过后，俞致祥头一个跑出教室，准备约两个同伴逃学，在教室外面等候多时的王校长笑眯眯地要他跟自己去一趟。这下得挨一顿板子吧，娘常说不听话老师就要打板子。俞致祥惴惴不安地跟王校长来到上次注册的那个房间，王校长仍然笑眯眯的，看不出一点生气的样子，去教师灶端来一盆热气腾腾的煮洋芋、黄橙橙的玉米面粑子。俞致祥的喉咙里好像伸出一只手，顾不上还有点生疏的王校长就吃了起来。牛岁旺、俞建社等了老半天不见俞致祥的人影，听说他被校长带走，偷偷来到校长室外探听动静，也被王校长喊进校长室。

三个小孩吃饱肚子后，王校长又送每人一张画着好多种鸟儿的图片，俞致祥却不肯收下，“我爸爸和我娘不让我拿别人的东西!”

就这么一点小事，王校长在第二天的晨操讲话时点名夸奖了俞致祥。娘听说后摸着儿子的脸蛋：“老师夸一回多不容易啊! 全校五十多个学生哩，老师能一个个夸过来吗? 现在呀，学生都看着你，可不能再逃学了! 老师夸过的学生逃学，那可怎么行? ”致祥和两个同伴商量好不再逃学，也不再应老师的邀请吃东西。

这天放晚学，其他同学排着队，唱着《社会主义好》，走出校门，他们三个被王校长留了下来："松柏峪的四只猴只来了三只，谁去做俞惠萍的工作？"

"岁旺是惠萍的女婿，他去最合适。"俞建社看着牛岁旺。

牛岁旺头埋得低低的，看着自己被夕阳拉长的身影，心里埋怨建社：看你嘴长的！

牛岁旺有苦难言啊！就因为两家大人一句话，村里的孩子编儿歌取笑他。

他和惠萍路头路尾遇面时，瞅都不敢瞅一眼，哪里敢动员她上学？

"你去一趟？"王校长似乎看出了岁旺的心事，又看着俞建社。

建社又朝致祥挤眉弄脸，说："惠萍娘是你的干娘，你比我合适！"

"行吗？俞致祥！"王校长又看着俞致祥。

俞致祥心想，爸爸没有陪我报名我都有点气短，干爸不在人世，惠萍比我还要气短，不再推托，道："我去！"

他来到世昌堡，敲了敲那两扇沉重的大门，李晓梅出来开门，惠萍也跟在娘的身后。

"进来坐，致祥！"李晓梅亲热地招呼着。

"进来进来！"惠萍更是喜出望外，拉着致祥的胳膊朝里拽。她有一肚子的话，说给娘听只能加重她的负担，不说又憋得慌，能告诉的人只有致祥，恰好他来到门上。

爸爸遇难不久，奶奶思儿心切也离开了人世，高墙大院只剩惠萍娘俩，不要说来了致祥，就是偶尔飞进几只觅食的麻雀都显得那么可爱。惠萍小小年纪，已经知道为娘分忧解愁：推磨时，她和娘一人抱着一个磨担，一则省些娘的力气，二则陪娘说说话。从磨子河畔的水泉抬水，惠萍趁娘不注意时躬下身子，让靠近娘那侧的水桶慢慢滑向自己这侧。早晨，男人们吆着牲口耕地，惠萍赤着脚片捡桄沟里的苦苣幼芽连同耕断的根，积攒多了让娘炸一缸酸菜。下午，她走过磨子河上的木板桥，上牡丹嘴铲猪草。白天忙是忙还算好过，最不好过的是夜晚。堡院内阴森森的，静得有点怕人，稍微一个响动都会把她惊醒。

让她最担惊受怕的莫过于娘俩夜战黄鼬了。狼和狐狸的个头大，看着堡墙干着急没法子。黄鼬体态小巧，只要头能钻进的缝隙，身子就能进去，攀堡墙自然不在话下。尖爪子扎进堡墙椽棱，蹭蹭几下就攀上墙。黄鼬第一次光顾世昌堡，在院子里跑来跑去时，娘俩不敢走出睡房，没有遇到任何抵抗的黄鼬轻而易举叼了只下蛋鸡，几天后再次来犯。娘听人说来犯者是黄鼬后也不再胆怯，掂起棍子与黄鼬周旋。这黄鼬好像不把她放在眼里，窜出这间房的窗子又钻进那间房的天哨眼。晓梅只好喊女儿帮忙，娘儿俩两头夹击，黄鼬才跳上堡墙台阶，一步三回头地离去。人说没娘的孩子苦，哪知道没爸的孩子日子更不好过！娘是温暖爸是靠山，如果爸爸在，她何至于担这个心！

致祥进了深深的门洞，走进院子，脚步声被堡墙反射，引起一串回声。高高的堡墙遮挡住最后一抹残阳，渐渐昏暗下来的院子空荡荡的，只有紧挨东墙的那排当年供躲避土匪的人临时住的厦房，一条土筑的台阶沿着北墙通向西北角的顶端，那是当年供站岗放哨的人行走的。致祥跟着惠萍来到厦房北端的那间房里。

“干娘，王老师要惠萍上学哩！”致祥首先告诉了自己的来意。

“啊！”惠萍乐得拍手叫好，心里的烦恼早已跑得一干二净。

李晓梅的心里则是有喜有忧，问：“王老师知道惠萍？”

“知道。他要让松柏峪的四只猴都上学！”

“难得王老师一片好心！你们班上有女生吗？”李晓梅有些担心的样子。

致祥摇了摇头，说：“没有！”

李晓梅有些遗憾，“她去连个伴儿都没有！”

“有致祥呢，别的娃不敢欺负我！”惠萍连忙说。

李晓梅还是犹豫不定地说：“可是，你还要捡苦苣、拔猪草、推磨、打水。你知道，娘一个人忙不过来。”

“干娘，我在家闲得无聊，这些活我都可以帮你们干，自留地里的活我爸也可以帮你！”

李晓梅的心里在说，如果岁旺找上门来说这些话该有多好！自从和牛国鼎家指腹为婚，俞炳武两口子就把国鼎夫妻当成亲家，岁旺出生后，又把岁旺当成女婿，国鼎两口子也亲家长亲家短的。虽说只是一个口头约定，但事关女儿的终身大事，红口白牙说了，迟早都是牛家的人。炳武去世后，李晓梅更看重这门亲事：女人家头发长见识短，有心操不到地方，牛国鼎是个老实忠厚人，看在儿女亲家的份上，也是个靠手！像他们这样早定亲的人，女孩的衣服、针工钱都由男方供给，年头节下不拘多少还得给女孩几个压岁钱。国鼎从来没有这个意思，空头人情话也不曾说过。不过在李晓梅看来，大家日子都过得紧巴巴的，娘儿俩吃不了多少，花费也不多，不必计较。可是，牛国鼎把自己的儿子领进校门，闭口不提惠萍上学的事，让李晓梅想不通了好长时间。王老师一不沾亲二不带故还操心惠萍上学的事，就冲着人家的这份热心肠也得送女儿上学。

她看了看眼巴巴望着自己的女儿，又看了看一眼眼盯着自己的致祥，道："干娘依你，惠萍明日上学去！"

16

六一儿童节在少年儿童的企盼中终于来到了。三年自然灾害以后，广爷川公社首次隆重集会纪念这个属于儿童的节日。故里小学操场上，三面土墙围成的露天舞台上，悬挂着"广爷川公社庆祝六一国际儿童节大会"会标，两张对接在一起的长条桌铺上了朱红色毛毯，条桌后就坐着新任公社书记戴乐天、各小学校长、各单位负责人。露天舞台前方，各小学的少先队员排着整齐的队伍，站在预先划定的位置等候检阅。白石灰洒出的条条跑道从他们的脚下一直伸展到整个操场。新栽的钻天杨枝头泛黄，环操场一周，把没有围墙的操场和周边的庄稼地隔离开来。

"广爷川公社庆祝六一国际儿童节大会现在开始！"主持人的话音刚落，操场上响起嘹亮的歌声。

星星火炬队旗迎风飘扬，军号阵阵，来自全公社不同学校的少先队员胸前飘扬着鲜艳的红领巾，排成四路纵队，沿着跑道线绕场一周，接受检阅。

松柏峪小学的队列里，俞致祥白色的臂章缀着鲜红的两道杠，心情格外激动。令他激动的不单是第一次参加这样盛大的节日集会，他还要走上舞台领奖并代表全公社的少先队员发言。广爷川公社有南、北广爷川两个学区，像松柏峪小学这样各年级加在一起只有五六十个学生的学校，在南广爷川学区都排不上号，全公社少先队员的代表怎么轮得上呢？

这事与新任公社书记有关。农历四月八那天泰山庙唱大戏，松柏峪小学的墙报《四月八专刊》前人头攒动，王文贵老师的水彩牡丹、池志超老师反映贫下中农战天斗地场面的国画引得观众赞不绝口，也引来正在松柏峪检查工作的公社书记戴乐天驻足观看。渐渐地，他的目光从画面移到学生习作栏，停留在一篇标题为《我爱》的作文上，让他感兴趣的是作文的结尾："我爱我的学校，我爱我的教室，我爱我的书本，我爱我的文具盒，我要学习好多的知识，把这片洒着烈士鲜血的土地打扮得更加漂亮。"当得知作者既是少先中队学习委员也是六一儿童节受表彰的对象时，这位新上任的书记心血来潮，建议由他代表全公社少先队员发言。

牛岁旺、俞建社、俞惠萍和俞致祥并排走着。牛岁旺白臂章上也是两道杠，俞建社的白臂章上缀着一道杠，俞惠萍穿着娘用自己的灰绸衫改做的上衣，白洋布染出的毛蓝色裤子，黑条绒方口鞋，虽然第一次在如此隆重如此庄严的场合走队列，却是四年来全身心最放松的一次。此刻，那些随时都在从她的一举一动中获取笑料的男生，生怕自己抬错脚甩错胳臂成了全公社学生的笑料，老老实实地走着队列，顾不上关注她。而对她来说，平时就特别注意自己的一举一动，抬胳膊迈腿的事已经成了习惯。

她最喜欢的节日莫过于春节，可春节充其量只是穿件新衣服，吃几天白面饭，看几场社火几场戏，哪能比得了六一儿童节？你看这六一儿童节的阵势，同学们穿着干干净净的衣裳，戴上鲜艳的红领巾，排着整齐的队伍，迈着欢快的步伐，唱着欢乐的歌儿，庆祝自己的节日，全体老师、公社领导都来庆贺。

检阅仪式后是颁奖，戴乐天书记和各学校的校长将一张张奖状发到优秀少先队员手中，获奖者敬队礼表示感谢，颁奖者也举手还礼表示对获奖者的尊重，获奖队员又向后转身向舞台下的全体老师少先队员敬队礼，会场上响起雷鸣般的掌声。

俞惠萍和俞致祥的目光相遇了，他的目光坚定神色自若，她的脸上，忽然掠过一丝焦虑的神情。颁奖后俞致祥将要代表全公社少先队员发言，她倒有些沉不住气，她也说不清这是为什么。她是班上唯一的女生，哪个同学和她同桌都会招来讥笑。池志超老师费了一番口舌说服俞建社和她坐同桌，话里带气地说："谁再嘲笑我就不客气！"大伙儿不再说不再笑，背着老师却用异样的目光看着建社，吐舌头，做鬼脸，俞建社等不得老师同意自己搬走了。女孩儿上学竟有这么难！她真想离开这个班级，离开这所学校。池老师又动员俞致祥和她坐同桌，俞致祥不理那些经常搞恶作剧的人，天长日久，大家也就习以为常了。

俞致祥第一时间把发言的喜讯告诉了她，发言稿写成后先征求她的意见，然后才交给池志超老师修改。池老师说读稿子像背书，影响演讲效果，要他脱稿发言。他一有空就练习，还让她当观众。说起来有些不可思议，练习时她觉得挑不出毛病，马上就要上场时她的心里却没了底。

"请少先队员代表俞致祥同学发言！"主持人的声音让俞惠萍的心口怦怦直跳。

俞致祥镇静自若地来到主席台前，向舞台上下的人敬了队礼，然后开始他的发言。惠萍起初只是静听，听着听着身子不由自主地朝着舞台方向倾斜，感觉心脏也在不停地下沉，口中情不自禁和俞致祥以同样的节奏默念着同样的内容：

"准备着，

时刻准备着，"

每念一句，她就感到下沉的心在渐渐上升。

"为共产主义事业而奋斗！"

她在心里按原稿默念，糟了，他说的和自己念的不一样，他说的是：

"用我们的行动！"

他突然停顿了。她不明白他是忘了词儿还是故意停顿，心脏又开始下沉。

"嗨！"席地而坐的池志超老师把脸一歪，手掌拍了下膝盖，"按原稿结尾简简便便，却冒出一句'用我们的行动'，我看你这下怎么收得了场？"

牛岁旺也在关注着俞致祥的一举一动。在他看来，俞致祥不敢上场就是勉强上场也是抖抖索索，当他确信自己的想法不可能发生时又希望俞致祥忘了词儿！他不和惠萍坐同桌不等于不愿和她坐同桌，也不等于喜欢别人和她坐同桌。俞致祥和惠萍坐同桌后，他也像对建社一样，发动全班同学起哄，俞致祥却不理睬。渐渐地，起哄的人没有意思不再起哄，被起哄的人不但稳稳当当和她坐了同桌，还让她作了高参！亚男姐的话又响在耳旁："岁旺，媳妇还没过门就跟别人跑，世上还有你这么没出息的男娃吗?"致祥没了词儿正合他的心意，只是碍于池老师在场不便发作，听池老师这么一说，再也沉不住气了："这下把他爱逞能的病治了!"

"因为用烈士的鲜血染成的国旗的一角，

就是飘扬在我们胸前的红领巾!"

俞致祥不慌不忙，以这样的方式结束了演讲。正是这几句抑扬顿挫，又充满激情，引来阵阵掌声。

戴乐天的眼眶湿润了。他是共产党员戴金祥的儿子，戴金祥以盐商的身份作掩护，在松柏峪一带配合老道人开展地下工作。老道人韩忠民在俞世昌家募集到一笔经费，原定由戴金祥护送去邻县的吴家堡交给前来接应的人，走到牡丹嘴时遭遇李国栋的特务队。戴金祥当场壮烈牺牲，老道人被捕后宁死不屈，英勇就义。

想起倒在革命胜利前夜的父辈，戴乐天的心潮起伏，眼里噙着泪花，颤抖着双手，说："俞致祥同学，向你祝贺，也向松柏峪小学祝贺!"

17

板凳子板，

黑油油，

牡丹花开山顶头。

季玉梅坐在老式织布机笨重的底座上，轻声哼着小曲，右手中的织刀划拉一下绷紧在机架上的经线，让上下两组经线自然分开，左手中的织梭穿过交叉着的经线，双手拉紧梳子一样地织紧，上下两组经线又一次交叉在一起。又用左手划拉一下绷紧的经线，右手中的织梭穿过交叉着的经线。她成天重复着这个简单而又劳累的动作，忘记了腰酸背痛，顾不上麻木了的腿脚。她还是在王维张家学会纺纱织布的，那时的王家家境一般，除了王维张出门时穿的蓝衫是洋布的，一家老小换季的衣服都是她这样黑明昼夜织出来的。如今她又重操织刀，心境却与当年大不相同，当年是为人作嫁，这次是给自己的命蛋娃定亲。身子实在困得不行，她就在织布机上伸展一下胳膊，抬头望一眼窗外的牡丹嘴。

牡丹嘴的牡丹花年年都要开放，唯独今年进入她的视线。条条田埂上，片片绿叶中，盛开的热情四溢，才绽的含情脉脉。红的像火焰，黄的像洒金，白的像洁玉，紫的像宝石，微风吹过，老宅里都能闻见花香。

儿子专心致志地看着从俞绍乐那儿转手借来的《林海雪原》，为了在约定的时间看完，天明坐在窗前看，天黑和娘合用一盏煤油灯，腰发酸脖子直不起就趴在炕上看。

玉梅看了一眼儿子，又情不自禁低声吟唱起来：

双扇门儿大样开，

里边坐个扎花女秀才。

她口中唱的扎花女秀才是她期望中的儿媳。

春节期间她去故里转娘家，一个从没见过面的小姑娘前来开大门，她仔细打量了这个小女孩，五官周正，身材展通，进门后才知道嫂子的姐姐也来走亲戚，姑娘是嫂子的外甥女名叫桂芹。嫂子对她情同手足，嫂子的姐姐就是她的姐姐。三姐妹好不容易碰在一起，又是闲月，自然有着拉不完的家常。

入睡前，嫂子伸手摸摸有些冰凉的炕席："哎，咱姊妹只顾说话，忘了掏炕灰，这几天炕灰满了，热不到天亮。原打算今日掏灰，拉闲拉到兴头上忘得光光的了，今晚要睡冰炕了！"说着，起身去填炕。

桂芹娘平日里家务活多，转妹子家这几天，还要赶着纳完桂芹她爸的一双鞋底。她坐在窗前，手中的锥尖在自己的头发上习惯性地磨了磨，钻穿鞋底，"你安安稳稳地坐着，咱拉咱的闲！出门三步，小的受苦，今晚让桂芹给你代劳！”说着，头伸出窗外，“桂芹！”

“哎！”随着脆生生的应答声，那个为自己开了门的小姑娘走了进来。

“你姨的炕这会连点温气都没，你给咱烧炕，今晚可不能让我们老姊妹受冻！”桂芹娘说完，将针穿进锥眼，左手中指上的顶针顶着针屁股，右手食指和中指捏紧针尖用力一扽，嗤的一声，线绳被拔出锥眼，鞋底被勒出一个小小的坑。

听说让这么大的一个女娃填炕，没有女儿的玉梅有点不忍心，便凑到窗前看动静。桂芹走出院门一会儿，手里抓着把麦草，胳膊上挎着一筐干驴粪沫又走回来，蹲在炕火门前，先用推耙把炕洞里的灰堆推向四周，再点着麦草放进炕洞，等麦草燃烧得足够充分，才用推耙把驴粪沫子均匀地盖在燃烧着的柴火上，最后把炕火门外林林总总的柴火打扫干净。填炕算不上庄稼人的十八般武艺，也是个基本的生活技能，只这一眼玉梅便知道这个女娃是受过教板的。

三姐妹睡下后，姑娘烧的炕不冷不热正好，一觉醒来，熹微已经透进门缝，又是这个桂芹轻手轻脚走进来端走地上的尿盆。三姐妹穿衣下地时，桂芹已经端来烧好的洗脸水。玉梅越看桂芹越觉得心疼，想和她搭讪几句，没话找话地问：“你叫啥名字来着？”

“桂芹。”姑娘的声音不高也不低。

“属啥的？”

“属狗的。”姑娘的语速不快也不慢。

“上几年级？”

“二年级。”姑娘的态度不卑也不亢。

“小小年纪，就知道帮大人干活了？”

“我家人多，我娘太忙了！”多么善解人意的姑娘。

“咋知道叫我姨哩？”

“你是我姨的妹妹，就是我的姨姨。”别看她小小年纪，头脑挺整齐呢。

“我想让你叫娘哩！”

桂芹笑了笑，走出门去。

“他姑，你昨日一进门就心儿事儿的，原来在打桂芹的主意!”嫂子看出了她的心事，笑着说。

“这女娃太可爱了。”玉梅一个劲儿地夸着。

桂芹娘又拿起那只没有纳完的鞋底，说：“那是在她姨家，在自个儿家懒得锥子都剜不动哩!”

“姐姐这话我不信，就眼见的这些，不是一个锥子剜不动的娃能干出来的。我要是有这么个女孩该有多好!”玉梅家口小，针线活不多，本想着坐娘家的这几天帮嫂子干些针线活，见桂芹娘忙碌的样子，也拿起另一只粘好的鞋底，在嫂子的针线笼里找出铁锥和大针，又给左手中指戴上顶针。

“她姑有话就直说，都是自家姐妹。”嫂嫂忙着准备早饭，怕冷落了两个亲戚，抽空就搭讪几句，“姐，她姑不好意思张口，我替她说，让桂芹做她姑的儿媳，你看咋样?”

桂芹娘在用锥子钻着鞋底，头也不抬地说：“你瞎说啥呀，这事得问你姐夫，我哪能做这个主!”

“姐，咱姊妹三个炒面捏人哩都是熟人，你就别装样子了！谁不知道老魏家是你说了算!”嫂嫂揭了她姐的老底。

桂芹娘一点也不觉得难堪，说：“既然话说到这里了就让话在着，亲事要顺境呢，过个三五月，只要双方家里清吉顺境，再说不迟!”

“过去人讲究门户，你们两个的男人一个当过小学校长，一个干过公事，都是人前站过的，也算门当户对!”嫂子是个热心肠人，不说则已，一说就想有个眉目。

桂芹娘又在刘海上磨了下锥尖，“现时是新社会，门户不是主要的，主要的是娃自个儿愿意不愿意!”

“扳扯啥呢！过了这个村就没这个店了，”嫂嫂是个直肠子人，不喜欢姐姐这样拿腔拿调的样子，“凡是知道我外甥的人谁不说娃聪明？抓周时我亲眼看着哩，头一下就抓了支毛笔，人都说娃长大是个念书人。果不其然，娃一年级只读了半年就跳级到二年级，仍然是班上成绩最好的!”

桂芹娘停下手中的活计，看了看妹妹，“看来你比我还急！一方是娘家姐姐，一方是婆家妹妹，手心手背都是肉，你看着办吧！”

玉梅一回家就告诉了俞炳义这个喜讯，俞炳义认识桂芹他爸魏树德，广爷川河北的朱家山人，两人早年是职校同学，互相知根知底，也觉得是一门难得的亲戚。季玉刚自告奋勇做媒，去了一趟朱家山，来了一趟松柏峪，三下五除二，商量好彩礼、定亲的事。

这不，眼看着定亲的日子就要到了，玉梅要赶在定亲前织出定亲用的土布。

“致祥，再过几天就给你定亲！”眼看着宝贝儿子的终身大事有了指望，玉梅从心里往外乐。

“给我定亲？”致祥正好看到主人公少剑波对小白鸽雪夜萌明心的情节，他虽然热衷于战斗故事不大喜欢这种情节，一目几行地看完这部分内容，但是书中描写的情景对他来说多多少少还是有些触动。

“就是给你定媳妇。”娘掩饰不住内心的喜悦。

“定的谁？”

“桂芹，你舅母的外甥女。”

“面都没见过，咋定亲？”

“娘见过的，你舅你舅母都知根知底，不会看走眼的！”

“这叫包办！”

“从古到今都这个样儿，娘还不是为了你？”

“娘是为我好，但也代替不了我！”

“那你喜欢谁？”

“我喜欢惠萍！”

“啊！”娘的一双大眼睛睁得更大，“换别的人都行，就惠萍不行！”

“我就喜欢惠萍！”

娘有些诧异地放下手中的织刀，“那可万万使不得！”

“为啥？”

“咱是一个村的。”

“岁旺也是一个村的，咋就能行？”

“岁旺姓牛，和惠萍是亲戚；你姓俞，和惠萍是兄妹，成不得亲的。”

“伏羲和女娲是兄妹咋就能成亲？”

“那是古今上说的。”

“那我就不要媳妇了！”

“谁为你做饭缝衣裳呢？”

“娘。”

“娘老了呢？”

“娘不会老！”

“瓜子，娘咋能不会老呢？人活一世草木一秋，娘还会死的！”

致祥不再说话，眼睛瞅着书本，满脑子都是惠萍的身影，他也想学少剑波写些什么，思索了半天什么也写不出，想来想去，写了张纸条：

惠萍：

我想一辈子和你在一起！

致祥

1966年5月5日

18

俞世珍来到牛家前院。

当年他没有胆量砸泰山爷的神像，丢了大队支部书记的职务，四清运动后期，重新恢复贫下中农协会时，又担任了松柏峪大队贫协主任。前几天召开的全县暑期教师整训会，他是特邀参加会议的贫下中农代表。

俞世珍和牛国鼎家住的一步邻近，平日却不怎么走动，突然来到前院，也不觉得生疏，一把拉过岁旺，左看右看了老半天，说：“爷爷去县里开会，一月不见，孙子娃又高了一截！”

岁旺听得犯糊涂："你姓俞我姓牛，你咋成我的爷爷呢？"

俞世珍疼爱地爬着岁旺头顶上的一撮头发，说："瓜娃不知，咱原本是一个老先人，我和你爷爷是一祖之后，如果不是你太爷给牛家顶门立户，到你这辈还没出五服呢！"

岁旺还是头一回听说这事，愣愣地看着俞世珍，本来很熟悉的人一下子变得生疏起来：黑脸面深眼窝，两股鼻毛探出鼻子眼，和鼻毛汇合在一起的胡茬刚刚刮过。

"听池老师说你的本事不在致祥之下，代表全公社少先队员发言的咋不是你？"俞世珍这是哪壶不开提哪壶，故意说起这件让牛岁旺伤透脑筋的事。

"他是学习委员，我是生活委员，臂章上都是两道杠，我比他差啥了？"果然不出俞世珍所料，牛岁旺一听就来气。

"别小看这次发言，虽然那么一阵阵，光彩着哩！全公社的人不知道牛岁旺却知道俞致祥，班上的学生也跟在俞致祥的屁股后面转圈圈。别的人咱不管，惠萍跟上跑可不行，她可是你没过门的媳妇！"俞世珍继续在火上浇油。

岁旺的脸刷地一下红了，红得有些出奇，一看就知道不是害羞而是愤怒。

自从知道指腹为婚的事，在他的心中惠萍就和别的女娃不一样，伙伴们越是编儿歌嘲笑越是增强了这种感觉。他和她几乎没有完完整整地说过一句话，不是不想说而是没机会说或者没勇气说。当他看到俞致祥发言时她坐在操场上为他鼓劲身子歪向露天舞台一侧时，他真想问她，你是和牛岁旺定的亲还是和俞致祥定的亲？

他的心思没有逃出俞世珍的眼睛，说："人往高处走水往低处流，致祥有多大本事？还不是因为他出头露面的原因。以后有这种机会，你可要当仁不让，冲在他的前头！"

"不是我不想出头，是王校长不给我这个机会！"到目前为止，牛岁旺还认为俞致祥发言是王校长偏心的结果。

"以后再也不会有这事了！"俞世珍在房檐下滴水窝旁的一块石头上坐了下来，"王文贵是这次教师整训会揪出来的牛鬼蛇神，正在接受批判。他这个人在肃南师专毕业时偷吃了一筐生产队的洋芋，组织上并没有对他一棍子打死，降级让他作了小学老师。可他不思悔改，让阶级敌人的儿子代表全公社少先队员发言，这是严重的阶级路线不清！”俞世珍的记忆力很好，他可以凭记忆传达会议精神，新名词都能说得八九不离十。

“王校长是牛鬼蛇神？”牛岁旺惊得瞪大了眼睛，他虽然不明白什么是牛鬼蛇神，但是从俞世珍的语气判断牛鬼蛇神和阶级敌人是一样的东西。

俞世珍轻轻拍了下岁旺的脑门，“池老师说松柏峪小学被牛鬼蛇神篡夺的权力要重新回到无产阶级革命师生手中！这下日头爷可照到咱贫下中农的门前了！”

“你咋知道的？”

“我是参加整训会的贫下中农代表！池老师专门让我来告诉你这个好消息。”俞世珍并没有说出他这次的真实目的。教师整训会上，池志超写了王文贵的大字报，揭发他被阶级敌人的糖衣炮弹击中，让阶级敌人的儿子代表全公社少先队员发言。县文化革命小组办公室派俞世珍回松柏峪，发动革命师生，走访贫下中农，核实池志超大字报所揭发的问题。

“池老师当初是说过让我替换致祥的话！”牛岁旺还记着当时的情景，池老师提议让他替换俞致祥，王校长没有同意。

“可不是嘛，我听说这里有门道呢。”俞世珍突然有些神秘起来。

“啥门道？”

“你不知道？”

牛岁旺摇了摇头。

“你这个精灵鬼，对俞爷爷还不说实话，我可是把知道的都一五一十告诉了你的！你不说我替你说，听说俞炳义送了蜂蜜！”

“噢，我想起来了，有这回事，不是俞炳义是致祥送的，是致祥发言领奖以后才送的。”牛岁旺差点把这事忘了，致祥说过他领回奖状后，娘让他端了碗蜂蜜送给了老师。

“发言领奖以后才送蜂蜜是不假，事先许了愿又有谁晓得？没有俞炳义在背后指点，致祥娘一个女人家能想起这事？俞炳义的弯弯肠子多着呢！他这是躲在暗中拉拢老师下水，那碗蜂蜜就是糖衣炮弹！”

“这也不对呀，致祥说蜂蜜是送给两个老师的，王校长不在，是池老师接的蜂蜜。”

“池老师和王文贵就不一样了，王文贵是走资派，池老师是受蒙蔽的群众，通过整训会上提高思想认识后才揭发的。这叫反戈一击，受蒙蔽无罪，反戈一击有功！”

牛岁旺又似懂非懂了。

“池老师说，千万不能小看这次发言，这是关系到教育这块阵地由无产阶级占领还是资产阶级占领的问题。为了夺回资产阶级占领的教育阵地，现在需要你挺身而出揭发牛鬼蛇神的罪行，你为我们贫下中农出头露面的机会到了！”俞世珍的一双黑眼睛里充满信任和期望。

“你说我该咋办?”俞世珍是大队贫协主任，他的话就是贫下中农的话。

“把你知道的情况写出来，我带到县上去！”

“我知道的都说了！”

“口说无凭得写下来，千年的字纸会说话！”

“我不知道咋写！”

“我说你写！”

牛岁旺撕下一张作业纸，俞世珍说一句他写一句：

王老师吃了俞致祥家的蜂蜜，才让俞致祥代表全公社少先队员发言，王老师有片（偏）心。

松柏峪小学四年级牛岁旺

19

从松柏峪去朱家山，故里是必经之地。如果图省事，季玉刚可以在家等俞炳义到来后一起去朱家山，这样省去三十里路的脚功，却与规程不合。按定亲的规程，女娃还算娘家人，男方去女方的人数必须为双。为了凑这个“双”，季玉刚不辞辛劳，一大清早起身，先来到松柏峪。

自从那次团丁大闹故里小学后，在人们的心目中季玉刚似乎是个混世魔王，其实根本不是那么回事。都是那几个趋炎附势、狗仗人势的团丁惹的事，玉刚他爸在外面重新建立了家庭，偶尔来封信，都是对老承祖嘘寒问暖，对弟兄姊妹表达思念，从不提究玉刚母子。走出家门他似乎是个赫赫威威的公子哥儿，进了家门却没有他说话的地方，只有母子相依为命，姊妹同胞情深！妹妹在王家受到冷遇，每逢节儿令儿的，娘都要他接送回娘家。娘离世时留下话，要他像娘在世时一样善待妹妹，他一直坚持着娘在世时的习惯。这次为妹妹的独生儿子定亲，莫说多走三十里，就是三百里又算得了什么？

从恩贡老宅起身时，季玉刚换了装束，身穿蓝布长衫，头戴青缎小帽，肩上搭个一头装着洋布一头装着土布的粗布褡裢，手中提着一对分别写着“金樽”“囍酒”的黑釉子瓷酒壶。俞炳义穿一件青布长衫，头戴黑布小帽，也背着一个麻袋片褡裢，褡裢里勉强装得下十二个大馒头。二人走出三十里南广爷川，来不及进故里城季玉刚家喝口水歇缓片刻，直奔朱家山。男女双方、媒人都是挣工分分粮食的人，一天也耽误不得，他们要赶午饭时间在魏家行定亲的规程。

过了故里河，又是十里山路，沿途树木稀少，地埂也是光秃秃的，快进村时，雨水积成的一个大涝坝周围才见到一些柳树和杨树。离涝坝不远，就是桂芹家的庄院。院墙的椽梡分明，雨水尚未使半圆形的墙帽变形，院子不大，打扫得一尘不染；房子大小适中，檩子端正，椽子齐整。俞炳义和媒人迟不到早不到，就在魏树德在大门口张望了半晌不见动静返回炕上吃了一锅烟工夫，走进主厦房了。魏树德腾地跳下炕，双手握着俞炳义的手：“老同学，职校一别，二十二年了吧！”

俞炳义努力寻找了好一阵，才从对方的音容笑貌中找出那个曾经的青年人的一丝半点，“是呀是呀，当初是小伙子，一眨眼到了儿女谈婚论嫁的时候。立人兄好像是学公路的？”

“对，对！子圭兄是学纺织的？”

“是的。你咋想起学公路呢?”

“嗨，咱出门不是上山就是爬坡，路走怕了，觉得学公路可以坐汽车少走冤枉路，你呢?”

“成天看老娘纺纱织布，想着学纺织可以替换老娘!”

“呵呵，这就叫大人望天下，小人望一人。”

“还记得毕业时的情景吗?”

“咋不记得? 就是那个可恶的集体加入国民党仪式，这次砸了我的饭碗。你呢，按说参加国民党属一般历史问题，够不上戴帽子的!”

“说来话长啊!”俞炳义长叹一声，从自已职校毕业去兰州西北军政织布厂，第一个晚上睡在盖厂房的椽檩条上过夜说到任职皋兰县政府合作指导员，从老父体弱多病妻子患水鼓病无人照料弃职回家说到保长池占山二次派丁，一怒之下考中广爷川镇主任干事，“咱好歹也是喝了几天墨水的人，让池占山这个白丁连哄带骗，卖了一个兵又支了一个兵，我大哥去支兵时人高马大，回来时成了残废。我实在看不下去，只想着出这口气，哪知道镇主任干事是中统撤退前安插在底层的特务!”

“不说了，不说了。今日是个好日子!”魏树德在一旁提醒着。

“话到这儿了，不说越不过啊!”俞炳义伤心地用青衫袖口揩了一下眼泪，“人常说眼前的路黑着呢，就说我，不要离开纺织厂这会儿还是工人阶级。退一步说，供职皋兰考察水利担保合作事业贷款也与政治无涉。咱偏偏选了镇主任干事。”

“黑着也好，要是事先知道自已的归宿，生活恐怕就没多大意思了!”

“都是在瞎碰，可是你碰得好!”

“好啥，不也回来了吗?”

“哎，回来和回来不一样!”

“还不是猪黑笑老鸹——般般货!”

俞炳义破涕为笑，撩起青布衫长襟子和魏树德互相谦让着上炕盘腿坐下，季玉刚坐在炕沿上。

妻姐走过来，“玉刚快上炕，你是媒人该坐上席的。”

季玉刚没有动，“不啦，我就担在炕沿上，省得绾布衫襟子盘腿。”

妻姐不再相劝，俞炳义信以为真，只有魏树德明白他的意图。魏树德是他当年的老师，虽然告别学生时代多年，魏树德也在几年前被精简回家务农，可是师生的名分依然存在。

经过辣椒油反复擦拭发着亮光的梨木炕桌上，摆上四个手掌心一般大的菜碟，红萝卜、杏仁、油炸面果果、黑豆芽一样一碟。

季玉刚打开随身带来的黑粗瓷酒壶盖，给每人面前的酒盅斟上酒。

俞炳义先端酒盅，说：“来，老同学，喝了这盅酒咱就改口，以亲家相称？”

两人一饮而尽。

“好事成双，喜酒两杯！”魏树德也回敬一盅，算是对俞炳义的答复。

老同学又成了亲家，俞炳义兴奋的心情难以自抑：“亲家，朱家山和松柏峪当年因抢寡妇结下的仇怨，看来要在咱老同学手中化解了。”

“亲家，实在惭愧！不瞒你说，朱家山和松柏峪的仇怨，我是始作俑者！”两盅烧酒下肚，勾起魏树德的一桩心事。

“此话却是从何说起？”俞炳义吃惊地看着魏树德。

“那年玉刚和俞炳武打架，说起来也不是多大的事。我和训育主任俞绍乐商量，两人各挨五十大板给个处分完事。”魏树德自顾自地说着往事。

季玉刚的脸一下红了，魏树德似乎察觉有些不合时宜，无奈带了几分酒意又觉不吐不快，“两个团丁闯进学校持枪威胁一通，几个对招收女生有意见的前清遗老趁机施加压力，要我把他俩连同李晓梅一起开除。你说，一家是朝中有人，一家是一县之长；一家是山间虎，一家是地头蛇，哪一家咱能得罪得起？只好让俞炳武作了替罪羊。”

“那也算不上和松柏峪交恶！”俞炳义头一回听说这件事的内幕。

“咋算不上？开除了俞炳武，李晓梅一气之下退了学，俞绍乐一气之下辞了职，一下子得罪了三个松柏峪人！唉，我那个校长当得窝囊，树叶落下来也能打破头！”魏树德拳头一个劲儿地砸着自己的脑门。

俞炳义想缓和一下气氛，一时又想不出合适的话题，就随口说：“亲家开除俞炳武，不会是和他舅‘一担挑’的缘故吧?”

魏树德瞥了一眼季玉刚，“那时玉刚还不认识娃他姨哩!”

季玉刚一言不发，用眼睛狠狠地瞪着俞炳义。

“恕我失言，恕我失言!”俞炳义一言既出，追悔莫及，自罚一盅酒。

“不怪亲家，是我先说的，我喝知罪酒!”魏树德也自罚一盅。

“你呀你，喝几盅就不知道天南地北了，只顾着说陈谷子烂糜子忘了正事!”桂芹娘给每人端来一碗烩菜，坐在炕沿上。

“桂芹，过来给你阿公看酒，看他没话找话的样子是想喝酒了!”季玉刚斟好两盅酒，指着俞炳义对桂芹说，“今日叫姨夫，过门后再叫爸!”

桂芹小心翼翼地接过酒盅，酒还是溢出在手心里，不知所措地看着爸爸。

“就听你姨夫的!”魏树德扬了扬头。

桂芹面对着俞炳义叫了声“姨夫”，脸就红了，急忙难为情地背过脸去。

“哎，头一回见阿公咋能给个脊背呢?这声‘姨夫’不是白叫的，阿公得有个表示才对!”季玉刚提醒自己的妹夫说。

桂芹回转过脸来，不敢抬头，不敢吱声，鼻子蛋上沁出了密密麻麻的汗珠。

俞炳义不慌不忙，掏出两个拴在一根红头绳上的红纸包，挂在桂芹的脖子上，乐呵呵地接过桂芹手中的酒盅。

“桂芹，你咋不问一声，我的女婿叫啥?”天上无云不下雨，地上无媒不成双。在这个场合，没有季玉刚穿针引线插科打诨，双方还真有些不自然。

“致祥，俞致祥，这个秋后就上五年级。”俞炳义回答说。

季玉刚取过褡裢，说：“规程的事行了。按咱商量好的，彩礼八十块，土布十六丈，各样细布八丈，咱都说明叫响。本来说好分几次付清，俞家说就这么一个儿媳妇，难得遇上一家好亲戚，图个大家高兴，支呀借呀凑齐了。他姨和他姨夫，你俩谁接承呢?”

“你知道我是个吃闲饭不管闲事的，交给你姐吧!”魏树德也不遮掩实话实说。

桂芹娘接过彩礼，仔细点数后撩起衣襟装进肚兜，细布放在八仙桌上，手摸着土布的纹路，说："致祥他娘是个实诚人，你看这纱纺得多匀称，这布织得多细密!"

季玉刚目不转睛地看着魏树德,说:"姐夫没接承东西,话可要对着你说。咱这是三对六面给娃喝酒哩，该行的规程行了，该说的话说了，日后不能反悔哟!"

魏树德又一次端起酒盅，"他舅说得这是啥话？不是酒壮怂人胆，说句男人话，咱有负松柏峪人在前，不能再负松柏峪人在后！一切都在酒中，干!"

20

一石激起千层浪，牛岁旺的纸条居然产生了意想不到的效果。王文贵成为整训会揪出的头一个牛鬼蛇神停了职，在故里挖坑栽杆架设电线。接任校长不久的池志超发起成立了广爷川公社"只争朝夕战斗队"，夺了走资派戴乐天的权，以战斗队司令的身份去公社主持工作。松柏峪小学由贫协主任俞世珍临时负责。

俞世珍是在毫无准备的情况下上任的，总务干事陪着他走进校长室。

王文贵的铺盖搬走了，池志超的铺盖也搬走了，看着只有席片的土炕，总务干事有些不知所措地问："我去搬来您的铺盖？"

俞世珍摇了摇头，没有说话。

临窗一张带抽屉的办公桌，坐在桌前透过窗户玻璃可以看清大半个校园。办公桌的一侧靠着山墙，另一侧摆着那把四出头太师椅。俞世珍坐进太师椅里，头枕在搭脑上，手放在扶手上，打量着这把似曾相识的太师椅。太师椅的木质并不是太密实，搭脑、靠背、扶手、大边这些经常磨得着的地方凹进去不少。

这把太师椅是恩贡俞谟留给弟子大先生的念物，大先生又把它转赠给松柏峪小学。俞世珍读私塾时，大先生就坐在这把椅子上听他背书。大先生看上去在闭目养神，可是背错的地方却瞒不过他。第一次背错，大先生嗓子眼里"嗯"一声，以示警告；第二次背错，大先生的眼睛睁得老大，大得吓人；第三次背错，大先生抓起戒尺，让他伸出手掌，叭的一声，戒尺不偏不倚落在掌心上，火烧火燎的感觉立即从掌心传遍全身，然后才是疼，疼得他想原地起跳！挨过打后，前功尽弃，他又得坐回自己的板凳，重新念书。次日，轮到自己背书时又得从头再来！羊娃不但不抱怨反而鼓励师傅说："打是亲,骂是爱，只要背不过书你就打!"他一看见大先生闭眼睛就害怕，一害怕就出错，大先生也不多打，还是一咳二瞪三板子。不是不愿靠念书出人头地，是大先生的板子打消了他的这个念头。

当年挨打的人如今坐在了打人的位置上，他还是有些诚惶诚恐！时势造英雄，既然时世把自己推到这个位置上，已经不是坐不坐的问题而是坐得住坐不住的问题！他对自己约法三章：穿戴不求好但必须干净整洁，不在校园里用烟锅抽烟，不随便说话。

"俞主任，各班的扫帚像脱毛鸡的尾巴成了光刷刷，上面的拨款还不见音信!"总务干事毕恭毕敬地汇报着工作。

"你通知各班把秃扫帚交到储藏室!"

操场边上的储藏室里，各班交上来的秃扫帚堆得满地。俞世珍蹲在地上，拿起两把秃扫帚合在一起又分成四股，让磨剩的竹芒露出在外面，扎成一把结实耐用的扫帚。蹲的时间长了有些犯困，他张开嘴巴打了一个呵欠，习惯性地摸了摸烟锅，没有带！噢，咋忘了自己立的规矩，你见过哪个老师用烟锅抽烟!

新参加工作的小丁老师拿着请假条跑遍了校园，终于在这里找见他，"俞主任，家里盖新房，我得回去照看。"说完，将写的密密麻麻的请假条递了过来。

俞世珍要赶在下午大扫除前扎完所有的扫帚，头发梢上落满尘土脸上流着汗水，专注着扫把的眼神也没看一眼小丁老师，"你知道我是个大老粗，没有文化，写的啥念给我听!"

小丁老师一本正经地读起请假条来："伟大领袖教导我们：'我们的干部要关心每一个战士，一切革命队伍的人都要互相关心，互相爱护，互相帮助。'"

俞世珍猛地抬起头来，额头的皱纹挤在一起，两只看不见眼白的眼睛朝上翻了翻，"伟大领袖说革命工作重要还是个人的私事重要?"

小丁老师被噎得说不出一句话，只好走人。

俞世珍终于扎完最后一把扫帚，各班都能领到一把，不影响课外活动时间打扫卫生，又想起抽烟时，又是小丁老师上气不接下气地跑来，“俞主任，出事了！”

俞世珍慌得直起身子，问：“咋了？”

“牛岁旺同学被大水冲走了！”

“我的个天呀呀！”俞世珍一声惊叫，顾不上爬去身上的柴屑擦去脸上的汗水，就朝磨子河跑去。

学生停课闹革命，新成立了松柏峪小学红小兵连。连长牛岁旺的主要工作就是带领高年级学生“送语录到田间带语录到地头”。他和俞建社、俞致祥、俞惠萍来到磨子河桥头，这里是南北大路和东西大路交汇的十字路口，也是他们设立的行人背诵语录抽查点。

俞殿元挑着两大捆沙棘刺从牡丹嘴下的岔沟远远走过来。

“头一个就遇上犟板！”牛岁旺直觉得头疼。俞殿元祖孙三代都犟出了名：爷爷临终前嘱咐儿子，看他闭眼睛时就用蒿草棍撑开眼皮，“我不闭上眼睛看它咋让我死！”爸爸舍不得土改时分在自己名下的那份土地，一直到公社化那年才入的社，为了不让儿子去广爷峡水利工地，把十四岁的儿子送进校门。这殿元也是绝顶的聪敏，进校门时是一年级出校门时是四年级而且仅仅只有一年时间。

等俞殿元来到面前时，牛岁旺上前一步先敬礼：“殿元哥，我们是‘送语录上门带语录回家’的红小兵！”说着掏出盖有广爷川公社松柏峪小学红小兵连印章的介绍信。

俞殿元停住有些沉重的脚步，一眼就看见了牛岁旺臂上的红袖章，没看清中间的“小”字，两头的“红”和“兵”与“红卫兵”袖章的字迹一模一样，不由倒吸一口凉气：牛国璧是松柏峪说一不二的人，也被红卫兵整饬得倒穿鞋呢，用不着看介绍信，他已经吐起舌头了。

“请背一条语录！”牛岁旺说。

“我不会！”俞殿元把左肩上的柴担换到右肩，右手按着柴担，左手抓起衣襟擦着流到脖根的汗水。

“我们教你。”红小兵排长俞建社和俞致祥俞惠萍几个也来到跟前，建社说着就教起来，俞殿元乖乖地跟着念。

俞殿元肩膀上的柴担左肩右肩换来换去好几回了，口里喘着粗气，说：“别看这会子日头红红的，顺河吹来的风有些冰凉，好像磨子峡西边下了暴雨。一会儿河里要发大水，你们趁早回家吧。”

牛岁旺以为他在撒谎，说:“天气好好的,哪里来的洪水？背不过别想过桥!”

“我背，我背！下定决心，我怕牺牲，排除万难，去争取胜利。”俞殿元被放行了。

“他背错了。”全校背语录数量最多的俞致祥发现了破绽，“‘不怕牺牲’背成‘我怕牺牲’了!”

几个小学生抬头看时，俞殿元闪着担子，已经咯吱咯吱过桥了。

俞殿元没有说谎，磨子峡果然涌出一股浊浪，一会工夫，翻滚的浊浪就到了木板桥下。牛岁旺他们只得过桥回家。不到一尺宽的木板桥只能容得下一人行走，前后两人不能走在同一块木板上，不然木板弯曲太厉害人会掉进水中。这时候也是考验每一个红小兵革命意志的关键时刻，牛岁旺和俞建社是红小兵干部，让还没有加入组织的俞惠萍和俞致祥先过桥，又互相推让一阵，等建社过桥后，岁旺才走上木板桥。

河水涨得很快，水面离桥面越来越近，溅起的浪花打湿了鞋子，桥腿被河水冲击得摇摇晃晃。岁旺一个劲儿地盯着自己的脚下看花了眼，忽然觉得木板桥沿着水流的反向漂移，伸脚去踩漂移着的木板桥时踩在半空，掉进河里。

哗哗的水声，扑鼻的泥土味，冷冰冰的河水，一块石头砸在他的脚面上，又被洪水掀走。脚下的细沙同时被洪水掏空，不抬脚越陷越深，一抬脚马上就要漂浮起来。

已经过了桥的三个伙伴都吓傻了眼，可着嗓子喊：“岁旺，抓住桥腿！岁旺，抓住桥腿!”

他伸出右手去抓桥腿，水面上漂来一棵小树横在眼前，收回的右手正好碰在上衣口袋上，口袋里装着一本《毛主席语录》。他奋不顾身地掏出红彤彤的语录本，高高举过头顶，此刻他只有一个想法：宁可自已被洪水淹没，也不能让洪水打湿红宝书。

“岁旺掉进河里了，快来救人!”三个伙伴不停地呼喊，几个捞浪柴的人赶过来，手挽手钻进洪水拉住牛岁旺的左手，当面如土色的俞世珍跌跌撞撞赶到河边时，牛岁旺已经被拉上河岸。

21

俞主任起得很早，吃干粮熬罐罐茶的时间比往常提前了再提前，平日在外面抽的旱烟改在家里抽，在家里过的水烟瘾干脆停了。瓜子自有天养活，牛岁旺的英雄事迹传遍了磨子河两岸，县广播站专门作了报道，他这个临时负责也跟着沾光。不过他也干了一件口碑不错的事，松柏峪人说自从他进学校后有了读书声。

俞主任双手背在身后，站在架子教室房檐下，打算从五年级教室开始逐班检查早读。一人多高的窗户，蓝色的油漆经过风吹雨淋几乎成了白的，透过玻璃可以看见教室里的学生三三两两。

教务干事拿着一份文件迎面走来，笑容可掬地说：“俞主任，公社革委会文件。”

“啥事?”俞主任下意识地直了直腰身。大龙娘剪衣服成了这么个起手，件件衣服领仁剜得小，一上身后襟子长前襟子短，平时干活躬腰不要紧，腰一旦挺直，这毛病就显而易见。

“关于学习松柏峪小学牛岁旺同学英勇事迹的决定。”教务干事一字一句地读起决定来。

“不念了，说一说大概意思就成。”俞主任怕读文件耽误了自已检查早读，他喜欢到每个教室检查学生早读，这是他的新举措，每天也只有这个时间能到各班与学生见见面。

“牛岁旺同学的英勇行为不是偶然的，是与学校平时的教育分不开的。公社号召各学校在学习牛岁旺同学英勇事迹的同时还要学习松柏峪小学的做法：一是把背语录作为评定成绩的依据，二是不向国家伸手，自己动手解决清洁卫生工具，三是加强对教师的纪律性教育。”教务干事已经把文件的主要精神梳理成条条。

俞主任的心里比吃了蜜还甜，这三条正好是他新官上任烧出的三把火，背语录、扎扫把、拒绝给小丁老师请假，公社文件不过是换了个说法而已。他抽出背在身后的右手，爬了爬刚刮过的脑门，“咱该做些啥呢？”

“这是上级对我们最大的鞭策最大的鼓励，首先要把文件精神传达给全体革命师生！”

俞世珍冷不防问了一个看似相关又似无关的问题：“你说的‘鼓励’我明白，‘鞭策’我搞不懂，你给咱解释解释。”

“这个……大概……”教务干事张口结舌大半天，脸一下子红到了耳根。大家经常说这个词儿，却很少有人问它的含义，自己也从没有想过这个问题，但在俞主任面前又不能显得一无所知，只得硬着头皮说：“按照字面意思，‘鞭’应该是鞭子，‘策’应该是打，合起来是鞭打的意思。”但他马上又觉得这样解释不合适，因为这个词常与领袖搭配在一起，领袖怎么会鞭打呢？连忙摇摇头，“不对，不对！这个词肯定是个褒义词……”

俞世珍的脸上流露出一丝难以觉察的快意，学校、老师、文化在他心目中的神秘感一下子动摇了，连日来笼罩在心头的自卑感顿时消失了大半。噢，原来你们这些老师也是只知其然不知其所以然，在那里装腔作势糊弄人呢！他对教务干事没有这样说只是点点头：“就按你说的办吧！”

教务干事满面羞愧地走了。

牛岁旺到校了，左臂红彤彤的袖章上，“红小兵”三个金黄色的大字闪着光亮，恭恭敬敬地点头：“俞主任早！”然后转过身子望着俞世珍微笑着退进教室。

俞世珍也点点头，这娃一看就是个有礼数的，为了不给你一个屁股，倒退进教室了。

俞致祥还是和平日在村子里见面时的称呼：“三爷早上好！”

俞世珍鼻腔里哼了一声。

俞惠萍羞怯地叫了声“三爷”。

若论亲疏远近，俞世珍是惠萍正二八经的三爷，俞世珍却没有吱声，他很反感在公众场合仍然沿用家族的称呼。

俞建社走来了，左臂上的袖章是红领巾改做的，黄色广告颜料遮不住蓝复写纸拓出的“红小兵”三个字的边线，走到俞世珍跟前时，咧开嘴笑了笑。

俞世珍爬了下他的后脑勺，说：“俞建社，你这个龟儿子！”建社做了个鬼脸进了教室。

“铛铛铛！”早读钟声敲响，学生们争先恐后地涌进教室。俞世珍推开教室门，五年级学生在俞建社带领下，集体背诵毛主席诗——《长征》。俞世珍背搭手走上讲台，想起公社文件的事，不由感到一阵发自心底的兴奋，“好好背，啊！诗这东西只要背下是一辈子忘不了的！”

“哪能一辈子忘不了呢，我昨晚睡觉前背会的，一觉醒来就记不清了！”说话的这个学生手伸在桌框里正在摆弄着什么。

俞主任正在兴头上，把自我约法三章忘了个一干二净，说：“我上私塾时背的诗这阵还记得！”

“背给我们听！”难得俞主任开口说话，好几个学生感到既亲切又新奇。

“别说话！”俞建社既在维护早读纪律，也在为俞主任打掩护。

俞世珍不过是假装斯文而已，看着一双双渴望的眼神，才知道讲台也是个有尿没尿撑住尿的场所，大脑里突然蹦出一个顺口溜，记不清是人先生教的还是人娃娃教的，反正也是七个字一句，便两手扶着讲桌，学着当年的腔调唱读起来：

远看峨眉山不在，
啊西下女子谁不爱。
口中有口难开口啊，
法字三点水不流。

每到衬字“啊”处，声调拖得特别长。学生们头一回听这样的腔调读这样的诗，有的笑得前仰后合，有的笑出了眼泪，有的用手捂着肚子，有的竟然拿板凳腿敲起了桌子。

俞世珍是个聪明人，马上觉得笑声有点不对劲，朝讲台下面望去，目光正好落在俞致祥和俞惠萍的座位上，两人在交头接耳，俞致祥说："这是字谜不是诗！"他听得清清楚楚。

俞世珍立即意识到自己当众出了丑，刚才在教务干事那里消失了大半的自卑感又恢复到原样，他认为是俞致祥揭了自己的底，才引起全班学生哄堂大笑，可不能叫这个碎怂耍笑了，便拉长脸喊："俞致祥！"

"有！"由于和惠萍合坐一条长板凳，俞致祥怕自己起立会导致另一头的惠萍摔倒在地，捅了捅惠萍才站了起来。

"男女生坐在一起叽叽咕咕，起立时还拉拉扯扯，简直是流氓习气嘛，啊！"俞世珍的脸色非常难看，"还有脸笑！"

教室里的笑声立即停了下来。俞致祥红着脸看了看俞惠萍，俞惠萍也红着脸看了看俞致祥，两人不约而同把目光投向讲台上的俞世珍。

"若要人不知除非已莫为！青天大白日的做这事，不以为耻反以为荣！"俞世珍似乎从他俩的眼神里发现了什么，开始了惯用的冒咋唬，如果他俩质问自己做了啥事，他就会说："男女生坐在一起叽叽咕咕，起立时还拉拉扯扯难道不算？"如果他俩不质问就说明心中有鬼。

俞致祥一听这话，脸一阵红一阵白，心里纳闷，我没有做下见不得人的事呀！难道是惠萍把自己写信的事儿报告了？俞惠萍受欺负惯了，从来都是逆来顺受，只能拿泪花表示不满。其他同学有的同情，有的幸灾乐祸，有的事不关己，唯独牛岁旺充满感激。

俞世珍已经达到了目的，"我宣布，从今往后男女生不准同桌，俞致祥俞惠萍二人先写出检讨，按照本人的认错态度再作处理！"

22

池志超是广爷川公社革委会主持工作的副主任，"阶级教育展览"是他亲自抓的一项工作，布展、解说词、讲解员一项一项都由他亲自把关。三个讲解员都是松柏峪小学的，让他意想不到的是俞世珍竟然只同意牛岁旺，不同意俞致祥和俞惠萍，理由是两人作风有问题要给处分。他早从小丁老师那里得知俞世珍杀鸡给猴看的事，电话里不宜多说，只好半是说服半是命令地告诉俞世珍：“你有点小题大做了吧！才多大一点的孩子知道什么作风问题！俞主任呀，他俩担任展览解说是革命的需要，具有不可代替性。”俞世珍还坚持要两人写检讨，池志超急得脚炒菜，“时间紧，任务急，哪有时间写检讨！”好在俞世珍这个人的大局意识服从意识很强，再没有阻拦。

经过一段时间的准备，展览的各项工作基本就绪，他要赶在正式展出之前，来一次全面审查。

大礼堂地上的一排排长条椅被搬得一个不剩，绕墙一周摆放着一幅幅展板，每幅展板的上半部分是画面，下半部分是文字。画面传神，文字秀气，从一个侧面反映出广爷川公社的文墨。池志超脸上露出几分满意，对抽调到公社负责展览的小丁老师小声说：“开始！”小丁老师摆了个眼色，牛岁旺上前一步，大声说：“广爷川公社阶级教育展览现在开始！”又退回两个讲解员的中间，三人合唱革命歌曲《不忘阶级苦》：

天上布满星，
月牙儿亮晶晶，
生产队里开大会，
诉苦把冤申。
万恶的旧社会，
穷人的血泪恨，
千头万绪千头万绪涌上我的心！
……

歌曲还未唱完，池志超就说：“一女两男，女的居中，男的站两旁是不是更好些？”

“原先就是这样安排的，俞惠萍同学不同意。”小丁老师委婉地表达了自己在这个问题上和池主任的看法一致，又看着俞惠萍，希望她能听从池主任的安排。

俞惠萍的一双大眼睛忽闪着，眼眶有些湿润，眼圈微红，洁白的牙齿咬了咬上嘴唇，“我已说过，再作变动我就退出讲解”。

俞致祥本来就想是她报告了写信的事，这下她坚决不与自己站在一边，使他坚信了这个想法。

这样的站法正好合了牛岁旺的心意。

池志超来大礼堂时走得有些发热，掀了掀头上的黄军帽，解开军便服衣领上的风纪扣，用搭在胸前黄挎包上的毛巾擦了把脸，伸了伸脖子，说：“噢！我把这事倒忘了，学生对你俩有些意见，那是乡里娃没见过世面，你俩要正确对待，有则改之无则加勉嘛！”

23

俞炳义参加国民党特务组织没有历史根源，原因其实很简单，就是为了报仇误上了贼船。

民国三十七年的一天，广爷川镇第六保池占山保长慌慌张张地来到恩贡老宅，“出事了，出事了！这下犯王法了！”

“咋？”俞汝培的心跳立即加快。

“顶兵的事儿让镇长知道了！”

“这事只有你我和狗娃子三个人知道，狗娃子使唤了银子咋会出卖人呢？”前几天，俞汝培才将家里几乎所有的余粮粜了，凑够五十个白花花的银圆，雇了池保长的堂侄池狗娃支的兵。

池保长哭丧着脸，抖动着摊开的双手，说：“就这么大的一个地方，堂堂俞老爷之后，谁不知道你有三个枪杆一样的儿子？有人把雇人支兵的事检举到镇上了。三丁抽一，事关戡乱救国，折财事小，弄不好得蹲班房！”

俞汝培顿时觉得天要塌下来的光景，“池保长，我有三个儿子是真，你也知情，老二炳信给老门二房顶门，割开门另搭锅，人亲房分远。”

池保长转了几下眼珠子，“我的曾祖是俞老爷的弟子，咱几辈人的老交情，这事不用你说我自然明白。可是镇公所不认这个账，人家不管顶门不顶门的事，只看是谁生的。”

老大俞炳仁听不下去了，说：“爸！咱人手几辈都是顺民，兵是人支的，我去！”

俞汝培抹了把眼泪：“你去？枪子可没有长眼睛！”

“咱没做亏心事，不怕鬼叫门！”到了这个份上，俞炳仁已经豁出去了。

老二炳信老三炳义都抢着要自己去。

俞炳仁主意已定，劝两个弟弟说：“我已有了儿子，有了活人的根基，你俩还没有值钱娃呢！是福不是祸是祸躲不过！”

俞炳仁被分在十五路军步训总队二团一营四连。白天整天训练没办法逃跑，晚上经常有人开小差。这一天出完早操，队列没有马上散开，执勤排长喊：“立正，向右看齐，向前看，稍息，敬礼！”全连弟兄按照口令做完动作，排长又喊：“欢迎连长训话！”

连长腰挎手枪，皮靴踩得地面咔哧咔哧响，“弟兄们，军人以服从命令为天职，以捐躯疆场为光荣。但有些人不思为国效力，没上阵就想逃跑，跑得好！我让你跑！”说完，戴白手套的手抹去两嘴角的白沫，“让这两个家伙尝尝逃跑的甜头！”

两个逃兵被五花大绑着来到操场，操场立刻变得杀气腾腾。第一个逃兵被装进麻袋，袋口扎得严严实实。连长命令几个手下将麻袋抛向半空，砰的一声，麻袋掉在地上。又抛向半空，又掉在地上。起初还能听见惨叫声，渐渐没有了动静，鲜血染红了麻袋。

第二个逃兵被剥光衣服，连长手下用刀子在他的背上划出一道道裂口，血流如注，逃兵疼得晕了过去，裂口处又被撒上白花花的食盐。痛不欲生的逃兵，惨叫几声又昏死过去。

连长杀鸡给猴看并没有吓住壮丁，人数还在减少。壮丁们被搬进一座大堡子，营房是临时赶出来的，土坯垒起来的墙壁来不及裹上泥巴，透过土坯之间的缝隙能看见星星和月亮。地上打着麦草铺，就是睡觉的地方。河套地区多水，营房里成天散发着一股霉味。

自从那天早晨看了处死逃兵的血腥场面，俞炳仁的眼前一直是那个刀口撒了盐的逃兵在瑟瑟发抖，耳朵里一直是那个装在麻袋里的逃兵在呼喊，这哪里是什么军营，简直是狗窝猪圈！这哪是效命疆场的军人，想杀就杀想剐就剐简直是任人宰割的羔羊！不逃即使不挨枪子也难出魔掌，出逃幸许能留下一条命！

他很熟悉壮丁弟兄在刺刀的威逼下为自己修筑的牢笼，出逃的办法只有一个，就是乘夜深人静跳下堡墙。四丈多高的堡墙，顺墙根挖出一丈多深的壕沟，每隔几步还钉着尖木桩。壕沟外、堡墙头都架设着高压电网。从堡墙跳下如果落在木桩上，木桩会穿透身子；一不小心触了电网，顷刻也会化为灰烬；即就是侥幸躲过木桩、电网，四丈多高的堡墙加上一丈多深的壕沟，纵然不死也摔成一张人皮！

摔成人皮也要跳！一股强烈的生的欲望使他压根儿不想死亡这个恶魔，支撑着这个欲望的还是他做人的准则：为人不做亏心事半夜不怕鬼叫门！

晚上九点半，排长以查铺为名收壮丁的裤带。不知谁发明的这个法子，说是没有裤带就没法逃走。班长把已经收好的裤带交给他："报告排长，机枪班十二人，共收十一条裤带！"

"啊？怎么少收一条？"排长以为又有一个逃兵。

"俞炳仁十点上岗！"班长说。

排长不再说话，去了下一个营房。

俞炳仁扎着皮带，打着裹腿，来到厨房。

炊事员也是老乡，不知是开玩笑还是发现了俞炳仁的秘密，低声说："大个子，你的脸色不正常，莫非要逃跑不成？你可千万不能做那样的傻事！"

"逃跑，说得轻巧！不要说一个大活人，就是一只雀儿也飞不出去！我是去换岗的。"为了出逃，他将白天的班调到晚上十点。

吃完值岗哨兵特有的夜干粮，他深情地看着老乡炊事员，炊事员也看着他，两人对视好久，谁也不说话，炊事员把两个干粮馍塞进他的衣兜。他压抑着内心的紧张，说声“再见”，沿着通往女墙的台阶，一步一步来到哨所。等候换岗的哨兵早已不耐烦了，二话不说，递过来那只冰冷的汉阳造，头也不回地走人了。俞炳仁把接在手中的烧火棍摔在地上，对天高喊一声：“老天爷，俞炳仁全家老小没有做过亏心事，给我一条生路吧！”钻过铁丝网，纵身一跳，消失在茫茫夜幕中。

一阵晚风吹来，吹醒了趴在壕沟里的俞炳仁，他睁开眼睛，堡墙上静悄悄，天上的星星不停地挤着眼睛，他看了看壕沟，黑咕隆咚的，身前身后不远处都楔着尖木桩。鼻孔里热乎乎，摸了一把好似鲜血，身底下潮乎乎的，摸了一把是自己的尿，我怎么趴在这个地方，莫非是在梦中？他张开嘴巴轻轻叫了声自己的名字，耳朵竟然听得真真切切。他想起了刚才堡墙上的纵身一跳，“啊，我还活着！”他用手指使劲抠地，抠起两把泥土；用两脚使劲蹬地，两脚却不听使唤，腰椎骨好似折断一样疼痛，他再次使劲蹬地，两脚还是一动不动！浑身已经被汗水湿透，他意识到自己的腰椎骨已经摔折了！我从五丈高的堡墙上跳下没有摔死，可不能趴在这里等死，家里还有妻儿老小在等着我，就是死也要死在回家的路上！他吃力地用两手的力量拉动不听使唤的下半截身子爬着，每挪动一次，腰椎骨就撕心裂肺地疼一次，汗水和壕沟里的浮土和成的泥巴把他抹成一个泥人，爬着爬着，眼前忽然一亮，是壕沟的水口！他爬出水口，顺着水沟继续爬，神使鬼遣一般爬到一片瓜地里，他又渴又饿，双手摘下一个碎瓜，连瓜皮吞起来。看瓜老头听见响声走了过来，一看这副光景，啥都没问，脱下外面衣服让他换上，又拿来些干粮，让他赶紧离开这个差点要了他命的鬼地方。

俞炳仁就这样艰难地爬，不分白天黑夜，爬回松柏峪。

俞炳义一气之下考上了李国栋的乡镇人员训练班，受训回来任职广爷川镇主任干事，准备收拾池占山，到任时池占山已经被李国栋撤职查办，一个月后，松柏峪解放，这是后话。

24

午睡时间早过了，天黑还有些早，俞大龙却懒洋洋地躺在上房炕上，摸着脸上被人讥笑为“骚颗子”的青春痘，口里反复念叨着一句话：“这辈子只有打光棍了！”

他的亲事又没说成。这事要是发生在往常也没啥，发生在俞世珍出任松柏峪大队革委会主任不久，实在让人难以置信。这年头说不成亲事的都是些啥人：家庭成分不好的，吃了上顿没下顿的，身子有这样或那样的毛病的，你说哪一条能与大龙沾上边？

老大不小了，和他年一年二的人，娃都跟在屁股后头叫爸了，他还打光棍，到底是啥原因，问清楚也好想法子呀！大龙问娘，娘支支吾吾半天，也没有说出个根根筋筋。大龙又问媒人，媒人躲躲闪闪地说：“老人的事。”再问时，又撂了一句“都是逼出的事”。看到大龙那副不说清就别想走的架势才说：“人家说，‘他爸人都敢杀，儿子能好到哪里去！’”

我的天哪，其他事可以改变，我爸手刃土匪可是板上钉钉的事了！

俞世珍回家了。前些日子松柏峪小学来了新校长，他完成了临时负责的任务离开学校，担任了大队革委会主任。

家里静悄悄的。要是往常，要么是女儿四凤，要么是大龙他娘，如果两人都不在，二龙或者三龙就会端来洗脸水，等他洗过手脸，又端走脏水泼在院子里。他坐在那张老式八仙桌旁的新式靠背椅上，她或者他递来羊娃用过的白铜水烟瓶，端来吃水烟专用的木匣，点着煤油灯，伺候他过水烟瘾。院子是羊娃手上的，家具基本上是羊娃收拾的，水烟瘾也是从老羊娃那里传下来的。饭可以不吃，水可以不喝，水烟不可不吃。今儿个她（他）们都不闪面，一切都得自己操办了。俞世珍舀水洗了手脸，坐在靠背上，取过水烟瓶，点着煤油灯，端来木匣子，揭起与水烟锅连在一起的盒盖，大拇指和食指伸进烟盒，捏出一撮黄橙橙的

“甘”字烟丝填进烟锅，取出木匣子中的烟篾子，放在煤油灯上点着再移到烟锅上，闭住气吸着烟嘴。一阵哐噔噔的声响，水烟丝点燃后冒出的蓝烟通过水烟锅底部的储水盒进入烟嘴，进入口腔，他才长长地呼了一口气，鼻孔里立即窜出两股青烟。然后，他又拔出插在储水盒中的活动性烟锅，嘴搭在入水的那头扑地一下，将烟灰吹进木匣一端的烟灰盒。这就是他每次回来必吃的顺气烟。

过足了水烟瘾，才发现大龙躺在炕上，俞世珍没有发作，他不敢发作，在这个长幼有序的家庭，他就怕这个忤逆子。

“凉着了?”

“没有!”大龙翻了个身，朝着窗子那面又睡去。

俞世珍赔着笑脸，说：“明天去世昌堡铲‘用’字!”

“为啥不去官堡铲‘忠’字?”大龙并没有转回身子。

“有些远!”

“为啥不去拆泰山庙?”

“牛国璧领着几个分子去了，庙你也敢拆?”这狗日的啥都知道，是明知故问。不过问一问也好，让他明白为父的一番良苦用心。

“铲‘用’字有啥用?能铲来饭吃吗?能铲来媳妇吗?”

狗日的说着说着就说到山背后了，俞世珍吓得直咬指头，声音低的不能再低：“这是啥事，你也敢这样说?你这个不知害怕的东西!”

大龙一骨碌翻起身子，说：“我就要说，我就要说！人不了你反映给池志超，把我抓起来!”

“抓起来?说得轻巧，抓了要蹲班房呢!”俞世珍急忙把房门关得严严实实，又看了看窗户，窗户到这会还没打开，才放心了。他堵不住儿子的嘴只能关紧门窗。

“坐就坐，吓唬谁呢?坐班房也比受活罪好！你这大主任管天管地，咋不管儿子没媳妇?”

“你这个混账！现时是新社会，婚姻自主，有本事自己找去。”

家家都有一本难念的经，俞世珍在松柏峪大队一朝权在手便把令来行，在家说一句话，只要大龙在场，不管是对大龙有无关系，不管是对是错，都会遭到大龙顶撞。

大龙不过是在他爸跟前说气话，也能掂来事情的轻重，还是乖乖去铲堡墙了。世昌堡的每一面都挖出一个和墙面大小差不多的“用”字，横、竖笔画足有一人宽，挖进堡墙一尺深。完工后，大龙皱了几天的眉头舒展了。

夜色降临以后，俞大龙蹑手蹑脚地溜出家门，径直来到世昌堡墙下，钻进用字中间的那一竖，手中的两把杀猪刀交替着扎进堡墙，双脚蹬着一竖的两侧，向上挪动几下又是用字的一横，可以歇歇脚。他没有费多大的力气，就攀上四丈高的堡墙，又沿墙头长满野草的人行道，来到西北角通到院子的台阶，一步两三个台阶，急匆匆地走到院子。

堡院有些荒凉，当年躲避土匪临时住人的东厦房多数闲置着，只有靠南面头两间住人，晓梅和惠萍一人一间。他推开晓梅的房间，晓梅已经进入梦乡。他把右手的杀猪刀递给左手，两把杀猪刀捏在一起，右手在李晓梅的身上乱摸。

李晓梅做梦也没有想到有人能爬进四丈高的堡墙，睁开眼睛看时倒吸一口凉气，慌乱之中看不清来人的脸面，只看见两把寒气逼人的杀猪刀！她已经明白来人要干什么，她想大声喊，可又一想，四丈高的堡墙将里外隔成两个世界，就是喊声再大也无济于事。再说，吵醒了惠萍，让女儿看见这龌龊的一幕反而不好。她镇静了下来，来人十分熟悉这里的情况，估计不会是远路上来的人，设法让他吱声就能听出是谁：“你是谁？黑天半夜有啥事？”

俞大龙以为晓梅已经答应，杀猪刀丢在地上，迫不及待地抱住李晓梅，说：“嫂子，我是大龙，想你想得都发疯了！”

惊魂未定的李晓梅急中生智道：“大龙？你是娃她大爸！我还是你亲亲的叔伯嫂子呢，亲不亲，一家人！咋能这样？”

大龙立即变了腔调说：“你是个嫁汉你以为是谁？有脸说是我嫂子！炳武哥尸骨未寒，你就和那个杜国泰缠在一搭。口说为村里人吃粮，实际上图自个儿受活。哄得了别人，还能哄得过我？”

李晓梅极力压低声气说：“大兄弟，你没有听我把话说完，嫂子这几天身子不干净。”

“咋？看不上我，不愿和我亲热？”大龙觉得李晓梅是在胡编排。

“好我的大兄弟呢，你这样精干的小伙我咋能看不上？‘自古嫦娥爱少年’，要是平日只怕请都请不来呢！”

“这还差不多。”大龙又热情了起来。

“大兄弟，不是不情愿，实在是这几天身子不净。对我不好不要紧，你还没成家，沾上晦气可是大事！”

“咋？身子不净就不能做那事，那我去惠萍屋里。不能让我白爬这四丈高的堡墙！”

李晓梅脑子嗡的一声，差一点就要炸裂：“你是娃她大爸呢，说这话不是吓我嘛！”

“别提娃她大爸的话，牛发昌和儿媳能睡，我就能和惠萍睡！”

大龙已经把唯一的借口封死了，他的话句句都像戳在李晓梅心上的刀子，一股黑血好似在她的心头翻滚。她下意识地想：地上分明站着一只失去理性的饿狼，稍一疏忽，或者女儿被遭踏或者母女双双毙命。事到如今，她横下了心，为了女儿不受蹂躏，自己就是下油锅也在所不惜。她想起了炳武，为了女儿，你能原谅我吗？

“哭啦？跟我玩一哭二闹三上吊的把戏？”

“好我的大兄弟哩，你不怕脏了身子，我一个黄脸婆还有啥顾忌的！”

有第一次，就有第二次。这不，俞大龙又趁着夜色掩护，蹑手蹑脚地溜出家门，径直来到世昌堡墙下，手中的杀猪刀交替插进堡墙，脚蹬着用字一竖的两侧，向堡墙头攀去。他很清楚，李晓梅不过是被逼无奈才答应的，她是不会为自己打开那两扇又厚又重的堡门的。堡墙是高了些，一旦攀上堡墙，就由不得你了！第一次得手无疑助长了他的侥幸心理，他一边攀着堡墙一边想着李晓梅，杀猪刀插进松软处，身子猛一下沉，脚没踩稳，掉下堡墙。

25

俞抓豹一清早去合作医疗站路过世昌堡，发现俞大龙倒在堡墙下，一手攥着一把杀猪刀，口鼻流血，不省人事。他连忙走到跟前，手按在鼻孔上试试还有气息，忙招呼附近的乡亲，把大龙抬回家。

俞抓豹双膝跪在炕上，解开大龙的衣襟，听诊器在心肝肺等主要部位详细听了一遍，切了脉息，四指轻轻地从颈椎摸到大腿，不见大龙有什么反应。又从膝盖继续向下摸去，摸到右脚踝骨时，大龙的嘴突然一呲，啊哟一声，眉头紧紧攥在一起。抓豹看得真切，停顿小许再摸时，大龙只是龇牙咧嘴，不再出声。抓豹从不离身的保健箱里取出爷爷武秀才传下的跌打药散，亲自关照着给他服下。

一直站在炕头的俞世珍脸色铁青，问："抓豹，伤得咋样?"

抓豹根据伤势作出自已的判断，"右脚踝骨摔折了，其他部位没有大问题。看来是从不太高处摔下来，右脚先着地的。"

俞世珍脸上绷紧的肌肉慢慢舒展开来，"治骨折是你的拿手戏，你看他这伤不住院行不行?"

"没必要住院。等一会儿药性扩散后再捏骨，敷些刀枪药膏，就不妨事了。你去找些瓦片来!"俞抓豹研习祖传治疗刀枪棒伤、跌打损伤的医术多年，小有名气，时常有来疗伤的人。

俞世珍并没有立即动身，问："我说抓豹，这瓦片还能当药吃?"

"咱的人腿摔折了，瓦片起个固定作用。"俞抓豹勾着头忙着找纱布，抹药膏。

俞世珍头儿点着走出门去。平日里他是不会伺候任何人的，为了儿子大龙，他就顾不了这么多，亲自去瓦窑找了两块新瓦返回。

看着新瓦俞打豹却摇起了头。

"咋? 新瓦不好?"俞世珍似乎有些不耐烦，口里没有说出的话是，凉尸体用的都是新瓦！

“新瓦没水分不够凉，咱的人是摔骨折的，有火要退火哩，越凉越好。”抓豹细声细气地解释说。

“明白了，明白了。”俞世珍二次来到时，俞抓豹已经捏完骨敷好药膏，接过瓦片，一上一下护在大龙的右腿腕上，然后扎绷带。

俞世珍也松了一口气，“你看多长时间才能恢复？”

抓豹一边把用过的东西装进保健箱一边说：“俗话说，伤筋动骨一百天，怎么着也得三个月吧！”

一直插不上手的大龙娘情急之下想起了东岳泰山爷，双膝跪在八仙桌前：“我的泰山爷爷，那年破除迷信，公家人逼着娃他爸砸你的金身，他可是连你老人家一指头都没动呀！这么多年，庙上的东西，哪怕是庙院里干枯了的蜀葵秆，我们家都没拿过。隔三岔五我还给你老人家烧香磕头哩，你老人家行行好，救救我这可怜的娃！”

说完，她拖着一双小脚颤颤巍巍地去厨房端来一碗浆凉水，放在儿子头前，拿出三根筷子倒腾半天，试着让筷子站在碗里。她用手慢慢地捻着筷子，眼看着筷子站稳了，一松手，筷子倒下磕在碗边上又落到地下。她吃力地弯腰拾起筷子，掏出挂在大襟子衣服纽缨上的手帕擦去尘土，又小心翼翼地立在浆凉水碗里，左手指握成半圆圈着筷子，以防筷子再次掉落地上，口中不停地念叨：“你是哪路神仙或是哪个家亲？娃娃不懂事冲撞了你，是神仙我给你烧香醮马，是家亲我给你纸钱吃喝，是小鬼我给你浆凉水。站住吧，快站住！”

三根筷子尖凑在一起，另一头稳稳当当地站在浆凉水碗里，这意味着得到允许，一颗不安的心稍许有了安慰，“站好，不要急，等我给你找吃的，找喝的，找花的！”

大龙娘烧了一沓纸钱，纸灰和着馍渣丢进浆凉水碗，端起水碗绕着儿子的头左转三圈，右转三圈，说：“去去去！去去去！该吃的吃了，该喝的喝了，该拿的拿了，走吧，走得远远的！缺吃少喝就去找人全家全的人家，缠我儿子干啥？不看他老大不小光棍日月的，也不觉得可怜！”没等说完，自己先流下泪来。

说起来，她也是一个苦命的女人。俞世珍家富得流油时，她还没过门。她过门后，俞世珍想着把小钱换成大钱，一门心思都在赌博上，想不起这个家！他把一份家业输得精光后，她又成了出气筒，想打就打想骂就骂。大龙鼠年到世上后，他爸东躲西藏不着家门，家里时常吃了上顿没下顿，娃没吃够奶，一直病病疾疾的没个好身体。

她把水碗伸到儿子嘴边，让他对着水碗连唾三下，见儿子不给声气，便自己弯下身子，颤抖的嘴唇在儿子的鼻梁上使劲咂了三下唾进水碗，端着水碗，一步三摆地来到大门头右侧的水眼旁，把带有冲气的浆凉水倒在水眼里。

“俞世珍，俞世珍在哪里?”俞大龙突然怪声怪气地叫起来，腔调也变了。

俞世珍忙俯下身子抓住大龙的手，大龙眼睛瞪得像要吃人，挣脱双手撕扯胸口上的纽缦，“你让我找得好苦!”

俞世珍重新抓住儿子的双手，问：“找我干啥?”

“还我命来!”大龙的两个眼珠只有白的没有黑的。

“你是神是鬼，要我还的啥命?”俞世珍惊出了一身冷汗。

“我是龚爱第,三十多年了,还认得我吗？”大龙的两个口角咕嘟嘟冒着白沫。

俞世珍慌忙从老伴的针线笼里找出一枚缝衣针，“中邪气了，中邪气了!”

送完冲气把空碗扣在房檐下的台子上，听见上房里的对话，大龙娘心里一急，忘记了门槛外面高里面低，一双小脚跷进门槛，差点绊倒在地，挣扎半天才站稳身子，说：“你摸黑架云梯爬堡墙，被土枪打得肠子流出一堆，你说谁杀死你，谁就拿走口袋里的五个银圆。要你的命是你自己央求的，没人逼迫你!”

俞世珍战战兢兢刺了好几下，才把缝衣针刺进大龙的人中穴，大龙的眼都没眨一下，说：“那是我疼急了说的，你也信？人常说‘好死不如赖活着’，有几个真想死的?”

“你也不是啥好东西！死了多少年了，好人早转世投胎了！你说，要咋哩?”大龙娘也是急了，要是往常，她对这些神呀鬼呀的从不发脾气。

“呜呜呜！呜呜呜!”大龙伤心地哭起来，“要咋哩？我在阳世要吃没吃要穿没穿当土匪，到阴间还是个穷鬼。”

“你这个不要脸的东西！”不知是骂大龙还是骂龚爱第，俞世珍骂骂咧咧地摔开儿子的手。

大龙不再哭，也没了眼泪，只是把牙齿咬得咯嘣嘣的响，“你别嘴硬，不勾走一个，我就不姓龚！”

大龙娘浑身直起鸡皮疙瘩，脸上的肌肉贴在骨头上，“好我的娃他爸你不要犟！娃这是犯病，他那时还没到世上，不是鬼魂附身咋能说得头头是道呢？”

俞抓豹知道俞世珍是见自己在场试探自己，他本来不信迷信，却不忍看大龙娘快要崩溃的样子，说：“俞主任，迷信这事不可全信，也不可不信！”

俞世珍的语气这才缓和了下来，“要啥，快说！”

“你割下我的头悬在柳树上，我到阴间还是个无头鬼！”

“那你说咋办？”俞世珍恶声恶气地问。人有三分运，神鬼不敢动，正在运中的俞世珍这时候也不怕这个被自己亲手送上西天的小鬼。

“把我的头和我的身子埋在一起！”

“都过去多少年了，到哪里找你的头？”大龙娘说。

“就在小学围墙边上的那棵柳树下。”

俞世珍亲自去学校围墙边那棵快要枯死的柳树下，真的挖出一个骷髅。他不敢怠慢，来到牡丹嘴下的乱人坟，埋在当年埋了龚爱第死身子的地方。

大龙睁开眼睛，问：“我这是在哪儿？”

大龙娘抹去眼泪说：“儿啊，你是咋到你大爹家堡墙下的？”

大龙又失去了知觉。

“两把杀猪刀是哪里来的？”

大龙已经拉起了鼾声。

26

近来，俞世珍总会想起大爹马娃。这个老人家胸膛挺了一辈子，欺犟话也说了一辈子，俞魏氏大房竟然被他“若要我门穷，除非磨子河干枯”的话言中。如今磨子河离干枯不远了，俞世昌父子双双死于非命，惠萍迟早是旁人家的一口子。俞世俊挖了一辈子家业到头来就给自己挖了一顶富农分子的帽子，就炳文这棵独苗，刑满释放后收留了一个拖着病身子的要饭女人，才算有了家。看来俞魏氏大房没啥指望了，可是大爹那句“人是人，鳖是鳖，喇叭是铜锅是铁”的话却成了他抑制烦恼的验方。谁是铜，谁是铁，谁是人，谁是鳖？大爹倒是没有明言。但依当时的情势，看他说话时的眼神，答案是再明白不过的。你大房门就是龙是凤，我二房门就是猪是雀？

人有鬼鬼心天有盘盘路啊！俞世昌不过做了几天松柏峪的当家人，我这个被人看不上眼的如今成了松柏峪大队的当家人，从北边的高家梁到南边的池家山，管着七八个村庄，比当年池占山第六保的地盘还要大！这些年他渐渐悟出一个门道，按上头人说的照办没错。池志超要他将松柏峪大队搞成“三忠于四无限”的样板，“三忠于四无限”是啥，他虽然说不出个子丑寅卯，但他无条件服从。

砸神像他没听上头的话，丢了当家人的身份，让他后悔多年。人家牛国璧砸了，砸了不就砸了，不但平安无事还做了当家人。神灵也亮清着哩，也欺软怕硬！不过，牛国璧到底不是一块当家人的料，城府还欠些，做事只考虑讨好百姓，是个老右，池志超对他就不感兴趣。人说俞世珍的眼睛长在头顶上，只盯上面，是个老左，可是池志超支持。那年李铁嘴说他命遇禄马有天乙贵人相助，多年一直没弄清这个天乙贵人是谁？原来是池志超！没看出呀，池占山的儿子在松柏峪小学不显山显水，一旦得时，本事大着呢！

就在他梅开二度时后院起了火，大儿子俞大龙让他难堪！这娃上了几天学就说自己不是念书的料，白费馍疙瘩，理由比当爸的还充足：书有那么好念你咋没念下？亲事说不成又怪在爸的头上！本来一句气头上的话倒把这个睡着的兔儿惊灵醒了，出了事就出了事，好汉做事好汉当，“兄弟和嫂子，连要带老实”，也不是多么丢人。这个狗日的又装神弄鬼，扯出土匪龚爱第，让当爸的垫背！在俞世珍看来，大龙没这个城府，一定是李晓梅背地里咬舌头出他的洋相。李晓梅你不要骚情，看我咋收拾你！

李晓梅被两个基干民兵带到泰山庙嘴的大队部。指派基干民兵时，俞世珍要了一番小聪明：这个李晓梅不是个轻易就范的人，她公公是开明地主不是地主分子，她男人是因公殉职不是一般工伤事故。尤其是这个李晓梅在松柏峪很有人缘，他特别动了一番脑筋，带她的不是一般群众，也不是革委会成员，而是两个基干民兵，内中的情由，让她自己去琢磨吧！

“李晓梅，你虽然是地主成员没戴上帽子，但是党的政策对你同样适用，只准规规矩矩，不准乱说乱动！”俞世珍居高临下，先给李晓梅来了个下马威，“你要把这一阶段的思想、表现如实向大队革委会作出汇报！”

“俞主任，我一直按照生产队的安排劳动，没有做不该做的事！”李晓梅不卑不亢，并不像五类分子那样有罪没罪都诚惶诚恐地认罪。

“你应该明白自己的身份，除了地主成员，你还是国民党伪县长李国栋的侄女！”见地主成员的头衔没有唬住李晓梅，他又抓起伪县长侄女的头衔。

“你和我公公是一祖之后，他是地主，你是农会主任、革委会主任，谁也没有影响谁！李国栋和我父亲是一祖之后，和我更远了一层，咋就影响我了？李国栋的儿子在中央大学上学期间入了共产党，还没毕业就响应党的号召随军南下，在云南被土匪残害，他是共产党的烈士，这你是清楚的！我男人为了保护民工牺牲，有没有名分我不在乎，但你不能说他是与人民为敌！”李晓梅的话字字如刀，句句似枪。

俞世珍的头发一根根竖立起来，他已经领教了这个女人的厉害。捂大帽子是对付地富反坏右的灵丹妙方，哪晓得她偏不吃这套，让他这个大队革委会主任的颜面扫地。扬汤止沸不如锅底抽薪，必须煞住她的嚣张气焰。“你是个破……”

本想说“破鞋”，“鞋”字还没有出口马上又停下了。前不久揪斗当权派时，他揭发了牛国璧巧设美人计拉驻队红尖兵下水私分瞒产的事，遭到几乎所有松柏峪人的反对。柳知秋指着鼻子骂他“吃屎的怪起了拉屎的”，吃屎的是啥，啥是吃屎的？不是猪就是狗！这个老东西把李晓梅比作人把我比成猪狗，高调里骂人骂得好狠呀！牛国鼎骂了还不算，掂起拳头要打他，被牛国璧喊住了。唉，有啥法子，人家两个都比自己根红苗正啊！

“你是个破罐子破摔！”他急中生智接上刚才的话茬，声音特别大，企图先声夺人，“大龙倒在你家堡墙下，是不是你捣的鬼？”

“你儿子出了事你问你的儿子，是他自己去的还是我背去的？你不问青红皂白，明明是软处取土硬处打墙!”李晓梅毫不胆怯。

“母狗不摆尾巴牙狗不上墙！”恼羞成怒的俞世珍终于失态。

李晓梅受伤的心头又被撒了盐，也豁出去了，“别把话说得这么难听，俞主任！既然话已说到这个份上，我也想问你，你假公济私以革命的名义，为儿子寻欢作乐开路，你这是安的啥心？”

俞世珍脸胀得通红，无言以对。

“俞主任，俞炳武死的那一天，李晓梅的心也死了，站在你面前的不过是她的一副臭皮囊！这副皮囊虽然是你的眼中钉，但现在还不能倒下，俞世昌、俞炳武的在天之灵还在看着她！用不着你咬牙切齿，用不着你明里暗里使绊子，到时间她会自己离开这个世界！你俞世珍倒是记着：人在做天在看，善有善报，恶有恶报，不是不报，时辰未到！”

李晓梅说完，扬长而去。

27

俞打豹和俞抓豹弟兄相处很好，娶妻成家多年，为讨老娘欢心，还在一个锅里搅着稀稠。妯娌无怨言，孩子没摩擦，弟兄俩就更不必说了。抬埋了老娘才商量分家，老院留给老大，老二的院落新修。弟兄俩每天天不亮背着一袋干粮，提着一瓦罐凉开水，把磨子河畔向阳的一处崖面刷得平平整整，挖出一孔窑洞。又自己安板打墙，三面墙加一面崖围成一个新庄院。

在松柏峪，打庄院盖新房全靠邻里助工，这是不知始于何年何月何人的做法。抓豹是大队的赤脚医生，谁家有个头疼脑热的都找他，打豹是村上的智多星，在人命关天的年代，和牛国璧一起设法使庄上没有失掉人口，两个都是松柏峪德高望重之人，平日为乡亲助工也跑在前头，轮到他们家打庄修房，助工的人还能少？刷崖面时就有人来助工，打土坯时也有人来助工，都被打豹弟兄以人多反而窝工为理由谢绝了。打院墙要栽夹杆，要换松椽：四根用来固定模子椽的夹杆像檩条一样粗，每打一堵墙就要挪一次地方重新栽一次；两根一组当模子用的松椽夯一层就得拆卸、固定一次，还不要说抄土、用杵子夯实，两个人顾了这头顾不了那头，这下得助工了吧？打豹兄弟还是用“两个人能对付着干，实在转不开时再喊大伙儿帮忙”的话支开了。不是不让助工，前些日子，牛国璧成了松柏峪大队头号走资本主义道路的当权派，俞世珍当上新成立的革命委员会主任，抽劳力搞“三忠于四无限”运动，在官堡和世昌堡墙上挖“忠”字“用”字，在世昌堡通向官堡的路边打忠字墙，拆泰山庙盖忠字碑，队上的农活本来就多，人手紧张，来这儿助工的人多，必然会影响运动和集体生产。

布谷鸟已经叫唤好几天了，马上就到了小暑节气，阳山地里的麦子已经入颗有了面气，阴山地里的麦子也在灌浆。小暑一过就是麦收季节，那可是虎口夺食，一天都不能耽误，必须赶在小暑前立柱上梁。

立柱上梁这天，打豹放了口话，来助工的人很多。都是常干的活，老手旧胳膊一展就出来，不用吩咐，搬土坯的、挑水的、和泥的、抄泥的、砌墙的、上头茬泥的，各就各位。人多力量大，主客两间房的后背墙、前檐墙、山墙同时起砌，很快就砌到顶。

“上梁了！”木匠师傅一声吆喝，响起几声稀里啪啦的鞭炮声，大伙儿七手八脚，抬的抬吊的吊，两根笔直的白杨檩条架在主厦房的前檐和后背墙上，一根椿木檩条和一根杨槐木檩条架在厨房的前檐和后背墙上。两根杨木檩条上贴着俞绍乐书写的对联：

立柱正值及时雨

上梁恰逢紫微星

木匠师傅一手提着墨斗，一手拿着折叠式五尺，主厦房那间没有费多大事，又来到厨房这间。一会儿在后背墙上，一会儿在前檐墙上，一会儿又在两根歪歪扭扭的檩条上走来走去，这儿睁一只眼吊线，那儿闭一只眼找平。徒弟按照他的吩咐，高出的地方铲薄土坯，低陷的地方垫上碎瓦片或木楔再塞上柴泥。木匠师傅的两只手不够用，就用牙齿帮着拉墨斗线，嘴唇也被染成黑色。“打豹呀，我连吃奶的劲都用上了，只能把主厦房这一间的屋面弄平整，厨房的屋面我实在无能为力。我把话说在这儿，日后有人骂木匠时你知道是咋回事就成!”

打豹带着歉意地说：“巧妇人难为无米之炊，我就这么个力承，都是坏匠人手的木料！凑合几年，我手里怕不行了，到建社手里再盖新的吧!”

“哪里话，人说‘有歪木头没有歪木匠’。”木匠师傅还没说完又被喊到主厦房那边去了。

几个砌完后墙的人等着摆栈棍、抹泥巴，抓紧木匠师傅忙活的这阵时间，骑在墙头一边抽旱烟一边开打豹的玩笑，“木料差一些是没力承，多写一份对联能花多少呢?”

“好歹也是个新房，一辈子能修几次呢?”抄泥的，从地上往墙头撂土坯的人也趁着木匠忙碌的空闲看对联。

“嗨，绍乐的字可是得了大先生的真传，只有这两根白杨檩条配得上，那两根檩条歪歪扭扭，缝子裂得一道一道的，会糟蹋了绍乐的好字!”打豹把装着旱烟沫和一指宽的纸条的木匣递给地上临时休息的人面前，让他们自己卷烟抽。

“上椽!”木匠师傅吆喝起来。

主厦房这边，一色的白杨椽，端端正正，白白净净，厨房这边，全是柳木椽子，一样歪歪扭扭。每间房的中椽搭在两根檩条上，边椽的一端搭在檩条上，另一端搭在山墙上，搭在檩条上的椽子用竹子穿过凿好的椽眼固定起来。木匠师傅说这种固定椽子的办法叫凤凰展翅，稍事调整一番，就开始摆栈棍、抹泥巴了。

一团团的乌云翻滚着从牡丹嘴涌出，向松柏坡方向弥漫开来，一会儿工夫便遮天蔽日。松柏坡顶是广爷川公社的制高点，驱云防雹的炮台就设在官堡墙头。炮手点燃防雹弹底火，将冒着蓝烟的防雹弹填进炮膛，轰一声巨响，在黑火药强大的反冲力作用下，防雹弹窜向云层，咣又是一声巨响，弹壳里的引信和自制的硝铵炸药在云层中爆炸了。“轰!”“咣!”“轰!”“咣!”又有两发防雹弹穿进云层，云头被截回牡丹嘴方向。

一场暴雨眼看就要来临，还是抓豹经验多，他让挖土的，夯地基的，后背墙、山墙抹头茬泥的全都停下来,能上房的摆栈棍、摸泥巴,上不了房的抄泥巴。

乌云也会任性，牡丹嘴上空出现更厚的云层，翻滚着，扑向松柏坡，松柏峪就像被罩在一口大锅底下。又是三发防雹弹升空，没了刚才的威风，声音低沉了许多。咔嚓一声炸雷，惊天动地，一道闪电把天空撕裂了个缝，漫天的乌云突然变红，红得有点可怕。

抹完厨房顶最后一锨泥，助工的人顾不得躲进窑洞避雨喝水吃干粮，一个个惦记着自家出工的女人、铲猪草拔柴火的娃，慌慌张张地跑回家了。

瓢泼大雨从天而降，每道电光闪过处都是一条瀑布，松柏坡的陡坡地里，雨水汇成条条小溪，裹挟着地表的土层，冲决地埂，流到山路上，每条山路瞬间变成一条小河，洪水把山路冲成壕沟，松柏坡正面的洪水顺壕沟汇集到官堡下的红土沟，背面的汇集到松柏坡和磨子梁分界的红土沟，又从两条红土沟咆哮着冲进磨子河。磨子河里一半雨水一半泥土，浊浪滔天，世昌堡前那座修修补补用了几十年的木板桥早被河水冲散架，不知去向。

暴雨过后，又是冰雹。随着噼里啪啦的声响，像炒豆子一般的冰雹落在院子里、房顶上。有的地方落下的甚至是半个砖头大的冰块，落在房上，房顶被砸出一个窟窿，落在耕牛身上，耕牛当下气绝身亡。来不及归巢的鸟儿，顷刻丧命，辛劳的蜜蜂在雨水中漂浮了一层。也就是十几分钟时间，村中红土沟两旁的柳树不见叶子，树枝折断，树干被揭去表皮，田野里白茫茫一片，眼睁睁到口的扁豆、小麦、莜麦的禾穗全部掉落在泥土里，一人高的玉米、蜀黍被撕成了光刷刷，刚离地面的谷子糜子苗连根拔起。

可怜松柏峪遭受了一场百年不遇的霈雨。

28

俞打豹惦记着他的新庄院，第一个走出家门。水眼容纳不了积水，积水另辟蹊径从南墙新开的门洞流走，没有浸泡着院墙。崖面没有塌陷，房顶上没有落下冰块，虽然到处都是冰雹留下的麻子点，却没有渗漏，椽条、檩条依然白白净净，那副对联也没有洇色。打豹不由暗自庆幸起来：说日子择得好，立柱上梁一场百年不遇的霈雨；说日子择得不好，早一天上梁，没撒上瓦片的半干泥巴准会泡汤，不用说一天的力气白费了，檩条椽条栈棍糊上泥水，不清理看不过眼清理起来那就费事了！

主厦房山墙迎北风处,没来得及抹上头茬泥的土坯被暴雨冲去了棱角,如果不马上收拾,再来几天连阴雨山墙就不坚固了,他脱去鞋子,打算给山墙上头茬泥。

“二叔！”现任队长走了进来，“上梁那天我俩忙队上的事没顾上助工，今天补上。”

会计跟在他的身后，说：“看样子是想上头茬泥哩，我俩正好搭个帮，你打上手，我俩打下手。”

队长会计脱掉鞋子，裤脚绾到膝盖上。队长一边用手中的铁锨把院里剩余的积水浇在早已撒好麦草的泥土里，一边说：“这场霈雨下得人心惶惶，全村人瘫下了，往后的日子可咋过哩?”

会计不停地用镢头刨，用脚片踩，说“六〇年那会，多亏你和牛国璧想法子，咱村才没失人口。现时我俩为大家操心，总不能出人命咯！”

估计水浇得差不多了，队长又用铁锨翻，用脚踩，不一会儿，麦草、土、水均匀地和在一起成了泥巴。两人刚离开泥巴堆，沾在小腿上的泥巴就干了。手指头抠一下，一根根的汗毛被泥巴连根拔起。不用说，这种泥巴黏性强，抹在土坯墙上，足以抵挡风吹雨淋。

打豹爬上靠山墙立着的梯架，说：“不瞒你们，我心里也没闲着！”他虽然辞去队干部多年，无官一身轻，一场突如其来的霈雨，却使他不得不思考灾后的自救问题。

“一家一户倒也好办，各找各的门路，各作各的打算，该借的借，该要的要，该种的种，该翻的翻，只要度过眼下的困难，明年接上新粮就好了！”队长也站上一个简易脚手架。

“牲口没草吃一两天就会出问题!”会计从泥堆抄来一锨泥巴。

打豹手中的泥刀在土坯墙上蹭了几下，泥刀立即闪闪发亮，“去年的干草还有，提前换干!”

“口轻些的牲口提前换干，影响膘息影响使役，但不会影响生命。老弱病残的牲口一换干立马就会倒在地上!”队长伸出自己手中的铁锨。

“咱队还有一些沟坡地，没法耕种闲置在那里。如果分到户，就能多挖几筐洋芋，就能多产几担白菜，就能救活一条人命!”会计举起手中的泥锨，猛磕队长的铁锨，嚓的一声，不偏不倚，泥巴正好落在队长的锨上。

“夏田毁了，秋田迟了，动员社员种茬田，能种的地里都种上。”打豹弯着腰，左手中的木泥刀接住队长伸过来的泥巴，右手铁泥刀顺势一刮，当他的腰伸直时，泥巴已经平平展展地抹在土坯墙上。抹泥巴既是个拉力活，又是个技术活，没有力气或者初学的人是干不了的。

“这办法好是好，可是还像平常那样出工不出力，也打不了多少粮食。”队长又将泥锨伸在打豹面前。

“你说得对着哩，这两年出工不出力的现象越来越严重。”打豹想起了一个笑话，“一个骑自行车下乡的干部看见一位农民在耕地，走到一棵芦草跟前铧尖一摆，走过时芦草原封不动长在那里。干部骑着自行车过了河问农民：‘你是在耕集体的地吧?’农民一笑：‘你也没有骑自家的车呀!’”

队长忧心忡忡，本来是个笑话，却怎么也笑不出来，“可不是嘛，这就叫众人的老子没人哭!都像是给队长干活哩，队长在时还多多少少干些，队长不在就没人干。你说咱队这么多劳力，难道每人派个队长跟上不行?”

“要不饿肚子就要先解决出工不出力的问题，要让社员们觉得是为自己干!”打豹重复着刚才的动作，把一锨泥巴抹在墙上，他意识到队长会计都是没经过事的年轻人，他们不是没有办法，而是缺少主心骨!眼下最好的法子是把那些啃不动干草的牲口分户喂养，尽量减少死亡；将零零星星的边角地、荒坡地分给各家各户抢种蔬菜、荞麦，尽可能增加收成。

一九六〇年的大饥荒漫延全国，下放牲畜，分配土地的法子调动了社员的积极性，形势很快好转。这次大冰雹只有松柏峪遭灾，松柏峪为啥就不能采用这个法子呢？上级经常讲以不死人为原则嘛！俞打豹终于下了决心：“再来一次下放牲畜，分配土地，都是共产党领导，一九六〇年能搞现在也能搞！”

“有你这句话，我的心里就踏实了！”队长说。

“还得召集会，听听众人的意见。”打豹在土坯墙上磨着泥刀，准备收工。

会计还在抄着泥巴。

“也不在乎一个早晨，上完这面墙不迟。”队长说。

“几百口子人的吃饭要紧！头茬泥迟上几天不妨事，茬田种不到时间不结颗子。节气不饶人，越快越好。”打豹走下梯架就朝门外走去，队长会计也跟着他朝泰山庙嘴走来。

这是多年来召集开会最迅速的一次，队长边走边吆喝了几声，三人到来时，开会的人都自觉地等候在还没有清除完石头瓦块的泰山庙旧台阶上。

队长把刚才商量的意见对大伙一说，立即得到大家的拥护。可是当商量到谁家划哪块地分哪头牲口时问题又出来了，这家的土地肥沃那家的土地贫瘠，你家的牲口口轻他家的牲口口重，清官难断家务事，何况一个几百口人的大家庭。

柳知秋提议说：“这是个急迫事，大家都要体谅着些，依我看咱推选几个公道人，他们咋分咱就咋接受！”

大家都说也只有这个法子。

队长会计的资历浅难以服众，牛国璧接受监督改造行动不自由，俞打豹又被推选为公道人，主持下放瘦弱牲畜，分配边角土地。

29

“又闯祸了，是啊不？你这个人啊，一辈子管不住一张烂嘴！不吃饿得不成，不喝渴得不成，不说话难道还能憋死不成？跟上你算是倒了八辈子霉！”天刚麻麻亮，俞绍乐家女人又吼上了。

接到去公社开会的“勒令”，俞绍乐心想，娃他娘能不能烧碗汤喝垫个底，看来是没指望了。他去厨房找出几个冷洋芋，一阵狼吞虎咽就急急出门了。

他不知自己又犯了什么事，这些年来，指名道姓让他去公社开会还是头一遭，而且是勒令不是命令，这个有点类乎阴阳先生画符用的字眼，吓得他丧魂失魄。老婆说得不无道理，他这个人吃亏就吃在嘴上，不说忍不住。遣送回家管制劳动后，他农活之余给省报投稿，一首“金疙瘩银疙瘩，不如咱的粪疙瘩”的顺口溜被采用了，报社还寄来了稿费。可是不久，上面来人说不许他再投稿，收走了他的全部手稿。去一趟松柏峪小学，总能发现墙上的错别字，而且当众指出，弄得当事人十分难堪。熟悉的人说他心里不装事就是口遭祸殃，可他总是改不了这个毛病。活干累了，年轻人卷一支旱烟递给他，求他讲故事，他从三皇五帝讲到清朝入关；要他唱歌，他会唱的革命歌曲不多，唱着唱着就唱起“青线线，蓝线线”来。

俞绍乐出了家门，正巧俞炳义迎面走来，一边走一边抹着嘴。不用问，一定是季玉梅给他烧了荷包蛋。在松柏峪的几个“分子”中，俞绍乐最羡慕的人就是他，只要上批斗会，就有荷包蛋吃！

俞绍乐和俞炳义来到河边。木板桥被那场洪水冲走以后再也没有架设，俞炳义踏着河水中的一个个列石，打着趔趄过了河。俞绍乐踏着列石，才走两步，俞炳文上气不接下气地撵了上来：“二哥，你是开会去?”

“嗯，你呢?”俞绍乐一扭头，打了一个大趔趄才站稳。

“我是顶我爸的，不晓得咋个开法?”俞炳文喘着粗气。

“你看着我的样儿做就行了!”俞绍乐的心这才装进了腔子。俞世俊是富农分子，已经过了劳动年龄，不能下地干活，年年评审都是二类，都是屡教不改的罪名。

俞炳文跟俞绍乐和俞炳义一进故里小学操场，就被手持红缨枪的基干民兵吆喝到操场边的公厕旁边，各大队的分子都在这里集中。

俞打豹安静地坐在松柏峪大队的群众队列里。早晨起来，接到去公社开会的通知，换上走亲戚才穿的黑丝布汗衫，满是泥点汗渍的白雁塔布汗衫丢给建社他娘，就来了。

原来露天舞台的地方，新盖起一座砖木结构的舞台，舞台顶端最显眼处，“故里人民舞台”几个大字遒劲有力，两侧的高音喇叭反复播放着语录歌曲。

坐在舞台上的公社革命委员会成员、各大队革命委员会负责人一个个表情严肃，如临大敌。

一阵急促的哨声响起，一队荷枪实弹的武装基干民兵跑步来到舞台前，围着一个用门板和凳子临时搭建起来的高台持枪站立，会场立即显得杀气腾腾，上空的空气也好像凝固起来。

另一队拿红缨枪的基干民兵跑步来到公厕旁，两个基干民兵抓住俞炳文的两只胳膊，俞炳文感到不妙结结巴巴地说：“我不是分子！”

“不是分子咋站在这儿？肯定不是好人！”两个基干民兵把他的胳膊反剪在身后又高高抬起，俞炳文身不由己地弯下腰，低着头，被推搡着绕场奔跑一圈，他终于明白过来这就是人说的“坐喷气式飞机”。前后都是坐喷气式的分子，奔跑一周后“降落”在临时搭建的高台前，一根根又长又粗的柳树枝，照准他们，噼里啪啦一通乱打。俞炳义的个头大，头上、脸上早挨了好几下，也不敢低头躲避。俞绍乐的个头小一些，侥幸躲过这顿鞭笞。喷气式带起的尘土从操场四周飘扬到高台，飘上舞台。

广爷川公社革命委员会副主任池志超表情严肃，装束依然不改，头戴黄军帽，身穿草绿色军便服、蓝裤子，脚穿黄胶鞋。他几步走到麦克风前，威严的目光扫视了一下操场上的人群，清了清嗓子，高声宣布：“广爷川公社革命委员会对敌斗争十二级台风大会现在开始！”教师出身的池主任，即席讲话本来就是拿手好戏，主持工作的责任感和历练，使他的口才得到了充分发挥，即就是这样重要的会议，也不需要事先准备讲稿。

“目前，全国、全县、全公社的革命形势一派大好，不是小好，形势大好的重要标志是革命群众充分发动起来了。”他环顾了一下操场，绕场一周的白杨树已长得有几把粗了，浓密的枝叶遮挡出一个个荫凉。参加会议的革命群众坐在事先划定的位置上，没人抢荫凉，也没人交头接耳。全场鸦雀无声，秩序井然，目光比小学生听课还要专注，“但是，树欲静而风不止，锣鼓声中有敌情。面对无产阶级已经取得的伟大胜利，反革命修正主义分子、地富反坏右分子不甘心他们自己的失败，他们还要作垂死的挣扎，千方百计在党内寻找自己的代理人。松柏峪大队的俞打豹就是他们的代理人!”

他的话音刚落，公社革委会保卫组组长一声断喝：“把反革命修正主义路线的代理人俞打豹押上来!”

一直在洗耳恭听的俞打豹还没回过神来，几个彪形大汉已经来到身边，像老鹰扑小鸡一般，将他按倒在地捆绑起来。专挑来绑人的细扎绳勒进肌肉，一阵钻心的疼痛，他紧咬牙关没有出声，豆大的汗珠从脸上滚下，当下昏死过去。那几个大汉把他拖到高台上，按住他的胳膊，抬起他那张因疼痛有些扭曲的脸示众。

保卫组长又一声断喝：“把右派分子俞绍乐揪出示众!”

心惊肉跳的俞绍乐也被捆绑着押上高台。

口号声此伏彼起……

松柏峪大队革命委员会主任俞世珍作了重点发言：“我得知松柏峪村下放牲畜分配土地的消息后，觉得事情重大，马上向公社革委会作了汇报。革委会当即派人制止了这种愚蠢行为，实地查看灾情后，向县革委会作了汇报。县革委会决定免除松柏峪当年的公购粮任务，拨下返销粮。俞打豹你打惯了算盘，这次打错了！你这是乘机收揽人心，在松柏峪搞资本主义复辟。你说说，如果不是无产阶级司令部的关怀，靠你这种办法能解决几百口了人的吃粮问题吗?”

到这时，俞绍乐还没有弄明白自己“陪杀场”的缘故，只听俞世珍最后说：“俞打豹的气焰这样嚣张，是因为右派分子俞绍乐背后出谋划策，公开吹捧他是‘紫微星’。”

俞绍乐啊俞绍乐，这次不是借古讽今而是写了对联。他哪里知道，这次陪杀场是由于池志超听完汇报以后和俞世珍的一段简短对话：

“俞打豹搞资本主义复辟，阶级敌人就没有新的动向?”

“没有听到啥反映!”除了大队革委会主任，俞世珍还是专管对敌斗争的治保主任。

“这不符合阶级斗争的规律！阶级敌人难道和俞打豹平时没有任何来往?”

“噢，俞打豹立柱上梁的对联是俞绍乐写的。”

“写的什么?”

“一副现成的对联:立柱正值及时雨；上梁恰逢紫微星。”

池志超笑了：“这不是说的明明白白嘛，还要怎么说?”

30

公社十二级台风刮了两个人，一双是松柏峪的，乐得朱老三不停地爬着胸口。会后他找到池志超：“松柏峪有个反革命窝呢，解放前杀死龚爱第，解放后打死朱老五。除了俞打豹、俞绍乐，还有俞世珍、牛国璧和俞炳文！”

凡能叫上名字的他都要求揪到朱家山大队批斗。

池志超正在为对敌斗争推动不力发愁，朱老三的要求正好合乎他的心思，当即表态说：“同意朱家山大队革命群众的要求，但要严格执行政策！”

朱家山村外的那个大涝坝，由于天干少雨失去了蓄水功能，却变成天然会场。早到的人坐在有杨柳树枝叶遮阳的涝坝沿上，头上的草帽放在屁股下当坐垫；迟到的只好坐在涝坝里的干淤泥上，头上的草帽顾不得当坐垫，还要遮当毒花花的日头。俞打豹被朱老三反剪着双手，在一棵柳树柯杈上吊上吊下，折磨得昏死过去几回。在场的人一个个吓得咬指头，生怕稍有不慎出个差错，被朱老三揪出示众，人家可是有言在先的。

朱老三宣布散会，魏树德走回家时，桂芹她娘紧绷着脸，擦着冷汗说：“吓死人了，吓死人了！你说那人可怜不，做下啥事遭这罪呢！吊起在半空那会，都能听见骨头折断的响声！”由于紧张过度，她连俞打豹的姓名都记不起来。

魏树德急忙关紧房门，“公社绑人的都是受过训练的复员军人，伤皮肉不伤骨头，朱老三哪里懂得这个！这个冷怂想女人想疯了，拿俞打豹出气哩！他头一次抢寡妇不成是因为死了人，第二次亲自登门求婚是郭寡妇不愿情，与俞打豹有啥关系？”

“公社还表扬人家呢，你看今日的架势，朱家山大队的干部谁管得了他！我看过不了几天，朱家山大队就由他说了算。”桂芹娘还一阵一阵地打着冷颤，“他头一次抢寡妇没成方圆人都知道。第二次去寡妇家人家可是瞒得紧捂捂的，朱家山没人知道！这话到这儿为止，记下了没？如果打进朱老三耳朵，他一定会想到是咱说的，小心把你也挂了柳树柯杈！”

魏树德不怀好气地说：“人说朱老三是二杆子，谁知道瓜子天养活着哩！我是旧职人员，他是劳改释放犯，都是占落后分子指标参加刮台风的。本来是看杀鸡的猴，反而成杀鸡的了。”

桂芹她娘突然想起了什么似的说：“那天公社刮十二级台风，绑在高台上的人是谁？”

“俞打豹!”

“我问的不是他，是那个陪场的!”

“俞绍乐！”

“不是说是致祥他爸吗？”

“不是！”

“你没看清，就是给反革命分子写了对子的那个！”桂芹娘没有去公社开会，这些都是朱老三嘴里说的。

“我看得清楚，听得明白，就是俞绍乐!”

“是致祥他爸，松柏峪会写对子的五类分子除了他还会有谁？”

“俞绍乐当过老师，咋能不会写对子呢？”

桂芹娘已经有些急不可耐，跺脚绊手起来，“你是个啥心都不操的人，就没有留意高台上的人。朱老三亲口给我说，‘是你亲家，我要揪到朱家山批斗，看你女子还给他当儿媳不！’”

“你可以再打听嘛!”魏树德是个老实本分的念书人，书念得不少，就是没有多少心计。

“有啥好打听的，你嫌没人知道还是咋的？你虽然没戴帽子，也是因旧社会干过公事才回家劳动的，寻了个亲家还是个分子。桂芹定婚前，我说‘孩子小，等上几年，是俞家的人跑不到别家去’。你说，‘人好着呢，大人和我同过学，知根知底，娃聪明得很’，听你的话喝了酒。你看，才几天，俞炳义就挨斗了。”桂芹她娘越说越来气。

魏树德被逼急了，拍起了胸脯，“我敢肯定是俞绍乐不是俞炳义。我和俞绍乐一起教过书，他往那儿一站，还有我不认得的？”

“不管他是俞绍乐还是俞炳义都得退婚，马上退！我不能把孩子推进孽坑里！”桂芹娘并不理睬拍着胸脯的丈夫，不可置疑地说。

“咱红口白牙应承俞家了，八字没见一撇又退婚，你也能说出这话？”魏树德好像做下见不得人的丑事，脸色红一阵青一阵的。

桂芹娘一屁股坐在炕头上，越说声音越大：“你知道啥！朱老三说，松柏峪自古以来就是土匪窝，解放前杀死龚爱第，解放后打死朱老五，现在又是反革命窝，全公社批了两个反革命都是松柏峪的。他还说：‘现行反革命在前台表演，潜伏的反革命在幕后操纵，你和潜伏的反革命成亲，和现行反革命也说不干净！’”

要是往常有了争执，不过三两下魏树德就依了妻子，像今天这样不依不饶还是第一次：“朱老五被打死那是他罪有应得，谁让他仗着武功高强，替人抢寡妇呢！朱老三也是鬼迷心窍，解放了还照旧社会行事，自己走进班房怨谁？松柏峪的五类分子好几个凭啥说是俞炳义？”

桂芹娘掏出手帕，擦起了眼泪，说：“我的呀呀，你这人咋就试不来松紧嘛！那你说潜伏的反革命还能是谁？我记得清清楚楚，定亲那天他亲口说是李国栋训练的潜伏特务！”

“这事你早知道，当时干啥哩？这阵让我钻倒窟窿！”魏树德一屁股坐在椅子上，两个胳膊肘撑着桌面，双手从布满皱纹的额颅搓到已经有丝丝白发的头顶，又从头顶搓到额颅。

桂芹娘走过来，一把扳开他的胳膊，“钻倒窟窿也比把孩子推进孽坑强，人说先悔容易后悔难。明摆着的事，朱老三要拿松柏峪人出气，咱和松柏峪人成了儿女亲家，也成了朱老三的眼中钉。咱俩都半截进土的人了不要紧，桂芹还没活人呢!”

魏树德一言不发。

桂芹娘铁了心，捎话叫来妹夫季玉刚，把俞家定亲的礼钱和布匹一一交到他的手中。

季玉刚觉得妻姐的话不好说，面有难色地看着魏树德：“姐夫，好我的魏老师哩，手心手背都是肉，事不是这么个弄法！咱三个男人三对六面说下的事，你让我咋开口?”

容不得魏树德开口，桂芹娘抢过话头：“他姨夫，人是你领进门的，东西是你背来的，话还得你说，东西还得你背去！我可是把话说清了，剩下的我管不了!”

31

广爷川公社保卫组办公室里，保卫组长正在审讯俞打豹：“我党一贯的政策是坦白从宽，抗拒从严，你要把下放牲畜分配土地的目的写出来!”说着，把几页十六开白纸和一只圆珠笔推到俞打豹面前。

俞打豹被折磨得不成人样，两个眼窝陷下去很深，黑了一圈，两个颧骨残留着明显的擦伤痕迹，原本就不坚固的牙齿被打落几颗，想苦笑嘴唇不听使唤，仍然像哭的样子：“我只是个扫盲程度，只能凑合着记账打算盘，写不了多字，两只折胳膊也不听使唤!”

“不能写就说，你这样做的目的是什么?”保卫组长取过纸和圆珠笔，准备做记录。

“目的清楚着呢，就是生产自救!”

“下放牲畜，分配土地的事实摆在那里，想抵赖也抵赖不了。给你说了多少遍，怎么记不住呢?”保卫组长有些不耐烦，“你的问题属于追随反革命修正主义路线，复辟资本主义。”

“我觉得这样做是符合六〇年上级恢复生产的精神的。”打豹说话严重漏风，有些字咬字不真。

保卫组长听后，又在脑子里把能听清的词语捋了捋，才明白了大概意思，“‘三自一包’是反革命修正主义路线，报纸上从去年就开始批判了，你难道不知道？”

“咱庄农人从不看报，不知道批判‘三自一包’，就想着实事求是，少倒下几个牲口，多打些粮食！”

已经过了几天时间，对俞打豹的审讯没有取得突破性的进展，保卫组长看了看手表，不由一阵焦急，“你这人怎么不开窍？池主任非要你这样说！”

“那你就写吧。”

“你不说我怎么写？”

“就写为了复辟资本主义，还有还有什么，什么路线？”

“执行反革命修正主义路线！”

鬼知道他写了些啥，一不让看内容二不让签字，拿着刚作的记录急匆匆出去了。俞打豹看不了也不想看，人都成这个眼势，看了又能怎么样？修正主义不修正主义像他这样浅薄的粗识字程度弄不明白，反革命却是没有的事。解放前他家是地下共产党员戴金祥过路歇缓的据点，他和哥哥被盐商发展为地下党员，完成盐商交待的一些工作，由于戴金祥的突然牺牲他俩与党失去了联系，解放后一直没有人能证明他俩的身份。合作化时他二次申请参加了共产党，为人不做亏心事半夜不怕鬼叫门，他完全是为出于公心为乡亲们着想，没有掺杂自己一丝一毫的私利。

牛国璧层层请示，直到面见池志超才获准和抓豹、建社爷父俩一起看望打豹。临时关押打豹的地方，一张没有抽屉的桌子，两张长凳子支着一块床板，睡觉时当床，交代问题时当凳子。这是一间专门储存过冬菜的大灶储藏室，有一口大菜窖，冬天过后就没人搭理，窖里的腐菜烂叶散发出令人窒息的臭味。

“这帮龟子怂，这是人住的地方吗？”牛国璧下台前常来公社开会，认识灶上的大师，借来筐子铁锹，钻下地窖，将长满芽子的洋芋，烂得流水的白菜莲花菜清扫干净，倒进垃圾堆里。

打豹的两只大胳膊上，绳子留下的绑痕溃烂化脓，绑折的骨头已经错茬长在一起，没法对上骨茬。抓豹给弟弟的伤口作了简单的清洗，敷上随身带来的祖传药散，又打上绷带，没有说话。建社为爸爸换上那件有补丁的白雁塔布汗衫，换下身上的黑丝布衫，洗掉血迹和汗渍，泪水和着洗衣水流进水池。

打豹想爬一下几日不见的儿子的光头，试探了几下，举不起胳膊，只好打消了这一念头。建社走过去趴在爸爸的怀里，让爸爸不用抬胳膊就能爬着自己的头，一次又一次把将要涌出眼眶的泪水强咽下去。打豹吃力地爬着儿子的光头，“建社，你要好好念书，爸爸吃亏就吃在没有念书上！”

“嗯！”既是对爸爸的回答又是对吞咽泪水的举动的掩饰，建社装得很坚强，没有告诉爸爸自己已经被开除学籍。

“国璧，当时如果你在，也许会阻止我一时冲动做出的决定。”俞打豹低声说。

“如果我在场，今天在这里的就不是你而是我，是你代替了我！”看守的基干民兵走过来，牛国璧马上提高声调，“好好养伤，要相信群众相信党会实事求是地处理你的问题！”

县里破获一个代号为504的反革命组织，据主犯杜国泰交代，俞打豹是他亲自发展的主要成员，松柏峪“下放牲畜，分配土地”就是执行504反革命集团的行动纲领。俞打豹被从公社押解到县看守所，县革委会保卫部负责人亲自审讯：“俞打豹，老实交代你的滔天罪行！”

一直没有剃过的长头发罩在俞打豹有些变形的脸颊上，脸盘显得更小，下巴更尖，“一九六七年，松柏峪遭受了百年不遇的一场冰雹。队干部和我一起商量自救办法，我想起一九六〇年全国遭受自然灾害采用的办法，就建议下放牲畜，分配土地。”

“建议？说得倒轻巧！”负责人轻蔑地扫了他一眼。

“我已经多年不担任队干部，没有决定权，只能是建议。”

“就按你说的，你是抱着怎样的动机提出这个建议的？”

“生产自救。”俞打豹心想，县看守所比公社高一个级别，如实陈述也许能得到谅解。

“已经定了性的问题怎么又翻供呢？事到如今还想负隅顽抗！”负责人的目光严厉起来。

俞打豹只好又按公社定的调子，“我原来不知道是资本主义复辟，在公社才提高的认识。”

“那你在执行谁的指示？”负责人说到“谁的指示”时特别加重了语气。

“没人指示。”

“俞打豹，我重申一遍，我党的政策是坦白从宽，抗拒从严！”负责人忽地一下站起来。

“我说的都是实话。”

“今年春节期间你去过宁夏没有？”负责人不再绕圈子，突然点了一句。

“没有。”

“没有！”负责人的手在桌子上一拍，“啪！”

“没有。”俞打豹的确想不起去过宁夏的事。

“有人给你讲过干部过河和群众耕地的故事没有？”负责人又点了一句。

“噢，我记起了，有这么回事。我去宁夏的路上碰到杜国泰，他是五九年驻松柏峪的红尖兵，我那时是会计。他给我讲过这个故事。”

负责人见他招了口供，又乘胜追击，“你给什么人讲过？”

“没有。”俞打豹的伤口严重感染，长期发烧，记忆力受到伤害，犯起糊涂来，说着说着就不知在说什么。

“你给松柏峪的队干部讲过没有？”

“噢，对着呢，我的确讲过这个故事。”

负责人咄咄逼人地盯了俞打豹半晌，“有人介绍你参加了一个组织？”

“没有。”俞打豹痛苦地摇了摇头，

“就是那个杜国泰！”负责人的嗓门很高。

“没有!”

“一个反革命组织!”

“没有!”俞打豹不假思索地回答。

“啪啪啪!”负责人接连拍了几下桌面，“俞打豹，你是点一句交代一句，不痛不痒的事交代，关键的问题绕着走。你这是背着牛头不认脏，不见棺材不落泪!”

俞打豹的思路突然出奇的清晰，语气出奇的坚定：“我这半生两次参加共产党，其他任何组织都没参加过!”

俞打豹的爷爷凭着一身武艺获得大清武秀才的功名，本想着报效朝廷为国出力，到头来英雄无用武之地。武秀才的血脉流淌在俞打豹的血管里，他虽然没有上过学，心绪却早已飞出松柏峪。他是松柏峪最早接触共产党和红军的人，小红军周忠武在松柏峪的那段日子里是他最要好的伙伴，告诉他南方的农民已经有了自己的田地，红军就是为了农民有田有地打仗的武装。盐商戴金祥使他明白红军之所以攻无不克，是因为有中国共产党的领导。全国解放让他看到了共产党的力量，土地改革使他憧憬的分田分地变成现实，他第二次加入了中国共产党。

保卫组经过研究，以现行反革命罪捕判缺乏证据，无罪释放需交由群众讨论，便向基层组织通报了情况。俞世珍正在作难，池志超打来电话：“俞主任，人是他们批捕的该他们负责，我们组织讨论等于接过了他们踢来的皮球!”

俞世珍的心里还是不踏实，“可人是我们先抓的呀!”

“我们是批斗不是抓，批斗即就是出现过激行为也是人民内部矛盾。他们是抓捕，抓捕就成敌我矛盾了!”

俞打豹的案子久拖不决，因患败血症在县看守所去世。

32

俞建社只穿一个裤衩，光脊背，头上一顶发黑的草帽遮得住脸和脖子却遮不住脊背，只觉得脊背一阵阵像针扎，一会会的功夫就黑黝黝的了。又过一会儿，晒黑的皮肤泛出一个个小白点，小白点下面有积水，积水不断增多，充起一个个亮啉啉的水泡。积水很快蒸发，失去光泽的水泡皱皱巴巴贴在背上，一会儿自行撕裂，露出一块块鲜红的新皮肤。

他光着脚片，走在路上，晒热的路面烫脚，走在割过的麦地里，麦茬扎得脚底流血。大人也光脚走，咋就不扎呢？看着看着看出了门道：人家靸脚走，双脚不离地面，麦茬来不及扎脚就被先入为主的脚趾甲靸倒！建社学着大人的样子，果然灵验，起初脚趾上用的劲非常大，有点像民兵操练走正步，慢慢地用在脚趾上的力气越来越小，麦茬照例被脚指甲靸倒。原来有些事并不在用力多少，而在掌握用力的窍口。

他肩膀上扛着一根与他的身长不相称的尖担，弯弯的，两头尖尖，两根对折两次的束田绳绾在担尖上，束田绳一头的木绳环击打得尖担发出叮当叮当声。拔了一天麦子的建社还要赶在收工前去野狐湾突击担一趟麦子。担是松柏峪人的传家宝，是松柏峪人抗争不了的宿命。俞建社又是同龄人中最早接过这个既是传家宝又是宿命的人。

笨鸟先飞，他早早来到野狐湾。地头码着一垛垛麦垛，每垛都是十剪，刚好是他的一担。但是，又一个问题难住了这个十一岁的高小肄业生：束田绳的绳环咋放，放上面还是下面，左面还是右面？他只得愣在那里等大人们到来。

头一个到的是牛国鼎，尖担插在地上，解开束田绳，瞅了瞅地形，把绳环放在陡坡地的高处。建社一看就明白了，这样束起麦捆来可以借自身的重量省力气。只这一看一想的功夫，牛国鼎已经把一个垛子的十个麦剪一反一正压成一捆，抓起放在低处的绳头穿进绳环，一脚着地一脚踩在绳环上，双手攥着绳头，咬紧牙关猛一用劲，嗨一声喊，麦捆被拦腰束紧，他又将绳头别在绷紧的绳子下。建社学牛国鼎的样子放好绳环，五个麦剪一捆，绳头穿进绳环，前脚蹬着麦捆，双手用力托绳子。嘣的一声，还没弄清楚咋回事，已经身不由己地滚下陡坡滚到地畔才刹住，手里还捏着半截绳子。

他顾不得地畔割过的麦茬扎的大腿疼，翻起身子，走回束麦捆的地方，两截断绳头搭在一起绾了个结。束田绳子是爸爸用过的，时间久加上天气干燥，一扥就成了两截。他怕二次扥断绳子滚到地畔不敢用力，小腿挤紧麦捆再拢绳子。这时，牛国鼎已经束好另一捆，担尖紧挨束田绳子插进麦捆，尖担放在大腿上闪一闪，担眼不偏不倚，麦捆平平稳稳，然后抽出尖担，把尖担的另一头插进另一捆麦子也放在大腿上掂了掂。调适稳当后，双手举起尖担一端的麦捆，尖担的另一头插进头一捆试好的担眼，稳稳当当，一闪一闪地走人了。

建社的额头不停地冒生汗，凑合着束好另一捆麦子，忙着学牛国鼎试担眼、上担。尖担是按爸爸的身高定做的，他用起来有点长，全身的力气集中在两只胳膊上，猛地一下终于举起麦捆，正寻找那个试过的担眼，狗日的山风迟不来早不来，偏偏这时来了！唔的一下，举起的麦捆掉在地上。

担麦子的人只剩下他一个，到来的最早离开的最迟。夜色已经笼罩野狐湾，眼前一片黑暗，建社的心里害怕起来，越害怕越想同学们说过的野狐精故事，越想野狐精故事越害怕。折腾的时间一长没了力气，两只胳膊再也举不起麦捆，便凑合着将担尖伸进担眼，钻在尖担下面再立起身子，挑着麦捆走。束田绳没扽紧，担眼试了也是白试，两头的麦捆摇摇摆摆，尖担在肩膀上翻滚，身子随尖担拧着麻绳。没走几步麦捆就散了伙，麦剪是麦剪，绳子是绳子，尖担是尖担！

十一岁少年哭了，头一声喊爸，爸爸已经和他不属于一个世界！第二声喊娘，娘正在家给没有满月的妹妹喂莜面糊汤！自打开言，他只知道喊爸或者喊娘哭，除了爸，除了娘还能对谁流眼泪？他擦干眼泪，十个麦剪捆在一起背在背上，扁担夹在胳肢窝里，一步一步挪回村。

俞建社做梦也没想到，他的好运竟然随着一匹退伍的战马而来到！

不管啥马，到了生产队只有拉桄耕地。曾经冲锋陷阵的战马怎么拉得了桄耕得了地？队里派了一个精壮劳力牵着它。它不高兴时头一甩，牵它的人就被摔了个嘴啃地，如若使起性子尥蹶子，可不是闹着玩的。开头是精壮劳力都抢着干，几天下来就没人再抢了。

建社与战马一见如故，他午饭时节悄悄走进饲养室，牵着浑身泥土的战马来到磨子河，用马勺舀起清澈的河水，泼在战马身上。战马不停地挪动位置，一副急不可耐的样子。建社索性钻进水里，手中的马勺不停地划着水面，一勺又一勺的河水落在战马的头上、脊背上、屁股上，从胸部、肚子、腚部、四条腿上流下来，露出洁白的毛身。战马甩着尾巴，用舌头舔着建社的光膀子，好像要舔光他脊背上的干痂。

悄悄跟在身后观察动静的饲养员见他这样爱马，建议队长让他当饲养员。从此，战马成了他的好伙伴，上午，它像一个温顺的孩子跟在他的身后拉桄耕地，他走得快它也走得快，他走得慢它也走得慢。他拉着缰绳走它跟着走，他把缰绳搭在它的背上，它照样跟着走。他掌握着行走的速度，平地走得快，陡坡地走得慢，不让它累坏身子。

下午，他牵着它吃青草，哪条地埂上有它喜欢的冰草、芦草就去那条地埂。它吃着青草，他仰面躺在地头，蓝天白云，一群群的鸽子，一群群的麻雀不时飞过，偶尔一只苍鹰打着旋儿。

他的小嘴唇咬得紧紧的，眼里含着泪花，心里是一种说不出的滋味！它吃几口青草就昂起头，抖一抖额头那绺黑白相间的缨毛，向着十字路口，向来松柏峪的方向长嘶起来。

33

战马不服水土得了结症，肚子鼓得高高的，成天卧在地上，不吃不喝，望着一个个前来探望它的人，嘴里发出突突的求救声。

战马是松柏峪唯一的大牲口，队上人都把它当宝贝一样看待。两个老黄牛拉一副桄还走得慢慢腾腾，皮鞭落在脊背上时紧走几步，放下皮鞭又是老样子，一上午耕不了两亩地。毛驴走得倒是比牛快些，可是没有牛的耐力，不上几步就大汗淋漓，气喘吁吁，耕的地场还没有牛的多。这匹战马独自拉着一副桄，走起路来哗哗哗的，全不知道将息力气，一个上午竟能耕三亩地。而且，这匹战马很好饲养，吃着和毛驴一样的草料，并不需要特别增加精料。

牛国鼎牵着队上力气最大的白嘴巴叫驴，来故里请兽医李万里。李万里就是李铁嘴，略通麻衣相术，对牛马经谙熟于心，治疗骡马结症是绝活。解放前牲口不值钱，迷信算卦的人多，他在故里街上开了铺子，主业算卦副业兽医；解放后牲口值钱，算卦成了迷信，他又离群索居，住在磨子河畔一个废弃不用的烧炭窑里，主业兽医副业算卦。破除迷信没有触及烧炭窑，破四旧来了几个红卫兵，看着烧炭窑摇头：“一个疯子算啥四旧！”

牛国鼎牵着白嘴巴毛驴，踩着列石，过了磨子河和故里河交汇后的故里河，在山根下找见一个窑门上挂着谷草帘子的烧炭窑。掀起草帘，尽着烧炭窑的地场盘个土炕，勉强容得下一个人起居，墙上粘满鸡毛，据说都是他从吃过的鸡身上拔下的。李万里长发绾在头顶，瘦削的脸膛，稀疏的胡须，灰长衫裹身，盘腿坐炕，手捻胡须，打量着来人。

牛国鼎拱手作揖，递上红纸包裹着的二斤点心，“李先生，得麻烦你走趟远路了！”

李万里接过点心也不言谢。

“李先生住在这荒滩野外，亏负了一身的本事呀！”牛国鼎十分感慨地说。

“广厦万千，夜眠不过六尺；家财万贯，日食不过三餐。何亏之有啊！”李万里像阴阳念经一样说了几句，见牛国鼎像个打愣的鸡一样没有反应便知是对牛弹琴，不再多说，探出头看了一眼他牵来的白嘴巴叫驴，脸色似有不快，“咋拉了头毛驴？”

“队上只有一个大牲口，还是部队下放来的战马。这会儿不吃不喝卧在圈里，等你去医治呢。”牛国鼎打听过，这个李万里没有大牲口是不出诊的，硬着头皮说。

李万里不再捋胡须，生气地看着牛国鼎，“没马就拿驴支差！”

“你老人家去时将就一下，回来就有马骑！”人说李万里脾气古怪，看来不假！想起战马的肚子胀得像鼓一样，一天也耽搁不得，牛国鼎赔着笑脸。

李万里眉头一皱，“去时没马来时哪有马？”

“去时没马是马有病，来时有马是你治好了马的病！”牛国鼎也是豁出去了，死马当活马医。

李万里睁开眼睛，恰好和牛国鼎的目光相遇，“这话我爱听！”他不再弹嫌毛驴，看着牛国鼎，“你不但会说话，还长着一副好面容，就看在你的面上吧！”

“托先生吉言！”牛国鼎从来不染看相算卦的事，这样说不过是顺着他的话头，哄他高兴。

“你的独苗儿子日后是个七品！”

牛国鼎并没有在意“七品”不“七品”的事，却被他“独苗儿子”的话说得纳闷，这个老先生咋知道我儿子是独苗呢？

李万里不再说话，骑着白嘴巴驴，跟牛国鼎来到松柏峪。

队里像接待驻队干部一样，给他安排了吃饭休息的地方。李万里不去大队部住就住在饲养室，也不去社员家吃饭就要在饲养室吃，让建社伺候。他的吃法很奇特，每天药锅里炖一只母鸡，鸡肉里不放盐只撒些花椒面，闻不见香味看着都不觉眼馋。

听说来了个奇人，一拨又一拨的人轮换着挤在饲养室门口、窗口，一睹尊容后又马上离开，把位置让给后来的人。看在建社的面上，牛岁旺和俞致祥走进了饲养室。

“三才者，天地人。三光者，日月星。”用过晚餐的李万里闭目养神，口中喃喃自语着，见走进来两个小孩，不再絮叨，一双习惯眯缝着的眼睛出现光亮，“你叫啥名字？”

“牛岁旺！”

“哪年生的？”

“五六年。”

“哪一月？”

“五月。”

“丙申丁酉山下火，你将来能当县长！”李万春说完又闭上眼睛念念有词：“夏月之火，势令当权。逢水制，则免自焚之咎；见木助，必遭夭折之忧。遇金必发，得土皆良。然金土虽为美利，无水则金燥土焦。若再火盛，太过必致倾危。”

掌灯时，李万里已经和衣而眠，扯起了鼾声，饲养室外没人走动，饲养室里能听见蚊子的嗡嗡叫声，感觉到蚊子翅膀的颤动。建社点燃白蒿草绳，白蒿草味和着汗腥味扑鼻而来，总算赶走了蚊子。

头一挨炕席，一股六六六粉的味道又呛进鼻腔，这是用来收拾跳蚤的。跳蚤也有了抗药性，白天潜伏在含有六六六粉的尘土中，夜晚出来活动。屁股上被跳蚤咬过处还在痒痒，脊背又被臭虫叮了一口，疾淋淋的疼！两个饲养员给牲口添完最后一遍草倒头便睡，鼾齁声像比赛，一个比一个响，轻而易举地盖过了李万里的齁声。跳蚤臭虫好像不理他们，只有俞建社搔了屁股抓脊背，抓了脊背搔肋巴，翻来覆去睡不着。

子夜时分，万籁俱寂。饲养圈的几十头牛驴和人一样日出而作日入而息，一点响动也没有。李万里忽然起身下地，轻手轻脚地出了房门，来到马圈，掏出随身带的一个皮夹子，就着马圈门口的一丝光亮，取出一枚长长的银针，身手敏捷地向战马腹部刺去。战马一阵剧烈抽搐，尾巴扬起放出一个长长的响屁，前蹄着地，后蹄蹬地，腾地一下原地站起，抖抖身上的草料、泥土，头伸进槽头，吃起饲养员特意准备的精饲料来。

建社走出院子时，李万里已经装好皮夹子，好像什么事都没发生一样走出马圈。

34

吃过午饭的社员们趁午休时间聚集在泰山庙院记工分。队上有严格的规定：每隔三天各家各户的当家人聚在一起，口述家庭成员三天干的活计，记工员按照定额折算成分数，填在生产队的总账和本人的手册上，月小计年总计作为队上分配的依据。

“炳文叔！”初中毕业的俞惠萍记总账，按总账上的次序喊人。

“来了，来了！”俞炳文刚好走到庙嘴边上，连声答应着，加快了脚步。

“你爸一泡尿都要尿到自留地里，你也会划算了，不迟不早刚来到时间上！”不知谁在开他的玩笑。

“哈哈哈！”泰山庙院响起一片笑声。

俞炳文满脸通红地站在惠萍身旁，一个劲儿地爬着后脑勺，“我这三天干了些啥，咋忘得光光的了！”

“叔，别急！”俞建社是专门填写手册的记工员，“这些天专业队的人修梯田，其他人抢种麦子没有杂活！”

“对着哩，对着哩！上午扑粪下午担粪，三天都是一个活。”俞炳文对大伙儿说了一遍。

没有人说出不同意见，俞惠萍大声说：“上午扑粪五分，下午担粪五分，每天工分是十分。”然后，把每天的日期、干的活计、应得的工分填在油印的俞炳文名下的表格里。俞建社接过俞炳文揉搓的发毛的手册，填写上和惠萍相同的内容。

俞世珍是蹲点的大队干部，也在记工现场，拉着脸看着俞炳文：“你家女人一边干活一边拔柴火，每天扣一分工！”

“三叔，我在场哩，爱娇她娘休息时拔了几把柴火，地里耕出的草根都没拾，干活时没有拔柴火，不信你问问大家！”俞炳文赔着笑。

“就这么办，让规矩在着！”俞世珍脸上的表情没有任何变化，“今天先从炳文家的开始，各人回去给自家的女人说一声，下次谁犯扣谁！”

“上午应得四分五厘下午四分，全天八分五，扣去一分，实得七分五厘！”按照定额和俞世珍的指示，俞惠萍当众公布一遍然后记入账本。

“要指样子就罚个横人，拿怂人指啥样子！”俞殿元手里织着孩子的毛袜。

俞世珍听见装作没听见，脸背向一边。

“殿元叔！”惠萍按顺序又喊。

“除了担粪还能做啥？”俞殿元还在专心织毛袜，也只有他在这个时间干私活。

“每天担几趟，每趟担多少斤？”担粪按重量记工分，俞殿元说得不详细，惠萍只好问一遍。

“十分工才值八分钱，费这事干啥哩？交代问题呢？批斗呢？”俞殿元牢骚满腹地说着，见惠萍作难的样子，又连忙说：“没说你，惠萍！上午六趟下午五趟，趟趟都是一百二十斤！”

大家又笑了起来。

俞殿元没有一点难堪的样子，“一百二十斤就是一百二十斤，谁不信就问司称员！”

司称员的脸胀得通红，“你猛提一下秤系，不等秤杆停稳就说一百二十斤，你的心太轻，咋不说二百二十斤！”

“那你说多少？”俞殿元质问司秤员。

“我咋知道？”

“那你是干啥的？”

有争执就得队长说话，队长指指背身坐着的俞世珍朝惠萍噜噜嘴。俞世珍好像后脑勺长着眼睛，知道队长在指自己，没有再踢皮球：“这次就按自己报的记，下不为例！”

惠萍按照定额公布：“一百二十斤一趟一分二厘，十趟共计十二分！”

“下一个，俞致祥！”不知为什么，惠萍想喊致祥，出口时在致祥前面加上了姓。她瞟了一眼他，四年的光景了，她还是头一次近距离看他：长头发，浓眉下一双大眼睛，一身不太合身的学生服洗得发白。

“我每天都修梯田！”俞致祥高中毕业，正赶上冬季农田基本建设突击运动，被派到青年突击队。那次俞世珍当众批评他和惠萍是流氓习气，要二人写检讨书，根据认错态度再作处理，虽然由于池志超的阻拦没有实现，但是，在同学中间造成极坏的影响。出操、回家站队唱起必唱的《三大纪律八项注意》，唱到“第七不许调戏妇女们”时，同学们总要看看他又看看她，吐吐舌头，做个鬼脸，然后才唱下一句“流氓习气坚决要除掉”，这几年渐渐知道利害关系的他尽量避免和她说话，不是不愿意而是一个很现实的问题摆在面前，人家是牛岁旺的未婚妻，搞不好不但影响他和牛岁旺的关系，也影响他的前程。他是班上的尖子生，他有一个梦想，梦想在农村锻炼两年后，被贫下中农推荐到大学读书。

按照定额，十七周岁的俞致祥是大人的八成五。可是青年突击队担土是不分年龄大小的，女的抄男的担，碰上那筐担那筐，咋记工分？有了刚才的经验，惠萍没有请示队长而是直接请示俞世珍，“三爷，致祥的工分咋记？”

“建社的咋记？”

“八分五！”惠萍说。

“那就是八分五！”俞世珍说得很干脆。

致祥一听眼睛都直了，“咋？大家都担同样的趟数同样的筐子，大人记十分，我俩是八分五？”

“这叫无规不立有规不倒！”俞世珍漫不经心地说。

“三爷，这是典型的同工不同酬！前几天《红旗》杂志还说同工同酬的事呢！”俞致祥想起了学过的一篇课文《大石头离开小石头砌不成墙》，讲的是男女一起推水车，男的一脚女的一脚谁也不能少半脚，女的工分却比男的少。刚一出校就碰上这种情形，明显不合理，这不是自己一人记多少工分的事，说小关系整个生产队管理制度的合理性，说大关系按劳分配，调动社员走社会主义道路的积极性，不可不说。

“那你去找《红旗》杂志！”俞世珍的口气有点阴阳怪气，脸色也有点难看。

“《红旗》杂志是党的喉舌，全国人遇到这样的事都去找还了得！”俞致祥还在那里慷慨陈词，他坚信真理就在自己一边。

“噢，还算你说了句人话！党在哪儿？党在北京！你在哪儿？你在松柏峪！你就是有日天王戴虎皮帽子的本事，没有松柏峪人推荐，不要想着离开松柏峪半步！才念了几天书，尾巴就奓到天上了！”俞世珍话里带刺，不再是解决俞殿元问题时的那个和事佬。

“别把话说这么难听！”俞致祥气上心来，忽地站起身，怒气冲冲地看着俞世珍，他想说：我宁可在松柏峪坐一辈子也不受你这份气！

“俞致祥，你咋这样没礼貌！”俞惠萍的语气很严厉。她已经听出他想说啥，也知道这样说对他带来的后果。

俞致祥吃惊地看了一眼上牙在下嘴唇上咬出一串深深的牙印，眼里扑闪着泪花的惠萍，不再吱声，气呼呼地蹲在地上，看着一个个忙忙碌碌不知所终的蚂蚁。

35

俞惠萍翻出致祥当年写的那张纸条。

惠萍：

我想一辈子和你在一起！

致祥

1966年5月5日

俞建社把这张纸条交给她时，她觉得好笑：我娘是你的干娘，你是我第一个接触也是接触最多的男生，我在心里一直把你当哥看，有话不说在当面这样小题大做岂不有点见外？

俞世珍背诗出丑拿他俩作替罪羊，调离了他的座位，从此，她俩几乎不再来往。

她不得不承认，自己很喜欢他，正是喜欢他才疏远了他。初中毕业回队后，这张纸条常常让她想入非非辗转反侧，她突然发觉自己不只是喜欢而是爱着他！

“我想一辈子和你在一起！”多么亲切！多么质朴！一个女生被她所爱的男生相守一辈子该是多么幸福，而且这是一个情窦未开的少年的初心！遗憾的是她当初是那么幼稚那么不明事理那么缺乏情趣！现在才明白不在当面说写在纸上不是亲自送而是请人转交的神圣感和仪式感！她也想说一句“我想一辈子和你在一起”，也不在当面说写在纸上不是亲自送而是由建社转交，重拾这份神圣感和仪式感！俞惠萍还是那个俞惠萍，可他，故里中学的高才生，作文是班上的范文，考试成绩一直保持第一，还是那个俞致祥吗？

他毕业了，回到松柏峪了，离那个俞致祥近了一步！

那天记工分时，他和俞世珍争了几句，用不着听下去，下面的话一定是“我宁可在松柏峪坐一辈子也不受你这份气”，她十分恼火地制止了他，他竟然低头不语，没有说出那句话来。啊，他哪里知道俞世珍大权在握，把守着生产大队这个铁门槛，要跷出这个铁门槛就得脱一层皮。

两年的高中生活并没有改变他疾恶如仇的秉性！他还是那个不明事理的书牛！

农田基本建设成了压倒一切的中心工作，精壮劳力都上了改土造田工地，俞惠萍也被派到青年突击队。

没有架子车，没有手推车，挖方的土全凭肩膀，一担一担担到垫方。女青年弯着腰，朝大小不等排成一排的筐子里抄着土，男青年水担不离肩膀，身子一躬头一低，两手抓着水担两头的捞钩，勾着笼襻，头一抬胸膛一挺腰身一鼓劲，担起高垒的筐子就走……

她发现，一连两个上午，每隔一段时间他都要去远离人群的地方解手，回来时沉默不语，脸色像一张蜡纸。乡下男人需要小便都是背过人就地一尿，用不着去远处，大便也不可能一阵几趟。再说，他不是那种借口解手抽烟歇缓的人，他既不会抽烟也没有耍尖溜滑的本事。她顾不得尴尬，走到他解过手的地方，天啦，只有一滩鲜血还冒着热气！

收工路上，她撵上他，开口就问：“你便血了？”

他好像被人窥见了隐私，脸红得像辣椒，“你咋知道？”

“不要管我咋知道的。你这是病，得抓紧看哩！”

“不要紧，我爸有血痔，怕是跟我爸了。”他的表情逐渐恢复到刚才的样子。

“痔疮便血哪有这么多？得请假上医院！”

“请假？眼下农田基本建设正紧张，请假还得看俞世珍那个毛鬼神的脸色！”看得出，他还在生俞世珍的气。

“不请假也行，得让三叔三婶知道。”

他的眼睛又睁得像牛铃，“千万不能说！他俩都是心窄人，一听这话还不吓个半死。”说完，头也不回地走了。

俞致祥啊俞致祥，我以为你这两年翅膀硬了，能成了，哪知道你还是这般不懂事！你说的倒是干脆，给俞世珍可以不低头，给二老可以不加窄，可我放不下这个心！一次差不多流了半碗，你身上满共有几碗血，经得住这样折腾？

俞惠萍心事重重地来到俞抓豹家。打豹出事后，他的赤脚医生也干不成了，和一帮子年纪大些的一起捉桄耕地，刚进家门，肩上的木桄和套铧放在能遮住风雨的房檐下，牛鞭子牛笼嘴挂在墙上，转身见惠萍站在院里，热情地招呼她说："你是个贵客，头一次来我家吧，快到上房里坐！"

"大伯，不坐哩，不坐哩！"

"这阵找我怕是有啥要紧事哩？"

"大伯，不见病人能看病嘛？"她还没说完，脸就红到脖子根。

见惠萍似有难言之隐，抓豹不再多问，"你说病情，咱试试看！"

"这个人大便出血，一次能便半碗！"

抓豹的脸色一下子沉重起来："年龄多大？"

"十七岁！"

"和人淘过气没？"

"淘过!"

"下苦重不重？"

"这个看咋说，对下过苦的人来说不算重，对他来说也算重苦！"

抓豹想了想，"他这是伤心劳累过度引起的脾阳不足脾不统血症。我开几味中药，见效就好，不见效就去大医院，千万不要耽搁。"说完，写了药方：

甘草三钱　干地黄三钱　白术三钱

附子三钱　阿胶三钱　黄芩三钱

伏龙肝引　三服

惠萍径直来到大队合作医疗站，新上任的赤脚医生只认识六味中药，不知道"伏龙肝"是啥。抓豹告诉返二回来家的惠萍，"伏龙肝就是灶心土，药煎好后，扳几小块放进去就行。"

惠萍在自己家里熬好中药趁三婶不在家，端到恩贡老宅，亲眼看着他喝下才回家。

下午出工路上一见面劈头就问：“药管用吗？”

致祥笑嘻嘻地回头看着她：“药到病除只在书上看过，这次却是眼见为实！”

惠萍头上的愁帽一下子飞到九霄云外，“说话文绉绉的，一副学生腔，好像谁不知道你是个高中生？”

“嗨，这不是高兴嘛，用咱的土话咋说？”

“手取也没有这么快！”

“你说的挺形象！”

“还有两副药坚持吃完，剜了病根！”

36

牛岁旺上高中时是班上的团支部书记，一回乡就被俞世珍推荐担任了松柏峪大队团委书记。

李万里当年一句“你将来能当县长”的话让他浮想联翩，如果李万里只是对他说说也无所谓，问题是他还对牛国鼎也说过这话，而且说话时根本不知道他们是父子俩！

小时候伙伴们开玩笑叫他牛县长，他不在意，这会子心里还真打起鼓来：当县长需要的政治条件基本具备，多年的学生干部一出校门就是大队团委书记，因为老先人俞魏丁的先见之明，本该地主成分的家庭出身成了贫农。唯一的不利因素就是与俞惠萍定的娃娃亲。指腹为婚不过是一句话而已，法律并不认可，但是娶了她就不是那么回事了，社会关系中有个地主成分的岳父，就会影响自己的锦绣前程。

可是，要断绝这种关系，他又于心不忍。这些年来，他在内心深处一直把她当作自己未来的媳妇，她的心里也有他，解说阶级教育展览时和自己站在一起，池志超做工作都不听。她那俊俏的模样，善解人意的性格，不断地唤起他对未来的美好憧憬。他和她没有正二八经地说过话并不能说明问题，在松柏峪这样的地方，不要说他俩还是八字没见一撇的娃娃亲，就是刚结婚的两口子也不敢在人前大张旗鼓地对话！他爸和他娘都是半老其身的人了，相互连名字都不叫，当面喊哎，背地里他爸称他娘是岁旺他娘，他娘称他爸时干脆拿岁旺代替。

他把自己的想法告诉了父母。牛国鼎的眼睛睁得老大："你早干啥去了？把人家女娃耽搁到够年龄了才退，要退你自己去说，我抹不下这个老脸皮！"

她娘也在跺脚绊手，"娶媳妇是活人过日子哩要那么出身好管啥用？我和晓梅说了那么一句话，老天就把你俩世成一对。惠萍是我看着长大的，知根知底，模样又俊，将近二十年咱给人家连一枚针一根线都没给过，人家说过啥没？这阵退婚那是昧良心哩！"

感情归感情，前程归前程，媳妇可以另找，错过了机会就耽误一辈子！岁旺没有说服父母，牛国鼎两口子也说服不了儿子，牛岁旺走出家门，来到大队团委办公室。

"岁旺，咱俩谈个公私兼顾的事！"整党工作后期，重新担任了大队党支部书记的牛国璧走了进来。

"大爹！"岁旺对大爹的话感到丈二和尚摸不着头脑，笑了笑，"公事就公事，私事就私事，哪有个公私事？"

"就是个公私事！"大爹的神情和说话的口气一样古怪。

看着大爹额颅两侧的白发，岁旺有些不忍心，"你是支书又是我大爹，公事咋说，私事咋讲，啥事你就直说！"

牛国璧坐了下来，点着手中的旱烟锅，"大爹心里一直有个亏欠，这也是全村人的一个亏欠。过去的事咱就不提了，如今惠萍长大了，咱能不能给她谋个轻省一点的活计？于公来讲，全庄人抬让一个有功于大家的人，也让晓梅娘俩觉得松柏峪人是有情有义的；于私来讲，惠萍也是你的未婚妻。"

"大爹说得对，给惠萍找个轻省活计是应该的。人心都是肉长的，也都是记情的，只要有人在班子会上提出，多数人会同意的。你不便说由我来说，你说咋个说法？"岁旺这时想的是自己能为惠萍的前程尽一份力，为了自己的前程提出退婚也就说得过去了！想对大爹说出退亲的打算又觉得还不是时候。

牛国璧这才说出他考虑好长时间的一个茬口，“高粱小学的民请教师上了大学，公社要咱上报接替人选，我想报惠萍！”

“这个恐怕不好办，家庭出身比她好的文化程度比她高的大有人在，咋能轮到她呢?”牛岁旺知道对家庭出身好的人来说，当民请教师不过是个过渡，是个跳板。但是在没有找到正式工作时谁也不愿意放弃这个跳板。

“条件最好的是你，你去还是不去?”牛国璧两眼盯着侄子。

“我?”岁旺还真没有想过这个问题，不过，当民请教师也是个进可攻退可守的路子，他最崇拜的池志超老师就是从教师起家的。

牛国璧看出了侄子的心思，“如果是松柏峪小学要人，一抬腿就到，早晚饭能吃到时节上，你倒可以考虑。高粱小学离咱十里山路，起早睡晚的你吃得下这个苦？再说，你这次占了一个机会，以后有更好的机会咋开口?”

“就依大爹说的。”牛岁旺觉得大爹说得也对，但又一想，“除了我，还有其他人呢!”

“推荐权在大队，政策由大队定。”

“政策是党定的，大队咋定?”

“大队是执行党的政策的，根据党的政策定！前几次上报民请教师都在贫下中农子女中考虑，优先考虑贫下中农子女是党的政策；这次在出身不好的人中考虑，‘给可以教育好的子女给出路’也是党的政策。”牛国璧一板一眼地说。

“可教子女有好几个呢!”

“都有谁?”牛国璧扳着指头，“一个是致祥，致祥和你一样，高中毕业还没几天；一个是惠萍，惠萍初中毕业回乡已经两年；还有一个是建社，回乡五年时间最长，文化程度低，你说谁的条件硬些?”

“那也得加上推荐条件是初中以上毕业，以回乡锻炼时间为主这一条。”牛岁旺补充说。

“这样就万无一失了。”牛国璧不打算自己在会上提出这事，除了一把手说话要留有余地还有个原因，那年斗当权派，俞世珍揭发李晓梅拖住杜国泰的事引起全村人愤怒，使他差点下不了台。自己一复职就提这个事，一定会引起他的反对。岁旺提出就不一样，惠萍是他的未婚妻，俞世珍不看僧面也得看佛面，不好反驳。

为了高梁小学民请教师的人选，大队班子上了两次会。第一次会议讨论推荐条件，牛岁旺首先发言：“可教子女也是共青团工作的对象，为了便于团委更好开展工作，建议这次高梁小学民请教师的选拔条件是：初中以上毕业，以回乡锻炼时间为主，在可教子女中选拔”，他的建议获得一致通过。

让他万万没想到的是俞惠萍竟然不领这个情，第二次上会确定人选时，俞惠萍托人把自己“路途远，只有一个女同志不方便”的意见带到会上，请另行考虑人选。

俞世珍手搭在牛岁旺的耳边，“原以为你给惠萍谋算，我才同意你提出的条件。要是知道惠萍不去，我就不同意那个条件。”

牛岁旺心里在生惠萍的气，“我已经对你仁至义尽了，你却不识抬举!”

牛国璧沉思了一会儿，“还是那个条件，已经上了会的事就应该维护会议的决定，不能朝令夕改，乱了规矩！排名第一的人不去，排名第二的人去!”

37

高梁是磨子梁上的一个山村，高梁小学是群众自发建起来的学校。老百姓自愿投的工，捐献的木料，修不起架子教室，教室都是半边盖的一檐水房。里墙抹了二泥，外边的墩子墙和土坯仍然裸露在外。桌椅板凳也是松柏峪小学退槽下来的，不足的由学生打土坯做成简易课桌，凳子自带。

头顶蔚蓝色的天空，举手仿佛够得着棉朵似的白云。几个五年级学生一出教室就按捺不住自己的兴奋，叫着跳着钻进土坑，抓起土块追逐打闹，“嗖!”一个土块正好打在俞致祥身上，好像马上就要大祸临头，追逐打闹的同学都站立在原地不动，看着俞致祥，其中的一个同学指着另一个同学，“老师！是他打的!”

“老师，我不是故意的!”被指的同学吞吞吐吐地说。

“没事，我还想着打你们几下呢！”俞致祥说完，把基圈（土坯模子）放在磨盘上摆得周周正正，又把那个可以活动的档头插进基圈末端的槽子里。

三个大龄学生的脸上并没有其他同学那样天真烂漫的笑容，年龄最大的高喜娃终于憋不住了，“老师，我爸让我来学校，为的是不要像他一样又是个睁眼瞎，天天打土坯能不是个睁眼瞎嘛！”

“是啊！”俞致祥也在想，“他们都是全劳力了，在队上打土坯还有工分，在学校打土坯学校能给他们什么？他们原本是来学知识的呀！”他几次给校长反映这个问题，校长反而提醒他，“冷娃，你可要当心，少三两个学生没有什么，被当成白专道路典型可得你我担待呀！”但是一看到几个同龄人渴求知识的目光，他的心就软了。

俞致祥抓起柳条筐里的草木灰，均匀地洒在基圈里的磨盘上，“咱一边打土坯，一边练习写作文。”

高喜娃问：“老师，课堂上都写不出作文，离开课堂咋写作文呢？”

俞致祥直起腰，“好作文不是出在教室里，而是出在河流山川里，出在生活实际中。课堂上写不出的原因是对作文反映的内容观察不够。这周的作文题目是《打土坯》，我们先熟悉一下打土坯的过程，写出的文章就会有感染力！”

年龄小的学生不再追逐打闹，争先恐后地抄上土填进基圈，七嘴八舌地说：“打土坯也是作文？”

俞致祥微微一笑，接着刚才的话题：“劳动是产生伟大作品的源泉，我国的第一部诗歌总集《诗经》就是古代劳动人民在生产中创作的！”

“老师，劳动人民不识字，咋能创作诗歌呢？”高喜娃的裤管挽在膝盖上，单脚在基圈里的湿土上踩出一条道，又双脚并拢，将踩在两边的湿土归拢在一起踏瓷实。

俞致祥拍着手上的草木灰，“字只是个记号，可以记录创作，帮助创作，诗经的原作者大部分不识字，是当时的文艺工作者到老百姓中收集来的，孔子挑选了三百零五首修改后抄在书上，保存了下来！”

“现在的老百姓干活时也打山歌，他们的山歌就是现在的《诗经》了？”高喜娃双手抓起石杵子，手起杵落，一连三下，机圈里的湿土基本上被夯平整。

“说得好！大家都作个有心人，把这些山歌收集起来，整理成高梁诗经！”俞致祥说。

“老师，写《打土坯》这个作文该怎么观察？”高喜娃把石杵子立在一旁，又提起圆头铁杵子，在机圈中基本定型的土坯四角及边缘点了一阵，脚后跟在土坯四角踩出四个脚窝，啪的一声，脚后跟叩开档头，抓起机圈靠在石杵子上，猫着腰，两手抓起土坯摞在一旁的土坯垛上。

俞致祥用留在磨盘上的活动档头刮着残留的土渣，“你已经把作文垛在土坯堆上了！”

“土坯堆？”高喜娃爬着后脑勺。

俞致祥重新搁平放稳基圈，“你说一说，打一块土坯都要做哪些事？”

“三锨五杵子二十四个小点。”高喜娃打过的土坯无数，不假思索地说。

“你说什么，我都听糊涂了！”俞致祥把草木灰重新撒在基圈里的磨盘上。

“基圈只能装得下三满锨土，石杵子最多打五下，铁杵子最多点二十四下。”高喜娃如数家珍。

“打土坯时你的手脚腰身都是什么感觉呢？”

“手脚踩在土里，时间一长会变粗糙，就像长满刺一样，还会皲裂，得抹上废猪油，也可以抹棒棒油。腰身不管是抄土还是搬土坯，经常用劲，时间长了就发酸！”

“你把这些做法和体验写出来，再加上想法，就是一篇好作文！”

同学们都会心地笑了。

晚饭后，高喜娃顶着一轮皎洁的月光来到俞老师的宿舍。他一进校就从三年级念起，属于插班生，没有订上课本，每次上课前都要抄课文。俞老师备第二天的课，两人合用一本教本一盏罩子灯一张桌子。

高喜娃抄写的课文是《小将的战斗风格》，抄完后大体上明白了课文的内容：小学生杨莹对“从北京到广州的铁路有几条”的考试题有不同看法，被树立为反潮流典型。他把不认识的字照猫画虎地抄写在本子上，轻声重复了一遍课文中的顺口溜：

条条铁路通广州，
老师何必更强求，
拐弯抹角不算远，
出题不严学生愁！

他不认识“拐”和“抹”，也弄不明白“拐弯抹角”的意思，忍不住问埋头备课的俞致祥：“老师，这两个字咋念，是啥意思？”

俞致祥抬起头，先说了两个字的读音，然后解释说：“本意是沿着墙角绕过，沿着弯弯曲曲的路走，比喻说话绕弯，不直截了当。”

高喜娃感激的目光看着俞致祥，“老师，你的学问真多！”

俞致祥有些不好意思，“都是书上看来的，像你有这么大的决心，如果念书早，比我知道的还多！”

“老师，我一直以为写作文是个难事，下午听你这么一说，一下子觉得想写的事很多，就是没识下字！”

“最主要的是有话可写，文字只是个工具，只要尽心就能识下。”俞致祥说完，又三根指头攥着蘸笔忙着总结课文的中心思想，提炼写作特点。班上的学生年龄偏大，学完一篇课文他都要归纳出供同学们写作借鉴的内容。

高喜娃并不打算离开，“老师，你见过《诗经》吗？”

“我这儿就有！”俞致祥见到求知欲如此强烈的学生，不忍心拂了他的一片诚心，又将蘸笔杆插进东风牌墨水瓶。

“老师，能让我看看吗？”

“当然可以！”俞致祥取过一个写着“古为今用”四个大字的旧纸箱，从满箱的线装书里找出三册。

高喜娃接在手中翻了翻，每册第一页都写着同样的内容：

小子读书不用心，
不知书中有黄金，
早知书中黄金贵，

高照明灯苦用心！

“老师，这是你写的？”高喜娃明白这几句话的意思，自从走进校门后，一字不识的父亲常给他说这几句话。

“是这本书的主人，一个叫俞谟的人写的。”

高喜娃又翻着这几本发黄的木版线装书，内容是竖排的，大宋体字后面是楷体小字，空白处还有水笔字迹，“老师，这些水笔字一定是你写的了？”

“是的，这几年报纸上一直有工农兵大学生批林批孔，评法反儒的文章，正是学习古籍的好机会。每见到这方面的文字，我就誊在相关篇目下面。”

“老师一肚子两肋巴的学问，还读这些？”

“我想实现自己的梦想！”

“老师的梦想是？”

“上大学！”

38

俞殿元穿着麻鞋，扎着裤脚，垫着垫肩，拄着搭棍，脖子上搭着一条几乎脱光毛的毛巾，担着一百二十斤重的粮食，小心翼翼地出了家门。担重担上长路离不开麻鞋，鞋帮鞋后跟都是细麻绳绾的，穿在脚上轻巧利索，但是也有弊端。和土地打交道的人，每年结霜以后，手脚就裂开皲口，殿元比别人还厉害些，布鞋换上麻鞋，脚后跟的皲口就像娃娃口，疼得踏不到地上。为了赶这趟集，他按抓豹说的方子，让老婆拿锥子在脚后跟表皮的那层死肉上钻几个眼，纳鞋底针穿上羊毛线像医生做手术一样将皲口缝在一起。又取下挂在墙上的半截猪大肠，把里面的废猪油放在灯盏上烤融化，忍痛滴在裂口上。

抓豹的法子还真灵验，俞殿元试探着走了几步，经过“手术”的皲口只有烧呼呼的感觉不再疼痛，便大步流星地走了起来。

一年连跳了四个年级才是个初小学生的他不但具有超强的四则运算技能，而且还有一个精明的脑袋！生产队实行“二八开”按劳分配制度，二成劳动所得八成人口所得，年终按国家牌价决算，人口多工分少的人交钱是超支户，人口少工分多的人领钱是分空户，俞殿元每年都要付给分空户一百多元的超支款。当其他超支户为超支款东挪西借，大骂分空户是新的剥削阶级时，他却在心底里感谢超支户！表面上看咱每年交给分空户一百多块钱，实际上等于以国家牌价从分空户那里籴来一千多斤粮食，分空户拿着这一百多块钱只能从黑市籴来三四百斤粮食！也就是说他每年要剥削分空户六七百斤口粮！

他拿出的这笔超支款也是黑市赚来的粮食差价。在磨子峡黑市赊了几个熟人粜的粮食，担到吴家堡黑市去粜，两地差价一毛，往返一趟，赚得十块八块。

熟人也有熟人的不好处，听说了黑市的差价后害上了红眼病。当面不说背地里乱讲，好像俞殿元赚了昧良心钱！有几个也学他搞长途贩运，风声传到广爷川公社，税务所派人驻进松柏峪。在“坦白从宽抗拒从严”政策的强大攻势下，参与过长途贩运的人相互揭发，彻底交代，洗心革面，重新做人。俞殿元多了个心眼，交代说粜的是自家粮食，税务所的人不知底细，如实交代的罚得一蹶不振，俞殿元属于自产自销批评教育不予罚款。

不赊账没本钱，赊账赊出了事，他不敢找出身好的人了！他想起了俞炳文，俞炳文也是超支户，政策松动时去磨子峡黑市粜几斤粮食救急，政策紧张时窝在家里不敢出门，给他吃了豹子胆也不敢长途贩运，“炳文，超支款拿啥交?”

“除了粜粮食还有啥法子!”俞炳文无可奈何地说。

“交给我咋样?”

“走漏了风声咋办?”

俞炳文比自己还害怕走漏风声，其他话就成了多余。即就是走露了风声他也不会告密，因为一旦上面查下来，地主成员是拉拢腐蚀者罪加一等；贫农是受蒙蔽者，受蒙蔽无罪反戈一击有功!

俞殿元和盘托出自己的打算：“你的粮食我按磨子峡黑市的价钱一分不少，我去吴家堡黑市粜多粜少，出不出事你都不用管!”

俞炳文哭丧着的脸展通了些，“殿元弟，你可是我的贵人！给我的价钱比磨子峡黑市再低几分，算你的跑路钱!”

俞殿元头一偏，“人情一匹马，买卖争分毫，就按行情走，我每次从吴家堡回来给你付钱!”

俞炳文私下串通了俞绍乐，俞绍乐又串通了俞炳义。俞炳义虽然是分空户，打返销粮的钱还得从黑市来。

走下世昌堡前的那条斜斜路，走过已经干涸的磨子河，来到牡丹嘴的山路上又换成牛踏步。走一阵，搭棍撑住扁担，头一歪，扁担从这个肩膀换到那个肩膀，继续爬坡。他喜欢夜间走路，他的这种行为属于典型的“走资本主义道路”，一旦被棒棒队发现就要“割掉资本主义尾巴”，轻则上批斗会低头认罪写检讨书，重则上改土工地只干活不记工分，没有救济粮，返销粮指标也受到限制。还有一个原因，夜间气温低热量散发快，担重担走长路不感到十分吃力。当他一步一颠，步履维艰地爬上牡丹嘴时，不但走过了最费力气的路段，也走过了最危险的路段。

阵阵山风送来凉意，行走在梁脊的小路上，他加快步伐，让肩上的扁担闪起来，反而轻松了许多。梁顶一座堡子，一棵没人搭理的柳树枝条伸出坍塌的堡墙凹口，这是池家岔庄顶头，还是松柏峪大队束管的地方。

东方发白时，他已经来到三县交界处一个不显眼的村庄，粮食黑市就设在这里。粜粮食的人少，籴粮食的人多，俞殿元一进市场就围过来好多人。粜了粮食，布袋裹着搭棍和扁担寄放在店家，又朝吴家堡街道走来。

俞殿元这一趟还要尝试倒卖布票。按人头两丈的布票农村人用不完城里人不够用，布票在黑市有了价格，又是一个新的商机！贩布票属于违法行为，情节比贩粮食严重，因此风险也更大，但是费气力小利润大的诱惑却是那么强烈。

他想起自己为了四个宝贝儿女解馋，农闲时节在院子里木棍顶起个箩筐，箩筐下撒些秕谷，钻进箩筐的麻雀吃得正欢时猛拉拴在木棍上的绳索，准会有几个麻雀被扣在箩筐下。他在麻雀身上糊上泥巴，放在炕火里烧熟，一个麻雀只有小小的四块肉，两块脯，两条后腿，四个宝贝一人一块，公之匀之。这阵自己也成了铤而走险的麻雀，明知张着大口的箩筐有危险，还是硬着头皮往里钻，只要有一线希望就不放弃。

吴家堡街道是合法集市，这里的鸡儿叫三县，三县都互相推诿不怎么管，赶集的人特别多。卖鸡的，卖鸡蛋的，卖猪娃的，卖背篼簸箕笸篮的，卖扫帚笤帚的……几个胳膊上箍着红袖章的市场管理员在各个摊点上转悠着，不时地在随身带的小本上撕下几张小票，交给摊主，又从摊主手里收钱。

布票贩子就在人群中，脸上不可能写字，去哪里找？一个戴着大草帽、操甘谷口音的人却早早盯上了俞殿元，大草帽捅了一下，殿元立即会意，两人来在一家店铺前，手伸在草帽下面讨价还价。

“市场管理员来了，快跑！”市场管理人员也盯上了他们，只等成交人赃俱获。俞殿元闻听，一个箭步冲进店铺里间，夹袄翻穿在身上，又大摇大摆走了出来。市场管理人员只记着他穿黑衣服，盯穿黑衣服的人，蓝夹袄里子没有引起注意。市场管理人员走后，大草帽又捅了他一下，两人来到一个僻静处，按照刚才谈好的价格，一手交钱一手交货。每尺布票一毛五分，比磨子峡市场多赚五分钱。

俞殿元满心欢喜地返回存放行李的店家，已是点灯时分。凑在微弱的煤油灯光下，他点数了贴身口袋里的现金，去掉本钱，粮食布票净赚十五块，是一个吃公家饭的人半个月的工资。

他满脸都在笑，抽出一张面额两元的钞票交给店家，“刚好十个油饼不用找！”顺手拿起一个油饼，像蚕吃桑叶一样咬了一圈豁豁。

店掌柜把两元钱放进沾满油渍的抽屉，马上关好抽屉，带着几分巴结地说：“你是今日最大的买主，来这儿的人都是吃一个压压饿气，只有你把油饼当饭吃！”当即吩咐饭大师，“再端碗长面！”

俞殿元与店掌柜的目光再次相遇时突然觉得他的眼中闪过一丝凶光，立即意识到刚才煤油灯下数钱和买油饼的举动有些轻狂，“不哩，不哩！吃油饼已经花多了！”

“一碗长面才八分钱，算我送你的！”店掌柜爽快地说。

俞殿元把已经端到眼前的长面端回锅台，自己抓起饭勺，舀了一碗面汤，

“油饼是钢筋，面汤是水泥，钢筋有了水泥才坚固，油饼有了面汤才瓷实!”

“也是，也是!”店主赔着笑。

俞殿元三下五除二吃完油饼，匆匆赶路，走进本县地界时，迎面一个彪形大汉大吼一声：“要命不要钱，要钱不要命!”劈头打下一棍，俞殿元举起搭棍，啪的一声，架住木棍，不得了，大汉身后还跟着三个！他就势一滚滚下地埂，一连滚了三道地埂。四个打劫贼追下头一道地埂，不见人影就返回了。

39

北京下乡知青周继愈被提拔为广爷川公社团委书记，时值中国工农红军长征胜利四十周年，新任团委书记心潮澎湃热血沸腾，来到红军长征经过的松柏峪，在大队团支部书记牛岁旺陪同下重走长征路。

牡丹嘴的秋田全部上场，地埂上能挂住镰的柴草一根不剩，挂不住镰的也未能幸免，一个留着二道毛发式的老汉挥动铁锨，只要露出地面的柴草一根不剩，都被归拢在一起填进背篼。周继愈热情地迎上前去，“大爷，铲这些有什么用呢?”

“烧呗!”老汉头也不抬地说，“地里长的不够就烧地埂上长的!”

“地埂上长的也铲光呢?”周书记问。

“那就不是我操的心了。”老汉又忙他的了。

凡是长有牡丹树的地埂却无人光顾，一簇簇吊光叶子的牡丹树令周继愈不可思议：“北京公园里的牡丹都挖光了，这里还有一人高的牡丹树!”

“早期这里建有一座泰山庙，传说牡丹是泰山爷栽的，折了牡丹花会肚子疼，没人敢折，更没人敢挖牡丹树。实行合作医疗以后，牡丹籽和丹皮是合作医疗站的经费来源，又受到了保护。”牛岁旺折下一个残存在枝头的牡丹角，递给周书记。

周继愈接在手中仔细看了看，黑褐色的牡丹角有点像五角星，“这里的牡丹花是多层的还是单瓣的?”

“多层的。”

“噢，说明这里的牡丹是移栽的!”

周继愈捏破一个牡丹角，露出两粒黑得发亮的牡丹籽来，“据州志记载，这里的牡丹和泰山庙的历史一直可以追溯到宋代。”

“啊！这么久远啊!”牡丹嘴在牛岁旺的心目中也变得厚重起来。

从牡丹嘴向对面望去，磨子梁从西边的磨子峡口向东一直延伸到故里古城，途经松柏峪时突然分出一个松柏坡，顺着磨子梁山脚流淌的磨子河被迫拐了个弯，向牡丹嘴这侧流过来。松柏坡与磨子梁的阴阳分界处各有一条山洪冲刷出的红土岔沟，阳面的红土岔沟从官堡直通磨子河，阴面的红土岔沟被松柏坡遮挡只能看见从北向南把整个松柏峪村庄一切两半，一直通到磨子河的这半部分。远远望去，活活就像两道流着鲜血的皲裂。

周继愈总是不能把伤痕累累的山梁、只有石头没有水的干河和磨子联系在一起，“牛书记能说说磨子梁磨子河的来历吗?”

“有两种说法。一种说上古年间发洪水，只留下伏羲和女娲兄妹二人。为了留下后代，兄妹约定将磨子滚下梁，如能合在一起就结为夫妻。果然滚到故里古城时两扇磨子合在一起，兄妹二人就结成了夫妻！这是迷信说法，不足为信!”

周继愈把手里的牡丹籽洒在地埂上，“这是神话传说不是迷信，是拿后世人的眼光解释原始社会杂居群婚现象。另一种是怎么说的?”

“磨子梁的主峰辘轳山出产磨子，家家户户都要去辘轳山拉磨子，这条梁直通辘轳山，常年滚磨子声不断，久而久之，就叫成磨子梁了。磨子河也是由磨子梁来的。”

“有道理！但我还是赞同第一种说法!”周书记又被另一道人为的景象所吸引：“牛书记，两座堡子之间路边上的一堵堵墙壁间隔均匀，乍一看有点像长城!”

“哪是什么长城，”牛岁旺摇摇头，“那是‘三忠于四无限’活动时的‘忠’‘用’路。”

"'忠''用'路?"周书记草绿色军帽下英俊的脸上流露出迷惑的神情。

牛岁旺的话头长了起来:"坡顶上的官堡叫'忠字堡',四面都刻着'忠'字,川畔的堡子叫'用字堡',四面都刻着'用'字。这段路叫'忠用路',一堵墙一个字。磨子梁改名忠山梁,忠山梁慢慢演化成中山梁。磨子河改名用字河,老百姓不习惯,一开始就没有改过来。"

"难为了这样的思路!"

"都是池志超老师的构思。"

两位书记走下牡丹嘴,走过磨子河,在世昌堡前的斜斜路口进村,从村东向村西走来时,眼前出现那条南北向的皲裂——红土岔沟。岔沟边上的黄土层稀稀拉拉长着几棵柳树,剁过椽条的创伤形成一个又一个疤痕,疤痕的夹缝里,新长出的枝条正在走向被砍被剁的宿命。枝条上的叶子被秋风扫落只剩一星半点,几个小孩冻得流着清鼻涕,脱下狮子大张口的鞋子,两手扳着疤痕,脚大拇指伸进树皮缝,蹭蹭几下爬上树,挥舞手中的长杆,将残叶一片一片打落在地上,扫回家去烧炕。

走下足有两三人深的红土岔沟,越过潺潺溪流浸润出的约莫两三步宽的红胶泥地,走出红土岔沟,又拾级而上,走一段陡坡路,两位书记来到大队部所在地泰山庙嘴。蜀葵花已过盛期,茎秆东倒西歪,花叶干枯,花子从绽开的裹皮中奔出,洒落遍地。落低处仍有几朵蜀葵花开放,零零星星成不了气候,没有引起人们的注意。要不是忌讳泰山爷庙院的东西,早被人割去当了柴火。

牛岁旺手搭凉棚,看着忠字碑顶有些反光的琉璃瓦,"这座碑是拆掉泰山庙建的,那些琉璃瓦还是原来的。"

周继愈的目光从碑座移到碑顶,"可惜呀,拆一座庙容易再建一座就难了,尤其是像这种具有纪念意义的古迹。"

大队团委书记揉了揉被阳光刺得发涩的眼睛,"不就是一座破庙吗,有什么值得纪念的?"

周继愈却显得饶有兴味:"这里在历史上是边关地带,饱受战争苦难的人们供奉黄飞虎,寄托着他们对安定生活的向往。我说它有纪念意义,不是因为它供奉泰山爷，也不是说泰山爷有多么感应，而是因为这座庙曾经住过中国工农红军第二十五军领导人吴焕先、程子华和徐海东!”

“徐海东?”牛岁旺只知道这里住过红军领导人，却不知道都是谁。

“1935年8月，红二十五军为了迎接北上的中央红军，挥师西进，攻占秦安，途径松柏峪稍事休整后，翻越六盘山，直逼平凉城，有力配合了中央红军。吴焕先同志在汭河边上与敌遭遇壮烈牺牲，年仅二十八岁。你说，按照古人的做法，是不是也够得上修庙供奉的资格?”

牛岁旺也来了兴趣，“周书记对这段历史太了解了，怪不得一来就要重走长征路呢!”

松柏坡的山路已经加宽多次，足以行走汽车，因为天旱少雨，踏起的尘土足有一寸厚。迎面驶来一辆手扶拖拉机，突突突地喘着粗气，霎时间尘土飞扬。两位书记没处躲避，落了一身尘土，只得等手扶拖拉机走远，尘埃落定，才拍拍打打，除掉帽子、衣服、鞋子上的尘土，又掏出手绢，擦去脸上的尘土。

松柏坡顶的山嘴光秃秃的，不见树木，官堡墙被风雨侵蚀得面目全非。眺望北方，天际处，六盘山顶白雪皑皑，周继愈伫立良久，情不自禁地说，“当年有个小红军就是在这儿与老乡洒泪而别的!”

“周书记怎么知道这事?”牛岁旺满腹疑虑地重新打量着这位新上任的公社团委书记。

“啊!”周继愈觉得有些失言，马上改口，“我也是在公社听说的。”

“当年是有个叫周忠武的小红军肚子疼留了下来，俞世昌认他作了儿子，还打发他在私塾念书。”

“松柏峪的父老乡亲也为革命做出了自己的贡献啊!”周继愈话锋一转，“牛书记，我已建议公社党委，明年五四青年节搞一次文艺汇演，纪念红军长征胜利四十一周年，公社党委批准了这个建议。”

牛岁旺连连点头，“新官上任三把火，周书记头一把火就烧在点子上!”

“牛书记能不能谈谈你的打算?”

“松柏峪是红军长征经过的地方，又是你调查研究的第一站，我们要拿下第一!”

“勇气可嘉！能不能说得具体些?”

牛岁旺思考了一会，“上大合唱《长征组歌》!”

“大合唱有气势，曲目也切合主题！领诵很重要，能起到画龙点睛的作用，你有这方面的人吗?”周书记问得更具体。

牛岁旺来不及细想，“松柏峪小学和高梁小学各出一个老师，应该没有问题。”

周书记摇摇头，“汇演的目的是活跃农村文化生活，激发贫下中农战天斗地的热情，应该在农民群众中物色人选。”

“男领诵应该问题不大，女领诵有些困难。”牛岁旺作难的是回乡知识青年中男的不少，女的不多，忽然他的眼睛一亮，“俞惠萍，就是俞世昌的独孙女。”

“其他方面呢?”

“初中毕业，担任过广爷川公社阶级教育展览讲解员，胆量、台风都不成问题，缺陷是方言重。”

40

周继愈被安排在李晓梅家吃饭。李晓梅自小生活在李广烧坊，卫生习惯好，做饭手艺不错，待人热情周到，来松柏峪大队的脱产干部，都安排在她家吃饭。俞世珍执政时期改成各家各户轮流管，牛国璧重新执政以后又交给李晓梅。

一大早，李晓梅就从生产队仓库打来定额麦子，自己抱起磨担推成面粉。只有白面不行还得有菜水，庄户人家长年吃的浆水酸菜，外地人吃不惯，她又到自留地里摘了几个撤蔓前的瓠子、黄瓜。主食是烙瓠子饼，辅食是黄瓜丝、土豆片，外加一个荷包蛋汤。

牛书记没有陪同。这是牛国璧定的规矩，脱产干部吃饭本队干部一概不陪，说是羊毛出在羊身上，吃掉的粮食还得从队里的地出产！按理说不吃饭是队里的规矩，给李晓梅介绍一下客人也是应该的。可是，牛书记只陪到堡门前，没有进门。他前几天刚刚来过这里，亲自告诉李晓梅退婚的事。进门时，李晓梅没有显出多么高兴，出门时，李晓梅没有显出多么不高兴，神情是那么自若，目光是那么淡定。他害怕这种自若，恐惧这种淡定。周继愈以为当地人就这么个风俗习惯，也没有当回事。

周继愈吃着瓠子饼，烫面饼子夹一层炒过的瓠子丝，表面抹着清油，经柴火锅烘烤得黄灿灿的，火候适度，软硬正好，黄瓜丝土豆片也是咸淡适中，味道可口。他在广爷川公社插队这几年，还是第一次吃这样可口的饭菜。

吃饭人的吃相就是对做饭人最好的评价。李晓梅看着周继愈吃得香甜的劲儿，从心里往外乐。

在北京城出生的周继愈来到故里，简直好像穿越到大清朝。随处可见盘着辫子的老年男人，光着脊背，穿着大裆裤，裤腰打个大大的折，系一根羊毛线织的裤带。也有留着二道毛的，还是剪辫子留下的后遗症，拦腰剪掉辫子成了一种时尚，时至今日，还有人留恋这么个不伦不类的发型。中老年妇女几乎都是小脚，齐膝的大襟子上衣，不是黑色就是白色，头上裹一条或白或蓝的苫头巾。青年女子都是齐屁股的对襟上衣，宽腰身宽裤子，脸蛋常年皲得起白屑，用来润脸的棒棒油招土，一阵大风刮过，红扑扑的脸蛋马上变得黑不拉几。

为了和贫下中农打成一片，有些男下乡知识青年也穿起了大裆裤，女知识青年穿起了大襟子上衣，在故里一时成为美谈。但是周继愈没有这样做也不打算这样做，他认为下乡知识青年有责任带动贫下中农树立新的生活习惯，而不是为落后的生活方式推波助澜。

周继愈第一眼看到李晓梅，就觉得她与众不同：齐脖根短发，蓝制服虽然掉了色，穿在身上依然得体。白白净净的脸盘，在大西北实不多见，特别是那双欣赏自己吃饭的目光，热情中透着慈祥，特别像自己的母亲。

他深情地看着李晓梅，一股暖流涌上心头：“李姨，我回到家了!”

一句话说得李晓梅如坠九里云雾之中，“你是北京小伙，松柏峪哪有你的家?”

“李姨，这话我没有告诉过别人。我是俞爷爷收留过的那个小红军的儿子。”周继愈的声音已经有些沙哑。

李晓梅简直不敢相信自己的耳朵，“你是周忠武的儿子?”

“我正是周忠武的儿子。”周继愈泪眼迷离地点点头，“爸爸一直惦记着俞爷爷，时常给我说起那段往事。什么故里城，什么松柏峪，什么泰山庙，什么牡丹嘴，什么松柏坡，我都记在心里。爸爸说，没有俞爷爷搭救就没有他的今天，他为我取名继愈，就是为了让我记住这段往事!”

“继愈? 啊!”晓梅是个识字人，一听就明白，朝厨房那边大声喊，“女儿，快来，看谁来了?”

周继愈在晓梅的房间用餐，每次脱产干部吃饭都是这样，脱产干部在这里吃白面饭，惠萍母女在厨房吃自己的家常便饭。惠萍笑逐颜开地跑了过来，周继愈立即被惊得发呆：一个出落得亭亭玉立的大姑娘，两个短辫扎着浅色蝴蝶结，花格子衬衫，天蓝色裤子一尘不染，略略隆起的胸脯让人浮想联翩。

“他就是你爷爷救过的那个红军的儿子”，李晓梅深情地看了一眼周继愈，“你继愈哥!”

“继愈哥!”惠萍的目光热烈而又清纯，大大方方地叫了一声，既不是板着面孔一脸矜持也不是笑不露齿矫揉造作。

“惠萍妹妹!”周继愈也情不自禁地叫了一声，脸上立即泛起一股红晕。

“你咋知道我的名字?”惠萍埋下头，突然有些不好意思。

“牛书记说的，他还打算让你担任大合唱领诵，请我给你辅导普通话呢!”周继愈的情绪还是那么激动。

“那太好了，以后有机会去北京看天安门还能说普通话呢。”惠萍抬起头看着周继愈，含羞带笑。

周继愈看惠萍看得出了神：毛茸茸的眼睛，高挑鼻梁，白净的脸面像白牡丹花瓣，光亮得好像涂了一层蜡，嫩活得能掐出水来。

“死丫头，”晓梅爱抚地瞟了女儿一眼，“你继愈哥才来，还没来得及问正经事呢！继愈，你父母可都好?”

“李姨，我爸爸在农林办公室工作，去了湖北沙洋五七干校劳动改造，我妈妈在一所大学的后勤处上班，也去了江西鲤鱼洲五七干校。你看，一家三口，天各一方，何时才是个头呀!”说到动情处，周继愈的眼里又翻动着泪花。

李晓梅也抹着止不住的眼泪，“多好的人啊，不让工作却让劳改！多可怜的孩子啊，不让读书却让下乡锻炼！你怎么能到这里来?”

“高中毕业后，按政策要上山下乡。爸爸说甘肃有个广爷川虽然是穷乡僻壤，但那里的群众纯朴善良，我就报了名。爸爸妈妈要我专程来看望你们，可插队这几年一人饱全家饱的日子，一直拖到现在。就是当了团委书记，仍然是个只记工分不发工资的脱产干部，两手空空，实在说不出口!”

“你来带个信息就好。”看着周继愈这副难为情的样子，李晓梅自己倒不自在起来。

周继愈好像有一肚子话要说，一时又不知从哪头说起，“我爸爸在广爷川搞过土改，有好多熟人对我都很关心。”

“噢，姨明白了。孩子，再吃一些。”

“姨，这些年你们是怎么过来的?”

“孩子，你也不是外人，姨就实话实说了吧……”

41

春天是个刮风的季节，肆虐了好几天的沙尘暴虽然退去，悬浮在空中的灰尘仍然不肯散开。星星好像罩上一层薄纱，没有了往日的光辉，时不时划过的流星，才给死气沉沉的天穹多少增添了一份灵动。恩贡老宅大门头上的五把鬃吻兽早被破“四旧”的红卫兵砸得面目全非，那块曾经给老宅带来荣耀的匾额也不知去向。老宅四周的桃杏树虽然翘起了花骨朵，却被深深掩埋在夜色中。

一伙肩扛红缨枪的青年人包围了老宅，他们是松柏峪大队的民兵小分队。按照地区路线教育工作队的部署，松柏峪大队民兵小分队兵分几路，对所有五类分子突然袭击，搜查他们贼心不死的罪证，好让事实教育善良的人们，两个阶级两条道路两条路线的斗争不但是存在的复杂的，有时候甚至是十分尖锐十分激烈的。对俞炳义采取行动的这个小组由小分队长牛岁旺亲自带领。

牛岁旺从没有像现在这样厌恶俞致祥！就是这个俞致祥，带着几个大龄学生打了几块土坯，在土坯柴泥垒起的平台上抹上纸浆，贴上木纹纸，刷上一层油漆，做成所谓的简易课桌，就被树立成典型，县里表扬，公社召开现场会。官复原职的公社党委书记兼革委会主任戴乐天号召全公社所有学校学习和推广。俞致祥由高梁小学调入新成立的松柏峪戴帽中学，马上就要成为社请中教了。社请中教每月25元工资，20元归己5元交生产队记工分参加分配。一个师范毕业的公办教师一月才36.5元，除过吃喝能干吃净落二十块吗？他突然觉得自己不过是在松柏峪大队呼风唤雨，多年来的优越感受到严重挫伤。

他埋怨大爹。你口口声声要一碗水端平，端来端去，让俞致祥高出我一大截！人家既拿工资又记工分，我只记工分一分钱的工资也没有！万丈高楼平地起，池志超也是从教师起步的，这阵快要当副县长了！

他也埋怨戴乐天。论家庭出身，我牛岁旺三代贫农，根正苗红，俞致祥虽然是下中农成分，但家庭主要成员、社会关系都有严重的历史问题。论政治思想觉悟，我是大队团委书记，民兵小分队队长，俞致祥不过是一名普普通通的共青团员，就不在一个层次。就是论文化知识，两人同年同班高中毕业，谁比谁强出多少？教育革命的目的是培养和造就又红又专的无产阶级革命事业接班人，第一位是“红”，第二位才是“专”。

牛岁旺吩咐几个小分队队员：“你，你，还有你，守住制高点，防止俞炳义毁灭罪证！”

“是！”几个身手敏捷的小分队员来到老宅背后那棵高大的杏树下，嗖嗖几下攀上杏树，又从杏树枝头跳上上房顶，趴在上房顶上听探动静。除了上架鸡偶尔发出咕咕声，没有异常现象，朝牛队长摆了几下手电光。牛队长让身边的队员敲门。

“咚咚咚！”敲门声划破山村的寂静，在磨子梁和牡丹嘴之间震荡出一连串的回声，这回声让人胆战心惊。

“咚咚咚！”牛岁旺边敲门边喊，“俞炳义！开门！”

“俞炳义！开门！”小分队员一起发声，院子里仍然没有反应。

“俞炳义是聋子！”有队员提醒他说。

“俞炳义是聋子，屋里还有没聋的人！”牛岁旺不见反应已经上了气，“卸大门！”

“哐啷！”一帮青年人朝上掂掂门扇，两扇大门轴离开门窝几乎同时落地。小分队员一拥而入，吼声如雷，手电如闪，已经熟睡的俞炳义也被惊醒。这些年动不动抄家，俞炳义见怪不怪，黑暗中摸索点着煤油灯穿好衣服，走下炕，弯着腰，勾着头，听候发落。

牛岁旺的手电光照在正面墙上，“广夏春高”匾额和大门上的匾额一起破了“四旧”，悬挂过匾额的地方，张贴着领袖画像和“三忠于四无限”时按大队治保小组指定内容书写的最高指示。那年六一儿童节颁发给俞致祥的奖状还在原来的位置，四角的麻椒刺眼比原来大了许多。

他亲自翻箱倒柜没有发现需要的东西，又带着几个小分队员推开俞致祥的房门。

“搜！”牛岁旺一声令下，小分队员又在俞致祥的房间翻箱倒柜。

“报告，发现旧书！”一个小分队员抱过来一个旧纸箱。

牛岁旺看到旧纸箱上写着“古为今用”四个毛笔字，一直绷紧的脸才松弛下来。他急促地翻着这些线装书，几乎每本书的扉页上都写着：

小子读书不用心，

不知书中有黄金。

早知书中黄金贵，

高照明灯苦用心。

书中的内容有好多处用水笔圈圈点点，标上注释。他带着几分揶揄的口气对俞致祥说，“你口头上与自己的反动老子划清界线，背地里却在他的指导下尊孔读经！”

俞致祥针锋相对地回答，“牛队长，你我都学过古文，毛主席说，对古籍要吸取民主性的精华，剔除封建性的糟粕！北大、清华的工农兵学员也在阅读古文，不然，怎么能写出评法反儒的文章?”

“看把你傲的，松柏峪就你一个人才，其他人都是阿斗!”牛岁旺的眼前又出现那个得了第一洋洋自得的俞致祥，他厌恶地瞪了一眼，“你哪是‘剔除’呀，简直是五体投地嘛，看看你写的这些!”

“你也看仔细！这些都是毛笔写的，我放着水笔不写干嘛用毛笔?”俞致祥情知老同学来者不善，不获目的决不罢休，毫不示弱。

牛岁旺看他手指的地方，是一个叫俞谟的签名。

发现线装书的队员又翻出一张宣纸条，交给牛岁旺，牛岁旺一看大喜过望，“俞致祥，你还有啥说的?”

俞致祥看时，宣纸条上是蝇头小楷写成的一首打油诗：

颖悟英俊多风流，
才德兼优出人头。
强中还有强中手，
快马加鞭争上游。

书赠致祥贤侄
三担主人俞绍乐

42

地区驻广爷川公社路线教育工作队队长郑致才在大队部坐镇指挥。他调到地区多年，现在是一所监狱的政委。广爷川公社书记戴乐天、松柏峪大队支部书记牛国璧都在场。各路抄家人马陆续返回，汇报自己的收获。

“这是右派分子俞绍乐写的一封信!”俞世珍带队去俞绍乐家抄家归来，交给郑致才一张折叠成“又”字形的纸片。

“一封信有什么大惊小怪的?”看来这封简装信并没有引起郑致才的重视。

和俞世珍同去的一位路线教育工作队女队员解释说：“郑政委，这不是一封普通的信，信中流露出右派分子俞绍乐对现实严重不满!”

郑致才这才看起信来。

维张吾弟：近好?

上次所带旱烟，已经抽完几天了。数日来，口粮不济，使我惶惶然不可终日。暂定我和老婆系重体力劳动，多吃面；两个孩子系轻体力劳动，多吃菜。此法一出，孩子啼哭，老婆埋怨，胎死腹中。或曰，何以烟量大增也？答曰，唯借此消磨时日！有道是半夜梦见做皇帝，快活一时算一时！想我曾以师表为志，如今出门三根担，进门两碗汤，时也？运也？命也？

绍乐

1976年古历2月7日

俞绍乐从读书到教书，没有干过农活。遣送回家后，除了抱粪斗便是担担，不是水担就是扁担，不是扁担就是尖担，自诩为“三担主人”。抽得一口好烟，自己又不会打理，一应所需都由昔日的学生王维张供给。

郑致才看完信，没有说话，把信递给戴乐天。

女队员是拟提拔的积极分子，强调说：“这家伙真是反动透顶，向人要旱烟都不忘给社会主义制度抹黑!”

牛岁旺前来复命：“历反分子俞炳义教儿子尊孔读经，右派分子俞绍乐也搅和在一起!”说完，朝门外大声喊，“把历史反革命分子俞炳义带进来!”

俞炳义被两个小分队员押到大队部，两手抱着那个装线装书的纸箱。

牛国璧大声喝问：“俞炳义，这些书是哪里来的?”

俞炳义低声回答说：“我高曾祖父留下的。”这些书都是俞谟读过的，他的儿孙辈没有人读书，他把书交给自己的关门弟子大先生。俞炳义上秦安职校后，大先生又将师傅留下的书籍完璧归赵。一九五九年杜国泰带人掘地三尺搜陈粮时，大部分书籍被毁，破四旧又烧掉一部分，剩下这些谁知招来祸殃。

郑致才翻看着几本书的折页处，明白了牛岁旺的用意，“这些加了注释的内容是你教儿子的吗?”他说话的声音低，没有引起俞炳义的反应。俞炳义患有中耳炎，听力有严重障碍，和熟人说话时根据口型揣摩，遇上生人就没法子。

“怎么？事实俱在，还想抵赖?”郑致才提高了嗓门。

牛国璧又将郑政委刚才的问话大声重复一遍。

俞炳义明白了这位领导的问话，毕恭毕敬地说：“是他自己看的，我的文化程度不高，旧书看不下去。”

“老奸巨猾！滚出去!”郑致才挥了挥手。

俞炳义走出大队部。

牛岁旺指着几本书的扉页告诉郑致才：“俞致祥在每本书的扉页上都写着同一首诗，以诗明志。”又掏出俞绍乐写的纸条交给郑致才，“这是俞绍乐吹捧他的歪诗!”

“俞致祥是干什么的?”郑致才突然觉得这个名字有点耳熟。

牛国璧介绍情况说：“原来是高粱小学民请教师，松柏峪办起初中后调来教中学课。”

“他是最近上报县教育局待批的社请中教。”一直保持沉默的戴乐天补充说。

“待批?”郑致才迟疑了一会，“你俩一个是公社书记，一个是大队支书，顺便谈一谈这事的处理意见，乐天先说吧。”郑致才心里想的是，社请中教的材料已经报到县教育局，让戴乐天和牛国璧谈谈意见，以基层组织的名义写个补充说明，就可以放俞致祥一马。

“这个年轻人上小学时表现就不错，当了民请教师以后自制简易桌凳，公社还为此召开了现场会!”戴乐天的态度已经十分清楚。

牛国璧也谈了自己的看法，“俞致祥是生在新社会长在红旗下的青年，又是故里中学的尖子生，为了体现党的可教子女政策，大队决定推荐他去高粱小学当民请教师。他代课最多，不计个人得失，到现在没拿上民请教师每个月十块钱的补助，工分还是全劳力的八九成!”牛国璧说完，看了看俞世珍。他觉得俞世珍应该没啥问题，俞致祥当民请教师是上了两次大队班子会的。

俞世珍接过他的话头，“按他的年龄，工分就是全劳力的九成，这是队上的规矩没啥可说的！关键是他这个人的思想有问题！上小学时就乱搞男女关系，高中毕业回队后这也看不惯那也看不惯，像他这样的人怎么当得了教师！他聪明，有多聪明？林彪比他聪明吧，不也掉到温都尔汗了！我们体现了可教子女的政策，却寒了贫下中农子弟的心！”

俞世珍的发言让郑致才不禁倒吸一口凉气，他这一搅和就麻烦了！如果俞致祥是贫下中农子女，他负得起这个责任。可他是可教子女，即就是在场的人都同意会后还有可能出现反复，何况俞世珍当场不同意。当年处理俞炳武的后事时，他就知道这个人性格偏激，多年的经验告诉他，这种人一旦遇上政治运动就会拿起阶级路线不清的屎盆子乱扣乱戴。眼下正在路线教育运动头上，何必惹这个麻烦。想到这里，他说：“既然大家意见不一致，那就取消俞致祥的民请教师资格，收回社请中教审批报告！”

“哎，你呀，你哪能这么可怜哩呀！哎，我呀，我哪能这么恓惶哩呀！”村西头传来一个女人咿咿呀呀的哭声。

几位干部不约而同走出大队部，望着哭声传来的方向。

“报告，俞绍乐畏罪自杀！”生产队治保组长上气不接下气地赶到庙院。

“出啥事了？”俞世珍焦急地问。

“小分队走了好长时间，不见俞绍乐的动静，他老婆进屋看时，已经上吊了。”治保组长说。

“人呢？”

“还吊在房梁上！”

“俞炳义！”俞世珍大声喊。

“有！”俞炳义还站在忠字碑前。

“俞绍乐畏罪自杀，你去解下他的尸体！”俞世珍大声命令。

43

岁旺去世昌堡退亲以后，牛国鼎就把家里的掌柜辞了，有这么能行的儿子，我操这份闲心干啥？对儿子看不惯也是一忍再忍，不发表意见。出了抄家这码事后，他再也沉不住气了，“你大爹只让你当团委书记，不让你当棒棒队长，难道对你有另心？俞世珍一辍掇，你就拾了个环锥认了个针（真）！跟上好人学好义，跟上瞎怂成冲气。娃娃时让人当枪使是瓜着哩，长大还是老样子，咋就不长记性？损人利己被人骂咱还图了个啥，损人不利己被人骂，你说咱图了个啥？”

“哎！”岁旺的嘴咧了咧，强忍着性子说，“爸，这不是损人利己不利己的事，他看老书犯政策，犯政策不要说社请中教，小学教师也不能当！把学生娃娃一个个教的都犯了政策咋办？”

牛国鼎觉得已经扯到这儿了，还是把该说的说完：“政策？政策还不是由人执行哩！公社、大队干部说不犯政策就不犯政策，说犯政策就犯政策，县上的领导咋知道致祥看老书呢？就说人家看了老书又能算个啥事！”

“不算个事也是个事呀！”牛岁旺嘴里不愿意承认他爸说得对，心里也在为这事叵烦：抄出老书拉下了俞致祥自己还是没上得去，还有躲在暗处的黄雀，自己不过是捕蝉的螳螂！

牛国鼎双手画不了八字，是个睁眼瞎，不懂政策，他说的都是听来的，“你查了他爸的房间，能支过差事就行了，还要查他的房间。这一查，把事出下了！幸亏致祥这娃想得开，如果像俞绍乐一样出个事，人命关天，追究起来，人家是下中农成分、共青团员，责任是谁的？还不是你的！”

岁旺娘也在一旁唠叨上了，“惠萍这娃好着呢，脾气好，心眼实，模样俊，就是这阵我都不想丢手！你这个愣虫听信李万里胡言乱语就退了婚。你一丢手，去了人家的笼头，人家说不定还攀上北京小伙呢！”

岁旺正好把气撒在娘头上，“说了多少遍了，耳朵都起老茧了。谁想要谁要，反正我是不要！”

棒棒队长呀棒棒队长，没当上时觉得是个官，当上了才发现官不大权没有，实惠不多粘牙事不少！

“老妈妈，给上一点馍馍撒，几天水米不打牙了！”门外来了一个要饭的，手里拄着打狗棍，背着一个装过化肥的牛皮纸袋子，蓬头垢面。

妹妹岁香出去开了院门，一只大老碗伸在她的面前，“小姐姐，给上一点馍馍撒，汤汤菜菜的都成哩，肚子里像猫抓一样难受哩！”

岁香捂着嘴差点没笑出声来，跑回厨房找出几疙瘩馍馍。

岁旺夺过妹妹手中的馍摔在案板上，“十三四的人了，拿脚想事呢?”又撵到大门口：“俞殿元，你身强力壮的不好好劳动，在自己村里出这身子，这是给大好形势抹黑！”

“小爸爸，”要饭人的辈分总比所有人都低，年龄总比所有人都小，“小爸爸，断顿了，上有老下有小的一大家子人呢，有法子不出这身子，这身子不是随随便便就能出的。你行行好，多多少少给一点撒！”

“你这油嘴滑舌的，不是一盏省油的灯。走，跟我到大队部去一趟!”每次安排返销粮，总有人出来制造紧张空气，为的是多争些返销粮。这俞殿元倒好，才安排返销粮不久就出来要饭，而且在自己村里要饭，分明是给干部难堪。

俞殿元十分听话，不等岁香取来馍馍，就跟牛岁旺来到大队部，话不说一句到了顿数却要吃饭！家家都在吃返销粮，民兵小分队成员也不例外，谁家都没有多余的，还得队长管饭。

“岁旺，别人当干部能多吃些返销粮，你这干部当得还要倒贴！”娘一边收拾碗筷一边埋怨。

岁香帮娘抹着炕桌：“我把馍都拿出来了你不让给，还给我耍威风。这下可好，给咱家请来一个脱产干部！”

牛国鼎一声不吭，看一眼俞殿元，瞪一眼牛岁旺，又把脸背了过去。

岁旺换上笑容：“殿元哥，乡里乡亲的，我就不追究你‘给大好形势抹黑’的问题了，回家去吧！”

“回家，我是咋来的?”俞殿元脸红脖子粗地说，“我求爷爷告奶奶为啥?就为这张嘴！你把我抓到大队部，不用求爷爷告奶奶就有饭吃，我哪儿都不去!”

岁旺指着俞殿元的鼻子，又可着嗓子喊：“你别给脸不要脸!”

俞殿元干脆蹲在地上，两手抱着脑袋，一副死驴不怕狼扽的架势，“要杀要剐随你的便!”

牛国璧被弟弟请到前院，岁旺娘倒开水，岁香端板凳，岁旺赔着笑脸，俞殿元还蹲在原地，两个膝盖撑着一个头。

牛国璧也不绕弯子，“俞殿元，不就是没有安排上救济粮嘛?返销粮没少你一斤，犯得着在自己村里出这身子吗?”救济粮和返销粮是有区别的，救济粮不用付钱，返销粮得按国家牌价付钱。

俞殿元见自己要钓的大鱼出面了，抬起埋在两个膝盖中间的头，“这年头不安排救济粮的是啥人?不是地富反坏右就是富汉。我是老贫农又是超支户为啥没救济粮?你知道‘说人富是谋人死’吗?”

牛国璧坐在侄女端来的板凳上，不动声色地说，“为啥不来我家要饭?”

“还没到你家就被牛队长挡下了!”俞殿元头一家去了俞世珍家，人家二话没说，让四凤端出一碗红薯面。牛岁旺是第二家。

牛国璧接过岁旺娘双手递来的开水，半开玩笑半认真地说：“人轻事出来，驴轻屁出来，一顿暖锅把你吃成‘富汉’，你怨谁!”

俞殿元搞长途贩运手头有几个辛苦钱，集上买了几斤大肉装了个暖锅吃，被人检举到公社。公社调低了全村的返销粮指标，俞殿元的名字也从享受救济的名单中消失。他突然出这个身子，就是为了重返“穷汉”的行列。

牛国璧喝了口开水，“吃不上救济粮是小事，有人反映你投机倒把!”

“说我杀了人还得个没长头的，我投机倒把谁见了?”俞殿元的嘴里强硬，心里已经发毛。

牛国璧火辣辣的目光看着俞殿元：“还有一句话是这样说的：‘若要人不知除非己莫为!’”

俞世珍把这句话吊在嘴上，那是冒咋呼，牛国璧轻易不这样说，这样说必定有来头，俞殿元当下心惊肉跳。

“殿元，有事说事，别在不痒处搔！”牛国璧的口气和缓了下来，“肚子里没冷病，不怕吃西瓜。我给戴书记反映一下你的情况！”

人家这是明白装糊涂，点到为止！俞殿元灵的眼睛都会说话，马上翻起身来，换上笑脸，“支书吃过的烟比我走过的路还长。你大人不计小人过，我家的救济粮指望你了！”

44

俞致祥跟着惠萍来到世昌堡，干娘就为他端来一碗长面，飘着葱花、鸡蛋花、油花，实在诱人。致祥顾不上说客套话，就狼吞虎咽吃起来。他的民请教师取消后，被派到重新上马的广爷峡水库工地，返销粮指标也跟着到了工地，一个萝卜一个坑，生产队停止供应返销粮。可是当他只带着吃饭缸子来到工地时，工地负责人说最快也得一周时间才能吃上返销粮，让他先回家想办法。惠萍大老远看见了一步三停走下松柏坡的他，她知道他家紧巴巴的无法可想，便让娘做饭自己叫来他。

“致祥，把长面捞了，汤不用喝！”惠萍边说边从厨房端来第二碗时，他手中已经是空碗。

“致祥，汤喝多了肚子胀，你吃长面，把汤留下！”惠萍边说边从厨房端来第三碗时，他手中已经第二次端着空碗。

惠萍不再提醒，不知不觉，连汤带饭七碗长面下肚了！他不好意思再吃，可是长面的吸引力实在太大，又不忍心放下筷子！这是啥？是长面！是过年才能吃上几顿的长面！李自成进北京城做了大顺皇帝，下令一个月过一次年，一定是想吃长面的不行了吧！

干娘端着一碗长面走了进来，要是惠萍，他就不客气，进来的是干娘，还是客气了几句：

“好啦，干娘，饱啦，没地方装啦!”口里这样说，眼睛还在瞅着饭碗。

“最后一碗，你也不用客气，省得占个碗!”干娘说。

“好来!”一碗长面又下肚了。

干娘拿过一个装着几碗红薯面的布袋交给致祥，让他带回工地先凑合几天。娘儿俩饭量小，也是口挪肚减，从嘴里摘扽来的。

“致祥，你是个念书人，念书人看了几本老书有啥错呢？干娘说不出多少大道理，你不要灰心丧气，肯定会有前程的。水库工地都是粗活，要爱惜自己的身体。不要学你干爸，白搭了……”干娘的话说了半截，鼻根发起酸来，怕致祥看见，急忙走出门去。

惠萍揭开一个油漆几乎脱光的皮箱，皮箱里侧一圈木板，糊着菱形图案花纹的墙围纸，上下箱底只有牛皮，这是她娘的嫁妆箱。上面放着几件看过眼的衣服和一件黑绸旗袍，箱底是一层白面。惠萍手中的面碗来来回回好几下，刮得箱底哧哧响，才刮了两半碗，装进娘交给致祥的布袋里，“这是娘从驻队干部的口粮里掐攒下的。”

致祥愣愣地看着惠萍，激动得不知说啥才好。这年头，最大的秘密莫过于谁家有白面，何况这白面又是从驻队干部的口粮中掐攒下来的。

惠萍羞答答瞟了一眼致祥，“你只顾看我干啥？看得人怪不好意思的!”

致祥的两个脸颊烧乎乎的，胸口怦怦直跳，这是他头一次近距离看大姑娘，既兴奋又羞涩，想避开那双含情脉脉的目光，眼睛却迟迟不肯动弹。

“哎，致祥，你知道周继愈嘛?”

“新来的公社团委书记，咋能不知道?”

“谁问你这个，他是我继愈哥!”

“啊?”

“他是我爷爷当年收留的那个小红军的儿子。”惠萍白嫩的脸上现出一副得意的神情。

“有这么凑巧的事?”

“他上次来松柏峪就是为了看我们。娘很喜欢他，想要他做女婿呢。”惠萍口无遮拦地把娘的秘密全都告诉了致祥。

“周继愈是咋想的?”致祥心里明白惠萍的用意。

“是他提出来的。”

“事是好事，将来咋办?”

“他说要扎根广爷川干革命，为广爷川贡献青春!”惠萍像背书一样说完，又看着致祥。

“如果是这样，就再好不过了!”致祥说的有些言不由衷。

惠萍忍住笑，“致祥，我问你一句话，你可要说实话!”

“没问题。你问!”致祥低下了头。

“你为啥老躲着我?人多处躲我能理解，只有咱两个你还要躲是为啥?”

“没有呀!”致祥抬起头来，目光正好与惠萍相遇，她的一双大眼睛一动不动地看着他。

“你撒谎都不会，脸都红了！有几次，眼看就要碰面，走到跟前不见你的人，你从岔路上走了。你说这不是故意躲吗?”惠萍的脸上也泛着红晕。

“我，我为啥要躲你吗?”致祥说得吞吞吐吐，好像是在问惠萍也好像是在问自己。

“不是躲，是想见我?”

“你叫我咋说嘛!”

“致祥，人家越大越出息，你越大越没出息!”

“哎,”致祥一拍膝盖，“不是我情愿的!”

“小时候，还知道写个纸条，‘惠萍：我想一辈子和你在一起!’长大了，别说写纸条，连说一句话的勇气都没有，我把你这个致祥!”惠萍的食指尖在致祥的额头轻轻地点了点。

“惠萍，小时候在一起想啥说啥，两小无猜，被俞世珍给搅散伙了。这两年想你想得常常一夜无眠,见面后却不能痛痛快快地说几句。”那年俞世珍的一顿当众训斥,打消了致祥最初的萌动，惠萍无微不至的关心，又让他重拾这种萌动。

“那是为啥?”

“你已经名花有主！”

惠萍不假思索地说，“我从来就没把他当‘主’！”

“岁旺这些年一直和我磕磕碰碰，还不都是为了你？”

“小时候是不是这个原因我说不上，这次是你冤枉了他！”

“我冤枉了他？”致祥不可思议。

惠萍十分平静地说，“还在你去高梁小学前他就来我家郑重其事地提出退婚！”

“原是这样！”致祥心里的一块石头终于落地，“牛岁旺为了安慰你才转了那么一个大弯子让你当民请教师，而你把机会让给了我！”

“不是让给你，本来就是你的。你文化程度高，比我更适合做教师。再说，你那累得便血的身子骨，下得了重苦吗？”

“可是我辜负了你的期望！”两颗泪珠在致祥的眼眶里转圈。

“致祥，我从小把你当亲哥哥。你给我捉松鼠，叫我上学，有几次想叫你一声哥哥，可是叫不出口。”记忆中的点点滴滴一下子涌上惠萍的心头。

致祥的心里热乎乎的，“名字就是人叫的嘛！”

惠萍的嘴唇微微翘起，略带埋怨的口气，“你就不想想，对啥人才叫名字？一种是生人，一种是太熟的人。你说，你是哪一种？”

“我是，我是太熟的人……”致祥在明知故问。

“不是你还能有谁？你知道当解说员时我为啥要和牛岁旺站在一起？我是宁可让人说我和牛岁旺也不愿人说你是流氓习气！你知道我是怎样为你担惊受怕的吗？你的民请教师取消后，我看你心上吃力，想安慰几句，又怕让你更加伤心。又怕你一时想不通，一直远远地跟在你的后面。你背了个大瓷缸子去了水库工地，我想工地的供应粮没那么快，果然，你一摇一晃地走下松柏坡来。”泪花扑闪着她的那双大眼睛，“你说，你为啥要姓俞呢？”

“老先人的事，我也不情愿姓俞。”

“我问娘，你为啥不和玉梅婶子指腹为婚？娘说，‘她们家要是不姓俞，一切就如愿了！’”

“娘也问我爱谁，我说爱惠萍。她说，‘你俩是一个宗族，只能做兄妹，不能做夫妻’。”

惠萍又抿着嘴笑了起来，“那你咋写情书呢？”

“有那么一点冲动照猫画虎哩，那时候知道情书从那一头写！嗨，俞世珍当众一顿咋呼，我还以为是你打的小报告呢！”说到这里，俞致祥倒觉得是自己小心眼。

“我咋能干出那种没心没肺的事来？”

“你收到纸条后一点反应都没有，我就想歪了。”

“那时瓜着哩光觉得好笑，长大后才明白它的分量！”惠萍突然想起什么似的收敛了笑容，侧着头看着致祥，“三叔三婶给你订的那个朱家山姑娘呢？”

“朱家都退过两次婚了！”

“订了一次咋能退两次呢？”

“中间还有一次反复！”

“致祥，娘要我和周继愈好，我却忘不了你，看见他就想起你。”惠萍身不由己地向致祥靠拢过来。

一股异性特有的香味钻进俞致祥的鼻腔，一股不可名状的愉悦油然而生。

他的心跳加快，呼吸加粗，热血沸腾，猛地一下把她抱在怀里。

咯吱一声房门打开，干娘走了进来。

45

红线衣，蓝裤子，短头发，浓眉下的一对大眼睛不知疲倦地望着扑面而来的新世界。此刻的俞致祥，正坐在开往乌鲁木齐的列车上。

他是仓皇出走的，之所以说仓皇出走，是因为没有得到大队、公社的同意私自外出。没有大队、公社的批准私自外出者称为流窜犯，一旦抓回，就是批斗的对象。

“我难道就这样度过自己的一生?”他在脑海中一直翻腾着这个问题，民请教师被取消的同时也宣告了大学梦的破产，使他努力进入可教子女行列的希望几近渺茫。

他认真思考了自己的处境，家乡属于他的机会几乎没有，上大学中专，当工人，民请教师转正，每次只有那么几个少得可怜的名额，而希望利用这些名额改变自己命运的人又是那么多。源源不断的高中初中毕业生，复员退伍转业军人，合同工集体工临时工，民请教师，僧多粥少。那些根红苗正的人都眼睁睁盯着，哪有他和惠萍的份!

他要离开家乡，为自己为惠萍寻找出路，为了不让她再次空欢喜一场，没有告诉她。

他也没有告诉爸爸，以免新增教唆儿子流窜的罪名。娘得知他要出走的消息，一直把泪水强压在眼眶里。二十年了，儿子就像没有出窝的雏鸟，一直生活在她的身边，离开时间最长走得最远就是去故里上高中，有哥哥嫂子照看，仍然是一只挪了窝的雏鸟。儿子一提说去几千里外的地方，她就有一种强烈的负罪感。是啊，儿子该出窝了，为父为母没有给他找好伴侣让他咋出窝?笨鸟先飞，娘是个笨鸟，还在儿子十岁时就占了媳妇，可是魏家一次又一次地悔亲让她竹篮打水一场空。她试探着对儿子说，“北广爷川那边有个女娃，我托人说过了，女娃愿意，就看大人了。”

“娘，不要把这事一直挂在心上!你把我抓养大就尽到责任了，成家是我自己的事，我就不信一个男人能没媳妇!”他本想说：“娘，你可晓得?心里订的亲不见形式却有实质，嘴上订的亲只有形式却没有实质;嘴上订的亲一有风吹草动就有变故，心里订的亲越是风吹雨打越是牢固。若要试人心，得病跌年馑!惠萍是你经得起考验的儿媳，为了她，我出一次远门算得了什么。”话到嘴边又咽下去，目前还不是告诉娘的时候。

致祥跷出门槛后，娘突然扯住他的衣角，把他拽进门内。他的鼻根不停地发酸，嘴唇不停地颤抖，眼泪不停地打转。此刻，只要他一开口，就会和娘抱头大哭，就会使自己的西行计划泡汤。他慢慢掰开娘的手，第二次跷出大门槛。娘的眼前又出现当年的情景：儿子撕着扯着她的衣角不让她跷出门槛，她狠心一把将他推倒在地。而今，娘和儿子换了个过，儿子门外娘在门里。她突然清醒过来，不忍撕不忍扯他的衣角，不敢哭不敢喊他留在身边，眼里流泪，脸上流汗，心口流血！他满怀深情地看了娘一眼，消失在晨曦中。

火车上的时间实在漫长，左邻右舍都是生面孔，买不起车票爬车的农民站在过道里，眼睛一动不动地瞅着座位，只要空出位子即就是去解手也坐上去，能坐一分一秒就是一分一秒，让僵直的身子得到放松。有人头枕行李卷，睡在过道里，取水或解手的乘客走过时懒得起身，“头上跷过去，没事！”有人头伸进座子底下，身子露出座子外面，为了合一阵眼皮，宁愿身子被座上的人搭脚。车厢里人声嘈杂，飘散着一股股的脚汗味、旱烟味。

火车拖着略显疲惫的身躯，吃力地爬行在乌鞘岭上。百草不生的荒山换成了白雪皑皑的雪山，冷空气钻进车厢，俞致祥披上汗衫，翻开新出版的《毛泽东选集》第五卷，认真地看了起来。多年来，他已经养成这么一个习惯，白天干活再苦再累，晚上都要看书。上次抄家后，可看的书只有《毛泽东选集》。娘看他苦苦用功的样子，于心不忍，“早点睡去吧，辛苦了一天还看书！看书有啥用嘛？”她本想说：“如果不是看书，这阵还当老师呢！”怕勾起儿子的心事，到嘴边的话才走了样。她背着儿子，把他的书本、写过字的纸张只要是她认为能给儿子带来祸殃的东西都塞进灶火门，拉动风匣烧了。

过道里、硬座下面的人忽然不见了，列车长带着两个乘警查车票，查证件，查介绍信，没有车票的补票，没有证件没有介绍信的，集中起来送遣返收容站。俞致祥还没有想出应对的办法，乘警已经来到面前。

列车长摆了摆手，“下一个！”又低声对回到身边的乘警说，“你也不看看，认真学习《毛泽东选集》的人能是流窜犯？”乘警吐了一下舌头，去查下一个了。

黄昏时分，俞致祥在柳园站下车，空气紧张得让人感到窒息。柳园镇街道随处可见打击流窜犯的标语，有几处橱窗里张贴着遣送流窜犯的照片。俞致祥找见一个挂着中华人民共和国地图的门房，和门卫搭讪几句，凑到地图前，从兰州找起，武威、张掖、酒泉，还没寻见柳园，门卫不高兴了，“你是哪个单位的，介绍信呢?”俞致祥社只得返回柳园火车站。

候车室里，人头攒动，基本上都是掏不起住宿费、拿不出介绍信的人。早来的人先入为主睡长条椅，后来者席地而眠。睡长条椅者心安理得，席地而眠者随遇而安。就在这个社会的最底层，也凭借“先来后到”的自觉维系着秩序。吃了随身带的炒面，喝了车站供应的开水，找了一个不显眼的墙角，俞致祥拉开行李卷睡下了。他睡得很香，一会儿就响起了鼾声。

俞惠萍突然出现在眼前，半娇半嗔地说，“这么大的事，咋不告诉我一声?”

“想给你一个惊喜!”

“惊喜?”

“我要为咱俩寻找出路，我要带你远走高飞!”

“我没看错人!”惠萍冲他笑笑，钻进他的怀里。

“抓流氓!”俞世珍和牛岁旺突然来到面前，他的小腿一阵剧烈的疼痛，睁开眼时，俞惠萍、俞世珍、牛岁旺都不见了，是盘查流窜犯的柳园镇民兵小分队员用木棒敲打他。

“有介绍信吗?”为首的棒棒队问。

“没有。”棒棒队的人如临大敌，一个个握紧手中的木棒棒，睡在长条椅子上的，睡在地上的准流窜犯们都被惊醒，围拢过来看热闹。

“我有能证明身份的东西。”说着，他从挎包里掏出毛选五卷，凝固了的气氛有所缓解。

“你是什么人?”棒棒队问。

“学生。这是我的高中毕业证。”

“没有钢印，怎么证明是你?”

他又从挎包里掏出一个印着“甘肃文艺杂志社”字样的专用信封，“这是甘肃文艺杂志社给我的来信，信封上有我的家庭地址、姓名，可以和毕业证上写的核对。”

临行前设想的这套预案还真管用，棒棒队的头头觉得他说得有理，不再盘问，去查别的人了。

好险啊！这伙棒棒队还算讲理，如果再来一拨不讲理的咋办，一个电话通到广爷川公社只有遣送回家了！此地不宜久留，俞致祥卷起行李来到停车场，正好一辆卡车驶出，他一个箭步跳了上去。

46

一轮红日冉冉升起，空气格外清新。俞致祥走出阿克塞县城，朝着太阳升起的地方走去。在县城时，一个好心人告诉他：全县只有民主、建设、团结、和平四个公社，都已停止招人。你大老远来一趟不容易，民主公社离县城大概二三十里，去试试运气吧。

走过一条清澈见底的小河，走过一片砂砾遍地的戈壁，踏上浩瀚沙海之中的一叶绿舟。一人高的芨芨草，张开臂膀抱一棵还抱不拢；枣红色的马儿，毛色亮得反射着晨光，甩动着长长的尾巴，漫悠悠地吃着新发的青芽。高大的山羊，驮个人能满地奔跑。

一排架子房突然出现在面前。俞致祥走进那间挂着汉哈两种文字的中共阿克塞县民主公社委员会木牌的房间，一个面目清瘦的中年人正忙着收拾卫生。

“同志，你们公社还招社员吗？”俞致祥心里着急，开口就直奔主题。

“你是陇东人？”中年人迎了过来。

“你怎么知道我是陇东人？”俞致祥感到好奇。

“你的口音告诉我的，我是灵台人，姓杨，都是陇东乡党。”杨姓乡党十分亲热地端来一杯开水。

“真是太好了！”俞致祥的心头似乎升起了一丝希望。

杨姓乡党不无遗憾地摇着头：“你早来一周就好了，公社青年突击队刚从山东、武威等地招来一批青年人。”

“……”俞致祥不知说什么好，刚刚升起的希望又变成了失望。

“你有什么特长吗？”看来杨姓乡党也不希望这个小伙子白跑一趟，还想为他做些什么。

“我会打篮球。”俞致祥注视着对方的反应。

杨姓乡党打量了一下他的个头，“篮球现在的年轻人都会打，算不了什么特长。”

“我唱过样板戏。”话一出口他很快就否定了自己：这年头，上过学的人谁没有唱过样板戏？

杨秘书的眼睛突然一亮，“会乐器吗？”

“会拉二胡吹笛子。”俞致祥又感到一阵轻松。

“这就好！这就好！”杨姓乡党高兴得拍着巴掌，“我马上给书记汇报。”

他出去一会儿，跟在一个有些发福的中年人身后又走了进来，“乡党，这位是民主公社的李书记。”

“书记好！”俞致祥有些拘谨。

书记高个子满面红光，点点头算是打招呼：“你会拉二胡？”

“上高中时拉过，回生产队接受贫下中农再教育后经常拉。”这些年普及样板戏是政治任务，拉二胡、吹笛子和干活一样记工分，俞致祥就是这样接触上乐器的。

“那就拉一拉，杨秘书去找一把二胡来！”书记坐在了椅子上。

杨秘书真的找来一把二胡，椿木琴杆，椿树根琴筒上蒙着一层癞蛤蟆皮，琴码下垫着块海绵，琴弓上的马尾将琴筒上的松香磨出一道深痕。一看就知道是把自制二胡，俞致祥转动里外弦琴轴，移动了一下琴码的位置，三两下调好音准音质，拉了一曲《洪湖水，浪打浪》。书记眯缝着眼睛，摇着头，抖着脚，四个手指头敲击办公桌打着节拍。一曲终了，兴犹未尽，以手示意再来一曲。俞致祥又拉了眉户《梁秋燕》开场曲，书记是山东人不熟悉眉户，杨秘书却来了精神，嗨了一声，手拍了下桌子，“这是正宗的陇东道情！”

书记睁开眼睛，“好吧，你留在青年突击队。青年突击队是来自天南海北的年轻人，长年累月修水渠，文化生活单调，你去负责活跃他们的文化生活。”又对杨秘书说，“工资先跟青年突击队的走，每月81元，干一段时间再定！”

俞致祥简直不敢相信自己的耳朵，两只眼睛瞪得大大的，“81元?”

“怎么？嫌少?”书记也看着俞致祥。

“太多啦！我们那边挣工资的人每月才是36元5角钱!”

“看来你对干部的工资还不太了解，不同地方不同学历不同年限的人工资不同，不是人人都是那么个工资!”书记顺便给这个没有见过世面的年轻人普及了一下有关工资的常识。

“世上还有81元工资的农民!”俞致祥还在那里轻声念叨着。

书记的脸上出现了笑容，“你这个乡党一看就是个老实人，哪有嫌自己工资高的人?”

“陇东人都是这个样!”

俞致祥惦记着俞惠萍，他走到哪里必须把她带到那里，“李书记，能带一个人吗？我两个拿一个人的工资也行!”

书记有些作难了，“不是工资的事，你一个都是看在杨秘书老乡的面上开的口子，再带一个可没法安排!”

杨秘书这下为书记帮腔，“好我的乡党哩，刚才李书记还表扬咱陇东人老实呢，你这不是给李书记出难题吗？你看这样好不好，先招你以后再招你要带的人!”

“如果这个人招不了我就得另找地方!”俞致祥提出的这个条件竟然没有商量的余地。

“年轻人，我就喜欢你的这个直率劲，个子不像性子像我们山东大汉！我把话说在前头，如果这个人是你的对象咱不说二话，如果是其他人免开尊口!”书记半开玩笑半当真地说。

“谢谢李书记!”

“还真是你的对象?”

“是的。”俞致祥满脸都在笑。

“什么名字，什么程度?”

“俞惠萍，初中文化程度。”

"多开一份工资倒没有什么，咱们是牧区，粮食指标得县里批，咱做不了这个主。"书记迟疑了一阵，"招！"当即让杨秘书开好介绍信，交俞致祥去县公安局办好准迁证后，直接回家办理迁居手续。

头上天色湛蓝，脚下绿草如茵，远处沙海浩瀚，天际处反射着阳光照得人睁不开眼的雪山。俞致祥兜里装着民主公社借支的三十元路费，背着大灶上免费供应的一旅行包馒头，一会儿哼着《洪湖水，浪打浪》，一会儿哼着眉户《梁秋燕》开场曲，重新穿行在三十里绿洲！

"阿克塞，我马上就要成为你的子民！党金山，我还要为你领来一个洁白无瑕的姑娘！"俞致祥脚步轻盈地走着，无忧无虑地大声喊着。

他想起了惠萍，她是黑夜里的火把。不，她不但是黑夜里的火把，也是沙漠里的绿洲。为了每个月25块钱的社请中教，差点挤破头还是被淘汰出局，我自己不要紧，要紧的是丢了惠萍的一次机会，也丢了惠萍的一腔期望！惠萍啊惠萍，我要把你带到这个人间仙境，世外桃源。在这里，我们可以拿着每个月81元的工资，无拘无束地相爱，不用怕俞世珍说流氓习气，不用怕村里人说兄妹结亲！娘啊娘，你莫要哭，将来你二老愿意离家就随我住，不愿离开故土就住在恩贡老宅，逢年过节我和惠萍来看你。

牧羊人骑着马转圈，手中的羊鞭啪啪作响，牧羊犬汪汪叫着驱赶羊群。俞致祥不知道将要发生什么，还在埋头赶路。瞬间的功夫，狂风大作，飞沙走石，遮天蔽日，茫茫草原失去了刚才的清纯，沙粒打得脸上火辣辣的。他没法行走，蹲在一棵芨芨草背后。

47

例假没有按时到来，她的心里就发慌，自己给自己说着宽心话，"乡里娃时常和冷水打交道，例假提前拖后都是常有的。"一个月又过去了，还是没有到来的迹象，糟糕，有了身孕！不知谁家的猫误吃了毒死的老鼠，死在磨子河畔的柳树河滩里。老年人说，怀孕的女人看了死狗烂猫会流产。每次去河里担饭水，她都要故意多看几眼死猫，还是无济于事。

身子犯困、爱吃酸物、讨厌油食、经常恶心，当她把这些不得不告诉娘时，娘说，几乎所有的妊娠反应症状都在她身上出现了。周继愈啊周继愈，你简直是个软刀子杀人的家伙，害得我人不人鬼不鬼的，叫我怎么见人啊？

是情愿？当然不是！她情愿的人只有致祥。是强迫？似乎也不像！人家自始至终没有任何强制性的举动。人啊人，如果天底下的男女之事，能用“自愿”和“强迫”这两个词厘清，那该多么简单！

自从认识惠萍后，周继愈借口教惠萍普通话，常常骑着自行车从故里来松柏峪，来惠萍家，一来就不想走，没话找话地和她说话，一说就没个完。娘竟然一反常态，只要周继愈来家就走出门去。周继愈胆子越来越大，心情越来越迫切，一次次释放出爱意，惠萍都不理不睬。不是出于女孩儿的矜持故作姿态，而是不看好他。

找不到共同感兴趣的话题，就为惠萍逐字逐句辅导领诵。为了这次演出，惠萍都不下地干活了，大合唱领颂是松柏峪大队交给她的头等政治任务，只许成功不许失败！社员出工时，她在大队部练，社员收工歇息时，她在家里练，推磨练，担水练……

周继愈有些吃惊：“这样下去，就是在北京城也能吃得开！”

惠萍还是觉得不能尽如人意，“继愈哥，有些字的发音我还是改不过来。”

“你说得对，”周继愈指着有些皱褶的抄写着领颂词的纸片，“这一段的问题最多，再练练！”

惠萍的注意力全集中在模仿周继愈的声调，几个字又说成了土话，“悬崖”说成“悬挨”，“手携手”说成“手戏手”。

周继愈摇摇手，“是‘悬崖’不是‘悬挨’，是‘手携手’不是‘手戏手’！”

“就是就是，你看我这脑子，说着说着就冒出了土话！”惠萍停住朗诵，不好意思地笑了。

周继愈早就心猿意马，东一榔头西一棒槌，“脑子？土话？噢噢！不要紧的。惠萍，不知你有没有这样的体验？纠正错误的发音比新教发音困难得多！”

“是的是的！”惠萍点点头。

他看着她白皙的脸蛋，“可是，不知道为什么，你的错误越多我反而越喜欢！”他看着她微微起伏的胸膛，“你的错误越多给我提供的机会越多，你可知道，为了这次汇演我简直是在拼命！”

她何尝不在拼命，时间宝贵，演出的时间快到了，时不催人人自催呀，“我从头再来一遍。”

“好好！”周继愈拍着炕桌打着节拍，“光练说话不行还得练动作，不然光顾说话忘记了动作，就像刚才光顾声调忘记了发音！”

“男角不在，等当一下算了！”

“我顶替！”

“继愈哥，一男一女手拉在一起多难为情！”惠萍长了这么大，还没有摸过男孩的手，上次她正要摸致祥的手，娘推门走了进来，弄得三人都十分尴尬。

“演戏，演戏，这是演戏！演戏也得有真情实感！朗诵到‘手携手’时眼前只有出现一个真人的形象，才能达到预期的效果！”周继愈说得还真像那么回事。

“南北兄弟手携手！”俞惠萍大声朗诵。

周继愈拉起了惠萍的手，她的手背贴在他的手心里，一种不同寻常的感觉！有点像被致祥抱在怀里的感觉！她的身子在颤抖，热血在沸腾，一股强大的暖流立刻涌向全身。

她突然听见一个声音在惊叫：“你别动，这是我见过的最好的手！”

她想抽回自己的手，但是和男子初次手贴手的奇妙感觉又使她不忍心抽回。

周继愈一边说一边从她雪白的手背换到绵软的手心，“这就是女孩的手，这就是女孩的手！”惠萍来不及作出反应，他的手已经从她的手心缓缓移到她的胳膊，从胳膊移到肩膀，从肩膀移到胸部，他的手一动也不动了！他不顾一切地将她揽入怀中，低下头，雨点似的吻着她。

俞惠萍内心的防线在周继愈强大的攻势面前彻底崩溃了。

人啊，确实有身不由己的时候！她有愧于俞致祥，她想对他作出解释得到他的原谅，又觉得没有勇气没法说清！

李晓梅对这个结果倒是十二分的满意。

当初，女儿撅着嘴说岁旺明里不跟她说话，不和她坐一个板凳，暗里使坏不让其他人和她坐。在她看来，这娃有心计，如果能用在正事上，是个有出息的人。

她一门心思地盼着这娃有出息。这娃当了大队团委书记，当了棒棒队队长，她看在眼里喜在心里。这娃有时不免有些毛毛躁躁，她不好意思说，想让牛国璧调教一下，一个是娃日后的丈母娘，一个是娃他大爹，都是知己人，牛国璧不会不答应。还没说出口，这娃一句话就退了亲，让她不快了多日：既然怕影响前程，早些时候干啥，拖到这阵才说，这不是欺负我们孤儿寡母嘛！要知道，除了惠萍，李晓梅真是举目无亲。烧坊掌柜夫妻双双谢世，公公婆婆早已作古，丈夫死于非命，说起来炳武还有个姐姐，多年来也不通音讯。

惠萍一天天长大，她的担忧一天天加重。俞大龙夜闯世昌堡给她敲响了警钟，惠萍和致祥的频繁接触让她寝食不安。两个都是二十岁的年轻人，干柴见烈火无怪其燃！哎，这种寡妇拉女，母鸡司晨的日子何时是个尽头！

“娘，别看我的笑摊，帮我想个法子，咋办哩？”惠萍急得直跺脚。

“这不是娘想法子的事，找娃他爸去！”晓梅并不觉得问题有多么严重。

“娘，你说这事传出去，多丢人！”惠萍快要哭了。

“有啥丢人的？女人就是生娃的，结婚生娃和没结婚生娃都是生娃，有啥大惊小怪的！”晓梅冷静得有点出奇。

48

新栽的杨树、柳树、洋槐树给街道投下一个又一个阴凉。不管走在阳光下还是树荫下，俞惠萍都是一样的感觉：火烧火燎！路人好像看穿了她的心事，不时有人指指点点。

“这是松柏峪大队领诵的俞惠萍。”

“没错，就是她，你看那个俊模样!”

“松柏峪的大合唱能得第一，她起码拿了一半分数!”

“难怪领诵得好，人家上小学时就是阶级教育展览讲解员呢!”

这下她听清了，都是赞扬话，脸上还是没有流露出丝毫的得意来。她突然害怕引起人们注意，想起五四青年节汇演结束代表演出人员领奖的场面，浑身就像扎满了麦芒。人怕出名猪怕壮，认识的人越多，戳脊背的也就越多。

故里主街道两旁，相继建成的医院、百货商店、粮站、拖拉机站一字排开，她没心思逛街道，转商店，径直走进广爷川公社革命委员会大院，来到挂着共青团广爷川公社委员会标牌的房间。

这是周继愈的办公室兼卧室，汇演结束以后，他就没有充足的理由去松柏峪了。他不是一个普通的青年人，他是广爷川公社团委书记，一举一动都得注意自己的形象。他策划主持的五四文艺汇演在古老的故里引起了不小的轰动，特别是他亲自为松柏峪大队排练的《长征组歌》，整齐的队列，恢宏的气势，标准的发音，让人难以置信演员竟是一群地地道道的庄稼人。文艺汇演的成功也为他个人增色不少，广爷川公社推荐的工农兵大学生名单里，他的名字排在第一。

离开松柏峪的这些日子，他像丢了魂似的，经常思念着惠萍。她的突然出现，不由他一阵欣喜。

“啊，惠萍，是你！事先怎么不告诉一声，好让我来接!”继愈停下手中的抄抄写写，带着几分埋怨的口气。

惠萍连日来的不快全撒在周继愈身上，“有啥好说的，人丢得还不大吗?”

“有什么丢人的?”周继愈还以为她在说大合唱领诵的事，赔着笑脸，“来，快坐，快坐，我去打洗脸水。”他站起身，唯一的一把椅子搬在惠萍面前，端着脸盆去院子里的水龙头上接来凉水，拔掉竹篾壳子热水瓶上的软木塞，一边兑开水，一边手伸进脸盆试水温，直到自己感到满意才盖上软木塞。

“没有脸啦!”惠萍攥紧眉头。她平日就喜欢俞致祥说话硬邦邦做事直杠杠，看不惯周继愈唯唯诺诺的样子，这阵见他又在献殷勤，已经不是看不惯而是反感。

“可把你等来了！”周继愈两手搭在她的两个肩膀上，眼睛瞅着她的脸，想给她一个吻。

惠萍一把推开他，“去去去，你还有这个心情？”

“怎么啦？”惠萍平日对他说话基本上都是这种口气，差别只是音量高低，他已经适应，并不在意。

“有了！”惠萍怒气冲冲。

“有什么了？”周继愈一脸茫然。

惠萍马上意识到对周继愈说“有了”是对牛弹琴，一屁股坐在椅子上，“有身孕了！”

“什么时候学会开玩笑了！”周继愈以为惠萍在吓唬他，一边往她面前的玻璃杯里倒开水，一边打量她：两道蛾眉微蹙，白牡丹脸上泛着生云，上牙紧咬下嘴唇，都是可以做作的表情。又怀着侥幸的心理看了看那双大眼睛，一腔怨恨驱走了那双明亮的眸子里原有的清纯，眼睛是心灵的窗户，他一下子感到了问题的严重性，“真的？”

“到啥时候了，还能骗你？”惠萍的话和她的表情一样严肃。

“啊！”周继愈这一惊非同小可，眼睛睁得圆圆的，嘴巴张得大大的，两腿一软，一屁股跌坐在炕头上，幸亏反应快，手中的竹篾壳子热水瓶没有落在地上，“这个小家伙来得真不是时候！你看，”周继愈指着办公桌上的一份表格：“今年有一个大学中文系的名额，还是去北京的，公社推荐了我。我妈妈已经从农场回到学校，她和校方沟通过了，政策是推荐与选拔相结合，只要过了推荐关，不出意外的话选拔没问题。”

惠萍这才看见放在桌上的一份工农兵大学生推荐表，看着六神无主的周继愈，她又可怜起这个想方设法让自己吞下苦果的继愈哥来，“那你说咋办？”

周继愈从惠萍的话里听出还有商量的余地，突然双膝跪地，不停地抽打自己的嘴巴，“都是我不好，都是我不好，我不是人，我不是人！”

头一次见面说起家世时周继愈痛哭流涕的样子给她留下了不好的印象，一个大男人只知道哭，哪有那么多的眼泪？眼下又是痛哭又是自打嘴巴，让她从里往外反感，“别自己作践自己了，快想想法子!”

“哎，我家也是倒霉透了，一家三口，天各一方，我妈妈求爷爷告奶奶弄了个名额，就这样白费心血了……”

“一个大男人就这么点出息，事到如今，只说晒毡不说失尿!”惠萍不愿再看他可怜吧唧的样子，脸背了过去，“怕啥，不管出啥事我一个人承担，决不连累你，放心上你的大学!”

周继愈忐忑不安的情绪得到缓解，“目前正在节骨眼上，怕得要刮宫哩！你和李姨是什么意见?”

“你就是不上大学，我也想刮宫哩。一个没过门的女子挺个大肚子，让人咋说呢?”

周继愈如释重负，站起身子，由于过度紧张，嘴唇有些发干，端起惠萍面前的玻璃水杯，连喝几下，“好，好，这就好！这就好！我设法在外地联系一家医院,亲自带你去做手术,伺候你。惠萍,只要过了这一关,生孩子的日子有的是！”

“你伺候不等于告诉人是谁的娃吗？庄稼人没那么娇贵，我自己会照顾自己的，就是不知道我娘同意不同意。”

“她老人家知书达理，不会不同意的。我的前程就是你的前程，不能为生孩子耽误了咱的前程!”周继愈拉着惠萍的双手，“惠萍，我们两人已经是不可分割的一个整体，只要我上了大学，一切都会有的，你说呢?”

让惠萍始料未及的是娘竟然不同意刮宫！她让女儿找周继愈，实际上就是委婉地表示这个意思，不然，说个“处理”不就得了，何必这样瓜多蔓长！娘说得动了情，声泪俱下：“惠萍，算娘求你行不行？纵然有天大的困难，你都要把孩子生下。孩子姓啥我不在乎，但是孩子的血管里也流着俞家的血液！你爷爷为了生你爸爸不惜家业，你爸爸只有你一个！娘受尽屈辱为的啥？为的是留住俞家的骨血。人留后代草留根，你虽是女儿身，但你是俞炳武唯一的骨肉！你刮了宫，不要说我，就是九泉之下的爷爷，爸爸都不会原谅你的!”

第一眼看见周继愈，李晓梅就有一个莫名其妙的想法：要是这个年轻人做我的女婿多好！当听了他的介绍，听了那番发自肺腑的话语，她越发喜欢朝这方面想了。继愈是个有情有义的青年，爱惠萍也有能力保护惠萍，早年双方老人就有来往，只要能和惠萍结合她就可以无牵无挂地闭上自己的眼睛。有情的是继愈，无意的是惠萍，继愈是一盆火，惠萍是一块冰，不由不让她着急。继愈时常对惠萍动手动脚，她看见装作没看见，她真希望生米做成熟饭！

凭她的观察，惠萍妊娠反应已经有些时日了，当女儿满含羞涩地告诉她时，她的心里反而踏实了：这下情愿不情愿，都由不得你了。

惠萍呀惠萍，你娃瓜着哩！人生一世，草木一秋，只要男人有出息，对你好就行了！

惠萍呀惠萍，我的宝贝女儿，娘已经四十几的人了，因为你没长大，放心不下你，才没有随你爸爸而去。为了你，娘可以看不该看的脸色，忍受不该忍受的屈辱。如果是为我自己，我早就离开这个世界了。我在这个世上苟且偷生十几年，你爸爸在那边做了十几年的孤鬼，我俩原本说好白头偕老，我该去那边陪伴他的。

49

俞致祥把准迁证交给大队治保会，一纸“俞致祥有严重的政治问题，以欺骗的手段取得准迁证”的便函寄到阿克塞县民主公社，他的西行计划彻底破产。经历了又一次狗吃猪尿泡空欢喜后，他再次来到广爷峡。

今日广爷峡，已非昔比。机器的轰鸣声响彻峡谷，发电机、电动机、手扶拖拉机进入工地，劳动效率明显提高，工程进度加快。水坝主体已经完工，奔腾不羁的故里河乖乖通过排洪渠向东流去。

水坝背水面的黄土必须夯实，千里之堤溃于蚁穴。没有电动夯，只有一台八棱水泥夯，八条麻绳辫子连着八条棱正中的钢筋环。俞致祥手扶夯把，口里调声号子：“同志们呀——”

“哎嗨哟呀！”八个青年手拽夯辫，少说也有七八十斤重的水泥夯飞上半空。

“加油干呀——”俞致祥又喊一声号子，看着夯友。

“哎嗨哟呀！”八个青年放松夯辫，水泥夯自由落下，砸在坝面上。

“往高里提呀——”

“哎嗨哟呀！”

“往高里拉呀——”

“哎嗨哟呀！”

“东风吹来战鼓擂——”

“哎，哎嗨哎嗨哎嗨哟呀！”

“世界上究竟谁怕谁呀——”

“……”没有回应，水泥夯也不再升空。

“致祥，还是唱山歌吧，革命歌曲留着领导检查时唱。”有人建议说。

“山歌合夯调，革命歌曲合不上夯调，你少唱了‘现在’二字还是不合调，合不上调子夯砸脚呢！”

“唱山歌来劲，咱这是干活，又不是登台演出。山歌是打夯人现编的词儿，写革命歌曲的人哪个打过夯！”大家你一言我一语地议论起来。

致祥又改唱山歌，

“牡丹嘴的牡丹半个开——”

“啊闪起来！”

“把你的白脸转过来——”

“啊闪起来！”

“磨子河里的水鸭子——”

“啊闪起来！”

“你是谁家的女娃子——”

“啊闪起来！”

“天上飞的是咕噜雁——”

“啊闪起来！”

“谁给你缝的满腰转——”

“啊闪起来!”

“满腰转上——”

“依儿呀吱哟!”

“绣牡丹呀——”

“依儿呀吱哟!”

“春暖花开——”

“依儿呀吱哟!”

“红艳艳呀——”

“依儿呀吱哟!”

打夯人的情绪一下子欢快起来，唱着，笑着，随着号子垫脚步，来回移动。八条夯辫当松则松当紧则紧，水泥夯起落均匀，夯印连着夯印，不留缝隙。

工地广播突然通知：“打夯队的俞致祥，听到广播后请马上来指挥部，有人找!”

俞致祥把夯交给一个夯友，来到指挥部，一眼就看见了惠萍。从阿克塞回来，他就想把这天大的喜讯告诉她，可又一想，急啥，水到渠成的事了，办好准迁证再说不迟。有了社请中教被罢免的经历，他成熟了，稳重了。幸亏没有告诉她，没让她和自己一起吃第二个猪尿泡!

“惠萍，啥风把你吹来的?”

“我想到爸爸牺牲的地方看看，你能陪我去吗?”惠萍的两只手将衬衫襟子卷起、绽开，绽开、卷起，声音有些颤抖，神情好像乞求，目光飘忽不定，完全变了一个人似的。

“走，咱这就走!”

两人来到峡谷深处俞炳武殉难的悬崖畔。当年炸裂的石块仍然横七竖八地躺在那里，上面布满苔藓，不远处是一排塌七垮八的窑洞。惠萍只记得来家处理爸爸后事的民工说是第三个窑洞，却不知是从左数起还是从右数起。忽然，俞致祥在一孔窑洞前惊叫起来，“看，这儿有一行字!”

惠萍走过来看时，窑洞很浅，洞底用树枝刻着“执子之手与子偕老俞炳武

1959.8”几行字，虽经风化，字迹依然可辨，顿时百感交集，“爸爸，可怜的爸爸！女儿来迟了，让您久等了！”她的鼻根发酸，眼泪涌出眼眶，跪在窑洞前，“你临走时要我听娘的话，娘这次给女儿出了个不大不小的难题，你让我听还是不听？”

惠萍点燃随身带来的纸钱，呼啦啦，顷刻间化为灰烬，就地一个旋风吹来，还保持着纸钱形状的灰烬打着盘旋飘向天空。

致祥这才发现惠萍双眉紧锁，两只大眼睛几夜未曾合过的样子，“惠萍，你像有啥心事？”

“我……我……有了！”惠萍抽搐了好半天，才从牙缝里挤出这几个字。

“啊？”不用细问，致祥明白“有了”指的啥，一眼不眨地盯着她。

“我欺骗了你！”她眼泪巴巴地看着他。

“嗨！”俞致祥无力地蹲在地上，埋下头，两手不停地爬着密实的头发，鬓角的血管变粗变绿，两道浓眉痛苦地向一起靠拢，全身的血液好像要从脸上的毛孔里挤出去。瞬间，他又双手攥成拳头，捶打自己的头，“我还在千里之外给你办准迁证呢！”

惠萍跪着移到致祥身边，双手拽住他的拳头，撕心裂肺地喊：“要打就打我！要打就打我！”

他看着她发呆，眼里好像在说：你还是那个黑夜里的火把，沙漠中的绿洲吗？

一阵抽泣憋得她背过气去，飘散在空中的灰烬飘飘洒洒，落在她的脸上，落在她的身上。又是一阵哽噎，她长长出了口气，“你就是多讨厌我，我还是要给你说！”

俞致祥一句话也不说，抓起一块满是棱角的碎石子，放在手里使劲地捏着。

“周继愈提出刮宫。”

“……”

“我就是为这事来找你的。”

“……”

“周继愈上大学的推荐手续已经办好了!”

“他这样的人就没资格上大学!”俞致祥朝地上唾了口唾沫，“呸!”

“这事也不能怪他一个……”事到如今惠萍还是说不清，自己不喜欢周继愈是事实，周继愈没有强迫自己也是事实，当时头脑一片空白，咋就出了这事呢？“自从你抱了我……我就一直想那个情景……恍恍惚惚中把他当成你……”说着说着又啜泣起来。

俞致祥心里好像打翻了五味瓶，酸甜苦辣咸搅和在一起。

“做出这事别人可以原谅，唯独你不能原谅。可是，别人原谅不原谅我无所谓，只有你的原谅才能去掉我的悔心!”说着说着，她竟然放声大哭起来。这些天她没有哭过，在娘面前没哭，在周继愈面前没哭，面对各种冷嘲热讽没哭，就是在夜深人静辗转反侧的时候也没有哭！但是，和俞致祥在一起时，她再也抑制不住，她再也不想抑制，她要把郁结在心中的悔恨淋淋漓漓全都哭出来。

俞致祥已经恢复了理智，他见得打见得骂，就是见不得人伤心落泪，何况这个人是她！和自己两小无猜的她！把民请教师的机会让给自己的她！在自己遭逢人生低谷时向自己敞开少女心扉的她！纵然不是那个黑夜中的火把，沙漠中的绿洲，兄妹情分在，滴水之恩便当涌泉相报！他抬起头，声音温和了下来：“别哭，惠萍，你一哭我心里就乱了!”

也许，俞致祥骂她个狗血喷头，她会立即停止哭泣，可是一句“别哭”不但没有止住哭泣，反而使她号啕大哭!

这句“别哭”是原谅，是理解，是炎炎烈日下的阴凉，是凛冽寒风中的热炕!

“你的话好像没说完，被我打断了。”俞致祥的指缝里流出鲜血。

她泪眼迷离地冲他一笑，“刚才说的啥，我也想不起了!”

“好像说周继愈上大学!”

“嗨，看我这记性！周继愈上大学的推荐手续都办好了，出了这事，会耽误人家一辈子的前程。可娘说孩子也是俞家的后代，纵有天大的困难，也要生下来!”

“你想过没有，大姑娘生娃可是要看人的冷眼，听人的冷语的！”

“这些，我不是不怕。但是看到娘祈求的眼神，想到这些年来她既当娘又当爹地抓养我，就没主意了。”

“如果刮宫，人们在背后议论几天也就没啥了，但是娃要是生下来就得有个爸！”

“为啥？”

“未婚生娃在庄稼人的眼里伤风败俗，在干部眼里破坏了安定团结，治保委员会棒棒队不会放过你，得上批斗会！”

“那就批斗好了。”

“你得交代检讨，一个巴掌拍不响，娃的爸是谁？不说，不说就是交代不彻底，就过不了这一关！”

“这不把人逼疯了？说也不行，不说也不行，究竟咋办好呢？”惠萍焦急地看着致祥。

“给娃另找个爸不就行了！”

“事情到了这个份上，谁愿背这个黑锅？”

“现成的就有！”致祥有了主意。

“谁？”

“远在天边近在眼前。”

惠萍使劲在他的肩头砸了一拳，“都啥时候了，还有心思开我的玩笑！”

“我说的是认真的！”致祥一本正经地说，“娃的奶奶是我干娘，我是娃的干爸，去掉干字不就成爸了！”

俞惠萍知道他说的真心话，这个世界上还有哪个男人的肩膀如此宽阔？她想一头扎进他的怀抱，想到自己和周继愈的事，又下意识地收住脚步，“致祥，抄家的事已经够你受了，还替人背黑锅？”

“我是替你解愁肠！”

“那就把你打进十八层地狱了，这辈子别想出头！”

俞致祥一使劲，沾满鲜血的石子飞向远处的水面，一连点了三四下，才沉入坝底，“没那么严重，还能把我开除出地球!”

50

牛队长看着俞致祥的检讨书，他交代说，他在一次看夜戏时强奸了俞惠萍，致使对方怀孕。看到这里，牛岁旺把检讨书撂在桌上，鼻子眼里哼了一声，俞致祥啊俞致祥，你说的这时间可是驴头不对马嘴，那些日子周继愈成天围在俞惠萍身边，哪有你的份？人家是北京来的下乡知识青年、公社团委书记，你是啥？俞惠萍能让你睡？别自作多情！这次是你自己撞到枪口上的，别怪怨我！

他按俞致祥检讨中的事实写了一份上报材料，觉得不妥，又取过柳知秋的检讨书，按他的检讨内容也写了一份上报材料，才拿着两份材料来到党支部办公室。

大队部虽然是新盖的，党支部的办公桌还是那张供桌。牛国璧愣坐在办公桌前，也在为这次上报批判对象的事熬煎。先进下名额落后也下名额，上报先进容易上报落后实在令人头疼。农民嘛，无非就是搞个长途贩运，拿些队里的东西，自留地里多上些粪这些鸡毛蒜皮子的小事，批评批评也就行了，用得着这样大动干戈吗？他找过戴乐天，戴乐天也是一脸无奈，别的大队一次上报四五个，你们大队一个都没有也不是办法，这是态度问题。

“上批判会的人考虑好了？”见岁旺走进来，牛国璧抬起头来。

“我查了今年的检讨材料，只有俞致祥和柳知秋两人的问题严重。”岁旺把两份材料递给大爹。

牛国璧接过材料，先看柳知秋的，文字虽然多问题却只有一个，对上级“枪毙扁豆”的指示阳奉阴违。俞致祥的文字不多问题却有三个：尊孔读经，尊儒反法；流窜阿克塞，影响安定团结；强奸妇女，流氓习气。“我的个呀呀，这么严重的问题，莫说三条，任何一条都够上批判会的!”

岁旺听出大爹话里有话，忙解释说：“上报先进个人要符合先进的条件，上报批判对象也要符合批判的条件。比较来比较去就数俞致祥和柳知秋的问题严重。柳知秋是老贫农，若打击他们便是打击革命，何况一个种了半辈子庄稼的人不愿意耕青苗算啥严重问题？柳知秋不能去就得俞致祥去，总得去个交差的！”

牛国璧把两份材料都放在办公桌上，“你是拿致祥出气呢还是逼他改变口供由你来占周继愈的推荐名额呢？”

“我拿他出啥气？”岁旺有点心虚。

“你给上面写信想拉下周继愈，致祥替周继愈打了掩护，你就对他怀恨在心！”牛国璧的口气突然变得严厉起来，“社请中教的事过去才几天咋就不长记性呢？狐狸没打着惹了一沟子骚！”

牛岁旺的脸颊发烧，脑子里不断出现一个问号：“我写告状信的事他咋知道？”

他为周继愈的那张大学生推荐表填写完群众推荐意见后，心中燃烧起一股无名烈火：你身为公社团委书记，人前正人君子，人后玩弄妇女，进班房的条件都有了，还有脸让松柏峪群众为你填写推荐意见？他想到了自己，大队团委书记、民兵小分队队长兼于一身，不偷不绺，不嫖不赌，不多吃多占不挪用公款，社请中教没当上，还要为人作嫁，够格的人给不够格的人填写推荐意见！他越想越来气，一纸诉状告到公社，反映周继愈的作风问题，想拉下周继愈取而代之。公社派人前来调查时，俞致祥却一口咬定俞惠萍肚子里的孩子是他的！

大爹看出他在想什么，“我是支书，凡是来松柏峪的公事先要经过我的手！”

岁旺低下头，心里在说：怪不得人家清清楚楚，自己写的那封检举信说不定还在他的手里。

“你和周继愈不是一个层次，人家是下乡知识青年你是回乡知识青年，人家是老革命的儿子你是农民的儿子！”牛国璧手指敲得桌子当当作响，“说俞致祥不是人他就不是人，说周继愈不是人你得拿出真凭实据，拿不出真凭实据就是诬陷！”

岁旺不停地点着头，不说一句话。

“岁旺啊，不要把运气当本事！不是当初老先人偏刃子斧头剁，给你太爷没有分家产，你能有今天？有些事今日是错的，明日就是对的。人心是秤，遇事得用这个！”牛国璧指了指自己的心窝，“就说致祥，看了几本老书有啥错？去了一趟阿克塞又有啥错？你还年轻，以后的日子长着哩，遇事心胸要宽，得饶人处且饶人，不要把事做绝！这些话我只对你说，说得是不是有些出格？”

“你说，大爹，我听着呢！”岁旺的脸上火辣辣的，身上汗津津的。

“去喊你老柳伯来一趟！”

岁旺出去不多时，就把一身草绿色军装的鹞子客柳知秋领进大队部。

牛国璧连忙起身让座，“老柳哥，亚男给我买了个玛瑙嘴子，八个元呢，花了娃半个月的伙食费，你来看看真假。”

柳知秋对着红玛瑙嘴子左看右看半天，发现了几丝自然水纹，又掏出串在旱烟袋上的玉石烟签在玛瑙嘴子上划了划，不见留下刻痕，“好东西呀，真货，真货！”

“你还真是个行家！”牛国璧翘起大拇指。

“还是惠萍爷爷教的。亚男当工人了，情况咋样？”柳知秋坐了下来。

“在保密厂上班还能不好！”牛国璧把柳知秋胸前两个藏在口袋中的袋盖一一拉在口袋外面，“这身军装不错呀！”

“人说吃的返销粮，穿的黄衣裳，听说是王老将军来县上查看了咱的疾苦，发话拨下的军装。咱村上的贫下中农谁家没有几身军装，几床军被？”

牛国璧用手爬着皱皱折折的袋盖:“还是四个兜的，你老哥穿在身上，就像一个要上沙场的老军官！”

“这阵装起糊涂来了！谁穿哪一种军装都是抓过阄的，还不都是你定的规矩！”

“抓阄是不假，还是你的手气好。四个兜的只有三两件，就让你给抓了一件！”牛国璧把烟锅伸进烟袋装满旱烟，隔着烟袋用大拇指压瓷实，然后掏出烟锅双手递给柳知秋。

两人平时见面骂骂咧咧惯了，今日一见面又说恭维话又讲礼数好像变了个人似的，柳知秋也伸出双手接过烟锅，“国璧，叫我来不会是为看这身军装吧？”

“我一张口你就能看见咽喉，我想了解一下你耕扁豆的详细情况！”牛国璧扳动砂轮，打火机的煤油捻子立即窜起一股蓝色火苗，他又把火苗挨在老知秋手中的烟锅上。

柳知秋连吸几口，鼻子嘴里冒烟，两只眼睛生气，“是俞世珍那个毛鬼神报复人哩！”

“他报复你啥事？”

“那年我骂了他一句‘吃屎的怪怨起了拉屎的’，他说我骂他是狗是猪！”原来还是批斗牛国璧时的陈谷子烂糜子事情。

“嗨嗨，这是一句乡里人吊在嘴上的话，不过细一想，还真有那个意思。”

“咱在气头上想起啥说啥，谁能想那么多！骂了就骂了，他又不是皇上爷，骂了他难道天上不下雨地里不长莜麦了？他说我高调骂他那是抬举我哩，我再明骂一句，他这叫老狗记的陈干屎！”

牛国璧呵呵笑着，食指点着鹞子客的鼻梁，“你这个人啊，句句不离屎，哪来这么多的屎？”

柳知秋脸板的还是那么平，“不是说‘没有大粪臭哪来五谷香’嘛！我是个一辈子和大粪打交道的，不说屎就没说的。”

牛国璧在柳知秋对面坐了下来，“说说看，他又是咋个报复法？”

“那是去年的事。来了个啥主任领着一帮子会吃饭不会想事的干部检查枪毙扁豆，我吆着那对大叫驴耕的地。你说，咱人手几辈种庄稼能不知道扁豆产量低？种扁豆是为倒茬呢，扁豆产量低，种过扁豆的地下年种麦子产量高。一下子把它赶尽杀绝了，需要种扁豆时哪来的种子呢？”不知是被烟呛着了还是激动，柳知秋忽然一声接一声地咳嗽起来。

牛国璧看似漫不经心地插话说，“会种扁豆的人多，会耕扁豆的人还真没几个！得要些真本事，稍不注意就耕掉一片！”

“不然，咋叫我耕！现在想起来这是俞世珍下好套子让我钻！”柳知秋咳出了眼泪，咳得两个眼窝都红了。

“他为啥给你下套？”

“他就像个毛鬼神一样，只要谁和他较过劲总要想方设法报复一下！俞殿元一顿年饭吃的没了救济粮，还不是他反映给公社的！”

牛国璧仍然不愠不火的样子，“那你说说他又是咋个套法？”

“你耕了扁豆，松柏峪人骂你是个坏种，出土的粮食都耕呢！你不耕扁豆，检查团的人当下批判你！”

“噢，这下明白里边的渠渠道道了。实不相瞒，公社分给咱大队一个批判指标，若论错误的大小问题的严重性，数来数去就你和俞致祥两个。”牛国璧拿起牛岁旺为柳知秋写的那份材料，“我思来想去，你只有耕扁豆这一件事，怎么说都该不上你。俞致祥虽然拿着阿克塞县的准迁证，公安局的大印盖着呢，可他去时没有请假是流窜犯。耍流氓也是他自己承认的，谁也没有逼迫他！”

柳知秋的咳嗽松动了一些，“致祥这事你我心里清楚，那是替人受过！再说，致祥上了批判会，不就把惠萍在全公社广播了一遍吗？”

牛国璧又拿起俞致祥的材料，“总得去个人交这个差事呀！”

“嗨嗨！”柳知秋终于明白了牛国璧唱的是那一出戏，指着牛国璧的鼻尖，“你这个老奸巨猾的牛国璧，怪不得这样抬举我，说我是就要上沙场的老军官，原来真要我陪杀场！”

牛国璧却变得严肃起来，“哎，这事非同儿戏，不是闹着玩的！耕扁豆说起来阳奉阴违于公有错，保留下扁豆种子却于私有功。这两年的批斗会只触及灵魂不搞武斗，你又是一个老贫农，也就是低着头弓着腰在公社舞台上站一两个小时，谁也不会把你咋样。你若情愿替换致祥，也算积了个阴德，要是不情愿就让他自己去站。好汉做事好汉当，他既然承认，想必有这个准备！”

柳知秋摇了摇头，“两个娃娃都还没活人哩，咋能让他们遭这罪。我一把老骨头陪场就陪场，人都是吃五谷的，有吃五谷的口就有想事情的心，我就不忍心耕出土的扁豆苗，谁能把我咋样？”

“柳老哥，你是个男子汉。我替三个娃娃感谢你！”牛国璧起身握住老知秋的双手。

柳知秋惊得张大嘴巴，“这事也能泅水，两个娃娃咋成三个？”

牛国璧看了牛岁旺一眼，“还有牛队长呢，他正为派谁去犯愁肠呢！”

51

戴乐天官复原职以后，池志超由主持工作的公社革委会副主任调任故里中学校长。故里小学是故里中学的前身，两条腿走路办学时升格为农业中学，上高中不出公社上初中不出大队时，又升格为高级中学。池志超到任时正是开门办学时期，故里中学办起了教具厂、灯具厂、拖拉机修理厂、无线电修理厂、水泥厂，课堂也搬到了田间地头、车间。省报曾以整版的篇幅作了报道，故里中学升格为地区直属学校，新建了教学大楼、学生宿舍、礼堂，办学条件得到很大的改善。

池志超这阵在为副县长的事熬煎！县革委会班子老中青三结合需要一个年轻副主任，他是候选人，材料已上报地区。不报材料时没有这个念想，报了材料就吊起了胃口，离目标越近，反而越担心。论年龄，他三十几正当年；论级别，地区直属中学校长，虽然没有明确级别，但凡公社、县局一把手参加的会议都有他的份，地直干部会议他也参加，至少相当于正科级吧。转任故里中学校长以后，开门办学事迹上省报头版，这在全地区绝无仅有。人就是这样，欲望随着岁月的增长而增长：没有事干时想着当个老师，当了老师又想着摆脱孩子王的差事，谋了个科级又想着副县级。

“瘦死的骆驼比马大。”这是池志超的高曾祖父也是大名鼎鼎的池老爷，临终对儿孙们的嘱咐，真正对这个临终遗训心领神会的要算池志超的父亲池占山。民国三十七年，广爷川镇第六保保长一职空缺。那年月吏治腐败，保长要抓兵要派款要催粮要催草，是个千夫所指的差事，没有多少人愿干。池占山却毛遂自荐，走马上任。他吃拿卡要，贪赃枉法，被县长李国栋下令撤职查办。他却因祸得福，人民政权清查伪职人员时他不在任上，土改划成分，他一没雇长工二没放高利贷，划了个下中农。

池志超这阵熬煎的正是父亲池占山当保长的事。广爷川公社革委会当初关于不追究池占山任伪保长的决定，只有在广爷川公社只有在池志超主政时期有效，池志超不在广爷川公社主政就失去了效力，出了广爷川地界更是一纸空文！如果这个问题一旦坐实，所有的政绩就得一风吹，他饭也吃不香，觉也睡不宁，心里七上八下，表面上还要装得举重若轻！

地区通知参加全区青年干部学习班，能进入这个学习班说明提拔已经有了七八成胜算，他高兴得差点没有跳起来，嘴里不停地哼着“漫天的乌云风吹散！漫天的乌云风吹散”。第一个告诉他这个特大喜讯的公社秘书不解地问：“老池啊，你这几年一直干得风生水起的，有啥乌云需要风吹散呢?”

“是呀是呀！我是想起啥唱啥！这不，时下学校正在教唱这首陕北民歌嘛！”

他嘴里不唱心里还在唱，心里唱和嘴里唱的感觉是一样的。他从故里中学唱到地区党校，唱到学习班结业。

“心怯处有鬼”。竞争对手对他的情况了如指掌，不但向地委组织部反映了池占山担任过伪保长的历史问题，还反映了他在广爷川公社主持工作期间利用职权，隐瞒父亲历史的事实。地委组织部派人查阅了敌伪档案，档案记载，池占山的伪保长因贪腐被李国栋撤职查办。外调干部来到松柏峪大队池家岔生产队，找到知情人池狗娃了解情况，池狗娃一五一十，把当年和池占山一起干的龌龊事都说了。

52

池狗娃是池占山的本家，狗娃是他的小名，小名可以胡乱取，马牛羊鸡犬豕，十二生肖、花鸟虫鱼都行。大名要在正式场合使用，得请个念书人取。请念书人就得上人家的门，就得带上四个油饼的人情。狗娃说，省下油饼自己吃，就叫小名行了。

池占山给他谋了个“顶兵”的营生，说干这个事啥心都不操，有人管吃管喝管住，只需听话就行，每成一手五块大洋。有这样的好事，狗娃是个一人饱全家饱的光棍汉，十分乐意地应承了。

头一回顶的是松柏峪俞炳仁。池狗娃和池占山还有两个保丁从保公所出发，走到离故里不远的一个岔沟时，池占山说，“兄弟，这下得装一装样子了！”

两个保丁拿出一根绳子把他装模作样地捆起来，一前一后押着他来到镇公所，交给看守的镇丁就走人了。池占山替他解开绳子，悄悄告诉他：“只要有人喊俞炳礼你就答‘有’！”

“不是说我顶的是俞炳仁吗？咋又变卦了？”池狗娃吃惊地问。

“壮丁册将俞炳仁误写成了俞炳礼，你也将错就错吧！”池占山的脸色很不自然，说明绝不是写错这么简单。

“写错改过来就行了，我这几天一直练着答俞炳仁，一下子换成俞炳礼还不习惯。”池狗娃人穷但也不是冷怂，池家山就在牡丹嘴后面的南山上，和松柏峪同属第六保，松柏峪有些谁住在哪里他都一清二楚。俞炳礼虽然是俞炳仁的弟弟，但是替老辈子的二房顶门，独立门户，人家算独子壮丁就没有人家的份。

“既然错了就从错处来，壮丁册上写成俞炳礼顶的就是俞炳礼，日后叫俞炳仁再卖一回兵。”池占山不动声色地说。

“事不能做绝，你们两家还认亲戚年头节下走动着呢！”

“俞炳义刚赋闲回家，不让他家出血，叫花子家哪有钱？叫你咋说就咋说，管那么多干啥？一次白赚五块大洋，不费一些脑子咋行？”池占山很不耐烦地说完，也走人了。

各保的壮丁都是五花大绑由保丁押解到镇公所堡子，进了堡子才解开绳子。每个壮丁的身后都跟着一串家人或亲戚，拿干粮的，拿衣服的，哭哭啼啼一整天。池狗娃就是一年三百六十天不进家门也不会有人惦记他，自然不会有人送行。他心里想着事成之后的五块银元，想着早早到县上师管区交完差事脱身，看着这些哭哭啼啼的人反而感到烦躁。全镇的壮丁到齐后，两个镇丁不由分说，又把他按倒在地上五花大绑起来。

“连我你们也要绑？”池占山说好各个环节都打点过的。

“你的沟子比别人白还是咋的？半路跑了我们去哪里找？”

一个镇丁才说完，另一个又接上，“我看这家伙不是个省油的灯，绑紧些!”

不再像保丁那样遮人耳目，这次是真绑，一根细扎绳绾了个猪蹄跨搭在脖子后，扎绳的两端紧紧地扎在两个胳膊上，在手腕处打个结，又穿进脖子上的猪蹄跨。两个镇丁一左一右，脚踏在他的背上，猛一用力，两个胳膊被反剪起来，立马疼得像被斧头砍去胳膊。

壮丁们一个个被五花大绑着串在一根绳子上，就像一串干鱼，天不亮离开故里，点灯时到县城师管区解开绳索换上军装。晚饭后，一个军官模样的人走过来踢了他一脚，“你这个怂样子，能扛枪打仗!”这是池占山告诉他的暗语。他装作出恭的样子，进了厕所，翻过厕所墙，拐了几个巷子，来到一家油饼店换上粗布汗衫大裆裤，偷偷回到池家山。

池占山没有食言，拿来五块白元，“咋样，这个钱赚得还算容易吗?”

池狗娃爬着两个还在隐隐作痛的大胳膊，“嗨，不说别的，从故里到师管区挨一绳就值五个大洋!”

“各路神仙都少不下，狼多肉少，总有个打点不到的。光镇丁就要好几个呢，哪能晓得谁绑你呢?”池占山告了一阵艰难，又关心起本家来，“五个白元是不多，可是你当长工长拉拉的一年又能挣几个钱?一口吃不了个胖子，只要有机会就干一下，攒几个娶媳妇钱，不能一辈子打光棍呀!”

“俞炳礼的兵这就算支过去了?”狗娃总觉得心里不安。

“到师管区出了事就不归地方管了!”

第二回顶兵和头一次大同小异，翻过厕所墙时身后好像有人，他没有急着去油饼店，一直等到黎明时分才到店家来换衣服，被埋伏在暗处的两个便衣逮了个正着。

池狗娃被带到老县衙，带到县长李国栋面前。

“又遇上了李鞭杆，这下不得活了!”池狗娃低着头，整个人就像筛糠。不要说李国栋就在当面，只要提起李国栋，他的双腿都会打颤。李国栋一上任就提出广植树木，并且在自己的家乡广爷川镇首先推行。各保的百姓在规定的时间来到故里城外栽柳树，池狗娃除了自己名下的还有池占山的，想在天黑以前栽完，树坑挖得浅了一些。偏偏李国栋走过来，文明棍丢在河滩里，双手没咋用力，就把柳树栽子拔出地面，二话不说，拾起文明棍照准池狗娃的小腿骨就是一下，令他重栽。池狗娃挨打后，人人自查，不合格的返工，没有一个怠慢的。从此，李县长的雅号“李鞭杆”也就传开了。

李国栋已经认出了他：“你是那个栽柳树吃了我一棍的池狗娃！”

池狗娃丢了魂似的，不敢承认也不敢不承认，只是把头低了又低。

“为啥当逃兵？”

“我是替人顶兵。”

李国栋看了池狗娃一眼，“接兵的慕营长刚刚来过，说有个人在我的地界当了逃兵，向我要人。踏着门儿走三遭，明明是你们串通一气贪赃枉法还要拿我做垫背，你自己去说清是咋回事！”

两个便衣又押着池狗娃来到师管区，慕营长先是吃了一惊，很快回过神来，又是递烟又是沏茶。

两个便衣也不客气，接过香烟腾云驾雾般抽着，接过茶水慢条斯理地呷着：“老总，别怪我们不够朋友，逃兵出在我们地界，我们是要担责的！”

慕营长嘴一撇，已经想好了计策，既然说逃兵就按逃兵办！对几个随从喊了声：“揭背花！”随从自然明白揭背花是什么，脱去池狗娃的军装，把他按在门扇上，举起木板子，左右开弓，板子像雨点一样落在池狗娃的脊背上。

“哎呀呀，哎呀呀！”池狗娃呼天抢地叫了一阵，觉得有些不对劲，翻着眼珠子看慕营长：“老总爷爷，真个打呢？”

慕营长不怀好气地说：“再喊叫就往死里打！”

随从手里的板子举得更高，板子落下时，狗娃脊背上的软肉粘住板子，板子抬起时，软肉被扒起老高才离开板子。

“池保长说咱们是一起事，咋，他没给你钱？”事到如今，池狗娃也顾不得许多了。

慕营长不吱声，狗娃的脊背已经变得血肉模糊。

“一撮毛……你这个昧了良心的……还一个老先人哩，你不得好……死！”狗娃的声气渐渐小了下来。

管事的便衣拦住慕营长的随从，反客为主，亲自审讯池狗娃：“你是如何顶的兵还不如实招来!”

慕营长心中有鬼，不敢阻拦。

池狗娃有气无力地说：“头一回顶兵逃出去以后池占山给了我五块大洋，其余四十五块他说要疏通关节，上下打点用。第二回还没有得手就被你们逮住了。”

李国栋责令广爷川镇镇长撤职查办池占山。镇长不敢怠慢，撤了池占山的保长，没来得及查办就解放了。

53

九个月零十天，不是今天就明天，产期就在这几天，为防万一，惠萍已经在家休息。乡里人的习俗，推磨可以顺利生产。光线昏暗的磨房里传出隆隆的推磨声，被长年累月的脚印打磨得明油油的磨道里，惠萍拖着个大肚子，手握磨担一步一颠地走着。

磨扇上的麦堆尖陷进去一个坑，小坑越来越大，逐渐向磨眼靠拢。磨膛里的麦颗被转动的磨扇带到一组组刻在上下磨盘上的齿沟里，经过上下磨齿一次又一次的咬合，磨成面粉流出磨口。沿磨扇一周的泥面台上，堆起和磨盘齿数一样多的小山头，出面快的齿口下山头高，出面慢的齿口下山头低，高山头慢慢向两边扩展，渐渐吞并了两边的低山头。

平常饭用小磨眼，大磨眼只有遇上节令吃一顿细白面才用，平日塞着一个木塞。就是小磨眼流得还有些快，磨出的面粉麸皮太多，为了多吃些麸皮，还插着几根扫把上的竹芒，少则一两根多则十几根，调节面粉的粗细。庄家人吃一口白面多不容易!

小磨眼里的竹芒又在上蹿下跳，磨膛里空了，石磨在干吼。惠萍丢了个盹，一听干吼才知道是磨眼空了，挨着磨子一边的左手把摊开的麦粒重新归拢在一起，磨子声渐渐低沉雄厚下来。

忽然一阵搜肠刮肚的疼痛，豆大的汗珠从惠萍的脸上滚下来，剧烈的下坠感使她来不及喊娘就倒在地上，手中的磨担把泥磨台打出一个豁豁，白面撒落在地上，隆隆声戛然而止。

听不见隆隆声，李晓梅赶到磨房，地上一滩羊水，一个小男孩已经来到人世。她不知哪来这么大的劲，将两个骨肉一起抱到女儿的炕上，抄起剪子，剪断连着两个骨肉的脐带。听人说脐带留长些孩子的饭量好，断开脐带时，她将孩子的脐带留得特别长。一切处理停当，她又去忙活厨房。

孩子既不叫唤也不吃奶，当年惠萍也是一天以后才吃上奶水的，她没有在意。两天过去了，孩子仍然不叫唤也不张口吃奶，她抱起孩子亲了又亲，“小祖宗，你来到这个世上就乖乖地长着，不要让奶奶担惊受怕！”

她突然发现孩子的小嘴唇周围黑了一圈，惠萍当年可不是这样！

“娘，快去请三婶！”孩子两天没出声，惠萍也两天没睡觉，额头像要炸破似的，两个眼窝像生着两个小火炉。

“你不是不知道，请你三婶还得俞世珍同意！”李晓梅心事重重地说。谁的气她都能忍受，就是不愿看俞世珍的脸色。

“你给国璧叔说一下，他是主任！”

“县官不如现管，人家是专管分子的治保主任！”

“如果致祥在该有多好。”惠萍焦急地等着致祥，这个节骨眼上，没有个男人不行，这个节骨眼上能进世昌堡的男人只有致祥！

“打过电话了，按时辰应该到了。”

“你看着孩子，我去！”惠萍挣扎着翻起虚弱的身子。娘真的老了，前怕狼后怕虎的，要是年轻时的她，比求俞世珍作难的事都不在话下。惠萍的肩上已经扛起为人母的重担，孩子没生下时思前想后，孩子生下后不再顾虑重重，只要孩子能开口。

“还没出月，你咋去？孩子不张口，大人又被风吹着，我是顾及孩子还是顾及大人？”为了孙子张开口，李晓梅终于豁出去了。

艾灸小儿风症是娘亲留给季玉梅的医术。娘说患风症的婴儿最佳治疗期是出生四天以内，过了四天就费事，过了六天就无法灸治。玉梅居然打破了娘的记录，救活好几个过了六天的婴儿，前来请她的人磨平了门槛，一双小脚走遍磨子河两岸。这两年她被列为游医禁止出诊，生了小孩的家庭，管什么游医不游医，还是照请不误。这样一来，虽然解除了患者家属的焦虑，却给俞炳义惹下麻烦，年终评审提高一个类别，由二类增加到三类。请她出诊的人趁天黑找上门，玉梅是个心软人，能救一命是一命，俞炳义却不让她走出家门。来人求医心切，只得去俞世珍家求情。

“出了事谁负责?”俞世珍黑着脸问。

“自己的娃娃自己负责!”

“误工咋办?”

“要钱我愿出钱，要工我愿出工!”来人掏出一盒香烟放在八仙桌上。

俞世珍老远瞅得见，蓝色的烟盒上印着个白色的路灯杆，这是兰州出产的最好的烟卷，“不是我俞世珍和你过不去，而是治保主任的公事在身。我也是有儿有女的，大龙身后的几个娃都是四六风夭折的。二龙三龙四凤个个都是玉梅灸好的。”说完，对来人摆了摆手。

来人千恩万谢地说着好话离去时，俞世珍把香烟塞进他的口袋，来人脸红脖子粗地说：“俞主任，你为咱的事要操心，一盒烟算个啥吗?”掏出香烟放在八仙桌上，紧走几步，生怕俞世珍追出门来。走了一会回头看时，人家根本就没有出门。

不知啥时，行情又涨成两盒烟，说两盒烟相当于四个油饼。

其实，李晓梅老早就准备好了两盒烟，她先到恩贡老宅，告诉了玉梅，然后才打算去俞世珍家。俞炳义一把拉住她，对老伴说：“他干娘急着哩，三类就三类，你快去!”

玉梅仔细查看了孩子的嘴唇，又掰开手指头，中指上的一根细血管已经黑到第二指节，“他干娘，娃是四六风。”

玉梅从自己带来的一捆干艾蒿上揪了些艾叶，放在手心研成艾绒，又将艾绒研成一个个上尖下圆的小艾炷。然后，用筷头蘸着锅墨在孩子的手指、人中、肚脐眼周围点出四十九个黑点，在每个黑点垫上晓梅切好的蒜片，小艾炷放在蒜片上，再用香头点燃。不一会儿，房间里飘起艾蒿味。

艾炷换了七遍，艾蒿味越来越浓，一个疗程结束，没有好转的迹象。

致祥是在电话里知道孩子出世的消息的。他来到工地医务室，“卢大夫，有个出生两天的小孩不吃奶也不叫唤，你能跟我去一趟吗?”

“看你着急的样子，不会是你的小孩吧?”卢大夫是来自北京的“六二六”医疗队医生，广爷峡水坝开工后，从公社医院调到工地医务室。他是个文艺爱好者，一有空就跟致祥学唱夯歌。

“就算是吧。”为了不耽误时间，俞致祥随口应承着。

“这算什么话，是就是，不是就不是，怎能说‘就算是吧’?”卢大夫扶了扶高度近视镜，笑眯眯地看着他。

“我也说不清!”俞致祥张口结舌，十分难为情。

“看你唱起夯歌来大大方方的，原来是个容易害羞的人！没吃喜糖，就有小孩啦?”卢大夫把听诊器装进棕红底色开口处有个大红十字的药箱，又找着必备药品。

“嗯!”

“是那天找你的那个姑娘吧?”卢大夫那双被一连串圆圈罩起来的眼睛流露着好奇的神情。

“嗯!”

“我说呢，你小子艳福不浅!”

卢大夫跟着俞致祥来到世昌堡，顾不得歇缓，查孩子的体温，看孩子的眼睑，听诊器在孩子尚未见过天日的胸膛上来来去去移动了大半天，“小孩是在什么地方出生的?”

“磨道里!”李晓梅口干舌燥地说。

“为什么不生在房间生在磨道里呢?”卢大夫皱起了眉头。

“咱这里人说生小孩要出血，要生在看不见人的地方。出生在磨道里都算不错了，有些人家还生在厕所里，生在草木灰上！”季玉梅一旁解释说。

陋习呀陋习！无知加愚昧，生小孩就像下羊羔！活下来的算命大，活不下来的裹上一剪麦草一烧了事！世事转了多少年了，生娃还几乎停留在原始社会！卢大夫用拳头砸着自己的手心，“经过严格消毒的产房都不能百分之百地保证无菌操作，小孩出生在磨道，怎能不得破伤风呢！”

“有办法吗？”俞致祥问。

“感染了破伤风病菌，咱这里的条件是没有办法救治的。”卢大夫自恨回天无力，水也不喝一口就走人了。

李晓梅是个识字人，一听卢大夫的话马上就能理解，悔恨交加地跪在地上，“玉梅嫂，你看我孤儿寡母，为生这个娃，受尽了多少苦难，连累老柳哥上了公社批斗会，连累致祥背黑锅！你想尽一切法子把娃搭救到世上，我下辈子就是当牛做马，也要报答你们的大恩大德！”

“他干娘，不说了，我也是从针眼里磨出一条命，知道稀男欠女的味道。只要有一丝希望我就不放过！”季玉梅连忙拉起李晓梅，对儿子说：

“你干娘没力气，你来得正是时节。男人的身上是阳气，研出的艾炷好，你帮娘研艾炷。”

俞致祥的到来，无疑给俞惠萍冰凉的心底投来一缕阳光。三婶无意说出的话恰恰说在她的心坎上。她睁开疲惫的双眼看着致祥，哪呀，他岂止给艾绒增添了阳气，也给这间房子，不，给整个世昌堡带来了阳刚！

致祥也在看她，四目相对，传递着问候，传递着坚定，传递着希望。

汗水湿透了季玉梅的前胸和后背，她在艾炷里加入少许麝香，每处换了八次。她看得真切，孩子的小嘴唇微微动了一下。

两炷香着光了，一行汗水从季玉梅额头的发际流出，流过那双浓浓的眉毛，流过那双大大的眼睛，又和两个宽脸颊上的汗水汇合一起，滴滴哒哒，把贴着肩膀的衣服湿了一大圈。她又开始第三个疗程，每处换了九次艾炷。她把旧碗片摔在地上摔成一堆碎片，从中挑出一个，用这个碎片的獠刃割破孩子的耳垂，挤出少许鲜血。又把孩子的两只胳膊交叉放在胸前，将孩子的头按在盘起的两条小腿上反复数次，口里念叨着，“委屈你了，给三奶叩个免罪头吧！”

孩子的小嘴唇周围出现一圈密密麻麻的小汗珠，终于呜哇一下，哭出声来。

54

两个工作人员坐在撷秀中学大门口的椅子上，头上裹着拉下帽耳的皮帽子，身穿皮毛大衣，眉毛上凝结着一层霜花，翻毛皮鞋踏的冻地啪啪作响。只要有人走进校门，马上接过递来的准考证，看着照片和本人核对一番。

1977年12月，尘封十一年的高考大门重启，这是共和国史上唯一的一次冬季高考，这场决定人生命运的高考就像冬天里的一把火，吸引着每个考生。

一排排陈旧的教室门上贴着写有“第×考场”的红纸条，考生根据准考证上的考场号找到自己的考场，对号入坐。牛岁旺在第26考场临门靠墙的一号位，俞致祥在他的身后。大概人人都是初次经历这样严肃的场面，全考场鸦雀无声，只有呼吸发出的声响，冒出的热气。

还没开考，考生已经到齐，答题纸和草稿纸已经发到考生手中，监考教师要求考生填写答题纸密封线后的考场、座位号、姓名。牛岁旺写完“旺”字的最后一笔，习惯性地点了一下，以使翘起的一横显得平衡些。坏了，这个点越来越大，原来是钢笔舌头出了故障，墨水失去控制。他用草稿纸沾了沾，墨水点迅速扩散，墨污了签名。推门而入的文教局长看在眼里，不由分说，举起他的试卷，告诫全体考生说，“连自己的姓名都签不好，上大学还有什么指望?”

“叮铃铃！”开考的钟声敲响，主考教师拖着县城口音宣布考场纪律，向全体考生出示试题袋，当众检查密封条完好无缺后，示意助考教师用粉笔在黑板上抄写数学试题，自己在考场巡回检查。助考看样子不是数学老师，抄写出现好几处错误，对数符号丢了底数也没发觉。主考教师视而不见，考生中估计能发现的人也不多，没人指出。

牛岁旺眼睛盯着黑板，脑子里压根儿就没想数学。他参加这次高考是经过了一番激烈思想斗争的：推荐选拔十拿九稳上大学的他换成考试录取不上，让人怎么说？当然，他对结果也是最清楚不过的，之所以参加不过是免众人口舌。如果按实际出发，他应该参加中专考试，毕竟中专的难度小一些，侥幸的话还能录取，退一步讲，录取不了也离录取线近些。但是他有他的理由，中专和大学一样录不了，大学落榜比中专落榜好听些。

前一个晚上，他半开玩笑半当真地对睡在同一个麦草铺合用铺盖的俞致祥悄悄说："凭我的这两刷子不是你的竞争对手，你把答过的卷子放在桌子的右上角，我乘借文具的机会瞥几眼，只要打破零就行！"俞致祥满口答应。还没开考就被文教局长当成反面教员，情绪顿时一落千丈。他的目光慢慢从黑板移开，回过头扫视了整个考场，有的还在等老师抄完以后答题，呆呆地坐在那里，有的已经开始答题。

二号位后边的那个考生虽然不认识，但是火车头帽子，翻毛皮鞋，一根接一根地抽着带把香烟，一进考场就给他留下深刻印象。这阵火车头帽子放进桌框，却在翻看着藏在帽壳里的夹带，发出窸窸窣窣的声音。听见声响的考生不少，没人吭声，看一眼监考教师，答题的继续答题看黑板的继续看黑板。监考教师看着一个个朝自己张望的目光调转了方向，惶恐的眼神平静了下来，听见装作没听见，看见装作没看见。

牛岁旺的心里有了底，借了圆规借三角板，借了三角板又借橡皮，开始还举手征得监考教师同意，后来就直接转过身子，借机瞥俞致祥的卷子。天哪，好不容易找见序号，字都是倒着的，把这些字在大脑里扳个个儿不是一两下就能办到的。不知什么领导又进考场巡视了，他文具也懒得借，熬过漫长的一千八百秒钟后交了卷。

告别学生时代整整五年，复习时间仓促，只注意概念、性质、定理这些带有普遍性的问题，又是第一次参加高考，俞致祥的心情有些紧张，第一题就不顺畅。算出答案又算了第二次，两次的结果不一样，只得算第三次，三次三个结果。他有些着急，注意力再也集中不起来，人在考场，头脑却在松柏峪！

临行前，惠萍来恩贡老宅为他送行："致祥，这回不用跷铁门槛了！"

致祥会心地笑了，“我都没把握，你就那么自信?”

俞惠萍不假思索地说，“考农活我不敢说，考文化课我敢打包票!”

“那只是你的一厢情愿。”

“我一人这样说也许是一厢情愿，小丁老师在我家吃饭时也这样说!”

“小丁老师?”

“他现在是公社文教干事。”

“他咋说?”

“他说，公社高考分析会上，招生领导小组副组长王文贵老师汇报全公社的情况时说，故里的希望就在俞致祥身上。这下，再也不用下十八层地狱了!”

这一想不要紧，却使绷紧的神经得到放松，再看做过的三个答案，原来结果是相同的！俞致祥的情绪愉快多了，不一会儿第二题也做出了……

“嘀嘀嘀!”结束考试的钟声响了，考场里只剩下一个人，俞致祥刚好写完最后一个字，来不及检查就交了卷。

“你是这个考场最有希望的!”主考教师将他的试卷和其他试卷合放在一起，进行装订之前的核对清理工作。

“我是交卷最迟的!”俞致祥虽然这样说心里却十分惬意，到目前为止还没有觉察出有错题。

松柏峪参加高考的除了牛岁旺和俞致祥，还有一个应届生，三人合住一个麦草铺。俞致祥到来时，牛岁旺已经打来饭菜，每人两个玉米面发糕，一碗煮洋芋片。麦草铺经不得压东西，饭菜只好搁在枕头砖上，“我每天五角钱的伙食费白交了，你俩好好考，我给咱办后勤!”

趴在麦草铺上的应届生一骨碌翻起身子，脸上留着麦草印痕，长头发上沾着几根麦草，看着俞致祥，“咱俩对一下答案!”

从第一题对到第六题，应届生不住地拍自己的脑袋。

“你第七题的得数是多少?”应届生问。

“27!”

“我是25!”应届生当即取过作业本，爬在麦草铺上，垫上枕头砖重做一遍，答案还是25，“是你记错了圆台体积公式!”

对完所有题目，应届生十分羡慕地说：“你就第七题一个错题，分数应该在92分左右吧!”

“有些答案我也记得不准确。”

剩下的几门课还算比较顺利，特别是语文，作文《不到长城非好汉》在预料之中，一看就知道是围绕实现四个现代化来写，复习时腹稿打过好几回，不过是凭记忆写出来罢了。

为期两天的高考就这样紧张而又忙碌地过去了。两千多考生一下子涌出校门涌到街道上，本来就不宽阔的街道一下子拥挤不堪。街头巷尾的话题都是考试，听不到议论数理化的，偶尔听得见一两句议论政治的，绝大部分都是语文。

55

古装戏解禁了，服装道具又是问题。多数村庄的戏箱破了四旧，留下的也在路线教育时交到公社了。奉命处理这些旧戏箱的故里大队文书多了个心眼，偷偷留了些盔头、髯口、鞋靴、衣裤，正好派上用场，排练了首批允许上演的秦腔《十五贯》，春节期间上演。

这消息在广爷川公社比恢复高考的消息传得快。

桂芹娘也来赶时髦，以看老戏为由头，来妹妹家走动走动，联络联络感情。俗话说的好，亲戚越走越亲，越撂越远。

姐儿妹子中，她就偏这个妹子。桂芹他爸没有精简那会，过年还给她缝一件新衣裳。妹子也有心，玉刚爸每次从北京捎来茶叶也分给姐夫几两。姊妹俩却为一桩小事翻了脸：桂芹娘在季家又遇见坐娘家的玉梅，当着婆家妹妹的面，桂芹姨数落娘家姐姐：“你女儿就是个宝，三对六面说好的婚事昧了良心。你看人家娃多有出息，这会子是故里中学头一名，我都替你后悔!”

桂芹娘也觉脸上无光，有口无心地说：“妹子，你不要骂姐姐，错事要人做呢，我们重做亲戚还不行吗?”

几天后，俞炳义提着礼当来朱家山重新认亲。桂芹娘对付着吃过饭，揭开俞炳义的竹篾馍笼，揭开一层遮挡尘土的旧报纸，放着六个结结实实的油饼。锅上忙惯的人看一眼就知道，这六个油饼不是炸的而是烙的。难为了致祥她娘，没有足够的清油炸油饼就改用烙的办法。她明白这是把老魏家当成了贵重亲戚，如果老魏家同意重做亲戚，就收下这几个油饼，放上自己家的馍作为回复。没有现成的馍，也可以取出四个留下两个。时至今日，桂芹娘也说不清自己是咋想的，按原样苫好报纸盖好笼盖交给俞炳义。俞炳义高高兴兴回家后，玉梅才发现六个油饼原封不动还在馍笼里。

姐姐说是“浅看了俞家”，妹妹说是“要笑了俞家”，浅看也好，要笑也罢，事情到了这一步，泼出去的水再也收不回来。当姐姐的做得有些过头，当妹子的也不应该。一个奶头上挂大的，为他人的事较这个劲划算吗?

戏场里人山人海，难得一次自己安排春节作息时间的农民个个笑逐颜开。老天爷也揣摩人的心意，解冻前又是一场大雪，川道里的雪融化了，朱家山、磨子梁依然白雪皑皑。桂芹娘在戏场里溜达了一圈，无心看戏，剧情也弄不明白，看完那个不听劝阻，宁可倒在台上也要演一次老戏的八十岁老头出演的身子，就不想再看下去。不光是桂芹娘，多数人还不是出来拉闲散心图热闹的，真正对唱、念、做、打感兴趣的能有几个!

一个新名词“高考”却在戏场里传来传去，经过有文墨的人解释，恢复高考才成了最新鲜最重要的话题。当听清全公社只考上两个大学生，一个就是松柏峪的俞致祥时，桂芹娘的心情再也不能平静，丢了魂似的走回妹妹家。

妹妹家炕头上坐了个小伙，二十出头，中等个头，浓眉大眼，长得像季玉刚。养儿像舅舅，必是俞致祥无疑，不用说，准是考上大学给舅舅妗子报喜的。还真叫妹妹说准了，桂芹娘的肠子都悔青了：还有我这么背时的人吗？跟了个男人，没结婚时是小学校长，结婚后精简回家了；说了个女婿娃，没退婚时是黑五类，退婚后成了大学生。这世上没有后悔药，要是有后悔药，咱是头一个买主。

玉刚没有给她介绍小伙姓什名谁，平日口无遮拦的妹子更是话口不提，小伙也没有和她打招呼。越是没人搭理，她越是尴尬，越是顾忌感受，她越是不自在，坐也不是，不坐也不是，看一眼小伙的勇气也没有。

上正祀月亲戚进门就得吃饭，饭桌摆上炕，坐的位置就有了讲究。她被玉刚推到后席，俞致祥双手端着的四方木盘被玉刚接在手中又搁在炕桌上时，她的心里就像十五个吊桶打水七上八下。女婿外甥半个儿，外甥在舅家端饭合情合理；可咱三番五次的浅看人家，人家不给咱端这碗饭，也说得过去。不知是为了避免妻姐的难堪还是体谅外甥，季玉刚从木盘内端出一碗长面先递给她，然后再把盘内剩下的一碗一碗摆在炕桌上。

桂芹娘吃得慢，吃得大汗淋漓，一边吃一边消磨着时间。这些年给生产队干活磨洋工习以为常，吃饭磨洋工还从来没有过。她不是磨洋工是没有勇气吃第二碗，她不是不想吃第二碗而是怕受到俞致祥的浅看。

这一次俞致祥没用木盘端饭，双手端着碗长面伸到她的面前，微微一笑："给你添上！"

她感激地看了一眼，顺从地伸出自己还未吃完的碗，让俞致祥为自己添上饭！她不再担心不再难堪，心里却又后悔起来，还是咱头发长见识短啊！

"舅舅，妗子，我的通知书接的迟，报到的日期催得紧，还要顺便去公社办理粮食户口关系，等放了暑假再来看你们！"俞致祥三两下吃完，就急着告别。

"你有事，舅舅也不留，忙你的去吧！"玉刚也不挽留，送外甥出了门。

妹妹提着外甥的走亲戚馍笼，风风火火地从厨房跑出来，白了玉刚一眼，"孩子的屁股还没坐热就送客呢！"

"他还有事，时间耽误不得！"

"馍笼里装的这几个油饼是妗子炸的，你拿到学校吃去，昂！"妹妹边说边揭起苫馍的报纸让致祥看。

"昂！"致祥答应着。

站在一旁的桂芹娘脸上红一阵紫一阵的，一句话也说不出来。

妹妹又掏出两张十元票子，"这两张钱你拿着，想吃啥自己卖，不要算在伙食费里，昂！"

“昂!”致祥准备出门。

“你这一急差点把大事忘了!”妹妹又掏出红毛线扎着的一沓全国通用粮票，“咱乡里人饭量大，一个月31斤粮肯定吃不饱，这30斤粮票你先拿上，不够就给妗子说，千万不要饿着!”还没来得及说出“昂”，就眼圈红了眼睛湿润了说不出话了。

“妗子多保重，放了暑假我来多住几天!”致祥拉着妗子的手说完，擦着泪花走了。

桂芹娘既嫉妒又羡慕。嫉妒时在心里骂妹妹：“看把你能的？那是人家季玉梅的儿子不是你的儿子!”

羡慕时在心里说妹妹：“如果不是当初退婚，这阵说这话的是我不是你!”

56

月上柳梢头，人约黄昏后。思家心切的俞致祥，匆匆行走在归家的路上。他迷恋娘的浆水饭——在家二十二年吃腻了浆水，时常嘱咐娘舀出自己的饭后再调浆水，离开家乡的日子里却时常想吃浆水；他迷恋爸爸盘的热炕头——在家二十二年睡腻了热炕，在土炕上支着一块门板睡，学生宿舍是木板床还有电热毯，还是想睡热炕！他迷恋世昌堡，肃南师专的女生那么多，他心里还在想着俞惠萍！他迷恋松柏峪，磨子梁、牡丹嘴、泰山庙院常在梦中出现。在家时一门心思想着出门，出了门一门心思想着回家，人怎么这么矛盾呢!

俞炳义挑着粪筐在牡丹嘴的大路上已经几个来回了，他是怕天黑专门接儿子的，就像儿子小时候出去玩耍，天黑回家时他要出门迎接一样。眼前一会儿是那个紧闭着两个泡泡眼皮，张开小嘴打了个哈欠，叉叉开小腿，一泡童尿撒在他手上的乳臭未干的小家伙；一会儿是那个手捧奖状，兴高采烈回家的小学生；一会儿又是那个一身褪了色的蓝制服，短头发，毛茸茸的胡茬，拿着肃南师专高师班录取通知书的大学生。他的出生，让他的生命得到了延续，他手捧的第一张奖状让他看到了某种希望，他手中的大学通知书使他激动得夜不能寐，他想起了高曾祖父俞谟的遗言：

> 曾祖寒素家也，其行谊谟未及亲见。传至祖父敏斋翁丰采峻厉，意致端严，一家人皆敬惮之。佐以祖母刘，德则幽闲，身则淑慎，何有何无，针黹中馈而困顿于焉，一舒矣汩乎。伯父干臣翁以耕耘为职业，以勤俭为箴铭，栉风沐雨，披星戴月，真所谓中夜抚枕临餐忘食者也！而家道由是浸昌矣。谟先大人云亭翁蒙父兄作苦之余闲，殚一人敏求之旨力，笃志诗书，早游泮而食饩，而门第亦复为之改观矣。干臣翁卒，叔父太乙翁总理家务，业殊开创，运际守成，慎微谨小，课读勤耕，兼普医民之术，卒作王家之宾。尤赖谟先大人协力合赞，而丰裕之景况历夫如初。未几人口繁昌，分门别户，兼之同治初兵燹一起，饥馑频仍，不免式微之嗟矣！而幸也，人人自奋，家家自勤，数年来，复睹温饱之像焉。再则，谟忝列明经，而犹侄树德与其子伯彦相继入胶庠。一门之中，衣冠四世，不可谓非祖德之流披也！若夫过此以往，子子孙孙，能光大前人之绪，而迹微跨灶，名徵充闾，尤谟之所厚望也夫，时年七十有三也。

县公安局关于摘掉俞炳义历史反革命分子帽子的通知，恢复了他做人的尊严，不再像学生写作文那样一笔一画写思想月汇报季汇报年汇报，不为年终评为二类或三类忐忑不安，不用雨地里修路雪地里扫雪过年过节扫路上的尘土充作义务工，路头路尾既可以问候人也可以接受人的问候。

季玉梅早早把儿子的土炕烧得热热火火，她凭着自己的感觉判断儿子今天回家。儿子每次寄信来，不用通知不用捎话，她都能很准确地去会计家取信。她不识字，却能从一封封来信中挑出儿子的信。会计觉得不可思议，她说这叫母子连心，没有办法！

黄军帽，灰高领毛衣外套蓝涤卡军便服，人造革挎包，已经打了折扣的蓝直筒裤——同学们都是喇叭裤，他觉得裤脚大得有点夸张，有点出奇，挑了裤脚小一点的直筒裤，满面春风的俞致祥由爸爸迎接回恩贡老宅。

玉梅仔细地打量着儿子，看着黄军帽下红里透黑的皮肤滋润了许多，胸膛宽了，身材结实了，满意地笑了。

门帘掀起，一双纤纤细手端着木盘，俞惠萍笑容满面地走了进来。木盘中盛着麻腐饼，黄橙橙的饼子夹着浅灰色的麻仁酱，散发着麻油麻腐添加葱花后特有的芳香。

“三婶，我娘烙了些麻腐馍，让我给你二老端过来！”她的一双大眼睛迅速瞥了一下致祥，那张令人朝思暮想的面孔圆润了，细发了，白净了，嘴角上毛茸茸的胡须中隐藏着一个不易察觉的青春痘。致祥在信中说，他们班都是家庭出身和社会关系有这样或那样的问题，一直拖到最后才录取的，都觉得学习机会来之不易，人人憋着一把劲，要把被耽误的青春夺回来。除了吃饭睡觉，整天时间花在学习上，没人看电影，没人猜拳喝酒。头疼、失眠、健忘几乎是全班同学的通病。

这下她放心了！

“是惠萍呀！麻腐馍烙的真好，看你娘儿俩费心的！”三婶看了看盘子里的麻腐馍又看着她，样子怪怪的，有点像儿时玩老鹰抓小鸡游戏，扮演母鸡的小孩的目光，虽然没有丝毫的恶意，但还是想方设法护定小鸡不让老鹰接近。

“我的口福不错，回家就有麻腐馍吃！这些日子里可想吃麻腐馍了！”致祥注视着惠萍，脸上的气色好了许多，就像一朵雨后的牡丹花，越发洁白。由于生孩子有些发福的体态已经恢复如初，非婚生子的不快随着岁月流失烟消云散。岁月真是个好东西，该流的流去，该留的留下，流去的是闲言碎语，留下的是为人之母的喜悦。

惠萍在信里说，她在糜子地里套种了大麻。土地分到户后，家家种的麦子吃不完没有人种糜谷，老柳伯也不放鹞子了！她为了套种大麻才种的糜子，糜子几乎被麻雀耗蹋光。好在麻雀只吃糜子，大麻没受到大的影响！大麻，留着儿时的记忆：松鼠，打嘴仗，对麻鞭……

趁三婶的目光离开的一刹那，惠萍又看了一眼致祥，灰高领毛衣洗得干干净净，熨得平平整整。致祥在信里说，他一有空闲就想她，盼望她的来信就像行走在黑夜盼望火把行走在沙漠中盼望绿洲。

这下她彻底放心了！

三婶的目光再次落到惠萍脸上时，惠萍的目光还停留在致祥的脸上，“惠萍，周继愈来信了没?”

“没有!”惠萍慌乱地回过脸。

“旺旺大了，转眼到上学的时候了，也不知他是怎么想的!”三婶还在看着惠萍。

惠萍的脸红了。

“娘，人家自己会考虑的!”致祥替惠萍解围。

“你也到谈对象的时候了，吃呀喝呀的该有个人操心了，穿呀戴呀的一天一个样，娘跟不上形势，纳鞋底手上没劲，打毛衣不会!”

惠萍赶紧说:“三婶,只要你不嫌弃,他的鞋底我一直纳，他的毛衣我一直打!”

“哪能老麻烦你呢，你也是拖儿带女的人了，有自己该干的事呢！致祥，明儿这身衣裳得换了!”娘把儿子在家时穿的衣服已经洗得干干净净叠得整整齐齐，儿子每次回家她都要他换上学前穿的衣服。她特别在意乡亲们对儿子的议论，听人说“致祥这娃老实本分，身上还留着松柏峪的底色”，她就从心里往外乐；听到人说“这娃变了，说话的腔调都变了”，她就着急，立即提醒儿子注意。

“惠萍！惠萍!”是李晓梅的声音。

“干娘，旺旺!”致祥急忙迎出大门，干娘抱着两岁的旺旺站在门外。

“致祥回来了！噢，快让干娘看看!”干娘上下打量着致祥，“嗨，身体缓了，也长高了。公家的饭菜就是养人！明日到干娘家来，想吃啥给干娘说。咱村的人家多，家家都请你吃年饭，到时恐怕排不上队!”

“干娘家肯定得去。干娘，屋里坐会!”

“不啦，不啦，旺旺该睡觉了!”干娘说着，把抱在怀里的旺旺给了惠萍。

惠萍使劲在旺旺的屁股上拍了一巴掌，“你像个尾巴，天刚黑睡啥觉?”

旺旺觉得妈妈真的打屁股，委屈地咧开嘴，“我不想睡!”

惠萍又在他的脸上亲了一口，“妈妈和你玩呢!”

旺旺破涕为笑。

57

季玉梅起了个大清早，确切地说，她压根儿就没睡。儿子半年才回一次家，话说到半夜没有说够，儿子睡下后，还是没有一丝睡意，盘算着给儿子吃啥喝啥。原来想着只要儿子能吃饱，能端上公家饭碗就不操心了，这会子儿子上了大学等于跳出了农门，吃喝国家管，成家立业不是问题，还是有操不完的心！当娘的只要有一口气，无时无刻不在为儿子操心，尤其是像她这样把儿子作为自己全部的人。

她还在为儿子按时起床操心。暑假回来时，好多乡亲把他当贵重亲戚一样请到家里做客。寒假在春节期间，请客的人会更多，几家聚在一起，跟谁走都好像不合适，都会薄了其他人的面子。她想了一个办法，赶在请客的人到来前叫醒儿子起床洗漱，哪家先来跟那家走。为了让儿子多睡一会，她又早早起床，抹桌子扫地，掌握时间。

第一个进门的是李晓梅，还领着个外村人，玉梅一瞅见这个外村人，眉宇间马上流露出一丝愤懑，脸涨得通红，转身给了一个后脑勺。外村人走进上房门，噗通跪倒在八仙桌前，倒头便拜。八仙桌后是供桌，原先供奉的俞炳义双亲牌位，破四旧时俞炳义带到父母亲的坟头烧了，显得空荡荡的。供桌后的正面墙上，仍然是俞致祥当年的那张奖状，四个角上的麻椒刺换成了图钉。俞炳义明白来人在给俞氏祖宗叩头，等来人叩过头起身时，与来人互相拱手致意。不料，来人噗通一声面对致祥又跪倒在地，额头已经碰在地上。

俞炳义已经猜出他的来意，站在一边也不阻拦。致祥以为是给爸爸或娘叩头，也没在意。爸爸是旧社会上过学的，这一年南广爷川遇红白事又时兴旧俗，经常有人上门请他作礼宾先生；娘治小儿四六风出名，上门请出诊的人也络绎不绝。年头节下，上正祀月，不乏跪地叩头的人。

“致祥，这是给你叩头呢，别的人都承受不起！”见致祥没有理睬，干娘在旁边提醒说。

“咹?”致祥慌得不知说什么才好，男儿膝下有黄金，只拜父母和神灵，何况人家和自己父母的年龄差不了多少，怎么能让人家给自己叩头?急忙上前拉起来人的双手，“这可不行!这样会遭罪的!”

“你不要推辞，这个头就是给你叩的。你不接受，就等于我白来一趟!”来人推开致祥的双手，额头又碰了两下地面，才起身对致祥拱手作揖，“我要给老娘秉一份孝心，你把书念到这个份上，就有资格承受我叩的头!”

俞致祥听了个糊里糊涂，秉孝心与念书与叩头又有什么关系?

“坐下慢慢说!你可是稀客呀!”俞炳义热情看座。

来人在八仙桌旁的凳子上坐了下来，一进门就忙着叩头作揖，忽然发现女主人背身站在窗户前，觉得十分尴尬，回头又看着李晓梅，希望李晓梅替自己说出要求。李晓梅以为自己该说的已经说了，一副无动于衷的样子。来人觉得有点冷场，又看着俞致祥说起恭维话来，“你家祖上的俞老爷在广爷川无人不知。你又是南广爷川头一个大学生。如果按古制论，你的功名超过祖上了吧?”

“大学生和贡生是没法比的!”不过是基于礼貌和自谦的说法，事实上，致祥也不十分明白两者的区别。

“咋能没法比?远年的咱不说，就说清家的。清家的进士由朝廷放考，举人由省上放考，贡生由州府放考；大学生是全国统一招生，应该超出贡生了吧?”来人也是读过几天书的人，说话并不是信口开河。

“我觉得不能这样比。贡生三四年录取一回，柳湖书院十八个辖县才录取几十个人，摊到每个县不过三两个人。大学生今年全国春秋两季招了七十万，广爷川公社春季录取两人秋季三人，咱一个公社录取的大学生比当年一个县录取的贡生还要多。”俞致祥说着自己的看法。

“只说是人家学得好，光听人家这谦虚劲就知道原因了。”来人又看了看李晓梅，李晓梅觉得两人正谈在兴头上不便插嘴，来人只得又说下去，“咱绍乐老师常说，‘满招损谦受益’!可惜，绍乐老师已经不在人世了!”

“是啊，他要是多坚持几天就平反了，可惜了他的一肚子文墨!”来人的话立刻引起李晓梅的共鸣。俞绍乐当年为俞炳武伸张正义，是故里小学为数不多的几个主持公道的老师。

“要是放在这会子，他写的那些话算个啥事？孩子顶替了没？”来人问道。

“按政策只能顶替一个，大儿子顶替了。说起来你也因俞老师的事受了牵连！”李晓梅突然想起俞绍乐跟王维张要旱烟写信的事。

“老师那么不明不白地走了，那份没有发出的信让我也吃了苦头。民兵小分队要我交出老师往常写给我的信，每次都说些家长里短的闲话，看过就卷了烟。交不出老师的信就写检查，大会批小会斗，检讨书一份接一份。才是前些日子下王大队文书当着我的面烧了那些检讨书。”王维张有些心不在焉地诉说着往事，眼睛还在盯着李晓梅。

李晓梅忽然意识到老同学几次话到嘴边咽下去，原来是不好意思说出口。这个老同学！有话咋不直说？你要我陪你来这里，我说自己一个妇道人家不懂习俗，你说不需要我说话，你叩头时只需我告诉这头是叩给谁的就行。我按你说的说了，你却半天张不开口，原来还要我替你张口呢！

“致祥，他是我的老同学王维张，故里河畔下王家村人。当年你干爸就是和他几个偷自家的鸡和猪闹着玩被开除学籍的，一晃三十年了。”李晓梅顺便揭了老同学的老底，“他想求你一件事怕你不肯给面子才拉我来的，维张，规俗方面的事我不大懂，还是你自己说！”

王维张好不容易听李晓梅说到要紧处忙接过话头，“致祥，今年是家母三周年纪念，如今时兴旧俗写幛。话说回来，这幛并非人人都能挂，除了亡人生前的人品德行，亡人的子侄中还得个有功名的人。老人供给我高小毕业，有资格给老人挂幛。这幛还得署上具衔人的姓名，衔又有官衔学衔之分。这些年做官的人忽上忽下没个定准，官做不成幛也就挂不成。我想请你的学衔，到啥时代学衔都不过时。”

形势的变化往往超出人们的意料。一年前谈旧色变，俞致祥因为看旧书被罢免了民请教师，一年后时兴旧俗，俞致祥的学历又成了褒扬亡魂的资本，时也运也。

“致祥不会驳干娘这个面子吧?”看致祥还在沉思着，李晓梅半开玩笑半当真地说。

致祥的确作难，让他作难的不是具衔这件事而是王维张这个人，他没有见过王维张却听说过王维张，当干娘说出王维张的姓名时，他就暗自吃惊，这事搞不好可能勾起娘的心病。他做不得这个主，对背身站在窗户前一言未发的娘说，“娘，你说呢?”

二十四年前，季玉梅因为不生育被王维张母亲撮掇儿子抛弃；二十四年后，王维张为了能以季玉梅儿子的名义撰写褒扬母亲的幛文，屈尊求得季玉梅的首肯！这不是想象的故事，而是真真实实的亲历，是巧遇还是冥冥之中的安排?季玉梅不得而知，她转过身子，释然地一笑，“给!”

王维张和李晓梅走后，季玉梅一下子有说有笑：“你真是娘的争气娃！这才是请衔，烧完纸还要谢衔!”

“谢衔就免了吧，人家一把年纪了，多难为情!”

“这是规俗，你答应具衔给了他天大的人情，请衔谢衔事小，对他娘不敬事大!”俞炳义也笑着说。

“那就让他给娘叩头吧!”看着一脸灿烂的娘，致祥也开了个玩笑。

“瓜蛋，给你叩和给娘叩还不是一样的!”

58

一抹晚霞透过窗户，照在铁支架餐桌上。餐桌上一盆新蒸的米饭，两盘普通的炒菜也被染成火红。上初中的小儿子等不及还在缝纫机前忙碌的妈妈，吃完饭嘴一抹跑出门玩去了。韩维周望着一身金黄的妻子，“淑珍，饭菜凉了，吃毕再干!”

缝纫机前的宋淑珍抬起头，看了餐桌旁的丈夫一眼，“你先吃！我要赶天黑补好你的上衣，开洞好几天了，活像个单身汉似的。”说完，双脚又蹬着踏板。

“我等你一起吃!”韩维周一副若有所思的样子，“淑珍，你说家是什么?”

“扎扎扎!”她的回答似乎都在缝纫机的叫声里。

韩维周一眼不眨地看着这个在晚霞辉映下显得单薄而又干练的身影，“家就是女人，女人就是家！说具体点，你就是我的家!”

淑珍白了丈夫一眼，“你也是我的家嘛!”

“哎，不对，我说的对，你说的不对!”韩维周固执己见地说，“家，饿了给你吃，渴了给你喝，雨天给你打伞，冷天给你烧炕，流泪时为你擦去泪水，充血时为你吮去瘀血。啊，有家的感觉真好!”

自从大儿子上了地区卫校，韩维周的话越来越多。

“今日怎么多愁善感起来了?”宋淑珍还是不明白他要说些什么。

“我想这个问题好长时间了，说‘你是我的家’更准确。我被开除后，脸面无光地走进这间房子时，你看着我说，‘回来也好，不管怎么，这儿还有你一个家!’我当时激动得说不出一句话。心里想，‘我差点丢了这个家啊!’”韩维周棱角分明的国字脸上骤添几分愧疚。

那年，他专程回家离婚不成反招来一沟子骚！回到学校部校长就找他谈话，说他在个人问题上欺骗了组织。他申辩说宋淑珍是童养媳，和自己不曾领结婚证，更没同过床，两人之间以姐弟相称。部校长非常严肃地批评他，把同组织谈话当成儿戏，难道解放前结婚的人都要补办结婚证吗?都在一个房里睡了能说没同床吗?他和俞云霞的关系骤然升级，由恋人变成鬼混。往常同事们对他这个烈士的儿子高看一眼，从此都用异样的目光看他，校园里议论纷纷，时隔不久，他因“作风问题”被遣送回原籍劳动改造。

“好马不配二鞍，好女不嫁二男，从进韩家门的那天起我就是你的人!”宋淑珍也陷入沉思，刚被遣送回家那阵，他肩不能挑手不能提，下地扶犁被铧铲伤脚，上墙搭泥被泥糊住眼，饭熟了不知端碗，衣服脏了不知洗，都是自己一样一样手把手教会的。

“既然这样，你怎么同意和我一道去乡政府离婚呢?”这些年，韩维周老爱怀旧，对于多年讳莫如深的话题也不再回避。

“你心变了八头牛也拉不回，我不顺着你，有什么办法？多亏那个接电话的人，我是听完电话改变了主意的。既然你没有背叛我，我干嘛要把你让给别人？”

“接电话的就是部校长，一个十足的坏蛋！”

“人家一个劲儿地为你开脱，你为什么记恨人家？”晚霞已经退去，屋里渐渐暗了下来，缝纫机不再发出扎扎扎的响声，淑珍已经补好上衣。

“你有所不知，他说我‘吃着碗里的瞅着锅里的’，这话应该用来说他！”韩维周给自己和妻子的碗里盛好米饭。

“这话又是从哪里说起？”宋淑珍从老伴手里接过米饭。

“他有老婆孩子，暗地里打俞云霞的主意，可是在接你的电话以前也不敢把我怎样。你的电话正好为他提供了口实，从此开始了对我的迫害！”韩维周和妻子一起用晚餐。

“你可以申辩呀！”

“刀把子攥在人家手里，谁敢不听他的！”

“他也是地主出身，还能一手遮天？”

“土改时他亲手枪毙了恶霸地主父亲，连他爸的命都革，还有谁的革命性比得上他？”

“犯了死罪自然有执行死罪的人，用不着儿子结束父亲的生命！”

“就因这一枪，姓部的一直罩在大义灭亲的光环下，自己没有挨整反倒整了好多人！”

“你说这人是怎么了？说孝顺父母卧冰的，尝粪便的，喂蚊子的，说大义灭亲又有亲手枪毙父亲的，咋就这么容易走极端呢？”

“淑珍，咱都这个年纪了，没什么藏着掖着的。人说路遥知马力日久见人心，我当年对俞云霞可是一片真情！我前脚被遣送回家，她后脚就和那个姓部的合盖一条被子，这些年信也没写一封！”韩维周哎了一声，又无限深情地看着老伴，“贫贱之交不可忘，糟糠之妻不下堂！”

宋淑珍撩了下齐耳短发，鸭蛋形脸上挂着笑容，“我不管俞云霞不俞云霞，我只想知道，那时张口姐姐闭口姐姐现在怎不叫呢？”

“叫姐姐和不叫姐姐是有实质性的差别的，别人可以不信你不可以不信。叫姐姐时咱俩没同床，同床后再没叫姐姐！”韩维周又较起真来。

“看你正儿八经的，好像我在找你谈话！”宋淑珍在菜碟里挑了一块大肉臊子夹在老伴碗里。

“姓部的和我谈话时我就是这样讲的！”

“他信吗？”

“欲加之罪何患无辞。他本来就在找我的麻烦，能相信也不愿相信。”

“如果是我，我也不信！”

“你说句良心话，我说的是事实不？”

“圆房以前你一直叫姐姐，我也没当回事，圆房以后还叫姐姐，我以为是改不了口，哪知道你在为逃婚作准备。你把我卖了，我还帮你数钱呢！”

“本来就是姐姐嘛！”

“是姐姐就叫，多年没听了，怪想听的！”

“娃回来多难为情？”

“现在的娃什么不知道？你看咱家二娃子，成天监视得你我连句悄悄话都没法说！”

老伴俩说笑几句就商议开了正事。

韩维周瞅着房顶：“咱这房还是爷爷手里盖的，太陈旧了，这些年一来手头拮据，二来缺少活人的信心，一直没有动。现时大娃上了卫校，就等于吃上了公家饭，毕了业就得处对象。要是带上对象回来，这房子有些看不过眼！你看这木料到处都是粉蠹虫钻过眼的，有的估计都成空壳了！”

淑珍看时，横梁、柱子、门窗上好多处都能看到粉蠹虫咬出的一串串锥眼大小的小孔，被吞噬掉纤维的木质就像细面粉一样从小孔里露出来，掉在地上一滩一滩的。

韩维周又看着墙壁，“这些檐墙、山墙也就像上了年纪的人一样，到不中用的时候了！”

淑珍看时，有几处果然开了裂缝，一直裂在土坯上，甚至能看到墙外。

淑珍点点头，“那几个钱只够盖主房，厦房先将就着，等大娃工作了手头有几个钱再翻新。娃要顾，娃他爸也要顾。你这身衣服还是多年前缝的蓝咔叽中山装，穿得都没颜色了，今年得添身新衣!”

“还能穿几年，不急着换。”

“换，买得起马还置不起鞍子？你说娃领对象回家呢，真的领来了，你穿着一身没颜色的衣服，你不嫌丢人娃还嫌丢人。你都年过半百的人了，还能活五十年?”

“要添也得给你添，你得有件看过眼的衣服!”淑珍也是蓝咔叽女制服上衣，和韩维周同一年缝的。

“爸，来人哩，来人哩!”老二风风火火地跑了进来。

淑珍忙着收拾碗筷，韩维周立起身，“什么人?”

“一个白头发伯伯说他是你的学生!”

韩维周急忙迎出门外。

59

“韩老师！您老还是这样硬朗。耕读门第，名不虚传!”王文贵仔细端详着走出韩家大院的韩老师：满头黑发，大背头的边际处有些稀疏，边际线似乎上移了些。一身半旧中山装，一双千层底布鞋。

“你是……”韩维周走出门楣上镌刻着耕读第三个大字的院门，和王文贵对视了好长时间，突然，双手使劲一拍大腿，“你是高三一班的王文贵，那年上了肃南师专数学科的。面相变了声音没变，我是听声音听出来的。这些年过得怎么样？怎么年轻轻的头发全白了?”一边说一边拉住王文贵的手，一肚子话好像都涌到嗓子眼。

王文贵轻轻摸着老师有些发热的双手，眼眶有些湿润，“起先在小学干了几年……”

韩维周摇摇头，“不对呀，如果我没记错的话，肃南师专是培养中学教师的。”

王文贵有些难堪的样子，“那年暑假肚子饿得慌，偷挖了队上的一筐洋芋，背了个的处分，由中学教师降为小学教师。”

“啧！”韩维周惋惜地咂了下嘴巴，“仓廪实而知礼节，衣食足而知荣辱。饿年上吃几个洋芋是啥大不了的事！”

“‘上初中不出大队，上高中不出公社’时，调到故里中学。”王文贵的精神一振，“韩老师，学生工作将近二十年，要说是放开手脚干，也就是恢复高考制度以来这两年。”

“韩老师，王老师现在是故里中学校长。”牛岁旺和王文贵同行，由于英语人才奇缺，他参加学习的英语短训班全部转正，他被分派到故里中学。

王文贵为韩老师介绍：“他是故里中学英语教师牛岁旺，登门拜师来了。”

“上中学时英语课走了过场，短训班一年时间太短，今后还得韩老师多多指教！”牛岁旺说的也是心里话。

韩维周正在兴头上，“我虽然学过几年英语，但农村一坐就是二十年，十年荒一个秀才呢，何况语言这东西忘得更快。你还年轻一切都来得及，‘师傅领进门，修行在本人’！噢，进门再说，进门再说！”

宋淑珍三下五除二收拾好饭桌，已经沏好茶水。

王文贵取出自己带来的烧鸡、锅盔，“给老师和师母带了点家乡土特产。路上走了两天了，陕西这边天气热，不能再放了！”

韩维周也不客气，撕下两条鸡腿给王文贵和牛岁旺，“拿进门就算我的，大家一起吃！”

“家乡的土特产，经常吃的！”王文贵撒个谎，把鸡腿还给韩维周，“老师，这些年你受委屈了！”

二十年来，还是第一次听人说这话，韩维周的眼角挂了颗晶莹的泪珠，“饿倒没挨着，苦受的不少，我肩不能挑手不能提，家里的柴米油盐酱醋茶都靠了她那个秘方……”

“哪里是我的秘方，是韩家的祖传秘方，爷爷把它传给我。”宋淑珍把牛岁旺给自己的鸡腿给了小儿子，自己掰了一小块锅盔，“这烧鸡味道正，锅盔放在嘴里不用嚼自己就化了，不知人家是怎么做出来的?”

“只要师母喜欢，日后有的是，只怕你吃腻了呢!”王文贵笑着说。

宋淑珍也笑了，“烧鸡还能吃腻?”

王文贵看看韩老师，“我是专程来请韩老师出山的，只要老师答应，师母还愁没烧鸡吃?”

韩维周一听这话吃惊不小，“请我出山?”

“是的，恢复高考制度以来，学生上学的劲头足，老师教学的热情高。可是，教师严重短缺，人才青黄不接，尤其是英语教师！全县就撷秀中学只有一个本科毕业的，像故里这样的乡村中学，牛老师之前就没有英语教师。”

“我还能教英语?”韩维周有些不相信自己的耳朵。

“您是西北大学英语专业的毕业生，怎么教不了英语?”王文贵不解地反问。

“我的问题不是右派!”当年错划为右派的人都已经平反，韩老师找过好几趟，得到的答复是，他的作风问题不属于右派，没有明文规定不好办理。

“这次起身前，我和县摘帽办公室主任戴乐天同志谈了你的问题，他说历次运动中被错误处理的人较多，平反的工作量很大，解决起来需要一定的时间。您的问题定性不准，事实不清，纠正是迟早的事。”

韩维周的泪水夺眶而出。

“老韩，这么好的事，怎么像个小孩一样哭起鼻子来了，也不怕小牛老师笑话!”宋淑珍掩饰不住激动的心情，轻声责怪着丈夫，也悄悄抹了把泪。

牛岁旺连声说，“不怪，不怪，韩奶奶!”

“就叫姨吧，叫奶奶会把我变老的!”宋淑珍说得大家又笑了。

韩老师并不急着擦眼泪，他是想让幸福的泪水多停留一会，“淑珍，你有所不知，我哪里是哭，我是在笑！人太高兴了也哭，你信不信？你知道，我盼望这一天都盼得没信心了!”

“我有个请求，韩老师!”王文贵满怀信心地来陕西请韩老师去故里中学，到了老师身边，几次话到嘴边却没有说清，“我想请您去我们故里中学！今年的高考即将进入冲刺阶段，想请您来个临阵磨刀。您原是撷秀中学的，到故里乡下有点委屈，等您平反以后我欢送。”

“我以为什么事，原是这事！”韩维周脸涨得像蜀黍穗，站起身来，“文贵，你怎么能说这话呢？我能放弃关中平原去撷秀，就能放弃撷秀去故里。有你这样求贤若渴的校长，西安城我也不去，这把老骨头扔也要扔在故里！”

春风拂面，送来一股浓浓的春意。在招待所住了一宿的王文贵牛岁旺两人起了个大早，向韩老师家走来。一望无际的麦田绿得发黑，金灿灿的油菜花探起了头，让沉闷了一个冬天的眼睛豁然开朗。两人来到耕读第前，不约而同都被惊呆了：昨晚拉了话的那间房子已被掀翻在地，椽檩门窗分门别类堆放，瓦片码成一大垛。王文贵大声嚷:“韩老师，这是怎么回事？”

韩老师闻声迎出耕读第，“你昨晚来之前我俩就商量盖新房。你俩走后，我和淑珍喊了几个乡亲搭手拆了旧房。淑珍让我跟你们走，剩下的事交给她！”

“那怎么行，师母怎么干得了立柱上梁的事？韩老师，高考也不在一两天上，我俩帮你盖好房子咱再到校！”王文贵说着抹胳膊绾袖子，就要干活。

韩维周一把拦住他，“别小看淑珍，泥活地里活锅上活针线活样样难不住她。不怕你笑话，我昨晚上就想走呢！”

披着一身尘土的宋淑珍手里拿着一个发黄的宣纸本子，迎了出来，“我思想着这座财东家的老房子有什么宝贝呢，一晚上就拆出这么个旧本本！”

“这个本本说不定真是个宝贝！”韩老师接过本了，“看样了这是我爸的笔记本，拆房时在椽缝里发现的，上面有好些人名。我爸生前在广爷川一带搞地下工作，说不定有你们认识的人！”

王文贵翻到最后一页惊叫起来，“俞抓豹，俞打豹！”

60

参加完地区农村多种经营管理干部培训班归来，俞建社自告奋勇来松柏峪大队驻队，恰好是个周末，与牛岁旺结伴回家。

俞建社现在是广爷川公社农技推广员。韩维周从老家带回的那个发黄的宣纸本经有关部门鉴定，是用特殊方式标记的中共吴家堡支部地下党员名册，俞抓豹、俞打豹名列其中。县委作出“俞打豹下放牲畜，分配土地属于特殊情形下的生产自救，与杜国泰为首的反革命组织没有关系”的定性，恢复俞抓豹、俞打豹的党籍，责成广爷川公社召开专门会议为俞打豹平反昭雪。俞抓豹按离休干部对待，俞打豹发给抚恤金，每人安排一个子女工作。就这样，俞建社来到公社大院，成了吃公粮拿工资的农技推广员，他娘和妹妹月华按月领取生活补助。

磨子河畔，一处崖面和三面围墙圈出的那个庄院不再显眼，崖面上一道道棱角分明的镢头印被风雨侵蚀得不见棱角，那孔狮子大张口的窑洞和临河院墙上的门洞也不再咄咄逼人。两间厦房的二茬泥还没上，里外墙壁仍然粗泥大柴，俞打豹走前窝在院子里的二茬泥成了一个土堆，年年长出麦子，熟了，落下，钻进土里，又生出麦子，成了他留给家人的念想。

主厦房只盘个土炕，炕上还有单薄的铺盖，地上连个坐人的凳子也没有。靠墙平放着一块木板，立着两袋粮食，袋口扎得紧紧成成，厚实的麻袋还是被老鼠咬出几个小洞，一袋的小洞口露出玉米，另一袋露出高粱。牛岁旺站在空荡荡的地上，望着檩条上的对联出神：蛀虫蛀光了空白，只留下墨写字迹，好像阳刻在檩条上的一幅书法作品。

立柱正值及时雨

上梁恰逢紫微星

这副对联给它的主人带来了灭顶之灾，书写者也受到株连。如今两个当事人双双含冤去世，这副对联依然没有改变它憧憬美好生活的含义。

建社娘有段时间没见儿子的面了，儿子走后，她一直自我宽心：孩子是吃上公家饭了，好着哩！但长时间不见面，还是有些着急。远远看见儿子和岁旺说说笑笑地回家来，又顾不上和儿子说话，在厨房里忙活开了。

妹妹月华端来两碗香喷喷的长面，牛岁旺也不客气，和俞建社一人一碗蹲在地上吃起来，可是一碗下肚后，迟迟不见第二碗。

“月华，端饭!”俞建社上半截身子探出门外，朝厨房那边喊。

月华没见过爸爸的面，从记事起哥哥就是这个家的顶梁柱，没日没夜地辛劳着，坚持供给自己上学。月华很懂事，从不惹哥哥生气，听哥哥喊自己，空手来到哥哥面前，红着脸，低着头，一句话也不说。

“娘呢，咋不见娘呢?”

“还在厨房忙活哩!”

“饭做好了，还有啥忙活的?”

“我也不晓得!”月华不是那种善于随机应变的人，回答不了哥哥的问题，脸红到脖子根。

“别难为她！岁旺不是外人，二婶也不怕你笑话！吃晴（尽）来了!”建社娘走了进来，话虽这样说，脸上还是有些难为情。

如释重负的月华赶紧溜回厨房。

“怎么？你只做了两碗?”让建社担心的事还是发生了。岁旺是自己参加工作后第一个进门的客人，又是自小耍大的联手，长面让人家吃个半顿，你说丢人不丢人?

岁旺并不显得难为情，“二婶，没有白面让月华到我家去拿些，我刚从粮站打回的优等粉。”

“岁旺，你莫要笑话二婶吝啬，真的只剩下一碗白面。等一会再吃些玉米面的，婶子马上做好!”建社娘的手上还黏着入过水的玉米面，黄兮兮的。

牛岁旺和俞建社都参加了工作，坐在一起有说不尽的话，哪顾得上吃不吃白面饭的事，“二婶，你放心，我不走！给你来个第二次吃晴（尽）来!”

“娘，我走时还有多半缸白面呢，这才几个月，怎么就剩一碗呢?”俞建社还是有点过意不去，他在纳闷，庄稼人吃顿白面饭那是盼星星盼月亮呢，只在逢年过节或是重要亲戚来家时才吃一顿，平常都是吃秋粮面的。

“你记得没错，是有好多呢，可是客人也很多!”娘急于说清楚。

建社没有听明白，“咱家没有多少亲戚，一下子哪来这么多客人?”

“亲戚朋友哪有那么多？大多数都是些不太熟悉的人!”娘越急越说不清。

牛岁旺也犯糊涂，“不太熟悉的人都吃白面饭，你们家是免费饭馆啦?”

“话可不能这样说，人家是为咱好。有些是来说亲事的，有些是来看家道的，还有些大人领着女娃一次就想定秤。咱原先想儿媳想昏了头没人来，现在儿媳自己找上门来。咋能冷了人家的心!”娘这下说清了来由。

“我以为啥事呢！不冷人家的心是对的，可也要按咱家的实际，咱也不是上顿下顿都吃白面。”建社略带埋怨地说。

“看你说的，门面还得撑着。话说到这儿了，建社，今年要盖新房哩，你爸的抚恤金拿出来就够了。这事不能再拖！像现在这个样子，来个人我老脸上挂不住。”娘说这话已经好几次了。

“娘，等我抽时间上了二泥就像新的一样。我爸的抚恤金不能动，留着月华上学，我的工资还有更重要的事要办!”建社还是老生常谈的那几句。

“上二泥，上二泥，都说过几遍了?”建社娘知道又在推托，嘟嘟囔囔着去厨房做二茬饭了。

“建社，你驻咱松柏峪大队，咋住咋吃呢?”岁旺关切地问建社。这两年让生产队干部最头疼的是驻队干部的吃饭问题，地都分到户了，队上没有公用粮食。

“就在自家住自家吃，娘做的饭吃起来更合口。吃住是小事，带领乡亲们发家致富才是正事。岁旺，我有个想法和你斟酌斟酌。”俞建社一边说，一边从自己的行李中翻出一堆资料，有苹果栽培技术，有中国林业科技，还有培训班的讲义和自己的学习笔记。

“你说，也让我见识见识。”

“这次短训班学习苹果栽培技术和管理。我觉得咱这里海拔高，日照充足，昼夜温差大，基本符合世界优质苹果产地条件，应该能够培育出优质苹果。我跟老师谈了这个想法，他也很赞同。回到公社，我又专程去告诉了老场长，老场长都高兴哭了!”老场长是广爷川公社林场场长，苹果土专家，五十年代就从天水成功引进国光苹果。

“哎呀，俞建社，没看出呀，士别三日当刮目相待！你在公社林场的那些日子总算没有白费!”牛岁旺觉得俞建社像变了一个人似的。

“还是国璧叔看事远，推荐我当了老场长的徒弟。我的苹果梦就是从那时开始的，这次短训班学习更加坚定了这个想法。我想先在我家、你家、致祥家、惠萍家的地里试栽苹果，不出三五年时间，等乡亲们看到实实在在的好处，再全面铺开。”

“你是驻队干部，为啥不直接铺开呢？”

“靠行政命令的办法固然简单，但是大家炒面捏人哩都是熟人，谁不晓得谁的底细？凭我的这两刷子，让他们放弃几千年广种薄收的耕作方式谈何容易！只有通过典型引路，让乡亲们看到实实在在的好处，不用行政命令，自己就会跟上走，事实胜于雄辩！”

岁旺终于明白了建社和他结伴回家的目的，“要是我不同意呢？”

“不同意？”建社一副胸有成竹的架势，“几年后只怕你感谢都感谢不及呢！”

“你就这么自信？”

“嗯！”

61

一场春雨过后，地处阴山的牡丹嘴总是烟雾缭绕，好似披上一层神秘的薄纱。一束手电光难以穿云破雾，只能映出一男一女两个身影。男的是俞致祥，省上决定从这个学期起，肃南师专高师班并入省立师大完成后两年学业，他要赶到吴家堡，乘坐路过那里的学校包车去省城。女的是俞惠萍，专程为俞致祥送行。

“我还以为这次回家看不到你哩！”俞致祥有点喜出望外，他根本没有料到惠萍会独自为他送行。当俞建社担着他的行李和他一起出了恩贡老宅，路过世昌堡时又来了惠萍，走过磨子河，建社把肩上的行李交给致祥，冲惠萍噜噜嘴：“你交代的任务完成了，我也不当这个电灯泡了！”笑着返回村去。

“想和你说一阵话没个地方，多亏建社，不但想了这个点子还倒搭了一觉瞌睡。”俞惠萍打着手电走在前面。且不说为俞致祥送行，天黑不出家门似乎是这个孤女寡母家庭的家规，如果不是有建社同行，惠萍娘是万万不开这个口的。

“天天在家闲坐，说个话要费这心思！”俞致祥左肩上的扁担换到右肩，肩上担着约莫五六十斤炒面，学生灶的伙食标准填不饱他这个乡下人的肚子，每学期都要从家里带些炒面。

“不说松柏峪人盯着你，两个当娘的也不情愿咱俩在一起！”惠萍去过致祥家几次，看望他、请他做客的人出出进进，想说句话插不上嘴。找借口和三婶搭讪几句，三婶还是用那种怪怪的眼神看她。她这才想起让俞建社帮忙。

“你说的也是！”致祥也去了世昌堡，不是干娘唠叨就是旺旺纠缠，总是不能和惠萍痛痛快快地说上一阵话，干娘告诉他周继愈来信的消息反而增添了他的烦恼，“周继愈来信了，寄照片了？”

“哪呀！”惠萍不怀好气地说，“我说这人靠不住你总是不信，自从走后就没有联系过，上的啥学校也不清楚。这事成了娘的一个心病，只要家里来人她就说‘周继愈来信了，寄照片了’，连旺旺都说她在编谎。我看再这样下去她就要疯了！”

“噢，原来是这么回事，可怜天下父母心嘛！”致祥心头的疑云顿时消失了。

“致祥!”

“嗯！”

“有相好了没有?”一看见那件灰高领毛衣，惠萍就知道答案，不过，她还是想亲口问一问。

“有了!”

惠萍突然一惊，“哪里人?”

见她这副一惊一乍的可爱劲，致祥笑了，“松柏峪人。”

“我说是你们同学中间的，谁问你这个！”惠萍也笑了。

“在学校除了上课就是做题，除了做题就是想你！”

“你说的和信上写的一模一样。”

刚才还依稀可辨的路面，突然模糊起来，大概这就是黎明前的黑暗吧！手电不照倒还罢了，照过处水坑和路面一个样，惠萍一脚踩进去，噗嗤打了一个趔趄。

致祥眼疾手快，一把扶住她的腰身，她的重心随即落在他的胳膊上，又通过胳膊传到他的身上，那种久违的和她的肢体接触时的美妙感觉重新复苏，“你没有揣黑走过山路，跟在后头，有了水坑我先知道！”

“那咋行，我滑倒只是弄脏衣服，你滑倒会打湿炒面！”借着致祥的力量，她站稳脚跟，身体的重心重新回到自己身上。

一阵似曾相识的异性味和着春雨后的泥土味扑入鼻腔，致祥忽然想起柳园车站做的梦，“看来是想钻进怀里了！”

“别说钻进怀里，见一面都很难！你知道我这一天天是怎么过来的吗！我怕天亮，天亮看见成双成对的人下地干活，心里就难受！又盼天黑，谁知道天黑更难受，想你想得睡不着，就打开你的一封封来信，念一句你的信说一句我心上的话！”惠萍越说越令人激动，越说越令人爱怜。

“惠萍！我想你想得也好苦！”俞致祥觉得她仍旧是黑夜里的火把，沙漠中的绿洲，不顾肩上的担子，上前一步搂住惠萍。

惠萍慢慢转回身子，搂住他的脖子，嘴唇对着他的嘴唇！

“汪汪汪！”一阵急促的狗叫声，引得全村的狗都叫了起来，狗叫声被沟沟坎坎反射的回声搅和在一起，整个山谷像炸了锅似的。俞致祥不得不抬头看时，两人刚才没有沿着池家岔村子上面的大路走，而是沿着进村的方向下了斜坡，没有进村又沿村里人取水的路，来到村子下面。不看不知道一看吓一跳：一条深深的岔沟，隐隐约约能分清黑的是地埂红的是岔沟。好险啊，再走几步就进了岔沟，他感到浑身的汗毛倒竖，他意识这是遇上了迷糊子！小时候听老年人说，迷糊子把人迷进红土沟，等候在那里的小鬼就会用红胶泥蛋塞住七窍，摄取魂魄。长大后他知道迷糊子也叫鬼打墙，是迷走神经失灵自己走进沟底的，没有什么小鬼，红胶泥蛋是自己塞上的。他镇静了下来，担心吓着惠萍，若无其事地说，“惠萍，咱俩只顾说话，走错路了！”

“那咋办？”惠萍已经从他的举动上觉察出不对劲，浑身直起鸡皮疙瘩。

“随我来，我熟悉路径！”致祥一手把住肩上的扁担，一手拉着惠萍，沿着脚下的取水路返回村头。

走着走着，又不见了路，眼前是一道两人高的地埂。地埂上有脚窝，勉强容得下一只脚，掩埋在杂草丛中，若不仔细寻找很难发现。

“惠萍，你别急，我在前边探脚窝边拉你!”

“我怕，致祥。”惠萍的声音发抖，说话也有些语无伦次，“我走前边，前有手电后有你这个靠山，走后边没了你这个靠山就得一直提防身后!”

惠萍又走在前面，致祥一手扶着肩上的扁担，一手推着惠萍踩脚窝爬地埂，刷拉一声，两个露宿在草丛中的野鸡受到惊吓，冷不防扑在惠萍的怀中，“我的呀呀!”惠萍一声尖叫，头一歪，两只野鸡擦过她的肩膀斜刺里飞向空中。惠萍差点跌倒，致祥猛推一把，她才踉踉跄跄爬上地埂，又站在地边，把致祥连同肩上的担子拽上地埂。

眼前又是一块撂荒的陡坡地，遍地的干柴蒿无人问津，踩过处只听见两行咔嚓嚓的响声。惠萍一脚踩着一个软绵绵的东西，“噗!”一只早被惊醒在柴蒿中不动声色观察动静的野兔两条后腿用力一蹬，朝着前方逃窜。

半山腰的烟雾已经升上梁顶的那个堡子，能看清那棵一出生就无人搭理的老柳树，一条沿着梁脊的崎岖山路通向远方。上气不接下气的致祥放下担子坐在地上，惠萍斜依在他的肩上，嗓子眼里还在冒烟。

“咱俩刚才被迷糊子迷了。”致祥这才说出实情。

“啊?”一听迷糊子，惠萍的身子抽缩着，满面的汗水往下流，心脏似乎要从胸腔跳出来。

“幸亏狗叫咱才灵醒了。”

“狗要是不叫呢?”惠萍瞪大了眼睛。

“我没经过，按老年人说会被小鬼拉进岔沟。”

“看今日的样子真像有这种事!”惠萍又打了个寒战。

“老年人这样说可能发生过，他们解释不清道理就说有小鬼，其实是人的迷走神经出了问题，红胶泥是自己挖也是自己研成蛋蛋塞进七窍的。”

“狗要是不叫该多好！我再也用不着天亮等不到天黑，天黑等不到天亮!”

“你这不是说瓜话吗？谁养活干娘，谁抓养旺旺?”

东方泛白，山顶的烟雾升空，揭去一层薄纱的群山一下子变得鲜活起来。俞致祥摇摇有点迷糊的惠萍，“我得赶车你也返回，等我毕业后咱就结婚!”

俞惠萍睁开眼睛，抬起头来，几丝头发被汗水贴在脸颊上，“这阵就是你的人，为啥要等到毕业后?”

俞致祥吻着她，“我差点失去理智！冒犯了你的保护神!”

俞惠萍也吻着他，“除了你还有谁是我的保护神?”

“迷糊子。”

“你也信?”

“当然是玩笑话。我不忍心你吃二遍苦受二茬罪！再说我还在上学阶段，也不能作出有违道德的事!”

惠萍紧紧地抓着致祥的手，好久才松开，目送他消失在山路的尽头。

62

起床洗漱已毕，顾不上过茶瘾，俞二龙就向俞殿元家走来。殿元家院门侧的槽头上，一匹枣红色的公马威风凛凛地吃着草料，颈上的鬃毛像小伙子的分头偏向一侧，鼻孔里不时发出突突的声音，吹着夹在麦草中的灰尘。听见脚步声，枣红马机警地扬起脖子，来人进院子后，才重新低下头吃起草料来。

院子打扫得一尘不染。主厦房房顶上只有半边瓦片，没有瓦片的半边苫着洋麦秆。走进房里，除了最打眼的一架标准牌缝纫机，便是正面墙上的“莫生气歌”中堂和两边的“平安千秋富，家和万事兴”条幅。

二龙瞅了又瞅，“老哥的中堂咋写这内容?”

“这几年家家兴起挂中堂，我央求老炳义写了一幅。他是看着现成话句写的，大概是提醒我不要乱发脾气!”其实，老炳义的提醒不无道理。前些年吃大锅饭，殿元凭自己的头脑和力气，钱项不是很紧。开放搞活以后折腾过几次，钱没赚下反而背了贷款，脾气也就越来越大。

俞殿元用火钳夹了几小块煤炭投进火炉，又取来盛茶叶的玻璃罐头瓶、熬茶罐、玻璃茶杯，一一放在炕沿上，又抽下了炉筒上的挡火板，炉筒内发出呼噜噜的声音，火炉里蹿起了火苗。“这是灵武的无烟炭，火头硬得很，熬罐罐茶正好。他二叔喝的是轻是重，自己下茶叶！”

二龙脱下皮鞋上炕，屋里有些热，又摘下围巾，解开皮夹克扣子，盘腿坐在靠着炕头的火炉旁，从茶叶罐里倒出一撮茶叶，放在手心看了看，倒进熬茶罐。殿元手中的水壶微微一倾斜，水壶嘴里的清水，不偏不倚浇进熬茶罐。倾斜的水壶回归原位时，熬茶罐也满了，他把熬茶罐放在火口上。二龙掏出一包兰州牌香烟给自己和俞殿元各安一支，“老哥，想问你个话，你可莫要见怪！”

“你说，你说，不见怪，不见怪！上正祀月的，弟兄俩坐一起，想啥说啥，见啥怪呢！”俞殿元坐在火炉旁的凳子上，用卷旱烟纸取火，为自己和二龙点着烟。

二龙吐了一口烟，头上飘着一个烟圈，“老哥，我一直没想明白：说你穷，门外拴着高头大马，客厅摆着缝纫机；说你富，房顶东边日出西边雨，一边盖瓦片一边苫洋麦秆！”

“弟长年出门在外哪里知道，只是这两年的时间，家乡人的观念彻底变了！”俞殿元用火钳捅了一下炉子，暗淡下去的炉火重新亮堂起来，发出一阵噼噼啪啪的声响，溅起的火星落在二龙的皮夹克上，急忙身子前倾来捏火星。

“不用捏，没事的，没事的！”二龙拉住俞殿元的手，“老哥，你说咋个变法呢?”

“哎！”俞殿元一声长叹，“过去说人富是谋人死哩，现在说人穷是谋人死哩！”

“这话咋讲?”

“过去说谁富谁家就吃不上救济粮返销粮，现在说谁穷谁家就说不成儿媳妇！就拿哥说吧，房上的瓦片还是吃返销粮时卖掉的，这两年买这几片瓦不是啥问题，可我先买了缝纫机，先养了马。这就叫‘有尿没尿撑住尿’！”说着话时，茶罐中的茶水已经沸腾过三回，俞殿元手捏茶罐把在炕栏上墩几下茶罐，浮在水面的茶叶立刻沉下罐底，才将酽得发黑的茶水倒进放有白糖的玻璃杯内，双手递给二龙。

二龙谦让了一下接过茶杯，跪在炕上朝贡桌上殿元他爸的遗像斟奠几滴茶水，重新盘腿坐好，喝一口酽茶咂了咂嘴巴，“前几年贩粮食是投机倒把，你偷偷摸摸地不停手，如今支持长途贩运，你咋没了动静?”

“嗨！好汉不提当年勇啊！当年咱一天能从吴家堡折个来回，一人能敌四个打劫贼，只要赶一回集，没多总有个少哩！如今做啥啥亏，听说油盐要涨价，手头那几个小钱存了些油盐，公家说大颗粒盐是工业用盐不准食用，家家用上电灯后就没人用煤油了。到如今盐还装在口袋里，天阴下雨就泛潮，装在酸菜缸里的煤油，熏得整个房子臭烘烘的。”

这些事二龙都知道，煤油值几个钱，一百斤也就是三十七块钱，颗子盐值几个钱，一百斤才十七块钱，花的都是小钱。他还听说殿元收荨麻根背了贷款，但殿元是个只说出五关斩六将不说夜走麦城的人，也不再追问下去，“老哥不过瘾，续一支!”说着，咔嚓扣动气体打火机。

“你抽，你抽！你在外面干事离不开烟酒，人说烟酒搭桥哩。我老旱烟抽惯了，总觉得香烟味不够浓，劲不够大。”殿元撕开手中的香烟蒂，烟丝倒进旱烟袋，烟纸投入火炉。

“你说的也是，我在家时也抽旱烟，那时干集体活，抽烟可以松口气。老哥，还是说你的‘有尿没尿撑住尿’!”殿元刚才的一番话很对二龙的胃口。

看到二龙很在意自己的话，殿元来了精神，“瓦片有没有在房上苫着呢，不进门的看不见房上有没有瓦片。马要吃草喝水耕地驮东西，来去都跟着你，不了解内情的人说起来，你看松柏峪俞殿元的光阴过在人前头了，都养起高头大马了!”

“那缝纫机又咋解释呢?”

殿元不无得意的神情，“缝纫机是个摆设，那是给女娃子看的。女娃子不关心房上的瓦片，却在意家中的摆设！这就叫人的名树的影啊!”

人才啊，自己的副业队缺的就是这样肯动脑子的人！俞二龙佩服得简直五体投地，烟蒂还有老长一截撂在地上，“听哥一席话，胜读十年书！老哥是个聪明人，今年和我一起搞副业去。”

殿元是瞌睡遇见了枕头，“他二叔，找你正是这事。我年纪大了，政策紧时投机倒把，政策允许了却没力气和胆量，有牙板时没锅盔，有了锅盔没牙板！跟上你去只能是踩个闲边，你咋说手下也要几十号人呢，咱不能给你脖子底下支砖！我想让你侄子跟你去干，用得上的话两个一齐去，用不上的话老大去！”

“看老哥说的，这是个啥事？领谁都是干活，与其领不认识的人倒不如自己村的人更放心些，弟兄俩都交给我！”二龙这两年一直领着临近的闲散劳力搞副业，从不拖欠工钱。有些人手头紧张急需用钱，他还先垫付一部分工钱，在当地很有口碑。

“嗨，你这下算摘了我头上的愁帽！”俞殿元已经问过几个包工头了，没人答应才来找二龙的。一开始没有给俞二龙张口是因为俞世珍的缘故。前几年，俞世珍反映他吃年饭扣了他的救济粮，他不愿意上俞世珍的门。这次也是坑到这步了，没想到二龙答应得这样爽快。驴下骡驹的事还真有，二龙和他爸就是不一样，看事看得远，想事想得开，说出的话也不一般。

殿元新下的罐罐茶又沸腾了三次，他将酽得发黑的茶水倒进没放白糖的茶杯，双手礼让二龙，“他叔，你的茶已经没有颜色了，这是新下的茶叶！”

“我已过好了瘾，该你喝了！”他无意中发现殿元的茶杯里没有白糖，“咋不放糖？减口待客呢！”

殿元急忙掩饰说：“我的口重，味淡了不过瘾！”

63

俞大龙三十二岁了，还没有娶上媳妇。每当有人提亲事，说起他是俞世珍的儿子，女方就摇头走人。还是那句老话，老子连人敢杀，儿子好不到哪里去！你说世上的事情有啥准？五类分子摘帽的摘帽，平反的平反，俞世珍手刃龚爱第的事咋就抹不去呢？不过，俞世珍倒是拿得挺稳，他的算盘是大龙啥时说成亲事，四凤啥时许配人家。

又有媒人来家提亲，男方是池狗娃的儿子。池狗娃膝下一男一女，哥哥年龄和二龙相仿，妹妹才勉强十七。因为家在大山深处，姑娘不愿嫁过去，池狗娃打算为儿子换亲。

“就是那个专门替人顶兵赚昧良心钱的狗娃子?”俞世珍摇着头，“这人可不咋样!”

“哪个人年轻时没一两件让人戳脊背的事?”媒人对自己刚出口的话很满意，看似漫不经心，实则点到为止。

俞世珍不停地捋着蓄起来的长胡须，“女儿嫁到山窝窝里受穷受累，我的心里难受，等等再看吧!”

媒人鹞子一样的目光看着俞世珍，“现在的女娃比男娃抢手，过了这个村就没有这个店了！明摆着的事，换头亲总是有这样那样的不如意处，如如意意的谁愿意做换头亲?”

伶牙利嘴的媒人几句话击中俞世珍的软肋：媒人说得对着呢，大儿子最受娇惯，却是个顽货，不然咋能拿妹妹换亲呢？三个男娃不管咋说都进过学校，直到自己不愿念撂过手。就苦了四凤，能念不能念是一回事，没有上过一天学，十一二岁跟大人劳动挣工分，里里外外是娘的好帮手，为了大龙又要换到大山深处与人为妻。想起这些，他掉下了两行眼泪：“四凤，爸只有你这么一个女儿，爸有爸的愁肠，你大哥还没有成家，整天在家摔碟子绊碗的，你听爸一句话，为你哥换回个媳妇来，你啥要求爸都应承!”

四凤哭得泪人一般。

俞世珍的声音已经沙哑：“我的好闺女，以爸看来，除了地方差一些，其他方面没啥说的。他们家就这么一个独苗，过门后，啥事还不是你说了算!”

四凤不说一句话。

大龙娘的心里也在滴血，不由得抹着眼泪。她前后生了十个娃，六个没有搭救到世上，大龙前头两个，大龙后头四个，都抱到磨子河对岸的死娃娃沟，搁一捆麦秆一烧了事。只活下来四个，哪一个不是心头肉？“你有完没完，让娃想想再说！”

“池家亲戚还要五百元的彩礼呢！”看着俞世珍铁了心，媒人又撂出这么个要求。

一句话惹躁俞世珍，“这是从哪一头说起！他的女儿从穷山沟嫁到川道，我的女儿从川道嫁到穷山沟，凭啥我出彩礼？他的娃是金蛋蛋，我的娃缺胳膊还是少腿了？”

“池家说大龙三十二岁，比他家姑娘大了整整十五岁；池家的儿子比四凤才大三岁。将心比都一理，这事换成你咋想？人家就是冲着地方好才来的，你要不乐意就拉倒。我也懒得操这份闲心，跑这份冤枉路，磨这嘴皮子呢！”媒人的态度突然强硬起来。

俞世珍又换上笑脸，嗓门低了下来，“事有三温呢，咱再商量嘛！成与不成都少不了谢忱你。我已是吃闲饭不管闲事的人了，让我家老二定秤，多一少二得人家掏这个钱！”说着，给二龙娘使了个眼色。

二龙娘迈动三寸金莲，摇摇摆摆，好不容易过了岔沟，过了庙嘴，费了好大劲来到俞殿元家，隔着院门就吆喝，“二龙，你爸让你回去一趟！”

枣红马警觉地抬起头，抖了抖鬃毛，摔得铁笼头呛啷作响，又低下头吃草料。

殿元媳妇一手端着刚出锅的猪肘子，一手端着一盘油饼，“他二叔，嫂子不会做饭，将就着吃些，填饱肚子！”

“嫂子说的哪里话，人说‘有福不能重受，油饼不可下肉’！你这不是让我遭罪吗！”二龙说着玩笑话。

“现时吃饭没问题，庄稼人嘛上顿下顿白面，面尖里滚，还能咋？解放前俞世俊人说是富汉，哪有这种日子？”俞殿元取出一瓶酒，“他二叔，我不会开瓶盖，你来开，咱弟兄二人痛痛快快地喝两盅。”

“老哥算找对了人，干这事我还真是行家。”二龙正是好酒的年龄，见酒脚下就生了根，满心欢喜地打开瓶盖，鼻子贴着瓶盖闻了闻，不看瓶子上的标签便脱口而出，“金徽！金徽！好酒好酒！”

“你对酒的牌子比我对粮食的成色还熟悉！”

“这就叫各有各行，法士不管阴阳！”俞二龙笑了。

二龙刚举起酒杯，酒未下肚，娘已经来到面前，又将酒杯放回炕桌，“娘！我前脚刚走，你后脚就来了，有啥事哩？”

“你哥的媒人来了，说池家岔亲戚要五百元彩礼呢。你爸不肯出这个钱，还在那里磨蹭着，推脱说让你定秤呢。娘生了你们四个，哪个不是娘身上掉下来的肉？你是娘的乖娃，回去痛痛快快地应承下来。你哥都三十二的人了还单身，娘的心都操碎了。”二龙娘边说边淌眼泪。

“娘，就按你说的办还不行吗？上正祀月的哭天抹泪，这是在殿元哥家哩！”二龙起身跟娘就走，俞殿元也不阻拦。

“兄弟，猪肘子是娃他娘专门为你留的，没吃一口我也不劝了。酒才打开没来得及喝，你就拿去，这是娃专门孝敬你的，让娃的这份孝心在着。”殿元说着就把酒瓶塞进二龙怀里。二龙推辞不过只得顺从，搀扶着娘走出门来。

殿元又急急忙忙跑出院门，手里拿着那包刚拆开的香烟，“他二叔，带上你的烟。你应酬多，还要招呼人呢！”

这下，二龙脸变了，“老哥，你咋能这样呢？大正月的我空手来你家，一包烟都带走，你这是看不起我！”

俞世珍和媒人还僵持在上房里，各自抽闷烟。

“爸，媒人是咱请的，用人不疑疑人不用，就按媒人说的办！”

媒人立即转怒为喜，翘起大拇指，“二龙这小伙子一听就是个干大事的。我说老主任，说起来你也当了一场大队干部，除了多吃一两包烟多吃一两顿饭也没有捞上啥便宜！以我看你只办了一件值得的事，就是把二龙安排到副业队，让老二有了出息。说句你不爱听的话，猫老不逼鼠，人老了就要服老，公家的事退了，自家的事也要退！”说完溜下炕，双手伸进袖筒，双脚伸进黑条绒棉鞋，忙着去池家岔报信了。

俞世珍没想到老二来这一手，脸上的沟沟渠渠一齐向两个眼睛靠拢过来，

“你这个败家子不问青红皂白就胡答应呢！五百元是猪拱出来的？五百元干公家事的人不吃不喝挣一年还得是个高工资！”

“五百元算我的，行吧？爸！账不能那样算！不要老想着这是给儿媳的彩礼，要想这是给女儿的填箱！不要学我太爷，把我二爷过继给牛家，占了牛家的家产，分家时却给我二爷一点都没有，倒成全了人家。”

64

俞致祥背着印花床单裹起来的铺盖卷，来到故里中学。

办公楼前的花藤架上野葡萄、蔷薇枝头绽着绿芽。一个黑黑的头发，白白的脸膛，身材结实的男子走出花藤架，两眼眯缝成一条线，把他从头看到脚，又从脚看到头：黄军帽，褪色蓝涤卡上衣，黄涤卡裤子，膝盖上顶起两个包，腿弯处道道皱折，“你是新来的老师？”

“才派遣回来。”

“我是学校保管。”不问自答，听口气保管对自己的这个身份充满优越感，“你是复员军人？”

“不是。”

“你在地区文教体处有熟人？”保管睁开两眼盯着俞致祥。

“没有。”

“县教育局有你的同学？”

“没有。”

“认识这里的校长？”

“不认识。”

俞致祥的情绪有些抵触，回答也是越来越短。这人怎么小看人，你大概还不知道行情。我的父母已经过了劳动的年龄需要我照顾，我要和心爱的惠萍结婚生子，才一竿子插到底回到家乡。不然的话我能来到这里？地直中专中学、县城中学都抢着要人，用得着我去找这找那嘛！

保管似乎再没有感兴趣的了，离开花藤架去了要去的地方。俞致祥来到那排由教室隔成的宿舍，一直走到最里边，门上粉笔写着俞致祥三个字的房间，停住脚步。

蓝油漆宿舍门起了皮，每块板子都像不情愿待在自己的位置，翘得高高的，想摆脱门衬的束缚。窗玻璃上的尘土足有一钱厚，从未擦拭过的样子。解下门关打开门，一股潮湿发霉的味道直刺鼻孔，糊顶棚的白纸已经变成茶黑色，来自屋顶渗漏的雨水在上面画出一幅幅大写意山水。临时支起的橙色双人床头是最时髦的家具，但是因为搁着一块单人床板，看上去总觉得缺了点什么。

终于有了属于自己的空间，俞致祥的心里十分高兴。娘老子多年的理想就是希望儿子在凉房下工作，这不正是凉房吗？当农民时整天不是风吹就是日晒，看守庄稼在露天在窑洞过夜是家常便饭，当民请教师时两人合住一间办公室，合睡一个土炕，合用一张办公桌，合点一盏罩子灯都不觉什么，这里不管怎么说也是一人一室，一人一床，一人一桌，一人一灯啊！

俞致祥生着炉子驱赶潮气，又擦窗子扫地，洗去溅在桌椅上的涂料，铺上自己的被褥，忙碌了一个上午，才像个公家人宿舍的样子。

“俞老师，我是教务处的，”教务处李主任前来通知他的工作安排，“课程都是学年一开始就安排的，你是春季毕业，先在教务处帮忙一个学期。”

“好的！”他对这个安排十分满意，他和惠泮商量好在这个暑假办喜事。他俩的结合虽然合法，但要结婚还得提前做通双方老人的工作，争取他们的同意。这下正好有了闲余时间。

看着陈旧的桌椅，看着锈迹斑斑的炉子铁铲，看着不匹配的床头，李主任没有说话，领着俞致祥来到保管室：“任老师，这位是今年新分配来的数学俞老师，像他这样的数学本科生全地区只来了六个，咱县就他一人！”

“你好，任老师。刚才见过面了，我叫俞致祥！”俞致祥伸出自己的手。

任保管坐在办公桌前没动，不知是没看见还是装作没看见，也没有伸手。

“任老师，俞老师的床头宽床板窄，你能给他换一副窄床头吗？”李主任说得非常和蔼。

任保管抬头扫了一眼李主任，“教务处有吗？总务处的床头用光了！”

李主任碰了个软钉子，不再多说，搔着后脑勺回教务处了。

王文贵校长去地区开了好几天会，才赶回学校。听说最后一名新分配的教师已经报到，顾不上休息，立刻带领三个部门的负责人逐宿舍看望新教师。

“俞老师，可把你等回来了！”王文贵热情地和他的学生握手，给三位主任介绍说：“他就是数学老师俞致祥，我校七二届毕业生。你们几个进校时他已经毕业了，没遇上面。噢，俞老师，这位是办公室主任赵老师，这位是教务处主任李老师，这位是总务处主任丁老师。”

“丁老师！”俞致祥和赵主任、李主任握手后，又亲热地握着丁主任。

“可把你盼回来了！”丁主任也很激动。

“你俩早认识？噢，我把丁老师在松柏峪小学教书的事给忘了！”王校长拍拍长满白发的大脑袋。

顶棚传出一阵刷拉拉的声音，一只春归的燕子从椽眼钻进顶棚，正在为找不到出口着急。王校长面露惭色：“哈，土著居民欢迎新移民哩！俞老师，先凑合一段时间，等盖起教工宿舍楼，一切都会好起来的！”

“不要紧，王老师，我是农村出去的，条件再差也差不过农村！”俞致祥不以为然地说。

从俞致祥的眼神可以看出他说的是实话，王校长赞赏地点点头，“咱这地方就要像你这样下得来留得住的人！”

王校长摸了摸被褥，印花床单下面铺着一页山羊毛擀的沙毡，一床老粗布缝的褥子，印花床单上面一床不够尺寸裹住脖子裹不住脚的棉被，“人说光板床，你这是名副其实啊，头个月工资发了先换铺盖！”突然，他的脸上不见了笑容，“丁主任，床头是怎么回事？”

“我去问问任长生，床头是按照行政会上定的数量新添的，应该足够！”丁主任急忙走了出去。

王校长又拿起炭铲、火钳看了看，没有再说什么。

丁主任风风火火扛来半块床板，搁在床头上，正好补齐空缺部分，宿舍一下子整齐多了。

掌灯时分，有人敲门，声音很低，似曾相识，“俞老师在吗?”

任保管腋下夹着什么东西一进来先关好门，赔着笑脸：“俞老师，大水冲了龙王庙，一家人不认一家人，白天的事实在对不起!”

俞致祥莫名其妙。

“我是咱校七四届的，说起来咱还是校友。听说你是松柏峪的，还真有缘分，我们的一节古文课就是在你们村上的。你们在校时碰上教育回潮，教学抓得紧。我们赶上开门办学不抓学习，没学下知识。”没想到任保管是个很健谈的人，不说则已，说起来滔滔不绝。

“任老师，请喝茶!”俞致祥为任保管沏好茶水。

“我中专毕业那会的政策是社来社去，池老师正好调到地区筹建农学院，在他的关照下我才进了故里中学，端上了铁饭碗。”

出于礼貌，俞致祥点着头，表示自己在认真地倾听，心里在说，怪不得问我有什么后台呢!

“池老师现在是地区文教体处人秘科长，他的女儿也分配到咱学校。”任保管越说声音越低，“她是一年制的，没有学历，安排到收发室了!”

“是叫池丽丽?”

“你认识池科长?”

“他是我小学老师。”

“原来是这样，太好了!”任保管抓住俞致祥的手，使劲摇了摇，“你是真人不露相啊！王校长的弟子，池科长的弟子，还说谁也不认识！俞老师，王校长为今天的事批评了丁主任，丁主任又批了我一顿。”

“干吗批评你呢?”俞致祥觉得奇怪。

“你不知道?”

“不知道!”

“真不知道?”那双眼睛又眯成一条线，注视着俞致祥。

“为什么骗你呢?”

“那就实话实说吧！行政会议研究新购置的办公用品配发给新来的老师，保证一线教学人员。工勤人员暂用旧的，以后陆续配齐。”

“谁用还不是一样的。”什么新旧办公用品，什么一线工勤，俞致祥的脑子里除了极限微积分，暂时还没有这些信号。

“那是你好说话，换上别人非要争个你高我低不可。我欠着池科长一个人情，私下将你和池丽丽的宿舍调换了。还没来得及给丁主任汇报，王校长就检查了!”

俞致祥并不感到意外，“我住这里挺好的!”

“王校长要丁主任按会上研究的办，你说这让我的脸往哪儿放？俞老师你大人不记小人过，麻烦你给王校长说说，就说是你自己和池丽丽调换的。”任保管挪了挪屁股下的那把掉着漆皮的坐椅，让自己离俞致祥更近一些。

“我已经收拾好了，你让我换回去还有些舍不得呢!”

“我一定记着你这个人情，俞老师！咱学校是县级单位，底子厚实着呢！以后用什么时只需吭一声。别小看我这个保管，新来的人没有一条烟别想从这里领出东西!”任保管说漏了嘴，脸红一阵很快恢复常态。

“好好！我给王校长说。”

“俞老师，这条烟留给你招呼人。”任保管从腋下取出一条报纸裹得严严实实的香烟，放在老式办公桌上。

“不用，不用，我不会抽烟!”

“这你就有所不知了，俞老师！抽烟是为说话搭桥哩，也是接触人的一种技巧。人家不缺你一支烟，就是看你眼里有没有他！烟的档次还不能过低，越高在人家看来你越看得起他。人都有个先入为主的毛病，早来的想迟来的尊他，年老的想年轻的敬他，官大的吃官小的，钱多的吃钱少的!”

俞致祥没有吱声，心里在想：我凭本事吃饭，为什么要这样低三下四事呢?

任保管还想开导几句，见俞致祥已经哈欠连天，就起身告辞，故意把香烟留在办公桌上。

俞致祥拿起香烟追出门外，任保管用手按着自己的嘴巴示意莫要声张，接过香烟夹在腋下，一溜烟回了保管室。

65

数学把关教师罗震环突然要求调离，李主任除了一根接一根地抽烟，无计可施。还有三个月就要高考，关键时候怎能掉链子呢？“罗老师，有什么困难说出来，学校设法为你解决。解决不了还有地区，不能丢下一百多个学生不管!”

李主任每抽一支也发给罗老师一支，不一会儿，教务处就烟雾缭绕起来。

“我已经和南方那边联系好了，人家要我马上过去试教。我也着急呢，过了这个村就没这个店了!”罗老师一边抽烟一边用四个指头轻敲着桌面。

“能不能再拖延几天，罗老师！他们明知各中学都在备战高考，偏偏选在这个节骨眼儿上试教，也没有给个定秤话，如果试教过了关好说，过不了关怎么办呢?”李主任和罗老师一同调来故中，还想推心置腹地挽留几句。

罗老师是数学系的高才生，六十年代初期分配到撷秀中学，开门办学时调故里中学，是全县公认的数学拔尖教师。“老李，你是担心我的教学能力还是咋的？我没有金刚钻就不揽这个细瓷器!”

“罗老师，我不是这个意思，可能说得急了些，考虑不周词不达意。我是说这届学生你已经带了将近一年，眼巴巴盼你带领他们冲刺呢，你不为学校着想也要为学生着想!”

“我为学生着想，谁为我着想?”罗老师说着说着来了气。

李主任听他话里有话，“怎么，你好像有什么心事似的?”

“李主任，那你说说，小卖部能安置惠彩莲为什么不能安置我媳妇?”罗老师摊开的双手微微颤抖，情绪显得十分激动。

原是为了这个！学校决定办小卖部是为了解决中年教师农村户口家属的生活困难，行政会议研究由惠彩莲先期筹办，规模扩大以后再安置罗老师媳妇和其他几个。改变行政会议决定，李主任没有这个权利，他答应汇报校长以后再作答复。

送走罗老师，李主任急匆匆来到办公楼二楼校长室。校长也带课，上完课又是这事那事，直到掌灯时分才见到人。

“王校长，罗老师突然要求调动呢!”

“是为筹办小卖部的事儿吧?”王校长正在灯下聚精会神地备着高一年级数学课，“你让罗老师到这里来一下，咱一起做他的工作!”

李主任出去一阵就返回，不见罗震环。

“老罗的火气不小！他说校长也可以到他家去，为什么一定要他找校长呢?这个老罗有点太不像话，前些年拿他不当人没有一句怨言，这两年拿他当人又尾巴爹上天……”

王校长没让他继续说下去，“罗老师教书时间长了，一直和学生打交道，居高临下式的话语一直为学生所接受，除了赞同就是钦佩很少有不同意见，一时不顺心生个闷气就转不过弯来，总想着把这股无名烈火释放出去。李主任，咱俩去趟罗老师家!”

“啊?你还真去!”李主任为罗老师的事也有气。

“罗老师说得对，为什么非要人家来而咱们就不能去呢?”王校长合上教案，随手关上书写台灯，走出办公室。李主任只好陪他朝教工生活区走来。

罗老师住的两间砖混结构的宿舍是故里中学最好的教工生活用房。这排房子落成后，科室负责人校级干部都没有份，全分给了骨干教师。

“罗老师，怎呢，正在高考复习的节骨眼上要求调动呢?”王校长点燃罗老师递来的香烟，挡住罗老师沏茶水，“烟不客气，茶就免了，没那个口福，晚上喝茶会影响睡眠的。老李来一杯?”

李主任点着头说，“一样，一样!”

“王校长，咱都是教数学的，说话喜欢直来直去，我也就不绕弯子了。我想让媳妇筹办小卖部!”罗老师说话和他讲课的风格一样从不需要起承转合。

“不同意就调离，对不对?”王校长看了一眼罗老师，笑眯眯地问。

罗震环不说话，不否认就意味着承认。

“罗老师，学校办小卖部是组织教师家属自力更生的一个办法，说到底是为留住教学骨干。但话说回来，筹办小卖部也非易事，需要一个比较懂行的人才行。惠彩莲原先在商业部门干过，有一定的经验，先让她筹办，下一步，首先考虑安排你媳妇。这是行政会上大家形成的共识。”王校长耐心地说明情况。

“校长的意思是我媳妇的本领不及惠彩莲?”罗老师的话火药味很浓。

“惠彩莲原来干过这一行，渠渠道道比较清楚。你媳妇没有干过这一行，隔行如隔山，得有个熟悉的过程。”王校长也是长话短叙，简单明了。

“这只能说明校方没有解决问题的诚意。”看来罗老师还是接受不了这个结果。

“罗老师，想问题要从大处着眼，好事要办好呢！办小卖部才是一个尝试，咱学校农村户口家属多，还要陆续出台更多更好的措施，你媳妇不愁没事干。”王校长没有空许愿，他的确有了成熟的打算，准备逐步实施。他心里明白，要调动教师的积极性，就要从解决他们的实际困难入手。

“那好吧，你批准我的假条!”罗震环递过早已写好的假条。

王校长看了看假条，“罗老师，签个字还不容易？你再考虑一下，实在需要请假我可以签字!”

太阳重新升起，山川一下子有了生气，磨子梁的尽头，靠磨子河这侧的紫丁香，靠故里河这侧的白丁香竞相开放。山坡上早已人头攒动，咿咿呀呀，入耳的都是诵读声。有读古典诗文的，有读英语课文的，有背英语单词的，有背数理化公式的。中国社会最忙碌的群体——高中生们新的一天，就这样紧张地开始了。

“叮铃铃”，电铃声响了一遍又一遍，第一节高三一班，第二节高三二班学习委员先后来教务处报告，数学教师缺课。

李主任铁青着脸，“岂有此理！既不履行请假手续又不上课，这是什么作派!”

“李主任，告诉学生，就说罗老师有事请假!”不知什么时候，王校长来到教务处。

“王校长，虽说教师是学校的宝贝，但也不能这样任其下去。”在校长面前，李主任第一次说不利于老师的话。

王校长一副不慌不忙的样子，“罗老师这几年确实为学校出了力，为小卖部的事有些怨气可以理解。给他一点时间，他会转过这个弯的。”

到了下午，事态发生了急剧变化。高三级的几个学生来到教务处，强烈要求学校无条件答应罗老师的要求，以保证毕业班的数学教学。

听完汇报，王校长的脸上不再有笑容，“告诉高三级同学，学校有责任保证他们的数学教学，但没有责任无条件答应罗老师的要求！”

俞致祥被通知到校长室。

“俞老师，如果让你马上接任高三级数学课，有什么困难吗？”王校长的神情从来没有这样严肃过。

李主任告诉他两天来发生的事后仍然余怒未消，“真是不知好歹！忍心让两个参加高考的班级停课，诱导学生要挟学校，不说职业道德，做人的良心哪里去了？”

俞致祥清楚地意识到，自己面临两个选择，接课对学校工作有利，不接对同行罗老师有利！学校行政会议的决定并无不当之处，已经充分考虑了罗老师的诉求。而他仅仅出于个人目的要挟学校造成两个班停课的结果，不但耽误了学生的高考复习，也造成学生及家长的恐慌情绪必然影响以后的复习效果。

但是接课也不是说一句话那么简单！罗老师是四五年的把关教师，高考复习驾轻就熟，自己一个初出茅庐的新手，如果得到学生的认可倒还罢了，得不到学生的认可就意味着前功尽弃，学生对学校怨恨的情绪将会重新回归，必将要求学校无条件答应罗老师的要求！

对俞致祥来说还有个很具体的问题。接了课，他就得一心扑在高考上，没有时间考虑他和惠萍的婚事，更不可能做老人的工作。而他俩的婚事得到双方老人的认可得有一个过程，不可能一蹴而就，这是确定无疑的。

王校长还在等他回话，李主任也在一眼眼看着他。

养兵千日用在一时，在这个关键时刻，作为恢复高考制度后的首届大学毕业生有义务挺身而出！婚事虽然终生只有一回，比起高考来却是小事一桩，给老人做工作的事再往后推一下吧。他坚信，社会正处于大变革时期，人们的思想观念空前大解放，老人也会随着时代的进步而进步。

“我接高三级数学！”

66

周继愈中文系毕业后，留校团委工作。

离学校北门不远处，有一幢灰色清水砖墙的四层楼，全是单身宿舍，每间十二平方米左右，不带厨房不带厕所，需要“造饭”在楼道里“埋锅”，需要如厕去每个楼层只有一间的公用厕所。就是这超期服役超过原设计时间三倍的筒子楼，周继愈要住进还没有资格。

他的母亲姜桂芬在学校后勤部门工作，顶层的这个房间是她的宿舍。母亲住父亲单位的家属院，周继愈住进了母亲的宿舍。

周忠武一身银灰色的中山装，个头不高，腰板硬朗，精神矍铄，在政府部门工作，已经光荣离休。他是为了旺旺母子的事，专程来儿子住处的，进门就嚷嚷，“再不能拖了！旺旺都六岁了，若不尽快领到北京来，没有一年的适应期，孩子怎么上学?”

周继愈何尝不急！一日夫妻百日恩，何况他们已经有了爱的结晶！三年大学生活，迫于那封举报信的压力，他没有给她写过信，也不知道孩子的情况。他把对惠萍母子的思念强压在心底，默默地承受着生离的熬煎。毕业留校以后，他打算和她取得联系，倾吐积压在心底的思念，尽为人之夫为人之父的责任。“是啊，惠萍太不容易了！母女俩抓养一个孩子，还背着作风问题的罪名，让人指指点点。现在政策宽松了，我俩的事再也不怕有人写信告状了，我们应给她一个说法。”

“一年时间还长着哩，形势怎样变化谁也说不清，等形势明朗了再说吧！”一股清油炒葱花的味道从楼道飘进房间，开水煮挂面加几个荷包蛋，姜桂芬已经做好午餐。周继愈当学生时吃腻了大灶的饭，留校后再也不愿去大灶就餐。为了宝贝儿子，她的业余时间不得不和油盐酱醋打交道，不得不在筒子楼里奏响锅碗瓢盆交响曲。儿子该学知识的时候去山大沟深的广爷川公社故里大队上山下乡，该长身体的时候没有吃好。现在一家人终于团聚，哪怕自己多干点家务，也不能耽误儿子的工作和学习。至于什么是“形势明朗”她也说不清，不过是个说辞，拖一天算一天吧。

“长痛不如短痛，迟解决不如早想办法！”周忠武舐犊情深，恨不得孙子马上回到自己身边，年过花甲，孙绕膝前，也是人生一乐！

“害人之心不可有，防人之心不可无。你难道忘了那封举报你的信？你是怎么去湖北沙洋五七干校劳动改造的，阶级异己分子的罪名又是怎么来的？”姜桂芬对这个熟悉而又陌生的松柏峪充满复杂和特殊的情感，这一家人的命运或多或少都与松柏峪有关。

周继愈对举报父亲是阶级异己分子的事印象不太深，对举报自己作风问题的事也随着时间的推移淡化了，“任何时候任何地方别有用心的人总是极少数，提供你是地主老财儿子的证明材料，举报我有作风问题的不就是那么一两个人，松柏峪的老百姓大多数都是纯朴的。你看俞致祥这个小伙子，替我背了黑锅咱才金蝉蜕壳上了大学，可咱到如今连句道谢话也没有说。”

姜桂芬不得不把话挑明把自己的担心说透，“这些都不是要害问题！你考虑过俞家的成分没有？你爸做了几天俞世昌的养子，这还是部队首长的安排，都成了阶级异己分子。你才开始生活，有个地主成分的岳父会带来意想不到的麻烦！”

周继愈跺跺脚，“妈，现在都什么年月了，还说这些！”

“不说不等于不做，提拔干部还是要考虑这些的。只要你和俞惠萍结了婚，一个地主岳父的社会关系就记入档案，就会伴你终身！”

“地主富农成分都取消了！”

“成分一栏填什么？”

“填群众！”

“贫下中农填什么？”

"还是贫下中农!"

"群众和贫下中农一样吗?"

"妈，结婚首先得考虑感情!"

"就你爱感情用事！感情能当饭吃吗？解放初期有多少对青年男女都是组织决定的，还不是过来了!"姜桂芬心里埋怨儿子：去故里下乡不过是权宜之计，回北京是迟早的事，你给我谈的哪门子恋爱呀!

"那是你们这一代人的事，我管不了。妈，我不和你说这些。一句话，你办还是不办?"儿子似乎给娘下最后通牒。

"办，办，办！你们俩属于非法同居，不是合法夫妻，旺旺母子来北京算什么？俞惠萍的户口如何解决？在北京干什么工作?"姜桂芬像放连珠炮一样抛出三个问题。

周继愈没有正面回答妈的问题，"反正我是非惠萍不娶！人家在咱最艰难的时候给了我家的温暖，如今咱日子过好了，就把人家忘得一干二净!"

周忠武立即赞同："继愈说得对，人不能没良心！我已经有负于老俞家一回，儿子可不能再来第二回了!"

已经用完餐的姜桂芬系上护裙，准备收拾碗筷，"良心，良心，你就知道良心，你吃亏就吃在讲良心！你看你的战友，那个不是司局级，就你是个处级。"

周忠武却不以为然，"这就不错了，多少人为了革命胜利倒在枪林弹雨之中，多少人又在革命胜利后含冤死去，和他们相比，我们还有什么想不通的?"

"别高谈阔论了，解决一下实际问题。还有一勺饭，你们俩谁解决？倒掉怪可惜的。"姜桂芬开始收拾饭桌，说是饭桌，实际上一桌两用，平时是办公桌，开饭时是餐桌。

"继愈加一些吧，我是不敢加的。筒子楼不比农林办家属院，一层楼只一间厕所，喝得多得不停地上厕所。我可受不了这份洋罪!"为了减少如厕次数，周忠武茶水都不敢喝。

"好的，给我盛上!"继愈与父母亲已经商量好几回了，每次都是无果而终，看来母亲又在使用缓兵计了，"咱还是回到惠萍和旺旺的事上来吧。妈，你不要考虑那么多，咱一步一步来好吗？”

“你说怎么个来法？”

“能不能在后勤部门给她找个差事，再等机会。”

“你在团委工作，将她弄到后勤，你们两个怎么处？时间久了，没有不透风的墙。眼下正是‘五讲四美三热爱’掀起高潮的时候，你给团员青年怎么说？”姜桂芬更看重儿子的政治生命。她的脑海里忽然闪出一个念头，“这些年没有联系了，人家变卦也未可知！”

“我要亲自去一趟松柏峪，宁可人负我我绝不负人！”周继愈的态度反而更加坚决。

周忠武也说得掷地有声：“孩子是周家的骨血，即使他妈变了心，豁出这张老脸我也要把孩子接到北京！我欠了人家整整三代的人情啊！”

67

一九三五年八月。

红军大队人马走下牡丹嘴，来到磨子河畔。磨子河水清澈见底，撒着欢儿，流向故里。四方四正的世昌堡前，一座小桥将磨子河的两岸连在一起。小桥是用一根根檩条连接起来的独木桥，部队走木桥过河得用好长时间。河水不深，大多数战士挽起裤脚，蹚水过河。

松柏峪和邻近的村庄都住进了红军，临时指挥部就设在泰山庙。这支队伍没有整齐的服装，没有优良的装备，但是纪律非常严明，驻进松柏峪老半天了，鸡不飞，狗叫了一阵也没了动静。

堡子在队伍面前毫无作用，东边的人潜伏在磨子梁的半山腰，西边的人潜伏在松柏坡庄稼地，都在紧张地注视着村里的动静。他们吃过一回队伍的亏。那是五年前的四月初八，家家按习俗烙锅盔过节。马廷贤部南下天水，中途变卦路过松柏峪。因为这支马家队伍已被收编为讨逆军，村上人听说是官军到来，放松了警惕性。哪知道马部进户后，烙好的锅盔被抢了个一干二净，没有来得及烙的发面丢进厕所，门窗家具拆了生火做饭，锅碗瓢盆砸得粉碎。才娶进门的后庄上老五媳妇遵守新媳妇进门三天不下炕的忌俗，惨遭十几个野兽似的匪兵轮奸。虽经抢救脱离了危险，却落下终身不育的病根。

太阳落山时，两个光屁股男孩又冷又饿，偷偷溜下磨子梁，来到世昌堡门前。

院子里放着一大堆油炸糜谷面粑子。松柏峪人的主食是糜谷、蜀黍，家家户户的泥面缸、面口袋、面笼里几乎都是杂粮面。红军就地取材，油炸杂粮面粑子作干粮。两个小孩一清早就跟着大人躲藏在半山腰，到这阵没吃没喝，饿得手从口里伸出来了，走进院子来到干粮堆前，拿起一个粑子就吃。

"小孩，叫什么名字?"一个年龄和大男孩相仿，军装盖过屁股，上面打着补丁的小红军走出靠着东墙的厦房，亲热地和两个小男孩打招呼。这是连长的安排，他怕大人出面吓跑孩子，让其他战士蹲在厦房地上，尽量不要发出响动。

一见有人来，老大撒腿就跑，老二胆子大一些，见是一个年龄相仿的小男孩，便停下了脚步："他叫抓豹，我叫打豹。"

"都是豹，是豹子的豹吗?"小红军觉得两个小孩的名字很有意思。

"我爸说，爷爷一人打死一只金钱豹，松柏峪没有第二个。为了让我们记住爷爷，给我俩安了这么个名。"老大返回身子回答。

"那你们抓豹子，打豹子了没有?"

"没有，连豹子的面都没见。"弟兄俩不好意思地摇着头。

看着两个小孩认真的样子，小红军忍不住发笑，"咱们认识一下，我叫周忠武，陕西人，十三岁。怎么不见大人呢?"

"听说过队伍，躲起来了。"抓豹说。

"干吗躲队伍呢?"

"队伍杀人放火呢!"在打豹的脑子里，队伍就是杀人放火的。

"我们来了大半天，杀人放火了没有?"

"没有! 没有!"弟兄俩今日算是真的开了眼界，这支队伍不但不杀人放火，一草一木都不损害。

“我们是队伍，但我们和马家队伍不一样，我们是红军。”周忠武操着老陕腔，给两个光屁股男孩解释。

“你们是干啥的队伍?”弟兄俩没有听明白。

“我们是打日本鬼子的队伍，路过你们村，借住一宿。”看着小弟兄俩半信半疑的样子，周忠武又耐心解释说，“日本鬼子是魔鬼。”

“魔鬼?”弟兄二人同时伸长脖子。

“对，他们是魔鬼，比马家队伍还要坏，我们就是专打这些魔鬼的!”

“噢，你们是打魔鬼的队伍!”

抓豹、打豹填饱肚子后，拿起马勺舀出水桶里的凉水，咕噜噜喝了个够，打着饱嗝。临走时，小红军给两人的肚兜里塞满了油炸粑子。

弟兄俩来到磨子梁半山腰，从渗出油的肚兜里掏出粑子，让躲藏在这里的大人吃，还滔滔不绝地讲述了自己看到的一切。有些大人试探着下山了，红军待人热情，称他们老乡，还请他们吃东西。

清晨，一声清脆的号角过后，几千人的队伍，迅速从四面八方集结到泰山庙院。一个看样子三十上下，被称作吴政委的人讲话后，队伍排成一字长蛇阵，走出松柏峪，翻上松柏坡，走过俞家官堡，向北开去。

俞世昌在一块谷子地里过夜，两个小娃娃的话他觉得不可信。半夜时分，长工柳知秋送来衣裳和干粮馍，告诉他，红军用了大先生家的东西，留下一把银酒壶，用了叔父羊娃家的东西，留下一件女人的青缎衫上衣。后庄里老四女人有身孕，来不及躲藏，红军战士帮她推磨……他仍然半信半疑。目送红军大队人马出庄，才进的家门。他被眼前的情景惊得发呆：院落干干净净，房内一尘不染，铺盖纹丝未动，水缸挑得满满的。凡是用过的面、油、肉、蜂蜜都留着纸条，数量多少，按价格或留银钱、铜板，或用衣服、首饰、茶叶抵账，一笔笔交代得清清楚楚。他挑上粪筐到松柏峪庙院转了一圈，没有见到粪便，庙院四周的蜀葵端端正正，没有攀折、践踏的痕迹。俞世昌不由感叹着：“小事做得这么好，一定能够成就大事!”

“老伯伯!”俞世昌返回家门时，一个陕西口音的男孩双手捂着肚子，蹲在地上，疼痛难忍的样子。

“你是?”

“我叫周忠武，早晨起来肚子痛，跟不上队伍了。”小男孩的陕西口音听起来并不费劲。

俞世昌打量着这个眼巴巴地望着自己的小男孩，十二三岁的娃，身子单薄，一身又宽又长的灰军装打着补丁。俞世昌不愁吃不愁穿，却是个稀男欠女的人。老婆生了两个女娃，大女儿彩霞被天花夺走性命，小女儿云霞迟早也是旁人家的一口人，每当想起这些，他就没了心劲。人说三十生子两头忙，自己早过三十，活在世上时身边没有个男娃，离开世上时一张苦脸纸还得靠另姓旁人，纵有万贯家业又有啥用，小男孩的到来真是喜从天降，他抱起小男孩走进院门。

68

掌灯时分，周继愈敲开那扇沉重的堡门，前来开门的李晓梅眼角添了几丝皱纹，背略微有些驼，满脸疑惑地打量着他。

“李姨!”周继愈情不自禁地喊了一声。

六年没听他喊李姨，六年盼他喊李姨，多么熟悉的声音，多么想念的声音!

“哎哎！可把你盼回来了!”李晓梅高兴地答应着，抹着眼泪，却忘记了接他的行李，急着朝厦房那边喊，“旺旺！你爸爸来了，快来，看姥姥骗你了没?”

自从旺旺开始追问自己的爸爸是谁，为啥不回家，她就告诉他：“你爸爸叫周继愈，在北京上大学!”孩子等了一年又一年，希望变成了失望，不再追问反而说她“骗人”，让她无言以对。现在她终于可以给孩子一个圆满的交待。

“爸爸?”一个虎头虎脑的小孩光着脚片头重脚轻地跑到大门口，看看周继愈又看看姥姥，看着看着，躲到姥姥的身后。

啊，这就是从未谋面的儿子！行李是怎么掉在地上的，周继愈都没有察觉，一把抱起儿子，在儿子的额头、眼窝、鼻梁、嘴巴、下巴雨点似的亲着，止不住的热泪滚滚，“爸爸对不起儿子，爸爸想念儿子！”

旺旺顺从地让爸爸亲着，还用小手为爸爸擦眼泪。

“家鸡打不远，野鸡养不恋。老天世定是你的儿子，天性里带着呢，头一回见爸爸就知道亲热！”李晓梅抹去泪水，提起周继愈的行李，把爷父俩带进惠萍的房间。

周继愈深情地看着这间留下自己最美好记忆的房子，他想第一眼就见到的惠萍竟然不在，让他若有所失，“惠萍不在家？”

“去缴公粮了！”

“都这一阵了，她一个女人家怎么缴粮？”周继愈十分焦急地问。

“前些年缴公粮是缴粮食，这几年粮站图省事，粮食折成现金，直接来村里收钱。”李晓梅把沉甸甸的行李放在一张凳子上。

旺旺看看行李又看看姥姥，每次有客人来家，他都是这样，每次都在妈妈严厉的目光下缩回小手。

看着儿子那双期待的目光，周继愈等不得惠萍回来，想给儿子一个惊喜。他拉开旅行包拉链，取出一身仿将校呢面料的少帅服穿在儿子身上，拉正镶着一圈金黄色边的大翻领，拉展肩章绶带上的丝线穗，一边系着纽扣，一边对李晓梅说：“我爸跑了好几家商店，在王府井妇女儿童用品商店宋庆龄儿童基金会橱窗，才找见这身衣服。”

李晓梅的眼眶又一次湿润了，“不大不小刚合适，娃长得快，用不上一年怕就穿不成了！”

“能穿几件呢，叫孩子穿，穿不上再买。”说着，取出一顶大檐帽戴在儿子头上，“我爸说配这套衣服得有个大檐帽。”

他又取出一把铁艺仿真冲锋枪挎在儿子胸前，“旺儿，这是奶奶在军事博物馆给你买的！”

旺旺的眼睛一次又一次发亮，一声又一声地叫着爸爸，想把六年欠下的“爸爸”全部还上。

“你们真是一家好人!”李晓梅在旺旺的屁股上拍了拍，“自己玩去，别老缠着你爸。你爸刚从远路上来，吃力着呢!”

旺旺从现在起不再是野孩子了，和其他小孩完全一样了，他一身新衣服挎着冲锋枪跑出家门，他要在第一时间把爸爸到来的消息告诉小伙伴们!

“李姨，您说得我无地自容啊！由于惧怕被人再次举报，六年没有和你们联系，让你们吃苦了!”说着取出给李晓梅买的春秋季服装各一套。

“我是大人，就不用破费了吧!”

“应该的，应该的。李姨，我这次要接惠萍母子去北京，我爸都等不及了，他说旺旺马上要上小学了，得有一段适应时间!”

李晓梅被无情的岁月涂了一层老年色的脸上露出了满意的笑容，“就盼着这一天呢，吃苦倒没啥，咱庄稼人不会教育娃，就怕把娃惯坏了!”

周继愈感激地看着李晓梅，“看您老人家说的，您把惠萍教育得就很好！这次我爸托人给惠萍找了个事儿，不是很理想先干着，一家人总算在一起。以后有了机会，再给她调换好一些的。”

李晓梅无异于吃了颗定心丸，不知说啥才好，“惠萍没念下书，哪能轻而易举地找个工作？在北京还能找个事干，在咱这里门儿都没有！哪能一口吃个胖子呢，有个事先按住，慢慢来！你歇缓一阵，姨给你收拾饭去。”

周继愈连日辛劳，人困马乏，吃过饭一挨枕头就扯起了鼾。旺旺宣示完爸爸归来的消息，兴犹未尽，还在姥姥的房间玩冲锋枪。

惠萍一进大门，见自己的房间亮着灯，心头立即升起一丝疑云。来到娘的房间，旺旺在炕头走来走去，故意炫耀自己的一身新穿戴，她立即明白了是咋回事，轰地一下，脑子里一片空白！不希望发生的事还是发生了!

前些日子她才同意致祥忙完高考说服三位老人同意再领结婚证的意见，按她的想法先斩后奏，先领证再告诉老人，他既是自己的爱人又是自己的丈夫的那一天即将来临！周继愈的不告而来，将再一次让他俩的计划胎死腹中！她想找俞致祥商量办法，可是他在三十里外的故里中学，自己一个女人家黑天半夜怎么去得了?

她摘下旺旺头上的大檐帽摔在炕上，又生气地摘他背着的玩具枪，“没见过啥？就这么一点儿出息？”

“呜呜呜！”正在兴头上的旺旺，被妈妈气势汹汹的样子气哭了。

李晓梅擦着孙子委屈的泪水，斜了女儿一眼，轻声责备：“娃知道个啥？是我给他穿的，要发火冲我来！”

“呜呜呜！”旺旺伤心地研着眼泪。

惠萍厉声喝：“少烦人！”

往常只要姥姥出面庇护，妈妈就不吱声了，今儿这是咋啦，姥姥不庇护倒还罢了，一庇护时妈妈的火气更大。旺旺觉得茬不顺，不再抽泣，乖乖地坐在一边。

“旺旺他爸回来了，还在北京给你找了工作！”李晓梅说出这年头最能打动人的话，希望打动女儿的心。

“谁稀罕这个？”

“惠萍，你也要替继愈想想，他要是稍有疏忽，就等于承认人家举报的是事实，那时节的政策不要说上大学，饭碗早都丢了！”

“瞒别人说得过去，连你我也瞒得严严的，是死是活总该有个音信呀！”

李晓梅屁股放在炕沿上，无可奈何的样子，“你说咋办？一直住在娘跟前？”

“我有自己的打算！”惠萍无意中瞅着墙上镜框里的那张初中毕业合影。

李晓梅不用看就知道她在看谁，“你的打算是跟致祥过，娘还能把这个看不清？”

惠萍拉了把凳子坐在娘跟前，“既然说到这儿了，我也把话挑明。致祥当初背黑锅你是同意的，一背就是六年！人家为啥替咱背黑锅？不是政策转好，他这辈子下十八层地狱了！他大学毕业为啥分回故里？难道你不明白？”

“我明白。你俩同一个宗族结婚，不要说我和炳义两口子让人指脊背，就是两家子的老先人在地下也睡不安稳！”

“大不了我改回魏姓去！”惠萍一赌气，把头转向一边。

“只怕是改了户口改不了人心啊！”李晓梅趁女儿不注意，赶紧朝旺旺使了个眼色。

旺旺立即会意，口中嚷嚷：“我要睡觉！我要睡觉！”

“今晚和姥姥一起睡！”惠萍头也不回地说。

“不嘛！不嘛！就要去我的房间！”旺旺的两条腿一伸一展地蹬起来。

“你的房间有生人！”惠萍不怀好气地说。

“不是生人，是我爸爸！”事情到了这步，简直是一场爸爸保卫战！

“那你去和他睡！”

“我就要你去，我就要你去！人家娃都和爸爸妈妈睡一起，骂我是吃野粮食的杂种！”旺旺的两只小手擦着委屈的泪水。

“……”是啊，孩子是无辜的！想起刚才对孩子的粗鲁行为惠萍有些过意不去，想给儿子解释又不知从何说起。

旺旺越哭越伤心，越伤心越哭！

“惠萍啊，要责怪就责怪娘，这个瓜子晓得个啥！娘这辈子一直有个亏欠，感到对不起你爸！他为我开除学籍没说过一句怨悔的话，到死还把我的手帕带在身边，这是一种啥情义？”晓梅的鼻腔在发酸，声音在颤抖。

“我俩是私定的终身，在世人眼里我是个不正经的女人。就连你的亲姑姑自从你爸开除学籍就和我断绝了来往！”李晓梅哽噎起来。

“如果随你爸而去，我这辈子问心无愧！可是，你没有成人！为了你长大，为了有人在你爸的坟头泼一碗浆凉水，我苟且偷生，作出了亏对你爸的事，真的成了一个不正经的女人！”晓梅已经泣不成声。

惠萍取下晾在铁丝上的毛巾为娘也为自己擦着眼泪，“娘，你别说这些了！”

“我的女儿，你让娘把话说完，娘一直没地方说心里话，憋得发慌！娘一次次地蒙受屈辱，先是杜国泰后是俞大龙，同情的说‘一棵白菜让猪踏了’，憎恶的说‘一块骨头哄了几只狗’！娘听见只能装作没听见！人活脸树活皮，人不顾脸不如驴！我也是有心有肉有头有脸的人，人好欺天难骗，我有何脸面去见九泉之下的你爸！”

母女相拥而泣。

69

惠萍是被娘哭得乱了方寸才来到自己房间的，这下子才想起，娘俩的情形根本就不是一回事：娘是爱爸爸，为了爸爸而悔恨。自己是爱俞致祥，为了俞致祥才打算和周继愈断绝关系！周继愈酣齁不停，旺旺很快进入梦乡，气上加气的她被周继愈的齁声吵得不能入睡。不知何时，一只手在她的胸膛上乱摸，她把全身的力气都聚集在右手大拇指和食指指甲上，对准那个讨厌的手背狠狠掐去，那只手像被蜂蜇了一下马上缩了回去。从那边传来一个低沉的声音：“惠萍，你不要生气，这些年我一直在想着你和旺旺！”

“你还有脸说这些？旺旺长了这么大，你何曾洗过一回尿布，喂过一回奶粉，看过一回医生！孩子最需要爸爸时不见你的人影，孩子长大了跑来认儿子，你和只知道下蛋让别人替自己孵化哺育幼雏的布谷鸟有啥不同？”惠萍的声音压得很低，依然能听出她的一腔怨恨。

“惠萍，你不要生气累坏自个儿的身子，一夜夫妻百日恩，六年不见了，你的心肠难道是铁打的？”刚才缩回去的那只手又伸在惠萍的胸膛上。

“你以为我还是那么傻！”惠萍又一次狠狠地掐了一下。

熹微透进窗缝，她起身来到厨房。她有些纳闷，往常这时娘已经早起床了，今天咋不见动静？转念又一想，这些年来娘为女儿和孙子一直操着心，想必是周继愈来了，肩头的担子卸下了，绷紧的神经放松了，让她多睡一会儿吧。

说实在的来厨房不过是个幌子，她这些年就没有做过早饭，不知道早饭从哪一头做起。心事重重的她抱来柴火，打算先生火烧水。

旺旺也醒了，推开试图给他穿衣服的爸爸，一个劲儿地喊姥姥给自己穿衣服，他不习惯别人为自己穿衣服，可是没人应声。孩子纹丝不挂地跑进姥姥的房间，突然大喊起来：“妈妈快来看，姥姥咋穿这样的衣服？”

“啊！”惠萍一手按住热水瓶，一手握勺子从锅里舀出沸腾的开水灌进热水瓶，听见儿子的呼喊不禁一愣，眼前突然出现夜里娘哭天抹泪的情景，一种不祥的感觉立即掠上心头。她放下热水瓶，舀开水的勺子丢进开水锅，三步并作两步来到娘的房间，“娘！娘！娘！”连喊三声不见答应。俯下身子看时，娘的头发梳得整整齐齐，穿着平日仔细保管的那件黑色旗袍，安详地躺在红褥子上面，盖着红苫单，脸色蜡黄，早已没了气息。惠萍眼前一黑，双腿发软，跌坐在地上，两手不停地叩打着炕栏，声嘶力竭地喊着：“娘啊娘，你不能这么走啊，你不能丢下我和旺旺啊！”

周继愈胡乱几把穿上衣服跳下炕，赤脚走过来，搀扶着悲痛欲绝的俞惠萍，“惠萍，人死不能复生，不要哭坏了身子，料理后事要紧！”

惠萍像一棵落了黑霜的青苗，顿时散了架，满脑子能想起的人只有俞致祥，“我看着娘的遗体，你快去大队部给俞致祥挂电话，让他马上回来！”

“俞致祥在哪里？”俞惠萍的话让周继愈摸不着边际，当年在松柏峪和俞致祥只见过一两面，这些年更是音讯不通，怎么知道他的去处。

惠萍这才想起忘记了告诉他俞致祥的工作单位，“故里中学。”

“喂，我是俞致祥，请问你是哪位？”俞致祥是从宿舍被喊到学校办公室接电话的。

对方说着一口普通话，“俞致祥同志，你好，我是周继愈！”

“周继愈？”俞致祥大吃一惊，“你在哪里？”

“我在松柏峪大队部。李姨去世了，家里只有我和惠萍两个，惠萍让你马上来一趟！”

“啊?!”对方已经挂断了电话，想问详细情况已无可能。不用说，这是惠萍的主意，既要他赶回来处理干娘的后事，又告诉他周继愈到来的消息！

“怎么会是这样？”他一接任毕业班课就没有脱身，罗老师倒是想通了，学生却不放他走，就这样一直到高考结束。他已经做好缜密的计划，先做娘的工作，让娘做爸爸的工作，然后和父母一起做干娘的工作。周继愈迟不来早不来偏偏在这个时候来了！干娘又在这个节骨眼上突然去世！

俞致祥登上同事的摩托车一溜烟出了校门，迎头碰上骑自行车来故里办事的牛国璧，跳下摩托车顾不上说话，示意牛国璧把自行车放在学校门房，赶紧坐上摩托车。牛国璧一看他神色慌张的样子知道不是啥好事，惴惴不安地坐在后座垫上一连声追问：“啥事？啥事？啥事这么急嘛？”

“惠萍娘殁哩！”俞致祥劈头盖脑砸来一句。

“啊？”牛国璧一惊，差点从摩托车上摔下来，“你说的可是真话？昨天还好好的，这家那家地串门哩，咋能说殁就殁呢？”

致祥觉得有些奇怪，“怎么？串门哩？”

“是的，她到我家、彩霞家、炳文家、你家、抓豹、建社家都去了，我知道的就有这六家，还有我不知道的！”

“她平日不串门，一串就是六家，莫不是在向这些人告别呢！”

牛国璧拍打着坐垫，“我咋就没想到这儿哩！”

一路上经过三个大沟岔，俞致祥都没下车，摩托车逢坡爬坡，遇泥钻泥，遇水涉水，不一会儿来到世昌堡。

惠萍手扳炕沿哭得声嘶力竭，旺旺手搭在妈妈肩膀上，眼泪和涎水打湿了妈妈的脊背。周继愈劝了惠萍哄旺旺，哄了旺旺劝惠萍，顾了这个顾不了那个，发际处渗出一圈密密麻麻的汗珠。

牛国璧揭起李晓梅身上的红苫单，只见她穿着一件黑绸提花旗袍，边缘处有些刷边，经线已经磨断，纬线露出在外，横成行竖成列的荷花图案色彩依旧。黑条绒鞋帮，白雁塔布鞋底，鞋底上的白线针脚很稀。身旁放着一张对折起来的十六开纸，折痕处又折出一指宽的一绺。牛国璧一看估计是晓梅的遗嘱，递给惠萍。惠萍还没展开，又哭得泪人一般，递给俞致祥。俞致祥看时，工整的毛笔字刚劲秀丽，是干娘的绝笔。

惠萍：

人生一世，草木一秋，生命的意义不在长度而在厚度。娘一生四十九年，实际上只活了二十六岁，二十三年的时光形同行尸走肉！二十三年前，娘就打算随你爸爸而去，那块娘亲手绣的“执子之手与子偕老”的手绢随同你爸爸的衣物埋入坟墓时，娘的心也被埋了。

你国壁叔一番话提醒了我，我必须把你抚养成人，为了我，为了你爸爸，也为了你爷爷。

周继愈来接你们母子进京，让旺旺在北京读书，你在北京上班，去掉了我的一块心病，也让我终于能够了却自己的心愿。

是松柏峪的父老乡亲帮助我们孤女寡母一路走到今天，我衷心祝愿他们的日子一天比一天好，一年比一年好。

女儿，你没有经过丧葬之事，我的衣服自己穿好，被褥也准备就绪，坟地不必另堪就埋在你爸旁边，棺材只好有劳你老柳伯、国壁叔他们了。

娘绝笔

1982年7月9日

牛国壁重新盖好苫单，“你这是何苦哩，惠萍夫妻重逢旺旺父子相认，苦日子熬出头了，咋能自己结束自己呢？”

70

天气炎热，遗体不能放得太久，当务之急是寿材。买寿材？钱掂在手里没有棺材铺！新做一副？从故里木材市场运回原木，人工锯成木板，刨光打铆，最快也得三天！

牛国壁想的是借，“亡人盼土如盼命哩，能不能借现成的寿材，小的背老人寿材的事也是常有的！”

闻讯赶来的柳知秋说：“上谁家借？我的寿材这阵还是两页板，俞世俊有现成的，但是个棺材瓤子，说不定哪天就要用！”

牛国壁现出难色，“俞世珍倒是有现成的，可是他和晓梅见面话都不说，不用说借棺材了。”

柳知秋不停地爬着苍发，“这个口咱就不要张，即就是俞世珍愿借，晓梅还不愿背呢!”

正说着时，郭爱爱挪动着一双小脚，颤颤巍巍地走进世昌堡，曾经的一头乌发夹杂着白色，眼眶周围爬满皱纹，脸颊下陷，显得颧骨高了许多，一身半旧的化纤布衣裳裹不住瘦削的身子骨。她的身后，女儿俞彩霞和入赘上门的女婿气喘吁吁地抬着一口棺材。俞彩霞是来她家门上要饭的没名字娃，被她收留做了女儿，还起了这么个现成的名字。年龄大一些的人都知道其中的缘故，只是不愿意说出口罢了。

郭爱爱已经来到惠萍身边，“惠萍，你娘怕是连寿材都没呢。这是彩霞两口子给我准备的柳木寿材，给你娘用吧!”

刚止住哭声的惠萍只叫了一声“郭奶奶”，又泣不成声了。

“我说惠萍，你也是当娘的人了，人都有离娘的一天呢，别太难过，里里外外还要靠你拿事呢!”郭爱爱嘴里劝俞惠萍，自己反倒哽咽起来，“这老天咋就不睁眼呢?要收就收我这样老不中用的，怎么收的都是年轻人呢?我眼睁睁地看着你爸走了，现在又看着你娘走了。哎，世事无常啊!”

“彩霞他娘，孩子没遇过事，咱们是过来人，要刚强一点，给孩子长个精神。咱都哭天抹泪的，孩子就更没主心骨了。”牛国璧一边劝郭爱爱，一边张罗大伙们，“来，大家搭个手，给惠萍她娘成殓吧!”几个青年人抓在褥子的四角上，轻轻把李晓梅的遗体移进棺材，合上棺盖。

夜幕降临，世昌堡灯火通明，跪了一院子人，在俞炳义主持下进行破孝仪式。大孝破给谁?头一件事就难得俞炳义在院子里转磨磨。按习俗，大孝只能是亡人的长子长孙，俞炳武夫妇只有惠萍这么一个女儿，长子长孙无从谈起。补救的办法就是在最亲近的家门中过继，最亲的家门俞炳文三个女儿，俞世珍的孙子也可以，但俞世珍首先就不会同意。

总管牛国璧说，“大孝就破给周继愈和旺旺!养儿一场养女一场，没人戴大孝，晓梅站在望乡台上不肯离去咋办?”

话可以这么说，事要这么做还要征得本人的同意，俞炳义又看着周继愈。

周继愈也听见了牛国璧的话，一脸茫然地看着俞炳义，“俞伯伯，戴大孝是怎么回事?”

俞炳义给他解释说：“人留后代树留根，长子长孙就好比主根，其他子孙是侧根。穷人家无所谓，官宦人家的长子长孙可以世袭爵位，当然也承担更多的责任，像主持堪坟、安葬、清明上坟、送寒衣、过年接送纸。你是个独子，将来还有你爸你妈，可以不戴这个大孝!”

周继愈却满口应承下来，“这算什么难事，我爸我妈到时再说，就让我和旺旺戴大孝!”

大孝的事儿办妥，其他事儿也就迎刃而解。周继愈和旺旺头戴白孝帽，身穿带袖白孝衫，腰里扎一根麻绳，脚靸裹一整圈白布的鞋子，跪在灵柩前头一排。惠萍头缠白布条，身穿不带袖的白孝衫，鞋子上裹了半圈白布，跪在第二排。其余家门亲房是侄子的头缠白布条，鞋子上裹半圈白布，跪第二排；是侄孙的鞋尖上裹白布，跪第三排。

因为俞魏丁当年认宗归了俞老爷门户的缘故，俞致祥也跪在第二排。他没有来得及做干娘的工作，没有干娘的首肯做不了女婿，也就没有和周继愈争戴大孝的资格。再说，这里人的习俗，给干娘戴了大孝就不能给爸爸和娘戴大孝。俞炳义就他这么一个儿子，一看他给别人戴了大孝还不当场气死!

次日清晨，浓云密布，天空飘起蒙蒙细雨，数声低沉的“房下们，送丧了”的吆喝，使松柏峪笼罩上一层悲凉的气氛。

噼里啪啦的鞭炮声中，旺旺手执引魂幡走在中间，周继愈一手执丧杖棒，一手抱孝子盆，惠萍一手执丧杖棒，一手抱着娘亲的遗像一左一右，三人走在最前面。俞致祥随家门亲房晚辈手执丧杖棒，后面紧跟。四个青年人抬着棺材，走不多时，马上又换成另一拨。乡亲们或拿纸火，或抄铁锨，走在棺材后面。按松柏峪的习俗，送葬是男人的事，妇女不参与。这一次妇女们也来了，送葬的队伍足有半里长。

阳坡川的坟地里三棵柏树枝繁叶茂，生机盎然，李晓梅的坟墓就在俞炳武的右侧。锣鼓悲摧，唢呐哀伤，鞭炮声声，乡亲们齐刷刷跪在地上，向李晓梅做最后告别，郭爱爱和柳知秋也跪在人群中。总管牛国璧急忙摆着手，“彩霞她娘，老柳哥，使不得，使不得，你们都一把年纪了，亡人承受不起！”

郭爱爱没有听从，“不是晓梅，我早都成饿死鬼了，我不是老跪小，是跪恩人！”说着放声大哭。

柳知秋难过得背过身子，“亡人为大，亡人为大！”

牛国璧扑通一声也跪在地上。

在一片哭声中，礼宾先生王维张一一宣读了孝子、家族、亲戚的祭文。

俞大龙突然跌倒在俞炳武的坟头，口吐白沫，不省人事。众人忙搀扶起他，阴阳先生停住手中摇动的铃铛，停下口中咿咿呀呀念着的黄经，大拇指甲掐在他的人中穴上。大龙的眼珠朝后翻了翻，眼泪、鼻涕、涎水一齐流了出来。

“噗！噗！”阴阳先生对着大龙喷了几口清水，然后问：“你是谁，有啥话要说？有啥冤要明？”

“我是俞炳武，让周继愈来见我！”见过俞炳武的人都觉得他说话的腔调真的有点像俞炳武。

周继愈自小生活在知识分子成堆的地方，哪里见过这种情景？诚惶诚恐地来到大龙面前，身不由己地双膝跪地。

“你可是周继愈？”俞大龙一眼不眨地看着周继愈。

“是的！”周继愈回答。

俞大龙鼻一把泪一把地说，“你害得我女儿好苦！你在北京避心闲，可知道惠萍这些年的苦处吗？”

“知道，知道，”周继愈咽了一下唾沫，“我也有难处。”

“你打算带她母子去北京？”

“嗯。”

“你龟儿子当了陈世美咋办？”俞大龙两只眼睛直勾勾地盯着周继愈，盯得周继愈一阵一阵冒生汗。

周继愈想都没用想，“不会的，我拿自己的人格担保！”

“这可是你小子红口白牙说的，这么多人听着呢！不能像你太爷俞魏丁，说话不算数！”俞大龙说完，扑通一声栽倒在地。

71

周继愈这次来松柏峪的心情和上次大不相同。上次是居高临下的驻队干部，出门有人陪，吃饭有人管，说话有人听。这次是怀着一种愧疚的心理甚至犯罪感，即便没人指责，也觉得脸面无光。牛岁旺写给公社的信揭发他侮辱俞惠萍是醉翁之意不在酒，真实指向是那个大学录取名额，但是，时隔六年的今天还是令人不寒而栗！好险啊，好坏只是一字之差，是那个几乎没有印象的俞致祥化险为夷，替自己贴上流氓的标签而将好的光环留给他。他此行最想见的人除了惠萍母子，就是俞致祥。

李晓梅的突然去世打乱了周继俞的计划，也把他从后台推到了前台。松柏峪在接纳他的同时，也让他接受了一次真善美的熏陶，道义的审判，良心的谴责。

办完李晓梅的后事，他提着满满当当的礼品，来到恩贡老宅，想对俞致祥当面表示自己的谢意。

季玉梅被人请去灸治出生不久的婴儿，俞致祥一副爱理不理的态度，俞炳义忙接住礼品，招呼客人就座。

周继愈抬头看了看，正面墙上除了一张熏得发黑的奖状，一片空白。竹席炕上，新床单遮不住旧褥子的满目沧桑，一言不发的俞致祥就坐在梨木炕沿上。

“伯伯身体可好？我爸还记着您呢，嘱咐我代他问候您！”周继愈先打开僵局。

“好着呢，回去后也代我问候你爸。你爸可聪明了！他来私塾以前，俞绍乐背书背的最好，来私塾后俞绍乐就屈居第二了。”俞炳义用余光扫视了一下儿子，他仍旧一动不动地坐在那里，只好继续说：“广爷川上空第一次有飞机飞过时，我们问师傅：‘师傅，天上飞的何物？’师傅说：‘狗头雕是也！’还是你爸来以后告诉我们那叫飞机。”

俞炳义没话找话地说了半天，示意致祥沏茶倒水，致祥看见装作没看见，仍不加理会。

这些都被周继愈看在眼里，他淡然一笑，“伯伯忙你的事，我和致祥单独说一会儿话。”

“龟儿子上了个大学老子的话也不听了！”俞炳义在心里骂着，狠狠地瞪了儿子一眼，悻悻走出门去。

“俞致祥同志，我和惠萍的事让你受了委屈，背了黑锅，没有你的义举就不会有我的今天！滴水之恩，当涌泉相报！”周继愈说着，把一沓钞票放在八仙桌上，“一点心意，不成敬意！”

俞致祥突然皱紧眉头，眼里喷射出愤怒的火焰，呼吸也变得急促起来。

周继愈何曾知道，此刻在松柏峪，最不想见到他的正是俞致祥！他的出现让俞致祥的美梦化为泡影！他的出现加速了李晓梅辞世，李晓梅的葬礼又让先入为主的周继愈得到松柏峪的接纳！

俞致祥何曾不知，周继愈和俞惠萍没有法律意义上的婚姻却有共同的儿子，自己和俞惠萍既无法律意义上的婚姻又无事实上的同居，有的只是两心相印。本该起关键作用的两心相印，此时此刻又最缺乏说服力！李晓梅的离去使惠萍失去了在松柏峪继续生活下去的理由，旺旺要父亲，要上学，要进北京这个最现实的问题又对他和俞惠萍的结合构成致命的威胁。

周继愈呀周继愈，你第一次出现，糟蹋了惠萍让我措手不及！你第二次出现，又要夺走惠萍让我无话可说，你的哪一次出现对我来说不是一场灾难？

周继愈并没有觉察出对方的脸上已经阴云密布，仍然面带微笑，“俞致祥同志，这次来的匆忙，这点钱根本不能弥补你受的伤害。我周继愈并非食言之人，日后一定重谢！”

俞致祥越听越上气，越看越别扭，攥紧了拳头。

那天在世昌堡，面对有些诚惶诚恐的周继愈，他就攥紧了拳头，可是操办干娘的后事要紧，他松开了攥紧的拳头。

此刻，他的耳畔响起圣贤书上说的“和为贵”！

他把蜷曲起来的指头慢慢伸开。

此刻，他的耳畔响起松柏峪人的口头禅“好狗不咬上门客”！

他把全身的力气都集中在右手掌上，“啪！”一记耳光打过去，打在周继愈的左脸颊上。

他仍不解恨，想起惠萍挺着大肚子，丢人现眼地出现在公众场合看尽脸色，想起惠萍分娩时的凄惨情景，想起惠萍和她娘一样既当爹又当娘的宿命，全身的力气又集中在左手掌上。

“啪！”一记耳光又打出去，打在周继愈的右脸颊上。

周继愈一点防备都没有，被俞致祥左右开弓，两个脸颊上立刻出现两个红手印，他怎么也想不出挨打的缘故。疼痛倒是其次，男子汉的尊严驱使他也握起拳头，摆出打架的姿势，“俞致祥，凭什么打人？”

惠萍风风火火赶到上房。

她看了一眼致祥，致祥也看了她，他看见她的目光中含着委屈、无奈、无尽的歉意。

她看了一眼继愈，继愈也看了她，他看见她的目光中含着哀怨、无奈、无尽的愤懑。

“道谢道得打起来了？”惠萍轻声责备说。

周继愈收回应战的姿势，“也不看是谁打谁！”

“打你还算好的，扎刀子的心都有！”俞致祥的嘴里还在咋呼。

惠萍一时乱了方寸，说周继愈，人家没有动手；说俞致祥，他正在气头上，说谁谁不听，说也等于没说，只得让自己的眼泪扑簌簌流下来。

周继愈去了大半天不见回来，一种不祥的预感浮上她的心头。她太了解俞致祥了，多数情况下逆来顺受不哼不哈，一旦惹恼也不是饶爷爷的孙子，何况他曾经说过“揍周继愈”的话，便向恩贡老宅走来。三叔背着手围着院墙气呼呼地踱来踱去，一问三不知，她又风风火火跑进院门，走进上房。

俞致祥的情绪渐渐平静了下来，周继愈原谅了他刚才的鲁莽行为。别说俞致祥，换谁谁有气，惠萍有了身孕，是人家挺身而出背黑锅，差点误了前程，感恩之情再次升起:“自古陇中多义士，这点小意思还请你收下，它也是我父母的一片心意!”

“对不起，周继愈同志，我刚才有点冲动！只要你对惠萍好，就是给了我天大的人情!”俞致祥接过周继愈递来的那沓钞票又重新装进他的手提袋。

院子里传来柳知秋的高腔大嗓：“惠萍啊，我到处找你，你却在这里。你柳婶说，你这一去不知啥时才能回来，能不能再见一面也就成个话了，让你再尝一次她亲手做的饭!”

泪眼模糊的惠萍转身迎出房门，鼻根发酸，眼睛发涩，“柳伯，娘去世头七都没过，我有重孝去不得的。”

“瓜女子说的啥话，那个忌讳是对另姓旁人的。”他忽然想起自己也是另姓，“你爷爷在世时，就没把我当另姓旁人。”

老宅又进来几个人，说法和鹞子客一样，要惠萍他们去各家转转，哪怕喝一口水也行!

72

惠萍母子出发已经一周，路上三天，到北京的当天写信，送到故里也是三天。俞致祥身不由已地来到收发室，堆放在收发员池丽丽面前的仍是前几天没有取走的信件和报纸。

“俞老师，你是在等信吧?”池丽丽投来一撇羞涩的微笑。

“嗯!”俞致祥模棱两可地回答，既没有肯定也没有否认。

“一定是对象的来信?”池丽丽归拢着桌上的书刊、报纸，笑眯眯地看着俞致祥，对他进行火力侦察。

俞致祥把宿舍让给她，让她心存感激的同时也不免想入非非。故里地界的女职工凤毛麟角，难道是他在对自己暗送秋波？如果真的能和他结合，一个是恢复高考以后的首届大学毕业生，全校的拔尖数学教师，一个是地区文教体处副处长的千金，够得上郎才女貌，一桩不可多得的姻缘。她对他眉目传情过好几回，他都无动于衷。总不能自己推销自己吧！她把想法告诉了任保管，任保管去找俞致祥，俞致祥反劝他追丽丽。任保管实话实说自己的学历有点低，俞致祥却说自己已经有了对象。

“没有！”俞致祥回答得含含糊糊，他自己也说不清是没有对象还是没有等对象的信。

“俞老师是恢复高考后的首届大学生，对象一定是百里挑一的了？”池丽丽一直盯着俞致祥的眼睛，继续进行火力侦察。

这叫人怎么说呢？俞致祥正在犯难，邮车来了，邮递员抱进来一大捆信件和报刊。池丽丽忙着签挂号信接收单，核对挂号信。俞致祥打开一捆普通信件逐一寻找，没有他的信件！他有些失望地准备离开。

“俞老师，这不是你的信吗？还是挂号！”池丽丽在刚刚签收的挂号信中抽出一封，交给他。

“挂号信，我怎么就没有想到呢？”

“北京来的，不简单呀！俞老师，怪不得一大早就守在收发室门口呢！”

俞致祥笑了。

是俞惠萍的来信。

从收发室到宿舍的路上，他已经读完了惠萍的来信，回到宿舍，在办公桌前，他又从头至尾读了一遍。连日来睡眠欠佳，晚上无睡意，白天老犯困，他打了个哈欠，伸了伸懒腰，躺在那张被王校长戏称为光板床的双人床上，仍像一桩心事未了，翻看着惠萍的来信。第一次是浏览，第二次是泛读，这一次是精读，哪怕一个字一个标点符号都不放过。

致祥：

我还是这样叫你，不会叫你致祥哥，这一辈子就这一个称呼。为什么我的祖上要改魏姓为俞，归属你们宗族？就因为这一字之改，我和牛岁旺虽属一祖之后可以许亲，我和你虽无血缘关系却不能订婚！就因为这一字之改，我和你合乎心仪合乎法度却不合乎世俗，我和周继愈不合乎法度不合乎心仪却合乎世俗！

我是多么的不想离开你啊，但是我又不得不离开你，离开你就想看见你，看不见你就惦记你！自打对男性有了好奇，自打知道男女之间的事，我的最爱就是你，可又为周继愈生下了孩子。究竟是为什么到现在我仍然说不清道不明！我是多么自私，为别人生子，却依然把你当作生活的支柱，因为有你，我度过了一道又一道的磕绊，走过了一天又一天。以你的人品、才华，留在兰州市或分配到其他大地方应该不成问题，你却选择了故里中学。你信心满满地对我说，咱俩的爱情会成正果，啊，鸳鸯分离，天各一方，这就是等待咱俩的正果！

咱俩都很单纯，单纯得近乎幼稚，以致低估了传统的力量。郭奶奶被朱家山人裹挟时，松柏峪人一鼓作气把她营救回来，我被周继愈裹挟时，竟然没有一个松柏峪人出手！郭奶奶被朱家山人裹挟走时，我爷爷还可以呐喊一声，我被周继愈裹挟走时，你连呐喊一声的机会都没有！

我不得不离开你，我最放不下心的还是你！那天，我在故里集市与魏桂芹邂逅，她苦苦地等你等到现在，已经是二十四岁的老姑娘了，你也早已到了结婚生子的年龄。二老含辛茹苦供给你念一场书，早盼着抱孙子了！为了老人，为了你，也为了我这颗悬着的心，你就和桂芹结合了吧。凭我的感觉，她一定会精心地照顾你，孝敬二老，为俞家生儿育女。

我已在黄泉招待所找到了临时工作，勿念。

我会永远地想你念你爱你盼你！

惠萍

1982年7月20日

“你连呐喊一声的机会都没有！”“机会”是抹去“勇气”以后添上的，她是怕引起他的伤心才作这样改动的。他想起了池家岔庄顶的承诺，他想起了她既成事实倒逼老人认可的主张，不住地用拳头砸着自己的脑袋，“是我是我都是我！”

“致祥！”不知何时，舅舅季玉刚来到床前。

致祥连忙翻起身跳下床，“舅舅！你咋来这儿？”

父亲错划右派的问题得到纠正，沾父亲的光，季玉刚担任了县政协常委。故里中学的前身故里小学是在季耀祖创办的耀祖书房院的旧址上建起的，季玉刚又是故里小学毕业的，每逢开学典礼、毕业典礼等重大活动，他都是座上宾。入则学校领导、科室主任欢迎，出则科室主任、学校领导欢送，今天独自一人悄无声息地来到自己的宿舍，致祥还真有些始料未及。

“你也老大不小了，咋考虑个人的事?”看来季玉刚也在为外甥的终身大事操着心。

“我还没考虑这事!”

“这娃说的啥话？不说你，你爸、你娘都是半截身子埋进黄土的人了，早盼着抱孙子呢！就说你娘，多可怜的一个人啊！舅舅不管咋说和你姥爷相认了，可你娘呢，光没沾上，罪受的不少！你娘为了你，受了多少罪？这期间的甘苦，只有她自个儿知道。”季玉刚的眼圈有些发潮。

“舅舅，以你之见呢?”

“我问过你爸、你娘好多遍，他们说，娃大了，让我来问你。哎，打断骨头连着筋，谁让你是老季家的外甥呢?”季玉刚体贴妹妹，对外甥也是无微不至。致祥上高中时家境困难，面临失学的危险。玉梅情急之下找哥嫂，玉刚夫妻慷慨解囊，让致祥在自己家白吃白住整两年。如果不是舅父舅母，致祥哪能上大学?

“舅舅已经有了人选吧?”致祥觉得舅舅是有备而来，不是无的放矢。

“你在大学同学中有没有中意的?”

“没有!”

“同事中间有没有?”

“也没有!”

“那舅舅就明说了吧。”季玉刚这才说出此行目的，“当初，舅舅做媒为你订了魏树德的女子，是他们悔婚在前，你不同意这桩亲事也在情理之中。可是话说回来，错事要人做呢，桂芹见过你，知道你，以后给她介绍过好多对象，她看都不看。她娘没法子，一次次地上咱家找你妗子。你妗子一听把她姐骂了个鬼吹火，高低贵贱不染。她姐还是不死心，哭天抹泪地对我说，退婚是形势逼迫的，钱和布退了，馒头和锁钱没有退！哎，咋说呢，养儿一场养女一场，都是时世的原因，难为了她这个当娘的。舅舅是个心软人，见不得人哭，只好豁出老脸来找你！你给舅个痛快话，不同意就让她们死了这份心！”

“嗨！”致祥长出一口气，想起了惠萍信后的话，眼里噙着两颗不易察觉的泪花，“舅舅，你让我想想吧！”

见外甥没有拒绝，季玉刚趁热打铁：“致祥，娶媳妇是过日子哩。桂芹他爸当过校长，家教不错，桂芹也上过高中，知书达理。不是舅舅说，人也长得乖乖的，没啥嫌弹的。娶个农村姑娘在你家松柏峪生活也踏实些！你看韩老师，大学毕业后闹离婚，幸亏没离成，要不然他被遣送回家，怎么生活得下去？”

73

乡上选派俞建社来地区电大上学，从小学一步登天到大学，跨越了初中和高中两个阶段，俞建社来了个三级跳。

专业课通过收看电视节目学习，还有聘请的辅导教师，并不觉得多么吃力。令他头疼的是高等数学，无论是收看电视节目，还是听教师授课辅导，都像听天书。辅导老师说，数学的知识结构是链状的，前面的内容没有掌握，后面的就学不懂！

读书是爸爸的临终遗言，也是俞建社的梦想，小学被开除后，他白天干活再苦再累，晚上都要看家里仅有的书本《毛泽东选集》。不认识的字查字典，不了解的历史典故、重大事件请教致祥和岁旺，如果他两个都说不上就请教俞绍乐。当初小学都不能上的人如今上了大学，机会来之不易啊，可不能半途而废！还好，有个现成的老师俞致祥，寒假回家，俞致祥从初中补起，一个假期下来，再听高等数学有了门道。

他的同学完映兰是个应届生，也在为高等数学过不了关发愁。新学期开始，她发现只有小学程度的俞建社居然能听进去高等数学了，悄悄问他：“俞建社，能不能告诉你使用了什么秘诀?”

“我能有什么秘诀呀！我有个发小是恢复高考后毕业的数学本科生，是他教的。”俞建社也不拐弯抹角，故弄玄虚。

“那好，你教我!”完映兰也不客气，不懂的地方就问俞建社。这可不是闹着玩的，俞致祥是按照建社的接受程度，走的都是捷径，俞建社是只知其然不知其所以然，自己没有一桶水哪能给人一杯水？几次讲解下来收效不大，完映兰不太满意，“俞建社同学，暑假带我去你们松柏峪，我和你一起听讲!”

“……”俞建社不知道该如何回答她。

“一个学生那么一教，两个学生还是那么一教，对老师来说都是一样的!”完映兰以为是老师的话不好说。可是，她已经打问过了，全地区数学专业本科生一共分回六个，像撒胡椒面一样分布在各县，根本找不到这样的补课教师。

“老师的问题倒不大，可是你哪里吃哪里住?”俞建社只好如实说出他的难处。

“你们怎么吃我就怎么吃，你们怎么住我就怎么住!”多么单纯的姑娘，一门心思想着把高等数学成绩提上去，自我保护意识一点都没有!

不是没饭吃不是没地方，一个二十出头的大姑娘，住在一个没有对象的大龄男青年家，村里人怎么看？同学们怎么说？映兰的家里人又怎么想?

“……”俞建社不好意思再说下去，硬着头皮领完映兰来松柏峪拜师学艺。

建社娘走到哪里那里就围着一群人。

“二婶，我说这些日子咋不见你面，原来是儿媳妇来了，给儿媳妇调样样做好吃的呢?”

“不是，不是!”建社娘一边摇头一边纠正，“人家说是来学啥课的!”

“哄瓜子呢？大小伙子领个大姑娘回家，不是处对象是干啥?”

有人替建社娘出主意说：“让两个年轻人一炕滚去，生米做成熟饭更好!”

建社娘鼻子眼里哼了一声转过身就走，心里埋怨着：我娃好不容易走到人一搭了，出这馊主意让娃犯政策，你也能说出口!

俞建社压根就没朝这方面想。为了避免人们不必要的猜疑，给完映兰带来不必要的麻烦，他和俞致祥已经商量好，学习、吃饭、住宿都在恩贡老宅。

俞致祥和魏桂芹已经结婚，婚礼挺简单，没有请客，没有置办酒席，趁故里中学教工开会举行了仪式，给大家发些喜糖瓜子，说说笑笑，也就过去了。说得高雅是新事新办，说得庸俗是没有实力。

俞致祥有空就给建社和映兰补习高等数学，映兰有中学基础，听讲毫不费力，还能帮建社做作业，俞建社暑假补课的效果也比寒假好。

魏桂芹也没闲着，白天除了照管师生三人的吃喝拉撒，还要按丈夫的要求给完映兰备课，晚上给完映兰授课。她从武秀才是松柏峪第一个也是最后一个获得武秀才功名说起，说到武秀才不但有一身好武艺，而且有一身好气力，双手能举起石碾，在一只眼睛被豹子抓瞎的危急关头，忍着疼痛双手箍住金钱豹的脖子，金钱豹窒息而死。又从俞抓豹、俞打豹兄弟下山见红军，到参加地下党，从俞打豹自学成才当会计到为生产自救冤死狱中，从俞建社在公社林场拜师学艺到他的苹果梦。一晚一个故事，完映兰刚听得入了迷。一个月下来，完映兰也做起了苹果梦。

返校前，完映兰特意要去那个孕育了苹果梦的庄院看看。她是趁俞建社去故里办事不在家，由魏桂芹陪同去的。建社娘正在忙着洗刷锅碗瓢盆，厨房里一片狼藉。完映兰也不嫌弃，抹胳膊绾袖子，三下五除二就收拾起来，一会儿工夫，筷子插进筷篮，饭碗摞在锅巷。建社他娘看出了一点门道，嘴巴贴在桂芹的耳朵上：“你咋不给二婶早一点透个风？”

“我巴不得透风呢，人家不让透！”魏桂芹只是捂着嘴笑。

建社娘风风火火跑出院门，想吆喝建社去瓜果摊买些水果，哪里有建社的影子，急得双脚像炒菜，“你看嘛，房子就这么个房子，院墙就这么个院墙，不说窄碍，脏兮兮的不成个样子，给人家姑娘留了个啥印象吗？”

桂芹安慰她，“二婶，别忙活，旧窝里掏雀儿没在那一窝！”

返校后，映兰对建社格外关心起来，“俞建社，你的被子该拆洗了吧？”没容俞建社说话，呲呲两把，被面是被面、被里是被里丢进两人的脸盆，端进水房，水池里飘起了肥皂泡沫。

初秋的太阳，热量仍然充沛，一个下午的光景，搭在操场铁丝上的被面、被里就晒干了。课外活动时，完映兰已经弯着身子，在水泥乒乓球案上为俞建社赶缝被子，好让他晚上有被盖。落日的余晖映在姑娘的脸上，圆圆的脸庞，淡淡的娥眉，略微上翘的嘴角，就像一轮挂在天边的上弦月。高高的个头，适中的身材，俞建社看得出了神，入了迷！他第一次这样看一个大姑娘，也是第一次被大姑娘吸引得如醉如痴！姑娘也好像有心灵感应似的，抬起头，双手把飘在额前的柔发撩在耳根后，俞建社来不及躲避，两双火辣辣的目光交织在一起。

啊！多么可爱的姑娘，在松柏峪一起学习一个月，俞建社对她没有产生任何非分的想法。姑娘小自己六岁，年龄相差悬殊，这是一；自己还要供给月华上学，目前的经济状况不允许谈情说爱，这是二。可是就这一瞬，这两条看似冠冕堂皇的理由都被眼前这个姑娘否决了，坚守理由的他也被姑娘那双含情脉脉的目光彻底俘虏了。他迫不及待地向姑娘提出请求，“映兰，今生今世我愿用生命呵护你!”

完映兰红着脸，“我得先回家告诉大人!”

74

完映兰没有按约定的日子返回，俞建社急得像热锅上的蚂蚁，茶饭不思，夜不成寐，连他自己也暗暗吃惊：人说相思病害上没搭救，我怕是得了相思病!

有所思，乃在泾河边。俞建社急匆匆地来到泾河边上的完映兰家。没有院墙，没有门楼，崖面上并排三孔旧窑洞。安门的两孔住人，没门的一孔堆放杂物，兼作鸡舍猪圈。

爷爷拖着一条残疾腿坐在窑门前砸杏核。咔嚓一声，坚硬的杏仁壳裂开了，他放下钉锤，捡出杏仁，又咔嚓一下。俞建社和映兰走到身边时，不怀好意地瞅了一眼，也不答话，继续捡他的杏仁。

俞建社把手中的东西交给映兰，找来一截绳子缠个圈，蹲在爷爷身旁，在绳圈中一次放进四五个杏核，一锤下去，“咔嚓!”所有的杏核都被砸破，杏仁毫发无损地躺在石头砧子上。砸杏核是俞建社的专长，他家的庄院前后有好多杏树，每年那么多的杏核，都是由他砸，妹妹和娘捡的。没用多大工夫，他不但砸完爷爷积攒下的杏核，还捡完杏仁，扫干净地上的空壳。

爷爷还是没有理他，取过一个个小花圈架子，贴上刻有图案的香烟铝箔纸，粘上各种彩纸和纸花。村上有人去世，乡亲们都来买这种经济实惠的小花圈去吊唁。做纸火也是俞建社的擅长，松柏峪办社火，他伺候过匠人。惠萍娘去世，村里人要为她送些纸火，几个帮忙的人中纸火匠还就看上建社，他亲手为惠萍娘做的童男童女栩栩如生。小花圈比起纸火简单多了，他一边帮爷爷的忙一边还做了几处改进。

“你是广爷川人?”一直闷闷不乐的爷爷突然开腔了。

“广爷川乡松柏峪村的，爷爷!”两地方言稍有不同，俞建社得放大声音放慢速度，老人才能听清。

“我去过县城，广爷川乡在城南还是城北?”

“县城以南大约一百多里。”

“噢，我以为是以北，以北可苦焦了!”爷爷以手代步，又挪出门忙他的事去了。

映兰妈在忙着推磨，准备晚上蒸馍用的面。她每天鸡叫头遍起床，手中的面团揉了又揉，揉到白的不能再白，蒸成罐罐蒸馍，让上初中的二女儿小兰天一亮骑自行车带到县城，卖完馍正好赶上上课。她家的蒸馍做工精细，口味地道，不愁卖不出去。蒸罐罐馍是个力气活，辛苦一天，头茬面做成蒸馍卖成钱，二茬面就是一家人的口粮。

俞建社从映兰妈手中接过磨担，石磨很厚实，推起来比较费劲。他是个年轻小伙子尚且如此，可想而知映兰妈这么多年是怎样过来的。有几年没捉过磨担了，好像条件反射一样，推磨就想看书。他看书的功夫就是在自己家的磨道里练的，他从窑洞壁上的架板上找了本映兰的高中语文课本，边推边看。

映兰一回家就给妈妈告诉了自己的心事。女儿长大了，提亲的人不少，不乏家庭条件好的，都不中女儿的意。唯独俞建社是女儿自己提出来的，妈妈相信女儿的眼力，不用女儿费口舌就同意了。爸爸的话也好说，只要女儿愿意，妻子愿意，他就乐意。

阻力来自爷爷。爷爷解放前吆牲口走南闯北赶集市，一家人的温饱不成问题。无奈常年奔走落下腿疾，庸医扎针扎伤了筋，成了终身残疾。膝下只有一个女儿，为了老来有个依靠，入赘了映兰爸。映兰姊妹四个都上学，靠爸妈两个劳动维持生活，日子过得紧巴巴的。老人听说大孙女找了个六盘山以西的对象，想到孙女要嫁到山大沟深的地方去，十二分的不乐意。映兰是个懂事的孩子，不想让爷爷为自己的终身大事伤心，试图慢慢说服他，因此没有按时返回。

这里人一日两餐，早晨十点左右，下午四点前后。下午饭时，爷爷突然要映兰打开建社带来的金徽酒、兰州烟。小兰偷偷地伏在俞建社的耳边说，“有门了！”然后笑着问爷爷，“爷爷，这会怎么想抽烟喝酒了？”

“你姐姐就要上班了，我要趁早享享孙女的福呢！”说着，裂开缺了门牙的大嘴巴，笑得少有的灿烂，连那几块老人斑也跟着灿烂，“小兰，你找婆家也是这个标准，金徽酒、兰州烟。”

映兰不会开酒瓶，整条的烟也不知从何处下手，正在犯愁，爷爷笑得出了声，“我哪是让你干，我是让你女婿干哩！”

满心欢喜的俞建社打开一包香烟放在炕桌上，又手脚麻利地打开酒瓶给爷爷和叔叔倒酒，满窑洞飘散着金徽酒特有的窖香味，“爷爷，来！给您看酒！”

“哎！”老人早年好酒没少喝，好烟没少抽，自从残疾后，烟没抽一支，酒没喝一口，这下开了戒。

“叔叔，来，给您看酒！”

“哎，怎么还叫叔叔，应该叫爸！”爷爷郑重其事地提醒说。

“爸，来，给您看酒！”是呀，映兰的爸就是自己的爸，俞建社满怀深情地叫着。

映兰爸初次接受另姓人叫自己爸，还有些不适应，“给你也斟上！”

爷爷主动提议说：“咱爷孙一起来。干！”

“干！”三人都喝干自己杯中的酒。

“你们广爷川人也砸杏核？”爷爷二十年没有闻过酒味，一杯下肚后话头立即长了起来。

“砸杏核是我自小就干的活。爷爷，我家前些年多亏了庄院周围的杏树，杏子可以供全村人吃一个月，杏仁国家收购，我们一家的穿用都是指望着它的。”

“你们家哪来那么多的杏树呢？”爷爷问。

“都是我爸爸栽的，‘前人栽树后人乘凉’。我这几年想着栽杏树固然可以，但是杏儿季节性强，不容易储藏，赚不了大钱。我想在松柏峪栽苹果树，带动全乡人都栽，苹果一定能卖好价钱！”

“实在，说得实在！人说六盘山以西的人贼精贼精的，我看是胡说八道，你看建社这孩子多实在！”爷爷突然一个劲儿地夸起俞建社来。

“你老人家四门不出，来个要饭的说是广爷川人，你就觉得广爷川穷。映兰说人家的生活不比咱们差，人家的人情世故比咱们好得多，一个村的人都把她当亲戚看哩！”映兰妈也凑了过来。

“你也是从小受过苦的？”爷爷一家之主的地位仍然在发挥着作用，映兰爸只是喝酒抽烟不说话。

“爷爷，你这是明知故问呢！问过姐姐多少遍了！”小兰揭了爷爷的底。

“是的，是的。”爷爷点着头，“吃点苦好，吃点苦好，小时吃苦，长大有福！”爷爷亲自斟满一杯酒递给建社，“来，爷爷也给你看一杯酒！”

建社忙不迭地接过酒来。

“建社，你来咱家看了，这家人过得太不容易了！就说你爸，撑持这个家二十多年，上有老下有小，一句怨言都没有。做老完家的女婿得有受苦的准备！”爷爷的眼圈已经发红。

“爷爷，我要娶映兰因为我爱映兰！受苦不受苦的事没想！”俞建社几杯酒下肚话也多了起来。

“有志之人不立志，我孙女有眼力！”

75

俞打豹回家了。不，是他的英灵回家了！

他生前没有照片，儿子也没有为他制作柱案，他的英灵就栖息在那份县委为他平反追认他解放前参加工作的文件上。他身后的正面墙上，是俞建社请俞炳义书写的《岳阳楼记》四扇屏。

方桌上的清油灯撒着欢儿，发出哔哔啵啵的叫声，多少个夜晚为儿媳合不上眼睛的建社娘又为儿媳一夜未眠，不过，这次她是由于过度高兴而失眠的。她在心里告诉打豹：咱儿子拨单为双了！映兰和建社电大一毕业就结了婚，我想让小两口住这房，我和月华住厨房。儿子还没说话呢映兰就不答应，她说：娘为一双儿女受尽了苦，应该住像样一点的房子，年轻人享福的日子长着哩！我要小两口婚后的头一个春节在映兰家过，映兰爷爷也是大风地里的一盏灯有今没明的，让他也高兴高兴。映兰也不同意，既然是松柏峪的儿媳，就按松柏峪的规矩。建社他爸，咱能娶上这样知书达理的儿媳，都是你为大伙儿操劳积下的阴德啊！

村里零零星星的鞭炮声几乎响了一夜，黎明时分，噼噼啪啪的鞭炮声连成一片，听到儿媳在厨房那边叮叮咚咚响动起来，她就去厨房帮忙。

牛国鼎和岁旺走进新盖的气派的大门头，看着焕然一新的庄院：主厦房、厨房都上了二茬泥，墙面平平整整，那孔狮子大张口的窑洞安了门窗，漫了泥皮，牛国鼎不由赞叹："二嫂子，真个是人逢喜事精神爽！"

厨房里飘出胡麻油煎熟后发出的香味，建社娘袖管绾得老高，闻声走出厨房，"他国鼎叔，年过得可好？"

"好着呢，好着呢！大过年的，你还在忙啥？"

"映兰正忙着炸油饼、洗酿皮、蒸馍，我给她打下手哩！"建社娘说每一句话都在笑着。

"天天嚷着寻儿媳，还没见蒸大馒头哩，儿媳就进门了！你娶了个好儿媳呀!”牛国鼎羡慕的口气。

“是呀是呀，托了你的口福!”建社娘领客人进了主厦房，忙碌着端茶倒水。

“二婶，你去厨房帮忙，这事由我来!”岁旺接过热水瓶。

穿戴一新的魏桂芹也来了，一进院门，建社娘又拉着她的手来到主厦房，用衣袖把凳子擦了又擦。

“二婶，你这是迎接城里人呢!”和桂芹一起来的致祥笑着说。

“二婶，我也是山沟沟里长大的，朱家山的条件比咱松柏峪差远了!”桂芹坚持让建社娘坐凳子，自己在炕沿上找个地方坐下。

“嫂子，你咋看人行事呢?”牛国鼎开玩笑说。

“让你见笑了！你难道不知她是建社的大媒人？这闺女可是去了婶子的心火呢!”建社娘感激地说。

“二婶为了给建社说媳妇，家里的白面让人吃光了，哪有炸油饼的面?”岁旺想起建社参加工作那年的事，笑着问。

“那时候咱的日子过得紧巴巴的，家里来个人就发愁，如今不愁吃不愁穿，就愁没人进门!”建社娘也笑着回答。

“桂芹，你也给岁旺说个媳妇，他们一起耍大的就剩岁旺了!”国鼎有些着急地说。

桂芹安慰他说：“放心，国鼎叔，梢尾才结大瓜呢!”

“咚咚锵！咚咚锵!”一阵锣鼓声，牛国璧身后跟着一群人手里端着香盘，涌进院子。建社娘忙碌着给大人们发糖果、大枣、核桃、瓜子，映兰给孩子们塞上一张张两毛或五毛的压岁钱。

牛国璧有些恼火的样子，“建社，你这个龟儿子，有啥事还偷藏（墙）抹缝地瞒我！我和你老子、惠萍她爸当年人称松柏峪三杰，你知道不知道?”

建社安好炕桌，“来得早不如来得巧，国璧叔，你年龄最大，上坐，上坐!”

映兰端来几样小吃酿皮、罐罐蒸馍、油饼，“这是建社要我按家乡的风味做的，让大家尝尝我们泾河边上人的吃法。”

酿皮亮得泛光，罐罐蒸馍小巧玲珑，油饼也比松柏峪人的小了好多，牛国璧看了一眼映兰，态度温和了下来，“还是让你爸先来尝!”

建社忙把映兰盘中的小吃又一一摆在方桌上，“国壁叔，上正祀月的生啥气吗?”

“生啥气?”牛国壁的脸又成刚进门时的样子，“你看不起我！你们要商量栽苹果树的事，咋不告诉我一声?”

“这不是才要告诉嘛!”建社赔着笑脸。

“告诉我？不是岁旺他爸，这阵我还蒙在鼓里呢！岁旺你也不是好东西!”牛国壁又数落岁旺。

牛岁旺不敢吱声，只是用眼角瞟了瞟俞建社。

俞建社还在赔着笑，“你听我说，国壁叔！我是这样想的，亚男姐两口子在工厂上班不缺钱，你和婶子上了年纪，就不用操这个心了。你自个儿吃多吃少，都包在我身上，免费供应!”

“我要的多，只怕你供应不起!”

“你能要多少，还有亚男姐的都算上!”

“你哪里知道，你亚男姐他们厂转产并不顺利，四川像他们那样的厂子都转产电视机了，他们却转产儿童自行车，我看情况不大。趁我还能干得动给他们打点基础，不然真没事干就迟了!”

牛国壁接过建社递来的香楮，双手捧在胸前对着方桌后一个长揖，插进桌上的香炉，“打豹哥，乡亲们听说你要来，都来给你拜年了，停了多年的烧香醮马习俗又恢复了!”又从映兰手中接过酒壶，躬下腰，撩起桌裙，奠在地上。“你积了个好儿媳，见过你的儿媳吧!”

俞建社原打算请岁旺、致祥几家商量栽苹果树，没有想到乡亲们来家烧香醮马，被国壁叔来了下突然袭击，已经来不及告诉映兰习俗方面的注意事项了。在泾河边长大的映兰不知道烧香醮马是什么，只得跪倒在牛国壁身后，面对方桌，“爸，我知道，你是为乡亲们去的，你的未竟事业有你的儿子，我就是冲着他的苹果梦来的!”

牛国壁十分满意地点点头又看着建社，“听你媳妇说得多好，你还有啥躲躲闪闪的？当着大伙的面，有啥想法都说给你爸！”

建社跪在和映兰并排的位置，“爸！我想结束松柏峪人进门三根担出门一碗汤的宿命。先在咱家和岁旺家致祥家的承包地里栽苹果树，等有了效益再在全村推开。我没有告诉你，也没有告诉国璧叔，是因为你们已经为松柏峪尽心出力了，到过几天舒心日子的时候了！”

“为了松柏峪人不饿肚子，你爸命都搭上了！那时没政策，如今的政策说得很明白，还有啥前怕狼后怕虎的！我牛国璧没有眼光，但爹娘给了一个好身体，栽苹果树也算我一份！”牛国璧跪倒在地，和身后的建社映兰一起对着方桌叩头。

乡亲们轮换着走进房里，双手捏着三支香楮点燃，面对方桌作揖后插进香炉里，跪地奠酒叩头后又马上退出。当年和俞打豹一起商量下放牲畜分配荒地的队长会计也跪在方桌前：“二叔，当年你是松柏峪的点子，国璧叔是松柏峪的胆子，如今你儿子既是松柏峪的点子又是松柏峪的胆子，冲着你，冲着你儿子，栽苹果树也算我俩一份！”

当下，还有几个人报名。

牛国璧朝院里喊：“年轻人，动家什！”

响起了锣鼓，吹起了唢呐，燃起了鞭炮……

76

俞建社带领一帮人，在阳坡川的承包地里挖树坑，栽苹果苗。地里已经种上麦子，由于年前雨水及时，墒情好，肥料施得足，经受了一个寒冬的洗礼，枯萎的麦苗泛出一层新绿。

俞建社以步代尺，按照株距三米行距四米的标准，撒上白灰作记号。其他人两人一组，在撒着白灰的地方挖树坑。

看着返青的麦苗被挖掉，建社娘心疼得不行，“建社，这些麦苗糟蹋了怪可惜的，看长势今年一定是个好收成，能不能等麦收以后再栽？”

“娘，麦收后栽树还不是时候，又要等到秋季，这一耽搁又是一年！咱只是毁了树坑这些地场的麦苗，别处的没动，今年还能收一茬。五年就会挂果，苹果收入肯定比麦子强。”建社说完，又忙着撒白灰了。

“就你能！月华迟早是吃公家饭的，两口子双职工，身边有个娃我老婆子又是个不花钱的保姆，费这事干啥呀！”建社娘望着儿子的背影数说着。

“你忘了，人家完映兰可是冲着建社的苹果梦来的，不是冲着你家的家道来的。”牛国璧和牛国鼎合挖一个树坑，牛国鼎忙着抄土，该他歇缓，有了说话的时间。

一句话说到要害处。是呀，她和儿子已经为栽苹果树争论过好几回了，回回都是儿媳说服她。不是看在儿媳的面上，她是不会下这个身法的。“她国璧叔，咱们祖祖辈辈都靠吃粮食过着半饥半饱的日子，我的心里一直悬着呢，要是苹果变不成钱，那可干了个啥活计？”

“咋能变不成钱呢？前些年变不成钱是因为人们饿着肚子，这些年吃饭不成问题人们也吃起水果了，你看市场上整车整车的橘子，散集时都卖光了！”

建社娘的心情还是很沉重，“要栽也行，各家庄前屋后栽些，再要栽就栽在陡坡地，咋能栽到阳坡川呢？这可是全村人的天心地胆，一半口粮靠它出产呢！”

“我没经过这事说不大清楚，但我相信建社能办到。建社是个干大事的人，你就等着享福吧！”又该牛国璧挖土了。

“桂芹，别弄脏你的新衣裳，你只管挖坑婶子铲土。”看着自己的搭档魏桂芹，建社娘心生无法形容的感激。

“二婶，你真贤惠，我娘要是像你，那该多好！”看着建社娘，桂芹想起自己的娘。

“看这瓜女子，你娘今天有事搅搭没来，她比我贤惠到哪里去了！”建社娘以为桂芹说的是她婆婆。

桂芹连连摇头，“二婶，我哪是说我婆婆，我是说我娘！”

“你娘咋哩？”建社娘弯腰捡起几棵麦苗，抖去黏在根须上的土，堆放在一起，准备拿回家喂牲口。

“我娘听信朱老三胡说，不让我嫁到松柏峪来！”

“前几天有人还打问朱老三，我不知情一直想问你呢，这阵话说到这儿又想起他了！”手拄铁锨等着抄土的牛国鼎接上话茬。

“他呀，瞎事没少做，这阵可怜得很。”

“咋呢？”

“钱舍不得花别在椽缝里，自己记不清地方说是贼偷了。有炕不睡，有铺盖不盖，新衣服不穿，困了就睡在案板下的柴火旮旯里。”

“这可是为啥？”

“不知从哪里听来的，说是这辈子受些罪，下辈子就不会单身！”

“这辈子都这个样，还管啥下辈子！”牛国鼎说完，唾口唾沫在手心抄起土来。

桂芹和建社娘已经挖好一个树坑，建社娘扶着树苗，桂芹填土，填过几锨后，桂芹又把树苗稍稍拔高了一些，再把剩余的土填进树坑，在树的方圆培起土棱。她是参加了培训的技术员，边示范边说：“先培少量的土是为固定树苗，稍稍拔高一下，是为了让树苗的须根舒展，须根越舒展树苗就越旺，培土棱是为了蓄住天雨水！”

大家都照她的示范和讲解认真地栽着树苗。

一块坟地出现在眼前，三棵柏树又长高了一截，树枝依然繁盛，叶片有些发红，两个坟堆蒹葭苍苍。

“这是惠萍她爸和她娘的坟，多好的一对，年纪轻轻的就下场了！”建社娘想了想，“噢，看我这记性，惠萍去北京以后你才来咱庄上的，你俩没遇过面哩！”

“认识的，二婶！她还是我认识最早的松柏峪人哩。”桂芹说。

那次她娘在故里见了致祥，一回家就唠叨个没完。不堪唠叨的桂芹满腹心事不知向谁诉说，漫无目的地走下朱家山，信马由缰地来到故里市场。在瓜果蔬菜区，她见到了正在挑选菜水的俞惠萍。

“你是松柏峪的俞惠萍？”

“你咋认识我？”惠萍一脸诧异地看着她。

“你是大名人，松柏峪大队大合唱的领诵，人都以为你是城里人呢!”

“都啥时候的事了，还提那呢，我都不好意思了。你是?”

“咋说呢，”桂芹欲言又止，“向你打问个人!”

“谁?”

“俞致祥!”桂芹的脸上马上泛起红晕。

“俞致祥？上了肃南师专。你认识他?”

“我是他的未婚妻!”她憋足勇气几乎是从牙缝里挤出这几个字，又马上不好意思地低下头，两手习惯性地抚弄着自己的长辫梢。

“啊?”惠萍一惊，手中的菜水掉在地上，蹲下身子捡起地上的菜水，目光中闪过一丝仇视倏忽又变成蔑视的神情，“不是退婚了吗?”

潜意识告诉她，惠萍也在爱着致祥，她突然不再羞羞答答，目光不再躲躲闪闪，她要把事情的根根筋筋全都告诉惠萍，“是有这回事。哎，咋说呢，都怪我娘!”

建社娘把她从回忆中唤回，“惠萍她娘的三年纸快要到了，哎，惠萍这一走，她娘烧三年纸连个操心的人都没有!”

“我娘已经嚷了好几天了，让致祥操这个心哩！她说，出门由事不由人，惠萍到时候不一定来得了，能来的话致祥帮着办，来不了就由致祥一手办!”

“来不了也轮不到致祥，还有比你们更亲的!”

“我娘说，惠萍娘是致祥的干娘，致祥小时差点让老母猪叼走，自从拜干娘后就一应顺境了，要致祥在心里记着干娘!”

“惠萍来住哪儿?”建社娘在替桂芹担心。

“我娘说就住在我家!”婆婆说，如今的世昌堡没有原先的样子，让惠萍住里头只能增添她的伤感。

原来，惠萍去北京时走得急，对自己的庄院、承包地、树木都没来得及交割。俞世珍能越过这一家子人，却越不过这一家子的家业。特别是那个土堡，那可是俞世昌花银子找了好多风水先生勘定的阳庄，松柏峪还有比这好的阳庄嘛?就说有，地都分到户了，谁愿意把好地方让出来？俞世昌当年在堡墙里、堡院里埋了金银细软也很有可能！他撺掇大龙两口子住进世昌堡，老两口又觉得放心不下，跟着住了进去。为了这个很有可能，俞世珍每天挖山不止，把堂兄俞世昌耗资颇丰的土堡墙挖低削窄，几丈宽几丈高的堡墙和普通庄院墙一样。

“你娘也真是的，原来防前防后生怕两个到一搭，这阵鬼迷心窍了还是明白装糊涂？你不好说我给她说，就让惠萍住我家。映兰回他们泾河边上班去了，月华忙着复习高考，建社不着家门，就我一人在家！”

桂芹紧紧抓住建社娘的手，“你真是我的好二婶！”

77

今年的夏天是从故里中学校园开始的。磨子梁尽头向阳处的紫丁香花和背阴处的白丁香花早已凋谢，丁香叶子被热辣辣的太阳晒得卷成卷，一个脸式。天空是热的，地面是热的，连风也是热的。

按照预定的套路，一摸、二摸、三摸已经结束，王校长得知俞致祥让学生自己安排作息时间，慌忙让人把他喊到自己的办公室，“俞老师，眼下正是冲刺阶段，数学课由学生自己安排不等于放了慢气吗？”

“王校长，集中复习将近一个学期了，该讲的讲了，该练的练了，要相信学生，毕竟他们是高考的主体，留给他们一点机动时间，让各人根据自己的情况查缺补漏，用自己的方式对学过的知识梳理一次！”俞致祥并没有像王校长那样焦急。

被王校长戏称为故中五虎上将的语数外理化科任老师除了俞致祥都把宝押在猜题上，平时多流汗战时少流血，如果能猜准一两个题或者题型，高出一两分也是划算的，一分之差决定一个人的命运呢！对俞致祥的做法，王校长看在眼里急在心上，“据我所知，各名牌中学眼下都在组织有经验的教师猜题，想方设法通过各种渠道搜集模拟题。有的学校甚至找据说是高考命题组的人以讲学为名，行透露信息之实。”

俞致祥却有点哪壶不开提哪壶，“王校长，我总有一个感觉，咱不是为所有的高校而只是为清华、北大培养人才！清华北大每年给甘肃省充其量也就是几个名额，多少高中在那里争来争去，人数还是那些，只不过今年在这个学校，明年在那个学校。大多数学生还不是麻雀跟上蝙蝠跑，白熬瞌睡！”

“有这种现象。”王校长耐着性子听，没有打断他的话。

“咱这是强人所难，‘挨起的八棒槌，挨不起的八棒槌’。各人有各人的情况，同样的题目有的学生做起来简单有的学生做起来难，我们应该考虑因材施教。再说进入复习以来学生一直都在打疲劳战，还没有上阵已经累得趴下还怎么高考？”俞致祥还在强调自己的理由。

“从教育规律来讲，你说的没错。我也是被逼上梁山，有什么办法？故里中学已经站在好汉台上，在全地区的高考位次只许靠前，不能后退，至少要保住已经获得的位次。不然，对上级，对广爷川方圆半个县的学生家长无法交代！”王校长也有自己的苦衷。

“这届学生我从高一带起我最知情，高考数学出不了大的差错！”俞致祥觉得学数学就像打麦子，打麦子要一连枷一连枷地挨个儿打，不能撂下花连枷，一旦撂下花连枷就打不尽麦子。学数学要一步一个脚印地走，不能留下大漏洞，一旦留下大漏洞靠复习解决只能是事倍功半。他没有采纳各学校提前一年进入复习的通用模式，只提前一个学期进入复习。他觉得这届学生基础扎实，融会贯通能力强，高考时能够正常发挥。

“俞老师，只要马不停蹄即使有个闪失，我们的态度起码是端正的，而在最后冲刺的关键时刻放松脚步，考得好当然无话可说，考得不好我们如何面对家长面对上级？”王校长亮出自己最后的底线。

李主任匆匆忙忙走了进来。

“李主任，信息搜集有进展吗？”王校长劈头就问。

李主任无可奈何地摊开两手，“咱们是撷秀中学重点防范对象，地区一中也把咱作为竞争对手，我的熟人圈子没出地区范围，实在是狼吃天爷无处下爪！”

王校长似乎是自言自语又似乎是说给在场的两人听，“早些年咱没意识到这个问题，吃了题型的亏！眼下我们既要脚踏实地做好复习，也要克服信息不对称的不利因素！”

“俞老师有什么办法吗？”李主任病急乱投医，也是随便问问。

俞致祥微微一笑：“办法倒是有，但得有个条件！”

王校长立即转忧为喜：“啥条件，你说！”

“学生做了这份卷子自己安排数学复习！”他还坚持让学生根据自身情况临阵磨刀的意见。

“我还以为刚才说服了你呢，”王校长想了一下，“好吧，就按你说的办！”

俞致祥在兰州金城中学毕业实习，与该校教务主任有过交往，他长途跋涉来到金中教务处说明来意，教务主任迟疑了一阵，交出他们学校的押宝模拟题，千叮咛万嘱咐不得外传。

王校长立即吩咐教务处连夜制卷，改换题头为“故里中学高考诊断题”，要求严格做好保密工作，测试后如数回收。

教工宿舍的临时厨房里，牛岁旺只穿一件背心，不停地摇着扇子，头发根渗出密匝匝的汗珠，额头、脸颊、脖根、胸膛，目所能及处都流着汗水，背心被汗水贴在前心后背上。他已经做好午饭，不见岁香前来吃饭，便来到高三一班教室。

教室就像一个大蒸笼，气氛比校园还要热。迎面一个大大的倒计时牌，“亲爱的同学，准备好了吗？今天离高考还有7天！”侧面墙上又是醒目的标语：“知识改变命运，高考摆脱贫困！”六七十张书桌挤得满满当当，每张书桌上堆放着和书桌差不多一样高的复习资料模拟试题，供学生出进的通道勉强容得下一人侧身行走。

坐在最前排的牛岁香埋着头，头发没有光泽，辫梢处的头发干黄，花格衬衣沿着脊梁被汗水浸湿一大片。

牛岁旺不忍心看下去，“岁香，饭熟了，吃完再做吧！”

“上午的高考诊断题还有一个选择题没有做出，等做完再吃！”牛岁香看了一眼哥哥，又埋头做题。

她苦思冥想了半天还是没有门道，竟然忘记了站在一旁催促自己吃午饭的哥哥，径直来到俞致祥的宿舍。

俞致祥上完大灶回来，还没有坐在自己的掉漆皮椅子上，“怎么，遇上难题了?”

“你懂的，讲就行了，还明知故问呢!”在致祥哥面前，岁香比在哥哥面前还显得理直气壮，她对致祥哥也比哥哥敬佩。致祥哥对自己的问题深入浅出举一反三，哥哥对自己的问题只能就事论事甚至不能给出解答还得去问韩老师。

“你哥没做饭?你看都十二点五十了，吃饭花上半个小时，来不及休息又得上下午课了。这样下去瓠子蔓是不堪重负的，非挣断不可!”瓠子蔓是俞致祥的一个形象比喻。他说，知识的积累是一个循序渐进的过程，就像地埂上的瓠子蔓，能够承受住一个大瓠子的重量，却承受不了和瓠子同样重的石头的重量。

“高考剩几天了，这几天决定着一个人的高贵还是卑微，熬过这几天就好了!”牛岁香的心思全在那道不会做的选择题上。

俞致祥看出了她的心思，“别把它看得太重！测试一下衡量衡量倒是可以，但是，不要把宝押在它上面，这道题在高考时出现的概率几乎是零!”

“这个题不会做，至少说明我在这方面还有欠缺!”岁香说话大大咧咧，但是做起题来一丝不苟。

“就这一个题不会?”

岁香连说一个“是”字的时间都不愿意浪费，只是点点头。

俞致祥还在说着题外话，“那就是说你能考116分呢！也就是说以这份试卷做样本测试，你正确的概率是一百二十分之一百一十六！我就说嘛，你今年高考稳拿第一!”

“现在不是说这些的时候，我的俞老师!”岁香有些着急，催促开了。

“好好好，这就解！这就解!”俞致祥为她解了题，还就类似问题进行了拓宽性的讲解。

岁香这才换上笑容，“还是致祥哥厉害!”

牛岁旺这时也来到俞致祥的宿舍，架子房比教学楼凉快得多，浑身一阵轻松，“致祥，你说句话，岁香就听你的。岁香是报文科呢还是报理科？”岁旺觉得已经错过了吃饭时间，索性把报志愿的事也定下来。

俞致祥明白牛岁旺希望妹妹报理科，不过是想借自己的口说服妹妹，“咱先听听你的意见！”

牛岁旺说出自己的看法，“我征求了班主任和其他代课老师的意见，他们说岁香文理都不错，报理科好一些，理科招收专业多，就业前景好。”

俞致祥看了看牛岁香，“你说呢？”

“多数人都和我哥的看法一样，所以有实力的学生扎堆报理科，理科的录取分数自然水涨船高。我想报文科，报文科的人实力赶不上报理科的，我这个筷子里的旗杆就有被名校录取的可能！”

别看牛岁香才是个高中生，对高考的看法很有见地，俞致祥赞赏她这种独到的眼光，“你说的有道理，报什么学校和专业？”

“北大中文系！”牛岁香不假思索地说。

“哥不瓜不傻，也知道北大好，你上了北大，别人说起来牛岁旺是北大生的哥哥！”岁旺又回到自己的话题上，“我是说耽过第一志愿就上不了好学校，还是从保险处来！”

“不报北京大学怎么能上北京大学呢？今年上不了，补习一年还是北京大学！”岁香一点余地都不留。

“高考志愿是人生的一个重大选择，第一感觉很重要，就依岁香吧！”俞致祥说。

78

李晓梅的头七纸、百天纸、一年纸、二年纸，她唯一的女儿俞惠萍都没有回来。延续香火是儿子责无旁贷的义务，女儿虽不能保证世世代代，起码在自己的有生之年也有义不容辞的责任。周继愈读研课业繁重脱不开身，旺旺这三年娇惯得走不了长路，惠萍只身一人回家。

她也是百忙之中抽身的。她的工作场所是由一家地下防空设施改造成的招待所，就是她给俞致祥的信中所说的黄泉宾馆。为了这么个所在，周忠武没有少动用他的战友、同事、老上级，一个个爱莫能助。还是一个和周忠武一起在沙洋农场共过患难的同事他爱人才办成的。她是海淀区一家副食品店的营业员，在物资极度匮乏的年代，大肉成了奇缺商品，居民手中虽然拿着肉票，还要老早排队，轮到跟前说不定就没有货了。由于油水严重不足，居民买肉时都想尽可能买些膘肥的，吃肉解馋又能添些油水。而到手的肉是肥是瘦，就完全由售货员说了算。就这么点权利，居然办成了级别比她高出一大截子的人没办成的事。

这家招待所是街道办事处的几个老大娘办起的。这些老大娘识文断字的不多，没人能拿下会计财务，惠萍正好派上了用场。她习惯了终日不见阳光，靠电灯照明，白天夜晚一个样的生活，闻惯了通风设备不畅时那股难闻的臊臭味、尼古丁味、脚汗味，除了写写算算的分内活，还要抹桌子、拖地、洗马桶、洗床单、叠被子。已经是业务经理的她成天事务缠身，招待所的大事小情都得等她决断，离开一天就有一天的损失。

她紧走慢赶，夜里才到县城招待所，天麻麻亮就赶去汽车站卖票，车站贴出告示，开往故里方向的班车抛锚进了汽修厂。在家乡县城一筹莫展的俞经理只得在招待所房间地上来回踱步，专程接自己回家的高喜娃走进房间，俞惠萍又惊又喜，“如果不是你，我娘的最后一张纸也旷过了！”

高喜娃让她坐进东风卡车的驾驶室，“我一大早在坟地忙活，听到不发班车的消息才赶来的。”

“这是你自己的车？”

“是的。自己的车就有这个好处，不需要看任何人的脸色，天是大爷咱是二爷！”高喜娃加大油门，开足马力，一阵快跑。

“我娘的事让你费心了！”惠萍既是感激又是抱歉。

高喜娃被柴油发动机的轰鸣声吵得没听清，所答非所问：“他没说，是咱主动找的人家。人说我俩是狗皮袜子没反正，我也说不清是啥关系，弟兄乡党还是师生？给你这么说吧，我爸的事有时还打折扣，他的事从来不打折扣！”

“你说的可是俞致祥？”惠萍的声音大了许多。

高喜娃两眼注视着正前方转动着方向盘，“不是他还能有谁？当初我爸让我上学，说只要进城能分清男女厕所就行，哪想到咱不但能分清男女厕所，还认得汽车，是广爷川第一个跑长途运输的，这里就有他的一份功劳！”

惠萍被他逗笑了，“你爱人能不能帮上忙？”

“帮不上，她是个睁眼瞎！哎，我的老婆不能叫爱人只能叫女人！”

“那是为啥？”

“咱这里人基本上都是先结婚后恋爱，结婚后一部分女人变成爱人，一部分一辈子还是女人！”见惠萍突然陷入沉思，高喜娃又说当下的事，“这次时间紧，你娘的碑子做得有些不理想！”

“碑子？”惠萍感到惊奇。

“不是你让俞老师做的？”

“他没有告诉我！”

高喜娃不再说下去，“那好，到坟地你就知道了！”

卡车一直开到阳坡川畔，俞惠萍走出驾驶室，老远看去，三棵柏树郁郁葱葱，爸爸和娘的坟头今年长出的蒹葭掩过了上年的干枯枝叶。前来给娘烧三年纸的人很多，坟地容纳不完，多数人站在坟地周围的苹果地里。

惠萍紧走几步，走过一棵棵已经完全适应阳坡川水土的苹果树苗，来到爸爸和娘的坟地，看着一张张熟悉的面孔说不出一句话只是想哭。三婶给她穿好娘去世时穿的孝衫，换上蒙着半圈白布的布鞋，又在她的腰里系上麻绳。她恍惚之中觉得不是三婶而是娘为自己穿着孝衫，嘴巴开合半天，扑在季玉梅的怀里喊了一声“娘”，满脸的泪水流成了河。

“惠萍，想娘了？我是你三婶，你娘走了我就是你娘！”季玉梅也两只胳膊搂住惠萍，哭成了一个泪人。

季玉刚亲手祭奠一觞，心生无限感慨，孩提时代的纠葛烟消云散，六载同窗之谊地久天长。他老泪纵横，颤抖的双手展开幛文，未读已经泣不成声。

大淑德俞慈君李孺人懿行序：

盖闻至圣者唯仁是守，至诚者唯义是从，至善者唯和是衷。若夫广爷川乡松柏峪村李孺人者，庶几近焉。

孺人李氏，汉将后裔；名讳晓梅，惠质兰心。

温良慈厚，克让谦恭。胸无城府，行有规衡；

交不攀贵，爱不黩亲。素善排怨，雅解纷争；

刚毅坚卓，清风载兴。族戚推服，闾乡钦敬；

求学故小，卓识过人；梁祝之约，赙迁俞门。

时维榴月，岁在丙申；弄瓦之喜，伉俪甚幸。

爱而不溺，宽而不纵；教戒无阙，诲化谆谆。

炳武殒公，孺人独撑；昼伏青田，夜鞠单根。

适逢年馑，殃及乡邻，义薄云天，忍辱负重。

女亦胜男，秉承母训，自甘毁誉，育子情衷。

赫赫厥声，濯濯厥灵；子孙永继，蒙庥先人。

孺人生于一九三三年农历六月十九日，登遐于一九八二年七月九日，享寿五十。乡亲倡议，余谨属文，以叙其德，以彰其后。

壬戌孟夏上浣

县政协常委、故里小学首届毕业士季玉刚鞠躬

牛国璧递给惠萍一个火种，“惠萍，你来！”

惠萍接过火种，投入纸堆，顿时熊熊烈焰，火光冲天，噼里啪啦的鞭炮声，如诉如泣的唢呐声，孝衫孝帽，童男童女，纸马马夫一齐通过阴阳隧道——火光追随李晓梅的亡魂西去。

“是要说几句话呢?”柳知秋得知自己是惠萍亲自指定的揭碑人时，小声问牛国璧。

“有话就说，不说也行!”牛国璧说。

“说就说!”柳知秋对着石碑深深地鞠了一躬，“古有梁山伯与祝英台，今有俞炳武和李晓梅！祝英台爱的是梁山伯，李晓梅爱俞炳武也爱松柏峪!”

掌声响起。

柳知秋干涩的手指沾了下有些湿润的眼角，缓缓揭去碑身上的红色被面，大理石的颜色几乎就是黄土色，碑面的纹路就像铁锨铲过似的，一行字迹就像用树枝刻在黄土上：

执子之手与子偕老俞炳武1959.8

“这是炳武的字迹！”牛国璧左思右想也想不出炳武啥时写下这些字。

俞惠萍回过头看了一眼人群中的俞致祥，俞致祥也正在看着她！

“惠萍姐，你看这个！”魏桂芹站在背面，指着几行小字：

故严父俞公炳武故慈母李氏晓梅之墓女儿俞惠萍敬立一九八五年七月九日

“惠萍姐，是不是应该写成女婿周继愈女儿俞惠萍携外孙周旺旺敬立?”桂芹说。

“就这样吧！”惠萍看了一眼桂芹，“他们二人都不在的！”

桂芹也看了一眼惠萍，仿佛又看到那个仇视倏忽又变成蔑视的目光。

79

故里中学高考庆功大会在广爷川乡政府和故里中学共用操场隆重举行。

池志超创造了故里中学的第一次辉煌，一个名不见经传的乡间学校名闻遐迩，成了地区重点。王文贵担任校长以来，故里中学的高考上线人数、重点大学录取人数一直名列全区前茅。今年又取得地区文科第一、全省第六，理科全区第六，全省前二十名的好成绩。

故里人民舞台几个大字仍然遒劲有力，砖木结构的舞台却显得有些陈旧，有些不合时宜。地区文化教育体育处副处长兼故里中学党委书记池志超、校长王文贵就坐在主席台正中，两边是县教育系统、故里中学各部门负责人。池志超西装革履，满面红光，除了比当年略微发福一些外没有大的变化。他笑眯眯地环顾左右，看似不经意地说："有人说我只应空名不干实事，今天我要走马上任干实事了，不会说是还乡团回来了吧！"他的面前放着麦克风，会场里的人比主席台上的人听得还清楚，接着又是一阵爽朗的笑声。就坐在主席台上的人对他的话还没来得及作出回应，他已经站起来，高大的身躯立刻引来操场上师生、家长的注意，他高声宣布"故里中学高考庆功大会现在开始"，然后即席讲话："同志们，全地区的教育革命，啊，这个这个，教育改革形势大好，不是小好，形势大好的重要标志是革命师生，啊，这个这个，全体师生、家长充分发动起来了！"

他似乎意识到自己在类似场合讲过类似的话，一时又记不清是什么地方，当时好像说完这句话还扫视了一下会场，他又下意识地环顾了一眼操场，绕场一周的白杨树满身都是天牛吃过的虫眼，有些树已经枯死，"处里关于'争取北大清华零突破'的文件发出后，故里中学率先垂范，当年实现了目标。梦寐以求啊同志们！作为教育口的负责人，作为故中的党委书记，我也脸上有光啊！是的，地区重点就该有地区重点的风采，地区重点的担当！牛岁香同学用事实告诉那些对乡村重点中学抱有偏见的人，城里学生能做到的我们能做到，城里学生做不到的我们也能做到！在这里我要明确告诉大家，'知识改变命运，高考摆脱贫困'的口号已经过时，我们的口号是'何惧八年抗战，向北大清华冲刺'！今后重点中学评比不再拿升学率衡量，就看有没有考入北大清华的学生！"

地区文科状元，北大新生牛岁香神采飞扬，蓝色校服，齐耳短发，胸前校徽上"故里中学"四个大字闪闪发亮。她面对操场上的听众出口成章，对母校的培育、老师的教导略表谢意之后，特别阐述了俞致祥老师的"瓠子蔓理论"——知识的积累是一个长期的、缓慢的过程，要将气力使用在每一节课上，没听懂的、有疑问的地方哪怕是一丁点都不放过。那种突击式战役式的方法往往是欲速则不达，事与愿违。这就好像崖畔上的瓠子蔓可以支撑一个瓠子的重量，却不能支撑一个同样重的石头。她还介绍了自己的志愿填报秘笈：避实击虚，咬住青山不放松，要有自信心，想不到就做不到。

牛国鼎作为高考状元的家长也被邀请到主席台就座。接到邀请时，他就有些着急，"那是有文墨的人坐的地方，我双手画不了个八字，坐在那里不合适，非去不可的话就让岁旺去!”

岁旺连连说不妥:“看你说的,岁香考了状元,她是你的女儿,你去主席台坐既给了故里中学面子,也给岁香长了精神!怕说话就不说,坐一阵行了。我哪有这个资格!”

牛国鼎觉得儿子说的有道理,再没有推辞。谁知道女儿介绍经验后,李主任把麦克风放在他的面前,“老牛,说两句!”

牛国鼎全身的血液一下子涌上头,脑子里嗡嗡嗡地响个不停。自打记事起,向邻居借盐要火都是哥哥牛国璧出面。人说三岁看老,哥哥小时候就是出头露面的,长大了还是人前头的人,自己啥时在人前露过脸?连忙推开麦克风,“不说哩,不说哩,这个岁旺捉弄人哩!说好的只坐不讲话,早知道讲话我就不来哩!”他情急之下说话声音本来就有点大,通过麦克风变得更大,会场爆发出一阵笑声。牛国鼎的脸一下红到脖子根,好像刚吵过架似的,李主任也不知道怎么办才好,愣在一旁。

池志超一边用手指梳理着长发,一边看着牛国鼎,“老牛,这么高兴的事,怎么能不说话呢?如果我有这么争气的女儿,讲三天三夜都成!”

一听池志超说话,牛国鼎来了牛脾气。就是这个池志超,指使俞世珍教岁旺写信,整王文贵老师的黑材料。事到如今,他还窝着一肚子气哩,不是你勾引,我的岁旺这阵也像他妹妹一样,是个大学生呢!松柏峪三个属猴的男娃,致祥是大学生,建社电大毕业,只有岁旺没文凭。端上这碗饭,还是人家王文贵大人不计小人过。就说高考,人家王文贵起早贪黑在学校操心,你这个挂名书记平时不闪面,开庆功会比谁都积极。干事的是别人,抢功劳的是你,是个啥县级干部!他突然有了思路,“这个这个,我也没啥讲的,啊!这个书要自己念哩,啊!旧社会可以拿钱捐功名,咱故里就有拿钱捐来的老爷。虽然和真老爷一样大门头起脊瓦兽,但是在人们的心目中还是不一样咯,读书得来的叫老爷,钱捐的叫‘谎老爷’!如今新社会不兴钱捐功名,得实打实靠真本事,啊!”

李主任知道池志超的祖上池老爷是钱捐的,人称谎老爷,但不好意思打断他,好不容易等到他卡壳时才趁机说,“老牛,大家想听听你是怎样供给岁香念书的。”

“噢，说这个，啊！这还真没啥说的！说到供给，都是她哥岁旺的功劳，花钱不说，连饭都做。常常是饭端上桌子叫不来人，饭等人呢！岁香不要说做饭，吃毕饭嘴一抹就走人，锅都不洗！”牛国鼎说得句句都是实话。

全场又是一阵哄堂大笑。

随着此起彼伏的“我能行”“我成功”的口号声，会议进入高潮——高考冲刺签名仪式。池志超首先在一条印着“我能行”“我成功”口号的长卷上签下自己的名字，王文贵和其他人都签上自己的名字后，长卷被送到操场，高一、高二年级同学争着抢着把自己的名字签在长卷上。

80

“门卫师傅，今日学校咋没有人呢？”俞炳文走进校园转了一个大圈，班主任、任课教师、教务主任一个都没见着，又回到门房。

“你进门登记时只说找人没说干啥，早说干啥就不用跑这冤枉路了！”门卫有些歉意地说，“所有的人都在操场参加高考庆功会！”

俞炳文来到操场，挤在人群中，池志超讲话时他洗耳恭听，牛岁香介绍学习经验时他也在静静听着，牛国鼎发言时，他一声不响地走出会场。牛岁香、俞月华、俞爱娇被称为松柏峪的“三朵金花”，牛岁香在主席台上介绍经验，俞月华也收到了录取通知书，两朵金花已经绽放出绚丽的光彩，另一朵还在焦急地等待着自己的春天。

松柏峪这下成了全乡茶余饭后的谈资。不得了，县里第一个考上北京大学的竟然是松柏峪人，另一个如果志愿报得好也能上清华！怪不得人家考上北大，原来人家有瓠子蔓理论！人家还有一个懂教育知冷知热的哥哥！不但牛岁香成了明星，俞致祥、牛岁旺也沾光成了明星，人们争着向俞致祥讨教瓠子蔓理论，向牛岁旺讨教家长心得。

泰山庙嘴这个被戏称松柏峪论坛的地方，简直成了故里中学的新闻发布会。故里中学的大凡小事，南北广爷川谁家孩子上了重点大学，谁家孩子上了二本，坐在这里的人都清清楚楚。牛国鼎来到庙嘴，马上就有人起身让座，这个曾经属于俞炳义的殊荣被牛国鼎取而代之。考了二本的孩子家长，还有说话的机会，考入大专的孩子家长就只有听的份儿。

俞炳文一年时间没有去庙嘴了，前些年去是为了取经，这一年不去是由于女儿补习没有脸面。他走出村子时泰山庙嘴前就人声鼎沸，进村人们肯定要问女儿的录取书来还是没来，他干脆在故里街道溜达了半天，太阳落山时候才慢腾腾地走回家来。快进村时，骑自行车回家的俞致祥追上他，告诉他爱娇离录取线差了一点，下一年的补习班从明天开始上课。

爱娇参加完高考庆功会，没有勇气打问自己的录取情况就早早回家，她已经几天没心思吃饭，脸蛋小了一圈。俞炳文不想告诉女儿二次落榜的消息，但后面的事又不得不问，“爱娇，你给爸个口话，今年是复读还是咋？不管咋样，爸都依你！”

无需再问，一种不祥之感掠上爱娇的心头，“你见到致祥哥了？”

“见到了！”

“致祥哥怎么说？”爱娇的脸上一点血色都没有。

“你致祥哥说你愿意念就供，不愿念让惠萍在北京寻个事也行，条条大道通北京哩！”

“我们三个一起参加高考，两个都在北京上大学，我去北京打工，怎么见面呢？”一句话勾起爱娇的心事。俞炳文害怕和牛国鼎在一起，俞爱娇也害怕和牛岁香在一起。你说这人啊，怎么就怕和自己熟悉的人比呢？

“不去北京也行，打工的地方多着呢，我找你二龙哥，他已经是老板了，给你还能找不下个事？”俞世珍正红的几年两家不相往来，到了二龙手里，逢年过节，人家还提着礼来看望他这个堂兄。

“自己的日子要自己过，亲房只能帮一时，帮不了一辈子！”爱娇懂事爱操心，早早操起了不该这个年龄段的孩子操的心。

“那你说咋办?”俞炳文没有听出女儿的意思，直截了当地问。

自打记事，爸爸把一切都自己扛，想起这些，爱娇十分伤感，“爸，我对不住你和娘，你在粮站生吃红薯片得了肠梗阻，手术后干不了重活，娘一直是个病身子，淘不得气操不得心，指望我哩。我复读一年，借了那么多钱，没有个结果，你靠啥还人家呢?”

俞炳文明白女儿的意思了，“那就再补一年。你致祥哥说你的脑子好，平时成绩不错，就是遇到考试容易紧张。只要放下负担，就能考上大学!”

“爸!你再受一年苦，我再复读一年，考上了走人，考不上拉倒!”

爱娇从一摞油印复习资料中找出一套高考题。班主任老师说，高考试卷都经过专门测试，难易适度，不像那些五花八门的模拟试卷，简单的一眼能看出答案，难的挣破头也做不出。老师还说，做完以后对照标准答案，马上就能知道自己的答题是否正确。

除了学校发的，她手头没有其他复习资料。牛岁香和俞月华不但故里书店有的资料她们都有，还从县里买省上买，人家都有吃公家饭的哥哥，资料的事几乎不需要自己操心。她没有吃公家饭的哥哥，爸爸不知资料是个啥，就是知道也没钱!她想着趁送牛岁香或是俞月华上学的机会借她俩用过的复习资料，但一想起牛岁香那副咄咄逼人的架势，觉得还是借月华的好。月华对她说，需要什么资料尽管说。哎，月华也是受过苦的，还是好说话些。

两个鬓角隐隐作痛，似乎成了一种条件反射，一瞅书本就这个样。耳畔响起池志超磁性十足的男中音:“城里学生能做到的我们能做到，城里学生做不到的我们也能做到!”她看着一份语文试卷，凡是客观性的题目，需要死记硬背的题目几乎题题都回答得出，但是对于一些主观性的题目，需要融会贯通的题目就不是很理想。

耳道好像堵上了什么东西，左半个脸失去了知觉。哎，又是学习时间过长，用脑过度!能学的几天没黑没明，不能学的几天推日下山，一直处在恶性循环中。这不，参加了高考庆功会，又忘乎所以了。

她脱了衣服，吹灭煤油灯，头一挨枕头，高考庆功会的情景就像过电影一般出现在眼前，她是最后一个在“我能行”“我成功”的长卷上签下自己名字的那个身影。

刚才看过的三科试卷的题目突然一个个清晰地出现在脑海之中，挥之不去！眼睛发涩眼皮发困眼圈发热，头疼得像要炸裂，张开嘴巴想打哈欠，气有些短，胸有些闷，除了一眼圈的眼泪，一个完整的哈欠都没有打出。似乎有一丝睡意，胃里发烧，浑身冒汗，来之不易的睡意一下子无影无踪。

鸡叫头遍了，她还在痛苦地数着一二三四五催眠。

“娇娇！娘给我娃装了一周的馍馍，到学校就掏出口袋晾起来，吃干馍不要紧，千万不能吃发霉的馍馍!”娘已经早早起床了。

“给娃装咸菜了吗?”爸爸已经等候在院子里。

“装上了！”娘说。

爱娇赶紧起床，简单梳洗后走出家门。

81

花藤架上的蔷薇开着零零星星的花朵，花圃中的美人蕉、月季格外醒目。俞致祥去地区参加第一个教师节庆祝大会接受表彰，为他送行的北京吉普老早就等候在花藤架下，去地区开会的王校长和赵主任已经坐在车上。司机翟学义用鸡毛掸子掸去车顶帆布上的灰尘，用毛巾擦去车身上的浮土，不见俞致祥；用板刷擦去尘土掩盖下的泥水痕渍，还不见俞致祥；又用抹布仔细擦着车体上的擦痕，俞致祥这才急急忙忙来到车前。

翟学义立即打开吉普车门，“俞老师不愧是地区先进，校长主任早都到了，你好像还在忙啥大事?”

“如果我没猜错的话,一定是利用早自习时间上今天的课?”王校长笑眯眯地说。

“咱要赶路呢，明天上今天的课不也一样嘛！”翟学义嘟囔了一句。

“学生上课和人吃饭是一个道理，一天吃了两天的饭胃消化不良，一天上了两天的课大脑消化不良!”为了让翟学义尽可听得明白些，俞致祥还打了一个比方。

翟学义想说汽车跑得快发动机也会消化不良，见王校长赞同俞致祥的话，话到嘴边又改了口：“有道理，有道理!”

俞致祥探头看看车内，王校长和赵主任都坐后排，只有副驾位置空着。当了几年农民又上了几年大学的他，当农民时忙于温饱没顾上，上大学时忙于夺回损失的青春，人情世故方面的知识有些欠缺。已经吃了四年公家饭的他，意识到了问题的严重性，如果还是“没顾上”，将会与这个群体的主流格格不入。他也接受了一些近乎潜规则的常识：各单位的小车实际上是领导的专车，和领导一起坐车，领导没有上车就不能上车，副驾驶位置是领导专座。年轻人就像一件铁器，慢慢被社会这把锉刀锉平棱角，打磨得光滑世故起来。

王校长推开后车窗玻璃，头伸出窗外，“俞老师，今天是你的专车，我俩搭便车，不要耽误时间!”

俞致祥坐小车还是大姑娘上轿——头一遭，左脚小心翼翼地迈过副驾坐垫，生怕皮鞋上的鞋油糊在坐垫上。全身的重心落在左脚以后，又轻轻收起右脚，右手同时关车门。这辆车是地区文教体处退槽下来的旧车，年久失修，车门上的锁舌没有插进锁槽。

“用点劲!”翟师傅已经踩着油门，发动机突突叫着。

“砰!”俞致祥力气使得大了些，关上了车门。

“地区先进就是牛，牛气冲天！哈哈哈!”翟师傅一句玩笑话逗得大家都笑了。

“王校长，赵主任，爬上山顶了有些缺氧，插一支氧气!”吉普车爬上朱家山时，翟师把烟盒递给后排的赵主任，赵主任和王校长呵呵笑着各抽一支塞进嘴里，翟师又把烟盒递给身旁的俞致祥，“俞老师也来一支!”

俞致祥充满感激地摇着双手，“不会抽!”

“来，添上开水，这是早晨才打的开水，刚才急着赶路没有给你们添水!”吉普车来到县城外，翟师乘解手的间隙用车载热水瓶为王校长和赵主任的茶杯里添满开水，“俞老师的杯子在哪儿，给你也添上!”

俞致祥有点不好意思地说，“谢谢，我没带杯子!”

汽车开到陇山半腰，山高路陡，年龄偏大的发动机熄了火。翟师眼疾手快，赶在熄火前将汽车横在公路上，跳下车找来几块石头垫在车轮下。俞致祥抽起发动机摇把，跳下车就要发动车。

翟师连忙拦住他，“这是我的行道，你弄脏衣服咋上台要人呢！你给咱多培养几个大学生，我这吆脚的还不是沾你们的光才吃这碗饭的!”

俞致祥一直被送到行署广场西口。他和二百多名来自全区中小学、幼儿园、大中专院校受表彰的教育教学工作者一起走上大会主席台，地委行署负责人为他们颁发奖状、少先队员为他们献花后，分乘十辆大轿车，穿街转巷，接受人们的祝福。

庆祝活动结束，赵主任把翟学义叫到一边：“翟师，我和校长参加职称改革试点工作培训会，你送俞老师返回，中途吃饭由你负责，我回去后报销!”

北京吉普又从行署广场西口出发，向县城驶来。返程走捷路，汽车一直在崇山峻岭之中穿行，时而傲霜的松柏，时而如茵的绿草，时而飘浮的云朵，时而淙淙的流水，瓦亭寨、通边寨、德顺寨的残壁断垣让人浮想联翩，好像一下子穿越到一千年前的宋朝。每经过一处古寨，俞致祥都要津津有味地介绍一番，翟师并不说话只是哈欠连天。快到县城时，有人招手挡车，翟师猛踩一下刹车，吉普车戛然而止。

挡车人脸上带着苦笑，“师傅，麻烦你捎个脚，我要赶到县医院伺候病人，错过了班车!”

“也不撒泡尿照照你是谁？躲开!”翟师一踩油门，挡车人被车尾气呛得睁不开眼睛，捂着鼻子，躲到路边，无可奈何地摇了摇头。

翟师还不解恨，驾车转了个圈，头伸出车窗外，“这是专车，懂吗？是配给县级干部的专车！够人的不够人的都想坐专车，也不看看你家祖坟冒青烟没？”

说完，加大油门，吉普车又飞快地奔跑起来。

“翟师，辛苦你了，让你专程跑了一趟地区，一个来回四五百公里路呢!”俞致祥这才想起自己来时走得急忘了买一包香烟。

“不是我说，俞老师尽管是空头人情还知道说！有些大学生眼睛长在头顶上，没把下苦人看在眼里！你在凉房里大门不出二门不迈，一本书今年念了明年还念，学校的四个角角还没踏遍，工资高出我一二十块，还是地区先进！我风里来雨里去，啥时评过先进？像早上翻陇山那阵运气不好翻了车，掉下悬崖也就一口气咽了。别以为啥人都是我爷，我只伺候县级干部！”

吉普车径直开进县宾馆院子，翟师的脸上堆起了笑容：“俞老师，地区领导亲自发奖，满大街夸官亮宝在咱广爷川还是头一回，得请客！别像婚礼那样抠抠掐掐，一把瓜子、几个喜糖把大伙儿隔门打发了！”

俞致祥摸摸口袋，囊中羞涩。大学毕业生的工资是不低，可他是麻袋上绣花底子太差，头一年的工资买了块宝石花牌手表，一辆加重飞鸽牌自行车。为了结婚，他拦住准备找大队信贷员贷款的爸爸，向同学亲戚借了一千块钱，买了几件家具，缝了一套铺盖，添了几件衣裳，月月都是寅吃卯粮。

翟师看出他的窘态，掏出一张百元钞票，“没带钱咋不早说？我带的加油钱借给你！”

俞致祥这才挺直了腰杆，“让你见笑了，翟师请进！”

翟师也不客气，点了一盘肘子，一盘羊肉小炒，两碗揪面片，外加一包香烟一瓶酒。酒足饭饱以后，又去吧台要了两个锅盔一只烧鸡，手搭在收银员的耳边，“烟酒烧鸡锅盔加在饭菜一起开发票，我改日来取。”然后把喝剩的半瓶酒塞进收银员递过来的锅盔和烧鸡袋子里，拆开的半包烟装进自己的口袋，眉开眼笑地看着俞致祥，“俞老师，我就不客气了！”

俞致祥把那张百元钞票交给收银员，只找回几张毛票。

吉普车驶出县城后，车后拖起一绺尘土。

“俞老师，你说咱行走在大宋朝的边界线上，咱故里还是大宋的故里寨？”翟师也穿越到大宋年代。

俞致祥像吃了一嘴苍蝇，心情有些沮丧，不说两个月的工资打了溅水，他爸他妈还没尝过大学生儿子的锅盔烧鸡哩！

“我的呀呀，难怪故里一直放卫星！”翟师满口的唾沫星子乱溅。

82

回到地区文教体处家属院，丽丽脱去外衣，懒洋洋地朝自己床上一躺，一句话都不说。妈妈一边将她的衣服投进洗衣机，一边数叨：“长这么大了，不给妈洗衣服也就罢了，还要妈给你洗！”

“妈，别烦人好不好？一周没有回家，一回家你又烦上了！”丽丽翻了翻身子，头朝里睡去了。

“有相好的人了？”女大不中留，留下结冤仇，孩子该到谈婚论嫁的时候了，妈妈不再数叨。

“没有。”丽丽仍然不耐烦地说。

“故里中学就没有一个你看上的？”

“我倒是看上俞致祥呢。”

“这娃好，是你爸的学生，又是恢复高考以后的首届大学生，前几天你爸还夸他呢！”

“可人家已经结了婚，没戏了！”

“和谁结了？”

“一个农村姑娘，说是早定的娃娃亲。”

“真是个没见过世面的书呆子，只知道念书，一辈子窝山沟里的命，学一肚子两肋巴的知识又有啥用？”妈妈又换着法子问女儿，“故里中学那么多的年轻人就没个看上你的？”

“有呢。牛岁旺倒是成天围着我转呢，可是我总觉得他缺了点什么！”丽丽翻起了身子。

托任长生介绍俞致祥的事一直不见动静，她又想到了牛岁旺，想让他当中间人，还没来得及把话挑明，俞致祥以闪电般的速度和魏桂芹结了婚。牛岁旺反以为丽丽向他暗送秋波，有事没事朝她房里跑。收发室的报刊不用她操心，分门别类，归整得清清楚楚，堆放得整整齐齐，抹桌子扫地的活也不嫌弃。

你说这事叫人怎么开口？明确告诉吧，不要说伤岁旺的心自己也丢不起这个人。不明确告诉吧，岁旺的殷勤劲儿越来越足，干完收发兴犹未尽，做了好饭也端来丽丽的房间。周末放映新电影《芙蓉镇》，早早买好电影票送了过来。没多久，老师们都把他俩当成一对情侣。啊呀！这就叫有心栽花花不发，无心插柳柳成荫！任长生说，岁旺是你爸的得意门生，知根知底！翟学义说，岁旺聪明伶俐，知冷知热。韩维周老师也一个劲儿地替岁旺唱赞歌。耳旁风吹得多了，丽丽也就没了主意。

“缺学历！你看现在的形势，干啥都讲学历，提拔干部必须是大专以上文凭！”妈妈没有说下去，意思已经十分清楚了。

丽丽又睡去了。

丽丽第二次回家时，爸爸正在瞅着墙上的字画。丽丽认出是任长生宿舍那副“一窗佳景王维画，四壁青山杜甫诗”书法联，“任长生送的破字画，能是个值钱货？”

爸爸正在兴头上，“破字画？这字既有颜真卿遒劲郁勃之气，又有苏东坡丰腴跌宕之风，刚柔兼备，可遇不可求呀！”

“爸爸，你像阴阳念经一样，都说了些啥呀？”

“你只看看这落款就行了，道光帝夜梦的贤臣牛树梅！你有本事给我找来一副！”爸爸小心翼翼地取下字画放进专用盒子里。

“任长生托说俞致祥的事没戏了？”爸爸又把盒子放在书房的书架上。

“上次给我妈已经说过的！”

“牛岁旺妹妹考上北京大学了？”爸爸从书房返回客厅。

“你这不是明知故问吗？”丽丽感到诧异，爸爸都亲自参加高考庆功会了，还问这话。

“妹妹能考上北京大学，哥哥也弱不到那里去！”原来，爸爸要说的话在后头呢，第一句不过是个开场白。

想起妈妈上次说的话，丽丽的劲头稍纵即逝，“他连个正规高中文凭都没有，中师短训班的结业证不算数。”

“没有文凭不要紧！处里正考虑给教育系统像他这样没学历但有真才实学的人解决文凭呢！”

“能不能拿上还是两当一呢！”丽丽还是有些不痛不痒。

“这是为教育系统办的实事，有啥拿不上的？啥事都讲变通，文教体系统是个大口子，各县都占吃财政人数的一半以上，没有学历的人那么多，不变通谁还愿意干呢？”

丽丽撇撇嘴，“拿上又有什么用，还不是个空的！”

“这你就不懂了，文凭不过一张纸，需要时有用，不需要时就没用。不是有句话嘛，‘说你行你就行不行也行，说不行就不行行也不行’！”

丽丽的眼睛突然一亮，“二十年前，李万里给他算过卦，说他将来能当县长！”

“啊？有这事？”池志超略微迟疑了一下，“算卦是不是迷信，我也说不清楚！你想做一件事，这件事就有实现和不实现两种可能，就是猜也能猜对一半。我不看重算卦结论的准确性，却看重结论给人的暗示作用。正面的结论可以强化实现的信心，负面结论可以使人畏首畏尾甚至放弃打算！”

丽丽似懂非懂，但是有一条，看得出爸爸是在暗示自己和岁旺可以谈，“可是，上次妈妈不同意我已经和人家不再来往！”

“哈哈哈！”池志超笑了笑，“这有何难，只要喜欢，你也可以找他嘛！”

“要是人家不理呢？”

“人家说几句也不要紧，抹一把脸再找，生命诚可贵，爱情价更高嘛！”

丽丽第三次回家，是和韩维周老师乘坐翟师的北京吉普来的。韩老师在独院外等候，让丽丽先去通报消息。

丽丽和岁旺已经确定了恋爱关系，按礼数，男方需物色媒人去女方家正式提亲。前后参与提说这桩亲事的有三个人，韩维周、任长生、翟师，妈妈说，韩维周是革命烈士子弟，县政协副主席，德高望重的老教师，当之无愧的主媒。不过，任长生和翟学义两人功不可没，婚后多谢两个媒人多买两双皮鞋就是了。提亲的礼品妈妈只说是四色礼，韩老师懂得的。韩老师听说是丽丽她妈亲自点的将，而且说四色礼自己懂得，多大的面子呀！他让牛岁旺准备了红奔马香烟两条，陇南春酒两瓶，龙井茶两斤，雀巢咖啡两听。

丽丽一进家门就对娘说，“人家说，提亲的人必须是双数，翟学义驾车非来不可，加上韩老师就是两人。没过门的女子算娘家人，我是乘车回家的，不算数。”还顺便告诉了四色礼的事，“别看这些东西，我算过的，二百多块，岁旺四个月的工资！”

妈妈一听气得差点晕了过去，双手颤抖着拉开柜门，“你端出端入，不知道心怎么操！你看看，咱家哪有红奔马烟，陇南春酒？”

丽丽不看则已，一看傻了眼，烟柜里是红塔山、阿诗玛、云烟、中华，真像顺口溜说的，“一云二贵三中华，红塔山下阿诗玛”，哪有红奔马？酒柜里也是茅台、五粮液，就不见陇南春的影子。

“订亲提话，一辈子能有几回？这种烟酒也拿得出手？干指头蘸盐哩？”妈妈跺脚绊手起来，“不是拿啥不拿啥的事，是把咱没当人看！”

丽丽急急来到门外告诉情况，韩老师傻了眼，翟学义也没了主意，开着车子信马由缰来到大街上。翟学义毕竟见过大场面，车子颠簸了几下已经有了办法，在韩老师耳旁如此这般地嘀咕几句，一脚踩着油门，“现在只有这个办法，死马当活马医！”

不多时，韩老师和翟师手提重新置办的礼当进了池家独院。

池副处长和夫人沏好茶水，糖果瓜子各放一个果盘，香蕉、苹果、橘子，茶几上一霎时红红绿绿，满满当当。

池副处长把只剥了半截皮的香蕉递给韩维周，“韩主席为小女之事鞍马劳顿，不辞辛劳，志超实在担当不起呀，吃香蕉！”几乎是在同时也递给翟学义一根香蕉，“翟师是老熟人，老婆孩子常搭你的便车，多次给你添麻烦，你就不要客气！”

落座在沙发上的韩老师，欠欠身子，接过处长递来的香蕉，“承蒙处长抬爱，韩某不才，当此重任，实在是惭愧得很!”

“韩老师德高望重，故里中学一干就是十年，不容易!”池志超又拿起水果刀，熟练地削着苹果皮。

“处长过奖！处长过奖!”想起此行的主题，韩老师有些心虚，呷了口茶，“我是老陕，不懂广爷川地方风俗。当地人说，四色礼得按广爷川乡俗来，还望处长和夫人多多包涵!”

池副处长点着头，“十里不同俗！我是广爷川人，按广爷川的乡俗是对的。”

韩老师使个眼色，翟学义立即会意，依次取出挂面两扎，陇南春酒两瓶，苹果罐头两瓶，鹌鹑蛋罐头两瓶。

池副处长想了半天，想不起广爷川何时有这乡俗，池夫人差点气歪了鼻子。

韩老师不慌不忙地解释说，“礼轻仁义重，寓意着‘长久平安’！结婚是人生大事，谁不图个长久平安呢?”

翟学义也一本正经地帮着腔，“这四样东西在广爷川没凑齐，还是在这儿凑全的!”

池副处长笑了，池夫人展开了眉头。

“牛岁旺委托我们两个前来转达他的请求，他要娶丽丽为自己的伴侣！希望得到两位的首肯!”韩老师郑重其事地说。

“好好，岁旺是个好孩子，我俩都知根知底，完全同意他俩的婚事!”池副处长和夫人答应得非常爽快。

83

故里宾馆宴会厅敞开着的两扇大门各贴一个大红双喜字，一条大红地毯从门口一直铺到典礼台，典礼台的音响里播放着《步步高》乐曲，一个特大的双喜字几乎占据了整个背景墙。大红地毯两侧，一张张大圆桌、一把把围着大圆桌的椅子都罩上玫瑰红色的裙套。每一张圆桌上摆着烟糖瓜子，红酒白酒饮料。靠近典礼台的圆桌摆着贵宾席桌签，其余圆桌的桌签都是嘉宾席。

任长生和翟学义像哼哈二将坐在宴会厅门口的书礼台前，一个记账一个收礼金。广爷川乡大大小小的单位、学校，县教育局、文化局、体育局，县直中小学校校长、幼儿园园长，地区文化教育体育系统直属单位的头头脑脑都挤在书礼台前，瞅着任长生笔下的礼金数目，参考着同类单位、同样级别的人的行情，掏着自己的礼金，没有下百元的。

故里中学的教工陆陆续续来到宴会厅，眼盯着任长生写上自己的姓名才把份子钱交给翟学义。时下工薪阶层份子钱的行情是每人二十元，如果酒席安得好，每桌坐满十人，主办方略有剩余。因为牛岁旺和丽丽都是故里中学的员工，故里中学教工的份子钱都是双份，超过了大部分人半个月的工资。说实在的话为一顿饭掏这么大的价钱，相当多的人不一定情愿。但是在绝大多数人掏剩下几个人不掏的情形下，掏的人并不引人注目而不掏的人就显眼了。不看两个小年轻的僧面还得看池志超的佛面，人家不但是副处长还是学校的书记。

交完份子钱，抽烟的接过一支香烟，不抽烟的拿上一颗喜糖，由现场总管俞二龙领到事先安排好的位置，本乡各单位的来宾坐嘉宾席，其他来宾坐贵宾席。

总管这个角色换别人还玩不转。能喝酒的安不了席，能安席的喝不了酒，再者，这样排场的婚礼在故里是头一遭，方方面面的人不少，得有一个眼观六路耳听八方，见啥人说啥话的人管事，方显出主人家的一片心意。俞二龙在省建第一公司搞了几年副业，不但捞了第一桶金，也积攒了揽活、干活、拉队伍的经验，组建了松柏峪古建筑公司。他是广爷川地界实力最雄厚的企业家，也是广爷川地界炙手可热的人物，各单位有声望的人家办红白事少不了他，就连孩子没有考上高中要复读生指标、上大学贷款这样的事也得他出面。

音响中传来赵主任的声音："故里中学教工牛岁旺、池丽丽结婚典礼现在开始!"

随着欢快的婚礼进行曲，英姿勃发的牛岁旺一身黑色西装，枣红色领带闪闪发亮，一手搀扶着池丽丽，一手挥动鲜花向来宾致意。池丽丽凤眼含羞，双唇似丹，一袭洁白的婚纱，袅袅婷婷，向来宾频频点头。一对新人沿着大红地毯缓缓走向典礼台，走向爱情的殿堂，礼炮声响起，五彩缤纷的撒花飘洒在半空，镁光灯闪闪烁烁，录像机紧紧跟进，全场响起雷鸣般的掌声。

证婚人韩维周老师用简洁明快的语言向一对新人祝福，向牛国鼎夫妇祝福，受一对新人的委托也向来宾表示感谢。

赵主任拉长声调："夫妻对拜!"

俞致祥、俞建社和几个男教工簇拥着牛岁旺，魏桂芹、完映兰和几个女教工簇拥着池丽丽，一对新人半推半就行了接吻礼。专程赶来参加哥嫂婚礼的牛岁香交给嫂子一个光彩夺目的戒指，又把金光灿灿的耳环、戒指、手链交给哥哥，"哥！等不及了吧?"

牛岁旺微笑着给丽丽戴上三金，丽丽也把戒指戴在岁旺左手的无名指上。赵主任把话筒递给牛岁旺："牛老师，说一说你此时此刻的感受!"

牛岁旺百感交集，只说了句"好事多磨啊"，便再也说不出话来，只是和新娘紧紧地相拥在一起!

"拜高堂!"赵主任的声音刚落，音响又换成《步步高》的乐曲，宴会厅立即欢声雷动，就坐在餐桌前的人争相起立观看，一个个笑得前仰后合。

牛国鼎反戴着一顶圆耳子纱帽，红鼻尖白眼窝，岁旺娘一个耳朵上吊一根红辣椒，手里拿着一根长长的大烟袋。老夫妻手拉手边走边向来宾招手致意，走过处立即传来一阵窃窃私语。

这一席全是故里中学教师，议论纷纷：牛国鼎也是一个北大生她爸呢，为了娶处长的千金竟然出这不该出的身子。婚礼前，总管俞二龙提议化妆老两口，这是近年不知从那里来的习俗，南北两道广爷川祖祖辈辈只有要新郎新娘，还没听说要公公婆婆，牛国鼎一听就反感。二龙说娶儿媳是个高兴事，远道而来的客人多，新事新办，婚礼搞得热闹一些也是为来宾助个兴，牛国鼎勉强同意了。

这一席全是广爷川乡的干部，也在交头接耳：北大生她爸硬气着呢，处长亲家的面子也不给。商议结婚具体事项时，池志超托韩维周转达自己的要求说，丽丽爷爷还健在，好不容易等到孙女结婚，让老人家在家乡接受一下孙女孙女婿的大礼参拜。牛国鼎一肚子气没处撒都撒在儿子头上，"岁旺，我牛家是娶儿媳还是嫁儿子？你要拜池保长，就不要拜我和你娘！”

年龄大一些的人都明白这话，不是牛国鼎不给亲家面子，实在是和丽丽爷爷池占山的裂痕太深，人怕伤心树怕剥皮呀！民国三十七年农历二月二那天，池占山带着书记员、队副、保丁来到地头，手指正在扑扁豆粪的牛国鼎，“就是他！”保公所的人一拥而上，把毫无防备的他按倒在地五花大绑，押到广爷川乡公所。为了防止他逃走，睡觉也夹在两个乡丁中间，手和两个乡丁的手绑在一起。半夜时分，他推开睡得像死猪一样的两个乡丁，解开绳索逃出乡公所。就是那个晚上，池保长带人抓走了俞绍文。

牛国鼎夫妇绕场一周后，正襟危坐在典礼台上，等候新郎新娘大礼参拜。

丽丽甜甜地叫了一声“妈”！

“哎！”岁旺娘笑得合不拢嘴，撩起穿在身上的妖婆子衣襟，在自己的衣服口袋里掏着红包。

“不行，入乡随俗，叫娘！”簇拥在两旁的青年男女按着岁旺娘的手，不让她掏出红包。

“娘！”丽丽微笑着重新称呼婆婆。

“哎！”岁旺娘把鼓鼓囊囊的红包塞到儿媳手中。

“爸！”丽丽含笑来到公公面前。

“哎——哎！”牛国鼎也掏出红包交给儿媳。

牛岁香手中的闪光灯闪着光亮，把一个个激动人心的时刻定格成一幅幅动人的画面。

“建社嫂，妹子拉个差，来一张！”牛岁香把相机交给完映兰，快活得像只小燕子，站在父母身后，完映兰按动快门，摄下牛国鼎有生以来的第一张全家福。

一张张餐桌已经杯盘狼藉，鱿鱼海参认不全的老师们既饱口福又饱眼福，猜起拳来。人们说，松柏峪的三个同龄人，只有牛岁旺正儿八经举行了婚礼，梢尾结了个大瓜！

84

她是夜幕降临后回家的。院门咯吱一声，俞炳文才下炕，一只脚刚伸进鞋窝，她已经蔫头耷脑地进了屋。

“爱娇!”俞炳文两手拄地愣了半晌，“你咋回来了?”

“自己看去!”女儿把和录取通知书大小差不多的一张纸片扔给俞炳文，不再说话。

“这是咋哩?”俞炳文也是劳改时学的字，勉强辨清纸片上写的是女儿患有严重的神经衰弱症，须休学一年，等治好病经学校复查后转入下一届学习。

简直是晴天一声霹雳！俞炳文想哭没有眼泪，还没翻起身又瘫在地上，说不出一句话来。

爱娇娘听见女儿的声音，从厨房赶了过来，见瘫倒在地的男人一只脚靸着鞋子，另一只脚光着，弯下身子忙问：“咋哩？咋哩?”

俞炳文忘记了自己的女人受不得刺激，抽抽噎噎着说，“爱娇……得了……神经病了!”

爱娇娘心里一急，黑眼珠朝后翻了几下，脸上的肌肉一阵抽搐，四肢僵直，摔倒在地，口里冒出白沫。两个小女儿也从厨房跑过来，一个挣扎着把娘的上半个身子放在自己的腿上，一个跪在地上使劲地掐娘的人中穴，两个都在一声接一声地喊“娘”，坐在炕檐上的爱娇一看这模样，口中嚷着“我去补习！我去补习!”夺门而出。

俞炳文顾不得心里憋屈，顾不上犯癔病的妻子，追到院里拽着女儿的胳膊，“说啥傻话，你都上大学了，还补啥习呢!”

爱娇一甩胳膊，“还没考呢，一月后就高考了!”

俞炳文冷不防被女儿甩了个趔趄，稳住身子后又赔着笑脸，“通知书都来了！是荣华大学，还是名牌呢!”

“名牌只有北京大学，哪有荣华大学！”爱娇突然转过身，怒冲冲地看着大门外，“你们几个嘀嘀咕咕地说啥，有啥好说的？”她几乎是声嘶力竭地喊，“笑话我哩！把他们撵走！”

俞炳文看了看大门，原本闭着的大门女儿进来时开了半扇，连个人影都没有，“娇娇，一个人都没！”

“躲在墙背后了，撵走他们！”爱娇东张西望一阵,咬牙切齿地说。

“快走！有啥好看的，快走！”俞炳文来到大门外假意吆喝几声，好让女儿听真。

爱娇重新走回房间。

俞炳文大脑嗡的一声，眼前一片漆黑，看不清院子里这两间像拳头戳开的破房，看不清院墙被雨水浸蚀出的豁豁牙牙，看不清院墙外那棵老榆树的枝枝叉叉，只看见架在磨子梁、牡丹嘴上的一线天，闪烁着令人头晕目眩的点点寒星。他下意识双手扶着快要掉光泥皮的码头墙，心里十分清楚，这阵必须硬撑着，千万不能倒下！

俞爱娇好不容易榜上有名，被荣华大学录取，这个学校也是个重点院校，俞炳文还没来得及笑出声又皱紧了眉头。人说考上一个大学生等于一户人脱贫，那是牛年马月的事，眼下不要说脱贫，简直是雪上加霜！一动身就得四五千块，故里中学的老师在校长王文贵带动下，人人伸出援助之手，凑了一千多块。广爷川乡的干部、松柏峪的乡亲、俞魏氏家的老骨肉亲戚也伸出援手，还是没有凑齐。松柏峪的企业家，俞炳文的堂弟俞二龙倒是爽快，剩下的钱全揽后手，才把孩子打发了。

天天盼望女儿的来信，没有盼来信却把人盼来了！

两个小女儿挺懂事，娘时常犯病也有经验了，大的背着娘，小的扶着娘的两腿，把娘拉扯到厨房去了。爱娇哈欠连连，一脸倦态，几夜没有合眼的样子，“好长时间没吃桂芹嫂子的饭了，想起来都是香的，叫她给我做饭！”

桂芹已经是有小孩的人了，有小孩的人家都有忌讳，说是天黑以后人叫门容易招来冲气，不到天黑老早就关了门。都这时候了，咋好意思去拍门打窗惊动人家？俞炳文还在作难，爱娇骂骂咧咧上了，“去呀，咋不去呀！让你做你不愿情，人家愿情你又不叫！”

俞炳文有夜盲症，拄着一张老铁锨，深一脚浅一脚，跌跌撞撞地来到致祥家。

恩贡老宅这几年人气发旺，娶了儿媳妇，生下了值钱娃，但是老宅还是没有多大的变化，院还是那道院，墙还是那一圈墙，房还是那几间房。只是大门两侧的桃树疯长，各股各杈争着抢着把枝条伸上墙头，伸进院子，大门头的那道镂空房脊也被桃树枝叶裹得严严实实。

“笃笃笃！”俞炳文用锨把轻轻叩响老宅大门。

前来开门的是俞炳义，卸下闩门担后又系胸前的纽缦。他已经进入梦乡，是老伴摇醒他让他开门的。自从有了孙子，夜晚有人叫门，玉梅总是要不厌其烦地摇醒他开门。她说，男人煞气大，可以逼走冲气。

俞炳义耳朵背眼睛亮晴，“哎，是他炳文叔！这一阵子了，怕是有重要事哩，快进屋！”

“三哥，我急着哩！爱娇犯病回来了，非要吃桂芹做的饭。劝不住，我只好黑天半夜来敲你家门了！哎，你说我命苦不苦！”俞炳文忘记了老炳义耳背，向他诉说自己的愁肠。

“娃到校了，吃上饭了，那就没啥操的了，快进屋进屋！”俞炳义听不清，白日里看口型，晚上看不清口型，全凭感觉在那里意会！

俞炳文家里一个瘾病，又添了个神经病，火烧眉毛的事，哪有坐的工夫？他越是不进大门，俞炳义越是朝屋里拉扯。

季玉梅早听清了，急忙穿上衣服，来到儿媳睡房门前，“桂芹，睡下了吗？你炳文叔的话你也听清了吧？”她知道炳文遇的这事是个不宜声张的扫兴事，没有详细说下去，“我看娃，你跟炳文叔去一趟。”

“哎！”桂芹答应一声，走出房门，来到炳文面前，“咱走！”

俞炳文跟在桂芹身后，用袖子擦着眼泪，老炳义哥受了那么大的罪，如今儿子出息，儿媳孝顺。人人的日子都能过好，我的烂肠日子咋就没个头呢！

85

俞致祥小两口突然闹了别扭，动静还不小！你说这两个人，一个斯斯文文书卷气十足，一个夫唱妇随和睦邻里，男的干公事，女的操家务，好一幅男读女耕图。松柏峪人说俞炳义老两口半辈子的苦没有白受，积下了孝儿贤媳；故里中学的老师说，俞致祥干社会主义公有制，魏桂芹干社会主义私有制，一家两制互为补充，是先进生产力的典范。哪想到蔫牛踢死人哩，魏桂芹一赌气晚饭都没做，扭头回了家。

俞致祥骑自行车追了上来，不一会儿就来到一道岔沟。浑浊的溪流两边，是山洪留下的泥泞，他跳下车子，自行车掮在肩上，踩着列石过了岔沟。当他推车爬坡时，也在爬坡的魏桂芹看都没有看他一眼，仍旧低头走自己的路。要是往常，桂芹早都搭帮推车了。

“好像谁吃了你家的生馍似的！天上下雨地上流，小两口打架不记仇，看把你牛的！”往常小两口拌嘴后都是桂芹先开口，这次是俞致祥先开口。

魏桂芹还是板着脸，没接他的话茬。

俞致祥紧走几步爬上坡，自行车横在路中央，魏桂芹不说话，抬起右腿，一屁股坐在货架上。俞致祥左脚站在脚踏上，车子驶出一段路后，右腿跳过自行车横梁，踩着另一个脚踏屁股坐上座垫，自行车飞跑起来，“看把你能的！你以为我是看你的面子？”

魏桂芹禁不住一愣，终于开口了：“看谁的面子？”

“王校长让我来的！”

“王校长?！他咋知道？”

“你这场大火发得故里中学谁人不知，谁人不晓？”

桂芹不再吱声。还有两道岔沟，还是俞致祥独自推车爬坡，魏桂芹自管自的爬坡，然后一言不发地坐在货架上。时走时骑，一路无话，来到恩贡老宅时，电灯已经亮了。

季玉梅抱着两岁的孙子迎了前来，“我孙子正嚷着要妈哩，他妈还真回来了!”

“娘，这阵了，你还没睡?”桂芹从婆婆手里接过孩子，孩子迫不及待地趴在妈妈身上，掀起妈妈的衣襟找奶吃。孩子一岁时，桂芹按照科学喂养的说法准备断奶，婆婆说断了奶孩子怪可怜的。桂芹扭不过婆婆，一直到现在还没有断奶。

“你俩没吃吧，我给你们拾掇饭去!”季玉梅腾出手，习惯地朝厨房走去。松柏峪人不管是什么时候来客人，女主人先要下厨做饭，更不要说是自己的儿子儿媳。

“娘，我不饿!”桂芹抱着孩子去了自己的房间。

致祥没有说话。

儿媳只说不饿，没说已经吃过的话，儿子一言不发。细心的玉梅察觉出两人的情绪有些反常，“致祥，又惹桂芹生气了?”

“你问她去!”致祥没有多说。

在故里中学宿舍里，魏桂芹多少还把握着分寸，一回家不再忍气吞声，“问我，有啥好问的?自从我进了你家门，啥事不是听你的?”

她好不委屈，她一进俞家门，公公就把亲笔书写的朱子治家格言挂在上房墙上。婆婆也是大户人家出身，自幼家教严格，讲究礼数。桂芹恐怕说错话办错事，什么事都听俞致祥的，可是人家的心里还是想着别人!

“不是谁听谁，得看有没有理!”俞致祥觉察出她的话头不对劲。

一想起那个仇视倏忽又变成蔑视的目光，她就如鲠在喉，“俞致祥，你吃着碗里的看着锅里的，这也得听你的吗?”

“我做下啥见不得人的事了?”俞致祥理直气壮地说。

桂芹发现有了身孕提出刮宫，俞致祥同意刮宫但是不让对娘说。桂芹说两口子有了娃不羞不尴，有啥不能说的，一个要说一个不让说，就这样三拖两拖，拖大了月份。她又提出引产，引产是瞒不过娘的，俞致祥还在犹豫，桂芹却吵起来了，并且一不做二不休，一直从学校吵到家。

桂芹其实是醉翁之意不在酒："你给惠萍娘立碑的事别以为我不知道!"

"立碑又怎么了?"本来为引产的事吵嘴，怎么借题发挥又扯出立碑的事?俞致祥这下真来了气，"立碑没偷没瞒，都是高喜娃出钱请匠人干的，碑文是我让他按惠萍他爸遇难前留在窑洞墙上的字迹复制的，碑子立在光天化日之下，那么多的人参与，有什么见不得人的?"

"碑上只署惠萍不署周继愈，是不是等着将来刻上你的名字?"

"你这个女人咋是个胡搅蛮缠！立碑就说立碑，怎么又想到刻我的名字呢?"俞致祥觉着桂芹是在故意找茬，随手抓起一个镜子摔在地上，啪一声，玻璃渣子乱溅。

"说到你的疼处了，是不?肚子里没冷病不怕吃西瓜！你才是胡搅蛮缠!"魏桂芹提起那个黄漆写着"俞致祥魏桂芹新婚志喜松柏峪全体乡亲同贺"的铁皮热水瓶摔在地上。

"砰!"随着剧烈的爆炸声，破裂的壶胆四散开来，开水流的满地。已经在桂芹怀里睡熟的孩子也被惊醒，哇哇地哭起来。

季玉梅来到上房后一直半蹲半跪在炕头听动静，孙子的哭声传来时，她不顾一切地走下炕头，被自个儿的身子压得发麻的小腿一软，差点摔倒在地。她踉跄着跷出门槛，走下石头台阶，走进小两口的房间，抱过啼哭的孙子又是拍又是哄，"致祥，啥事这样发火?你是个男人，有话不能好好说吗?"

魏桂芹截住婆婆的话头，"娘，他不说我说！你看，孩子还在吃奶，又有了。月份小的时候我就说刮宫，他一直不给口话。拖到这阵月份大了，学校又发展他为党员。你说，他入党还没转正，媳妇生下二胎，不是给领导脸上抹黑嘛!"

毕竟是魏树德的女儿，平日里看在眼里的全是她爸的宽厚忍让，今日见识的才是她娘的泼劲，真真的老虎不下狼儿子！季玉梅不再埋怨儿子，也捎带上儿媳，"这是你们小两口的事，你俩商量着办好了，有啥争争吵吵的?"

"他说你老人家不同意，我说事关儿子的前程，娘不会那样糊涂!"

魏桂芹固执己见做了引产手术，不过从医院回家的当天晚上就后悔得痛哭流涕。

季玉梅伺候桂芹睡下后，慢慢爬上炕头，解下腿腕上的黑棉线带子，脱下布袜子，绽开裹脚布，露出那双畸形的小脚：脚面弯曲的像一张弓，脚趾头蜷缩在脚掌下。她又缠好裹脚布，穿上袜子，扎好黑棉线带子。就这样绽开缠好，缠好绽开，自己也说不清要干啥。忽然，一阵莫名的兴奋袭上心头，不由自主地唱起来。一会儿“板凳子板，黑油油”，一会儿“天上布满星，月牙亮晶晶”，凡是会唱的歌曲搜肠刮肚唱了个遍。没有歌子了，又从“板凳子板”重新开始。

“娘，你这是咋哩？心上难受哭两声也行啊！”俞致祥眼里含着泪花。

“我儿不要操心，娘好着呢，膛里亮晴着呢。不知为啥，就是想唱！”季玉梅低头看了看熟睡的孙子，生怕被人抱走似的，紧紧抱在怀里，亲了又亲，忽然，她打了个颤。

“娘，哪儿不舒服？”

“后脑勺咋像麦芒扎哩！”

致祥就着电灯光看去，就这一阵阵的工夫，娘的头发全白了。

老炳义明白了眼前发生的事，“致祥他娘，你这是何苦哩？致祥是个吃公家饭的，其他人都在盯着，咱不执行政策谁还执行？”

“我的娃呀！”不说透倒罢了，一说透时她再也抑制不住自己，失声痛哭。

魏桂芹听得真切，顾不得术后虚弱，挣扎着来到上房，眼泪汪汪地趴在地上，“娘，我给你再生个孙子！”

86

牛岁旺风尘仆仆地从松柏峪返回，下了摩托车，手提头盔进了新房，“都什么时候了，怎么没做饭哩？”

牛岁旺的新房占了两间。客厅这间，崭新的组合式家具、写字台、沙发摆得满满当当。卧室那间，新式席梦思床、床头柜、书柜、梳妆台，落地式台灯，摆得错落有致。

池丽丽坐在梳妆台前，照着镜子不厌其烦地一个一个地去着头发上的粉色塑料卷，“动不动去家里，不就是松柏峪吗，有什么去头？”

“你不去，还不让我去！”牛岁旺的话流露着明显的不快。

丽丽回过头瞟来一个风情万种的眼神，“你怎么才回来？”

“我不回来你今晚难道就不吃了？”岁旺洗着手脸。婚后第一顿饭是岁旺做的，丽丽端起饭碗，激动得差点掉出了眼泪。第二顿、第三顿也是岁旺做的，丽丽谢谢不离嘴。从第四顿起，丽丽的眼里既没溢出泪花，嘴里也不说声谢谢，好像习以为常了。再以后呢，就心安理得了。

“我倒是想做呢，就怕我的手艺倒了你的胃口。”丽丽又对着镜子，将蓬松的头发拢成大波浪。

岁旺忙着和面。总务处答应为他们盖一间厨房，还没来得及动工，暂时在卧室这边将就几天。

“我娘说呢，‘你跟上牛岁旺就享福了，会体贴人，会干家务，在单位人缘也好。’我娘真有眼力！”丽丽屁股还是没有挪动，只是一个劲儿地捡岁旺爱听的说。

“别拍马屁好不好，快帮忙择菜，吃得迟了不消化你会难受的！”岁旺脸上的不快已经灰飞烟灭了。

“你看这个发型怎么样？”丽丽双手归拢了半天才感到满意，又要岁旺看。岁旺没有抬头，丽丽撅起小嘴，“我费心打扮还不是为了你？你不看，我这不白忙活了！”

“好好！”岁旺一心想着做饭，敷衍了事地看了一眼，又低下头揉面。

“听说了没？学校正在物色第三梯队，明天就要开会，先由全体教职工投票民主测评！”丽丽按岁旺的吩咐择着菜。

“管他呢，与咱有什么关系？”岁旺两只手掺在一起互相搓了搓，黏在手上的面渣掉在小案板上，被他揉进面团里。

丽丽把择好的菜放进菜盆，一边清洗一边说，“怎么没关系！爸专门打电话了，要争取进入第三梯队名单，以后提拔干部要在第三梯队中考虑！你看人家俞致祥，怕是早得知消息，媳妇怀孕四五个月做了引产手术！”

“不管群众测评还是领导推荐，俞致祥都是十拿九稳的。上次评选地区先进韩老师都不是他的对手，我凭什么和他竞争?”在知识分子成堆的地方生活工作这些年，牛岁旺时时处处为文凭低水平差感到自卑，有关评先评职的事从来就不考虑。

丽丽点燃煤气，哗的一声，煤气灶窜动着蓝色的火苗，“亏你还是个大男人，不想出头光想出死力，看你的那点出息！没听人说‘不想当元帅的士兵不是好士兵，不想当校长的教师不是好教师’? 这一次是测评领导班子第三梯队不是评先进教师，得全面衡量！你就那么自暴自弃，没一点上进心? 人说‘跟上官官娘子，跟上杀屠涮肠子’，看来，我只有涮肠子的命了！”

“着火了！”岁旺大声喊。

丽丽忙将切好的青菜倒进炒勺熊熊燃烧的烈火中，“噗嗤！”炒勺里的火熄灭了，翻几下，散发出一股扑鼻的香味，“就是老天爷下纱帽还得你伸出头呢！你就不能做做工作争取一下！”

“谁会听你的?”岁旺已经下好了拉条子面。

丽丽撑开折叠式餐桌，铺好桌布，端上来炒好的鸡蛋、青菜，辣椒盒、盐盒、酱醋瓶一样一样摆好，“这你就有所不知了，韩老师的工作能不能做?”

“韩老师的工作你也敢做? 人家是我们组的教研组长，是我的顶头上司！”提起韩老师岁旺就泄气：认真的有点古板，每堂课的教案必须课前签字，一边签一边还要叮咛注意事项。英语教研组只有他们两人时，周二下午政治学习，都要不厌其烦地给他念学习材料，直到念完规定的内容。

“哎，正因他是你的顶头上司，一个人能顶几个人，他的工作更要做！”

“你看他那副严肃认真的样子，能做通他的工作?”岁旺还是觉得底气不足。

“能！因为第一个教师节评地区先进的事，韩老师窝着一肚子的火，不过是说不出口罢了。还有罗震环老师，俞致祥抢了他的数学头把交椅，我就不信他能咽下这口气?”图书馆员简直是对故里中学各阶层来了一次全面分析，不愧是池副处长的千金。

“要做也得你去做，我拉不下这个脸皮！”

“像这样测试还是第一回，多数人笔都不带。让任长生、翟学义带上笔，为周围的人代填，咱俩也可以影响周围的人，先把票数搞上去再说。”丽丽做饭不是内行，但利用矛盾，各个击破，以点带面，争取票数的策略，不得不让牛岁旺刮目相看。

话说完了，饭也吃完了，丽丽给丈夫出了道选择题，“你是洗锅还是找人做工作?”

“山里娃娃会打柴，水边娃娃会耍水。老池家女子有心计，老牛家娃娃就会出蛮力。我还是洗锅涮碗，打扫房间吧！”牛岁旺自叹弗如，甘拜下风。

“只要不吃嫩草一切都好说！”丽丽露出得意的笑容，来到梳妆台前，从抽屉中取出化妆盒，照着梳妆镜，急急忙忙补好妆，走出门去。

赵主任刚刚给王校长汇报测评结果，电话铃声响起，是池副处长的声音，“王校长，我的老领导，这些天很忙吧?”池副处长的语调温和之中含着谦恭，当年在故里中学校长任上时，王文贵是主管教学副校长，他按松柏峪小学的排序，称王文贵为老领导。担任地区文教体处副处长兼故里中学党委书记以后，这个称呼还是没变。

“不忙，不忙！整天跟着高考指挥棒转圈圈！”王校长从赵主任手里接过电话，他知道池志超来电话必有事，静听着下文。

“有几岁了，要注意身体呢，你还在带主课，可不能这样，要腾出手一心一意抓工作！忙于具体事务势必影响全盘工作。”池副处长非常关切地说。

“到年轻人上的时候了，等他们接班后，我想安心教几年书，不然就荒废了。”

“你是老手旧胳膊，一展就出来。不过话说回来，上年轻人的事早考虑也是对的。及早发现，及早培养，退下来后还是个伯乐，或者说是个太上皇！”池副处长在电话里打起了哈哈。

“什么太上皇，年轻人接了班，咱就退居二线，无官一身轻！这两年越来越觉得力不从心，不能适应形势，知识结构老化，管理方式陈旧。”

“太谦虚了吧，老领导！别人不知道，我还不知道？当年咱们可是搭过挡的，如果算上这次挂名书记，咱是第三次搭档了。哎，话说到这儿了，当年咱松柏峪小学的两位尖子生现在是你手下的哼哈二将，古人说，内举不避亲，外举不避仇，可不能因为人说近亲繁殖影响了人才的脱颖而出！”

王文贵已经听清了池副处长的弦外音，和赵主任相视一笑，“我正要向你汇报咱校第三梯队群众民主测评结果，两个人的得票比较接近！”

池志超是双重身份，兼任故中党委书记以前，故中人事方面的事在学校做出决定以后向他汇报。刚兼任党委书记时，也不大理会学校的事。据说有人给文教体处党组写了封匿名信，反映他“只挂帅不出征”，他就这个事专门在故里中学党委会上表了态，“既挂帅又出征”。从此，重大事项需向他汇报以后才上行政会议。不过，池志超是个精明人，大权独揽小权分散，人事、经费抓得紧，教学业务不太过问。

“两人相差七票，第一名是俞致祥，第二名是牛岁旺……”

电话那头客气地打断了王文贵的话，“不必说了，老领导，我不过是为享受待遇挂个虚名，麻烦要你受，苦要你吃。咱俩共事多年，我还信不过你？”

“以我看，这是确定培养对象不是马上提拔，两个都提交行政会怎么样？”王文贵并非见风使舵，也并非和稀泥，说的倒是真实想法。

“这是好事，说明后继有人嘛！如果行政会议通过的话可以报两个，处里上会时我把你的建议带到会上！”

87

“俞炳文，你不是说没钱吗？揭瓦片呀，卖掉瓦片不就有钱了吗？”爱娇披头散发，光着脚片，嗖嗖几下窜上自己住的这间房顶，噼里啪啦瓦片抛在院子里，摔成瓦渣，溅得满院都是。

俞炳文脸上滚着豆大的汗珠，脊背上水泼过似的，望着房顶上的女儿苦苦哀求，“我的姑奶奶，书不念了，房子还要住哩！瓦片摔光了，天雨水泡塌房子，一家子人住哪里？”

“谁说不念书了？谁说不念书了？我什么时候说不念书了？”俞爱娇手中的瓦片瞄准俞炳文砸了下来，俞炳文膝盖上挨了一瓦片。

这个冤家！

自从爱娇回家，俞炳文就没有扎扎实实地种过一天地，耽工误事地守着她，指望她的病一天天好起来，休息一年再上学去。可是她的病情不见任何起色，开始还认人哩，对妹妹凶神恶煞，对娘老子不动手动脚，这几天连娘老子也骂骂咧咧。情急之下，他让爱娇娘请来引产坐月子的魏桂芹，才把女儿从房顶叫下来。桂芹临走时提醒他，找找村干部想想办法。

骄阳似火的三伏天，矗立在三级石阶上的忠字碑也蔫头耷脑，有气无力，白石灰墙面几乎脱落光，砖头裸露在外，碑顶头的琉璃瓦沟、瓦缝里长出的蒿草，也被毒花花的太阳烤得焦黄。

俞炳文走上庙嘴，走过忠字碑，来到村部，村长俞三龙正好在。支书牛国璧越不理事，他就越爱坐村部，村部就像自己的家。

“大哥来了，娇娇的病好点了吗？”村长显得十分关心。

“没有！”俞炳文无精打采地摇摇头，“这几天闹得越凶了，刚才房上的瓦片摔得满院都是，叫我咋办哩？”

“得去大医院看病，光休息是不行的！”俞炳文还没开口，三龙先给出说辞。

“你知道哥的难肠，打发她上学还是大家凑的，五千多块钱打了水漂，这阵子到哪里寻钱呢？”钱是俞炳文的软肋，这几年口粮不成问题，花钱的事儿又来了，一家大小五口的花销都靠他从地里刨。地里只能刨出粮食，粮食值不了几个钱。玉米和麦子一样的价，产量是麦子的两倍，就是务弄费些事。俞炳文能想的办法就是多种玉米，眼看着天气这样干旱，入夏以来就没有好好下过雨，玉米叶子晒成卷，这会子还没抽穗，有啥指望呢！

“这还真是个问题。你说花个一百两百的，咱兄弟一场，我可以帮这个忙。花一千两千的事我还真没办法！”同情只是个态度，一说到实质村长的嘴就软了。

“不是向你张口，我是说村上有啥法子解决一下哥的困难吗?”俞炳文生怕引起三龙误会，赶紧说明自己的来意。

“村上？村上有啥法子？你也清楚，分田单干时该分的都分了，村干部的报酬也就是那几分责任田，谁当干部谁种不当就交回村上。老支书一开春就把他的地交了，这阵子还荒着呢!”三龙一口气说了一大堆。

“我是说乡上能不能给些救济?”

“救济?”三龙瞪大眼睛，“听说过没见过。这几年的救济都给了两边山上的人了，咱松柏峪是南广爷川唯一的阳山庄口，自然条件好，乡上不可能下拨救济的。”

看来这个途径也没啥指望，俞炳文双腿像灌上铅一般走出村部，走到三级石阶前时，三龙追出村部，向他招手，“哎，炳文哥，你慢走！你这事咱再商量一下，看有啥法子可想!”

听说有法子可想，俞炳文的双腿一下子有了劲，立刻调转头，脚步也快了许多。

“哥，你急啥嘛，话还没说完呢！你就是多急，今天也到不了医院!”村长给坐回原位的堂兄倒了杯开水。

“我也不知道为啥，只觉得走路比坐下好受些!”俞炳文这才想起喝水，咕噜一下，一杯水就下了肚，嘴唇裂起的干痂湿润了些许。

“我想了想，有个法子。”三龙一副犹豫不决的神情，“只是这个话给你说好还是不说好呢?”

俞炳文眼睛一亮，“咱是一个太爷爷的重孙，一个桌子上贡奉老先人，有啥难为的？有话你尽管说，只要哥能做到，就是天上下刀子都心甘情愿!”

“还是不说为好，要是人知道是我的点子就坏了我的大事！你也知道，兄弟想着接老支书的班，老支书也把担子撂给了我，但是组织还没发文!”三龙不掖不藏，能把话说到这个份上，还是看得起他这个当哥的。

“你说吧，这里可不是一般地方，这里是泰山爷庙院！我对泰山爷发誓，只要哥说出去，天打五雷轰!”俞炳文急得赌咒发誓。

看着俞炳文信誓旦旦的样子，三龙连忙说，“别，别，咋能随便出口呢？我难道不知道哥的为人，信不过哥？”他走出办公室看了看，庙嘴上没有一个拉闲的人，放下心后才问，“哥今年多少了？”

“五〇年抢寡妇的时候刚够判刑年龄，你算我多少了？”俞炳文脑子一片空白，一下子竟然说不出自己的年龄，但记得清判刑时的年龄，现时的年龄需从那一年推算。

“噢，五十六了！嫂子呢？”

“六〇年来咱家的，当时是十八岁。”炳文也得从媳妇进门的时间推算。

“四十六了。可以，可以，再大一点就没戏哩！”三龙掰指头算了老半天。

“你问这些干啥？”俞炳文有些稀里糊涂。

“最近计划生育正紧，咱广爷川乡还没有一个纯女户结扎的，你这不正好！三个都是女儿，不打算再生了吧？”三龙这才进入话题。

“还生哩？莫说抓养不起，就是想生都生不成了！”俞炳文还是没回过神来。

“怎么哩？”

“娃他娘的那已经干了！”

“干了？”三龙愣了一下，又看着俞炳文，“干了也没关系！你就来个自愿申请纯女户结扎，上级给结扎过的纯女户有几千元的救济，还有救济粮、救济物！”

“好是好！做绝育手术时医生会不会发现破绽？”俞炳文胆小谨慎了半辈子，是个树叶掉下怕砸破头的人。

“我就不信医生还有日天的本事！”

“那好，那好，容哥日后谢你！”

“谢我啥哩，要谢好政策呢！不是我上报，是你自己申请！先找文书说去，不管谁问，你都说是自主自愿的，最重要的是闭口不提绝经的事！”三龙特别叮嘱说。

“记住了，记住了！”

88

“咚咚咚！咚咚咚！”恩贡老宅的大门被敲响。

“魏桂芹在家吗？乡上计划生育突击队检查，开门！”

计划生育正在节骨眼上，广爷川乡的群众生育观念落后，多生超生问题很严重，县里挂了黄牌，乡党委书记立下军令状，不打胜计划生育这一仗就地辞职。他亲自主持召开各村各单位一把手会议，层层加码，抽调年轻干部和医生组成突击队，对一些执迷不悟的计生对象，强制去计生服务站做终止妊娠术，也是降低人口出生率不得已而为之的办法。

是松柏峪村支部书记俞三龙的声音！

魏桂芹听得真真切切，院门已经被突击队员堵得严严实实，从院门逃出已经没有可能。院墙年久失修，支撑不了一个人的重量，自己又是双身，怎能翻得过去？桂芹乱了方寸。

她上次引产后，致祥特别叮嘱，“再要出个这事，娘就疯了。咱第一个孩子是男孩，应自觉执行国策，你去戴节育环吧！”

“避孕的法子好多呢，只要注意就不会有事。”桂芹推托身体不适应，没有去戴节育环。

当她发现又有身孕后，没有马上告诉致祥，她怕告诉了他，他会要求她背着婆婆去做人流，直到过了刮宫的时间才告诉了他，“都到这一步了，引产会勾起娘的心病，她老人家为生孩子遭了多大罪！再说，生下来不管是男是女，孩子互相也有个伴。农村像你这样的单职工都是两个，背个处分罚几个钱，挺一挺也就过去了。如果娃生在亲戚家，大家睁一只眼闭一只眼也就没人追究了。”

俞致祥说：“那不是错上加错吗？”

桂芹怀孕的消息不胫而走，她的工作由松柏峪村委会负责。俞三龙在村长任上，号称天下第一难的计划生育工作干得有声有色，育龄妇女该服药的服药，该放环的放环，身为公干家属的魏桂芹大月份引产，纯女户俞炳文媳妇绝育手术是广爷川乡首例！他顺顺当当接过牛国璧的班，当上了村支书。村长暂时没有合适人选，也由他兼任。这下做的又是魏桂芹的工作，说起责任来她倒是不推不让，把一切都揽在自己身上，就是闭口不提采取措施。

赵主任分管故里中学的计划生育工作，俞致祥是上报地区文教体处备案的第三梯队人选，这下出了计划生育问题，只好实话实说："计划生育实行一票否决制，关系到你的前程，你要三思！"

俞致祥一脸无奈："我能掂来这事的轻重。只是我娘因为儿女的事受过刺激，害怕她有个三长两短！"

赵主任说："上次引产她不也同意吗？"

俞致祥也是实话实说，"你哪里知道，她是拗不过桂芹，嘴上同意心上没同意，事后大病一场，半年像丢了魂似的。她都快六十岁的人了，再遇这事受不住打击。"

松柏峪村委会和故里中学对魏桂芹夫妻双管齐下的工作没起作用后，魏桂芹自然成了执迷不悟的计生对象，也在计划生育突击队的"检查"之列。

季玉梅听得明明白白，一把拉着桂芹走进磨房，揭开洋芋窖的木盖看着她钻进去，才来开门。

"魏桂芹怀孕几个月了？"突击队长劈头就问。

"那是他们的事，我吃闲饭不管闲事！"季玉梅不慌不忙地说。

"既然不管事就走开！"突击队长率先进了院门。

突击队长属于提拔对象，放在计划生育的风口浪尖上接受考验，要滑头推不开工作不但不能提拔还要撤职！队员听队长的，一拥而入。

大黄狗不依，不停地向突击队员扑来，无奈有铁绳拴着，不能把口伸到他们的身上。它渐渐看出了门道，只盯着队长咬。队长也怕吃眼前亏，"老人家，把看门狗拴到后院去，我们是例行公事，请您配合一下！"

季玉梅极不情愿地解开拴狗绳，把大黄狗拴到后院。大黄狗满腹委屈地摇着尾巴，吱吱吱叫个不停。

“到各房间都搜搜，看人藏在啥地方?”队长一声令下，队员们进入各个房间，能藏住人的地方翻遍了，就是不见魏桂芹。俞三龙和一个队员来到磨房，没有窗户的房间黑灯瞎火，手电照在地上，只有磨台、上下两扇磨子，不可能藏个人。手电照在房顶，挂在椽上的几捆准备掐麦辫的麦秆上积满尘土，更不可能藏人。突击队员已经出了房门，三龙的脚下突然绊了一下，一个踉跄，打开手电看时，是个洋芋窖的木盖。他踢开木盖，手电光投进洋芋窖，不看则已，一看时吓了一大跳，窖里蹲着一个大活人!

俞三龙的胸膛如打鼓，心脏砰砰跳个不停。如果是别人，他脸一拉，该刮宫的刮宫该引产的引产，没啥说的! 这是谁呀? 是魏桂芹!

一脸惊恐的魏桂芹，也看清是俞三龙，把心一横，是福不是祸是祸躲不过，今日犯在你手下，任凭你发落!

一个井上，一个井下，两人的眼前浮现着同一件往事。

那是个月明星稀的夜晚，季玉刚为儿子完婚，俞炳义、季玉梅前去恭喜，哄孩子入睡的桂芹也被摇篮曲的节奏拖入梦乡。恍恍惚惚进来一个人，她想，没听见院门有任何响动，只有致祥随身带有钥匙，其他人咋进得了院门? 翻了个身，又呼呼睡去了。

来人没有说话，不慌不忙地脱下衣服，睡在桂芹身边。桂芹突然闻到一股异样的男人味，惊得出了声：“你是谁? 我要喊人了!”

“谅你有这个心没这个胆!”来人老谋深算，并没有被她的冲动吓着，“松柏峪人都知道我爱女人，我不在乎。就怕毁了你的半世清白，俞老爷的后代，大学生的老婆嫁汉，让人咋说你?”

桂芹不幸被来人言中，果然不敢喊叫，“俞三龙，你是个十足的流氓!”

“弟弟我今日不忙!”

“你是咋进来的还咋出去!”

“咋进来的? 大门两边的桃树就是好梯架。还咋出去? 你知道这一趟让我劳心费神了多少日子?”

“别啰唆，立马走人!”桂芹毫不松口。

三龙软缠硬磨起来，“好我的嫂子呢，我能有啥非分之心，只不过想你，天天盼月月盼才盼来今晚。好不容易到一搭了，陪你说一阵话也算嫂子给了天大的面子，好女不撵上门客呀！”

“还不快走！”桂芹暗中伸手在针线笸篮里摸着一把剪刀，声音突然大了起来。

“嫂子别出声，咱啥事都没，让人听见反以为咱有啥事！”三龙还想赖着不走。

桂芹猛地一下举起剪刀，对准自己的胸口：“俞三龙，你不走我今晚就死在你面前！”

俞三龙魂不附体，灰溜溜地走了。

在魏桂芹跟前，俞三龙的颜面丧失殆尽，他不但不敢胡骚情，正面看一眼的勇气也没有！偏偏这个时候这个场合看见了她！

已经出了房门的那个突击队员，见三龙站在原地不肯动身，回转身子，“俞支书，有情况？”

俞三龙踹了一脚木盖，木盖回归原位，一瘸一拐地走出来，“这个木盖碰伤了我的脚趾头！”

89

嵌在灯槽中的灯光从天花板反射下来，暗红色的床头柜移在两张席梦思床之间居中的位置，本来就不是很大的柜面正中洗好的扑克牌像正在演奏的手风琴风箱，开启的茅台酒散发出迷人的窖香，柜面四角放着四个酒杯，几盒拆开的中华牌香烟抢滩似的填满东南西北空位。四个被西装领带束起的脑袋时聚时散，四只手有序地揭起纸牌，又插入另一只手里像扇子一样排布的纸牌中。

每年大中专毕业生分配、地直文化教育体育口人事调动都在暑期进行。这段时间，也是主管人事的池副处长价值体现得最充分的时节，他的一言一行，一颦一笑可以让一些人惶恐不安，也可以使一些人受宠若惊。往年这时，他只要一进家门，立即敲门声不断，干货不多，疙疙瘩瘩的礼品土特产实在有碍观瞻。今年，他以查病为由来到北京，住进名不见经传的君再来宾馆。几个有求于他的人也跟到北京，住进他下榻的酒店。

池副处长一个白天就分别会见了三个客人，“三国四方”取得共赢效果，这会儿在玩掀牛。虽然也有钱刺激，但比起“分别会见”的效益简直是毛毛雨！陪玩的都是一个道行，自己当头时有赢不赢喊洗牌，不由池志超分说，两把牌已经合在一起；池志超当头时叫洗却洗不掉，总有一人提出掀牌，寻找机会制造自我失误，达到滚牌效果，然后付给池志超几张大额钞票，自己喝酒。白天一对一会见时，接过一张张写着池志超大名的存款折，看着这几个平日里趾高气扬的大款在自己面前卑躬屈膝地低下头，池副处长的心里有一种价值得到充分体现的感觉。玩纸牌游戏时明目张胆的“进贡”反而让他心生被施舍被怜悯的感觉。何况他每次牌不上手，不是牛母就是黑天，或者双天不挂摆，生生硬不了六张牌。

池志超给每人发一支香烟，“玩掀牛每次一人闲着，咱换个‘学’法！”打牌在这里得语言转换成“学文件”。

“你说学啥！”三人毕恭毕敬地接住香烟。

“夺江山！”

“不就是四十垮吗？夺方够四十分得江山，享受六张底牌的特权，这种玩法不好付钱！”

“咱不要钱咱消酒，不坐江山的一方喝，权当重温中国历史哩！”池志超饶有兴致地说。

“叮铃！”一个一身职业装的女性摁了门铃，烟酒味随着徐徐开启的房门越来越浓，几个闻声站立在床前的人尽管西装革履，一看与西装搭配不太协调的领带、系得齐齐整整的纽扣长过衬衣的袖口，便知是京外来客。池志超的个头最高，脸上的气色最好，模样基本没变，稍微有些发福。

年轻女性朝几个人欠身微笑又叫声“池老师”，激动得不知说什么才好。

“你是？”池志超打量着这个举止得体的女性，白短袖衬衫，藏蓝色短裙，一头乌发翻着波浪，又白又净又细又嫩的脸蛋。似曾相识，一时却想不起是谁。

“我是俞惠萍，松柏峪的，您亲自策划的阶级教育展览讲解员，现在这里上班。”为了加深他的记忆，俞惠萍一口气说了好多。

“嗨！”池志超走出两张席梦思床圈出的那块小天地，握住俞惠萍的手，“我说谁呢，让人看一眼就不忍离开，原来是你！当年排座位，没人愿坐同桌，我说‘这阵不愿坐，以后想坐都坐不上’，果然冲我的话来了。当年人说你是广爷川一朵花，依我看，现在也是京城花一朵！”

三位陪他打牌的看着这个天生丽质的年轻妇女，目瞪口呆了一会，又用近乎异样的目光看着池志超。池志超眉开眼笑地说，“别那么看我，她是我的学生俞惠萍！”

一个陪客知趣地说，“处长他乡遇故交，咱们还是告辞吧！”另外两个立即会意，和俞惠萍寒暄几句后就去了各自的房间。

俞惠萍拦住要亲自收拾床头柜的池志超，扑克装进盒子放进抽屉，烟酒放在桌上，床头柜移到墙根，重新叠好被子铺好床罩，摆正藤条圈椅，“池老师，请坐！”

“啊，啊！坐，坐！”看着动作干练的俞惠萍就像在观看一场示范表演，池志超连忙点头落座。

俞惠萍沏好茶水，放在圆玻璃茶几上，在另一个圈椅上坐了下来，“咱师生一别二十二年了吧！”

“是的，是的，时间有如白驹过隙，耽误了我们这一代，却让你们赶上了好时光！”池志超想打嗝又觉失礼，呷一口热茶把涌到嗓子眼的嗝压了回去。

“池老师现在地区文教处？”君再来宾馆的前身是君再来地下招待所，俞惠萍现在是这家宾馆的经理，她是从客房部送来的报表上看到池志超的信息的。

“是的，是的。你大概也听说过，因为家父当过伪保长当年没有提拔成副县长，改革开放以后才进县级干部序列。”池志超终于忍俊不禁，打了个嗝，嘴里散发出一股浓烈的烟酒混合味，连忙用手捂着嘴巴，“老了，有牙板时没锅盔，有锅盔时没牙板！”

“现在该是处长了吧！”

“正县级，分管教育口的副处长。刚说过，咱是非常时期的受害者，不然，早应该是处长了，就是副地级也不是没有可能！不过文教处摊子大，处长忙不过来，教育口基本上是我说了算！”池副处长又呷了一口茶，“给你这么说，一人之下，万人之上吧！”

“依老师的才华当之无愧！”

池副处长放下茶杯，起身取过桌上的茅台酒，“惠萍，你们女士不抽烟，干坐在这儿老师过意不去，这瓶酒刚打开，酒逢贵人干，咱师徒来两杯！”

俞惠萍摁了几下手中的大哥大，不一会儿，一个手脚麻利的服务员走了进来。

“小王，这位是我的老师。我和老师二十二年才见一面，想敬老师两杯，你准备准备。”服务员速去速回，茶盘中端着一瓶茅台酒，还有两碟小菜。

酒瓶开启，又是一股沁人心脾的窖香，俞惠萍双手端起一杯酒，高举过头，“老师，学生祝您百尺竿头，更进一步！”

“承蒙惠萍一番美意，我就不客气了！”池副处长接过酒杯一饮而尽。

“老师雅量，再来几杯！”

“酒逢知己千杯少，岂有不饮之理！”池副处长来者不拒，本来就发光的脸膛越发光彩照人。

俞惠萍斟满酒杯，“池老师，向你打问个人！”

“但讲无妨！”池副处长有点咬文嚼字了。

“俞致祥，松柏峪的俞致祥！”君自故乡来应知故乡事，既然是主管教育的处长当然知道故里中学的俞致祥！

“我以为谁呢？故里中学第三梯队的报告还没上会，又是超生处理报告！”池副处长忽然想起什么似的，没有再说下去。

“……”俞惠萍脸上一下子不见了笑容。

池副处长一阵莫名其妙的兴奋，刚才咽下去的话又冒了出来，“嗨！这人把书（熟）念倒瓤了，仗着自己书教得好有点恃才傲物，凡事就爱较个真钻个牛角。就说生二胎，人家生了二胎捏得严严的，调到地区当了副科长！他却要大鸣大放地超生受处分！”

“都是超生，有什么不同？”

“这你就不懂了。人家那叫变通，没给组织出难题。他这叫顶风作案，公开和组织唱反调！”

“那他的事如何处理？”

池副处长看似随意地说，“这事说小没有犯法，说大怎么处理都不过分！”

“池老师，错事也要人做呢！他娘因不生育遭受过白眼，他是个孝顺儿子，不愿伤娘的心。”

池副处长觉得这个说法好像听过，想了想，是俞致祥检讨书上的话，“你怎么和俞致祥的检讨一个腔调？”

“我和他从小一起长大，对他知根知底。既然已经超生了，能不能看在他娘的份上从轻发落呢？”

“与其说看在他娘的份上还不如说看在你的份上！”池副处长诡谲地一笑，“处理轻重得看配合程度如何！”

俞惠萍替他斟满酒，“都是您的学生，看谁份上还不是一样的！”

“人说美酒佳人，惠萍，今晚你怕是要我犯错误哩！”池志超目不转睛地看着俞惠萍，自我解嘲式的一阵大笑，“北京人笑话咱甘肃人一个劲儿地让别人喝自己不喝，咱入乡随俗，先喝为敬！”说着，也替俞惠萍斟满酒。

“池老师，我不胜酒力！”

池志超的目光已经有些呆滞，舌根有些僵硬，“求我办事，酒都不喝，没有诚意！”

“好好好，我喝，我喝！”俞惠萍一饮而尽。

“哎，这就对了。你替俞致祥求情，他是我的手下，岂有不代他敬你的道理！”池志超说着，在俞惠萍的杯子里斟满酒，也是双手举在她的面前。

“池老师，酒我喝，事你可得关照！”俞惠萍似乎也有了醉意。

“只要老师高兴，没有办不了的事！”池志超摇晃着身子离开座位，手挽住俞惠萍的胳膊，“惠萍，醉翁之意不在酒在乎美人！”

“我去换身衣服!”

旭日临窗。那个手脚麻利的服务员走进来告诉池志超，俞经理乘夜间航班去外地出差，留给他一封信。服务员走后，池志超打开信封，没有信，却装着二十张百元票子。

池志超一连声地打着哈欠，双手揉着酸胀的眼皮，想起酒后失态的样子，拳头猛地砸了下鬓角：“这就叫醉发狂言醒时悔啊!”

90

连日来，惠萍一直梦见娘，还是原来的模样，穿着原来的衣服。中午刚一合上眼皮，娘竟然睡在自己身边，连呼吸的气息都能听得清清楚楚，还起身为她盖被子，她鼻根一酸，惊叫一声：“娘!”

“怎么了，惠萍!”书房那边的键盘声戛然而止，传来周继愈的声音。

“梦见我娘了!”惠萍还在继续着梦中的抽噎。

“日有所思夜有所梦，想她了吧?”周继愈研究生毕业后又去英国深造，获得博士学位。留学归来，受聘燕北大学出任新组建的管理学院院长。

“这几天一直都是这个样子!”惠萍揉着眼睛，没了睡意。

周继愈是个夜猫子，工作到深夜一两点才休息，次日七八点甚至更迟起床，中午没有午睡的习惯。

惠萍还是老家时的习惯，日出而作日入而息，没有特殊事情十点入睡六点起床，午睡不可少，平日在宾馆节假日在家里。她走进盥洗间擦了把脸，又走到书房门口，“今天是寒衣节，我娘怕是在早早提醒我哩！她老人家在世时常说，阴阳一理！这些年咱一家天各一方，如今好不容易到一处了，天黑以后咱们一起为我娘送寒衣，也让老人家在九泉之下安息!”

“我这就去接回旺旺!”周继愈嘴里这样说屁股并未动。他在玩一款新出的游戏，正在兴头上，他不喜欢体育活动，经常用这种方式放松自己。

“这孩子让爷爷娇惯得不像样子，起初我的话还听，现在我的话也不听。你是当父亲的，孩子还得你来教育！”惠萍和继愈平时各忙各的事，家里不开伙吃饭在单位，两头不见面，难得在一起，不说则已说起来就想着把该说的说完。

周继愈却不以为然，“他还小，长大就好了！”

“接孩子时顺路买些彩色纸剪寒衣用，各样颜色都买些。我娘说，自己买纸自己剪寒衣最真！”惠萍不好意思直截了当地说出让周继愈停下正在玩的游戏去采购的要求，“搭”了一下接儿子回家的“便车”。娘为这个家付出的太多，又为这个家匆匆离开世界，给女儿留下终生的悔恨！你周继愈不看僧面看佛面，看在儿子的份上也该记着这份情义！

周继愈不大情愿地关上电脑，开车去接儿子，不多一会儿就返回。

“妈妈，什么是寒衣节?”旺旺的额头宽阔了，眉毛变粗变黑了，嘴唇上毛茸茸的，说话声音有点沙哑。

周继愈拉儿子和自己比了一下个头，都超过自己的肩膀了，眼里流露着不尽的疼爱，“寒衣节也叫‘冥阴节’，据说这个习俗来源于孟姜女哭长城的故事！”

“原来是这个，爷爷早都讲过了！”旺旺对孟姜女哭长城的故事没有兴趣，看看爸爸又看看电视机。

周继愈立即会意，儿子是要他兑现刚才在爷爷家的承诺，放映新出的香港电视连续剧《西游记》录像。儿子说看电视一集一集的刚吊起胃口就不放了，一口气看完全集才叫过瘾。他打开原装的日立放像机和松下电视机，旺旺一屁股坐进软皮沙发，聚精会神地看着录像。周继愈这才想起买彩纸的事，忙拨通管理学院实验室电话：“喂，牛岁香同学吗?实验室的彩色纸还有吗?”

“上次搞活动还剩好多。”

“各样颜色都拿些，拿到家里来！”

牛岁香很快拿着一叠彩色纸来到周宅。她已经大学毕业，考取了周继愈的研究生。

“是你姐要的，给她好了！”周继愈也坐进沙发里，陪儿子看录像。

“姐！你要这些东西有啥用?”岁香走进惠萍的房间。

“今天是寒衣节，我想给我娘送些寒衣。”惠萍接过彩纸放在床头柜上。

“噢，我把这么重要的事给忘了！在家时年年给过世的亲人送寒衣，出来这些年把这个规程倒忘了!”岁香遗憾地咂咂嘴。

“你家里人多用不着你送，哪像我一出门先人也带出来了!”惠萍的眼圈有些发红。

“姐今年三喜临门，应该高兴才是!”

“什么三喜，我自己怎么不知道?”

“姐是哄我哩，周老师学成归来第一喜，你和旺旺告别了黑人黑户第二喜，住进博士楼乔迁新居第三喜!”岁香突然拍拍手，“呀！我还少说一喜，旺旺上了初中第四喜，真真的四喜临门呀!”

惠萍点头同意，“还真是这样!”

“今年你们全家一起送寒衣,婶子一定会含笑九泉！”岁香说完就要回实验室。

“给你一样东西!”惠萍取出一个专用黑色电脑包。

“呀！戴尔电脑!”岁香惊得差点叫起来，从惠萍手中接过电脑包，挎在肩上，对着捷克式立柜门上的穿衣镜瞅瞅，背带不长不短正好合适，“姐真心细，连背带的长短都知道!”

“谁要你是松柏峪人呢,你和月华一人一台！”俞月华大学毕业也被保送读研。

“你真是我们的好姐姐!”牛岁香搂住惠萍拥抱了好长时间，背着电脑欢天喜地走了。

惠萍穿戴整齐，从衣帽架上取下自己的手提包。

周继愈疑惑的目光看着她，“彩纸有了，你还出去?”

“我娘说，剪寒衣的纸只有自己掏钱买的才真!”

惠萍买回彩纸，又忙着铰寒衣。娘在世时，每年都要给爷爷奶奶姥爷姥姥爸爸单衣夹衣棉衣各铰一身，她也按照娘在世时的规矩，学着娘的样儿，搭配好颜色，叠好纸张，一下一下铰着寒衣，只一层的是单衣，两层合在一起的是夹衣，两层中间絮些碎纸屑的是棉衣。为了焚送寒衣时不致发生混淆，也为了避免阴间的亲人分配不公，她特地糊了六个大信封，分别装进单、夹、棉衣一套。在松柏峪焚送只需写上收执正魂的名讳，在北京城焚送不但要写收执正魂的名讳，还得写上家庭住址门牌号码。她对陶醉在录像中的周继愈说，“我娘说，收执正魂的名讳只要是子女亲手写的，外鬼争夺也是枉然，你来写写地址也算尽了心！”

周继愈看着电视，身子没动，“旺旺去写，你写的还真！”

“写什么写，妈！你这不是在搞封建迷信吗？姥姥去世多少年了，哪里还有她的影子？”旺旺很不耐烦地说。

“这怎么是迷信？是谁把你挪湿换干经管大的？你有一点良心吗？没有姥姥有这个家吗？”惠萍十分生气地数说儿子。

周继愈听清了，后一句话显然是捎带给他的，没一点良心，谁给你办的户口？北京户口是那么好办的嘛？一个堂堂归国博士，跟着你烧香叩头成何体统？他的心里早烦得不行，只是碍于情面没有说出口，“不过是个民间传说，有这个必要吗？”

惠萍已经看清了他那高高在上的眼神，不再说话，一封封写好先人的名讳和地址，夜幕降临后，拿着寒衣，独自走出家门。

她何尝不知，送寒衣不过是个方式，不过是借此表达对逝者的哀思！一家三口一起送寒衣，既是对逝者的思念，也是对生者的安慰，体现着男女双方的一种文化习俗尊重，体现着对下一代尊老感恩的熏陶。奥林匹克运动会的采集圣火仪式来自希腊神话，北京亚运会并没有因为是神话传说而取消，国家领导人也出席仪式。来自中国民间传说的送寒衣习俗教人向善怎么就不把它当回事呢？这阵子这么一个小小的要求都办不到，死乞白脸赖在世昌堡辅导普通话那阵要天上的星星恐怕也得找一番梯子呢！不说为我，我娘为你的儿子遭受了多大磨难？那个晚上她千哄万劝看着女儿进了自己房间后寻了短见，你是世昌堡唯一的男人，难道就没有一点自责或者怜念的心肠。你觉得办个北京户口挣下了天大的功劳，可我原本是不需要这个户口的。

她想起了父母坟头的石碑，她想象着俞致祥为这块碑和他的学生去广爷峡的那孔寒窑，用石膏拓下父亲刻在洞壁上的字迹，又原样刻在大理石上。俞致祥也是个大学毕业生，学识谈不上渊博，起码知道习俗和迷信的区别，他为什么能这么做呢?

她走出校园，夜色笼罩着京城，冷空气中飘散着阵阵烧纸和焚香的气味，十字路口不时可见升腾的火光映照出的一个个虔诚面容。她来到一个远离火堆的去处，在地上画了六个圈，依次放入六份寒衣，面朝松柏峪方向焚香奠酒，点燃自己亲手铰的寒衣，眼泪扑簌簌流着，“娘啊，我一人在家时怕你看我孤单没送寒衣，如今人全家全，送寒衣的仍然是我一个!”

91

四凤终于为池家生下一个白白胖胖的男娃，满月那天，池家杀猪宰羊，置办酒席庆贺。满月宴在广爷川有一个特别的名称叫猪婆会，除了鄙视妇女的成分是说赴会的都是女性。大龙娘是孩子姥姥，列香是孩子姑姑，都是非到不可的人。席间，列香娘抱着小孙子来到列香婆媳面前，一口一个“他姥姥，你高兴吗?”“他姑姑，你高兴吗?”问得婆媳俩面面相觑。说不高兴，一个得了外孙一个有了侄子，如果不是脑子有问题，怎么会说这样不合时宜的话?说高兴，婆媳俩感同身受，两个同时结婚的人，一个的孩子满月一个的孩子没有踪影!婆媳俩口是心非地说声“高兴”，心里五味混杂，脸上怎么也高兴不起来。满月宴不能说不成功，列香婆媳却是乘兴而来，败兴而归。两人心照不宣，问的不能问，说的不能说，喜事并没有带来喜气。

自从池家岔归来，大龙娘成天心事重重。二龙、三龙、四凤都有了自己的男女，大龙仍然没有动静!一个儿女一条心，大龙你这个不省心的东西，难道要娘把心操进棺材里?俞世珍也坐不住了，“都是女子，四凤生下了列香咋就生不下呢?天抱虫遇对对哩，大龙是个顽货，给咱换来的还是个顽货!把四凤叫回来，给咱大龙重换!”

“叫回四凤，坐着说话腰不疼，你去叫!你以为是换牛换驴呢，想换就换想不换就不换!”大龙娘最清楚，这时的四凤已不是当时的四凤，人家的心在池家，能让你想怎么摆布就怎么摆布？四凤直到出嫁那天还在哭，可是三天后来娘家回门却换上了笑脸，由于女儿出嫁成天若有所失的娘想留她说一晚心里话，被女儿习俗不能更改的话婉言谢绝了。去就去吧，女大不中留，留下结冤仇，去就去吧，活你自个儿的人去，只要池家把我娃当人！孩子出生后，娘专程去池家岔看望女儿，想伺候女儿几天却插不上手，女儿口皮都没闪一下。

俞世珍明白老伴话里有话，双手狠狠拍了一下自己的两个膝盖："哎，这不是赔了夫人又折兵嘛，瞎事咋都叫我遇上哩！"抱着头，一锅一锅地抽闷烟去了。

列香咋能不急。当初媒人提亲时，她就十二分不乐意，年龄相差十五岁，大龙都能做自己的爸，算啥夫妻。池家岔女子找的对象，哪一个年龄相差这么大？娘说，"男人女人睡在一搭就是夫妻，关什么年龄大小，男人越大越知道疼女人。"拜堂成亲后，大龙对列香倒也亲亲热热，恩恩爱爱，谁知入夜脱光衣服一靠近列香，嘴里就不停地叫"嫂子"，还没温存便没了动静。慢慢地，他的脾气古里古怪，不再叫嫂子而自称俞炳武，在列香身上乱撕乱掐，夫妻一夜不但得不到一丝温馨，反而让她度日如年！到了年龄的女子盼新婚，新婚原是这般滋味！

全家人看她的目光变了，婆婆由百般呵护变成不理不睬！只要她从厕所走出婆婆总要去厕所，对她来说比打一顿还疼！长期集聚在心中的愤懑终于发作出来："我是不好，没有怀上娃，可是你看看我的身子，我遭的是啥罪？"

列香顾不得脸面，撩起上衣给婆婆看，婆婆不看则已，一看吓得差点没叫出声来。儿媳身上青一块紫一块，两个乳房结成肿块，稍一触摸就发出杀猪一般的惨叫。婆婆声音压得只有婆媳俩才能听清："难道大龙没有上过你的身子？"

"晚晚上哩！"

大龙娘顿时可怜起这个尚未明白事理的儿媳来："列香，这几年你受罪了！"

大龙娘让大龙自个儿睡自己陪列香，大龙一脸不情愿，她见自己说不动儿子，只得让丈夫出面，"你不唬住儿子，把人家闺女整出病来，还有女儿换亲吗？"

俞世珍拉着脸喊来大龙，"大龙，你怎是这么不争气的东西！就不知道疼自己的媳妇？"

“我疼她，谁来疼我！”大龙也是有理八分。

“你这是病，要找医生看哩。你都老大不小了，连这事也要娘老子操心。”

“哪是我有病？分明是她的问题！我和别人在一起好好的，咋和她在一起就不行呢？”大龙说的还算有分寸，没有当着他爸的面说出“别人”来。

“你说的不就是李晓梅那个破鞋嘛，她变成死鬼多年了，还让你这样神魂颠倒的！”一提起李晓梅，俞世珍的气就不打一处来。

“我没有说她，这可是你说的！一提起人家憎恶的话都不想说，看见人家的庄院又亲热的不丢手，你想占绝方，就不怕她变成厉鬼找麻烦！”

俞世珍自觉失言，口气和缓了下来，“大龙，你不要和爸使性子！说爸对不住别人我不后悔，说爸对不住你大龙爸心里憋屈！你姊妹四个爸就偏了你，供你念书，怪就怪你没念下。俞致祥比你艰难多了，人家念成了。俞建社针眼里磨了一条命，人家上了电大，当副书记了。书没念下就没念下，没念下书的人一层子，人家的日子都过得红红火火，你看你的日子过成啥了？就是这个媳妇还是你妹妹换的！一样的换头亲，人家四凤咋就过得那么如意呢？”

“能怨我吗？我想把日子过成这个样子吗？”大龙也一肚子委屈。

“是的，不怨你，也不怨爸，只能怨命，你就这么个命！既然是命，就要认命！说来道去，爸也是过来人，说个不中听的话，你这是病，爸给抓豹说说，让他开些中药调理调理。人家是中医世家，或许有法子。当年你大爹生不成男娃，来了个老道几付中药就解决了问题。”

“看医生也行，但是千万不能找抓豹！”大龙的目光有点怕人。

“怎么？他就在咱村，一抬脚就到，嫌方便？”

“你光想着省钱，咋不替我想想？这事传出去，我的脸往哪里放？”

“我给抓豹说说，关照他不张扬就是了！”

“你以为你还是俞主任？你现在啥都不是！你以为俞抓豹还是当年的俞抓豹？人家现在是老革命，解放前参加革命的离休干部！你忘了俞打豹是咋死的？”别小看这个顽货，说起话来一套一套的。

俞世珍来了气，“你把本事都用到和爸抬杠上了，咋不用到自己的事上去？

俞打豹是他自己做的，与我有啥关系?”

“是他自己做的没错，是谁反映到公社的? 这会子人家平反了，能说与你没有关系?”好像参与制造俞打豹冤假错案的不是俞世珍而是俞大龙，二十多年过去了，一个无形的枷锁一直铐在俞大龙的心上。

“那是当时政策的原因，池志超亲口下的指示，人家这会子还是县级干部哩!”

“政策的原因? 牛国璧也当干部，咋就没人指脊背，偏你被人说三道四害得我抬不起头!”

“都是我的儿子，二龙、三龙咋就好好的，偏偏你和爸过不去?”俞世珍被儿子揭了疮疤，恼羞成怒。

“那是他们年龄小，知道的少，没有人告诉他们事情的真相。如果我把知道的都说给他们，你试试看!”俞大龙不依不饶，针锋相对。

俞世珍觉得这样僵持下去不是个办法，有个瓜儿呢难道还要个瓜爸不成?“咱父子在一起就像仇人似的，我纵有千般不是，对你没有二心。咱俩的争执先放在一边，今天说你看病的事!”

“看病，钱从哪里来?”

“钱的事有我! 你就说病看不看?”

“病要看，但要去外地看，除了你我，不能有第三个人知道。”

92

石油中学高二六班的教室里座无虚席，教室后面的空地上也摆放着三十几个凳子。凭经验，一定是有公开教学或者是领导检查。同学们交头接耳着，一个个脸上都是厌恶的神情! 等着吧，一会儿老班又要来一番临阵排练，什么认真听讲，不打瞌睡，什么不要随便提问，回答问题声音要宏亮，还要事先指定几个学习好的学生，介绍给任课教师。任课教师将提问的答案告诉他们，让他们事先准备。

听课的人来了一拨又一拨，学生起立欢迎的次数多了，也就不再拘礼，原地行注目礼了。没有课的数学老师来了，管理局教育处教研室的人来了，还有几个生面孔。凳子不够，后面来的人就和后排学生挤在一起。

老班来了，他没有说话，和局教研室的人合坐在一个凳子上，小声问："听谁的课？"

"一位要求调入我们局的数学老师！"教研室的人说。

"哪个学校的？"

"一所乡村学校。"

"什么学校毕业的？"

"省立师大。"

"咱们清一色的石油大学、川大毕业生，还调地方院校毕业的？"

同学们已经嗅出了听课的性质，气氛马上活跃了起来。他们很喜欢上这种课，讲课教师诚惶诚恐，对学生也点头哈腰。上次来了个教师，同学们你一言我一语，问得老师张口结舌，提前下了课，这下说不定又有好戏看！

俞致祥等候在教室门外，掩着一脸疲惫。他回故里中学任教是冲着自己的美梦来的，他的这个美梦被周继愈彻底瓦解了。检讨会上那些言辞激烈的意见，深深地刺激着他。罗震环说他踩着别人的肩膀往上爬，明明是对那次接课的事耿耿于怀。韩维周说让这样的人接班不放心，明明是对参加地区表彰会抱有成见。他诚恳地接受组织的处理，一如既往地教自己的书，桂芹已经做了绝育手术，不可能再犯计划生育方面的错误，这哪里是帮助认识错误，明明是在借题发挥！牛岁旺表面上唱红脸替他辩护，明眼人一看就知道他是真正的幕后推手，想方设法让他离开故里中学。惠萍电话上让他去一趟池老师家，这不是重蹈蜂蜜事件的覆辙吗？他第一次拒绝了她，惠萍连说几声犟板又说你可以离开嘛。一句话提醒他，是呀，此处不留爷自有留爷处，他赌气来到福利待遇都比地方学校明显高出一截的石油中学。

管理局教研室主任笑容可掬地走过来，递给他课本，指着"等差数列求和"一节，告诉他："俞老师，这是一节新授课。石油子弟比不得乡下学生，你得有个心理准备！”说完，提前进了教室。

上课铃响过，俞致祥拿着课本走进教室。

“老师好！”全体同学起立，听课的人也站了起来。

俞致祥坚毅的目光迅速在全场扫视一下，与几个偷眼观瞧的目光不期而遇，俞致祥面不改色，偷眼观瞧的目光又悄悄收了回去。俞致祥鞠躬还礼，“同学们好！请坐！”然后板书课题“等差数列求和”。

就在他侧身板书课题的当儿，一个学生迅速将手中的纸蛋抛给另一个偷眼观瞧过的学生。

接纸蛋的学生突然举手，“老师，能问个问题吗？”目光带着挑衅。

俞致祥微微一笑，“可以！”

“一加一为什么等于二？”

一阵哄堂大笑，有些老师也捂着嘴巴。

“数数！”俞致祥不假思索地说。

笑声更大，有些学生笑出了眼泪，听课老师也开始交头接耳。

“一加一等于二是不需要证明的，它来自原始运算数数。用数数定义加法，加法定义减法和乘法，乘法定义除法。原始运算是不需要定义的！”

“这么简单的问题，怎么还要陈景润证明好几年哩？”

“陈景润证明的是一个数论问题：每个不小于6的偶数都是两个奇质数之和，简称‘一加一’。不过，他只是证明了大偶数都能表示为一个质数及一个不超过二个质数的积之和，简称‘一加二’。”俞致祥耐心地解释着。

“我也提个问题，请原谅我叫不出大家的名字，只能按座位的坐标提问！”俞致祥又提出自己的一个要求，学生们立即默默地数着自己的横、纵坐标。

“四、三，这位同学，你来回答一个问题！”俞致祥看着刚才抛了纸蛋的那个同学。

他还忙着数自己的坐标，见老师提问的正是自己，手忙脚乱地站起来。

“请你回答，前一百个自然数的和是多少？”

“5050！”

“你是怎么算的?”

“上底看作一，下底看作一百，高看作一百，利用梯形面积公式就可以得出结论。”

“你很善于动脑筋，请坐!”

回答问题的同学不声不响地坐了下来。

“这位同学已经回答了本节课的内容。这一百个自然数就是一个等差数列的前一百项，等差数列前n项求和公式也可以说是梯形面积公式的拓广。”俞致祥成功地经过导入环节，开始新课讲授。

刚才提问的同学是个贼胆大只管开炮，弹药都是其他同学提供的。他以为讲课老师叫不出名字，自己可以为所欲为，一听俞致祥按座位坐标提问，头一个就提问给自己提供了弹药的，比叫名字还快，人家这是给了自己面子，真想叫自己还不是轻而易举！几个同伙都在静静地听讲，看不出有起哄的心思。那个提供了弹药的同伙早被感化，这阵在为人家擂鼓助威呢。他怕自己被提问不能一下子对号入座又怕回答不出问题张口结舌，惹人耻笑，也静静地听讲。

下课铃响时，俞致祥顺利完成了教学任务。

听课老师这边又有了争议，说好话的说差话的都有。没人在知识性、授课环节的合理性方面提出异议，却有人提出教一节课不能说明问题，数学老师的功夫不在讲而在做题。几个人自告奋勇拼凑出一份高考模拟试题，要求在规定时间交卷。

俞致祥测试的结果，得了九十二分。他自己申辩说一个分值为四分的题目指导语含糊不清，经过合议，大家公认是个废题。

教育处负责人告诉了他测试结果，还告诉他管理局四所高中，去那个学校由他自己定。

93

为了女儿的病，俞炳文办法没有少想，钱没有少花，不见起色，情急之下提了脚子，脚子说又犯毛鬼神又失魂。就说这犯毛鬼神，从打俞炳文记事，松柏峪就没有毛鬼神咋犯毛鬼神！脚子说，原来没有现在有，回去问村上人就知道了！说到受惊吓，一个女娃去故里中学读书，三十里路三道岔沟，起鸡叫睡半夜，天明不回家，天黑才进村，这儿一个黑影，那儿一个黑洞，哪能不受惊吓？别人家这么大的闺女黑夜出行都有人陪伴，俞炳文成天为了糊嘴忙瓜了，女儿不让陪，自己也把这事忘了个一干二净。事到如今，后悔也来不及了。

病急乱投医，宁可信其有不可信其无！俞炳文香盘中端着二尺红布，抱着一只大红公鸡来到老柳树前。老柳树自从悬挂了土匪龚爱第的人头没人搭理，树身已经空心，近年树枝上挂满长长短短的红布条，稍有风吹草动，满树的红布条飞舞，发出一种奇怪的声响。落低处已经插不上手，俞炳文精脚片吃力地爬上老柳树，将自己带来的红布撕的一条一条的挂在树梢上，又穿上鞋子跪在老柳树下，虔诚地祷告：

“家神爷爷在上，凡人俞炳文成天忙忙乱乱，对三个女儿管教不严。娃娃不懂事冲撞了爷爷，爷爷降罪责给大女爱娇，病到身上已经四年，几天好几天坏的，我把不想的法子都想了，她娘把不出的身子都出了，再没有一丝法子了。我已不指望她念成书，求爷爷放她一条生路，让她成家活人去！”

祷告完手起刀落，剁下大红公鸡头，将身首异处的公鸡在柳树下献了一阵，树身抹些鸡血，留下鸡头，提着公鸡身子回家，熬成鸡汤给爱娇补身子。

叫魂的事他请教了三个老年人，就有三种说法，没人能说清哪个合适哪个不合适，只好能兼顾的尽量兼顾一下。他知道爱娇不信迷信，就和妻子约定，谁也不许对爱娇说出实情，当叫魂叫到爱娇身边时，该出声的不出声，在心里默念。

“不出声咋知道是娃的魂呢？”妻子说。

“魂灵这东西心诚则灵，只要心中起了念想，说不说都是一样的。”俞炳文是这样认为的。

他让妻子剪了七个红纸人，用红线缝在爱娇上衣的左腋下。爱娇入睡后，由她娘悄悄取出上衣，交给炳文。炳文一手拿着爱娇的上衣，一手拿着筛面箩，二女儿抱着芦花公鸡，小女儿手拿笤帚，三人来到磨子河畔南北大路交叉的十字路口。俞炳文将筛面箩放在地上，绕着箩画出一个圆，又在圆圈里烧些纸钱，接过小女儿抱的芦花公鸡，左转三圈右转三圈，口中念叨着，“爱娇，吃饭来，爱娇，喝汤来，爱娇，吃饭来，爱娇，喝汤来!”两个女儿也在呼唤，“姐姐，吃饭来，姐姐，喝汤来！姐姐，吃饭来，姐姐，喝汤来!”

俞炳文起身将芦花公鸡又交给二女儿，一手拿着爱娇的上衣，一手挥动着筛面箩，不住地重复刚才的那些话。二女儿摇动芦花公鸡，公鸡咕咕叫个不停，小女儿挥动笤帚，姊妹俩也重复着自己该说的话。父女三人穿过磨子河道时停住脚步叫了好一阵，又继续行走。

小女儿憋不住了，“爸爸，咱为啥在河道里停一阵呢?”

“你姐的魂灵会在河边迷路的，多停一阵是为了给她指路!”爸爸说。

姐姐在妹妹的耳边小声说，“你看爸爸为姐姐的病整个人都瘦成啥样了，别烦他。爸爸叫你咋做你就咋做!”

小女儿懂事地点点头。

父女三人来到院门口，姐妹二人站在门槛内侧，俞炳文站在门槛外侧，停住脚步念念有词。小女儿没有再问，心里在想，又是怕魂灵迷路吧。俞炳文手里的面箩朝空中一摆，姊妹二人会意，出声成了默念，来到爱娇睡的房间。

爱娇娘忘了默念的话，“爱娇，吃饭来，爱娇，喝汤来！我的爱爱吃饭来，我的爱爱喝汤来！我的娇娇吃饭来，我的娇娇喝汤来!”越叫声音越低，叫着叫着，叫声变成啜泣！是呀，如果用叫声能叫好女儿的病，莫说是四十九个日日夜夜，就是四百九十个日日夜夜又算个啥!

爱娇明白了一家人在做什么，她没有发火，也没有过问，只是静静地躺着。

俞炳文将那件上衣盖回女儿身上，面对着大家问：“三魂七魄叫上身了吗?”

母女三个争先恐后地回答：“叫上身了!”

第七个晚上，天空响着炸雷，闪烁着电光，暴雨说来就来。父女三人仍然从磨子河畔的十字路口叫起，经过河道时仍然停留了大半天，来到大门口时，姐妹二人站在门槛内侧，俞炳文站在门槛外侧，又念念有词一阵。外衣腋下的红纸人被雨淋得掉色，染红了衣服。落汤鸡一般的俞炳文打算将染红的上衣盖回爱娇的身上，一脸虔诚地问：“三魂七魄叫上身了吗?”

两个女儿都是水人，顾不得擦去脸上的雨水，争先恐后地回答：“叫上身了!”

一声雷鸣，松柏坡、牡丹嘴的山洪通过千百年来自然形成的排水系统——大大小小的岔沟，全部倾泻到磨子河，磨子河传来久违的山洪声。好险啊，稍微迟走一步，父女三人就被山洪冲到渭河!

看着翻滚在磨子河的波涛，俞爱娇突然有一种不可名状的兴奋。她已经赶在爸爸、妹妹到来之前，偷偷遛出大门，来到磨子河畔。天空中划过一道闪电，磨子河浊浪排空，爱娇脱下上衣丢在岸上，大声喊着：“城里学生能做到的我们能做到，城里学生做不到的我们也能做到!”纵身一跃，扑向污泥浊水。

94

柳知秋坐在炕头，一袋一袋抽着闷烟，俞炳文躺在炕上就像死人一样。

鹞子客自幼练就的童子功，听力超常，爱娇出事那晚，他第一个听到俞炳文家传出哭声，第一个走出家门。泥泞路上一串脚印，他跟着脚印来到河畔，没有见到人，见到了孩子的衣裳!

孩子走得倒也干脆，没有让大人为她的后事劳神，甚至 件像样的衣裳都留给妹妹。想到这里，鹞子客的眼眶里溢满眼泪。

走的走了，活的还要活，咋个活法?里出外进的当家人俞炳文一看见女儿的衣裳，就跌倒在泥泞里，被乡亲们抬回家，一睡不起。爱娇娘疯疯癫癫的，一会儿嚷嚷着上学，一会儿喊着关紧大门，一会儿要跳上被爱娇撂光瓦片的房顶，稍不留意就披头散发地朝磨子河跑去。柳婶和季玉梅成天住在俞炳文家，一个照管几口人的吃喝，一个照管爱娇她娘。

季玉梅端来夜饭，俞炳文瞅也不瞅，说一声“天塌下来了”，翻了翻身子，又朝里睡去了。

爱娇娘又声嘶力竭地喊，“爱娇，等着我，娘来了！”朝大门外跑去，柳婶和玉梅没力气，还是老知秋搭帮才拉进屋。

一个年纪轻轻的姑娘就这么走了，两个上了年纪的女人独自不敢出门。一直等到天色大亮，老知秋才来村东后院，向牛国璧讨主意。

牛家一片狼藉，坛坛罐罐摆了一院，亚男妈还在忙碌着搬这搬那。牛国璧刚刚起床，推开两扇多处裂着口子的木雕梅花鹿房门走出来。房檐头的猫头滴水年久断裂，基本上都换成了普通瓦片，两边山墙码头的砖雕也面目全非。牛国璧的脸上还留着枕头垫的折痕，边走下台阶边系着纽缨，“你这人咋这么婆婆妈妈的，搬这么多东西干啥？”

“不是说要和炳文家换地方吗？炳文家这几年有吃没喝的，不搬这些东西，过去后吃啥用啥？”亚男妈低声说。

“东西都不要动，让炳文家也过上几天像模像样的日子。他家能住咱就能住，他家能吃咱就能吃！”牛国璧不动声色地说。

老知秋终于明白了这里发生的事，看着这个苦命的女人，心中不由升起几分怜悯。她也是个穷人家的女子，嫁牛国璧后夫唱妇随，一大早先替老公公生着喝茶火，扇走笼罩在满屋子的柴烟，头一杯罐罐茶熬熟时，她已经端来干粮放在公公面前。牛发昌吃剩的饭菜舍不得倒掉，也不嫌弃剩粑子，自己吃了。对牛国鼎就像亲弟弟，脏衣服洗得干干净净，叠得齐齐整整，过冬前的棉衣拆了洗，洗了缝。三个男人都是一尺大的脚，一年三双鞋，纳鞋底缝鞋帮都是她煤油灯下一针一线赶出来的。国鼎媳妇过门后，弟兄二人分家，牛发昌跟老大一起过。和土地打了一辈子交道的牛发昌，土改后分到田地，住进做梦也没想过的宽房大舍里，本该享清福避心闲的人，却因牛国璧那一棍，又替大儿子挑起了家务重担。如今，他早已寿终正寝，但他一念之差种下的恶果还得这个柔弱女人承担。

“他国璧叔，你是个大男人，煞气重逼邪，搬到炳文家住没有啥。亚男妈是个女人，这几天，致祥他娘和我家的出出进进两个人还抖抖索索的，你让她一人住一屋，咋行呢？不念僧面念佛面，她来你家这些年，没有功劳也有苦劳啊！”老知秋的嗓子眼像堵上了沙子。

“搬到炳文家后我和你住一屋！我给炳义哥说了，把他家的大黄狗借用几天，给你壮胆!”牛国璧对菊叶说。

一股心酸的眼泪终于从她刻着岁月沧桑的脸上淌了下来，她哇一声跑进厨房，趴在炕头哭了起来。

“爸，大小也是搬家呢，怎么不告诉我一声?”亚男和丈夫突然走进门来。

牛国璧闻声大吃一惊，“你咋知道的?”

“我有耳目呢，”亚男放下鼓鼓囊囊的行李，丈夫忙着替老知秋和牛国璧安烟卷。

亚男继续数叨：“爸，炳文叔家遇了这么大的灾难，你和他换地方住几天我也没意见。可是，你想过没有，我俩的厂子这几年没有产品，转产又不顺利。这些天职工嚷着说以后得破产重组，万一到时我俩没事干，回家来连个地方都没有。”

“瓜女子，你太小看炳文叔了!”牛国璧不紧不慢地说。

95

女人做的饭吃得，女人说的话听不得。俞殿元只听了一回女人话，就让他伤透了脑筋。

桂芹他们的第一批苹果树枝头挂满蓓蕾，今年就能挂果。第二批果树也已分岔，他们忙着用塑料绳子把枝条向四面八方拉开，让拥挤在一起的枝叶充分吸收阳光，进行光合作用。俞殿元去年才栽的树苗，栽上后觉得白耽误一年地力，又套种了玉米。玉米是高秆作物，与苹果苗争肥争水争阳光，苹果苗压根儿就没有长起。入冬以后没落过一场雪，俞殿元盼望着能像春联上写的“一冬无雪天藏玉，三春有雨地生金”，来几场春雨，滋润一下苹果苗，也滋润一下他几近干涸的心田。谁知正月还没完，就刮起了黄风土雾，来自西伯利亚的沙尘成天弥漫在天空，半死不活的日头只露脸盘没有光芒。起风处，就地腾起一个沙尘柱，旋转着朝新栽的苹果树苗扑来。本来就没有长好的苹果苗，根须只扎在浅土层，浅土层的水分不足，没来得及绽开的树叶又卷在一起。

俞殿元从地里回来就打开在俞二龙手下搞副业的儿子买回的二手黑白电视机，搜寻着中央台省台的天气预报节目。这些天来他就像失了魂似的专挑天气预报看，全国各地的都看。昨晚的卫星云图上陇中地区进入降雨圈了，可是天亮以后还是老样子。

“苹果苗要浇水哩，看天气预报能看来雨?”孩子他妈端来一碗清水，让他洗掉手脸上的尘土。

“换水，换水!”俞殿元吹胡子瞪眼地说。这是他才定下的规矩，洗手的水必须洗过菜，洗完手还要给鸡给猪拌食，不到鸡猪吃食时间就倒进猪食槽里。

妻子一时难以适应这个规矩，听他一喊叫，忙将清水倒回水缸换上经过沉淀的洗菜水，水碗在手中慢慢地倾斜，洗过菜的水流成一条细线，流到丈夫的手上。

“桂芹家的苹果咋不浇水?”俞殿元一只手的指头插进另一只手的指间搓得吱吱响，躲在手指间的灰尘被洗过菜的水冲在地上。

“人家栽的早，树根扎进深土层了。人家栽第二批那阵你在干啥哩?”

俞殿元不再吱声。俞建社动员栽树苗时，他是十二分不看好，家家都分了公家扶持的树苗栽到地里，他说能结那么多的苹果还要有那么多的人吃才行。束田绳都放不到地方的人想着栽苹果树，刨着吃的命尽想吃飞食的事!

他把自家地里的树苗拔了，好几家也学他的样子拔了。

老婆不停念叨，念叨得他实在不耐烦了，去年栽了树苗，这，又遇上了干旱，“尽是瞎点子，跟上大狗把屎，屎没把下憋破了屁股眼!”

“人家的树苗都好好长在地里，能说是瞎点子?咋不说你的瞎点子，煤油到现在装了一头号缸，盐白送人还落了个人家帮你的忙，谁说过你的不是了?”老婆这次不依不饶，也揭他的毒疮疤疤。

俞殿元红着脸说：“那才值几个钱?”

“那咱说值钱的。收了一车老荨麻根当柴火烧了，两个女儿的彩礼钱，两个儿子的打工钱都还了贷款谁抱怨你了?”

俞殿元一声不吭了。

打人不打脸，骂人不揭短！贩卖老荨麻根是俞殿元的短！提起这事，俞殿元想哭都没有眼泪。不知啥时，老荨麻根的价格一夜之间涨到了每斤一元，俞殿元知道消息时，松柏峪村前村后的老荨麻根已经一棵不剩。一文不值的老荨麻根有这么值钱，钱来得太容易，让号称松柏峪最有经济头脑的他太不服气！没抓住牛头一定要抓住牛尾，他悄悄贷了一笔款，公开收购荨麻根，每斤三毛，三分之二的利钱！广爷川的荨麻根都堆在他家，却没人收购！他专程去了一趟吴家堡，才得到确切消息：外地一个大学生小便时被荨麻咬得又痛又痒，发誓要灭绝荨麻，在吴家堡张贴出一张大量收购老荨麻根的海报，搅得周天打了个喷嚏！有道是一朝被蛇咬十年怕井绳，俞殿元从此打消了做生意的念头。

省里拨下雨水集流工程款，有眼光的人除了利用省上的投资，还自己筹款建水窖，把房前屋后，集体场所、南北交通要道的雨水，聚集到自己的水窖里，安上水泵，一方水浇到地里三十元。俞殿元只用政府投资的钱建了一眼水窖，像这样的大旱天，马喝了就没浇地的，浇了地就没马喝的。老婆嚷着说，“掏几个钱，省得费脚功!”

“没做啥哩，就想着掏钱，掏钱的地方多着呢!”俞殿元从邻家借来一副水担和两个铁皮桶交给妻子，自己担着自家那一对不装水也有二十斤重的柳木桶，两人沿着村中的岔沟来到松柏坡背后的一眼山泉。

山泉四季清澈如镜，村上的老人临终前都要喝这眼泉水，而且只要喝了这眼泉水，不出一天就会辞别人世，人称离泉。大旱天气，离泉是全村的救命泉，鸡叫头遍就有人担水，到天亮时已经舀干了。这阵过了担饭水的时辰，离泉里积了点水，一次只能舀半马勺。

舀满一担，俞殿元担上去浇树，妻子又舀下一桶。不敢离人，一旦离人就排不上队了。

俞殿元肩上的水担咯吱咯吱，两个木桶里的清水哗闪哗闪，开始几下，水担和桶里的水没有形成共振，水淹出木桶洒在路上。他调整步伐，放慢了脚步，直到水不能淹出木桶为止。他来到阳坡川自家的地里，一桶水倒进一个树坑，眼没眨一下就渗光了。我的天啊，一亩地七八十棵树，这得担多少水呢？

当他第二次来到地里时，刚浇过的树坑已经裂开了缝！

当他第三次来到地里时，先浇的树坑裂得像瓦片！

简直是吸水呢，就算吸也吸不了这么快！

他返回离泉时，老婆正在为争水和人吵嘴：

“有你家浇树的水就没有我家吃的水？”

“总有个先来后到吧！”

“你先来的？你一来就没走！”

“没走就没走，这是官用的，你能怎么着？”

“树重要还是人重要？有钱栽树就有钱抽水！”

俞殿元上前一把拉起自家女人，“走，不浇了！”担着空桶气冲冲地来到自家地头，抡起水担一顿乱扫。水担的铁链铁钩扫在苹果苗上，几棵树苗被撅了头。

“殿元哥，树苗没有惹你，发那么大的火干啥？”魏桂芹看见殿元家地里尘土飞扬，走了过来，“上回拔根这回撅头，简直是斩草除根哩！”

“这东西太金贵，娘老子都没有这样伺候过！你说是它伺候我呢还是我伺候它？”俞殿元两手拄着水担，反拧着脖子。

“一块两块花钱的人花十元二十元就心疼！可他哪里知道如今的十元就是原来的一块！贩粮食靠力气还得投些本钱，栽果树哪能不投入就坐享其成呢？”魏桂芹是个大忙人，没时间和他兜圈子，话一下子就说在细肉上。

“这些道理我明白。弟媳，给你说个实话，咱再输不起了！”俞殿元红着脸说。

“殿元哥，你上几次吃亏都吃在投机上，只是坐在家里想当然，没有考察市场。煤油有电代替，颗子盐有食用碘盐代替，都属于市场淘汰对象，荨麻根只是一个美丽的传说，根本就没有市场！苹果至少目前还没有能够替代它的水果，市场的需求量很大！”魏桂芹耐心地说。

“老婆嚷的不行才栽的，我也不指望赚大钱，只要不贴钱就行！”看来他对苹果的远景还是不乐观。

“建社给栽树的户办了保险，该花钱的地方花几个，到时赚了是你的，赔了保险公司垫底。”

“有这样的好事？”俞殿元的情绪一下子高涨了许多。

“这就叫千家万户保一家，一人跌倒众人拉！”

桂芹的话音刚落，抽水师傅肩头扛着一圈又一圈的塑料水管来到地头，两眼盯着桂芹，一脸疑惑：“不是你家的地？”

“放心浇你的地，”桂芹激了一下这个第三代犟板，“殿元哥还会少了你的工钱！”

抽水师傅又看着俞殿元，那眼神分明是说，你俞殿元嘴里不发话，我是不会浇的。

俞殿元苦笑了一下，“咋能亏下苦人呢！”

“哗！”抽水师傅拧开喷头，一股窖水流进俞殿元的树坑。

96

俞三龙陪大哥去西安大医院做详细检查归来，把所有的花销和在医院发生的事给他爸一五一十都说了。

“照这样说，你大哥没有生育的指望了？”俞世珍的心情坏到了极点。

“人家问我，大哥是不是年轻时离过婚才得的这个病。”

“医生的原话咋说？”俞世珍仍然不希望三龙说的是事实，仍然想从医生的话里得出希望的消息。

“医生检查完后特别留下我一个叮嘱说，‘你大哥的这个病家人的关爱与配合尤其重要’。你说，有希望，医生咋这样说呢？”

“医生也知道这事？”俞世珍简直不相信自己的耳朵。

“啥事?”三龙突然感到他爸神秘兮兮的。

“我都听出医生的话中话了，你这个松柏峪出名的精灵鬼难道没有听出来?”俞世珍乜斜着三龙，看得三龙不知如何办才好。

“你大哥没有生育能力，你有啊！人说便宜不出当家，你可以代替你大哥呀!”俞世珍躲躲闪闪，欲言又止。

三龙听清了父亲的意思，“看爸说的啥话，常言说朋友妻不可欺，她人小骨头大，是我的嫂子!”

“你个龟儿子的花花肠子你当我看不出？你哥这个样子我早猜出几分。”俞世珍精明过人，每天晚上都在提防着村上那些不三不四的年轻人。要是让他们闻见毛臊味，只怕大龙的媳妇就保不住了。医生也说这话，他也不再藏着掖着了，“人说‘兄弟和嫂子，连耍带老实’。爸给你说个没大没小的话，与其让那些不知根底的人占了便宜，不如留给自家人。不管咋说，还是俞魏家的骨血，也不枉我四风换亲一场!”

俞世珍早就打量过移花接木的主意。他心里明白，只有生下一男半女，才能留住列香的人。

“那还有我二哥呢，你给我二哥说去!”明白了父亲的用意，三龙倒表现得长幼有序起来。

“蠢货，这事今天说到这儿了，我才说出当大不敬的话，还有脸对你二哥说?让你陪他去医院，我就想这个事了!”俞世珍这才亮了底。

“那也得容我想想!”

“想啥？事不宜迟，夜长梦多！这些天，你娘陪你嫂子睡，今晚你娘不去不就成了？你哥从医院回来人困马乏，早去他的临时房间睡了。”

这不是瞌睡遇见枕头嘛！俞三龙恨不得将松柏峪的年轻女人睡个遍，那些出外打工者的老婆，几乎没有逃过他手心的。他也想占列香的便宜，只是碍于他爸看得紧不便下手。这下他爸亲自开了口，还能错过大好时机吗?

列香的房间正好是李晓梅生前的睡房，俞三龙推开门没有开灯，叫一声“嫂子”就上了炕。

"你是三龙，"列香吃惊不小，"好兔不吃窝边草！"

列香想撵他走，又有点不忍心。第一次和不属于自己的男人在一起，紧张、好奇的心情都有。还在她忐忑不安时，三龙已经手脚利索地钻进被窝。

"嫂子只知其一不知其二，还有一句是这样说的，近水楼台先得月。给你说个正经话，你来多年了，身边没个一男半女，知道的说我哥有病，不知道的说你是个只下蛋不抱鸡娃的鸡婆，只能烧柴不能发芽的焦火棍！"

一席话说到列香的伤心处,竟然呜呜地哭起来,"都是我不好,都是我不好！"

三龙暗自吃惊，这人倒好，明明自己的男人有问题却不埋怨男人，把一切都自己扛，"列香，我是看你可怜才来的！我哥有病生不成娃！医生说是年龄大没有媳妇思虑过度落下的病根，一时半会好不起来。"

"你说得可都是实话？"列香没上过一天学，在娘家时没人传授生理方面的知识，做了松柏峪人的媳妇，在家有公公盯着，出门有婆婆陪着，回娘家有大龙送行，天阴下雨想来串门给她补课的年轻人，被俞世珍一个个挡在门外。俞大龙不是哄就是骗，对她哪有实话？

"如有一句假话，天打五雷轰！我说列香，按咱这里的习俗，哥哥膝下无子，得过继弟弟的娃。你想想，你俩身边没个一男半女，还不得从我的娃中过继？与其这样，不如咱俩生一个，名义上是哥的娃，又是你亲生，你说咋样？"

列香被三龙说动了心，她也明白，有换头亲这茬事，父母一定不会让她改嫁，"咱俩做这种事，没有不透风的墙，别人知道指脊背，我咋见人？有你这个神神叨叨的哥哥，你就不怕他犯病？"

"那都是我哥骗你哩，你咋那样瓜！"

列香破涕为笑了，在三龙的额头戳了一指头，"你平日正儿八经，哪知道你这么坏！"

"平日是叔嫂,今晚是夫妻,一码归一码嘛！哎呀……"他的背上挨了一闷棍。

俞大龙从医院回来，想起医生给自己说的话，满心欢喜，独自睡了一会又觉没趣。要说他对列香还是满心欢喜的，只是对自己恨铁不成钢，免不了自暴自弃。他起身下地，想喊娘回她的房间，自己回去睡。他来到列香的睡房门前，听到房里传出一男一女的窃窃私语声，惊得目瞪口呆，怒从心头起，原来是老三和列香缠绵在一起。他顺手操起一根木棒冲进去，照准三龙就是一棒。三龙肩膀挨了重重一下，知道大事不好，慌乱中抓起列香的裤子穿在身上。

大龙仍不解恨，又一棒打在三龙的屁股上，“你这个人面兽心的家伙，松柏峪多少妇女被你霸占还不知足？常言说好兔不吃窝边草，好狼不吃当窝食，你欺负人竟然欺负到我头上了！”

“大哥，饶了我吧！都是我不好！”三龙顾不得疼痛，光着膀子磕头如捣蒜。

“不要叫我大哥！从今晚起咱俩一刀两断，我没有你这个三弟，你也没我这个大哥！”大龙手中的木棒又落在三龙的腰杆上。

“这事不怪我，这事不怪我！”三龙顺势抓住大哥手中的木棒。

大龙哪能敌得住三龙的力气，被他夺走木棒，“不怪你怪谁，难道是有人背你来的？”

“大哥，你不要生气，咱到爸房里说话！”三龙也是聪明一世糊涂一时，情急之中只想着早一时摆脱窘境。

大龙觉得事情蹊跷，想问个青红皂白，揪住三龙的耳朵就走。三龙自知理亏，光着上身顺从地随大龙来到俞世珍房间。

俞世珍已经入睡，突然听得儿媳房间争吵，知道是马失前蹄，嘴里念叨着，“咋就把这个顽货给忘了呢！”连忙和老伴穿衣起床，两个混账儿子已经进了房间。他故作镇静地说，“三更半夜的，弟兄之间有啥深仇大恨，等不到天亮！”

“那要看是啥事，这事能等到天亮吗？”大龙还在吹胡子瞪眼。

俞世珍这才看清老三光着膀子，一条女人裤子还反穿在身上，不知是天气凉还是心里紧张，颤抖得像筛粮食。

三龙的目光与俞世珍相遇，立即把怨气撒给他，“爸，都是你的好主意，害得我人不像人鬼不像鬼，我大小还是松柏峪的一村之长，让我的脸面往哪里放！”

“啪！”俞世珍一记耳光扇在三龙脸上，“我以为你是个男人，好汉做事好汉当，没想到你是这等脏腑！做下龌龊事还要拉你爸当垫背，我算白疼你们一场！还不快滚！”大龙娘忙寻出老伴的衣服让小儿子换上。

三龙就要走人，大龙拦住去路，“不说清楚，谁也别想出去！”

俞世珍回转头，怒气冲冲地看着大龙，“大龙，杀人不过头点地，你也打了，我也动了家法，你说这事还要咋闹腾？”

“我知道你就没安好心！算计旁人一辈子又算计到我头上来了！”大龙不看他爸倒还罢了，一看就来气！

“就算是我的主意，我承担罪名行了吧？你也不想想，是谁做主给你换来媳妇？是谁让三龙陪你去医院看病？人家医生都说家人的关爱与配合尤其重要，你说说，家人怎么个关爱与配合法？你没傻没瓜，列香来咱家这么些年了，没有个一男半女留住她的人，她能心甘情愿做你媳妇？”俞世珍一边说一边看着大龙的动静。

“不是我的男女，要他有啥用？”大龙还在嘟囔着。

见大龙的情绪不再那么对抗了，俞世珍提高嗓门，“你逞啥能，松柏峪借鸡下蛋的事不少，影响到哪家过日子了？管他是谁的种把根留住，该叫爹的叫爹，该叫娘的叫娘！”

大龙娘高一脚低一脚，跌跌撞撞走出房门一会儿，突然在院子里喊起来，“你们吵吵嚷嚷个啥，列香不见了！”

父子三人急忙来到院子里找人，哪里还有列香的影子！

97

俞炳义做了大半辈子的老师梦，就在他年过七旬的时候，竟然好梦成真，进了学校门！不过不是做老师，而是为故里中学看大门，也算离老师近了一步。哎，这人啊，活活就像磨子河里山洪冲来的浪渣，一会儿在浪尖，一会儿在浪底，摊在河岸边被喜鹊啄去垒在高枝上，被捞浪渣人拦住的做了柴火，陷入河底的腐烂成黑渍泥。

俞致祥拿回石油勘探局的商调函，王校长一句话都没说，在商调函上签了

“同意调离”的字样。当他正要动身去地区办理调动手续时，俞爱娇轻生的消息给他泼了一桶凉水。一个花季少女就这样凋谢了！学生榜上有名，任课教师荣光，学生出了这事，任课教师难辞其咎！与一个鲜活的生命相比，听几句闲言碎语算得了什么？他突然觉得石油中学有没有俞致祥无所谓，贫瘠的广爷川土地正需要他，他要用自身的努力，杜绝俞爱娇的悲剧在广爷川重演！

他打消了调动的念头。

校务会上，王文贵校长提出让俞炳义看学校大门。大家都心知肚明，难为他想出这么一个堤内损失堤外补的方案，没人表示不同意。

由教务主任提升起来的主管教学李副校长，告诉了俞致祥这一消息。俞致祥理解学校的用意，但是他知道爸爸的脾气不适合看校门，“谢谢学校的一番好意，我爸爸年纪大了，耳聋眼花，干不了这个活，还是另找人吧。”

“俞老师，你也是个明白人，怎么不开窍呢！让他坐在那儿，什么事都不闻不问好了，大事还有保卫科长呢！”

得知消息的俞炳义等不及交接班的一天，早早要去故里中学大门口值班室上岗。儿子劝他到接班的时间再去，他说，“你知道我等这一天多久了？我还能活几天呢？”

新官上任三把火，俞炳义上任第一天就把校门前前后后由学生打扫的清洁区域义务包揽下来，“我无事可干，正好打扫卫生；学生们缺少时间，让他们好好念书去。”

保卫科长给他交待了三点：不允许小商小贩进校，晚上十一点准时锁门，所有车辆必须停在门外，乘车人员需下车步行进入校园。他执行得一点不打折扣：为了防止小商小贩进入校园，他让儿子把饭送到值班室；晚上十一点铃声一响，他就关上大门。最受影响的是小车司机翟学义。要说学校的事白天也就干完了，用不着披星戴月的。问题是这年月小车少，像这样的贫困县有小车的单位更少，那些有头有脸的人家里有个大事小情的想坐坐小车，要要排场，常常是下班以后上班以前，免不了劳驾翟师一番。翟师有求必应，公车成了出租车，何乐而不为呢？出这种车返校赶得再快也得在十一点以后。要是别人值班，翟师耀武扬威地呵斥一通，早就开门放行了。老炳义偏不买这个账：学校是教育人的场所，千有头百有尾，啥事都得有个章法，各吹各的号各唱各的调还像个啥学校。既然保卫科长有令，公事公办，过了钟点，出门不放进门不让。翟师束手无策，不管怎么说，自己公车私用上不得桌面。他找俞致祥说情，俞致祥也是有口难言，只得对他诉说实情。翟师怎能信过他？哪有老子不听儿子的道理！

俞致祥正在操场打篮球，他并非篮球爱好者，是借着打篮球跑跑跳跳练练身骨。他跟着篮球满场跑，中锋递来一个篮球，他一个定点投篮，“哐！”瞎猫逮了个死老鼠，居然投中了，裁判伸出三个指头，全场一片喝彩声。突然，一个毕业多年的学生慌慌张张来到球场，把他拉在一旁，“俞老师，我乘车来咱学校找个人，进门时门卫老人刚好去了厕所，没有征得人家同意。出门时老人说违反了制度不让出，麻烦你去说一声。”

俞致祥二话没说，和这个老学生一起来到校门口，司机被他爸挡在值班室门口数落着，翟师看样子和司机认识，站在一旁看动静。俞致祥走到他爸跟前，赔着笑脸：“爸！他是我的学生，来学校找个人，没打招呼进了校门，这会人家有急事，你就放行了吧！”

致祥微笑着去开大栅栏门，俞炳义几步抢上前来，一把拨开儿子，“滚一边去！这是故里中学，我只听保卫科长的话，你算啥东西！”

正是课外活动时间，围观的学生很多，俞致祥自讨没趣，只好叫来保卫科长才放了人。

但是，翟学义还是坚信，老炳义这是见自己在场故意演戏。以后发生的一幕，才使翟师彻底改变了看法。

池志超回家顺路来到学校，同行的还有他父亲池占山，当年的池保长。池占山在城里住腻了，由儿子专程护送回家，想在故里中学小息。池副处长父子一行来到大门口，不像其他学校，大栅栏门早已打开，学校领导早已站成一排恭候，而是两扇大门迟迟不见开启。

文教处的司机在下属单位头一遭遇这事，喇叭按得震天响，仍然不见动静。司机气呼呼地跳下驾驶室，来到值班室门口，“谁是门卫？”

“我!”俞炳义没听清司机的话，从举动上判断出他的来头不小，跟着司机走出值班室准备开门，保卫科长曾经告诉过，如果上面来人要灵活处理。

池占山老远瞅见俞炳义，走下小车，笑容可掬地走上前来。一身黑色衣服，丝绸面料的瓜皮小帽下露出银灰色的头发，三绺银须修剪得十分讲究，右腮上那颗黑色素瘤有点发绿，上面长着他的人生标记——一撮毛，茶色的水晶石镜片后两个发亮的眼睛显得和蔼可亲。

俞炳义看见一撮毛，仇人相见，格外眼红：为了不受你的欺负，我在主任干事任上一个月成了历反；你做伪保长多年，欺上瞒下，丧尽天良，也算你龟儿子命大，逃过了法网。现在是共产党的世事，你还仗着做官为宦的儿子，狗趁人势，耀武扬威！他没有搭理一撮毛，突然调转头，双手背在身后返回值班室。小车司机莫名其妙，追到值班室，吼声如雷，“王文贵哪儿去了，让他来开门!”

这下俞炳义可是听得清清楚楚的了，“王校长干他该干的事，看大门的事犯不着他管!”

“你可知道，车上坐的是地区文教处池副处长!”

“处长更应该带头执行学校制度!”老炳义义正词严，凛然不可侵犯。

池志超下车拦住司机，“老人说得有理，我们走进去。”

一撮毛朝儿子摆了摆手，“志超，我这会有些不舒服，咱还是回家吧!”

98

俞建社的梦想马上就要变成现实。经过霜杀的树叶像涂上一层银粉，树叶的缝隙中，一个个红富士苹果就像一个个婴儿的脸蛋，争相探出头来。如果说春天的苹果花让人流连忘返的话，晚秋成熟的苹果则是令人神往。从树底下看上去，密密麻麻的苹果，不堪重负的树枝几乎垂到地面。随手摘下一个苹果，不忍心擦去表面那层白晕，咬一口，甘露般的果汁溅在上颚，溅在舌头上，溅入咽喉，甜中带酸，甜而不腻，酸而不厌，沁入心脾，瞬间，一股难以言状的愉悦渗透全身。啊，味道好极了！

魏桂芹、牛国璧、牛国鼎他们站在人字梯架上轻轻地从树枝上摘下果实，放入挎在胳膊上的果篮里，就像把刚刚进入梦乡的婴儿移进摇篮。建社娘、岁旺娘、亚男娘这些腿脚不太方便的、年龄大一些的妇女接过从梯架上递来的一篮篮苹果，小心翼翼地码在地头，就像把熟睡的婴儿从摇篮移到床上。

多少年来，松柏峪人只知道耕地、种田、收割，肩膀不离三根担，面朝黄土背朝天，祖祖辈辈都想着如何从地里多刨粮食，很少有人把吃嘴头子当个事。开化一些的人房前屋后栽几棵桃杏树、梨树、李子树，够自家孩子大人吃嘴就行，没有人想过用果品代替粮食，果业代替农业。如今在最好的地里果树代替了庄稼，苹果代替了粮食，他们正在做着果业代替农业的尝试。

然而，当俞建社的目光落在地头的苹果堆上时，眉头又皱在了一起：大面积栽苹果树还是头一回，村里人用量有限，邻村的人也是看的多买的少，什么时候才能将这些苹果变成真金白银呢?

“建社,你好像有什么心事似的? ”在约好的时间,完映兰打完电话,突然问道。

老婆还真是神了，面对面说话察言观色呢，电话上说话也能知道我有心事?建社只得承认，“让你说着了，还真有事，你凭什么感觉到的?”

“第六感官。”

“什么是第六感官?”

“第六感官是一种场，只在心爱的人之间存在，所以有人称它为爱场!”

“这个人是完映兰吧?”

“就算是吧。爱是一种场，就像收音机的频道，相爱的人信息一直处在畅通状态，一方发出信号，另一方马上作出反应。老实告诉我，是不是有什么负担?”

“为销售苹果的事犯愁呢。松柏峪人干活吃苦没啥说的，那可真是一把刷子!要说搞销售一时半会还缺少这方面的人才。”

“今年我负责，我请个假，马上向你报到!”

按约好的时间，俞建社来车站接完映兰，“只有你懂我的心，有你这个坚强后盾我就不发愁了!”

完映兰莞尔一笑，那双会说话的眼睛睁得大大地看着俞建社，“别尽戴高帽子，多日不见，难道没有其他话要说?”

说着话，两人已经走进广爷川乡政府俞建社的宿舍，“有呢，就是想你!”建社说完，抱起映兰，吻像雨点一样落下，新婚不如久别，两人深情地拥抱在一起。

映兰点了一下建社的鼻尖，“刚才还一本正经摆副书记谱，这阵儿原形毕露了!”

“我可是领了证的，谁敢阻拦，试试!”

“还不是说起来气壮如牛做起来胆小如鼠，既然是领了证的，为什么进了宿舍才拥抱呢?”

建社自个儿也笑了，“咱这代人，从小把爱情和流氓习气混为一谈，长大后明白了，却已经习惯成自然了。不过，我觉得这样也有它的合理性。我爱你你知道，你爱我我明白，为什么非要在光天化日之下秀给别人看?”

“没看出这两年嘴皮子也长进不小!”

“不是苹果的事我早去你们老完家了，哪能舍得让你鞍马劳顿!”

“我只请了两天假，年终单位有很多事情等着呢！咱明天就开始，接班人一上手我马上返回!”

“悉听尊便!”

天蒙蒙亮，一辆辆架子车摆在故里街道上，架子车上装满苹果，都是新树结的头茬果子，个头大得出奇。颜色鲜艳的是没有被树叶遮挡光照充分的；绿白相间的是在树叶缝隙中长大的；通身发白的是被树叶遮住没有受到光照的。

完映兰察看了故里街道的地形，没有让架子车进入瓜果蔬菜区，而是在主街道的两个入口处各设一个摊位，摊位上立个大字招牌：松柏峪苹果。赶集的人沿着故里城墙根进城，两个摊位都是必经之地。

街道西口是牛岁香的摊位。一个赶集的人指着架子车上的苹果，“姑娘，苹果咋卖?”

“一块钱一斤!”牛岁香低着头，红着脸。

“八毛钱行不行？”来人压着价钱。

“不行！”牛岁香的声音虽然很低，却像王府井百货商店的售货员，没有一点商量的余地。

赶集人有些不乐意地走开了。

完映兰笑容可掬地招呼那个已经走开的赶集人，“哎，这位大哥，先别急着走，不买也行，本乡本土的尝个新鲜！”

赶集人推开完映兰递来的苹果，“哎，那可不成，这是大街大市不是果园，价说对了解个馋，说不对咱走人。”

“那你说多少合适？”

“你还像个做买卖的！就是嘛，大街大市的，你的口就是金口玉牙，你的话就是圣旨？”赶集人一边责怪牛岁香，一边还价，“八毛五成不？”

“我看你是个实诚买主，你也不用八毛五，我也不用一块，九毛钱怎么样？”完映兰微笑着说。

赶集人非常慷慨地说：“行，九毛就九毛，吃嘴头子呢，也不在五分钱上计较。称吧，我要二斤！”

“才要二斤？”牛岁香瞪大眼睛看着他。

“咋？嫌少，不想卖，我还不想买呢！”赶集人又较起真来。

“哪能呢？我称给你！”完映兰取出两个苹果，搁在秤盘上，“你看，我家的苹果个头大，一个就有一斤，这不，都二斤一两了！拿去得了，多出的不要钱！”

“再来两个，我家要四个人哩！”

映兰又放进两个苹果重新称过，“四斤，秤杆高得拉不住！”她指着杆秤的刻度给赶集人看。

赶集人掏出一沓毛票还有几个钢镚，交给映兰，拿着苹果满意地走了。

后边进城的人看到前头人已经买了苹果，围上来打问价钱，“多少钱一斤？”

“一块钱。”完映兰说。

“前头泄开渠，后头不沾泥。一个市场咋能两种价格呢？九毛都九毛！”

“妹子，你说这个价行吗？”完映兰使了个眼色。

牛岁香会意，“行呢，自己地里长的，低一半毛钱没关系，都是乡党呢!”她已经上了手，找到了感觉。

牛岁香为买主称苹果，映兰帮着收钱。

有人认出牛岁香，“这不是咱县头一个考上北大的牛岁香吗？人杰地灵，松柏峪到发旺的时候了，才出了北大生又出苹果!”

牛岁香早已是在读研究生了，似乎没人知道她读研的事，知道的还是曾经的北大生。

“老乡们，快到年跟前了，谁家需要就买，我们的苹果个儿大，味道好，可以先尝后买。松柏峪人既重视供给孩子上大学，也重视务艺苹果。有时间的话可以到松柏峪看看，也在自己的地里种上苹果。咱抬头一个天，低头一个地，睁眼一个太阳照，松柏峪能栽苹果你们一定能栽!”牛岁香已经完全进入角色。

魏桂芹这边的情况更好。还没吆喝，几个学生家长就认出了她，也不讨价还价，一元就一元。完映兰到来时，已经卖完一架子车，第二车也卖出不少。完映兰低头在桂芹耳旁嘀咕几句，桂芹说话了，“谢谢大家的关照，这是我们松柏峪人自家地里出产的果子，马上过年了，乡里乡亲的，降价一成，一斤九毛!”

顾客越来越多，桂芹忙不过来，完映兰又给她当帮手。

经过销售点的人走到哪里，就把热议苹果的涟漪推到哪里，蔬菜区、五谷区、果木区、山货区、牲畜区、禽蛋区的话题都是苹果：“才听说松柏峪人种苹果，人家的果子就上市了!”

“你说种苹果能抵种粮食吗?”

“北大生家也种苹果，可能差不多。”

“你哪里知道的?”

“那个牛岁香亲自在街道西口卖苹果呢。”

“还有俞致祥老婆、俞建社老婆也在卖苹果。”

“走，看看走!”

来两个销售点的人一直没有停点，来看热闹的看着看着心里痒痒的，也买上几斤回家哄娃，苹果一时供不应求。完映兰当机立断，单位需要苹果或者个人需要量大的先登记数量，以批发价送货上门，距离较远需要量小的在销售点现货现买。广爷川加上临近乡镇有好几万人，松柏峪那么几亩果园有多少苹果？运来市场的被抢售一空，在家存放的也所剩无几。有人愿意出高价，完映兰告诉两个销售员，“我们承诺的零售价和批发价都不变!”

99

“桂芹嫂，周教授听说你们超生罚款捎来五千块!”牛岁香拿着厚厚一沓百元钞票，兴冲冲来到恩贡老宅。

“致祥不在，等回来给他吧！”魏桂芹的第一反应是俞惠萍捎来的钱不能接，可转念又一想，岁香说得清楚是周教授捎来的，就算有惠萍感念初恋的情愫，但也有周继愈感恩的诚意。接还是不接，她有些犹豫不决。

“周教授让我把钱交给你！”牛岁香似乎看出桂芹的心思，编了一个善意的谎言。

人家知恩图报，不藏不掖，盛情难却，再说也不能让岁香难堪，先收下再想办法。桂芹想到这里，接过岁香手中的钱：“让人家这样破费真不好意思，请你代我们谢谢周教授和惠萍姐!”

完映兰拿来买家具的一千块，桂芹感激得眼泪汪汪，“你们两个家里人口多，负担重，才结婚不久，日子紧巴巴的，留着自己添置家具吧!”

“不是给你俩的，是给二娃子的!”完映兰笑着把钱塞进桂芹的口袋，“你俩犯错孩子没有犯错，大娃有的二娃子一样不能少！我可把话说到前头，我是二娃子的干妈，你不同意还是怎么的?”

牛岁旺也拿来一千块。这个钱是丽丽出的，连他本人都不乐意：你这个人啊，恨起他来恨不得撵他马上离开学校，慷慨起来又是穷大方！丽丽却说，撵是因为他对你构成威胁，一个槽头拴不成两头叫驴；慷慨是因为他政治上受处分经济上受制裁，不再构成对你的威胁。不管怎么说你们是一起耍大的，要和建社他们出的一样多。

“你俩结婚迟，拉的账多，这钱不能收！”早年牛岁旺和俞致祥之间磕磕绊绊，魏桂芹一清二楚，这几年仍然面和心不和桂芹还能不了解。她是从心底里不想收这个钱，只是不愿意把话挑明。

牛岁旺急了，“事情不是这么个做法，桂芹！松柏峪四只猴，两只猴的收一只猴的不收，让人咋说哩！”

“交罚款的钱都绰绰有余了！”桂芹还是坚持不收。

“你不收我就不走！”牛岁旺一赌气，干脆坐了下来。

魏桂芹恭敬不如从命，再不收就有点不近人情了。

高喜娃不但自己掏腰包还发起俞致祥的学生捐款，各种款项林林总总好几万，缴罚款哪能用这么多？人家主动帮你不接受或者揣在口袋里还没捂热还给人家，都会冷了人家的热心肠！魏桂芹开始谋划这些钱的用项。她在想，苹果不怕霜冻，虽然能堆放到立春前，却无法保存到来年二三月份，仅靠春节消费不了多少。春暖花开后，气候干燥想吃水果解渴，却什么水果都没有。她早就听说陕西那边用果窖储存苹果，从洋芋窖看是可行的。但又一想，修果窖得整万整万花钱，自己整百整百的钱也没有数过几回，一旦搞砸可不是闹着玩的。

不知为啥她又想起了俞惠萍，想起那个仇视倏忽又变成蔑视的目光。人家在北京靠贷款把一个地下招待所办成大宾馆，咱手中捏着现钱建一个小小的果窖还瞻前顾后，这不是让人家看不起吗！

她不再犹豫，对致祥说，“掌柜的，咱哪能用得上这么多钱呢？我想用这笔钱赚上几个，日后给这些好心人连本带息都付了，也是咱的一片心意！”

俞致祥突然觉得眼前站着另一个人似的，“人说近朱者赤近墨者黑，你才跟完映兰几天就满脑子生意经？说说你想干啥事！”

“听说陕西那边建果库存苹果，苹果可以存到来年立夏前。咱没有存过苹果却存过洋芋，我觉得这事有门道。咱俩抽空去陕西看看，学学人家，也建个果窖。明年果子更多，用今年的办法卖不完。存到下一年开春，肯定能卖个好价钱！”桂芹说出自己连日来思考的结果。

“要是明年烂了呢，那不亏大了!”俞致祥的话虽然是个玩笑话，但可以听出他首先想的是风险。

“你这个乌鸦嘴，怎么只想烂了的事就不想全部卖掉赚多少钱呢！稍微赚一点就能解决大问题，靠你的工资，别说每月影响了三级，就是一分不少才是几个钱！两个儿子要吃要喝要穿，将来还要上大学、找工作，没有几个积蓄咋行?”桂芹想事还是比较周全的。

人说男人的财运压在老婆的屁股下面，看来这话有一定道理，致祥被她一番话说得动了心，“我成天和高考学生打交道，没时间动这个心思。再说这些刚走上工作岗位的学生忙着为咱筹钱捐款，人心都是肉长的，我更应该做好自己的本职工作。投资的事我确实没有底，你找建社说说想法。”

桂芹找到俞建社，俞建社咧嘴笑着把她从头打量到脚，“想不到啊，桂芹，才几天的时间，你的观念变化这么快！苹果事业正需要你这样有文化有头脑的人，没经验学几年就有了，不怕没经验就怕没想法!”

自从苹果树挂果后，俞建社就在动着这个心思。丰收了的苹果卖不出去或者卖不了好价钱，果农的收入赶不上种粮食的收入，他的梦想仍然是空想。一堆堆的苹果只有换成一沓沓的钞票，苹果产业才算得到市场的认可。果农用手中的钞票换回自己所需的商品，种植苹果的价值才算得到了体现。他在寻找销售储藏方面的人手，年前临时抱佛脚让完映兰应急，一本黄历不能念到老，一个完映兰就是有孙悟空的分身术也力不从心，还得培养本土人才。他考虑过魏桂芹，有头脑有文化，热心苹果种植事业，可先是引产，后是超生，又是做绝育手术，没开这个口。没想到她自己找上门来，然而，他不得不提出一个很现实的问题，“建果库得一大笔钱，钱从哪里来?”

“不瞒你说，这次大家为我们凑了一大笔钱，我想把这笔死钱变成活钱用起来。等果窖赚了钱，连本带息付给大家!”桂芹老老实实告诉了款项的来源。

俞建社十分感动，“你是个实诚人，这笔钱建果库差不多，收苹果还远远不够，我再联系一笔贷款。最近乡上有一批支农贷款正愁没人贷，你看咱和映兰家那边就差这么一截路，那边人为贷不到款着急，咱这边有款却没人贷。说来说去还是观念的问题，咱这边人不明白借鸡下蛋的道理!”

100

周继愈和俞惠萍来到京华大酒店，这是他们以夫妻名义第一次参加宴请。不像其他来宾夫人挽着老公的胳膊抑或是老公搀扶着夫人，肩并着肩身挨着身，而周继愈西装革履在前俞惠萍一身职业装在后。

东道姓王，是一家国企的老总，参加宴会的不是企业翘楚便是社会名流，都是周继愈的在职研究生。周继愈领衔开办的EMBA入学笔试、面试均由管理学院自行组织，对外语、数学的要求弹性比较大，相对于MBA入学考试灵活性大门槛低，受到众多企业现职高层管理人员的青睐。这些成功人士定期或不定期地轮流做东，邀请同行聚会，联络感情。

撷趣阁金碧辉煌，紫红色餐桌闪着光亮，花池中错落有致的鲜花弥漫着温馨可人的气息，先来一步的EMBA们偶尔呷一口清茶，间或低声交谈几句，等候教授夫妇光临。

“让大家久等了!”周继愈夫妇走进撷趣阁，EMBA们马上起立，互相寒暄一阵，分宾主各就各位。

服务员摆好各色菜肴，在各位的酒杯或白或红斟好酒水，摁一下按钮让转盘上的主打菜品转到周继愈面前，又摁一下按钮转盘停止转动报了菜名，便恭立一旁，随时准备为客人提供服务。与周继愈相对而坐的王总欠欠身子说：“周教授学贯中西，曾做客凤凰卫视，名闻遐迩！我们今天荣幸地邀请来了周夫人，我相信同仁们此刻都有着同样的心情，期待对夫人有更多的了解。恕我冒昧，有请周教授满足大家的期望，则不胜感激!”

“尊敬的王总，先生们，女士们，我和我的夫人为能参加这次宴会，结识众多业界才俊感到十分荣幸!”周继愈环顾一下左右，男士西装革履气度不凡，女士或旗袍或长裙穿戴优雅得体，只有惠萍显得不合时宜。EMBA们前几次邀请都没有特意提到夫人，这次东道特意提出邀请夫人，盛情难却，惠萍不能不出席。管理学院需要经费，博士生导师需要业绩，周继愈不但需要政府下达的纵向项目，也需要在职研究生输送的横向项目，因此对这些研究生的要求能做到的尽量满足。为俞惠萍参加宴会费了不少口舌，对她的穿戴就不好作出要求了。周继愈略微迟疑了一下，想不出更加得体的话来："这位是我的夫人俞惠萍，供职于一家服务行业。"

"服务行业好，服务行业属于第三产业，将来要占去整个产业结构的半壁江山！"一丝失望的神情在王总的眼中稍纵即逝，旋即，他带头鼓掌，撷趣阁响起一片掌声。他又举起酒杯，"请允许我提议，为周教授和夫人幸福美满，为在座的诸位心想事成，也为这个愉快的周末干杯!"

"干杯！"众人起立，觥筹交错，张张笑脸洋溢着幸福。

周继愈还在为刚才有些虎头蛇尾的致辞感到遗憾，俞惠萍举起酒杯，面带微笑，和若春风，"为了诸位的事业辉煌，为了我们的友谊干杯！"

"干杯！"众人二次举杯。

王总的目光又变成赞赏。

宴会后是舞会。舞池中旋转灯光变换着各种柔和的色调，闪闪烁烁，如梦如幻。轻快抒情的音乐，令人陶醉。来宾们难得一个周末，成双成对，翩翩起舞。俞惠萍是个"旱鸭子"，虽然供职于酒店，却从来没有跳过舞。非跳不可的场面也是唱一曲《山丹丹开花红艳艳》，在一片赞扬声中悄悄溜走。这也难怪，她在家就学说过普通话，来北京这么长时间说的还不能尽如人意，而烫发、高跟鞋、旗袍、晚礼服、歌舞自打懂事，就被贴上资产阶级生活方式的标签，得一个由反感到认同的适应过程。

周继愈笑眯眯地伸出右手首先邀请惠萍，她拉着他的手，这是在大庭广众之下和男人第一次手拉手！当年针对她和男同学的一首首儿歌，让她时至今日当众与男士手拉手仍然感到一种犯罪感。好在是首三步曲，勉强还应付得下去。人啊，经受过的每一次挫折都会在灵魂深处留下深深的痕迹。

第二首乐曲响起时，周继愈与一个女士舞得行云流水，如醉如痴，俞惠萍坐在一旁的凳子上感到一阵放松。不知何时王总面带微笑站在面前，欠欠身子伸出右手，“夫人请赏光!”

俞惠萍言不由衷地说声“谢谢”，一接触王总的手，马上想起第一次和周继愈的手碰在一起的情形，一阵阴影搅得心不在焉，几次踩在王总明光锃亮的皮鞋上。

“夫人看来不常跳舞，但是悟性极高，很快就能适应！夫人现在何处供职?”

“君再来宾馆!”

“一个富有诗意的名字!”从眼神看，王总根本不知道北京有这个所在。

“一家小型酒店。”

“如果不介意的话，请留下联系方式。鄙人的公司主营业务是房地产，目下房地产业如日中天，有着非常好的发展前景，非常需要你这样的干才!”

“谢谢王总的一番好意，如果需要，我一定前来!”

舒缓的音乐就像一支催眠曲，俞惠萍舞得味如嚼蜡，昏昏欲睡，好不容易熬到一曲终了。如果还有人邀请跳舞该如何是好？想到这里，她转守为攻地向东道提出要求：“我不善跳舞，让我唱歌吧!”

“好好！掌声有请教授夫人一展歌喉!”王总来到点歌台，“夫人唱什么歌?”

俞惠萍仍然是那首《山丹丹开花红艳艳》，憋足好大劲唱完，舞厅里响起稀稀拉拉的掌声。听得出，掌声传达的不是对这首经典歌曲的喜爱和对歌唱者的赞扬，而是出于对歌唱者的礼貌。

周继愈接着一曲《同桌的你》，立即掌声四起。

舞会变成了歌会，来宾都是歌舞厅的常客，跳舞驾轻就熟唱歌声情并茂，有的用英语有的用日语有的用纯正的粤语，一曲胜过一曲。

东道提议说：“临结束的一曲留给周教授夫妇，这叫首尾呼应!”众人拍手叫好。

教授夫妇为曲目搜肠刮肚好一阵，思前想后，一起唱过的歌曲还就是《到吴起镇》，“就唱《到吴起镇》吧!”周继愈说。

“那是一首大合唱歌曲!”俞惠萍十二分的不乐意。

“你俩领唱，合唱时大家一起来!”王总不由分说，示意音响师播放《到吴起镇》音乐。

锣鼓响，秧歌起。黄河唱，长城喜。

腊子口上降神兵，百丈悬崖当云梯。

六盘山上红旗展，势如破竹扫敌骑。

陕甘军民传喜讯，征师胜利到吴起。

南北兄弟手携手，扩大前进根据地。

唱到“手携手”时，俞惠萍的情绪一下子坏到了极点，就是那次“手携手”让她吞下苦果，受尽屈辱！不过，大家的注意力都在唱歌，没有发现她的异常。

101

魏桂芹的心情一天比一天沉重，饭量一天比一天减少，发展到不吃不喝，嘴唇上结着厚厚一层血痂，人也消瘦得不成样子。

她和俞致祥去陕西乾县梁山脚下考察回来，就在柳树林河滩地建起了土法果窖。苹果成熟后，又用贷款收购了一批果子存储进去。她眼巴巴地等着开春，等着属于自己的又一个收获季节。可是春节过后，来果窖买苹果的人稀稀拉拉，买主基本上是松柏峪临近处人，充其量没有出南广爷川。

每天的销售量徘徊在一二百斤之间，又值土壤解冻早地下温度回升较快的年份，窖内与地表温度相差不大，存入果窖的苹果看上去皱皱褶褶像老年人的脸，掂在手里像棉花包，咬在嘴里虚喷喷的没有味道。对苹果反映最敏感的莫过于魏桂芹，她每天都品尝苹果，闻见苹果味都有点反胃了。

坏消息往往比好消息传播得快，松柏峪建有果窖的消息传得并不远，但是松柏峪果窖的苹果变味的消息却不胫而走。每天的销售量开始下降，直到无人问津，眼睁睁地看着一袋又一袋的苹果静静地躺在果窖里。再过一段时间，苹果表面出现斑点，从斑点处开始腐烂慢慢扩散到整个果子。她挑选了一些喂猪，猪也吃腻了，拱几嘴，全部翻到食槽外边。

季玉梅换着样样为儿媳做饭菜，一会儿是荷包蛋，一会儿是荞面油煎饼，一会儿又是臊子面，没多功夫一双小脚走出走进厨房三趟，“桂芹，你已经几天没吃饭了，人是铁饭是钢，遇到事要想开一些，娃还在吃奶呢！”

“娘，我实在吃不下去！”看着婆婆一次又一次调着样儿做好的饭菜，桂芹没有一点胃口，她在暗自吃惊：我这是咋了？我把老俞家头顶的天捅了个窟窿，这个节骨眼儿上再要生出个病来，可真是雪上加霜啊！

俞炳义专门从学校赶回家，破例走进儿媳的房间，“你看这娃，啥事都没有十拿九稳的，哪有定赚不赔的道理！赔就赔了，致祥每月还有工资，你也是个勤快人，你娘看娃，我还能挣两个。大家一咬牙，困难也就过去了！现时的政策好，就是再困难，比我们抓养致祥你爹娘抓养你那会子好多了！”

如果算上书写朱子治家格言，公公这是第二次和她面对面交谈，头一次是作为公公对儿媳提出要求，这一次是代表家庭对儿媳表示原谅！看着他已经蓄起的花白胡须，桂芹的鼻根一酸，抽噎起来，“爸！我对不起你和我娘，你们把致祥供到这一步，该享清福了。就因为我一时冲动折了财，连累你们也要过紧日子！”

“这是啥话，还分啥你我？咱老俞家祖祖辈辈谨小慎微，出过读书人没出过生意人，指望你给咱调门户呢！跌了就跌了，重从一上起！”俞炳义能想起的道理都说了，桂芹还是原样子。俞炳义见说服不了儿媳，一句话捎到故里中学，让儿子赶快回家。

致祥回来了。看着站在炕头的丈夫，桂芹又悔又恨，“致祥，你那时说过烂了的话，你咋不坚持自己的意见呢？是我不撞南墙不回头落到这步田地，你骂我打我都行！”

“上山打柴，过河脱鞋，到哪一步说哪一步的话！你是个有主见有意志的人，怎么这样想事呢？我那是句玩笑话，不过说说而已并没有下决心阻止，要说责任还在我！”致祥熟悉桂芹的脾气，一味安慰只会增添她的烦恼。

“投进将近十万，是个不小的数，不说建果窖的钱，收购苹果的钱一半都没收回，全打了水漂！”对俞致祥和魏桂芹来说，十万确实是个不小的数字，万元户人都觉得新奇，倒欠十万，俞家一下子变成十个负万元户了。

“建社正在想办法，他动员苹果种植户从苹果收入中拿出一部分弥补果窖损失，大家都乐意，说是你为大家分了忧，现在轮到大家为你解愁了！”

桂芹是个挣死老牛不翻车的性子，“出了事让别人兜底赚了钱是自己的，世上哪有这样好的买卖？我可不愿意这样做！”

“看来你还亮清着呢，”致祥笑了笑，“咱既然做果窖就一不做二不休，哪儿跌倒在哪儿爬起！”

桂芹的两片干嘴唇露出一丝苦笑，“还干？你就不怕连根烂掉？”

“不怕！今年权当交了一次学费。咱的果窖是土法上马，得看老天爷的脸色行事。以后咱上空调果库，旱涝保收，就是六月天苹果的水分色度口感也不变。”致祥满怀信心地说。

“有这样的好事？”桂芹的脸上露出久违的笑容。

致祥点点头，“建社说的。他已经去山东那边考察过，要争取国家扶持，惠萍也准备拉她们宾馆的股东入股！”

“惠萍咋知道的？”桂芹的脸上又现出嗔色。

“建社把果窖的事告诉了她，她打电话说让你千万不要为果窖的事想不开，她会想办法帮助咱度这个难关。她还说，生意上的事，风险和收益均等，风雨过后便是彩虹。”

看着致祥脸不改色心不跳，一副肚里没冷病不怕吃西瓜的架势，桂芹的心里不觉惭愧起来：人家为咱排忧解难，咱却在无端怀疑人家，咱还是人吗？

细心的玉梅发现儿媳的脸色发黄，俯下身子，在她的额头摸了摸，“惠萍怕是有啥病呢，致祥陪她去医院检查检查，医院就在跟前，费不了多少事！”

“娘，你别操心，好着呢，那是熬煎的，被致祥这一说没事了！”魏桂芹挣扎着翻起身端起臊子面，捞了一筷子看也没看就填进嘴里。

慌得季玉梅连忙阻拦，“臊子面泡绵了，我再做些去！”

“不！娘，我就想吃些绵饭！”

“我去热一热，年轻人吃凉饭会落下病根的！”

“我就想吃些凉饭!”

102

“继愈!”牛岁香自从伦敦归来，一直这样称呼周继愈。

在伦敦这样称呼不但不诧见反显得亲昵，叫者愿叫应者愿应，回国后还这样称呼，叫着愿叫应者就不一定愿应了，“岁香，你怎么还这样称呼我呢?难道忘了我还是你的导师?你还毕业不毕业?”

“你让我怎么称呼?在伦敦为什么不制止，这会子亡羊补牢呢?”牛岁香一副咄咄逼人的气势，没有丝毫温良恭俭让的姿态。

周继愈的宝贝儿子周旺旺来北京后学习并不像松柏峪的孩子那样肯吃苦，小学升初中，初中升高中，都动用了爷爷奶奶的人脉。俞惠萍想对孩子严要求，每次与儿子见面都是在爷爷的陪同下，还没说爷爷已经护在前面，也是拿他没有一点儿办法。费了九牛二虎之力考了个大学嫌不是名牌，要去国外自费留学。爷爷满口应承，周继愈拗不过，只得通过关系去了英国。可是，旺旺的英语不过关，作业懒得做。这孩子逢人就说自己在国外上大学，拿不上毕业证书，不等于白去英国了吗?周继愈以联合培养研究生的名义，派牛岁香去英国，一边撰写毕业论文，一边替旺旺补习英语。

“不是说不能叫，我是说当着别人的面不能叫，私下里想怎么叫还怎么叫!”想到牛岁香给自己看过的两人在一起缠绵悱恻的照片，周继愈的口气软了。

他曾经以检查联合培养研究生的名义飞到伦敦，陪她登上塔桥塔，泰晤士河的迷人风光一览无余；陪她参观白金汉宫，富丽堂皇的皇家宫殿、金光闪闪的胜利女神像、脚步踏踏的近卫军士兵、英式风格的园林尽收眼底；陪她参观大英博物馆，博物馆历史之悠久、规模之宏伟、馆藏之丰富、种类之繁多给他留下难以忘怀的印象。

“我有个怪脾气，就想当着别人的面叫，特别是当着师兄师姐师弟师妹的面叫，让他们知道自己的导师见不得人的一面。我还想当着燕北大学书记校长的面叫，让他们也知道自己的下属见不得人的一面。”牛岁香看似轻描淡写，待说不待说的样子，实则句句让周继愈的头皮发麻。

“岁香，你听我说，我那是一时犯了糊涂，鬼迷心窍，做出了对不住你的事。”周继愈的肠子都要悔青了：由于俞惠萍的引见，就是这个牛岁香被他常常委以重任，担任了好些在职博士研究生的答辩秘书，又以联合培养研究生的名义派到英国，希望在英方导师的指导下在SCI收录期刊发表论文，其结果白花费了一笔经费。

这个没有完成任务的研究生比导师还有理，歪拧着脖子，斜看着周继愈，“你是一时犯糊涂？你那伦敦之行就没安好心！借故把水滴溅在我的胸前，假装擦拭水滴挑逗我，不要以为别人都是傻子！”

为了感谢牛岁香替儿子补习英语，周继愈在唐人街一家叫月明的中式餐馆款待岁香。席间，他以岁香揭露的手法挑逗岁香，令他感到吃惊的是她不像其他研究生那样惶恐羞涩，反而把胸部挺得老高。

周继愈扑通一下跪在牛岁香面前，“岁香，你要我怎样？你给个话，什么条件我都可以答应！毕业论文我一手操作，不用你费气力。毕业后的工作我想方设法办好，留校实在不行就留在北京城。需要钱只需说个数目！”

“怎么样？我还能怎么样？我自小就听娘说‘好马不配二鞍，好女不嫁二男’！我生是你周家的人，死是你周家的鬼！”这个松柏峪女子不是一两句话就能打发走的书呆子，也不是任人捏来捏去的软柿子，是个一不做二不休的人。

周继愈惊得跌坐在地上，“你这是断我的前程，你还要不要我做人了？我对组织怎么讲，对学生怎么讲？”

周继愈越是急不可耐牛岁香越是不慌不忙，“你找了个媳妇有啥不能讲的？哪家的校规规定导师不能娶学生？婚姻法说了导师不能娶学生吗？”

“我怎么对我的父母讲呢？我是有妻室的人你不是不知道，我们的孩子都已经成人了！”事已至此，周继愈一点招数也没了。

“怎么讲那是你的事！你有妻室？那我就是第三者了！还是堂堂的博导呢，

父母能左右婚姻大事？哄三岁小孩呢！”别看周继愈是导师，平日有师徒这层关系压着，要是真理论起来，他根本不是牛岁香的对手。

周继愈想起了俞惠萍，“岁香，你不看僧面看佛面，也要为你惠萍姐着想。她为我们周家吃尽了苦头，在你们松柏峪忍气吞声多年，好不容易来到京城，和我正式结婚没几年。你这样会毁了她的！”

“惠萍姐的确不容易，我也很同情她！可同情能当饭吃吗？要说办理结婚证之前，你俩的婚姻虽说是有实无名，但你的确还有怜香惜玉的心肠。可是，看看办了结婚证后这些年来你的做派，明里抱着俞经理，暗里摘着一朵又一朵的芙蓉花，你俩的婚姻早已名存实亡！这样的婚姻是对惠萍姐的亵渎！那些缠住你不放的人都是名花有主，为的是你手中的文凭，我是天真无邪的处女，你不能欺骗我的感情。周继愈，松柏峪的女子个个不都是俞惠萍！”牛岁香把话说到这个份上，周继愈没有退路。

想起俞大龙在李晓梅葬礼上口吐白沫的情景，周继愈又打了一个寒战，“岁香，我可是在旺旺姥姥的葬礼上，当着松柏峪人的面，对俞大龙发过誓的！”

“哼！”牛岁香冷笑一声，“你也相信这个有臆想症的神经病人在那里信口雌黄？迷信迷信，只有迷了才信。你看农村人到处修庙敬神，那是因为神可以起到心理暗示、心理咨询、心理治疗、心理疏导的作用。在缺医少药的农村，科学知识不够普及，人们对大自然的力量无能为力，便塑造了超自然的神话，神话之神又是通过自己的精神之神起作用的。神在哪里？神就在你的心中，你不看精神的神也是这个字嘛！”

周继愈被伶牙利嘴的牛岁香说得哑口无言，“那也得等我和惠萍的事了结以后。”

“那是你的事！”

周继愈牙齿一咬，“世上无难事，只要心放狠。不过，结婚前你还得称我‘周老师’！”

“要的就是这句话，继愈！”牛岁香依偎在周继愈的怀里，“继愈，你不知道我多么爱你，一夜夫妻尚且百日恩呢，咱在伦敦度过了不止一夜嘛？你可知你走后的那些日子我是怎么过来的!”说着说着，流下了委屈的泪水。

“好了，好了！别哭了，三十多岁的人了，还像个小孩似的，人家也是朝思暮想着你!”周继愈替她擦去泪水，突然一把抱起她。

“刚才还在那里装正经，惹我生气!”岁香的绣花拳头如捣蒜，雨点般地落在周继愈的肩上，“我恨死你！我恨死你!”

周继愈的嘴唇挨在岁香的脸上，岁香把脸背了过去，“从今以后你只能对我好，与那些七大姑八大姨的一刀两断！只要我闻见毛骚味，就别想碰我!”

“真是一朵带刺的玫瑰!”周继愈十分感叹地说。

岁香的小嘴一撇，“知道就好!”

是啊，俞惠萍是一朵牡丹花，可以随随便便地摘下，把玩够了又轻而易举地扔掉。牛岁香是一朵刺玫花，摘的时候扎手，扔掉也没有那么容易！

103

季玉梅盘腿坐在上房檐下的台子上，身边放着一大筐从苹果树上取下来已经没有形状的牛皮纸果袋，用那双皱皱巴巴的手将皱皱巴巴的果袋捋展一个，压在木板下又捋下一个。桂芹说一个果袋一半毛钱，费不着淘那神。她说动弹一天能睡个安稳觉，儿媳也就只好依她了。

她的这双手从来就没有闲过。除了所有妇女必须干的地里活、锅上活、针线活，她还多干了一样——艾灸小儿风症。这几年地里活不用她操心，锅上活由桂芹包揽，衣服都卖现成的穿；优生优育观念深入人心，小孩都在医院里出生，四六风症彻底杜绝，她的一双手还不肯退休，找来找去，又找见这么一个活计。

哐当一声，院门从外面推开，走进一个素不相识的城里妇女。她撂下皱皱巴巴的果袋，起身拍了拍衣服上的尘土，等两腿的麻木感觉退去，重心落在左脚上，右腿跟着左腿，一步一颤地走下石台阶，满头的银发像面碗。

两个未曾谋过面的老人在中院走到一起，各自打量着对方，愣了起来，还是来人先开口，“你是致祥他娘吧！”

“对着呢，对着呢!”季玉梅端详着来人两个稍微有些下陷的眼睛觉得面熟，但马上又被两个反光的近视镜片推翻了。

“两个孙子都长大了吧?”听问话，来人对这里的一切都很熟悉。

“大的上初一，小的上小学二年级！”季玉梅还是想不起她是谁。

“这些年日子不错吧?”

“好着呢！说个造孽话，上顿下顿长面油饼，就是吃不出当年的味道!”

“你是属马的，咱俩同岁，不知你是几月份的?”

“五月。”季玉梅嘴里应承着，还在一个劲儿地打量着她，白里泛红的脸颊，花白但不显稀疏的头发，红上衣，白丝巾。

“我是九月份的，老姐姐，我是俞致祥的老师魏云霞，老家也是咱县的。”魏云霞亲热地拉住季玉梅的手，像见了一个老熟人。

“嗨!”听到“魏云霞”这个十分熟悉的名字，季玉梅的脸上也放起了光芒，“你是肃南师专的魏老师，我还在亲戚朋友圈里翻腾了半晌。致祥说他一报名，你就能叫出他的名字，说出他的分数，星期天还请他吃家乡饭。他一直嚷着去肃南看你，你倒走在前头了！”

“他的总分和数学成绩都是班上同学中最高的，又是老乡，自然就记下了。”两个老太太一下子找到了共同的话题。

“魏老师，坐车时间长了，快进屋坐下说。”季玉梅拉着魏老师，攀上石台阶，进了上房，倒出保温瓶中的热水，又兑一勺凉水，试试水温合适，招呼魏老师洗去灰尘。

已经走出果窖困境正在气调库忙碌的魏桂芹听说家里来了客人，匆忙赶回家，略事梳洗，换好衣服，端着果盘，来到上房，放在魏老师眼前的茶几上。果盘里勉强放得下五个红富士苹果，还是摞起来放的，一色鲜红，表面像涂着一层蜡。

“她是致祥媳妇魏桂芹，来家这么些年了，里里外外操持得水行磨转，和我老两口一次脸也没红过。”只要家中来人，季玉梅少不了夸奖一回儿媳。

“人家也是读书人家的闺女，她爸是原先故里小学的魏校长！”季玉梅想到那里说到那里，又记起桂芹的家世。

“啊?!”魏云霞似曾相识，很快又恢复了平静，“他的身体可好?”

“好着呢，”桂芹有些吃惊，“你认识我爸爸?”

魏云霞的神情有些尴尬，“认识认识，那时候全县就那么几所小学，校长几乎都认得的。他早退休了吧?”

“他是一九六二年精简回家的，改革开放以后国家按月发放生活补助费。我家的苹果园也挂果了，他成天在苹果园里忙得不停点。”

“也好，和土地打交道吃得香睡得安稳!”

“农户人个个睡不够，睡得安稳也算好处?”季玉梅忍不住问。

“哎，老姐姐，能睡个安稳觉是人生最大的福气，没瞌睡睡不着那才叫痛苦哩!”魏云霞深有感触，她额头那个深深的印痕就是不能入睡时手指研出来的。

桂芹取过水果刀，手中的苹果翻转腾挪，一会儿就削光果皮，“这是准备送展的果子，魏老师尝尝鲜!”

“果子太大，切一半就行!”魏老师接过半个咬一口，含在嘴里一阵才开始咀嚼，“我在肃南就听说松柏峪苹果甜里带酸，酸甜可口，真是名不虚传!”

“娘，魏老师来咱家，致祥还不知道，不到星期天他是不回家的，我去叫回他!”桂芹想去趟故里，叫回致祥是借口，她是想：松柏峪人祖祖辈辈烩菜吃惯了，七碟子八碗上大菜没人能做得出来，魏老师远道而来先在故里宾馆炒几个菜将就个晚餐，赶明儿去故里宾馆好好款待。

魏老师连忙摆手，“不忙，桂芹！我是个闲人，有的是时间，住好多天哩!”

“莫说几天，住一年半载都不成问题。我不去喊他，只怕要落抱怨的!”

季玉梅自然知道儿媳的用意，点点头，桂芹推着自行车去了故里古城。

晚饭时间，桂芹端上来饭菜，饭名是疙瘩拌汤。是致祥让专程来故里的她买了些半成品扁豆面拌汤颗，买了几样青菜，回家又擀长面、炝浆水，准备了几个素菜。

看着儿媳端来的饭菜，季玉梅一脸的不愉快，嘴唇虽未动，眼神却在说，这孩子一直是个大方人，魏老师能来几回咋变得吝啬起来？

魏老师满脸都在笑，对婆媳眼神的交流全然没有察觉，摘下眼镜，端起饭碗，闻着炝浆水和扁豆面特有的清香味，眯缝着眼睛品了半天，情不自禁地摇摇头才动筷子。筋道的长面、瓷实的拌汤颗，越嚼越有味，“地道的家乡长面拌汤，离家四十年，第一次吃上这样可口的饭，桂芹呀，你怎么把我的口味知道得这么清楚？”

魏桂芹的心才踏实下来，“我哪能知道得这么详细，都是致祥的主意！”

“致祥不愧是我的得意门生，对我的喜好了如指掌！”魏老师每一口饭都好像在品尝一种艺术品，津津有味地嚼着舍不得咽的样子，偶尔夹一筷头素菜，“桂芹，再来一勺！”

致祥拦住去厨房舀饭的桂芹，“老师从来不加晚饭的，夹几口菜吧！”

“今晚破个例，我的理智战胜不了馋嘴！呵呵呵！”魏老师笑了，大家也笑了，俞致祥不再阻拦。

季玉梅转怒为喜，“魏教授，没想到你这么爱吃咱庄户人家的粗茶淡饭？”

“老姐姐，一方水土养一方人啊，这些年鸡鸭鱼肉都不想，就想家乡的鳖跳崖、馓饭搅团、煮玉米棒煮洋芋……”魏教授说到这些几乎所有饭馆不曾有的食谱时的神往劲儿就好像这些就在眼前。

“鳖跳崖、馓饭、搅团一顿来一样，我亲自来做。只是煮玉米棒煮洋芋，”季玉梅听得心花怒放，白天还在为教授吃啥发愁，原来她喜欢吃的竟然都是些家常便饭，做了一辈子的她闭上眼睛都会做，比桂芹做的还地道。但一想到煮洋芋，心里又有些不安，“煮玉米棒今年已经过了时间，煮洋芋这些年都没人吃！”

魏教授十分动感情地说，“人家叫咱洋芋蛋呢，咱可不能丢了看家的家当！六〇年一筐洋芋能救活一个大学生！”

“大学生也饿成这个样子了？”季玉梅十分吃惊地问。

“他是肃南师专的学生，饿得发昏，挖了队上的一筐洋芋才算留了一条命。”

“魏老师说得可是故里中学的王文贵校长？”俞致祥知道王校长因为洋芋事件和蜂蜜事件被打成牛鬼蛇神，但是还不能肯定魏老师说的就是王校长。

“正是他。这一筐洋芋也给他带来了灾难，毕业分配时由中学教师改派小学。落实知识分子政策时，肃南师专撤销多年，档案资料丢失，是我出面约请几个原任课教师联名写了证明材料，恢复了他的中学教师待遇。”

季玉梅满不在乎地说，“降了就降了，只要人在，人生万物哩，王校长这一阵还不是啥都好好的！”

“赶明儿我让王校长来看你。”俞致祥征询的目光看着魏云霞。

魏云霞不置可否地看了他一眼，习惯性地擦了擦镜片戴上眼镜，说起了另外一件事，“肃南师专现在情况好多了，打算改名肃南学院，升格为本科。你们上学那会正是人才青黄不接的时候，大部分老师都是中专教师没有高校教学的经历，教学经验不足，还有些调入的教师虽然学历是大学，原本没有学完大学课程，所以难以胜任工作。”

“在当时条件下，学校也算尽力了！”俞致祥心里想：魏老师毕竟上了年纪，记到那儿说到那儿，也就不再追问告诉王校长的事。

“据我所知，还有好些上完大学课程的人却没有进入高校发挥作用，比如撷秀中学的韩维周。”说到这里，魏老师感到脸上一阵发热。

对于魏老师这一细微的反应，俞致祥并没有察觉，“韩老师还没有落实政策就被王校长请来故里带英语，落实政策后肃南师专调过他，撷秀中学也要他回去，他都没有去！他说‘王文贵给我落实了政策，我就要跟着王文贵干！’现在已经退休，又返聘回来带课！”

“他爱人没有来过？”魏老师的脸色十分严肃，神情十分专注。

俞致祥觉得魏老师的表情似乎有些异常，但没有多想，“身体不好，边平反边退休，没有来过这里！”

104

季玉梅终于想起了魏老师像谁，像俞炳武！俞炳武的姐姐原来在撷秀中学工作，以后去外地与家里断绝来往。魏老师会不会是俞炳武姐姐？细心的她还发现，魏老师几次说到个人问题都欲言又止，不像其他话题那样显得轻松自如。口说回肃南却迟迟不肯动身，人说与韩老师有关的事听得特别认真。

女人的心灵是相通的，尤其是度过同样年代的人。季玉梅把自己的想法告诉儿子："依我看魏老师这次不单是看望你这个学生。"

俞致祥似乎不同意娘的看法，"你凭啥这样说？"

"凭啥？王校长是几十年前她关心和帮助过的老学生，更应该看望。但你说到叫来王校长时她咋不肯表态呢？"

俞致祥把这事倒给忘了，他感到娘说的有理，"那你说她这次来与谁有关呢？"

"可能是韩老师！"

致祥拍着脑门，"我怎么就没想到呢！她俩上大学的时间大体相同，又在撷秀中学一起任过教，你的判断有道理。你把话挑明，看魏老师怎么说？"

季玉梅白了儿子一眼，"亏你还上过大学呢，魏老师是个大教授，能挑明她自己早说了，用得上我说！"

致祥这下真是着急了，但又苦无良策，"娘，你说怎么办好哩，你看她一把年纪，来这里一趟多不容易！"

"如果魏老师真为韩老师来，你估计韩老师会咋样？"

"以韩老师的为人，和好如初不大可能。咱不管三七二十一，先让他俩见面再说，也不枉魏老师来松柏峪一趟。"

"要是魏老师压根就没想这事呢？"季玉梅还在为她同龄妹妹的面子着想。

儿子在这方面倒是想得开，"老同学老同事一场，时隔三十多年见一面，有什么不好？"

"那就好。你想个法子让韩老师来咱家，剩下的是他们自己的事。"

"韩老师为评地区先进的事对我有成见，请他来咱家会来吗？"

"这法子还用我想？"季玉梅说完，陪她的同龄妹妹去了。

魏桂芹也在动着请韩老师来家的脑筋，有人来家里告诉她气调库压缩机出了故障，魏桂芹高兴地一个劲儿拍巴掌，“这就叫人不帮忙天帮忙!”致祥忙问缘故，桂芹只是笑而不答，嘱咐来人：“你马上去故里中学请韩维周老师来一趟，就说咱气调库压缩机说明书全是英文，没人看得懂，请他帮帮忙。去时给韩老师带上一条烟!”

果然请来了韩老师。说明书不是教科书，一连串的专业术语，韩老师忙碌大半天也只翻译出个大概，一脸窘态，只好让魏桂芹另请高明，俞致祥好说歹说才把他请到家里。韩老师走进上房时，一下子惊得大跌眼镜，情不自禁地叫了一声：“啊，俞云霞?!”

“维周，俞云霞已经死了，我是魏云霞!”魏老师极力让自己的心情平静下来，深情地端详着韩维周，依然满头乌发，头顶和发际处有些稀疏，脸上的皱折也不多，当年的模样还在。她多么希望他伸出手来！他却像霜打过的茄子，双手欲伸又止，目光不敢和她的相遇。潜意识告诉她，三十年的残酷岁月虽然没有使他的容颜发生太大的变化，却把他雕饰成一个装在套子里的人。她伸出双手，“老韩，你是我专门请来的!”

韩维周茫然不知所措，“你请来的?”

“是啊，你就不想想，以老外的精明，出口中国的设备能不带中文说明书!”

韩维周对俞致祥本来就有成见，当了个地区先进尾巴爹到天上了，这次又出他的洋相，不怀好气地说：“原来是俞致祥设下的圈套?”

“你是‘一朝被蛇咬，十年怕井绳’啊！现在的年轻人不像咱们那时张口阶级，闭口斗争，人家可会体贴人了。就说咱俩见这一面，我没有告诉他，是他揣摩我的心思，不忍心让我空来一趟才想出这个计策，你难道不觉得他可爱吗?”

俞致祥早已不见了人影，韩老师这才握住魏云霞的手，仍然一脸怒容：“你骗了我!”

“……”魏云霞不知该如何应对才好。

“我回老家这些年来，你怎么连一封信都不写呢?”

“噢!”魏云霞明白了，“我经常给你写信，也没收到你的来信!”

“我一封信也没有收到呀!”韩维周一头雾水。

“你不可能收到，我的信根本就没有离开县城！”

“这又是为何?”韩维周就像一只打愣的鸡。

“都被邮局的人扣下交给老部了！”魏老师口中的老部就是她的丈夫，原撷秀中学校长。韩维周被开除公职以后，同事们开始用一种异样的目光看着她，社会上关于她和韩维周的风言四起。她的弟弟、父母相继离开人世，韩维周一去杳无音讯，她只想着离开这个让她伤心的地方。老部恰恰能够满足她的愿望，她调肃南师专后改名魏云霞，老部也调任肃南一中副校长。

“这个可恶的家伙，给我扣上坏分子就是要霸占你！”提起这个部校长，不由韩老师怒火中烧。

魏老师倒显得比较淡定，“过去的岁月无法挽回，现在人已入土，提这些往事除了仇恨还有何用?”

“死有余辜！”韩老师简直到了咬牙切齿的地步，“这号人连自己的父亲都能枪毙，你说还有什么做不出来的事?”

魏云霞的声调仍然平缓，“老部是偏激些，为了自身的利益无所不用其极，也欺骗了我的感情，我何尝不恨他？就是因为这个原因我才没有要孩子。”

韩维周仔细打量着这位曾经的恋人，说话时露在嘴唇外的几颗牙齿特别白，当年的圆脸蛋清瘦得能看清颚骨，下眼眶缀着大大的眼袋，眼角爬满鱼尾纹，一头秀发变得花白，顿生怜悯之意：“是我错怪你了，云霞！”

魏云霞的眼眶有些湿润，“是老部临终的一番忏悔让我原谅了他。他说，他一生做了两件错事：一件是亲手枪毙了他的父亲，一件是从你手中夺回了我。他走到如今子不认父妻不认夫的田地，是老天对他的惩罚！人之将死，其言也善。”

韩维周实在不忍心看下去：两个深深的眼袋装满心酸，两侧干瘪的腮帮写满愤懑，爬满眼角的鱼尾纹藏满失意，满头的华发诉说着不尽的委屈！啊，无情的岁月将一个天真无邪的姑娘变成一个孤独老太，她原本是需要人呵护的啊！

“他特别嘱咐我，把他的忏悔告诉给你，我一直犹豫不决。从肃南到松柏峪的路上仍然没有拿定主意，就是在俞致祥家这些日子里我还在心问口口问心，差点走人。是老部千方百计的封锁让我对你死了心，又是他的遗言让我和你见面。”

魏云霞的声音已经开始颤抖。

“云霞，你知道我这些年是怎么过来的吗？”韩维周热泪盈眶，也将自己的辛酸经历叙述一遍，听得魏云霞泣不成声，韩维周为她擦着满脸的泪痕，“云霞，有心仪的再找一个吧！”

魏云霞一往情深地望着韩维周，“三十多年前我的心就被你掠走，以后是没有音讯，现在有了音讯，我能把你从心中抹掉吗？”

“云霞，我爱你，但我没能得到你。你是个需要呵护的，我也是个需要呵护的，在你最需要呵护的时候我泥菩萨过河自身难保，从百般厌烦淑珍的呵护到寸步离不开她，我亏欠她的太多。当年我有负于你，如今我不能再有负于她。愿咱俩余生做朋友，下辈子做夫妻！”一语末了，韩维周潸然泪下。

两双曾经握在一起的纤细白嫩的手都已骨瘦如柴，互相为对方擦着流不完的眼泪，过去的光景无法挽回，眼前的现实无法改变，未来的岁月无法预料。

正面墙上，俞炳义亲笔书写的带有柳体风格的朱子治家格言四扇屏，骨力遒劲结体严谨，老梨木桌上马蹄表的锵锵声格外响亮。

105

俞致祥是受全国数学教学改革工作研讨会邀请的一线教师。他拿着邀请函找教务主任牛岁旺履行请假手续，牛主任皱起了眉头。按照学校财务制度，教师参加学术性的会议必须有市、县教育局转发的会议通知才行，这次研讨会由全国十三所师范院校发起，不属于政府行为，“老同学，没有教育行政部门的通知，这事不好办！”

俞致祥很看重这次会议，“我觉得这是数学教育界的一次盛会，会上可以听到不同流派的观点，了解全国最前沿的教改动态，对于我个人的教学很有必要！”

“我看这样吧，咱俩去找你们教研组长罗震环，如果他能帮腔说几句，这事就有门道！”牛主任想了一个万全之策。

俞致祥有些犹豫，上次接了罗老师的课也接了他的教研组长，罗老师一直耿耿于怀。这次自己受处分，教研组长仍由罗老师担任，罗老师常在一些小事上给自己穿小鞋，估计不会说好话。

果然不出所料，罗老师劈头就问，“全国会议怎么给你发邀请函呢?”

“会议筹备小组公开刊登广告，征集对数学教学改革的看法建议，我寄了文章……”

罗震环打断他的话，“这年头只要掏钱就能发文章，只要发文章就能接到邀请函!”

无需再问，罗震环不可能帮这个腔。

牛主任还在那里犯难，“老同学，不是我不帮这个忙，我不是学数学的，业务方面得听从教研组长的意见。”

俞致祥提出一个退而求其次的方案：“那就请几天假，费用我自己掏!”

主管教学的李校长只有准假权没有财务权，王校长远在地区参加一个学习班，就这样，他这次会议参加得有点公私合营的味道，享受公假却不报销费用。来回北京的车费会务费对一个普通教师来说是一笔不小的开支，俞惠萍说住君再来宾馆可以享受优惠。

北京二环内侧，一座装饰一新的宾馆不是很高，外观也很平常，除了闪烁着君再来宾馆五个大字的霓虹灯，没有什么引人注目之处。

俞致祥被安排住贵宾间，会客室里手工制作图案精美的纯毛地毯，西式沙发茶几，高清晰度液晶电视机，卧室和厕所都在套间。在寸土寸金的京城，这样的住宿条件够得上奢侈。

俞致祥傻傻地看着，闷闷不乐。

俞惠萍忙问其故，“看你闷闷不乐的样子，好像有什么心事?”

“不要说在京城，就是在县城，一个普通中学教师与套间房是没有缘分的!”俞致祥的意思是住个普通房间就行，没必要让惠萍掏这个冤枉钱。

俞惠萍笑得前仰后合，“我当是什么事，把我们的俞老师搞得心儿事儿的!这么大的一个宾馆，哪一天没有几间空房?”

客房经理递给她一张当天的入住情况登记表，俞经理莞尔一笑，“今天这个规矩就免了吧！”

一头雾水的客房经理退了出去。

俞致祥也感到意外，“既然是规矩，怎么能说免就免了呢？”

“你也不知道其中的缘故？”俞经理笑着反问他。

俞惠萍有个特殊的习惯，每天都要亲自过目一遍旅客入住登记表，而且是先从顾客的地址看起，然后看工作单位，再看姓名。她要在茫茫的人海中找出一个日夜思念的身影，她希望与那个熟悉的身影对应的文字记号出现在某一张报表中！她明知这是自欺欺人，却一坚持就是十八年，她终于感动了上帝，让这个熟悉的身影真真切切地出现在自己的眼前！

“不知道！”俞致祥难为情地摇摇头。

惠萍收敛了笑容：“我在等一个人！我知道这样做是竹篮打水，可我还是坚持了十八年！王宝钏等薛平贵也是十八年！”

“这个人是谁？”

“远在天边近在眼前！”惠萍有些语塞。

俞致祥不知说什么才好。

会议结束后，俞致祥急着回家，俞惠萍说什么也不肯放他走：“将在外不由帅！如果当初你来北京，我在黄泉招待所上班，你就是想住我还不让你住！现在有条件住你却要走，不愿和我一起待几天还是怎么的？”

人家都把话说到这儿了，怎么能匆匆离去？俞致祥不再提回家的事，“还有叫黄泉的宾馆？”

惠萍这才转怒为喜，“我说你是个老实疙瘩，你还真是个老实疙瘩！哪个宾馆取这样不吉利的名字？那是我初来在地下防空洞上班，心情不好才对你这样说的，对别人能这样说吗？条件就是再差，也是周伯伯费了一番周折才找到的！”

这些年周伯伯和周伯母多次要陪她逛京城，都被她婉言谢绝了。周继愈陪她逛过几回，她也是随便去了几个景点应付应付。她觉得在北海划船不如在磨子河溜冰，游颐和园皇家花园不如看牡丹嘴牡丹。俞致祥的到来使她忽然对京城的名胜古迹有了浓浓的兴趣。

“这是佛香阁，供奉接引佛的场所。”

“这是排云殿，慈禧居住和接受朝拜的地方！”

他俩从北麓登上万寿山，每经过一个重要景点，俞致祥都要情不自禁地介绍一番。俞惠萍也是津津有味，乐不思返。

“这是全世界最长的长廊，列入吉尼斯世界纪录!”两人在长廊里边走边看着一根根枋梁上的山水风景、花鸟鱼虫、人物典故彩绘。

昆明湖碧波荡漾，近处玉带桥横卧，岸柳成行，远处烟波浩渺，楼阁成群。两人泛舟湖上，专业摄影师为他们拍照。惠萍每次微笑着把头侧向致祥，致祥则是目不斜视，不苟言笑。摄影师傅举起相机，“笑一笑！”

俞致祥好像不会笑似的，还是原样。

“说茄子！”摄影师说出这个经久不衰的办法。

“茄子！”

“好！”摄影师按下快门，“拍情侣照男的应该主动一些，你们倒好，每次都是女的主动！”

惠萍笑而不语。

致祥想纠正一下摄影师的说法，但又一想，摄影师为了讨好顾客在逢场作戏，说了等于白说，不说也没什么影响，也就任其自然了。

在北海公园，两人各驾一只碰碰船，稍不留心，惠萍的船只就驶过来，致祥躲躲闪闪还是碰在一起。忽然他不再躲避主动迎了上去，哗一下，水花四溅，两人都被对方碰出老远，一圈又一圈的涟漪把激情传向远方。两个人就像一对顽皮嬉戏的儿童笑得前仰后合，不能自已。俞致祥问惠萍，“你说北海荡舟好还是磨子河溜冰好?”

惠萍笑了，笑得很开心。俞致祥按动快门，留下灿烂的一瞬。

“你真会抢镜头，我觉得这张像不错，让我看看！”惠萍拿过相机，调出镜头，“好好！这是我来北京笑得最灿烂的一次！”

“那就多拍几张！”

惠萍把相机还给致祥：“不会比这张更灿烂了！”

“说的什么话，能拍出一张，就能拍出两张三张！”

“说你瓜，你还真傻！灿烂是笑的，哪是拍的！”惠萍笑着走下碰碰船，“景色的好坏由心情决定。现在看来当初说景色不好是同行人的志趣不投，现在说景色好是同行人心心相印。致祥，你说咱俩在一起有说不完的话，和周继愈在一起怎么就无话可说呢？”

106

一辆奥迪牌小汽车穿梭在京华大学的马路上，透过马路两旁的杨柳银杏，一会儿可见人工湖里鱼儿嬉戏天鹅引颈，一会儿可见花圃里海棠昂首修竹叶垂，小汽车在一幢新建的宿舍楼前停下。这幢楼房是学校专为新引进的博士修建的住宅楼，取名博雅楼。车门开启，牛岁香在前，着装淡雅，臂挽坤包，周继愈在后，西装革履，拎个大礼盒，直奔俞月华的居所而来。

俞月华博士研究生毕业后分配到京华大学任教，和吴博士确定恋爱关系前，还让牛岁香把关。牛岁香与周继愈的事起初瞒着月华，月华得知后劝她要考虑惠萍姐的感受，不要逼一个女人走上绝路。岁香说，惠萍姐和周继愈当初在被爱情遗忘的角落相遇，本无感情基础，如今两人在事业上的差距太大，志趣相距甚远，勉强结合在一起也是同床异梦，貌合神离。与其这样，为什么还要维持这种无爱的婚姻，白白浪费周继愈的个人资源呢？岁香认为自己说的全是掏心窝子的话，月华却从此不与她来往。牛岁香和周继愈举行婚礼时给月华发了请柬，月华一气之下将大红请柬撕得粉碎，丢进垃圾桶。

对于这样的结果，牛岁香虽有心理准备，但又不甘心与自己的闺蜜就这样分道扬镳。她是谁呀？是和自己一起在松柏坡拔猪草，在磨子河溜冰，在泰山庙院玩跳方踢毽子的闺蜜，是和自己从小学到高中毕业十二年的同学，是和自己在首都北京互相倾诉衷肠的松柏峪人。然而，一切努力都是枉然，只好顺其自然，让时间来弥合这个裂痕吧。俞致祥的到来，让牛岁香看到了转机。两人既是俞致祥的同乡，又是他的得意门生，老师好不容易来一趟北京，你月华不看僧面也得看佛面！来京华大学前，她拨通月华的电话，相约一起为老师接风洗尘。月华的弯子转得没有那么快，态度仍然不冷不热，岁香摇唇鼓舌半天勉强答应。机不可失，牛岁香乘胜追击，带着周继愈亲自登门拜访。

月华的情绪还有些调整不过来，不知从何说起。还是丈夫吴博士打破僵局，“周教授，岁香，你们两位大驾光临，蓬荜生辉啊，请坐请坐！”

岁香笑着说：“都是松柏峪女婿，见面用不着酸溜溜的。我比月华大一个月，你叫我姐姐叫周继愈姐夫好了。”

他们的房间还真有些别致。三室一厅的房子在京城不算小，客厅空荡荡的，靠窗放着电脑桌。没有电视机没有碟机，没有沙发没有茶几，摆沙发的位置铺着一块大红无纺织地毯，来访的客人就坐在地毯上。

“人家说你去了趟日本，生活习惯也变成日式了，不坐沙发坐榻榻米，今天算是见教了！”牛岁香还是原先的样子，有啥说啥，早把和月华之间的不快抛在脑后。

月华见岁香说起话来还是心直口快，神态也自然了起来，“让你见笑了，哪是什么榻榻米呀？忽悠别人还能忽悠你！学校解决了住宿问题，‘配套’问题还得自己解决。不瞒你说，买了些灶具、床、衣服类的必需品，家具就顾不上了！”

周继愈也和吴博士一边交谈着，“工作量不是很重吧？”

“现在的教授都不去一线授课，早年进校的人学历不达标，本科、硕士文凭要换博士文凭，忙着在职学习获取文凭，我们这些人的授课任务就加大了。学校还把在SCI收录期刊上发表论文，提升学校知名度的希望寄托在我们身上，我们院长一个劲地催促，我看今年内发不出一篇，就没脸待下去了！”吴博士的脸上挂着一副并不轻松的笑容。

“我两个的专业跨度大，互相帮不上忙，不像你们俩同一个专业，互相还能帮着点！”月华还算嘴下留情，把“周继愈还能帮上你的忙”说成互相帮着点，“你看，我这阵正在为申请国家自然科学基金忙乎，按照学校规定，拿不上基金，职称晋升就没指望!”

牛岁香担心俞月华这个爱钻牛角的直杠子让自己在吴博士面前下不了台，听她说出互相帮忙的话，又动了恻隐之心，“听说这个基金不好申请，没有人关照是不会拿到的!”

“这些年一直从校门到校门，就认识自己的导师，导师在世的时候圈内说一不二，这基金那基金他一句话就解决问题。不幸的是他得胃癌去世了，人一走茶就凉，我的师兄师弟师姐师妹也成了排挤对象!”俞月华脸上现出焦虑的神情。

“你是初次申报吗?”

“连续报过两回，都是两票赞成，一票反对，没有通过!”

“那是忽悠你呢，不吊吊胃口，还有谁愿意上钩！继愈，你给前几天找过你的那人打个电话，让他关照关照，就说月华是你的亲戚!”牛岁香对申报基金的渠渠道道看来十分熟悉。

“什么亲戚?”周继愈郑重其事地看着牛岁香。

“问这么多干啥?”

“不是我问！得有个准备，知识分子就爱刨根问底，免得到时张口结舌。”周继愈这些年如鱼得水，首批留学归来的管理学博士，荣誉、职称、职务、社会兼职一样都没落下。国家下达的纵向课题非他莫属，企事业单位输送的横向课题应接不暇，按时下的标准衡量，业绩属于圈内一流。

“一进门就给你说了，妻妹!”牛岁香故意显出一副不耐烦的样子。

“好好好!”周继愈点点头。

为了拿到这个自然基金她奋斗了整整两年啊！拿不到这个基金，职称晋升就没门!周教授无疑给她吃了个定心丸,月华感激得不知说什么才好,“谢谢周教授!”

“嗨，这算啥？两眼墨黑的人都关照呢，你是谁？一起刨过黄土的姊妹，吃一眼泉水的松柏峪人!”牛岁香的心里在说，要是早打招呼，这阵基金已经到手了。

“你看，咱们只顾说话，忘记了招呼客人，连口茶水也没喝呢，我来沏茶!”吴博士搬来临时做茶几的小方凳，又走进套间找茶叶、一次性纸杯。

牛岁香跟进套间，“光喝茶是打发不了的，今天就免了吧！别忘了，你和月华确定关系还是我把的关，你欠着我一个大大的人情！”

“哪能呢，就是我忘了还有月华记着呢，改日宴请你和周教授！你是老熟人，人家周教授大老远来一趟不容易，总得让人家喝口水嘛！”吴博士还是有些过意不去。

“都是松柏峪女婿，一家人不说两家话，就不必客气了。我俩趁这个机会踩踩门，以后喝茶的机会有的是。时间不早，咱们先到饭店等俞老师，不能让人家等咱们！”

107

牛岁香打算在俞老师下榻的君再来宾馆餐厅为他接风，免得他坐地铁乘出租不方便。周继愈说什么也不同意，在君再来宾馆餐厅就餐，你是让俞惠萍参加还是不参加呢？岁香觉得他说得有道理，两人合计了一下，定在前门烤鸭店的思乡阁。这里既可以浏览老街区景色，也可以品尝独具风味的北京烤鸭，合乎俞老师的兴趣爱好。

思乡阁在灯光辉映下显得古色古香，紫檀木圆桌亮得照人，圆桌周围一圈中式仿古坐椅，古朴典雅。四面墙壁饰有古典橱窗，兼有几幅国画、书法作品，也是当代人的上乘之作。周继愈心不在焉地望着一幅国画，牛岁香提出宴请俞致祥，他就十二分的不乐意，好我的岁香哩，换上松柏峪的哪个人或者故里中学的哪个教师都行，唯独俞致祥实在让人难为情！牛岁香这下算是摊了牌，只要你认我是你的老婆，你总有面对松柏峪父老乡亲的一天！

让周继愈难堪的不单是俞致祥来了，俞惠萍竟然也来了。俞致祥一眼认出他，向他伸出手来，牛岁香忙介绍说，“俞老师，他是我爱人。”

“啊?!”俞致祥的手好像被马蜂蜇了一下马上缩回，两道浓浓的眉毛几乎挨在一起，脸上的肌肉抽搐，嘴角颤抖，怒气冲冲地看着周继愈。他似乎明白，岁香说的是真话没有也不可能开这个玩笑；他似乎又不明白，个人生活发生如此重大变故，惠萍怎么守口如瓶，从未提及？而且当月华在电话上告诉她和岁香宴请的消息时，她不但不回避反而主动跟自己一起来思乡阁？

周继愈低着头不敢正视俞致祥。眼前的这个中学教师曾给自己狠狠的两记耳光，曾说过只要自己对惠萍好就是给了他天大的人情。现在他不但违背当初的诺言和俞惠萍离异，而且又与另一个松柏峪人结合。他似乎在受到良心的谴责，他似乎在接受道德的审判。

牛岁香翻来覆去干搓着双手，她是在毫无准备的情况下作的介绍，不说清致祥哥蒙在鼓里，迟早有说清的一天，长痛不如短痛，说清后才感到事情并非想象的那么简单，原先只知道致祥哥和惠萍姐好，这时才发现致祥哥为了惠萍姐可以两肋插刀！

俞惠萍面不改色，补充着岁香有点唐突的介绍，“他就是岁香妹妹的新婚丈夫周继愈先生！”然后用严峻的目光看看俞致祥，“可不能让松柏峪女婿看松柏峪人的笑谈！”

俞致祥明白她的意思，极不情愿地再次伸出自己的手。周继愈低着头，脸上好像刚吃了两巴掌，红得发烫，伸出那双有气无力的手，和俞致祥握在一起，想作一番解释却没有勇气。

俞惠萍反客为主，继续介绍着：“这位是月华妹妹的丈夫吴博士。”

俞致祥愣在那里，大脑一片空白。

俞惠萍怕他一时冲动搅了场合，“难得一次在京的松柏峪人大团圆，你是松柏峪的男子汉，应该说几句才是！”

俞致祥和吴博士握手后，一手拉着牛岁香，一手拉着俞月华，“恭喜两个妹妹，事业爱情双丰收，双双摘取博士帽，双双带着才子归！”

两位女博士都在为惠萍姐的不请自到为难，没想到她如此大度，俞老师的话又让她俩如释重负，“没有俞老师，就不会有我们的今天。”

“哪里话，你俩是松柏峪飞出的金凤凰，有些日子没回松柏峪了吧？松柏峪可想它的金凤凰了！”俞致祥的话冲淡了思乡阁的沉闷气息。

月华有些不好意思："上学时想着毕业后回家，毕业后又忙着申请国家自然基金，写SCI论文，还是回不去！"

人啊，一辈子都停不下来，才卸下学业负担的她们又扛起事业的重担。联想起中学职称评定，俞致祥感同身受："国家自然科学基金不是每个大学教师能够申请到的，拿它作为晋升职称的依据，和中学以考入北大清华的人数作为晋升职称的硬杠杠如出一辙，不能客观地衡量教师的业务能力和工作业绩。"

"俞老师的见解独到！"周继愈有了说话的机会。

"我是班门弄斧，不怕你们笑话。大学盲目鼓励师生在国外杂志发表文章，开口闭口SCI论文，这是文化不自信的表现！"俞致祥一激动，忘了大家还在站着候他入席。

若论年龄周继愈为大，但他是牛岁香的丈夫，也得跟着牛岁香呼俞致祥为兄。俞致祥推辞不过，只好坐上座。牛岁香夫妻和俞月华夫妻是东道，一左一右落座。事先没有想到的是俞惠萍坐什么位置？俞惠萍也不推辞，坐在致祥身边。

菜已上齐，荤素搭配，五颜六色，酒瓶开启，散发着浓烈的酱香味。牛岁香举起酒杯，"俞老师应邀来北京参加学术会议，我和月华是俞老师的学生，又是俞老师的妹妹，打从心眼里感到高兴。祝贺俞老师取得的卓越成就，感谢俞老师对我们的培养，感谢你对我们兄长般的关心！"说完，一饮而尽，她平日不喝酒，今天为俞致祥的到来破了戒。

月华和岁香一起为老师接风洗尘，岁香已喝，月华岂有不喝之理？至于周继愈、吴博士，都是配合夫人行动，夫人的行动就是无声的命令，几乎和两位夫人同时杯底朝天。俞致祥欣然从命，也是一饮而尽。

俞惠萍举起酒杯，"致祥不胜酒力，你们都成双成对的劝酒，他哪能招架得住。他的酒全归我！致祥，来而不往非礼也，学生敬了，老师岂有不敬之理？妹妹敬了，哥哥姐姐岂有不敬之理？"

她代表自己和致祥，先敬月华夫妻，每人两杯，名曰四红四喜。再敬岁香夫妻，也是四红四喜。

"惠萍姐，一切都在酒中！"惠萍姐如此爽快，岁香十分感激。

惠萍举杯和岁香碰在一起，“岁香妹不必多说，我和周继愈不是一条道上的人，感谢这些年他对我出于义务的照顾，衷心祝愿你俩白头偕老！”

周继愈什么也说不出，只是默默地喝酒。

岁香和月华觉得惠萍姐已经喝多了，不再劝酒，身为东道主的她俩又不好意思说出结束的话。吴博士悄悄拉了拉俞致祥的衣角，致祥会意，端起酒杯，欠着身子，“感谢大家百忙之中设宴款待，祝故里中学的优秀学子，祝松柏峪的金凰金凤比翼双飞，愿我们的明天更加美好！”

108

两辆二十四轮大卡车装得满满当当，用篷布裹得严严实实，停在气调库前的水泥空地上。气调库管理员是郭爱爱的上门孙女婿。郭爱爱为俞彩霞入赘了女婿，彩霞只生了一个女儿，也给自己的女儿入赘了女婿。小伙为人本分老实，不贪不占，外号“郭驸马”，整天忙碌着果品的出库入库，顾不上回家吃饭。果农家里无闲人，还在帮着站锅头的郭爱爱见孙女婿还不进家门，就把饭菜送到果库。

俞殿元乐滋滋地走来，老远就喊，“有大生意了，快打开纸箱库！”

“开纸箱库干啥？”郭驸马正在狼吞虎咽着丈母奶奶送来的饭菜。

“说你是个瓜怂你还真是个瓜怂！这几车苹果只要换上咱的果箱就地能赚一大笔！”俞殿元眉飞色舞，唾沫星子乱溅。

“这要请示社长，我做不了主！”郭驸马知道俞殿元脑子灵活，是大家推选的果业合作社副社长，不把自己放在眼里，便拿出看家的招数。

“社长不在，事情紧急，我说了算！”俞殿元已经找来几个换装果箱的农工。眼下正是用工紧张时期，农工日工资不下五十元，还得管吃管喝管住，隔三差五还得班车从城里捎来烧鸡、锅盔改善伙食，管待不好就没人干。晚饭后更是叫不到人，工价开到捯饬一箱果子两毛钱，才来了几个人。

急惊风偏偏遇了个慢郎中，郭驸马一听这话，把桌子上的钥匙挂在裤带上，凭俞殿元好说歹说都不顶事。

农工干不成活就拿不到工钱，领头的黑着脸嚷起来：“你咋一头说话一头放气哩！没商量好叫我们干啥？我可把话说在前头，干不干活工钱一分都不能少！”

俞殿元急得像热锅上的蚂蚁，抡起巴掌，冷不防一个耳光打在管理员脸上，“我把你这个一根筋！俞绍文就是个一根筋，都成招女婿专业户了还没有调过门户。魏桂芹也瞎了眼，要你这号人管果库！”

打人不打脸，骂人不揭短。郭驸马脸上吃了一巴掌还没想着发作，还在心里告诫自己：咱是个小辈子，又是个上门女婿另姓旁人，打就打了一阵就疼过了，骂就骂了一阵风就吹走了。一听俞殿元扯出人手几辈再也不答应了，无奈丈母奶奶抓住两只胳膊不丢手，猛用劲会摔倒她，还不了手只好还口，“俞殿元，你和我说事，扯我爷爷奶奶干啥？”

“咋？怕人说?怕人说就躲一边去。这是松柏峪，松柏峪人还要看另姓旁人的脸色？”俞殿元并不是专捅郭驸马的疮疤，而是想着激怒他让他早早撒手不管。

郭驸马顿时七窍生烟，“咋？嫌做上门女婿通不过？急啥，儿子找上媳妇了还有孙子，让孙子做一回上门女婿不就行了！”

俞殿元占不了嘴上的便宜，看着几个农工轻蔑的眼神，火气更大。爱爱吃够了打架的亏，见人打架就腿软，何况打架的一方是自己的孙女女婿，一双小脚来到农工面前央求他们劝架。农工眼看到手的鸭子飞了，气都气不过来不但不劝架，还在为俞殿元摇旗呐喊：“把这狗日的踹扁！”

爱爱一个女人家劝了这个劝那个，那个都不是省油的灯，只好再次扯住孙女婿的手。

见俞殿元又抡起巴掌，郭驸马照准他的小腿骨飞起一脚，俞殿元的巴掌还没落下，小腿骨先挨了一皮鞋。这一脚要是落在屁股上还有软肉衬着，落在干骨头上，干骨头和皮鞋尖硬碰硬，疼得俞殿元单脚起跳老半天。他仗着年纪大辈分高又是副社长，想唬住这个上门女婿，没想到人家不但不买账，还针尖对麦芒地干上了。真正干起来，他哪是年轻人的对手？蹲在地上，捂着小腿，嘴里操着俞绍文的八辈祖宗。

“俞殿元，我让你一巴掌已经给了面子。你还嘴硬，别怪我不客气！再骂一句我就踹扁你，不信你试着！”郭驸马挣脱丈母奶奶的手，怒气冲冲地朝俞殿元走来。

打架盼拉，郭爱爱连自己都站不稳哪能拉架？这帮子农工恨不得两人中有一个被踹扁！郭驸马还在朝自己走来，继续骂下去这小子的拳头不是吃素的，几颗门牙说不定得下岗。如果不骂就等于自己认怂，当着这些农工的面，自己的老脸往哪里搁？

俞殿元急中生智，朝农工把头一偏，农工会意，一齐扑上前来将郭驸马生擒活捉。俞殿元抹了一下嘴角，“把这个狗日的关起来，别让他搅和了我们的生意！”郭驸马被推搡进只有门没有窗户的储藏室，带上了门。

俞殿元一摆手，“换果箱！说好的价钱一分也不少！”

几个农工还在迟疑着，俞殿元拍着胸口说：“谁叫你谁发钱！我是副社长，社长不在我说了算。他是个外来户，有他说的啥！”

农工忙着从卡车上搬下一箱箱苹果，换上“广爷川金果”字样的专用纸箱又码在大卡车上。俞殿元细心点数着每个人捯饬的数量，在不同的姓名下划着一个又一个的“正”字。几车苹果如数换好果箱，苫好篷布，押车的生意人吆喝司机上路了，自认为大功告成的俞殿元也跳上驾驶室。

忽然马路中央三个黑影就像三尊佛像，还没有来得及加速的卡车不得不停下来。借着车灯光，俞殿元看得清楚，中间是牛国璧，两边是柳知秋和郭爱爱。他告诉司机，“都是几个不拿事的，打开喇叭吓唬吓唬他们，冲过去！”汽车又突突突地叫起来。

“龟儿子有本事从我身上开过去！”牛国璧大声吼着，柳知秋骂骂咧咧，连郭爱爱也龇牙咧嘴，一副得理不饶人的架势。

“几个棺材瓤子张狂个啥嘛！”俞殿元嘟囔着打开车门，跳下驾驶室，“让开，让开！有话慢慢讲，不要难为朋友！社长去镇里开会了，我这是专门去向她当着这些朋友的面说清楚的！”

“现在就说清楚!”三个老家伙一齐发声。

“你几个倒是个啥嘛让我说清楚？我不大不小还是松柏峪果业合作社的副社长呢!”俞殿元也梗直脖子。

“副社长也要对得起这里面的二两净肉!”牛国璧拍着自己的心口窝。

“好我的老支书，一家人不说两家话，给我的回扣一分不少交到社里，我会当着桂芹的面说清楚，让这几个朋友当面作证。”俞殿元嘴软了下来。

牛国璧指着卡车上的几个陌生人，“不说这些，让他们下车，松柏峪地界出去的果子不能掺半点假!”

听牛国璧这么一说，俞殿元才明白三老拦车的用意。看着弱不禁风的郭爱爱，他后悔刚才只顾了郭驸马，没有把这个平日不哼不哈的小脚女人也关起来。想得出，就是她一步一颤地找到柳知秋，两人一起又搬来牛国璧！你俩的眼睛还算有水，居然知道松柏峪挡得住我车的只有牛国璧。

俞副社长满脸堆笑地让外乡人走出驾驶室，陪他们回到果库办公室等候魏桂芹。他相信，事情还有转机。

109

踏着夜色，路过柳树林河滩气调库，魏桂芹顾不得人困马乏，一脸疲惫地走进果库大门。这里既有她洒下的汗水，也有她流下的泪水，付出的心血。如今不用发愁亏损，也不用担心资金不足，气调库扩了又扩，每次扩展都有人拿着现金入股。松柏峪没有合适的地段，魏桂芹想着把气调库盖到故里古城。镇领导已经表态支持，并且向县里、省里、农业部打报告，准备列入国家计划，争取国家专项扶持资金。

喜出望外的俞殿元一下子来了精气神，“桂芹，我说你啥都好，就是认人不准!”

“殿元哥，你这是咋哩?”桂芹一走进气调库也来了精神。

“咋哩，这狗日的差点搅和了咱的好事!”俞殿元手指头戳着郭驸马的眼窝子，又骂骂咧咧上了。

郭驸马已经被他丈母奶奶从储藏室放了出来，还是不依不饶，“咋，嘴上的便宜还没占够，不是我奶奶拦在前头，不踹扁你我就不是人！不就是个副社长吗，有啥了不起？没有社长同意，天王老子说的都不行!”

俞殿元拉着魏桂芹的衣角来到一旁，压低声气，“桂芹，该到咱们发财了，没想到有这么大的赚头!”

看着俞殿元神秘兮兮的样子，魏桂芹越发好奇，“啥事，你快说，看把你高兴的!”

俞殿元的脸上满是喜悦，“这几车苹果都是外地来的，他们愿意每斤抽给我们五毛钱，通过咱们发给果商！他们还答应事成后给我每斤一毛钱的回扣。咱明人不做暗事，这一毛钱我不要，都给社里。”

“原来是这样!”魏桂芹明白了俞殿元的生意经。

“好着呢，价不低了，每箱按三十斤算抽十八块钱，一个纸箱收五块，白赚一疙瘩钱呢!”俞殿元兴冲冲地看着魏桂芹，这是他出任副社长以来经手的最大一笔生意。

“这事咱不能干!”魏桂芹居然不同意。

“咋?”俞殿元瞪大眼睛，失望地看着桂芹，“世上还有这样的瓜怂哩!”

“殿元哥，咱的苹果才创出牌子，难道就值这几个钱?”桂芹去镇里开会，已经调到镇果业办的完映兰告诉她，松柏峪的红富士苹果在中科院郑州林业科学研究所化验的结果，各项指标都高出全国其他产区好多，一举拿下了上海博览会金奖，深圳博览会中华名果两项殊荣。

“啥牌子不牌子的，今年也就是这个样了，明年情况咋样，还得看老天爷的脸色行事。你想过没有，扬花季节遇一场霜冻挂果季节遇一场冰雹啥都完了！这几车先赚下，后面还有，咱先赚了今年的装在口袋里再说明年的!”俞殿元也觉得委屈，我这是为社里人着想，天地良心一分钱的回扣都没隐瞒，难道还信不过我!

“殿元哥，正因为收了这几车还有，咱更不能收!”

“你是与钱有仇还是咋的?”

“我做梦都想赚钱呢，但要赚得合理合法，君子爱才，取之有道。”

“这是周瑜打黄盖，一家愿打一家愿挨的事。咱一不偷二不抢，咋就没有取之有道呢?”

“殿元哥，以你之见，咱今年或许可以大赚一笔，可是明年后年呢?咱两边山上的果树才栽上，还要指望它给咱带来更大的收益。你想，咱的牌子倒了，全国的客商与其倒贴运费，在松柏峪高价装外地人的苹果，还不如在原产地低价装苹果，到那时，还会有人来松柏峪拉苹果吗?”

“我不同意你的意见，合作社的章程说遇事要大家商量，让社里讨论后再说。”俞殿元看一两下说服不了桂芹，要求行使自己作为社员的权利。

果业合作社的全体社员都来了，就俞殿元的提议展开讨论，同意不同意的都有，两种意见争论得非常激烈。

柳知秋说了话：“往常人说‘嘴上不哄人，秤上不亏人’，这是做人的两个底线，超越底线会遭报应。如今不兴报应的话，但不能昧了良心!”

牛国璧也说了话，“一个人不能瞎了人品，一个家不能瞎了门风，一个庄不能瞎了庄风！六七年遭灾后，咱村出外要饭的人多，这一传出去不要紧，松柏峪的小伙子说不上女人。建社娘、三龙娘、还有国鼎家的都晓得这个苦头！干啥事都得有个长心，一锤子买卖只会害了自己!”

会议的势头急转直下，朝着不利俞殿元的方向发展，俞殿元看着俞三龙，希望他出来说几句。

此时的俞三龙已非彼时的俞三龙，移花接木事件闹腾得一发不可收拾，三龙媳妇一气之下喝了老鼠药，虽然抢救及时保住了命还是落了个癫痫后遗症。大龙去镇政府抖落了三龙的事，镇上派人调查结果属实，撤销了俞三龙支书兼村长职务。松柏峪果业生产合作社社长魏桂芹担任村长，代理村支书，三副担子一肩挑。

俞殿元趁三龙抬起头的瞬间噜噜嘴，三龙看见装作没看见：“老柳伯和老支书的话有理，我同意他俩的意见。”

俞殿元气得一脚跺在地上，“三龙，你这不是日弄人吗？”原来这几车苹果是俞二龙托说的。二龙眼观六路，耳听八方，让三龙出面，三龙自觉人微言轻，又拉上了俞殿元。

几个重量级人物发话后进行民主表决，俞殿元的提议被否定了。

郭驸马不屑一顾地看着俞殿元，“你以为就你是主人，也有我的一份呢！”

郭爱爱赶紧给孙女婿递了个眼色，“年纪轻轻的别得理不饶人，还不给你殿元叔赔个不是！”

“老婶子，别说他了。唉！”俞殿元蹲在地上，双手狠狠地拍着自己的大腿，“为大不尊，也就难怪当小不敬了！”

“难道让我们倒贴一个夜晚不成？你们吃了喝了嘴抹了，撑得没法子斗嘴哩，饱汉子不知饿汉子饥，这阵还有水米没打牙的人哩！”几个农工撕扯着俞殿元。

俞殿元胳膊一甩，头埋进两个膝盖之间：“我有啥法子？把我的骨头砸了卖眼药又能卖几个钱呢？”

有个农工轻轻地拍着他的头，“没有金刚钻就别揽细器活！听说话的口气你是松柏峪的一个人物，这下子才知道你的话等于放屁！”

魏桂芹对俞殿元说：“工钱还按你说的办！”

她的肝区隐隐作痛的病根并没有随着苹果产业的发展减轻，一劳累就犯。下午去了趟镇卫生院，医生告诉她要尽快去大医院检查。可是她哪能闲下来，村上的事，果库的事，家中的事，这不，又是一桩事先没有想到的事。

参加社员大会的人一个个走回家去，看着一张张熟悉的面孔消失在磨子梁天际线下的夜色中，魏桂芹的内心突然产生出一种恋恋不舍的情结。

110

“爸，我每回一趟家，你都要换一回这玩意，客厅都成展出橱窗了！”池丽丽推开家门，没有寒暄，劈头就是一通抱怨。

池志超正在注视着墙上的条幅，“东壁图书西园翰墨；南华秋水北苑春山。晓峰安维峻”，纸张自然老旧，结字中正，轻重变化有魏晋名士余韵，一看便是真迹。他看了女儿一眼，目光又回到条幅上，“陇上铁汉安维峻亲笔书写的，他可是连慈禧太后都敢弹劾的呀！”

“爸，火都烧到屁股上了，你还四平八稳？你还分管教育口呢，就为岁旺谋了这么个差事，你是叫他干还是不干呢？”为牛岁旺任职的事，故里中学图书馆馆长池丽丽没有搭便车，坐公共汽车专门回了一趟家。

王文贵校长已经船到码头车到站，光荣退休，牛岁旺被地区文教体处任命为主持工作的副校长，校长的职位暂时空缺。就这一纸任命给这个年轻人出了个不大不小的难题，一时想不出个应对之策。放开手脚大刀阔斧地干会招来非议：这家伙的“副”字去不掉，正科上不了副县，头削尖往上爬呢。学校领导班子成员也让他感到掣肘：李副校长资历比自己深，威信比自己高，管理教学经验比自己丰富；原办公室赵主任现在是党委副书记，原总务处丁主任是主管后勤的副校长，虽然提拔校级干部的时间比自己晚，但都是跟着王文贵校长一路走过来的老人手。三人教学、人事、总务各把一关，是名副其实的故里中学三驾马车。任三驾马车各拉各的套，各吹各的号，自己又是主持工作的副校长，眼看着王校长留下的这个摊子在自己的手中走了下坡路，牛副校长实在是欲干不成欲罢不忍。

池志超发觉女儿的神色和往常不同，有些诧见，“你这是怎么了？大老远回到家，屁股还没坐热就对爸爸兴师问罪起来了！”

“你看这次人事安排：李校长提拔早，没什么说的。赵主任、丁主任怎么都提成校级呢？让他们原地不动，岁旺不管怎么说也是副校长，还可开展工作。这样一提拔，几个人都是正科级副校长，砖头上画老爷一般大小，岁旺还能指挥动吗？”看来丽丽为这事操心也有一段时日了。

池副处长小心翼翼地取下条幅，卷好装进专门定制的盒子，“年轻人呀到底是年轻人！怎么连这步棋路也看不明白呢？”

“什么棋路？你站着说话腰不疼，没有设身处地为岁旺着想！”丽丽忙着为爸爸沏茶，还是牢骚满腹。

“那就坐下说。”池副处长把条幅放回书房书架，坐在客厅沙发上，呷一口茶水在嘴中含了一会儿，“醇厚回甘，岩韵显露，上等的大红袍！是新上任的主持工作的副校长孝敬老丈人的吗？”

“他哪有这样的好茶，是他妹托俞致祥带来的！”

“一娘养九种，这牛岁香就是个人才！”一提起牛岁香，池副处长马上笑逐颜开，“你看人家，上学上北大，考研考博士，找女婿找博导！岁旺只要有人家一成的本事就够了！”

丽丽听得直倒胃口，“你这不是长他人志气灭自己威风吗？岁香再好与你八杆子打不到，岁旺再差是你的女婿，你有个病儿疾儿的还得靠他！就说这大红袍茶叶，是牛岁香送给岁旺，岁旺送给你的，不要以为是岁香送你的！”

“哈哈哈！”池志超反而大笑起来，“我的宝贝女儿又吃醋了，是不是？我难道连这个轻重都掂不来吗？为了我的女婿，我主动让出故里中学党委书记的位子，心甘情愿地挂了正县级调研员的虚职。你也清楚，故里中学走到今天也有我的一份心血！交给别人我能放得下心吗？就这么个不起眼的变动，还是人家组织部任科长暗中帮的忙呢！”

丽丽并不理解他的一番苦心，“什么任科长，不就是那个任保管嘛！是谁调他担任副科长，又是谁推荐他到组织部的？”

“哪怕人家当初是个放羊娃，只要进了要害部门就比你水平高！任科长专门负责转任虚职的处级干部初选，宰相门前七品官！人家要是记你的情用不着嚷嚷，人家要是没这个心肠你就是喊破嗓子也是枉然！”池志超对女儿循循善诱是希望通过女儿对女婿有所启发。

丽丽还是没有听出头绪，“这我管不着，你就直说，岁旺该怎么办？”

池副处长转着弯儿说服女儿：“副校长前加主持工作等于为下一步提拔打好伏笔，写文章有这个讲究，提拔干部也讲水到渠成。心急吃不了热豆腐！”

丽丽一脸茫然。

池志超示意女儿坐在身边，声音低了些，“李副校长年事已高，过了任实职的年龄，构不成对岁旺的威胁。赵副校长、丁副校长都是故里中学的功臣，不解决他们的职务，他们就会对提拔岁旺有意见，教职工也会有想法。但是，他们担任正科级比岁旺迟，按照组织程序，正科到副县至少得三年！”

丽丽看见爸爸额头的发际处一圈白发，“爸爸，你什么时候头发白了一圈？”

“我的傻女儿，爸的头发染了多年你才发现？”

“爸爸，你怎么说老就老了呢？”丽丽挽起爸爸的胳膊摇曳着，眼圈发红。

“爸爸这些年也不容易啊！”池志超一声长叹，“岁旺目前没有能拿得出的尺寸之功，马上提拔会招来非议，现在正是他建功立业的时候！”

“岁旺现在是狼吃天爷不晓得从哪里下手！”丽丽在替岁旺着急。

“那我就直说吧，谁让你是我的女儿呢！岁旺和王文贵比教学质量，那是以卵击石！”看着女儿撅起嘴巴，池副处长又解释说，“不是说他的本事不行，而是说他所处的时代和王文贵大不相同。王文贵在百废待举之时上任，以零为起点，随便干都出成绩。岁旺以王文贵的终点为起点，起点就不低啊！但是王文贵也有软肋，学校的硬件建设还不尽如人意。岁旺何不在这方面动动脑筋呢？如今哪个单位的领导不为钱发愁？好多学校都有马校长，牛校长，钱校长！”

丽丽觉得新鲜，“爸，什么是马校长，牛校长，钱校长？”

“马校长就是抓政治方向的校长，牛校长是抓业务的校长，钱校长就不用我多说了，这你明白。就让岁旺当一回钱校长嘛！牛岁香的公公是个经过长征的老干部，在京城有一定的影响，通过他可以做文章！”

丽丽又泄了气，“通过他恐怕没戏。因为岁香和周继愈结婚的缘故，他和儿子断绝了来往！”

“办法是人想出来的，活人还能让尿憋死？最后，我再补充一点，”说到要紧处，池副处长忘记了场合，冒出了自己的口头禅，“用人很重要，要保证治校方略一竿子插到底，中层很重要。既要有一技之长的干才独当一面，也要有言必从的奴才，忠心耿耿卖命。‘主持工作’这四个字就保证了岁旺有这个主动权！”

111

受牛副校长派遣，俞致祥和牛国璧、柳知秋带着一项光荣而艰巨的任务，来到北京城。三人费了好大周折，来到不显山显水的君再来宾馆。

柳知秋活了八十多岁，四门不出，去过的最繁华地方就是县城。他从家乡出发，一路走来，除了汽车不陌生，火车、地铁都是生平头一次见。不说一座座高耸入云的摩天大楼，一幢幢雕梁画栋的古建筑，就说这君再来宾馆，人还在酒店外，玻璃门已经自动打开。大厅地板能照见人影，专供顾客临时坐的沙发、桌椅一尘不染，报架上摆放着各种各样的报纸，墙上一字排开五六个大钟表，让人搞不清究竟是几点几分。

“俞先生，您好!”大堂经理认识俞致祥，和他亲热地握手，又和柳知秋牛国璧一一握手，“爷爷好！伯伯好!”

柳知秋被带到自己的房间时傻了眼：一个人占了两间房子，睡是睡的坐是坐的，在这寸土寸金的地方，有必要要这个排场吗？他把自己的想法告诉了牛国璧，牛国璧也是一拍即合：这房子的费用少说也得过千，两个老头合住一个标准间正好，咱的人在这里管事，用不着这么铺张。两人生怕弄脏床单，大床上坐都没有坐；生怕弄脏沙发，皮沙发上靠都没有靠，就站在地上。

大堂经理好言相劝两人就是不听，正在僵持不下时，俞惠萍办完事赶回来了。一脸沧桑的国璧叔就像松柏坡，白发苍苍的柳老伯就像松柏峪，她顾不上称呼径直扑上前来，紧紧拉住二人的手哭了起来。

柳知秋以手抹着眼泪，“我说惠萍，国璧说来北京，我二话没说就应承了。人说你在北京过得好，我总想看一看是咋个好法，有朝一日去了那边你爷爷问起来，也能说个大概。住店的事你就依我，这样我心里舒坦!”

惠萍泪眼汪汪地央求说，“看见你二老，就像看见我爷爷我爸爸，别人喊爷爷我的眼前就是老柳伯，别人喊爸爸我的眼前就是国璧叔。听说你们要来，我早关照他们预备好房间，惠萍现在有能力让你们住好、吃好、玩好。”

牛国璧也劝惠萍:“老柳伯说得对着哩，我俩住一屋互相也是个照应。他没出过远门又不识字，出了宾馆会迷路的!”

“国璧叔有所不知，你们来办事要找人说话，周伯伯肯定过来看望你们，有个宽绰一些的地方说话方便!”惠萍还是不肯。

牛国璧说，“那就留致祥的这一间，我俩住标准间。”

惠萍知道两位老人的脾气，固执己见也不顶用，吩咐客房经理再开一个标准间，手机突然响起来，“姐，我是岁香，柳伯和我大爹到了吗，我马上过来看望他们!”

老知秋放过鹞子的耳朵听得真真切切，“打电话的可是岁香?”

“是的，说好的，你们一到她就过来看望!”

“哼！不见！把人亏了，这个世上再没人了，还是个博士，就这一点出息！不要说给老牛家丢脸，我的脸上都无光!”柳知秋一脸怒气，说起话来不管不顾，把牛国璧是岁香大爹的事忘了个一干二净。

俞惠萍摇摇老柳伯的胳膊，“老柳伯，如今婚姻讲自主自愿，法律都有条文规定。”

柳知秋话已出口也就不再遮掩，索性把要说的都说完，“国璧，咱俩打了一辈子交道，你也算松柏峪的好人，咋就遇了这么个侄女?”

牛国璧被他这桶凉水浇得猝不及防，红着脸低着头。

“人家包公还容不得陈世美呢，现如今的法律就能容得下周继愈这样的负心贼!”柳知秋越说越有气。

“老柳伯，咱不说这些。惠萍想说的话有千千万，我早想着找机会让你俩出来看看世事呢。这几天我啥事都不干，专门陪你俩好不好?”

一觉醒来，天已放亮。都市嘈杂喧闹的声音透过各种渠道，传进柳知秋的耳朵。对于乡下人来说，它倒是一种催眠曲，特别是经过长途跋涉的人。柳知秋是被大便憋醒的，他下地穿衣，摸摸上衣口袋，临出门时老伴让带的几张旧报纸已经用光，左瞅右瞅，房间不见一张纸片。牛国璧仍然扯着呼噜，他不忍心惊醒他，只好打消大小便的念头。想出门走动又怕迷路，给惠萍增添麻烦，便坐在窗前的圈椅上数楼层。

“一、二、……二十，不可能这么高，”他简直不敢相信自己的眼睛，莫非是老眼昏花没有盯清？又从头数起，还是数过二十没数完！老知秋摇了摇头，神情有些沮丧，“二十几层高的楼房，人咋上得去？不可能！”

他抽着惠萍特地为他俩准备的美国大雪茄，过足了烟瘾，又开始打发无聊的营生，数起楼层来。数来又数去，还是数到二十没数完，“他娘娘的，人老了，眼睛也不顶用了！”

“你骂谁？”已经睡足觉，准备起床的牛国璧一把掀开自己的被子，一脸吃惊地看着老知秋。

“我骂我自己还能骂谁？”老知秋仍然皱着眉头没回头。

“你像个叫鸣鸡一样，不要烦人好不好？”牛国璧伸了一下懒腰。

“不是不想睡，实在是睡不住，屎涌到屁眼门了总得拉嘛！”

“那就拉呗，房间里有的是厕所！”

“拉了咋办呀？”

“擦嘛！你还真是老癫了，这事都要人教？”

“拿啥擦？报纸用完了，这高级宾馆好是好，就是没有擦屁股纸！”

“好我的你呢，你咋不早说？”牛国璧一骨碌翻起身子，顾不上穿衣服就领他走进卫生间，指着大便器旁边的手纸盒，“你从这儿抽，用多少撕多少！”

柳知秋急不可待，办完一应事务，这才消消缓缓走出来，“你当支书也算见过世面，不怕你笑话，我活了大半辈子，一直拿土疙瘩擦屁股。这几年用报纸书本纸擦已经不错了，哪里晓得还有专门的擦屁股纸！这以后怕连纸也不用了！”

“多活几年，没经的事多着呢！哎，你刚才好像数啥呢？”

“上不成厕所只好数楼层，数了三次，都数到二十以上，看来这眼睛真是不顶用了，盯不住了！当年鹞子飞到哪里，只要铃声响，我马上就能找见它在哪条树枝上。”

“让我看！”牛国璧凑到窗前也数起楼层来，一口气数到二十六，“对着呢，这楼就是二十六层!”

“我刚才没数错?”老知秋揉了揉眼睛。

“没数错!”

“渍渍，我的个呀呀！这么高得用多少钱呀?”

“恐怕得用十元票子码成这么高吧!”

“现时好是好，就是浪费太大。昨晚我走错路进了厨房，其他不说，光鸡翅膀放了一大柜。一个鸡只有两个翅膀，你说这得多少鸡！咱松柏峪家家户户养的鸡收在一起也不够!”柳知秋说着说着，刚才长了见识的眉头又皱在一起，“说一个不怕惠萍见外的话，一顿饭花一半千，倒的比吃的多！简直是造孽呀!”

“可不是嘛，我也看不惯!”牛国璧赞同地点头。

“咱是饿死缓过来的人，见不得糟蹋五谷。孙子一个馍渣掉地上还得挨一巴掌，这么糟蹋咋行？今日吃饭要给惠萍说，端到桌上的吃完，吃不完不要端!”

柳知秋想起了他的老东家俞世昌，也算得上南广爷川的大富汉，清油细白面尖里滚，绫罗绸缎身上穿，哪里见过孙女的这种排场？他想起了俞世俊，抠抠掐掐一辈子，亏苦了自己给后辈儿孙啥也没攒下。

门外等候多时的俞致祥和俞惠萍听见两人说闲话，推门走了进来。

柳知秋左看看右看看，突然开了一个不大不小的玩笑，“致祥要是和惠萍成了，比周继愈这个龟儿子强到哪里去了!”

“你是老癫了还是咋？昨天还说包公，他俩是姊妹咋能成一对?”牛国璧好不容易等了个回敬的茬口。

“年轻人不知道难道你也不知道？惠萍和你本来就不姓俞也不姓牛!”

112

惠萍陪三人用过早点，一起来到俞致祥住的房间。等候在那里的周忠武看着和惠萍一起进来的二老一少，已经猜出了八九分，双手作揖，“贵客啊，你们是贵客，周忠武这里有礼了！”

柳知秋紧走几步上前拉住周忠武瞅了又瞅，一身灰色中山装，身板还是那么硬朗，“周老弟，一晃五十年光景了，你的模样还在！我是知秋啊，还记得嘛，咱在一个锅里搅过稀稠！”

只有周忠武能体会到这番话的确切含义：五十年光景是从他去故里指导农会组建工作算起，一个锅里搅稀稠说的却是一九三五年，他也仔细打量着柳知秋：一身半旧的化纤布西服看样子是儿子穿过的，不大合身，额头、眼眶周围布满深深的皱纹，眼睛没变，声音没变，看人的眼神似曾相识，蓄起多年的胡须白多黑少，“记得，记得，是知秋老哥！我就觉得你看人的姿势有点熟！咋不记得？有一次吃早饭，惠萍爷不停地把烫面饼子掰碎放进你的蛋汤碗里，你就用这个眼神看着他不让他掰馍。他说：‘快吃你的，我是为我的活计着急你以为是为你着急呢！’哈哈哈！”

柳知秋也笑出了眼泪：“这事你都记得？”

“记得记得，有几回还梦见松柏峪呢！牡丹嘴、松柏坡、磨子梁、世昌堡、泰山庙都清晰地出现在梦里。”周忠武左手握着牛国璧，“你是国璧老弟了？我离开那阵你才三两岁吧，这阵也成半大老头了！”右手握住俞致祥，“致祥侄子，惠萍经常说起你。你爸比我大不了几岁，这阵子他的儿子也胡子八叉的了，你爸的身体还好吗？”

周忠武问了这个问那个，当年一起玩过的伙伴一个都没落下。

俞惠萍反而被“冷落”在一边，“本来想着给你们做个介绍，没想到周伯伯的眼力这么好，好像一个个比我还熟悉。坐下慢慢说，上了年纪，站得时间太长身体会吃不消的！”

周忠武也觉得自己有些唐突，“快坐下，快坐下！我光顾着说话，忘记了招呼大家落座。松柏峪三个字早将我们连在一起，还用得着介绍吗？”

几个人笑着坐进沙发。

“离开松柏峪这么多年，一直想回去看看乡亲，看看村里的变化。前些年政治运动一个接一个，我又是个老运动员，一次都没躲过去。这几年形势好了，听惠萍说咱松柏峪人的生活变了样，我也退休了，有的是时间。说好的等旺旺留学归来陪我去，没想到家里出了这事。”周忠武摇着头，摆着手，又是唉声又是叹气，“哎！我没有脸面回松柏峪啊！”

“不说了，周伯伯，你们几个多少年才见一回面，说些大家都高兴的话该有多好！”惠萍知道周忠武要说什么话，赶紧递来茶水，想岔开他的话头。

“惠萍啊，这些话不说出来心里憋屈得不行！家门不幸，我没脸见人，尤其是没脸见松柏峪的父老乡亲！我落难在松柏峪，是松柏峪人收留了我。我的儿子在松柏峪下乡，是松柏峪人给了他温暖。他闯下祸，又是松柏峪人担待他！这个孽子做出这事不但害了惠萍，也让我欠下惠萍家三辈的人情债！”说到伤感处，周忠武紧紧闭上眼睛，使劲摇着脑袋。

“周老弟，够义气！”柳知秋竖起大拇指，“我就敬重你这样的汉子，我是听国璧说你很义气才和他一起来的！”

致祥也在一旁安慰着，“周伯伯不要过分自责，惠萍说她很感激你，她能有今天都是你们帮助的结果。至于继愈和惠萍分手的事，如今社会在进步，婚姻讲情投意合，强扭的瓜不甜，做父母的更不能包办代替！”

“你像你的老子，说起话来一套一套的。你是替周伯伯圆场哩！做人不能没有良心，做事不能没有底线，就说这婚姻，除了爱情还有个责任呢！”周忠武还没有走出痛苦的重围，除了替儿子承担责任还在替孙子着想。

人老了，一旦钻起牛角来一两下是出不来的，就是经过战火考验的周老先生也一样，他的苦闷并没有因为松柏峪人的原谅而缓解。

俞惠萍乘机插话，“周伯，致祥现在是新上任的故里中学教务主任哩！”

“怪不得呢，说话就是不一样！”周忠武说着说着又回到自己的话题上，“这孩子替周继愈背了几年黑锅，不是政策好凭自己的努力考上大学，这阵还在打牛后半截呢。”

惠萍这下有了转移话题的法子，“俞主任这次受学校派遣，专门为故里中学申请项目的事而来，国璧叔也被故里父老乡亲托付的重担压得愁眉不展，话都没有说一句呢。”

牛国璧不好意思地冲周忠武笑笑。

“对，对！差点忘了正事！”周忠武呷了口茶水，“惠萍电话上说了以后，我就找老上级说这事，他协调有关单位已经有了眉目。听说你们三个来北京，答应明天亲自带咱们去有关部门反映情况！”

俞惠萍为故里中学项目的事打电话后，周忠武高兴得不知说什么才好。惠萍从没张过口，就张了这个口还是为众人的事，何况也是自己生活过的松柏峪的事，有门路得办没有门路也得办！他找了当年的老连长，老连长听完叙述十分感动地说：战争年代松柏峪人为革命事业做出了重大贡献，如今办学遇到困难，在国家财力还不足以解决全国性教育投入的情况下，对故里中学给予倾斜也在情理之中。老连长和周忠武一起找了有关部门的负责人，负责人答应想办法，让周忠武静听消息。

“周老哥，为故里父老乡亲的事难为您了，故里人不会忘记您！”牛国璧给周忠武添着茶水。

“国璧老弟这样说就有些见外了！我的老上级都乐意玉成，我更是责无旁贷，就算尽一点绵薄之力吧！”周忠武看着惠萍，“惠萍，他们在北京的活动怎么安排？你是个大忙人，我陪他们多走走，多转转！”

“周伯年纪大了，腿脚不方便，又不会驾车，陪他们去有关部门找人的事非你莫属，剩下的事就交给我。这几天的事我都安排好了，代你尽地主之谊！”

“还是惠萍懂事，我就爱听惠萍的话。那就听你安排，但要给我留个时间，咱们一起坐坐。你知道，我也是松柏峪人呢！”

113

让周忠武魂牵梦绕的是一九三五年的松柏峪。

“无量天尊，贫道这里有礼了。”世昌家庄院前，一位道人左手伸胸前右手握拂尘，面对俞世昌鞠躬。

俞世昌迎接道人到上房，分宾主坐定，“请问道长喜欢熬茶还是沏茶?”

道长看来对这里的生活习性非常熟悉：“贫道有事在身不宜久留，如能沏壶茶甚好!”

俞世昌吩咐柳知秋沏茶。柳知秋在道长和掌柜面前各放一个茶杯，又拿过来一个竹筒，打算把竹筒里的茶叶放进茶壶再添上开水。

“施主且慢!”道长净了手，拿起茶壶仔细观看，“想不到在这里见到了正宗的宜兴紫砂壶!”

“实不相瞒，这些茶壶茶杯都是前些日子红军使用柴米油盐后抵账的，今日道长光临头一回用。”俞世昌平日熬罐罐茶喝，没有沏茶的习惯。

道长从柳知秋手中接过铜器，倒出开水冲洗着茶壶、茶杯，“祖上原本不信俞吧?”

“……”俞世昌暗自吃了一惊。

道长用茶匙从竹筒里取出少许茶叶放进紫砂壶，“姓魏不错嘛，为何改姓俞?”

“我爷爷逃荒来到松柏峪，村里都是清一色姓俞的，为了在这里立住脚才改成俞姓。”俞世昌只得说出实情。

“‘宁舍命不调姓’啊!”道长在茶壶里添进少许热水，手抓壶把摇摇，又将茶壶中的水倒掉。

俞世昌一脸无奈，“理是这么个理，可事出有因啊!”

道长再次把热水倒进紫砂壶，并盖好壶盖，“好茶呀！上等的紫阳茶!”

“请道长指教!”俞世昌觉得这位不速之客并非等闲之辈。

道长眯缝着眼睛揭去壶盖，“只看这一个个立于壶中的叶片便知!”

“咱这地方苦焦，哪有什么好茶，也是红军留下的!”

“噢!”道长点点头，将已经沏好的茶水倒进茶杯，双手奉上，“施主请用茶!”

俞世昌欠着身子接过茶杯，“穷乡僻壤的，不懂茶道，道长见教了!”

“哪里哪里，无量天尊！云游之人，四海为家，见贵村东岳庙宇气象雄伟，香火旺盛，想与施主一叙。”

“道长能来寒舍也是缘分，没有缘分请都请不来的，道长有啥吩咐只管说就是了。”

“施主可知此庙建于何时？”道长端起茶杯，并不急于喝而是先闻。

俞世昌也把茶杯送在嘴唇边，忽觉清香扑鼻，神清气爽，“我知道的不多，据州志记载，宋朝就有泰山庙，究竟是哪一年建的，已无人知晓。”

“噢！”道长点着头，“原址不在这里吧？”

“原来建在牡丹嘴上，搬进现在这个地方是因为我爷爷的一个睡梦！”

道长的眼睛一亮，“睡梦？愿闻其详。”

俞世昌呷一口茶，讲起那段自己深信不疑的传说来，“一天晚上，有人在梦中对我爷爷说，借你家犍牛使唤一下。第二天清早爷爷起床后开门时家里的那头大犍牛浑身水淋淋地站在门外，村里人说牡丹嘴上庙前的一个石狮子立在现在这个地方。爷爷把梦中的事告诉了乡亲们，乡亲们都说是泰山爷托梦搬庙，就这样泰山庙搬进了村。”

“天地无私，神明鉴察。不为享祭而降福，不为失礼而降祸。”道长看着俞世昌，“施主虽然富甲一方，心中却有难言之隐。”

“请道长明示！”

“难言者，儿女也！”道长说完，开始用茶。

俞世昌不由倒吸一口凉气，道长所言，不信由不得你。先说我姓魏，后说我为儿女之事烦恼。世上竟有这样的高人，看一眼就能把你看得清清楚楚。

俞世昌不再遮遮掩掩：“先圣说，不孝有三，无后为大。我已年过三十，大女儿彩霞出天花没有搭救到世上，身边只有二女儿云霞，都这会子了还没有个儿子娃。道长能看出我的难处想必是有办法禳解！”

道长捋了下三绺长须，“有劳施主请出夫人一见。”

俞世昌忙让柳知秋喊来云霞娘。

道长注视着云霞娘有些痛苦的脸面，“命归命，运归运，病归病。趋吉避凶有道家，调理治病找良医。”

“听道长说话必是良医无疑，还望道长妙手回春！”俞世昌迫不及待地看着道长。

“贫道不才，愿为施主尽力。”道长让云霞她娘伸出手来，按寸关尺分浮中沉细细把过脉，“恭喜施主，夫人已经有了身孕，贫道保你添丁!”

思后心切的俞世昌对着道人倒头便拜。

“不必！不必！有缘千里来相投，无缘对面不相逢。”道长从随带的行李中取出一大包研制好的药散，“夫人现在起服药，每日早晚各一勺，一直服到百天!”

“多谢道长!”俞世昌感激涕零地看着道长。

道长沉吟片刻，“有势不可使尽，有福不可享尽，贫穷不可欺尽。此三者，乃天运循环，周而复始。故一日行善，福虽未至，祸自远矣。一日行恶，祸虽未至，福自远矣。君不见昔日窦燕山，金银堆如山，经人点化，五男立身边!”

俞世昌也是孔夫子家门前站过几天的人，对道长的话能听懂个七八分，“道长，为了儿子，世昌就是倾家荡产也心甘情愿!”

“爸，你叫我哩?”忠武手提着书笼，从泰山庙私塾跑回家跑得满头大汗，刚进上房视力还没有适应过来，没有发现太师椅上的客人。

“咱家来了位贵人，”俞世昌又对道长说，“道长，这是我家少掌柜俞忠武。”

忠武与道长见过礼。

“贫道观此少年非本地人吧?”道长将忠武从头到脚扫视一遍，“小施主可是姓周?”

俞世昌点头称是，俞忠武十分诧异地看着道长。

道长一见忠武，爱怜之情溢于言表，“施主既然命中有子，便与螟蛉无缘，何不赐我为徒?”

“能伺候道长是他娃的福分，只是不知他是咋想的?”俞世昌虽然不情愿，但又碍于情面不好意思回绝。

“无量天尊!”道长看出了俞世昌的心思，“有缘随我走，无缘不强求，有没有这个缘分也未可知!”

事已至此，俞世昌只得听从道长摆布。

道长对着忠武打拱，“小施主，贫道有一诀，听我道来:

君自峪湾来，

随我东海去，

子华换仙道，

斗转星不移。”

忠武一头雾水。

道长反复念诀，第一遍在“峪湾”、第二遍在“东海去”、第三遍在“子华”、第四遍在“换仙”处加重语气。

忠武终于茅塞顿开，那天红军大队人马开拔时，自己肚子疼得满地滚，连长让自己留下找个家道好一些的人家治病，部队到达目的地后设法接自己归队，还要他记住徐海东、吴焕先、程子华这几个部队首长的姓名。忠武这下明白了连长的用意，也听清了道长的歌诀，“爸，我愿跟道长走四方!”

俞世昌拉着忠武的手，泪水模糊了他的视线，“孩子，爸哪里是让你自己做主，爸是舍不得你呀!”

老道双手打拱，“施主，不忙，不忙！贫道还要赶路，小施主先在这里读书，等小公子出生再跟我走不迟!”

114

故里中学办学经费困难，校舍陈旧的实际情况在周忠武等人的疾呼奔走下受到有关部门的高度重视，但是，款项的下拨得按照正常渠道进行，需补办扶持老少边穷地区教育项目申请书。翟学义和牛岁旺两人办理好地、省两级部门同意上报的材料，亲自来北京递交项目申请书。

“牛校长，新官上任三把火，你这把火烧到点子上了！”办完公事后，翟学义和牛岁旺在一家宾馆等候消息。

“这是上下一心协力奋战的结果，翟主任功不可没呀！”牛岁旺说的不完全是溢美之词。这次争取款项首功当然非池副处长莫属，是他电话告诉说中央财政准备下达一笔扶持老少边穷地区教育事业的专项经费。广爷川镇是红军长征经过的地方，可以和老区沾上边，要牛岁旺派人去北京找关系，争取给故里中学戴帽下达一笔款项。如果下到省里或者地区，僧多粥少，就不能保证分给故里中学。牛岁旺觉得自己去北京有关部门一个认识的人都没有，与周忠武有关系等于没关系，去了也是白去。是翟学义出主意让俞致祥出面找俞惠萍，并由柳知秋和牛国璧作陪。

“还是校长用人用得好。俞致祥是你新提拔的教务主任，他能不记你的知遇之恩?”

“我一直觉得致祥这个人清高，捉摸不透他的诉求是什么，看来他的官瘾也不小！呵呵!”牛岁旺打从心眼里佩服老丈人的为官之道：作为一校之长，最要紧的是搞清楚那些能带起土的人有什么诉求，想升迁的给他职务，想荣誉的给他称号，想职称的给他职称，想钱财的给他甜头。

“没有你这个伯乐，他还是个磨道里的千里马。”翟学义取出一条软中华香烟，蹭蹭两下抽出两包，打开一瓶五粮液酒一分为二，刚好倒满两人的茶杯，“来，咱俩跑前跑后辛苦了一场，没人犒劳自我犒劳一下!”

“这也有点太破费了吧?”牛岁旺习惯性地摸出自己口袋里的黑兰州香烟。

翟学义知道他又犯起农民意识的毛病，打开一包软中华放在他面前：“牛校长，有肉不吃豆腐！能吃能喝才能干，舍不得娃娃套不住狼！你说王文贵的本事不大吗？大着呢！执政这么些年，学校的基建为啥没有大的改变？差就差在能吃能喝这一窍!”

牛岁旺把自己的黑兰州装回口袋，抽出一支软中华含在嘴里，“不在其位不谋其政，王校长也有他的难处!”

翟学义一听就来气，“啥难处？就是太抠门，花公家钱就像花自己的！现在的人有权的不见好处不办事，跑腿的也想着占些便宜！占不上便宜谁为你卖命？王文贵出差没人愿意跟，为啥？大热天几碗浆水面，冬天饺子加散啤，这是出差呢还是忆苦思甜呢?”

别小看这个翟学义，虽是个小车司机出身，有求于他的都是一官半职的人，起点高档次高，一番含沙射影的话语让牛岁旺深受启发，他举起茶杯，在翟学义的茶杯上碰了碰，“干!”

“干!”翟学义手中的茶杯一扬，紧紧凝结在一起的一大滴酒离开茶杯，不偏不倚进入嘴中，又含在嘴里闭上眼睛品了品，咕嘟一声咽下，然后摇着头。按惯例，他一定会来个杯底朝天，发表酒品如人品的高谈阔论。

茶杯中还有好多酒，他没有杯底朝天，也没有高谈阔论“酒品如人品”，而是继续借题发挥：“就说抽烟，软中华和黑兰州都是冒烟，抽进嘴里没有一个香的；就说喝酒，二锅头和五粮液喝进胃里都是辣的，喝多了还上头！但是，烟酒事小身份事大，人家正是从吃烟喝酒的档次上看你有没有干事的脏腑!”

作为回敬，翟学义也用自己的茶杯碰碰牛岁旺的茶杯，“干！一切都在酒中!”

“一切都在酒中，干!”

翟学义眼睛挤着，“你头把火烧了个开门红，但是现在的事光低头拉车不行，还得抬头看路!”

“那是组织部门的事，个人有什么办法?”看着翟学义十分惬意的样子，牛岁旺好不羡慕，可惜自己喝不出那个味儿。

翟学义狠狠吸口香烟，手中的烟卷着了足有一半，“固然是组织部门的事但也得自己想办法！现在的人都走起捷径来了，有几个低头拉车的，都在抬头看路，想方设法寻找门道!”

翟学义的茶杯又伸了过来，牛岁旺举起茶杯碰了碰，抿了一下又放在桌上，“哎！找什么门道？咱都奔五的人了，干几年该交班了!”

“你说这话还是信不过我！我知道我的毛病，爱占个小便宜，话说回来现今的人谁不占便宜？不占小便宜为的是占大便宜，我占不了大便宜只能占些小便宜！只有你牛校长把老哥当人看，我能坐上这把交椅，还不是沾你的光！翟学义也是个知恩图报的人，为朋友两肋插刀，不信你看，酒品如人品!”翟学义不但喝干自己杯中的酒，连牛岁旺杯中的也抓过去喝了个杯底朝天，刚才还慷慨激昂，这阵却痛哭流涕。

“不占小便宜为的是占大便宜，占不了大便宜只能占些小便宜!”话丑理端!“翟学义也是个知恩图报的人”，牛岁旺心里掂量着翟学义的酒后真言，看来这个人用对了!

翟学义擦去眼泪，又压低声调推心置腹起来，“说句你不爱听的话，你提副科级有老丈人，副科转正科有老丈人，这次没提成副县也是因为老丈人!”

“这又是从何说起?”牛岁旺知道，翟学义方方面面的人都接触，尤其是和组织部的任科长狗皮袜子没反正，这话必有来头。

“提科级你老丈人说了算，提副县他只有推荐权，没有任命权，连他自己的职务还要任科长从中周旋呢!”翟学义的说法竟然和池丽丽如出一辙。

牛岁旺的内心被翟学义的一番话所触动，看来在自己升迁的问题上老丈人也是爱莫能助，有苦难言，“翟主任有何高见?”

“你是故意试探我呢，我就直说了吧!上次我见到任科长问他的升迁，他摇摇头说，‘咱没烧香，谁能想起咱呢?’我说，‘为啥不烧香呢?’他说，‘烧香得靠这个!’”说着，翟学义将大拇指和食指放在一起搓了一搓。

“升迁靠这个?”牛岁旺故意显出吃惊的样子。

“你是有老丈人撑在前头，还没有吃钱的亏，别人到你这一步已经花出不少了。官大的吃官小的，钱多的吃钱少的，哪里不是这样?任科长他们都在唱《把我的银钱还给我》!”

“你唱咱也听听!”

翟学义居然真的唱了起来：

你说过两天提拔我，

一等就是一年多，

三百六十五个日子不好过，

原来你心里根本没有我，

把我的银钱还给我!

牛岁旺苦笑了一下，他的确是第一次听这首改编自邓丽君的《把我的爱情还给我》的流行歌曲。

“为了学校的基建，你动用了周忠武这层私人关系，不然就是花上一半百万的人情钱也没门。为公事何必倒贴自己的人情，不如想个法子弄些票据报销，报销的钱留作你的跑路费!”翟学义的脸像熟透的蜀黍穗，舌头已经不听使唤。

“那怎么报?”牛岁旺听出了他的弦外音。翟学义的儿子大学毕业后应聘到一家中外合资企业，七十平方米的住宅楼一百多万，简直是个天文数字！就是按揭贷款，首付至少三十万。看着儿子可怜巴巴的目光，翟学义应承了首付款。这年头，人人都有一本难念的经。翟学义花光积蓄供儿子上大学，又替儿子要背三十万债务，真是过了一关又一关，一关更比一关难。

“北京到处都是代开发票的，花几个小钱弄几张在财务上报销了谁知道?上级有过跑来项目按比例提成的话，但是人多嘴杂，还不被唾沫星子淹过了？咱这样报销大家心知肚明也不好说啥!”翟学义的脑子还是十分清醒。

115

丁副校长在松柏峪古建筑公司经理俞二龙的陪同下，来到庙嘴考察新修的泰山庙。故中的建设项目虽然还在路上，但下达款项已经是迟早的事。为了和故里古城的风格保持一致，主体已经确定为仿古建筑。他要赶在项目下达之前，完成对方圆所有仿古建筑的考察工作，以使行政会确定施工单位时心中有数。

泰山庙院长满蜀葵，一簇簇，一丛丛，绿中泛黄的叶子，一人多高的茎秆，直来直去，不蔓不枝。无人松土，无人施肥，无人浇水，红黄蓝紫各色花朵一茬又一茬，从麦收一直开到现在。

新泰山庙仍旧建在原来的三级石阶上，歇山式大殿坐北朝南，一条正脊四条垂脊，正脊两端有望兽、垂脊末端有垂兽，中轴落在子午线上，红墙黄瓦，斗拱飞檐，雕梁画栋。檐下两根大红柱子上悬挂着蓝底鎏金对联：

功司祸福佑生灵

律度阴阳查善恶

左侧悬钟，右侧置鼓，门楣上一幅匾额：

佑我黎民

丁副校长正在看着对联出神，大殿里忽然走出一个人来，身子已经弯曲，长胡须几乎全白，长脸盘上刻满皱纹，头上、身上落着一层灰尘。丁副校长觉得面熟，从黑眼珠多白眼珠少的特征上认出是俞世珍，急忙上前一步拉着他的手："这不是俞主任吗?"

"啊，啊!"俞世珍的脸上看不出一点热情，甚至是不是认识丁副校长也说不定！他是泰山庙的庙官，每天早晚开门关门，抹桌子扫地，叩头上香，除了两顿饭，其余时间都在这里。大龙和他拧着跟头话都不说，列香还是生不见人死不见尸，老伴能挣扎着做熟两顿饭就已经不错了。二龙常常不着家门，每次见面除了给几个零花钱顾不上说几句话。三龙媳妇一见面就骂个不停。啊，不想说的不说，顾不上的不说，想骂的更不说，简直是天荒地老一孤僧啊!

丁副校长发给他一支香烟，"俞主任，我是小丁老师!"

俞世珍表情木讷地笑笑，接过香烟，没有送进嘴里而是夹在耳朵和渗出一圈油脂汗的瓜皮帽之间，嘴里唠唠叨叨说着谁也听不清的话。俞二龙从口袋里掏出几张十元钞票塞到他的手中，他就又去忙碌自己的事了。

这几天是俞二龙经理最忙碌的时候，凭着生意人特有的敏锐，他已经得知消息，故里中学教学大楼已经八九不离十了。还在牛国璧他们去北京时，他就料定这事有门道。牛国璧他们从京城归来要故里中学逐级补办老少边穷教育扶贫项目申请书，证实了他的判断。

丁副校长是他亲自驾车接来的，只是看了看没有表态，也没有应俞经理的邀请去家里坐坐，直接返回学校，不过从神情上看得出，他对俞二龙的成名作还是比较满意的。当初就是他告诉给二龙"为了和古城的风格保持一致，教学大楼也是仿古建筑"的消息，在故里地界甚至在全县，俞二龙的公司干仿古建筑都是第一把刷子。俞二龙想的是自己和牛岁旺是一个村的，让丁副校长在牛岁旺面前吹吹风灌灌耳音，自己再去找就水到渠成。可是，这个丁副校长一回学校就没了下文，躲起来面也见不着。他把丁副校长堵在办公室，"丁校长，怎么无缘无故捉起迷藏来了?"

丁副校长已经没有上几次成竹在胸的自信，话里似有难言之隐，“俞经理，你是高抬我呢，你们自家人坐镇，何必舍近求远呢?”

“你没有给他提念过这事?”

“你的事还能不提念，第一次提念时他说考虑一下再说。第二次提念时，他说上会议研究。每次都打官腔，一次比一次不靠谱。你说上会议只是个样子，会前就定好的，会上谁还说不同意见呢！就拿上次决定中层干部的事来说，底下都说‘翟学义连自己的名字都写不好，还能当办公室主任’，上会还不是通过了!”

俞二龙一想，丁副校长说得也是实情，有哪个一把手在这事上听凭主管副手摆布呢？也就不再难为他，而是另打主意了。俞二龙和牛岁旺打交道也不是一次两次，他给熟人在故里中学办过好几个“三限生”，每次信封里装上一沓钞票，写上学生和家长的姓名，叫一声“嫂子”交给池丽丽。池丽丽觉得俞二龙是个善于换位思考的人，每一次都是有求必应。但包工程是个大事，比不得“三限生”那样简单，水深着呢！他不能轻易去找牛岁旺，任何轻率都会导致满盘皆输。他想到了故里地界走出的任长生，连夜驾车去任长生家说明了来意，任长生自然满口答应。

这一天，丁副校长神色慌张地找到俞二龙，“可能有工程队要承建教学楼了，牛校长在办公室当着我的面接了组织部任科长的电话，任科长在电话里嘱托施工队的事。”

二龙问：“没听清是哪家工程队吗?”

丁副校长说：“我听人家说事就出来了”。

二龙知道任长生那边有了动静，匆匆来到牛岁旺办公室，也像在任长生家那样，掏出一张银行卡，“一点心意，老哥笑纳!”

“你这俞大经理见外了不是？咱俩一个村的，又不是没打过交道，怎么舍近求远去地区找人呢?”牛岁旺一个劲儿地抱怨。

俞老二诡谲地一笑，“我难道不知道你给我留着工程！就是你不留嫂子也忘不了！我想在上面找个人压一压，也是给你减负呢，让你给手下人说话时有个借口。再说，让他欠你一份人情，日后说不定还能帮上你的忙呢!”

牛岁旺不得不佩服，“俞老二，你简直是个人精，我算服了你了！常言说得好，牛肋子丈二长，朝里弯不朝外弯！工程可要好好干，千万不能出差错。你也清楚，我这阵正在节骨眼上，过了这一步，以后的工程归你别人也就无话可说了。”

两个松柏峪人会心地笑了。

当行政会议决定俞二龙的工程队承建教学楼时，丁副校长已经意识到俞老二给自己玩明修栈道暗度陈仓的把戏，明里拿自己做挡箭牌，暗中托任科长的关系，两个松柏峪人一唱一和演双簧！俞老二呀俞老二，你把我卖了，我还帮你数钱呢！丁副校长也记恨牛副校长：谁不知道如今搞基建吃回扣已是公开的秘密?你主持工作一手遮天，我这个主管副职成了摆设，还是我的学生呢，未免太霸道了吧!

他想起了核报牛岁旺去北京报项目花销的事，想到翟学义拿来的漏洞百出的三十多万元票据，窝了一肚子火的丁副校长想教训一顿牛岁旺，但苦于证据不足。要是人家真花在项目上，狐狸没打住反落了一股骚气!

116

任长生一年半载回家看望一趟父母，专车送专车接，人还没到家，慕名拜访者已经接踵而至。乡里乡亲把他看得无所不能，连孩子上“三限生”、高考录取、毕业后求职都找他帮忙。这任科长也是个热心肠人，只要是乡亲的事来者不拒，能办不能办都满口应承，先给一个脸欢喜。还在春节期间，村里有人托他要个故里中学“三限生”指标，任科长贵人多忘事，答应过后也就抛在脑后了，直到孩子上学时，家长找任科长他爸打来电话任科长才想起这事。想给牛岁旺打个电话，又一转念，不就是个上学的事儿嘛，算个多大的事，还要给校长说。他先拨通学校办公室电话，“喂，翟主任吗？多年的媳妇熬成婆了，恭喜呀!”

翟学义立即听出是谁，“任科长啊，你是地区领导，职高位重，我不过是吃饭坐桌子不再坐席口罢了，让你见笑了！”翟主任这样说也是事出有因：担任办公室主任以前每次招呼人吃饭，他就是个吆车的，宾主落座以后，只剩临门一个位置。

“翟主任过于谦虚了吧，过度谦虚就是骄傲！先站上副科级位子，进入组织部门的视野，以后就好办了。上次池副处长来部里汇报你们学校的人事安排，还向我了解过你！”稍微有点常识的人都知道，事业单位的科级干部管理权限在主管处，组织部是不介入的，但是任科长觉得还是有必要说一说，而且说得很有分寸，是“了解”而不是“汇报”。

“是呀，是呀，池副处长告诉过我了，多谢任科长，以后进步免不了还要麻烦您！”翟学义不过是随声附和地说说而已，他心里明白，任科长无事不登三宝殿，一定有啥事需要办理。

“当然，池副处长主要是协调牛校长转正的事。”如果翟学义不提池副处长，任科长虚晃一枪也就过去了，翟学义一提池副处长，反让他有些不安。

其实，翟学义也是拉大旗作虎皮，池副处长根本就没有告诉他什么，听他说牛岁旺的事一下来了精神，“老兄啊，咱俩同事多年，也算交往了一场，你也别拿我当外人。你说，牛副校长的‘副’字怎么就没去掉呢？”

“香没烧到呗！哈哈哈！”

翟学义是何等聪明的人物，这家伙哪里是说牛岁旺，分明是给自己提醒，心想我是半斤八两自己清楚，只要保住办公室主任就不错了，口里却说，“以牛校长的为人是不会低声下气找人求情的！”

“说的也是，不提拔难道就不活人了！咱不说这事，咱学校今年的‘三限生’指标还有没有？”任科长这才切换到主题。

翟主任已经明白了任科长将要下达的任务，“任科长手头有人吗？”

“有个本家叔叔托说这事，人家知道咱是干公事的，认识几个人，张了这么一回口。不答应实在推不过去，答应还不是要给你们添麻烦。咱俩老交情了，先探个底细再给牛校长说！”

翟学义想自己落下这份送上门的人情，“多大个事啊，你是看不起我还是咋的？不管有指标没指标都包在我身上！”

“那就不用告诉岁旺了？”

“不用！”

“今年的“三限生”指标还有吗，俞主任？”翟学义先找了俞致祥。

“早都完了！”俞致祥答复的很干脆。

翟主任又找了主管校长，“李校长，今年还有“三限生”指标吗？”

“早都完了！”李副校长和俞致祥一个话。

翟主任这才感到了问题的严重性，不得不找牛岁旺，牛岁旺也没法子，“当初有指标时我问过你，你说该办的都办了，这下指标光了！”

“是个推不过的亲戚，我已经红口白牙答应人家了！”翟学义没说是任科长的亲戚，说出任科长，日后人家和牛岁旺见了面，自己这个中间人就白忙活了。

牛岁旺连日来也在为“三限生”大伤脑筋，就那么几个指标，县上来电话，地区来电话，甚至省上也来电话。你们早干什么，指标分完了才来电话，这阵我有什么办法。牛副校长也是缠的人多被缠躁了，加上翟学义是有啥说啥的铁哥们，不假思索地说了一句，“不要说是你家的亲戚，就是天王老子也没有办法！”

翟学义没有料到牛岁旺对自己说出这等无情无义的话，顿时怒从心头起，你小子要校长威风要到我头上来了，你的啥底细我不知道？一气之下从自己办公室取回北京跑项目报销票据的复印件，撂在办公桌上，“牛岁旺，你看着办！”

翟主任这是在下最后通牒，牛岁旺当然明白这些票据是怎么回事，脸色一下子变得苍白，口里嗫嚅着说，“翟主任，你，你这是要干什么？”

“干什么，你比我清楚！”翟学义说了一句就要走人。

“咱俩是一根绳上的蚂蚱，谁也别想脱身！”牛岁旺这下看清了翟学义的真面目，他暗自庆幸，这小子拿来三十多万幸好分了他一半，不然这小子翻脸不认人就得吃不了兜着走！

丁副校长突然走了进来，拦住正要出门的翟学义，“都是多年摔打过来的人了，有话好好说，有啥争的嚷的？”他下意识地看了一眼办公桌上似曾相识的发票复印件，联想到刚才门外听到的对话，心里一下子有了底。

“没啥，是我一时冲动，牛校长不要计较。”翟学义已经恢复了理智，发现丁副校长一眼眼盯着桌上的发票复印件，事已至此，拿掉复印件反为不妥，便掏出软中华，两位校长各一支，自己嘴里也塞一支，“来，丁校长，去北京给人发的烟还剩几支，让咱也吃一次白面的。嗨，去北京办事，除了这个，其他烟人家看都不看！”说着，扣动日本进口的“烈火红唇”气体打火机，为丁副校长、牛副校长和自己点燃。

“你俩忙你们的，我就不打扰了！”丁副校长吐了个烟圈，知趣地走出办公室。

牛岁旺担任过教务主任，熟悉“三限生”名额的变通办法，对翟学义说，“老翟，容我再想想办法！先让你的亲戚入学，等有人因特殊原因退学后再补建学籍。”

“那是大海捞针呢，得等到猴年马月！谁不知道高中生的学籍地区管不了，省厅管着呢！没听人说转个学籍比调动个干部还困难吗！”翟学义还是不肯松口。

“嗨，你不早说，叫我怎么办嘛？”牛岁旺不停地爬着自己的长头发，这些三限生要么是出了血的，要么是有后台的，要么是体现政策的，去谁谁不乐意。为了避免副作用，只得在自己亲朋的孩子中下手，“好了好了，让我的一个亲戚等机会，给你的亲戚先办学籍！”

117

俞致祥护送魏桂芹，马不停蹄，日夜兼程，来到首都北京自己最熟悉的地方——二环内侧的君再来宾馆，稍事休息后，又陪着魏桂芹由俞惠萍驾车送到协和医院肝胆外科，径直来找外科主任卢大夫。在协和医院就诊还真不容易，尤其像主任医这个级别的医生，挂号预约少说也得一个月。想在第一时间看医生，就得找医托、票贩子，就得多花钱。俞惠萍虽然是个老北京，也是托人花了一千块从票贩子手中拿到的号。听到喇叭里喊魏桂芹，三人一同来到卢主任的诊室。

卢大夫觉得俞致祥有些眼熟，他常年和来自全国各地的病人、病人家属打交道，见的人太多了，一时想不起是谁。俞致祥也觉得卢大夫有些面善，还是他年轻一些反应快，惊叫了起来，“卢大夫！”

卢大夫是个小提琴手，凭着对声音的记忆，猛然想起眼前这个中年人是当年广爷川公社广爷峡水库工地掌夯的俞致祥，激动地伸出手来，“俞致祥！原来是你，一晃快三十年了，时光过得真快！”

“是呀，卢大夫没什么变化，要说变化就是皮肤比原来更细发了！”俞致祥仔细打量着卢大夫。

俞惠萍也认出卢大夫，“原来是卢大夫，早知道是你，就不用费那些脚功了！”

卢大夫又和俞惠萍握手，“当年去过你家里！”

俞惠萍指指魏桂芹，“这次是给她检查病！”

“你是?”卢大夫一脸狐疑地看着魏桂芹。

魏桂芹不再是见人羞羞答答的乡村妇女，主动和卢大夫握手，“我是俞致祥的妻子魏桂芹！”

“我是陪她检查病的！”俞致祥这样说等于默许了魏桂芹的说法。

在卢大夫的记忆中，俞致祥说他的妻子初生小孩请自己出诊，小孩的病虽然没有办法诊治，产妇却是认清的，怎么又成另一个人呢？看病的人排着长长的队伍，卢大夫不便问下去，先替魏桂芹作检查。他详细询问了病情，做了详尽的病历记载，填写了检查单。

做CT扫描检查也得排队，等检查完拿回报告单已经到了天黑下班时间。卢大夫两个深度近视镜片后的眼睛皱在一起，白皙的脸上没有初见面时的笑容，刷刷几下开了住院通知单，在主治大夫一栏熟练地签了个“卢”字。

俞惠萍陪魏桂芹出去一会，卢大夫表情严肃地告诉俞致祥：“CT扫描结果是肝癌晚期，根据癌变的部位及大小来看，手术治疗已经没有意义，纯西药治疗又会损害她的脏器！”

“怎么会是这样？怎么会是这样？”还在庆幸巧遇卢大夫的俞致祥反复念叨着，不知是在问自己还是问卢大夫。

“俞致祥同志，你必须正视这个残酷的现实！我打算采用中西医结合疗法，用中药扶正祛邪提高病人自身的免疫力，用西药抑制癌细胞的生长。想听听你的意见。”

“我相信卢大夫！”泪花打湿了俞致祥的眼睛。

卢大夫还交代了几样食谱，详细告诉了食谱的做法。

魏桂芹像一匹负了重伤的战马，冲锋陷阵时不知道疼痛，一旦歇下来就再也翻不起身了。她静静地躺在病床上，静脉滴注液体通过胳膊上的针孔一滴一滴地流入体内，她深情地看着心情沉重的丈夫，“致祥，你说怪不怪，我这病迟不发早不发，就在故里中学最需要你的关键时刻发作了，你不急我还急呢！”

她的关键时刻说的是，牛岁旺和翟学义虚报项目申请费用的事被举报到地区纪委。地区纪委成立联合调查组展开调查，虚报费用事实成立，还顺藤摸瓜，故中教学大楼基建受贿案浮出水面，牛岁旺接受“双规”。俞致祥临危受命，临时主持学校工作。

“说什么傻话！故里中学教职工二百多号人各执其事，三个副校长各把一关，有我没我都水行磨转，但是老俞家不能没有你！你安心养病，我陪着你哪儿都不去！”人啊，常常为生死未卜苦恼，其实清楚自己亲人的生命只有几天的光景时更难受！魏桂芹毕竟是他的妻子孩子的母亲，为自己为孩子为老俞家也为松柏峪呕心沥血二十年！

“这个牛岁旺年轻时就给你使绊子，进了故里中学还使绊子。在松柏峪是为了一份工作，在故里中学又是为了什么？”看来她对牛岁旺反感到家了，不然，这阵不会提起他。

俞致祥打了个哈欠，“给你说个时髦话，在松柏峪使绊子是为了生存，在故里中学使绊子是为了发展！”

“哪你为啥还帮他说话？”魏桂芹的那双眼睛因连日辛劳有些下陷。

俞致祥有些心不在焉的样子，“老先人只给了我走和跑的腿脚，人家可以不仁咱不能不义，争取到国家资金给一定的提成这是不成文的规定，我强调这事为了减轻对他的惩罚!”

“就你善良!”桂芹好似在抱怨。

“哎，她的女儿太可怜了，孩子今年考大学，她爸的事还瞒着她。我无法想象她如何面对这个突如其来的打击。”想起自己的身世，俞致祥不由同情起牛岁旺的孩子来。

灯火通明，刚才脚步声不断的病室过道逐渐安静了下来。

“想起咱俩结婚的那天就像昨天一样。”魏桂芹想说的似乎很多。

“嗯。”是呀，他俩的结合打破了故里中学大操大办的先例，没有迎亲没有送亲，没有宴会没有新房甚至墙上一张新画也没有贴，就在会上宣读了一下结婚证，她自己走进那间燕子窝宿舍，仍然一脸兴奋地对一脸歉意的他说，“有你就行，其他都是身外之物!”

“想游的地方马上去，免得日后后悔!”魏桂芹想起了那次去陕西梁山考察苹果窖，站在半山腰的苹果园，仰望着梁山山顶，致祥动了去乾陵看看的心思，是她对致祥说：还是不去了吧！你只请了两天假，学生们等着你呢，这一去要是逛过班车，就得多待一天。多一天就多一天的花销呢！只要我们的果库建成有了收益，不要说是乾陵，全国各地想去哪里就去哪里！

“出院后我陪你游遍北京城的角角落落!”俞致祥也想起了那次她不同意去乾陵的情景，为了这个家庭，她就是这样一分钱掰成两半花的。

“在家的时候忙公司的事，儿子的学习有你，吃饭睡觉有他奶奶。一离开家，就想起儿子了。好在老大已经上了大学，老二也马上要上高中。你看现在的年轻人大学毕业后要找工作，要买房成家，还要还上大学贷的贷款，负担多重!”桂芹的嘴唇结了一层薄痂。

致祥看了看滴注，流速有点快，调了调控制阀让流速慢下来，“有你名下的果库股份，两个儿子就是在北上广深结婚，也不会受丈母娘的指责!”

“说起这事还是二娃子的功劳，不是他咱哪能想起建果库呢!”桂芹的脸上露出欣慰的微笑。

“说来道去还是你有气魄！说实在的，我当初对于投资果库多多少少有抵触情绪。”他说的是实话，他受过的大部分教育都是关于资本的罪恶，积重难返。

“咱走得匆忙，有些事没有来得及交代。牛亚男是个不错的助手，指到那里冲到那里，人泼辣手脚利索，但是要负起一个公司的责任还是有点力不从心。公司经理最适合的人选是完映兰，我想的时间长了，早想让她接替我。但人家是公务员，不知公家能不能同意？”桂芹突然打了一个冷战。

是滴注时间长了，全身热量不够，致祥替她裹紧被子，“已经有公务员担任了村支书，只要工作需要，公家是会同意的。”

桂芹的脸色煞白，“这我就放心了。全松柏峪人的家业，还有俞惠萍筹措的股份加在一起是个不小的数。我没有多吃多占，没有假公济私，但是我的文化程度低，能力有限，正好趁这个机会撒手！”

“你安心养病，不要想这些事！”可是他心里明白：不想不由她，是她让气调库从无到有，从小到大，从松柏峪走向广爷川。桂芹啊，你这些年超负荷运转，太辛苦了！

“你答应我一件事！”桂芹拉着丈夫的手。

“你说！十件百件都行！”致祥定定地看着桂芹。

“你是个好人，咱俩那次吵嘴是我的错，请你原谅！”桂芹的眼里扑闪着泪花。

“牙齿和嘴唇那么好，牙齿经常咬得嘴唇流血呢！两口子哪有不吵嘴的呢？再说我也不对，不该发那么大的脾气！”那次为干娘的墓碑吵嘴，不能说她是空穴来风无中生有，她原本是在行使自己的权利，保卫自己的家庭啊！

“没有你的支持，就没有我的今天。你会操几千人的心，却不会操自己的心。工作起来没日没夜，饭都吃不到嘴里！”

“一顿也没落下呀，娘在身边有她老人家，娘不在时你像个督战队员一样！”

“哪呀！我哪能督得了你，以后不能那样，要自己爱惜自己！”她句句没说自己的病情，但句句与自己的病情有关，她分明已经觉察出自己的病情，只是不愿把那个可怕的字眼说出口来。

118

已是开饭时间，俞惠萍准时提着饭盒来到病房，替换俞致祥去医院大灶就餐，自己伺候桂芹用餐，陪桂芹说话。她按照卢大夫制定的食谱，每天换着花样。

魏桂芹背靠惠萍为她垫好的被子坐起身子，喝着惠萍送来的甲鱼汤，心里有说不出的感激。医院大灶没有这样的服务项目，俞致祥连家常便饭都不曾烫过手，更不要说滋补药膳。多亏了惠萍，亲自在君再来宾馆操作间炖好冬虫夏草蒸甲鱼汤，亲自开车送了过来。

桂芹十分歉意地说，“我这病害得你也不能安生，又是下厨又是送饭又是陪我说话，不是有你这个帮手，致祥这会都不知从哪头做起了!”

“我还不知道他，碗里的盐都要三婶替他调!”惠萍也是从三婶嘴里听来的。

“还真被你说中了，快奔五十的人了，只要娃他奶奶在场，饭盐都是他奶奶调，有时我笑话他,他说要给老人留个疼儿子的借口。”魏桂芹说着,自己也笑了。

“有父母的感觉真好!”惠萍自从记事，对父亲的印象模模糊糊，相依为命的娘也早早地离她而去，有道是树欲静而风不止，子欲孝而亲不待!

“我就不喜欢我娘!”桂芹的脸上没了笑容。

“哪可是为什么呢?”惠萍感到不理解。

“当初我不懂事时，她急着为我定亲，后来嫌弃致祥爸戴帽子退了亲，致祥考上大学她又催我姨夫重提旧事。姨夫不好意思开口，她就天天催我自己出面找致祥。遇见你那次就是听得实在不耐烦才信马由缰地走出家门，不知啥时走到故里的。人活脸脑树活皮，谁没有个脸面？多亏人家致祥不计较，要是人家不答应，你说我的脸往哪儿放哩!”多少年过去了，桂芹还在为这事纠结。

聚集在滴注瓶针孔周围的气泡越来越多，值班护士走进来拔掉针头，查看了体温、血压，填好值班日志又离去了。

“你和致祥定亲前没见过面?”惠萍在明知故问，想缓冲一下桂芹的情绪。

“没有!”

“定亲后呢?”

“老远地里见过一次。”

“只一次就看上了，还真个是一见钟情!”惠萍开了个小小的玩笑。

“他那时是故里中学数理化竞赛第一名，整个公社传遍了。他随学校宣传队来我们村演出时有人指给我看，人长得周正，这就够了，还看啥哩?不要说他在舞台上我在舞台下面，就是正儿八经地相亲也就是看上一眼，哪像现在的年轻人，大街大市上搂搂抱抱的!换上咱，打死也做不出来!”

“时代不同了，观念不一样了。那时谈情说爱是流氓习气，现在谈情说爱天经地义，你看公园里的那些青年男女，哪有一个顾羞顾尴的!”

俞致祥吃过午饭来到病室，桂芹瞅了他一眼，“我们姐妹俩说几句知心话，你去外边再走走吧!”

致祥看了看桂芹的脸色，没说话就出去了。

桂芹接上刚才的话茬，“我俩结婚以后，我觉得对不住他配不上他，时时处处注意不给他丢脸，把各方面的事尽力做得好一些，一路走到了今天。”

“致祥当学生是个好学生，当老师是个好老师，当儿子是个好儿子，当丈夫是个好丈夫。但由于长期处在社会最底层，也形成了随波逐流随遇而安的性子。妹子是个心强人，敢想敢干敢爱敢恨，说到对家庭的贡献，多亏了你呀!”是的，魏桂芹的苹果收入每年一二十万，还不算松柏峪果业公司经理的薪酬，不算气调库的分红，比俞致祥每月一两千元旱涝保收的工资强到哪里去了。

“惠萍姐说的哪里话!我能有今天都是嫁到松柏峪的缘故。在娘家时，我和爸爸一样胆小怕事，和人说话就脸红。不是俞建社，我记不起栽苹果树!不是你，我哪有起步资金?”桂芹拉着惠萍的手不放，“惠萍姐，我从没当面说声谢谢，今天让我当着你的面说声‘谢谢你’!”

“你是松柏峪的媳妇，我是松柏峪的女子，都是一个松柏峪的，乡里乡亲的帮这点忙算什么?”俞惠萍也紧紧地拉着桂芹的手。

“松柏峪的媳妇有好多，你不可能对每个人都这样关爱吧？还不是因为我是俞致祥媳妇的缘故。我还要感谢你成全了我和致祥的婚姻。”桂芹说得很慢，几乎是一字一顿地说着。

俞惠萍吃惊地看着桂芹，“这又是从哪里说起呢？”

“你是真人不露相。我刚说致祥和我姨夫，你一点反应都没有。我姨夫哪有这个能量，都是你给致祥写信的缘故。”魏桂芹终于把到嘴边咽下去的话说了出来。

“你是怎么知道的？”

“致祥和我结婚头天晚上，就把你俩的事一五一十告诉了我。你看，好端端的一对鸳鸯，青梅竹马，两小无猜，就因一个‘俞’字不能走到一起。要是放到现在，你有这个勇气吗？”魏桂芹反问起俞惠萍来。

俞惠萍不假思索地说：“我俩本来就不是一个姓！”说完，脸却红了。

“惠萍姐，我是真心爱致祥的。结婚前我的脾气不小，婚后我很少发脾气。可是，致祥并不爱我。在学校只要学生来问题就是正在吃饭也要放下饭碗，能解决便眉开眼笑，解决不了就心儿事儿的。在家里端出端进，油缸倒了脚步不乱，大小活儿都看不见。人说脾气是爱你的人惯的，是你爱的人改的，这话我看真着呢！”

“噢，妹子真是个心细人！”

“惠萍姐，你是真心爱致祥的，致祥也是真心爱你的。在我没有认识他之前你就喜欢他我没成见，致祥对我尽到了丈夫的责任，我也不抱怨他。我这病是老天爷要我把致祥还给你，我也就听天由命了。我真心希望你们两个有情人走到一起，走完剩下的人生路。”桂芹深陷的眼窝中流出两行热泪。

惠萍一边替她擦着眼泪，一边抹着自己的眼泪，“桂芹妹，你安心养病，大概是你长时间睡眠不足心情不好的缘故，全国一流的医院怎么能看不好你的病呢！”

“惠萍姐，我的病我自己知道。我是想对你把藏在心里的话说出来。说出来，我就畅快了，就走得放心了。我觉得这辈子也值，和自小订的娃娃亲丈夫过活了一辈子，公公婆婆把我当女儿待，松柏峪人抬举我，给了我天大的面子！”桂芹的舌头有些调不过向，惠萍喂了几口甲鱼汤。

“我总觉得李姨的去世，和致祥有关！”魏桂芹这句话可以说是语出惊人，

“周继愈领你和旺旺来北京，合乎李姨的心意，但是，她知道你的心里只有致祥。如果她在松柏峪，就不能斩断你和致祥的关系，她怕因此耽误了你！”

惠萍不知如何回答，心里不得不承认她说的有理，“我从没朝这方面想过，你这一说，我也觉得真有这个原因。你说，她老人家这是何苦呢？”

“还不是疼爱你，希望你嫁给一个靠得住的人，少受些劳累！老人毕竟是旧社会过来的，比咱的观念又差了一截！”别看魏桂芹平时说话少，说起来也是一套一套的。

惠萍觉得不能让她把对娘的抱怨带到另一个世界，“我的好妹子，我娘用这样的方式表达对我的爱，你娘也是由于爱你才在你的婚事上反反复复，可怜天下父母心啊！她们都是普普通通的农村妇女，面对苦涩的命运除了随波逐流还有什么办法？我们要理解母亲的苦衷，哪个母亲不希望儿女过上好日子？”

“惠萍姐，我知道。我在这个世上的时日不多了，我会听你的话，在心里原谅我娘！”

魏桂芹在北京协和医院走完了人生的最后一程，微笑着离开这个世界，走得无牵无挂。她的骨灰由丈夫和儿子护送回松柏峪，埋在她生前劳作过的苹果地里，她的灵魂安息在这块洒下她辛勤汗水和苦涩泪水的地方。

119

俞惠萍的住处就在离君再来宾馆不远处，那幢让柳知秋数花了眼的二十六层大楼居中的楼层上。这是她这些年来打拼的成果，也是京城唯一属于她的空间。走进宿舍，她先打开阳台上那两扇落满尘土的推拉式窗子，一股清新的空气马上挤了进来，将室内仍然散发着建材味的郁闷空气对流出去。从窗户朝外望去，高楼大厦鳞次栉比，人口的迅速膨胀使得二维地面不断扩展的同时三维空间也得到充分的利用。今天这幢才创记录，明天又被那幢刷新，景山、万寿山好像突然降低了高度，只有更高，没有最高。至于那些散落在各处的琉璃瓦古建筑如果不是凭借时间意义上的高度，文化意义上的高度，早被这些日新月异的新建筑湮没。她漫无目的地打开电视，将遥控器从一按到五十，没有找到自己喜欢的节目又关上电视。她走进厨房想自手做点什么，灶具一应俱全，冰箱里却一无所有，她从来不在这儿做饭的。她走进卧室，罩着床罩的双人床铺平平整整，连一处折痕也没有。

她揭去床罩，躺在这张属于自己的席梦思上，屋子里静得出奇，静的有点像当年的世昌堡。

她盼望周末，好让自己为顾客着想了一周的身心得到放松；她又害怕周末，她发现并非自己想象的那样单纯，身体得到放松的同时心理的负担越发沉重。平日里是忙些，但脑子里有各种各样的事分心倒也好受些，周末不忙，但脑子里挥之不去的是几张最熟悉的面孔。

周继愈和牛岁香生米做成熟饭后双膝跪在她的面前，不停地抽打自己的嘴巴，“都是我不好，都是我不好，我不是人，我不是人!”

这不是二十多年前广爷川公社团委办公室兼宿舍的故伎重演吗？她感到恶心，“别作践自己，一个男人就这点出息!”她净身出户走出燕北大学周继愈的住宅楼。

人啊，就是这样，周继愈对俞惠萍像馋嘴猫一样的时候，不过是个高中毕业的下乡知识青年，远离父母，生活艰苦，与俞惠萍的反差不十分大。俞惠萍初进京城，人们刚从思想禁锢中走出来，周继愈虽是见一个爱一个，却有贼心没有贼胆。从英国学习归来后就彻底变了，归国学者的光环不但提高了他的身价也吸引了不少异性，暗送秋波者有之，投怀送抱者有之。渐渐地，回燕北大学住宅楼的次数打起了折扣。

凭着自己的直觉，俞惠萍一开始就觉得他是一个靠不住的人，自从咽下那杯苦酒，她就发现他是一个非常的利己主义者。他大学毕业后来松柏峪接她母子回京，确实给了她不小的感动，娘的不辞而别斩断了她在松柏峪生活下去的念想，为了儿子有个好的归宿，她忍痛割爱来到北京。

周继愈的离去她没有想法是不可能的。你信誓旦旦非我不娶，把我带到京城这个举目无亲的地方，却另有新欢！但是她没有哭，她对他本来就没有爱，也就无所谓恨，有时候令人痛苦的不是失去而是得到了并不快乐！她时常问自己，难道就这样跟一个是‘丈夫’而不是‘爱人’的人过一辈子？跟一个时时刻刻把为自己的儿子妻子办个户口吊在嘴上的人在一起？跟一个连妻子供职的单位都羞于启齿的人在一起？跟博导丈夫、院长丈夫的名分在一起？

这些年她和他的关系简直就是个“统一战线”，平日各忙各的事，谁也不理谁，周末住一屋，也话不投机说不到一起。每当说不到一起的时候，俞致祥就出现在她的眼前！她一次次地有愧于俞致祥，旺旺的出生等于对他的背叛，奉子进京等于对他的抛弃，但是她又无法在心底抹去他！有了旺旺以后想抹去没有做到！他上大学后想抹去没有做到！来北京后又想抹去还是没有做到！啊，爱一个人不容易，忘掉这个人更难。古人大概也经历过这样的痛苦，不然怎么会说“士之耽兮，犹可说也，女之耽兮，不可说也”！

她感到寂寞，寂寞是由于他不在身边，但是她却不感到孤独，不孤独是因为心底一直有他。要说这些年她不断打拼的精神支柱仍然是他。他和魏桂芹生儿育女后，她有过一段时间的失落，他们遇到困难，她又义无反顾地帮他们渡过难关。对于魏桂芹的成功她有着一种非常矛盾的心理，作为俞致祥的妻子她衷心地希望她成功，让俞致祥无后顾之忧。作为俞惠萍的情敌，她又是多么不希望她成功！人的情感就是这么复杂，尤其是女人！

她与他不能结合，原因其实很简单，同姓一个“俞”字——这个世俗的樊篱！不说别人，就是知她疼她、爱她护她的娘也过不了这一关。她不得不承认魏桂芹的分析有道理，这样的分析也只有桂芹才能做得出来。

魏桂芹的临别之言让她伤感了好长一段时间。一个好端端的人只活了四十多岁，紧紧张张一辈子，好在靠苹果干出了眉眼，可是天不假年一命呜呼！她也想到了自己，说不好在北京城立住了脚，说好年过半百的人了，连个体贴自己的人也没有。

她不生牛岁香的气，只是觉得有些滑稽：这个世界说小也大，光人口六七十亿！说大也小，小时候在松柏峪被牛岁旺悔婚，离开松柏峪来到京城又被他的妹妹牛岁香拆散了原本就不牢靠的婚姻！牛岁旺怕她的出身连累悔了婚，促成了她和周继愈之间不伦不类的关系，这个关系又因牛岁香的介入而迅速土崩瓦解。

俞致祥当初没有采取自己先斩后奏的主张失去了和自己结为夫妻的机会，但是娘三周年纪念碑仍然流露出对她的不尽思念。他第一次来北京，苏醒了她曾经的渴望，但不过是过眼烟云。他是个循规蹈矩得有点刻板的人，虽然言谈举止或多或少露出一些儿时的蛛丝马迹，但自己不能也不可能从魏桂芹那里夺回他。魏桂芹去世后，和他结合的念头便与日俱增不能自已！她在电话上婉转地让他来北京发展，和她一起干也行，继续当教师也不是什么难事。他说他是磨子梁上的一棵柳树，就适应磨子梁贫瘠的土壤。广爷川有他的事业，有他朝夕相处的同事学生，有他共过患难的乡亲，北京虽好，不是久留之地。自己何尝不是如此呢？北京虽然有个窝，也是一棵不服水土的柳树,她的心上人在广爷川,她要回松柏峪。

120

根据教育结构调整的需要，故里中学三年内改办果业中专，并由县政府管辖。这对县政府和故里中学都是一个全新的课题，县政府责成果业局牵头，故里中学实施，召开故里果业中专发展论坛，邀请各地专家学者实业家为果业中专的发展把脉。魏云霞是应邀参会的本土学者，一来到故里，就迫不及待地要俞致祥开车送自己回娘家。人老惜故乡啊！她离开家乡四十多年，由于韩维周的缘故，上次回娘家匆匆而来匆匆而去，连自己的得意门生王文贵都没有告知。这次特意邀请王文贵随车前往，她要把娘家看个够。

汽车穿行在三十里南广爷川。这条让松柏峪与外界保持联系的东西大道沿途三个大沟岔都架起了桥梁，再也用不着钻沟爬坡。路面已经拓宽硬化，能容纳两辆大卡车并排行走。扑面而来的景色看不甚看，大道两旁是绿的，三三两两的村庄是绿的,一块块被磨子河冲刷成奇形怪状的川地是绿的。三十里磨子梁的陡坡地全被推土机推成了梯田,深绿色是长满杂草的地埂,浅绿色是栽上苹果树的梯田。

松柏坡顶的官堡渐渐进入视线，这个南北风都不避的地方沙棘刺连片，松柏坡与磨子梁分界线上的那道红土岔沟洋槐滴翠，昔日远远望去像鲜血淋漓的刀痕如今抹上一撇新绿。松柏坡的高处是新栽的苹果树苗，低处的果树已经挂果。阳坡川的苹果树已经进入丰产期。

松柏峪已经清清楚楚地展现在眼前，一半的人家依偎在松柏坡底部的半山坡上，松柏峪小学是松柏峪最好的建筑，新建的泰山庙比原来更高大宏伟。另一半人家坐落在绿树掩映下的阳坡川畔，那个熟悉的世昌堡虽然被削薄削低，却没有削去她对它的思念。

磨子河依然枯竭，北岸那片曾经生长着柳树林的河滩地，一幢乳白色的钢结构建筑物拔地而起，这是松柏峪果业公司的万吨果品气调保鲜库，魏云霞师徒在果库停车场下了车。

松柏峪果业公司经理完映兰急忙走出办公室，笑吟吟地说："魏教授，王校长，可把你们盼来了!"

"完经理百忙之中接待我们，让我过意不去啊。"魏云霞和完映兰的手握在一起。

"你们都是贵客。松柏峪果业公司能有今天，教育功不可没，故里中学功不可没，十年树木，百年树人嘛!"完映兰本来就是个乐天派，成天笑呵呵的，今天更是满面春风。

王文贵笑着接过话茬，"你说故里中学功不可没，我看在你们夫妻身上就没有体现出来！俞建社是县果业局长，在故里中学一天都没上过，你与故里中学也没有任何渊源!"

完映兰微微一笑，"王校长到现在还不知道呢！我和俞建社能完成电大学业可是有故里中学的一份功劳!"接着把俞致祥为自己和俞建社辅导高等数学的事叙说了一遍。

"这个理由不太充分。"王校长摇着头。

完映兰又陈述了一个理由，"俞建社的苹果梦首先在松柏峪做起，而松柏峪首先接受他的主张的又是俞致祥、魏桂芹、牛岁旺，他们之所以接受俞建社的主张，与他们接受教育有密切的关系，而他们都是故里中学的学生！”

“说的有理。”魏教授立即表示赞同。

“咱们先到地里走走！”王文贵提议说。

“也好，你和致祥要我参加论坛是打的鸭子上架哩，去果树下找找灵感也好！”魏教授欣然同意。

完映兰没有带领他们沿世昌堡前的老路去阳坡川，而是沿公路进村再由村里通向地块的硬化路去阳坡川。公路正好是原来的岔沟，公路两边建有停车场、公共汽车站、商店、药铺。王文贵有些怀疑自己的眼光，瞅瞅公路以东又瞅瞅公路以西，寻找着旧时的参照物世昌堡、松柏峪小学、泰山庙。

完映兰看出了他的心思：“松柏坡、磨子梁的陡坡地全推成了梯田，再也不用担心发洪水了。岔沟的上半部分种上了洋槐树，穿过村子的这部分填平变成现在的样子。”

“人说穷山恶水，如今没了恶水山也就成了富山，松柏峪该改名苹果峪了！”王文贵对松柏峪的印象还停留在他在松柏峪小学当校长的记忆里。

魏云霞再次被眼前的景象所感动，“我觉得还是用过去的名字好，让祖祖辈辈记住破坏生态的教训。”

“是啊，早期的拓荒者为了生存伐去松柏种粮食，使松柏峪徒有虚名，他们的后代更是恨不得让地埂也长出庄稼来，结果越伐树越贫穷，越广种越薄收！如今伐树铲地埂人的后代终于走出一条改变贫穷的路子。”完映兰已经成了地地道道的松柏峪人，对松柏峪的未来踌躇满志，对松柏峪的过去也了如指掌。

说着话时已来到阳坡川，苹果地里传出刷拉拉的声音，梯架上站着个老年人，弯着身子，结满老茧的粗手伸进挂在脖子上的布袋，取出一个牛皮纸果袋放在嘴边，腮帮一鼓劲，吹圆干瘪的纸袋，眯缝着眼睛，小心翼翼地套在幼果上，又将袋口的铁丝捏在一起。

俞云霞觉得好奇，“苹果为什么套袋？”

“套袋可以隔绝幼果与外部环境的接触，既防病虫害又减少农药使用，还可以使果皮细嫩光亮，果面光洁美观。苹果快要成熟时，先去掉外层的牛皮纸袋，让阳光从透明的塑料袋射入，苹果被阳光涂上一层红色时，又得马上去掉里层的透明袋，让苹果进行最后的光合作用。”完映兰解释完又抱怨套袋的人，“炳文叔，你都这么大年纪了还爬梯架？”

俞炳文不好意思地冲她笑笑，“钱眼里有火，不爬忍不住！三女子一天能套两千，我套个七八百也算给娃搭了个帮手！本来是她爬梯架我套低处够得着的，家里突然来了人她回去了，剩这点再来一趟划不来!”

不用介绍，只一听这耳熟能详的名字，魏云霞便知道是谁。离家时他还是个稚气未脱的小伙子，归来时他已经花白的头发，脸上像磨子梁一样趴满沟沟渠渠，越看越像叔父俞世俊。俞致祥想为姐弟二人作一介绍被她制止了，她不想耽误他干活的时间，想等他有空时去家里多坐些时辰。

从不下地的俞致祥也不由感叹着，“种苹果不比高考轻松啊!”

魏云霞眉头微蹙，“看来栽苹果树也是一个劳动密集型产业，虽然解决了收入低、就业难的问题，但是产品的科技含量附加值低，今后还得朝资金技术密集型产业的路子发展。”

“教授就是教授，一说就在点子上!”完映兰伸出大拇指，“我们正在考虑这个问题，栽培方面准备引进矮化密植技术，深加工方面引进苹果原汁、脱水与膨化苹果脆片、植物益生菌发酵饮料生产线。”

一走出俞炳文的地块，王文贵就急着问，“俞爱娇的两个妹妹现在干什么？”

“二妹妹南方学院毕业，小妹妹就是他刚才说的三女子，初中毕业后帮他务艺果园!”完映兰说。

魏教授见王文贵突然有些异常，“你只问俞爱娇的妹妹怎么不问俞爱娇呢?”

“哎!”王文贵长长地叹口气，心情沉重地叙述了俞爱娇的遭遇，“俞爱娇一直是我的一块心病，也是我教育生涯的一个败笔！她考上了重点大学，给学校的考核指标增加了筹码，为任课教师评优选先提供了条件，可是给家庭给社会带来了什么?”

魏教授不时摘下眼镜擦拭着眼泪。

俞致祥的手机突然响了起来，是俞建社的声音，“致祥，惠萍到了没有?”

“没有!”俞致祥的心里一怔：俞惠萍也是应邀参加论坛的实业界人士，他俩约定论坛结束在故乡结婚，可不能再有什么闪岔了：大学毕业那阵不是自己前怕狼后怕虎，惠萍就不会遭受周继愈的抛弃；桂芹去世那阵如果不是自己顾这顾那，惠萍就用不着等三年了！这些年来他好像一直在为别人活，这次他要活一回自我!

“她有可能抄近路去了故里！我再等一会儿，你马上去故里看看!”俞建社是本次论坛政府层面的牵头人，亲自在县城迎接参会者。

“我换个号码试试!”俞致祥拨通惠萍的另一个手机号码，还是不见任何动静，他再也沉不住气了，一溜烟似的跑出苹果地，跑到果库停车场，一头钻进驾驶室，驱车来到故里，上街跑到下街就是不见惠萍的人影。他又拨通俞建社的电话，“惠萍有消息没?”

“没有!”

“呜呜呜!”一辆救护车撕心裂肺地叫着，驶出故里卫生院直奔朱家山，车上的大夫边戴口罩边说朱家山附近发生了一起车祸。

车祸？俞致祥不由自主地将它和惠萍联系起来。

不会！除了一厢情愿，俞致祥实际上说不出任何理由!

完映兰和牛亚男驾车一前一后赶到故里，前车坐着魏教授王文贵，后车坐着柳知秋牛国璧，一个个都被救护车的鸣叫声搅得焦躁不安，一连声地问，“建社见到惠萍没有?”

俞致祥的脸上已经不见血色，“没有!”

“她可能正向故里走来，咱去路上迎接!”牛国璧的脸上笼罩着两团乌云。

牛亚男后车变前车首先驶出古城东门。

“跟上!”魏云霞的声音已经沙哑。

完映兰的车紧随其后。

紧跟在完映兰车后的俞致祥一踩油门，冲到最前头……

后 记

四十三年前的一天，为了生计，我独自一人穿行在河西走廊的戈壁滩上，突如其来的沙尘暴把我围困在一棵高大的芨芨草下，飞沙走石，天旋地转，似要将我吞噬一般。这时，我想起了母亲，想起了家乡，恍恍惚惚觉得自己成了某个作品中的人物。从此，为家乡写作，为家乡立传就成了我的宿命。

在平凉师范教学之余，我开始着手写作。女友许金凤第一次来到我的单身宿舍时，正值我伏案写作。她听完写作缘由，感动不已。当时我们正在热恋，这本书的创作为我加分不少。后来，她成了我的妻子。婚后，妻子默默无闻地承担了几乎全部的家务。但因生活所迫，几度辍笔。1988年母亲病逝，我跪在母亲的坟头许下诺言，一定要完成这部作品，一定要把母亲和她的世界写进书里。

五十八岁生日那天，想起我许下的诺言，想起我对亲人的承诺，想起生我养我的土地，夜不成寐，作《故土》诗一首。记得诗中有两段是这样写的：

为什么爱你爱得深沉
我在你的怀抱中出生
为什么爱你爱得深沉
你的脚下长眠着我的双亲
为什么爱你爱得深沉
这里生活着我的父老乡亲
为什么爱你爱得深沉
这里走出的人和我有着相同的基因

躯壳来自你的山梁
脂肪来自你的沃土
血液来自你的河流

灵魂来自你的精神

可是

我无以回报

能回报你的

唯有一颗赤子之心

于是，重新拾笔，未想到六十岁生日时完成小说的初稿。当时的小说名暂定为《底色》。

兰州城市学院文学院副教授张大琴阅读初稿后，写了热情鼓励的点评，增添了我的自信。

2017年春，在平凉职业技术学院及雷志辉、张汉坤、王韶华、谢赧夫等领导和学者的大力支持下，邀请省城高校及平凉部分专家学者，聚集平凉召开作品《底色》座谈会。西北师大文学院马世年教授、兰州城市学院文学院张大琴博士、平凉市文联主席李世恩、平凉市作协主席马宇龙、作家郭三省先生提出了宝贵的意见。之后，我根据专家学者的意见修改完善，历时近两年。

2018年底，我将书稿投给了敦煌文艺出版社。出版社的责任编辑在审读完书稿后，从故事情节和阅读节奏等方面又提出了一些具体修改意见，并建议以小说的发生地作为小说的名字，将原书名《底色》改为《广爷川》，同意将本书稿列入2019年度出版计划。

在小说《广爷川》的编辑出版过程中，兰州黄河画院张亚平先生邀请西北师大文学院院长马世年、兰州交大文学院院长唐翰存、省电视台姚成德、省地方志办公室张占社、西北师大外语学院孙礼和博士等专家学者聚在一起，就《广爷川》出版事宜进行研讨，力臻完美。姚成德先生不辞辛劳，在最短的时间里对全书作了最后的审订。

《广爷川》的付梓，得到了数百人的关心和支持，令我感念不已，恕难一一列出名姓，谨在此一并表达我的谢意。

孙兴和

2019年8月12日